王水照 編

歷代文話

第六册

復旦大學出版社

藝舟雙楫·論文

〔清〕包世臣 撰

《藝舟雙楫·論文》四卷

清　包世臣　撰

包世臣（一七七五—一八五五），字慎伯，晚年自號倦翁、白門倦游閣外史，涇縣（今屬安徽）人。嘉慶十三年（一八〇八）舉人，道光十五年（一八三五）任江西新喻知縣，次年即被劾罷官，後歸居鷄籠山而卒。生平以幕僚著述爲事，撰有《安吴四種》及《小倦游閣文集》三十卷。傳見《清史稿》卷四八六。

《安吴四種》爲世臣手定文集，合《中衢一勺》、《藝舟雙楫》、《管情三義》及《齊民四術》，共三十六卷。《藝舟雙楫》論文四卷、論書二卷，爲清代文論重要著作。包氏論文主通達求實，尚經世有用之學，提倡作文需「言有序」和「言有物」。故以爲文之上者，需「發倫類之淳漓，諷政治之得失。閭閻疾苦，由以上聞；雲霄膏澤，於焉下究」（《揚州府志藝文類序》）。而包氏認作下等作品者，即「排比故實」「搜羅隱僻」一類空疏僵化之作。對桐城派文風頗多批評之詞，斥責八股時文之害：「隳風氣而壞風俗，遂致世道人心，愈趨愈下。」《文譜》篇還對學習「古人文法」作了探討。

據《安吴四種》包誠（包世臣之子）序，《藝舟雙楫》初刻於道光初；至道光二十四年（一八

四四）始合《中衢一勺》等爲《安吴四種》；因訛字頗多，於咸豐元年（一八五一）重付刻印，後書版毁於兵燹，書遂罕見；包氏卒後，其子於光緒十四年（一八八八）重校印行。今即據光緒本録入。

（丁錫根）

藝舟雙楫·論文目録敘

論文一

文譜道光己丑
答董晉卿書癸亥
書贈王慈雨丙子
再與楊季子書丁丑
自編小倦遊閣文集三十卷總目序道光庚寅

論文二

十九弟季懷學詩識小録序道光壬午
詩禮徵文序丁亥
藝舟雙楫·論文目録敘
答張翰風書嘉慶庚申
揚州府志藝文類序己巳
與楊季子論文書丁丑
讀亭林遺書戊寅
書毛詩關雎序後辛丑

春秋異文考證題詞庚子
儀禮鄭注句讀書後嘉慶乙丑
論史記六國表敘道光丁亥
書史記魏其武安傳後丁亥
復石贛州書己亥
與周保緒論晉略書癸巳
晉略序癸卯
摘鈔韓呂二子題詞癸卯
書韓文後上篇癸卯
書韓文後下篇癸卯
書桃花扇傳奇後丁亥
東海記傳奇敘己丑
蘇州寶蓮寺主松濤法語題詞戊子
問樵上人海上移情圖記戊子
小倦遊閣記壬午
述學一首示十九弟季懷嘉慶甲子
五言一首說八比贈陳登之通判即留別出都門道光壬辰
或問甲辰
族兄紀三先生鄭本大學中庸說序丁未

論文三

錢東湖詩序嘉慶己未
胡眉峰詩序道光壬午
書述學六卷後壬午
讀大雲山房文集辛巳
舊業堂文鈔序辛巳
贈方彥聞序嘉慶己卯

贈余鋏香序丁丑
方岩夫軫詩序壬辰
趙平湖政書五篇敘壬辰
述古孝子詩序己亥
王海樓劼詩序庚子
爲朱震伯序月底修簫譜丁酉
雩都宋月臺維駒古文鈔序辛丑
齊物論齋文集序壬寅
復李邁堂祖陶書戊戌
湯賓鷺先生文集敘道光己丑
韋君繡詩序壬辰
讀白華草堂詩集敘乙未
江季持七峰詩稿序庚子
澮菊軒詩初稾序辛丑
金筤伯竹所詞序己亥
樂山堂文鈔序辛丑
書陳雲乃罷讀圖壬辰
答陳伯游方海書辛丑

論文四

張童子傳嘉慶癸亥
清故揀選知縣道光辛巳舉人包君行狀道光丙戌
與陳孝廉金城書癸巳
清故文學汪君之碑戊子
畢成之墓志丁卯
清故優貢生孫君墓誌銘癸巳
清故翰林院編修崇祀鄉賢姚君墓碑壬辰
清故國子監生凌君墓表己丑

清故文學薛君之碑己丑

皇敕授修職郎安徽寧國縣學訓導沈君行狀壬辰

翟秀才傳甲辰

敘曰：論文之書，始於《典論・論文》，而《文賦》繼之。魏文評時流得失，士衡論體裁當否。《文心雕龍》後出，則推本經籍，條暢旨趣，大而全編，小而一字，莫不以意逆志，得作者用心所在。後此則退之、子厚、明允，又自述得力端末，於以誨人諭衆者，而明允之尊文爲尤甚。南朝以有韻者爲文，無韻者爲筆，故牧之有「杜詩韓筆」，玉溪有「任昉文筆縱横」之語。然對文則爲筆，單言則統於文。近有謂古有文筆之別，無古文之稱，而斥稱古文者爲陋。然漢人以字體而別今古文，至宋既有時文之名，則別稱古文，亦何不可乎？古文之名，以北宋而盛其學，至南宋而大衰，以迄於今，別裁雜出，支離無紀，且七百年所已。近人姚姬傳選古文辭，條別諸家得失，惲子居自述力學所得，實亦焕乎可采，不謬後來。僕少好詩賦，獨學寡聞，蓬轉後耳目稍擴，逾五十，始自撿葺，間與友人問答，必直吐肝鬲。所居既卑，人事酬應勢所不免，然卒不敢以所學徇人，幸免諂脅之恥。至於兼備衆體，古人所難，上下百世，唯有子瞻，而賦仍冗瘮，千應之一，無容吠聲。倚聲、傳奇，體雖晚出，其能者殆非率爾，偶道所見，或殊燕説。八比爲近世正業，前明能者輩出，論説

多當。然入主之誚，燕石之陋，亦復時有。僕少小事此，費精神於無補，分别徑途，不貽染絲之悲，蓋亦庶幾。其友生之間，有如魏文所云「此子爲不朽者」。蓋棺定論，一併入録，以聽後人裁其當否耳。若夫論書之作，創自後漢，崔、蔡之詞，雖簡略，而形容體勢，兼涵并包。南北朝尤重此藝，工文者史入文苑，以工書託體小學，乃入儒林。下迨唐初，狀筆勢説結字之文益多，唯孫虔禮大暢旨趣，略不留餘，原彼心悟，可以仰匹《文賦》；薙其拙冗，則光曜尤有推暨。僕姿劣力孱，獨耽斯業，五十年來終始不厭，前後常談，或亦有當古人者，故並紀録其詞焉。

藝舟雙楫·論文卷一

清　包世臣　撰

論文一

文譜

道光己丑八月，養痾寓園，日與族子孟開論古文節目，因次爲篇。

余嘗以隱顯、回互、激射説古文，然行文之法，又有奇偶、疾徐、墊拽、繁複、順逆、集散，不明此六者，則於古人之文，無以測其意之所至，而第其詣之所極。墊拽、繁複者，回互之事；順逆、集散者，激射之事。奇偶、疾徐則行於墊拽、繁複、順逆、集散之中，而所以爲回互、激射者也。回互、激射之法備，而後隱顯之義見矣。

是故討論體勢，奇偶爲先，凝重多出於偶，流美多出於奇。體雖駢，必有奇以振其氣；勢雖散，必有偶以植其骨。儀厥錯綜，致爲微妙。《尚書》「欽明文思」，一字爲偶，「安安」，疊字爲偶，

「允恭克讓」，二字爲偶。偶勢變而生三，奇意行而若一。「光被四表」、「格於上下」，語奇也而意偶。「克明峻德」，四字一句奇，「以親九族」，十六字四句偶，「協和萬邦」，十字三句奇，而「萬邦」與「九族」、「百姓」語偶，「時雍」與「黎民於變」意偶，是奇也而偶寓焉。「乃命羲和」節奇。「若天授時」隔句爲偶，中六字綱目爲偶。「分命」、「申命」四節，體全偶而詞悉奇。「帝曰」、「咨」節奇。「期三百」十七字，參差爲偶，「允釐」八字，顛倒爲偶而意皆奇。故雙意必偶，「欽明」「允恭」等句是也。單意可奇可偶，「光被」「允釐」等句是也。雖文字之始基，實奇偶之極軌，批根爲説，而其類從，慧業所存，斯爲隅舉。

次論氣格，莫如疾徐。文之盛在沉鬱，文之妙在頓宕，而沉鬱頓宕之機，操於疾徐，此之不可不察也。《論語》：「觚不觚」句，疾也，「觚哉觚哉」句，徐也。「其然」句，徐也，「豈其然乎」句，疾也，此兩句爲疾徐也。《大學》：「一家仁，一國興仁」節，疾也，「堯舜帥天下以仁」節，徐也。《孟子》：「王曰：『何以利吾國』」節，徐也，「未有仁而遺其親」節，疾也，此兩節爲疾徐也。「天子適諸侯曰巡守」，一百四十九字徐，「先王無流連之樂」十六字疾，「國君進賢」一百二十二字徐，「故曰『國人殺之』」十七字疾。「尊賢使能，俊傑在位」五節徐，「信能行此五者」一節疾，此通篇爲疾徐也。有徐而疾不爲激，有疾而徐不爲紆，夫是以峻緩交得，而調和奏膚也。

摯拽者，爲其立説之不足聳聽也，故摯之使高，爲其抒議之未能折服也，故拽之使滿。高則

其落也峻，滿則其發也疾。摯之法有上有下。《孟子》：「知而使之，是不仁也；不知而使之，是不知也。仁智周公未之盡也。」又曰：「且以文王之德百年而後崩，猶未洽於天下，武王、周公繼之，然後大行。」《韓非》：「今有不才之子，父母怒之弗爲改，鄉人譙之弗爲動，師長教之弗爲變。」又云：「禹利天下，子産存鄭，皆以得謗。」又云：「視鍛錫察青黃，區冶不能以必劍」，「發齒吻形容，伯樂不能以必馬」。又云：「侈而惰者貧，而力而儉者富，今徵斂於富人，以施布於貧家。」《史記》：「嘗以十倍之地，百萬之衆，叩關而攻秦。秦人開關延敵，九國之師逡巡逃遁而不敢進。」又云：「非有仲尼、墨翟之賢，陶朱、猗頓之富者」，皆上摯也。《孟子》：「管仲、曾西之所不爲也。」又云：「非所以納交於孺子之父母也，非所以要譽於鄉黨朋友也，非惡其聲而然也。」《韓非子》：「磐石千里不可謂富，象人百萬不可謂强。」《史記》：「藉使子嬰有庸主之才，僅得中佐。」又云：「向使二世有庸主之行而任忠賢，臣主一心而憂海内之患。」又云：「是所重者在於色樂珠玉，而所輕者在於人民者」，皆下摯也。拽之法有正有反。《孟子》：「萬取千焉，千取百焉，不爲不多矣，苟爲後義而先利。」又云：「文王以民力爲臺爲沼，而民歡樂之。」「予及汝偕亡，民欲與之偕亡。」又云：「此惟救死而恐不贍。」《荀子》：「螾無爪牙之利，筋骨之强，上食槁壤，下飲黃泉，用心一也。蟹六跪而二螯，非蛇螾之穴，無可託足者，用心躁也。是故無冥冥之志者，無昭昭之明；無惛惛之用者，無赫赫之功。」又云：「今之學者，入乎耳，出乎口，口耳之間，則四寸耳，安能

美七尺之軀。」《韓非》：「今有搆木鑽燧於夏后之世者，必爲鯀禹笑矣；有決瀆於殷周之世者，必爲湯武笑矣。」又云：「人主之左右不必智也，人主於人有所智而聽之，因與左右論其言，是與愚人論智也。人主之左右不必賢也，人主於人有所賢而禮之，因與左右論其行，是與不肖論賢也。」《呂覽》：「民農則樸，樸則易用，易用則邊境安，主位尊。民農則重，重則少私義，少私義則公法立，力專一。民農則其產複，其產複則重徙，重徙則死其處而無二慮。」又云：「馬者伯樂相之，造父御之，賢主乘之，一日千里，無御相之勞而有其功。」《史記》：「天下以定。秦王之心，自以爲關中之固，金城千里，子孫帝王萬世之業也。秦王既没，餘威振於殊俗。」又云：「二世不行此術，而重之以無道」者，皆正拽也。《孟子》：「天子能薦人於天，不能使天與之天下；諸侯能薦人於天子，不能使天子與之諸侯；大夫能薦人於諸侯，不能使諸侯與之大夫。」又云：「而居堯之宫，逼堯之子，是篡也。」又云：「將戕賊杞柳而後以爲桮棬，如將戕賊杞柳而以爲桮棬。」又云：「金重於羽者，豈謂一鉤金。」又云：「是君臣父子兄弟，終去仁義，懷利以相接。」《荀子》：「樂姚治以險，則民流僈鄙賤矣。流僈則亂，鄙賤則争，争亂則兵弱城犯，敵國危之。」又云：「且夫暴國之君，誰與至哉？彼其所與至者，必其民也。而其民之親我，歡若父母；其好我，芬若椒蘭。彼反顧其上，則若灼黥，若仇讎。人之情雖桀跖，又豈肯爲其所惡，賊其所好。」《韓非》：「法術之士操五不勝之勢，以歲數而又不得見。當涂之人乘五勝之資，而旦暮獨説於前。」又云：「智士者遠見

而畏於死亡，必不從重人矣。廉士者修而羞與佞臣欺其主，必不從重人矣。是當涂之徒屬，非愚而不知患，即汙而不避姦者也。大臣挾愚汙之人，上與之欺主，下與之收利，侵漁。」《史記》：「秦并海内，兼諸侯，南面稱帝，以四海養，天下斐然向風。」又云：「今秦二世立，天下莫不引領而觀其政。夫寒者利裋褐，饑者甘糟糠，民之嗷嗷，新主之資也」者，皆反拽也。《孟子》：「知虞公之不可諫而去之秦」一百二十二字，《荀子》：「凡生於天地之間者，有血氣之屬必有知」一百八十一字，旋埶旋拽，備上下反正之致，文心之巧，于斯爲極。是故埶拽者，先覺之鴻寶，後進之梯航；未悟者既望洋而不知，聞聲者復震驚而不信。然得之則爲蹈厲風發，失之則爲樸樕遼落。姬嬴之際，至工斯業，降至東京，遺文具在，能者僅可十數，論者竟無片言，千里比肩，百世接踵，不其諒已。

至於繁複者，與埶拽相需而成，而爲用尤廣，比之詩人，則長言詠歎之流也。文家之所以極情盡意，茂豫發越也。《孫武子》：「聲不過五，五聲之變，不可勝聽也；色不過五，五色之變，不可勝觀也；味不過五，五味之變，不可勝嘗也。戰勝不過奇正，奇正之變不可勝窮也」者，繁也。「奇正相生如循環之無端，孰能窮之」者，複也。《孟子》：「穀與魚鼈不可勝食，材木不可勝用」，「七十者衣帛食肉」，「黎民不饑不寒。」又云：「天下之欲疾其君者，皆欲赴愬於王」者，繁也。「然則一羽之不舉，爲不用力焉。」又曰：「昔者禹抑洪水而天下平。」又曰：「口之於味也，有同嗜焉。」又曰：「鄉爲身死而不受，今爲宫室之美爲之」者，複也。「離婁之明」節，繁也，「聖人既竭目

力」節，複也。「樂民之樂者，民亦樂其樂；憂民之憂者，民亦憂其憂。樂以天下，憂以天下。」又云：「君子以仁存心，以禮存心。仁者愛人，有禮者敬人。愛人者人恒愛之，敬人者人恒敬之。」繁而兼複也。「得道者多助，失道者寡助。寡助之至，親戚畔之，多助之至，天下順之。以天下之所順，攻親戚之所畔。」複而兼繁也。《荀子》之《議兵》、《禮論》、《樂論》、《性惡》篇，《吕覽》之《開春》、《慎行》、《貴直》、《不苟》、《似順》、《士容》論，《韓非》之《説難》、《孤憤》、《五蠹》、《顯學》篇，無不繁以助瀾，複以罄趣。複如鼓風之浪，繁如捲風之雲，浪厚而盪萬石，比一葉之輕雲，深而釀零雨，有千里之遠，斯誠文陣之雄師，詞囿之家法矣。

然而文勢之振，在於用逆，文氣之厚，在於用順。順逆之於文，如陰陽之於五行，奇正之於攻守也。《論語》：「公叔文子之臣大夫僎」，逆而順也。「君取於吴爲去聲同姓，謂之吴孟子。」順而逆也。《孟子》：「無恒產而有恒心者，惟士爲能。」本言當制民產，先言取民有制，又先言民之陷罪，由於無恒心，而無恒心本於無恒產，并先言惟士之恒心，不係於恒產，則逆之逆也。「天下大悦而將歸己」章，「桀紂之失天下」章，全用逆。「君子之所以異於人者」章，全用順。深求童習之編，自得伐柯之則，略舉數端，以需善擇。

集散者，或以振綱領，或以争關紐；或奇特形於比附，或指歸示於牽連；或錯出以表全神，或補述以完風裁。是故集則有勢有事，而散則有縱有横。《左傳》：「君將納民於軌物者也，故講

事以度軌量，謂之軌。取財以章物采，謂之物。不軌不物，謂之亂政。」又云：「將修先君之怨於鄭，而求寵於諸侯，以和其民。」《孟子》：「是故君子有終身之憂，無一朝之患。」又云：「彼陷溺其民，王往而征之，夫誰與王敵？」又云：「仁不可爲衆也，夫國君好仁，天下無敵。」又云：「或勞心，或勞力。勞心者治人，勞力者治於人。治於人者食人，治人者食於人。」《韓非子》：「是以賞莫如厚而信，使民利之；罰莫如重而必，使民畏之；法莫如一而固，使民知之。」又云：「夫離法者罪，而諸先生以文學取；犯禁者誅，而羣俠以私劍養。故法之所非，君之所取；吏之所誅，上之所養也。」又云：「故明主之國，無書簡之文，以法爲教；無先生之語，以吏爲師；無私劍之捍，以斬首爲勇。」又云：「强則能攻人者也，治則不可攻者也，治强不可責於外，内政之修也。」是集勢者也。《孟子》引「經始靈臺」、「時日曷喪」，徵古以明意。説「不違農時」、「五畝之宅」，緣情以比事。《呂覽》專精證驗，《韓非》旁通喻釋，《史記》載「祠石墜履」，而西楚遂以遷鼎；述「厠鼠驚人」，而上蔡無所税駕。曲逆意遠，見於俎上；淮陰志異，得之城下。臨卬竊貲，好畤分橐，銜晦既殊，心跡斯別。右游俠之克崇退讓，而知在位之專恣睚眦，稱權利之致於誠壹，而知居上之不收窮民：是集事者也。二帝同典，止紀都俞，五臣共謨，乃書陳告：是縱散者也。然龍門帝紀，已屬有心避就；金華臣傳，遂至僅存閥閲。宋濂作《九國春秋》，事蹟悉詳紀中，諸臣列傳勢難重出，寂寥已甚。今吴任臣書，即竊其本也。求其繼聲，未易屈指。《史記》廉將軍矜功争列，與避車連文，以美震悔之忠。

長平侯重揖客，諱擊傷，於本傳不詳，以嘆尊容之廣。程、李名將，而行酒辨其優劣；汲、鄭長者，而廷論譏其局趣。是横散者也。

然而六法備具，其於文也，猶魚兔之筌蹄，膚髮之脂澤也。《易》曰：「觀乎人文以化成天下。」士君子能深思天下所以化成者，求諸古，驗諸事，發諸文，則庶乎言有物，而不囿於藻采雕繪之末技也夫。

答張翰風書

翰風足下：白門邂逅，歡若平生，班荆傾蓋，誠有以相知也。報罷後，返柑鳩江，復有小滯。方覓良信相聞，忽奉手教，展緘三復，涕洟横集。足下高才絶學，少所許可，顧迺盛加稱引，不惜駭聽。足下年未强仕，世臣尚在弱冠，要以有所成就，與天下共見，非可以口舌争也。至古之修身以事天者，極於殀壽不貳，況區區苦樂升沈之間乎？雖辱相愛之厚，顧毋以此爲世臣戚戚也。籌賊一議，區處明了，如有用我，可翹足以待蕆事。但此事理有共明，不必謂爲推演鄙説耳。追惟矮屋一夕之談，等於筌磬，而臨歧握手，唯以苦吟爲誡。仁者之贈，心佩不忘，更今三月，竟斷韻語，而篋中舊草，未忍焚棄，篇什頗充，不能莊寫，附緘去書，敬以相屬。

宋氏以來，言詩必曰唐，近人乃盛言宋，而世臣獨尚六朝。尚六朝者，皆以排比靡麗爲工，而

世臣獨求頓挫悠揚，以罊目送手揮之旨。是以遊歷數州，未遇可言，何意足下遠隔千里，乃爲同術。然足下專推阮、陶，世臣則兼崇陸、謝。嘗謂詩本合於陳思，而别於阮、陸，至李、杜而復合，既合而其末遂分而不可止，此則同之微異者也。蓋格莫峻於步兵，體莫宏於平原，步兵之激揚易見，平原之皷盪難知。天挺兩宗，無獨有偶。太冲追步公幹，安仁接武仲宣，雖云遒麗，無足與參。彭澤沈鬱絶倫，惟以率語爲累，然上攀阮而下啓鮑，孟、韋非其嗣也。康樂清脆夷猶，以行沉鬱，如夏雲秋濤，乘虛變滅。故論陶於獨至，時出謝右，以言竟體芳馨，去之抑遠。宣城得其清脆，而沈鬱無聞；參軍有其沈鬱，而猶夷不顯。醴陵、開府，庶幾具體，而江則格致較輕，微傷邊幅；庾則鉛華已重，反累清揚。是故善學者必别其流，善鑑者必辨其源。景陽、景純，祖述步兵，而變爲沈響。彦昇、法曹，憲章康樂，而發以么弦。子堅神骨俊逸，倡太白之前聲；處道氣體高妙，飛子美之嚆矢。是必心契單微，未易與吠聲逐迹者説也。三唐傑士，厥有七賢，鄭公首賦「憑軾」，少保續咏「臨河」，高唱復古，珍比素絲。伯玉之駘宕，子壽之精能，次山之柔厚，併具鑪冶，無偭高、曾，抗墜安詳，極於李、杜。所謂一字一句，若奮若搏，彼建安詞人不得居其右者矣。事斯以來，歷年三五，師心所向，宗尚如斯，徒以見聞狹隘，材力怯薄，躬之不逮，良用爲恥耳。竊謂先王治世之大經，君子淑身之大法，必以禮樂，而禮壞樂崩，來自近古，端緒僅存，唯藉詩教。夫言詩教於今日難矣。然而紀述必得其序，指斥必依其倫，禮也；危苦者等其曲折，哀思者懷其舊

俗，樂也。凡所以化下風上，言無罪而聞足戒者，今之詩不猶之古乎？世臣生長孤露，早涉憂患，而能飭其領緣，勿邇奇邪，頗謂以詩自澤，言爲心聲，可意逆而得也。

足下幸賜觀覽，汰其疵纇，使得遵録定本，留存異日，庶幾自訟有方，時資省察，達則不昧初心，窮則力貞素志，麗澤之益，斯爲不負。此間已無可留，半月後便作歸計，敝居去歙，近在三程，或能襆被過訪，面承指授。天寒殊重，不具欲言。

嘉慶五年十月十八日，世臣頓首。

答董晉卿書

晉卿足下：承示賦册，深辱推許，俾加點定，發而讀之。《白雲》、《易消息》二首，張、蔡不爾過也。《愁霖》、《杏華》、《紅蕙》三首，亦文通、子山之亞。斯藝久絶，舊觀頓還，欣喜之情，非可言喻。僕家無藏書，少不涉事，獨好《文選》，輒效爲之，以古爲師，以心爲範。後乃得唐以來賦千餘首，檢其長篇巨製，殊無可觀，惟韓退之《感二鳥》、張文潛《酷暑》差當意耳。成童事斯，越三四年，内省外方，邈爾無偶。暨出遊江淮間，乃見近人竇東皋侍郎作，駸駸有慕古之意，伐材近而隸事雜，氣象窘迫。大興朱相國有進御文五十餘首，華贍勝竇氏，意卑不能尊其體。張孟遲進士步趨朱氏而加修飭，然貪多之弊更甚。尊舅氏張皋文編修識字諧韻而外腴内竭，金朗甫庶常承編

修之指授用意，秀宕而怯薄，無以自立。斯數君者，固已魁然迥出，卓立頽流；質諸古人，柔厚之旨，未窺一間。僕以奔走風塵，弱冠廢學，常嘆生秉殊分，使不迫於饑寒，以三年餘暇，沈浸遺編。源於風騷，以端其旨，以息其氣；播於子史，以廣其趣，以飭其勢；通於小學，以狀其情，以壯其澤；匯於古集，以練其神，以達其變。則雖不能追蹤漢魏，力崇淳質，悱惻雅密，接武鮑、庾，其庶幾矣。且通人有所蔽，鳴者求其聲，以李、杜之材力，躭爲古賦，而所作率散緩樸樕，至以其法入雜言，爲歌行，尤横潰不可理。退之四言碑、志，質遒可誦，而詩則怒張無意興。僞裁自誤，以誣將來，於今千載，始逢通識，而竇、朱草創，體閒雅俗，張、金之才，相繼夭折。僕又藉詞饑驅，不肯竟學，少小之章，儷色不純，沉思未鋭。造物顧何厚於古人，必使之獨絶往代。今見足下所著，乃知僕於辰巳之年，遂棄是事，良以足下於時始基。天靳吾智，以厚閒出，自兹以往，其無憾矣。吾黨多才，申者敦讓强忍，博物多能，文起貫串今古，通徹興廢，是皆閒氣特育，任重道遠。足下雖以藝勝，唯此獨至，可稱三足。慚形憎貌，無復敢云。謹檢出舊稿十二首，送俟删勘，匠斤所至，或可爲足下張軍云爾。遲日當奉過面悉，不宣。癸亥四月既望。

揚州府志藝文類〔序〕

志書之纂輯《藝文》，所以覩風俗，鏡得失。夫揚州居東南之會，文物爲盛，故首列歷朝士著，

而次以遊宦流寓，其詔誥頌贈之文，關涉本郡，亦以次編入。陳、隋以前，遺文罕覯，史傳所載，別集所存，雖或經删摘，加以闕蝕，詞義既高，概從搜采。李氏以來，傳本稍多。迨乎前明，剞劂大暢，蕪穢既所欲略，而清英亦難盡集。亦有書比閒笙，詞登畫臂，即乖遒麗之旨，亦從傳人之例，譏貽掛一，迹因逐起。至於近代聞人，流布未廣，集藏本家，在彼以求傳爲恥，在此無索珠之勤，義托蓋闕，情同有憾。若其名脱鱗籍，痕留雪爪，固仰山之心所嚮，亦爭墩之誚所由。但徵本事，盡去旁侵，凡輯三類，共若干卷。地惟一隅，體備百家，覈其升降，故有可言。蓋嘗論詞無今古，概爲三則，詩文賦頌，異流同源。懿彼發倫類之淳漓，諷政治之得失，閭閻疾苦，由以上聞，雲霄膏澤，於焉下究，言必有物，斯其上也。若夫風雲月露，文焕於天；山川草木，文交於地；憂愉欣戚，文成於人。於以發抒抑鬱，陶寫襟懷，程其格式，平險分焉。是故氣盛者，至平流而多姿；勢健者，履險隘而不躓。氣以柔厚而盛，勢以壯密而健，風裁既明，興會攸暢。故其所作，直攄胸臆，遂感心脾，日選常言，彌彰新色，斯其次也。至若以形聲求工，倍犯爲巧，此則屬對之餘，詶酢之技。又或排比故實，以多爲貴，搜羅隱僻，以異爲高。聊充筐篚之需，比於角觝之尚，雖臻綺麗，風斯下矣。

　　兹集所載，宦遊詔贈，大都借材，土著諸賢，肇自炎漢，維時道南未盛，秀靳瀕江。洎南北分壤，征戰日連，傳人宜少，迺以唐宋文治，十世休息，較之今日，多寡猶懸。然而詳加披誦，則古厚

今澆，古勁今孱，篇幅滋長，意義逾薄。則知文氣之變，本自人心，人心所流，寖成風俗，君子擇術，器其慎矣。獨至救時指事之章，防患設機之論，唯其事變日更，推求漸切，加以河淮迭警，漂潦常至，當事之章奏，韋布之條列，辨多切事，方或當疾。是則用志既鋭，結體自尊者也。是故五聲之道通於政，文字之教成其俗。其文質樸，徵嗜好之不華；其文清邃，驗習尚之不浮。樂道忠孝，斯根本之克敦，備明險易，即智慮之及遠，崇實之得也。流連聲樂，遂近驕淫之靡；譏訕帷薄，難云任恤之教。藻績求麗，則緣情有歉，摭采務博，則窮理不真，致飾之失也。觀其文以知俗，推其俗以知治。況夫碩畫爲經，巷議可誦。則已行者，舊章不愆；未行者，美意若師。展卷而得，斯民不易，後之君子，誠有取於此，則勸懲之方，補救之術，庶乎列國陳風，無媿政書之訓也已。

書贈王慈雨 欽霖

士患無以自立，得喪定於命，非人爲之所能增損也。心移於得喪，則學必徇人，以徇人爲學，且烏能自成其文乎？唯不以得喪累其心，獨處以古爲師，羣居擇善而執，受於天者雖有厚薄之殊，積之久要，皆足以自立。自昔工文之士，其基無不築於此也。至於不虞之譽，求全之毁，今古同歎。譽至則必求所以實其言，毁至反諸吾身而無可指實，既不疚於心，何病人言哉！語云：「争名者於朝。」争名之地，敗行尤易。唯自安義分，事賢友仁，不改求己之素，通無妨於進取，塞

不至於貽悔，斯所遇皆足以進吾之實學，而助吾之真文矣。沐陽慈雨王君，將赴京兆試，過揚州，介虚谷張君存予於湖上。揚州古稱塵土之鄉，予僑此十餘年，二君觀之，以爲染塵土者幾何耶？張君學識過儔輩，而盛稱王君。不知其人視其友。予荒落已甚，無以答王君求益之意，祇此守自立之心，則廿年前所證盟於大興朱文正公者，今猶未能自棄，故述以爲贈王君，幸無以爲悠悠常論也。

嘉慶廿一年二月廿二日，包世臣書。

慈雨成進士，觀政吏部，勤政能自立，爲書吏所憚。常言自得包君贈言，舉事唯恐失足負良箴。別後十數年，博覽載籍，爲文有奇氣，不以忤俗自阻，不以殊衆自矜，向其意氣，有成必矣。而年僅四十，遘疫卒於都下，録此曷勝悼痛。

與楊季子論文書

季子足下：辱書詢爲古文之要，詞意勤懇，世臣何可以當此耶？足下性嗜古書，尤躭齊梁諸子，而下筆顧清迴柔厚，駸駸有西漢之意。世臣僿陋偃蹇，何足以稱盛指，謹言其所知而足下擇之。

竊謂自唐氏有爲古文之學，上者好言道，其次則言法。説者曰：言道者，言之有物者也；言

法者，言之有序者也。然道附于事而統于禮，子思嘆聖道之大，曰：「禮儀三百，威儀三千。」孟子明王道，而所言要於不緩民事，以養以教，至養民之制，教民之法，則亦無不本於禮。其離事與禮而虚言道以張其軍者，自退之始，而子厚和之。至明允、永叔迺用力于推究世事，而子瞻尤爲達者。然門面言道之語，滌除未盡，以致近世治古文者，一若非言道則無以自尊其文，是非世臣所敢知也。天下之事，莫不有法，法之于文也，尤精而嚴。夫具五官，備四體，而後成爲人。其形質配合乖互，則貴賤妍醜分焉，然未有能一一指其成式者也。夫孟、荀文之祖也，子政、子雲文之盛也。典型具在，轍迹各殊。然則所謂法者，精而至博，嚴而至通者也。又有言爲文不可落人窠臼，託于退之尚異之旨者。夫窠臼之説，即《記》所譏之「勦説」「雷同」也。比如有人焉，五官端正，四體調均，偏視數千萬人而莫有能同之者，得不謂之真異人乎哉？而戾者乃欲顛倒條理，删節助字，務取詰屈以眩讀者，是何異自憾狀貌之無以過人，而抉目截耳，折筋刲脅，蹣行于市，而矜詡其有異于人人也耶？至于退之諸文，序爲差劣，本供酬酢，情文無自，是以别尋端緒，仿于策士諷諭之遺，偶著新奇，旋成惡札。而論者不察，推爲功宗，其有撏撦前人名作，摘其徵疵，抑揚生議，以尊己見，所謂蠹生于木而反食其木。又或尋常小文，强推大義。二者之蔽，王、曾尤多。夫事無大小，苟能明其始卒，究其義類，皆足以成至文，固不必悉本忠孝，攸關家國也。凡是陋習，染人爲易，而熙甫、順甫乃欲指以爲法，豈不謬哉！

文類既殊，體裁各別，然惟言事與記事爲最難。言事之文，必先洞悉所事之條理原委，抉明正義，然後述現事之所以失，而條畫其補救之方。記事之文，必先表明緣起而深究得失之故，然後述其本末，則是非明白，不惑將來。凡此二類，固非率爾所能，而古今能者，必宗此法。機勢萬變，樞栝無改。至紀事而敘入其人之文，則爲尤難。《史記》點竄《内外傳》、《戰國策》諸書，遂如己出，班氏襲用前文，微有增損，而截然爲兩家。斯如製藥冶金，隨其鎔範，形依手變，性與物從，非具神奇，徒嫌依傍。馬、班紀載舊文，多非原本，故《史記》善賈生推言之論，而班氏《典引》直指以爲司馬，《始皇紀》後亦兼載賈、馬之名。賈生之文入《漢書》者，已屬摘略，而其局度意氣，與《過秦》殊科，則知其出于司馬删潤無疑也。比及陳、范所載全文，多形蕪穢，或加以删薙，輒又見爲碎缺。故子瞻約趙抃之牘以行己意，而介甫嘆爲子長復出者，蓋深知其難也。《通鑑》删採忠宣，能使首尾完具，利害畢陳，原父鑪錘，斯爲可尚。世臣從前纂《汪容甫遺集》，曾採未成互異之稿，足爲完篇，筆勢一如容甫。容甫故工文，體勢又略與予近，猶易爲力。至作《谷西阿傳》，採録其奏議三篇。西阿人能自立，而文筆蕪靡不及其意。世臣因其事必宜傳，又恐一加潤色，將與國史互異，致啓後人之疑，故止爲之删削移動，較量篇幅，十不存五，而未嘗改易一字。醇茂痛快，頓可誦讀，既與原文殊觀，又不亂以己意。較之子瞻所作，難易倍蓰，非足下其誰與喻此耶？世臣自幼失學，惟好究事物之情狀，足下所志，略同鄙人，前後雜文數十百篇，足下大都見之，其是

否有合古人立言之旨，以及與近世聞人所言古文相承之法，是否同異，世臣不能自知，又將何以爲足下告耶？重辱遠問，伏惟珍重，皇恐皇恐。

再與楊季子書

季子足下：辱賜還答，知不以前書爲差謬，幸甚幸甚。然獎借逾分，又有未甚喻意之處，故復進以相開，惟足下照察。足下謂聖道即王道，研究世務，擘畫精詳，則道已寓于文，故更無道可言，固非世臣所任，而亦非世臣意也。世臣生乾隆中，比及成童，見百爲廢弛，賄賂公行，吏治汙而民氣鬱，殆將有變，思所以禁暴除亂，于是學兵家。又見民生日蹙，一被水旱，則道殣相望，思所以勸本厚生，于是學農家。又見齊民跬步，即陷非辜，奸民趨死如騖，而常得自全，思所以飭邪禁非，于是學法家。既已求三家之學于古，而飢驅奔走者數十年，驗以人情地勢，殊不相遠，斟古酌今，時與當事論説所宜。雖補偏救弊之術，偶蒙採納，皆有所效，然極世臣學識之所至，尚未知其能爲富强否耶。民富則重犯法，政强則令必行。故過富强者爲霸，過霸者爲王。詩人之頌王業曰：「如茨如梁。」又曰：「莫不震疊。」未有既貧且弱，而可言王道者也。故謂富强非王道之一事者，陋儒也。若遂以富强爲王道，古先其可誣乎？荀子曰：「學始于誦詩，終于安禮。」「學至于《禮》而止。」孟子曰：「動容周旋中禮者，盛德之至也。」孔子曰：「齊之以禮。」「有禮則安。」「以

禮爲國乎何有。」世臣溯自有識，迄于中身，非禮之念時生于心，非禮之行時見于事，惟不敢蕩檢踰閑，竊自附于鄉黨自好之末而已。而足下乃取文以載道之卮言，致其推崇。前書方以言道自張，爲前哲之病，而足下更爲此說，是重吾過也。足下又謂苦學彦昇、季友而不能近，以致詞氣生澀，非能入漢。夫太白俯首宣城而不珍建安，子美詩親子建而苦學陰、何，智過其師，事有天授。故足下之近漢也，得于天；而好彦昇、季友，由于學。然彦昇、季友獨到之處，亦漢人所無，足下好之，無庸更疑也。至詢及晉卿往復論文之旨，足下疑世臣之別有秘密乎？晉卿古文之學，出于其舅氏張臯文先生，臯文受于劉才甫之弟子王悔生，蓋即熙甫、望溪相承之法，而晉卿才力桀驁，下筆輒能自拔。然世臣識晉卿時，晉卿未弱冠，迄今二十年，每論文則判然無一語相合，而讀其文則必嘆賞無與比方。晉卿亦以世臣一覽便見其深，每有所作，必以相示，不以論議殊途爲意，是殆所謂能行者未必能言也。

又詢及《選》學與八家優劣及國朝名人孰爲近古。夫《文選》所載，自周、秦以及齊、梁，本非一體，八家工力至厚，莫不沈酣于周、秦、兩漢子史百家，而得體勢于韓公子、《吕覽》者爲尤深，徒以薄其爲人，不欲形諸論説，然後世有識，飲水辨源，其可掩耶？自前明諸君泥子瞻文起八代之言，遂斥《選》學爲別裁僞體，良以應德、順甫、熙甫諸君，心力悴於八股，一切誦讀，皆爲制舉之資，遂取八家下乘，横空起議，照應鉤勒之篇，以爲準的。小儒目眯，前邪後許，而精深閎茂，反在

屏棄。於是有反其道以求之者，至謂八家淺薄，務爲藻飾之詞，稱爲《選》學，格塞之語詡爲先秦。夫六朝雖尚文采，然其健者則緩急疾徐，縱送激射，同符《史》《漢》，貌離神合，精彩奪人。至于秦、漢之文，莫不洞達駘宕，劌目怵心，間有語不能通，則由傳寫譌誤，及當時方言，以此爲師，豈爲善擇？退之酷嗜子雲，碑版或至不可讀，而書説健舉渾厚，宜爲宗匠。子厚勁厲無前，然時有摹擬之迹，氣傷縝密。永叔奏議怵怛明暢，得大臣之體，翰札紆徐易直，真有德之言，而序記則爲庸調。明允長于推勘，辨駁一任峻急。介甫詞完氣健，饒有遠勢。子固茂密安和，而雄强不足。子瞻機神敏妙，比及暮年，心手相忘，獨立千載。子由差弱，然其委婉敦縟，一節獨到，亦非父兄所能掩。足下試各取其全集讀之，凡爲三百年來選家所遺者，大抵皆出入秦漢，而爲古人真脉所寄也。其與《選》學殊途同歸。貴鄉汪容甫頗有真解，惜其騖逐時譽，耗心餖飣，然有至者，固足爲後來先路矣。國初名集所見甚鮮，就中可指數者，侯朝宗隨人俯仰，致近俳優；汪鈍翁簡點瞻顧，僅足自守；魏叔子頗有才力，而學無原本，尤傷拉雜；方望溪視三子爲勝，而氣仍寒怯；儲畫山典實可尚，度涉市井；劉才甫極力修飾，略無菁華；姚姬傳風度秀整，邊幅急促；張皋文規形撫勢，惟説經之文爲善；惲子居力能自振，而破碎已甚，碑志小文乃有完璧。凡此九賢，莫不具標能擅美，獨映當時之志，而蓋棺論定，曾不足以塞後人之望。白駒過隙，來者難誣，足下齒方弱冠，秀出時流，然生材非難，成材爲難，惟望以世臣之荒落爲鑑，及時自効，則斯文之幸也。時

因風便，復惠德教，珍重不宣。世臣頓首。

讀亭林遺書

乾隆壬子，白門書賈新雕《日知録》出，予繙閲首册，始知亭林之名。愛其書，力不能購。嘉慶辛酉客蕪湖，爲從遊姚季光著《説儲》二篇。壬戌至常州主李申耆家，出稿本，質之，申耆手爲繕清，以爲其説多與《日知録》相出入，因得盡讀《日知録》三十卷，嘆爲經國碩猷，足以起江河日下之人心風俗而大爲之防。唯摘章句以説經及畸零證據，猶未免經生射策之習。欲删移其半，別爲外篇以重其書而未果。嗣遊揚州，得見《唐韻正》五書，心偉絶業，而非所好也。又得《郡國利病書》讀之，徵録賅備，如醫家流之有《本草綱目》，足爲《日知録》之佐使。迨展側吴越，近世聞人之書大都得寓目，竊以爲百餘年來，言學者必首推亭林，亭林書必首推《日知録》。繼聞亭林有詩文集，求之不可得。今歲家食，見黄修存藏亭林遺書十種，詩文集備在。假歸讀之，乃知所著又有《肇域志》，其稿不知尚在人間否？而集中自述《日知録》之辭，有曰：「意在撥亂滌污，法古用夏，啓多聞於來學，待一治於後王。」又曰：「有王者起，將以見諸行事，以躋斯世於治古之隆。」又曰：「平生之志與業，皆在其中，道之隆污，各以其時，使後王得以酌取，其亦可以畢區區之願矣。」然後知予之所以信亭林者，乃即亭林之所以自信，宜其立説之多符合也。如《日知録》所

載：「自古有亡國，無亡天下。國亡卿大夫之責也，天下亡則士與有責焉。」集中所載：「天生豪傑，必有所任，拯斯人於塗炭，爲萬世開太平，此吾輩之任也。」又曰：「引古籌今，亦吾儒經世之用。然今日之事，興一利便添一害，如欲行沁水之轉般，則河南必擾；開膠萊之運道，則山東必亂。」又曰：「目擊世趣，方知治亂之關，必在人心風俗，而所以轉移人心，整飭風俗，則教化綱紀爲不可闕矣。百年必世養之而不足，一朝一夕敗之而有餘。」至哉言乎，可以俟諸百世而不惑矣。亭林之自序曰：「少爲帖括二十年，已而學爲詩古文，以其間纂記故事，年至四十，斐然欲有所作。又十餘年，讀書日以益多，而後悔其嚮者立言之非。」懇懇乎其不我欺也。

予年十八，即罷帖括之業，而力求吾儒所當有事者，傭書負米，經三數十年，頗能遠傷廉之取，不枉己以求合，辛苦顛躓而不悔。兹讀亭林詩文，按其歲月，核其行檢，辨進修之日深，信立言之有本，使勵志之士得以倚而自堅，讀其集而《日知録》乃以益重，則信乎其近世學者之首也。亭林耳目至廣，記誦絶人，勤於筆札，至老不倦。於以參較錯互，辨正謞謬，其學能舉大而不遺么細，霑溉小儒，自飳飣一得之勤，以及考證聲韻金石輿地名家者十數而不止，上者推演以自植，下者稗販而諛聞，是亭林之所長也。予少小鮮所聞見，雅善遺忘，唯以食貧居賤，知民間所疾苦，則心求所以振起而補救之者。稍長，困於奔走，涉世事，讀官書，則知求所以致弊之故而澄其源。又知舉事駭衆則敗成，常求順人情，去太甚，默運轉移而不覺，必能自信也，而後載筆。然猶必時

察事變，稍有窒礙，則不惜詳更節目，要於必可舉行，以無悞後世，是予之所長也。至於詩文一藝，結習同深。亭林之詩，導源歷下，沿西崑、玉溪、杜陵，以窺柴桑。予則托始供奉，溯康樂、平原，以達步兵、東阿，而弛負於曲江、杜陵。亭林詩從聲色入，予詩從氣體入，言必有物，風雲月露，不得涉其毫瀋，是則所同也。亭林之文，宗考亭以躋南豐，以其立志遠而讀書多，更事數時，時有獨到語，爲曾、朱兩家所未及。予爲文，能發事物之情狀，窺見至隱，有如面談，繁或千言，短則數語，因類付形，達意而止。是則千慮之一，抑亦有不敢多讓者。要之，亭林之學成於責實，予之學出於導虛，使得周旋几席以上下其論議，則予可免憑臆之譏，而亭林亦少術疏之誚矣。亭林見《韻補》而自傷譾陋獨學，欲求如才老者與之講習，則予讀亭林遺書而不能不重爲之嘆息者，亦無怪矣。

自編《小倦遊閣文集》三十卷總目序

凡正集十九卷，內賦二卷，詩二卷，文十五卷，共二百六十一首。別集十一卷，內賦一卷，詩二卷，文八卷，共二百十九首。

敘曰：予爲孺子時，初讀《文選》，即倣爲古賦、五言詩。又性好攙論得失，援古證今，依眉山、龍川墻壁而爲之。所居卑，聞見至鮮。比及成童，累稿過寸，雖未嘗出以示人，然頗自矜恃，

以爲爲舉世所不爲也。嘉慶庚申秋試，識陽湖張君翰風於號舍。翰風鋭精輿地，而服權家言，知余來自川楚，詢軍中事實。予既告以所親歷，復爲言賊不難治狀，翰風歎絶。旁及詩古文詞，遂絮語達旦。既輟試，再三過從，翰風執手曰：「吾子濟世才也，然好爲詩，是耗神甚，今當别，幸爲生民自愛。」予輟韻語自此始。嗣翰風過揚州，爲予删諸體詩千餘首，存四之一而焚其餘。經今三十年，必不得已而有言，亦艱澀非復少小體勢矣。識翰風後二年，又識其甥武進董君晉卿。晉卿甫弱冠，工爲賦及古文，覽其賦，閎廓幽窈，古文亦渾深有作者之意，雖沿用桐城方望溪、劉才甫之法，而氣力遒健能自拔，故予雅不喜望溪、才甫而特愛晉卿。退視己作，率蕪蔓不可采，自是始專以一心求人情事理之原，有所得而達於詞，盡意則止，依傍之陋，漸就湔除矣。然亦以廿餘年蓬轉江淮間，行笈難攜書籍，舊業韓、歐、蘇、王之章句，悉遺忘不能舉，唯以周秦諸子自隨，尤好《孫卿》、《吕覽》，然《南華・内篇》、《離騷經》反覆諷詠，卒不得其旨歸。古今文士，言得力必於《莊》、《騷》，乃後知姿性弱劣，莫能相强也。又未習小學，故訓大都依俗説，尤平近，不能發奇趣。故嗜書，然畏録副，草稿數十百卷，常改竄至不可辨。從兄子時孟，略以意爲繕録，從弟季懷續加勘校，分言事、紀事、雜著三編，然首尾不完具。道光甲申，予年適五十，衰頽荒落，自分終已不可用，遂欲芟葺舊文，而笥中稿本，半爲鼠耗，存者又塗抹潦草，不能授書手，目力復昏耗不自耐，時作時輟。今年長夏家食，乃鋭意擇可識别者得若干篇，其有託體較大，關係身世，則歸之正集，雖

么小不足數，而稍有意興，與夫鄉曲賢士女之宜紀述，以及代言之足濟時用者，録爲別集。代言中成於受意者，署曰代某，若斷自己意，則曰爲某，以示區別。《兩淵》最少作，《説儲》所言，稍長涉事矣。然唯《農政》一册，差足自信，餘説殊有不盡可見諸施行者，既別録爲成書，唯摘取敘論入集。竊嘗謂古今人思力應不相遠，而古人成材多者，則以其績學敦行不怠倦，閱歷久而精進深，故出於心，借於手，能以理明詞舉也。後之人稍長涉事，則頽然自放，以晉卿之傑出流輩，而自壯歲以後，轉側齊豫燕趙之郊者十餘年，所作顧平近，不能稱初志，矧余之學殖既淺薄，而數十年所遭遇，又拂逆鬱勃百出者耶？則其文之無可觀采也明矣。故集録如右，略述顛末，以示子弟，使有志者得以及時自力焉。

藝舟雙楫·論文卷二

論文二

十九弟季懷學詩識小録序

世臣幼從先子受《詩》，讀小序而善之，然無從得毛、鄭之書。嘉慶丁巳，爲大興文正公客，乃見《十三經注疏》，盡九月之力而讀之一過，破句謬字，不能自辨，惟略知《爾雅》存古訓，訓古書者以古訓爲宜，而《詩》疏於大典禮必博採衆説，足爲羣經之綱領而已。以後負米四方數十年，惟壬戌在武進李申耆家七閲月，旁覽載籍，其餘舟車旅邸之中，或旬或月，涉獵流覽，罕有簡閲一書，能自首至尾者也。然頗心知其故，能以己意測古人立言之旨，而窮其義之所止。至于論先王制作之原，亦能以近世人情上推之，而原其終始，于鄭氏之説常合，是其所長也。然思而不學，以致惝恍不敢自信者，其失固已多矣。季懷于庚申之春，自里門從至江寧，略受文法，繼以就食他去，

而季懷遂留江寧。戊辰秋，乃攜季懷至揚州。世臣出遊久，多識前輩，得讀書之要領，揚州士人常過從者，輒以所聞授之。而江都凌曙曉樓至誠篤，曉樓之甥儀徵劉文淇孟瞻尤穎慧。時歙洪桐生先生主講梅花書院，善世臣甚，世臣所許可者，輒召入院膳給之，使與其養子敏回子駿、甥閔宗肅子敬共几席。世臣以曉樓熟《禮記》，遂與之言鄭氏《禮》，而使治之，孟瞻好詩，遂使治毛、鄭氏《詩》，季懷與孟瞻同業，子駿年最少，而神解驚絶，尤相善。已而旌德姚配中仲虞，在江寧聞季懷之説治漢《易》，族子慎言孟開，亦從季懷受《詩》，先後來揚州，而丹徒汪沅芷生治毛氏，甘泉薛傳均子韻治許氏，皆善季懷，朝夕與砥礪，相勸以力學。季懷念鄭氏箋《毛》，而説《詩》多以《禮》，遂學三《禮》。以古書不可臆通，悉檢諸經注疏聲義，周秦兩漢魏晉各子史家言，杜氏《通典》，圖經、本草、名物、輿地之書，及《文選注》、《太平御覽》、《玉海》，一切有古書之單詞片義可採擇者。近人則自陳啓源《稽古篇》、邵晉涵《爾雅正義》、錢坫段玉裁《説文解字》、王念孫《廣雅》，以至顧炎武、惠棟、戴震、錢大昕、凌廷堪諸氏之説，莫不悉心探索，而要歸於求是。蓋校閲古今書數千卷，積十年寒暑不輟，始斐然有志於著述。又五年，書乃粗成，其擇術可謂善，而用力可謂勤矣。

五年之間，子敬以制舉更業，洪先生厭世，芷生渡江去，子駿又不幸夭折。曉樓由都下入粤，倦遊而歸，遷治《鄭氏禮》者治何氏《公羊》，成《公羊禮》、《公羊補疏禮書》數十卷，雖未能精善，然工力不可誣也。孟瞻去毛、鄭而治杜氏《春秋》，成舊疏考證十二卷，駁沖遠五百餘事，穎鋭罕儔。

仲虞治《易》，注十卷，實有見於闔闢消長之機，而無鑿空之説。子韻以許氏校經，旁徵而通其義。孟開亦爲文十數篇，以明鄭氏實翼《毛》，而正義誤説者。二子之書雖未成，吾黨於是蓋彬彬矣。然惟季懷之治《詩》，尤久而不遷，其初稿多論議是非，繼乃悉屏攻擊，專事證明疏通之學，季懷之于説《詩》也，信善矣。誦《詩》者必達於政，故曰「入其國」而「温柔敦厚」，《詩》之教也。故《詩》之用頌美也，陳古義以爲勸，其用於譏刺，猶欲戒聞者，使改悔其行，以不忍遽絶之也。故其失也愚，而事猶可復。今季懷廉厲而尚斷，廉厲則遠于温柔，尚斷則遠於敦厚，雖有所得，其失難更。近世之爲詩者，推戴氏、段氏，戴氏任館職而未與政，然吾意其能從政也。季懷之書，固可接武於二氏，其咀含諷詠，自管其情，以達於事變，異日而得從政也，弗如段氏之爲天下口實者，則庶乎其近之矣。

道光二年九月，從父兄世臣書。

《詩禮徵文》序

季懷以嘉慶戊辰秋始學《詩》，至丙子冬，推鄭氏以《禮》説《詩》之意，爲書十卷，有自序而無大名，既而棄之。又六年，乃成《學詩識小録》十三卷。予于其不禄也，已抆淚次之于狀。今年春撰集遺書，檢得《致仲虞書》稿，有曰：「學《詩》八年，自謂有得，奮然欲述《詩禮原鄭》一書，今編

次粗就，殊不〔月〕〔足〕發明鄭氏，僅徵舊文，供制舉家摭拾而已。覆閱之，令人慚恧，而家伯氏以爲不可焚棄，俟異日之刪定。足下若見此稿本，殆當鄙夷，不以齒於吾黨也。」蓋季懷之深於《詩》而不自滿假者有如此。然孟瞻、孟開反覆其書，僉謂援引淹通，實足導來學之前路，故原季懷本意，名之曰《詩禮徵文》，先校而梓之。其藁草紛糾，鉤勒拉雜，間有繁複待芟、統類未一之處，則子韻、孟瞻、賓叔、孟開共有事焉。仲虞遠在旌德，相距且千里，將來郵寄成書，如指摘疵纇當更正者，削楮以從，固季懷之意也。

道光七年六月十九日，從父兄世臣書。

書《毛詩・關雎序》後

序《詩》者序《關雎》，通言《詩》之體用，曰四始，曰六義。體爲作詩之本，用爲作詩之法。四始體也，六義用也。故《關雎》序以始始之，以義終之，而學者罕能通其說。蓋一誤於《史記》述夫子正樂之次，因舉《關雎》之亂以爲風始，而以《鹿鳴》、《文王》、《清廟》爲雅頌始者，配爲四，後儒遂援爲四始之正訓。一誤於以風雅頌爲體裁之名，使六義止存三，而三經三緯之陋說以起。按《序》言：「后妃之德，風之始，所以風天下而正夫婦。」又申之曰：「風，風也，教也；風以動之，教以化之」者，明未有《關雎》之詩，先有后妃之德，先王所以能風動天下者，以后妃之德實始之，故

曰風之始。又以《詩》之用於刺者多，或致疑風之不盡關乎德化，故曰：「上以風化下，下以風刺上」，而復説之曰「止乎禮義」，「先王之澤」，明風仍自上行也。是故「一國之事，繫一人之本」者，風之始。「言天下之事，形四方之風」者，雅之始。人君以盛德致成功而可告神明者，頌之始。達事變，懷舊俗，「吟咏性情，以風其上」者，變之始。故總而承之曰：「是謂四始，《詩》之至也。」鄭氏之説始曰：「王道興衰之所由。」斯爲深得序意矣。是故序言「正得失，動天地，感鬼神，莫近於《詩》」。先王以是經夫婦，成孝敬，厚人倫，美教化，移風俗」。非明乎四始之謂，安能信《詩》之爲至哉？序推明風義備矣。至於雅則説之曰：「正也，言王政之所由廢興。」明以正言其事爲雅之義，與風之主文譎諫者殊科。頌則述功德以告神。是風雅頌之於《詩》，其用與賦比興同，故曰六義，非體裁之名也。編《詩》者就《詩》中得其義之多者而别其名，然立義在《詩》先，定名在《詩》後，如後世賦物而名爲賦耳。鄭氏於《王風》，謂其詩不能復雅者，正以詩義適當「一國之事，繫一人之本」，與「言天下之事，形四方之風」者，義異也。崔集註本，於《黍離》序箋增「猶尊之，故稱王」，則知譜所云「故貶之」者，皆後人羼入，爲近世《黍離》降爲國風之説之嚆矢矣。序於《關雎》、《麟趾》言化，明王者以德風天下，而天下自化也。於《鵲巢》、《騶虞》言德，明諸侯被先王之教，各修其德以風一國也。是以正始之道，王化之基，二《南》所同，而風始獨歸《關雎》也。序末詳説《關雎》，而曰「思得淑女」，「憂在進賢」，不淫不傷者，忖度后妃，自微達顯。而毛氏以淑女斥后

妃，故鄭氏破好爲和好，破左右爲佐佑，破哀爲衷者，真能抉經心而通序説矣。至於編《詩》者，雖取風雅頌之義以名詩，而六義實多互見，唯《關雎》爲備。雎鳩以物性喻德，興也；河洲以地勢喻境，比也；淑女好仇正言之，雅也；荇菜琴瑟鐘鼓鋪述之，賦也；詩人深窺后妃之用心，以形容其德，頌也；合五義以風天下後世，風也。故序《詩》者，既推明《關雎》之旨，復發其凡而總結之，曰是《關雎》之義也者，示爲詩之要，必依義以求作者之志於文辭之外，而自得之意中。然則不明六義之用，又烏足與言詩乎！同年巴王君劼，以毛《詩》繹義相質，其説四始也，以變詩儷風雅頌爲四。余用豁然於數十年之疑，得四於友，得始於序，而義從之，故述新知舊聞，推論始義以著於篇。

《春秋》異文考證題詞

讀書必先識字，字之不識，義於何有？制字有事、意、形、聲之别，四者無所屬，而後有轉注、假借，以盡其變。事之爲字無幾，意則兩文合而後得，故形聲之爲字也多，而聲爲尤。轉注屬形，假借屬聲，故聲之於字居大半，而假借之爲用於字也，又復半之，是識字固莫要於審聲也。前民傳經，謹守師法，一字之異同，一義之輕重，不敢憑私臆以爲説。至唐顔氏《漢書注》出，而古訓漸湮，俗解漸盛。降至於宋，學者專事科舉之業，劉新喻博辨絶羣，始以己意説經。然其見聞賅洽，於儒先助字文義，體究有素，説雖新奇，而義理多所獨得。然方便門自此開已，後人無其多聞，肆

爲臆説。至於漢儒説經之書，不能解其助字，明其句讀，若許、鄭家法，覽之尤不能終卷，專以世俗詁訓，强古經就我，反斥一字一聲之學，爲無關大義。是猶菽麥不辨，而侈談授時相穡之精微；楹杙不分，而意締千門萬户之壯麗也。萬載辛君同叔，承家學，治《春秋》，於三《傳》文有異同，則爲之廣徵博引，於凡聲之相近，而可通可假，又字之古多今少，古少今多，悉明其本義假義，以及假義盛行，而本義反没者，無不條列明晰，無泛濫，無遺漏，可不謂勤於樸學者乎？然而三《傳》義例，各有師承，長短之論，未可盡據，而册中間有評斷三家之語，此則仍不免宋人易言之習。蓋吾人佔畢，必始宋學，洎肄舉業，益違雅訓，迨至反而從事其本，則少小之所温燖者，如油入麪，去之卒不能盡。以同叔之精心果力，尚未能免於此，此不得不爲全書累也。敢請酌而去之，專明識字之原，字既識，則義自明，讀者善擇而有得，庶足以矯末學之弊，而亡武斷之非，同叔以爲然否？

《儀禮鄭注句讀》書後

談君弢華得《儀禮鄭注句讀》鈔本十九卷於淮陰市中，余爲審定爲稷若手稿，其朱書則亭林之所校正也。余成童曾見是書，苦坊刻多誤，欲以原注讐刊之，卒不果。幸見原稿，故校閲一過而記其後曰：儀禮之學，晦且千年，自是書板行，而童子塾中能誦全文者，十人而五，則其所以惠來學、助禮教者大已。近人武進張皋文又爲《儀禮圖》十八卷，運精思以補闕略，然後揖讓之美，

人道之貴，洋溢往復，絶無迂拘而不可行於後世者。苟循守二書，以習其節文，系其條理，而深求鄭賈之所推類者，以即於人情，則安上治民，莫善之故煥乎見矣。未有者可以義起，本身者百世不惑，使斯世永與立之譽，蒸民遠無禮之危，則二張先生未伸之意，而後死所共有責者也。談君昔視學貴陽，能以弦誦之治，變其僿陋，此物此志，庶乎其有望矣。

論《史記·六國表敘》

孟開曰：「史公序《六國表》，先刺僭越，次譏暴戾，繼言其得天助，據地勢，而終以法後王。秦豈有可法乎？支離其辭，意將何屬？」曰：是史公之所觀於孔子，而班氏以爲微文者也，蓋全書之綱領矣。孔子曰：「人有禮則安，無禮則危。」「安上治民，莫善於禮。」「能以禮讓爲國乎何有？不能以禮讓爲國如禮何？」善哉！史公之《自敘》也。王道缺，禮樂衰，孔子修舊起廢，作《春秋》，撥亂世反之正。《春秋》者禮義之大宗。禮禁未然之前，而爲用難知。蓋其幼誦古文，長則講業齊魯之都，觀孔子之遺風，觀多也。史公既不能達所學以變漢，夫是以不讓周孔五百之期，垂空文，著興壞，欲以明齊禮之化而已矣。故篇首引禮文以正秦襄之僭，明秦之廢禮，自上始也。禮廢則必争，争必以利。戰功者，利之大而争之至極也。好戰則財匱，不能不專利；專利則人心不附，不能不嚴刑。以心移争利之身，涉嚴刑之世，不能不阿諛取容。史公傷之曰：「先本

絀末，以禮義防於利，事變多故而亦反是。」職是故也。至推秦之德與力，皆無可以并天下而當天心者，謂上帝必歆其非禮之祀而助之，則未敢質，故言若以疑之，《伯夷傳》之所反覆申明者，仍此志也。是其心憂時變而爲天下後世計者，至深且切。寓意六國，則於漢爲無嫌，危行言孫之教也。秦蔑禮用暴，漢不引爲殷監而循其故轍，故賈生曰：「秦功成求得，終不知反之廉節仁義。」轉而爲漢，遺風餘俗，猶尚未改。高祖常稱李斯有善歸主，孝文以吴公嘗學事於李斯，徵爲廷尉，是其舉事不非秦也。然則史公謂戰國權變可頗采，譏學者牽於所聞，不察終始，而以漢興自蜀漢，互證秦收功實之故，屬事比類，隱示端緒，真知懼之君子哉。懼以漢因秦不變，而禮教遂至廢亡也。

高祖素慢無禮，唯能以爵邑饒人，陳平謂士之頑鈍嗜利無恥者，多歸之。繼以孝文好刑名之言，竇太后尚黄老之術，黄老尊生，尊生則畏死，求不死者必矜無外。孝武不勝多欲，而逐始皇之迹，土木兵革無虚日，傜役繁，怨讟興，而算軺告緡之法，見知誹謗之律，相繼并作。蓋《平準》、《封禪》所記，其事皆昉于西時也。迹漢廷君臣父子之間，其慚德洵不後秦矣。然秦雖遺禮義，黜儒術，而聖人遺化猶在齊魯之間。申公、轅固生之流，並廉直無所絀意，及叔孫通希世度務，弟子皆爲首選。公孫弘曲學阿世，廣厲學官之路，舉遺滋利孔，興禮造争端，至使文學掌故，援《春秋》，比輕重，以求尊顯，是禮亡於通儒，亡於弘也。

史公知化争莫如讓，絀利莫如義，是故太伯冠世家，伯夷冠列傳，重讓也。表兩客穿孔，美兩

生不行，書王蠋絶吭，紀田叔鉗足，尚義也。尚義重讓則禮殆於可興矣。然而漢廷諸臣，唯賈生爲能，不以卑近自囿，達制治之源。其言曰：「移風易俗，使天下回心向道，類非俗吏所能爲。俗吏務刀筆筐篋，報簿書期會，不知大禮。秦俗尚告訐，任刑罰，今不避秦轍，是後車又將覆也。先王執勸善懲惡之政，堅如金石，而必曰禮。云禮云者，貴絶惡於未萌，以起教於微眇也。」孝文以爲然，使草具事儀，興禮樂，悉更秦法，而絳、灌大臣短而抑之。史公悲賈生之窮乏不止其身也，故既善其推言《過秦》之説，復齒之屈平以明其志，所以深致憾於娼嫉壅害，而爲萬世有心維持禮教者慟也。管、晏之勳爛然矣，史公乃推本鮑叔，艷述越石，凡以尚讓重義之教，必待人而後行，庶幾帝臣不蔽，足以黜利去争，隆禮而興孔子之業耳。相其折壺遂比於《春秋》爲謬，自居整齊世傳，非所謂作，而卒謂略以拾遺補藝，成一家之言，明爲百王大法，非僅一代良史而已。孟堅讀之，乃不得其指歸，猥以爲陷刑之後，貶損當世，是非頗謬於聖人。史公所爲著於書首，大聲疾呼，非好學深思，心知其意，固難爲淺見寡聞道者也。

絀禮尚法以争利，秦治也，漢初因之。至孝武興禮重儒，顧專飾玉帛鐘鼓以欺世，而嚴刑嗜利，反甚於高、惠、文、景之世，遂使利操大權，而人心趨之如鶩，是天意欲變古今之局。故史公發憤而作，全書言廢書而歎者三：一、厲王好利，惡聞己過；一、孟子言王何必曰利；一、公孫廣厲學官之路。其義類可見。

書《史記・魏其武安傳》後

或問史公傳魏其、武安，既云：「魏其不知時變，灌夫無術不遜，相翼以成禍亂。」又云：「武安負貴好權」，則曲直顯明，禍源昭著，而復繼以「禍所從來」者，何謂也？予曰此《自序》之所謂「原始察終，見盛觀衰」者也。蓋憂世之微言，而重斥外戚矣。其序世家曰：「孔子罕言命，蓋難言之也，非通幽明之變，惡能識乎性命哉？」言難以知命，責外戚在下不可恃，而在上不可縱也。故曰：「魏其、武安皆以外戚重。」外戚唯魏其賢，能引大義以阻傳梁之失，而太后顧以此除其屬籍。故曰：「魏其之舉以吴、楚。」明非吴、楚則終身廢棄也。既以賢而廢棄，則所舉必負貴好權，通賄賂，恣睚眦，如武安者耳。進退人才者，人主之柄，東宫操進退之權，而顛倒如是，豈必臨朝稱制，乃足爲亂哉。外戚重則公室卑，其究則子政所謂王氏與劉氏亦且不並立者也。迹武安初用事，下賓客，進名士，欲以傾諸將相，推轂儒術，設明堂，興禮樂，痛折節以禮肅天下，非新莽之前車乎？高祖之侯澤、釋之也，以爲將有功，而台、産之並侯也，以父澤死事。恐議者不察，疑爲恩澤，故白馬之盟曰：「非有功而侯，天下其擊之。」侯以恩澤，自薄昭始。昭功與定策，亞於宋昌，顧以建太子恩，使與駟鈞、趙兼同科，白馬之約始敗矣。昭卒變謹良之舊，至殺漢使，是故長君、少君初至長安，而絳、灌以爲我輩他日命且懸兩人手，則文帝示私外戚之禍，可勝言哉。是故

竇太后趣侯王信，政君敕讓丁、傅之嚆矢也。條侯力持正議，遲信侯數年，而條侯卒以得死。竇太后好黄老，以清淨退讓教宗室，諸竇尚如此，則婦人之不可用也，亦甚矣。當武安嚮用之時，武帝曰：「君除吏已盡未？」其請宅地，則曰：「何不遂取武庫！」是不必至魏其、灌夫事，始不直武安也。帝初即位，即以夫守淮南，鎮天下勁兵處。及其爲太僕，以酒搏竇甫，恐太后誅夫，爲徙相燕，則帝之知夫而全夫者至矣。至東朝廷辯，以兩人孰是，徧問朝臣，汲、鄭對不能堅，餘皆莫敢對。武帝之用心，實欲倚朝臣公論以抗太后，而全魏其、灌夫，如袁盎諸大臣之持梁事也。既莫對，對又不堅，而遂無如太后何矣。故怒曰：「今日廷論，局促如轅下駒，吾並斬若屬也。」以武帝之雄才大略，而上迫太后，驕所薄，陷所嚴，況成、哀之下材乎？史公蓋前知之，而隱其辭以爲萬世戒，不然，武安之患苦吏民，修成子仲之儔耳，吳、楚之功最條侯，魏其、灌夫附條侯以傳可矣，何遽如《自序》所述乎？史公之特立此傳者，深憂履霜之戒，不至政君三世稱制，龜鼎遂移不止也，是禍所從來之謂也。

復石贛州書

瑶辰四兄太守閣下：上年曾於席間論史公《答任安書》，二千年無能通者，閣下比詰其故。世臣答以閣下博聞深思，誦之數十過，則自生疑；又百過，當自悟。閣下次日見過云，客散後，即

檢本討尋，竟不能得端緒，唯覺通篇文意與「推賢薦士」不相貫串耳，敢請其指歸。世臣復答以閣下半夜之間，多則十數過，何能即悟。請再逐字逐句思之，又合全文思之，思之不已，則有得已，非敢吝也。凡以學問之道，聞而得，不如求而得之深固也。閣下旋即奉差出省，繼復攝郡赴虔，遂爾遠違，忽復更歲。昨奉手書，具問前事，委曲詳縟，大君子之虚中，真學人之果力，悉見簡内，世臣不敢不遂進其愚，以明麗澤互師之道矣。竊謂「推賢薦士」，非少卿來書中本語，史公諱言少卿求援，故以四字約來書之意，而斥少卿爲天下豪儁，以表其冤。中間述李陵事者，明與陵非素相善，尚力爲引救，况少卿有許死之誼乎！實緣自被刑後，所爲不死者，以《史記》未成之故，是史公之身，乃《史記》之身，非史公所得自私，史公可爲少卿死，而《史記》必不能爲少卿廢也。結以死日，是非乃定，則史公與少卿所共者，以廣少卿而釋其私憾。是故文瀾雖壯，而滴水歸源，一線相生，字字皆有歸著也。世臣前曾以此疑獻於邁堂，嗣接其書三次，近又在省面晤，竟一字不及此事，可謂不以三隅反者矣。邁堂在西省，已爲僅有，而尚如是，安得有如閣下三數人，共發古人之覆乎？虔州最稱難治，閣下居之，駕輕就熟，無足慮者。酷暑，唯千萬珍重。世臣頓首。

與周保緒論《晉略》書

保緒二弟足下：春杪承寄示《晉略》，核閲累月，紀傳俱未及卒，而目力殊苦不給，屬張君司

衡爲卒其業。各簽商數十百事，大都與原書較優劣於章句之間，無關大義，以未能知足下作書之旨故也。及足下至揚，面述敘目必宜改作，使讀者知己意所在。昨承見過，示以删定紀傳三首，更造敘目一首，文采燦然，義例辨晳，虚懷果力，無異少壯。推此以論，其必舉盛業無疑也，欣喜無量，故願與足下盡言之。

夫事增於前，文減於舊，前人新書之例也。尊著既以略名，是無取矜博眩奇矣。然必綜鑷得失，著明法戒，以伸作者之志，故凡事之無係從違，人之無當興衰者，舉可略也。至於人心所趨，視乎初政，心趨既久，遂成風俗，風俗既成，朝政雖力矯之，而有所不可，今古一轍，匪唯晉代。然而撥亂反正，端重人事，人事修，天運變，不善者善之資，《晉略》之志當在是矣。原書於朝章法制，其事多散，人心風俗，其辭多隱。散者聚之而後明，隱者通之而後顯，則事略而義詳，較之文減事增，爲功尤偉，唯足下垂察。斷自泰始，當時成議，然追尊之宣、景、文三帝，王業已成，《魏志》既不立傳，未便同之蓋闕，故原書三紀之外，記録悉入泰始，並非自亂其例。今宜另立一篇，題爲《外紀》，以明金運之原，且以見司馬氏無功於當塗，無德於黔首，而一時藉曹氏之寵以享豐厚者，競與輸心佐命，真豺虎所不食，有北所不受。顧以若而人開鴻基，創永制，貽謀有不舛乎？無怪束嵩、朱碩之於王浚，沈充、錢鳳之於王敦，匡術、路永之於蘇峻，郗超、劉牢之之於二桓，劉穆之之於宋武，接踵而起也。故《外紀》一論，可以隳栝兩晉，極言天人之故矣。原書南渡後，帝

紀不詳北事，聲教既非所及，故其無涉江左，概從簡略，是斷代之體也。足下依據《通鑑》，補綴完具，爲以便觀省耳。至宋武身爲宋祖，例不於晉立傳，宜詳其事於孝武、安、恭三帝紀中，以明金運之委，然後立表以舉其綱要，則自然提挈在手，與奪從心矣。晉代年號，諸國叢雜，至難尋檢，宜創立一表，國經年緯，櫺列甲子。諸國主初見始盛，皆注其年之下，其奉晉正朔者，實皆帝制自如，一體編次。未有年號，則以名紀。拓拔氏殿諸國而首北朝，宜與晉初之吴，並作大行，以示區別。國多非一行所容，又宜以地爲統，如劉漢、石趙、冉魏，同作一層，以歸簡易。州郡爲一表，詳載割隸、淪没、僑置及其治所。宗室諸王爲一表，自非乃心曹氏，及輔政與倡亂有事實宜記録者，其世系建徙，悉詳於表，以省繁複。執政爲一表，不論官聯，止標國柄，使治亂之功罪有歸，而其時伴食之流，亦與附載，以儆庸鄙。方鎮爲一表，其自稱、遥授、虚授、權授命帥，俱隨事注明，使不相紊，而僞授一併備列，以彰全局。原其先用諸王，繼以世族，非此二途，即係武夫，莫不專制所部，樹私人，事封殖，薄親民而鄙政事，徵求無度，流亡莫恤，新附無以自安，土著無以自植，嘯聚以資奸雄，驕蹇成於遵養，兩晉興亡實在於此。勳封爲一表，叛亂爲一表。七表既立，詳而有要，簡而不遺，乃可别功過之等差，定忠奸之標準，以議列傳去取矣。

然必愛知其惡，憎知其善，或從宥過，或嚴誅心，或當責備之科，或在爲諱之列，務以昭勸示懲，垂諭方來而已。略陳數意，以効隅舉。禪代腹心，不過數人，宜爲合傳，其配食太廟，多以地

望備數，名見紀中，無煩縷述。平吴之役，謀主功首，自宜同傳，而附列爪牙。然平吴而主德驟變，馴致八王、五胡，馬宗遂覆。夫以武帝初政之隆，使釋吴以爲外懼，而飭壃圉，固藩翰，遲之十稔，吴終自至。叔子腹心三世，智能察微，自宜綜初卒，權輕重，以篤不拔之建，顧乃忍俊不勝，迎主心以邀混一之大名，茂先遂事，竟爾伏辜，而叔子身名俱泰，千載無譏，豈非今古之大倖歟？況叔子身仕魏室，已躋通顯，徒以景獻之故，助馬以傾曹。南風五惡，晉武悉知，豈以叔子而竟茫昧？心移勢焰，遂復黨賈以危馬，士之傾危，於斯爲甚，斧鉞之嚴，所宜首及。

及乎江左微弱，衅隙迭構，卒能立國傳後，苞含隱忍，茂弘實濟其功。然決擊華軼，以肇拓疆域，示趨向，雖志在自利，其剛斷有足稱者。又逆敦近在同氣，疏討刁、劉，原欲引入彀中，而能濳然不滓，上契主心，下孚衆望，器量尤爲難名。然不納陳頵拔卓茂、顯朱邑之至計，遂使勤民之實政無聞，白望之謬尚如故，斯其蔽也。至以私怨傾周、戴，棄冲人，挾子出奔，復起周撫，尤爲舛矣。士行戰勝攻取，强毅精能，故自加人一等，然恪遵酒限而不守封鲊之訓，必滅杜弢以自張，致疑當軸。蘇峻之役，始謂不敢越局，既迫於大義，仍事反覆，終乃嚴劾卞敦以自飾，而反爲任讓乞命。郭默之役，庾亮辭賞，而士行獨受江州，且移鎮以逼南門，雖臨去有老子婆娑之言，或爲參佐求富貴者所慫慂，然心迹至爲累矣。太真忠孝英武，峻、約小醜，勝算内成，而必引士行，推爲盟主，銷夙嫌以弭後釁，純德發爲遠見者也。道徽當奔亡託命之時，守素不撓而乞活爲之心折。

陶、庾各具晉陽之甲，憚其持正，銷兩難於無形。安石步趨茂弘，再定大亂，而遊心物外，不使康樂更居形勢之地。三賢近於無疵矣。然而茂弘、安石之寬簡，未必盡是；刁、劉、諸庾之綜覈，未必盡非。成敗既殊，安危遂判，優遊固足養患，操切立至失人，君子平情論世，未嘗不歎其不崇實以厲頹風，覽末流之莫挽，恨澄源之失術也。若道徽含飯以哺兄子，乃襲用范書陳言，斷非事理，太真遷都一議，宜以入《茂弘傳》，至九錫之詎，燃犀之戲，自是賢智之過。安石千里棄官以奔弟喪，豈謂不崇禮教？且大功誦可，未便以絲竹小癖，遽坐戎首。凡是之類，宜在諱削。

兵凶戰危，全争廟勝，若非得算實多，鴻議可法，皆屬搴斬之勞，事蹟悉附《勳封》、《叛亂》兩表。即其有當傳例，亦與衡量輕重，别無殊異表見，各附主將之末，是史公傳衛、霍之成式也。至有親民薄宦，參議真儒，能違時賢之尚，篤念小人之依，必宜力爲搜採，事雖小而必詳其功，言雖廢而必徵其效，於以振弊俗而重邦本，《民譽》一門，所宜增立。清談爲晉人病源，書法爲晉人絶業，足下特立兩門，誠爲允協。然清談當彙及門地時望，使虚車之陋，不致偏枯；書法以右軍爲極則，足下移入列傳以重其人，是猶有世儒之見也。但當檢括本集，備載會稽荒政，以補傳缺，乃爲得耳。原書《載記》之作，倣自《史記・匈奴》、兩《漢・四裔》各傳，以其棋布中土，故立此名，並非倡製，足下改爲外紀，紀之所名，史例專屬帝者，自宜循歐陽之舊，别爲國傳，非專爲避卷首也。

至原書大體可觀，所指大失雖非苛索，然鄙意以爲無庸攻擊，專明己意，使書自書而略自略，

學者既讀《晉書》，必不能不求《晉略》，則可藏名山傳通邑，而足下數十年之苦心，與天下後世以其見矣。唯希鑑察。暑濕，珍重。不具。癸巳六月十九日。

《晉略》序

《晉略》六十六篇，都爲十册，吾友荆溪周濟保緒之所作也。孟子曰：「不仁而得國者有之矣，不仁而得天下，未之有也。」晉之得天下，可謂不仁矣。是故其得也至易至奇，而分崩蕩析，亦至速至慘。中宗東奔，居讐地，用讐民，乃享國奕世，大亂屢作，宗祀卒延，豈不以吴皓暴虐，平吴之役，善反其政，依於誅君弔民之遺。至於敗亡逃死，又能決大計，使南土智勇，不失其職。始事有經，濟變得權，所以致此，固非倖矣。然則無功叨竊，雖得羣小比周之力，而埋狐者扣不旋踵，以當塗孤立爲監，而大禍即發宗藩，防患其可極乎？德在黎庶，雖微弱無比數，卒食其報，此可以明天道之不變，而長世者誠不可任狙詐以自獲罪也。唐初儒臣，集十八家之説，纂爲《晉書》，事迹頗具而此旨不明，無以昭勸戒，垂世法。保緒深達治源，取《晉書》斟酌之，歷廿餘載，至道光癸巳寫出清本，走使相質。既得余覆，又解散成書，五閲寒暑，乃成今本。而余赴章門，保緒赴淮陰，轉客漢皋，相距較遠。保緒繼以己亥秋物故旅次，及余還轅，保緒嗣孫煒以刻本來將遺命，乞序言。其分合故籍，若網在綱，簡而有要，切而不俚。抉得失之情，原興衰之故，貶惡而不没善，

諱賢而不藏慝。大之創業垂統之猷，小之居官持身之術，不爲高論，不尚微言，要歸於平情審勢，足以救敗善後而已，匪典午之要删，實千秋之金鑑。至於州郡紛錯，詳覈爲難，展卷豁然，庶無遺憾。雖峻潔稍遜承祚，而視永叔之原委不具君紀，情勢不了臣傳者，亦已遠矣。此子爲不朽，來哲難誣，必有以余爲知言者。保緒穎慧絶人，遷善不倦，嘉慶甲子，年甫弱冠，訪余於白門，一見之頃，問難竟日，歸則取詩文舊稿盈尺者付之火，持燼見示，以請極言，勇決精進，宜其所就能至此也。余壯本落殖，近且七十，一事無成，追憶昔遊，愧悔何已。

道光廿有三年四月朔，安吳包世臣書。

摘鈔《韓》《吕》二子題詞

文之奇宕至《韓非》，平實至《吕覽》，斯極天下能事矣，其源皆出於《荀子》。蓋韓子親受業，而吕子集論諸儒，多荀子之徒也。《荀子》外平實而内奇宕，其平實過《孟子》，而奇宕不減《孫武》。然甚難學，不如二子之門徑分，而塗轍可循也。蒯通、賈生出於《韓》，晁錯、趙充國出於《吕》，至劉子政乃合二子而變其體勢，以上追《荀子》，外奇宕而内平實，遂爲文家鼻祖。蓋文與子分，自子政始也。孔才得其刻露，而失其駿逸，子厚、永叔、明允、介甫、子瞻俱導源焉，後遂無問津者。南宋有《伯牙琴》，近世有《激書》，一枝一節，時有近似，而世少知者。夫「韓非囚秦，《説

難》、《孤憤》；不韋遷蜀，世傳《吕覽》」，史公次之《易象》、《春秋》，引以自方，其愛而重之至矣。史公推勘事理，興酣韻流，多近韓；序述話言，如聞如見，則入吕尤多。淄澠之辨，固非後世搿撦規橅者所能與已。子厚《封建論》、永叔《朋黨論》，推演《吕覽》數語，遂以雄視千秋。小子壯歲，始得二書而摘録之，嗜之數十年，雖姿性弱劣，無能爲役，而温故知新，所見固有較諸公爲深者。檢篋得本，故題其首。道光癸卯初夏。

書韓文後上篇

世臣幼從鹿門八家選本，讀退之書説贈序數十首，愛其横空起議，層出不窮。成童見明允筆力健舉，辨才雄駿，不可難而嗜之。又謂介甫鷙驁，能往復自成其説，薄退之横空起議爲習氣，且時有公家言，又間以艱澀未覺，必爲陳言務去，皆醇後肆也。嗣橐筆蓬轉，唯以《孫武》、《荀卿》、《韓非》、《吕覽》自隨，遭遇卒豁勃，歷二十餘年，記誦遺忘殆盡。道光乙酉過丹陽，在荒市得《韓文蠡測》，舟中反覆之，歎爲筆勢生動矯異，加以丹墨。至松江，爲江夏陳芝楣攫去，家仍無本，閲十七八年，時時思之。今年病目二百日，差愈，過鄱陽陳伯游家，見《韓文考異》，夙聞爲善本，假歸讀之，目力猶不賴，然日輒盡兩卷，既三過，乃知「文從字順各識職」一語，退之實自道破窔奥。蓋文家關鍵，必在審勢，文以從爲職，字以順爲職，勢之所至，有時得逆以濟順，而字乃健，得違以

犯從，而文乃峻。不此之識，徒以從順爲事，則文字不得其職，是退之心契周秦先漢，《復志賦》所稱，用心古訓，識路疾驅者，抑時時有合。歐、蘇、曾、王，則皆未鑿此竅也。

世臣讀退之文，所見前後凡三變，於其得失，似有可言者。退之以闢二氏自任，史氏及後儒推崇皆以此。今觀《原道》，大都門面語，徵引蒙莊，已非老子之旨，尤無關於釋氏。以退之屏棄釋氏，未見其書，故集中所力排者，皆俗僧聳動愚蒙以邀利之説，繼自度其力，不能入室操戈以伐之。故文昌諄勸著書，而答以須待五六十時也。釋氏書始入中國，止四十二章，其言淺而切，與儒不甚遠，後此内典則皆東土所譯，聳愚邀利之説已有竄入者。及明上人《壇經》六卷，獨標心印，持論最精。然意主深刻，遠於人情，與吾儒平易近民、躬行漸進、善善從長之義始殊。有宋諸儒，援其精言以入儒術，自詡爲千聖不傳之秘，是釋氏之精徒足亂儒，而俗僧世守者，則益倡福田利益，以攫愚夫愚婦之財利，故徒從雖日衆，而其道則極衰，是俗僧自衰之，非必退之辭而闢之之力矣。其《策問》有云：「毋乃有化而不自知者。」意蓋謂釋氏近墨也。而《讀墨子》，則謂孔、墨必相爲用，其附麗《上同》、《兼愛》者，僅撏撦儒、墨字句耳。墨氏之道，其要義屢見《呂覽》，足爲孔、墨相用之證，而一未徵引，其亦薄不韋，未省其書如釋氏言乎？退之自論文曰：「記事者必提其要，纂言者必鉤其玄。」核《順宗實録》、董晉、韋丹、孔戣、權德輿各誌狀，及其他先廟、神廟碑，悉嚴肅有體勢，即有酬酢人事者，亦鄭重不苟下一語，可謂記事必提要已。《原性》所稱「上之性就

學而愈明，下之性畏威而遠罪，故上者可教，而下者可制」。則真能鈎玄以纂言者。然韓文如是者絶少，蓋切要語本自無多。《大學》一書，祗「壹是皆以修身爲本」，「毋自欺也」，「君子必誠其意」三言。《中庸》一書，祗「爲政在人」，「取人以身」兩言耳。又可求多於退之乎？退之文之盛者：《聖德詩序》及詩《薦士》、《南溪始泛》、《和太清宮紀事》、《檄鱷魚》、《(釋)〔擇〕言》、《行難》、《五箴》、《策問十三首》，皆無媿古作者。《上宰相第三書》雖少作，而精心撰結，氣盛言宜，子政無以遠過。同時有《感二鳥》、《復志》兩賦，除晉宋之徑路，冥追屈、馬，雖挽强未得手柔之樂，而紆迴往復，意曲而達，其自道立志用力者，信不誣已。《進學解》「余應」之下，故爲舒緩，遂爾疲靡。《王承福傳》「操杇過富貴之家」以下，亦嫌瀾漫。《送李愿歸盤谷》摹寫情狀，間入駢語，緩漫乏氣勢。《送窮文》起結亦樸率，俱足累通體，使精神不發越。《平淮西碑》最爲今古所重，然推本君德而上斥列祖，歸功裴相而揶揄通朝，立言既爲非宜。且《六月》、《采芑》、《江漢》諸什，並美宣王，而詩人止述將士勞苦，良以將士用命以有功，則君美自見，何必如碑言，乃爲善頌哉？然其詩則佳甚，分別觀之可也。《訟風伯》、《月蝕》、《射訓狐》、《讀東方〔朔〕雜事》、《譴瘧鬼》諸作，譏刺當路，不留餘地，於言爲不慎，於文爲傷雅，子瞻斥其性氣難容，良非過論。《張中丞傳後序》記遠與巡死先後異一節，含混不能作下文辨駁之勢。《毛穎傳》舊史以爲至紕繆，《國史補》以爲逼史遷，後人皆是李説。然士君子立言有體，遇事之必不可無言，而勢有必不能明言者，則常託於諧詞卮

説以見意。彼《毛穎》何所取耶？無取而以文爲嬉笑，是俳優角觝之末技，豈非介甫所譏「無補費精神」者乎？《南山》、《陸渾山火聯句》諸什，亦其類矣。然覈退之生平，則《進學解》所謂長通於方，左右具宜者，實足爲言行相顧，胡不慥慥者也。令陽山、河陽，刺潮、袁，政事論説，絶不以竄逐故，少怠所事負所學。其立朝，《論迎佛骨》、《論捕賊行賞》、《論天旱人饑》、《論禘祫》。爲吏部，寬假令史，而令史之權反以輕，是左之宜也。《守戒》、《與柳中丞書》、《論淮西事宜》、《論黄家賊》，説韓弘使協力，使王庭湊，以口舌定鎮州之亂，得布衣柏耆以招王承宗，收德、棣二州，不煩兵力，勸晉公以戰士三千襲蔡，晉公遲疑，功乃歸於李愬，在晉公固不必以折首爲奇，而蔡逆就囚，卒如退之策，是右之宜也。唯駁平叔變鹽法，未悉當時情事，不敢定其當否耳。至於内行之修，友誼之篤，戴於《新》、《舊》史，散見集中者尤備。當世碩儒以爲氣厚性通，論議多大體，可謂樂易君子鉅人者，盡之矣。

《考異》薈集各本異同，以文義核定從否，得者什常八九，晦翁自許一生在文字上做窠臼，信已。其有各本皆不合，而斟酌文義，獨得其是者，以無本可據，止附註而不逕改，比其注經爲尤慎。間有一二不合者，則以南宋盛行時文，晦翁少小所業，於退之行文安字之法，固有不能盡通者。假本已兩月許，恐徵取迅速，故略記崖梗，俟過此以往，考核所見進退焉。

道光廿有三年季冬十三日書。

書韓文後下篇

古人論詩文得失之語，大約有三：有自得語、有率爾語、有僻謬語。自得語以心印心，直見作者真際，後學依類求義，可以悟入單微。率爾語本出無心，以其名高，矢口流傳。僻謬語自是盲修，誣古人以罣來學。如子長謂《司馬法》「閎廓深遠，三代征伐，未能竟其義」，子政、子雲謂子長「有良史之材，善序事理，辨而不華，質而不俚。其文直，其事核，不虚美，不隱惡」，子雲謂長卿賦「似不從人間來，讀千賦則能爲之」，魏文帝論鄴中七子，鍾嶸謂士衡所擬之十二首古詩「驚心動魄，一字千金」，子美謂薛稷曰「少保有古詩，得之陜郊篇」，其謂太白曰「筆落驚風雨，詩成泣鬼神」，又曰「李侯有佳句，往往似陰鏗」，太白登華山絶頂題曰「此地呼吸，可通帝廷，恨不攜謝朓驚人句，來此搔首問蒼天」，襲美謂清遠道人《虎丘》詩「一字一句，若奮若搏，建安詞人不得居其右」，孟會謂子美《朝進東門營》詩「其妙可以招魂復起」，子由謂子美《哀江頭》「如百金戰馬，騰坡驀澗，如履平地，下視樂天微之直如跛鱉」，子瞻言「智者創物，能者述之，非一人而成。君子之於學，自三代歷漢至唐而備，故詩至杜子美，文至韓退之，而古今之變，天下之能事畢矣」，此自得語也。

唐人謂興公《天台山賦》「赤城霞起以建標，瀑布飛流以界道」二句是佳處，又謂昌黎《進學

解》、玉川子《月蝕》詩如「赤手捕長蛇，不施鞍勒騎生馬」。任華愛太白「海風吹不斷，江月照還空」兩句。永叔謂「清風朗月不用一錢買，玉山自倒非人推」，太白之所以推倒一世者在此。山谷謂「請君試問東流水，別意與之誰短長」是太白至處。又謂東坡《黄州寒食》詩似太白，正恐太白有未到處。此率爾語也。樊汝霖謂《鬭雞》聯句「爭觀雲填道，助叫波翻海」是韓詩之豪，「一噴一醒然，再接再礪乃」是孟詩工處。山谷謂退之《記夢》詩「壯非少者哦七言，六字常語一字難」只上句「哦」字，便是所難，乃爲詩之法。此僻謬語也。

自得語非近有得者不與知，僻謬語信從者究屬無多，唯率爾語間於可否，至易誤人。而率爾語流傳至盛者，莫如永叔「晉無文章，唯淵明《歸去來辭》一篇」，子瞻「唐無文章，唯退之《送李愿歸盤谷序》一篇」之説也。固二公心有所感，而偶然所出，然藝苑久以爲圭臬矣。《李愿序》前已備論，陶詞則東坡亦有託其文以不朽之語。按子雲謂「詩人麗則，詞人麗淫」，則別詩詞爲二。孟堅謂詞者意内而言外，則與詩固無殊異。《歸去來詞》論其外言則不麗，求其内意復無則，不唯與其詩之骯髒沈鬱殊科，即比《閑情賦》寄意修辭亦大有間。而永叔唱於前，子瞻和於後，想以淵明恥事二姓，爲南朝獨行，意詞爲拔足始基，重人以及文耶？考淵明《自序》，稱乙巳十一月作此詞。宋武以甲辰三月起義，旬日間遂剗僞楚，遣迎安帝於荆州，自退藩於徐州。乙巳五月，安帝還都。宋武此時可謂功蓋宇宙，忠貫金石，淵明豈能逆料十五年後之必代晉哉？史稱淵明自以晉宰

輔之後，故宋武王業漸隆，即不仕。永初之後，唯題甲子。然詩集中書辛丑，乃隆安五年，書癸卯，乃元興二年，皆在宋武未建義旗之前，説既無据。史言淵明爲鎮軍建威參軍，本無主名，李善注《始爲鎮軍參軍經曲阿》題下，引臧榮緒《晉書》曰：「宋武行鎮軍將軍。」宋武鎮徐州，曲阿乃其治所，則鎮軍之爲宋武無疑。近人安化陶澍，祖其遠祖，謂斷不爲宋武幕僚，其所佐者乃劉敬宣也。敬宣以乙巳加建威將軍，爲江州刺史，未嘗爲鎮軍。而荆溪周濟，又曲附澍説，謂隆安三年，爲武陵王遵鎮軍參軍，移家都下，義熙一年，乃從敬宣爲建威參軍，説尤鑿空。遵在都，官太常中領軍，留臺暫奉爲大將軍，以承潯陽之制，並無鎮軍之名。敬宣刺江州，安帝還都，劉毅謂其過優敬宣，即自解職去。計其去職，當在夏秋之交。淵明以八月任彭澤，則與建威參軍相接，詞《序》不得云「家貧不足自給」，「親故勸爲長吏」，「求之靡途」，家叔「用爲小邑」也。其時沈田子、朱齡石皆爲建威，何取於手握重兵，首先迎降靈寶，致晉祚中絶，卒以反覆，父子併命之敬宣，而以爲善擇木哉。史又稱彭澤公田，悉令種秫，妻子苦請，乃令秔、秫各半。八月非種秔秫之時，十一月已去官，焉得有此事？故知想像之辭，通不可信。晉承喪亂，文物凋弊，至秀孝莫敢應試，裴頠《崇有》，郭欽《徙戎》，道明《議移鎮》，逸少《答深源書》、《上會稽王牋》，俱樹義甚高，而詞多格塞。然杜弢、劉淵父子、李暠之文載《晉書》者，則清越渾健有西京風，不得謂晉無文章也。唐文退之外，推子厚。子厚貶斥後，乃盡變少壯風格，力追秦漢，與退之相軋。然其先爲駢儷時，氣骨清健，固自度越世俗。是外燕、許之宏麗雄肆，權、李之幽豔宕逸，俱足自植。然燕、許中乾，權、李氣褊，唯敬輿文體，雖仍當時，而義取管、孟，厭人心，切事理，當其動盪沉酣，賈、晁無以相過，實有退之所不逮者，亦未能遂言唐無文章也。祀竈日又書。

書《桃花扇》傳奇後

傳奇體雖晚出，然其流出於樂。樂之爲教也，廣博易良。廣博則取類也遠，易良則起興也切，故傳奇之至者，必深有得于古文隱顯、回互、激射之法，以屬思鑄局，若徒於聲容求工，離合見巧，則俳優之技而已。近世傳奇以《桃花扇》爲最，淺者謂爲佳人才子之章句，而賞其文辭清麗，結構奇縱；深者則謂其指在明季興亡，侯、李乃是點染，顛倒主賓，以眩耳目，用力如一髮引千鈞，累九丸而不墜者，近之矣。然其意旨存於隱顯，義例見於回互，斷制寓於激射，實非苟然而作，或未之深知也。道鄰身任督師，令不行於四鎮，故於虎山自剄時，著「三百年天下亡於我手」之語，以明責其罪。虎山罪明，則道鄰可見，不責高、劉者，以其不足責也。然福王之立也，道鄰中夜結士英以定議。事見朝宗《四憶堂詩》，梅村《九江哀》亦云：「大學士史可法、馬士英定策奉福藩世子。」福王立，則與崑山齟齬，無以得上游屏翰之力，而爲之曲諱者，蓋不欲專府獄道鄰，使馬、阮反得從從罪也。既書道鄰之死不明，而又書祭者，責其並不能求死於戰也。龍友死戰而不書者，以黨惡咎重，不許其以死自贖也。崑山之死也，特書「後世將以我爲亂臣」之語者，明其心之非叛，而罪則當死。蓋崑山不稱兵離楚，則馬、阮不奪虎山，許定國雖渡河，尚可截淮爲守也。至北都自死諸臣，上不能致身以恤國難，下不能引退而遠利禄，是直計無復之，欲買價泉裡耳。故借書賈射利

之語，以深致其誚。其士人負重名持横議者，無如三公子五秀才，而迂腐蒙昧，乃與尸居者不殊。然而世固非無才也，敬亭、崑生、香君，皆抱忠義智勇，辱在塗泥。故備書香君之不肯徒死，而必達其誠，所以愧自經溝瀆之流。書敬亭、崑生艱難委曲，以必濟所事，而庸懦誤國者，無地可立於人世矣。賢人在野，立叢廊主封域者，非奸則庸，欲求國步之不日蹙，其可得乎？然而爲師爲長，端本爲士，士人倚恃門地，自詡虚車，務聲華，援黨與，以犄摭長短，其禍之發也，常至結連家國而不可救，此作者所爲洞微察遠，而不得不藉朝宗以三致其意者也。

《東海記》傳奇敘

甚矣，折獄之難也。人知刑求之辭不可恃，謂熬審之辭爲可恃乎？孰知到案即承之辭之尤不可恃也。故刑求而翻異者十五六，熬審而翻異者十二三，到案即承，則斷無翻異已。受辭者方自詡，以爲得情，豈知其沉冤有更甚於刑求者乎！漢東海孝婦事，明書史册，雜見紀載，孫轉運謂其誣服，爲不欲罪坐小姑，似矣。然抑安知其非逆料尸居者之聽必不聽，而不忍以純白之身，見辱伍伯，爲此自承耶？故臨刑而以繙竿自雪，則知孝婦之冤結無可告訴者，非極至隔絶天地之和，歷三年之久，毒流千里不止也。且其時守令之聽此獄也，非有所爲而爲，而禍已如此，良可懼矣。世所傳《六月雪》傳奇，或借孝婦爲言，而别有所寄，非傳本事。近人作《東海記》以紀其實，顧雜以現

行事例，又其文不詞，不足以聳動觀聽。太倉王君季旭更之，其詞旨悱怵，其節奏簡易。吾知坐華屋綺筵而徵新曲者，必有思齊内省之心，一時並發，勃然而不能自遏者矣，是季旭之志也。

蘇州寶蓮寺主松濤法語題辭

如是我聞，於法果無所説乎？願解如來真實義，於法果無所得乎？章句積八萬四千，而宗旨在不立語言文字，無上微妙之法，故非口舌所能形容，翰墨所能名狀者矣。靈鷲一公嘗舉此義以難余，余曰：「不立語言文字者，應無所住而生其心也；章句積八萬四千者，善以譬喻而曉喻人也。無所住而生心，故於法無所得；善以譬喻而曉喻人，故於法無所説。」一公曰：「善哉！落言詮。」寶蓮松上人者，一公座下之龍象也。示余以法語若干卷。善哉！不落言詮矣。余既樂大乘有擔荷者，而又吾故人之弟子也，爰歡喜讚歎而題其卷首，以詒讀者。

問樵上人《海上移情圖》記

數百年琴譜皆出廣陵，廣陵固多碩師哉。近世之善者曰吴思伯，思伯之學傳釋仙機，其别曰顔夫人，顔夫人授梅藴生，仙機授釋問樵。藴生沉精操縵，遐慕叔夜，名所居曰嵇庵，以諭其志。然其言曰：「琴之妙在聲，聲者情之所寄也。古之人情有所觸，而託之聲；後之人循舊聲，而以託其所

託。故聞其聲，則必知造此聲者爲何如人，人所爲造此聲者因何如事。具此真解，唯小子與問公矣。吴君、仙公未足以與此也。」余按《吕氏·精通》之辭曰：「鍾子期聞擊磬者而悲」，嘆曰：「心非臂，而臂非椎與石，悲存於心，而木石應之。」其《博志》則曰：「尹儒學御，三年而不得，夜夢受秋駕於其師，明日其師謂之曰：『吾非愛道也，恐子之未可與，今將教子以秋駕。』尹儒爲言所夢，固秋駕已。」「精而熟之，鬼將告之，非鬼告之，精而熟之也。」言授受聲聞之相交，必以精也。是故藝之至者，必移人情，然非其人之情，先能自移，則藝固不至矣。夫以伯牙之學，成連之教，而移情必以海上爲期。情固必移於海上乎？古人聞濤聲，見劍舞，而悟草法；覽山川雄奇，詩文爲之增氣。是豈有迹象可擬、理趣可尋者乎？是伯牙之情能自移，而適移之於海上也，是問公作圖之指也。

小倦遊閣記

嘉慶丙寅，予寓揚州觀巷天順園之後樓，得溧陽史氏所藏北宋棗版《閣帖》十卷，條别其真僞，以襄陽所刊定本校之，不符者右軍、大令各一帖，而襄陽之説爲精。襄陽在維揚倦遊閣成此書，予故自署其所居曰小倦遊閣。十餘年來居屢遷，仍襲其稱而爲之記曰：史言長卿故倦遊，説者謂「倦，疲也，言疲厭遊學，博物多能也」。然近世人事遊者，輒使才盡，何耶？蓋古之遊也有道，遇山川，則究其形勝阨塞；遇平原，則究其饒确，與穀木之所宜；遇城邑，則究其陰陽流泉，而驗人心之厚薄，生

計之攻苦；遇農夫野老，則究其作力之法，勤惰之效；遇舟子，則究水道之原委；遇走卒，則究道里之險易迂速與水泉之甘苦羨耗，而以古人之已事，推測其變通之故。所至又有賢士大夫講貫切磋，以增益其所不及，故遊愈疲，則見聞愈廣，研究愈精，而足長才也。今之遊者則不然，貧則謀在稻粱，富則娱于聲色。其善者乃能于中途流連風物，詠懷勝蹟，所至則又與友朋事談讌，逐酒食，此非惟才易盡也，而又長惡習。予自嘉慶丙辰出遊，以至于今，廿有七年矣。少小記誦，荒落殆盡，而心智益拙，志意頹放，不復能自撿束，而猶日冒此倦遊之名也。其可懼也夫，其可愧也夫！

《述學》一首示十九弟季懷

余本中上資，庭訓受先子。提撕襁褓中，即云求在己。差長艷科第，七歲學八比。遂奪讀書功，衹誦《易》、《詩》、《禮》。未能詳訓詁，亦爲勦説計。然至關倫常，必審辨非是。諄諄人禽樞，升墜決于此。此學異吾鄉，羣嗤爲迂鄙。此心遵大路，已不躓荆杞。蹉跎且成童，先子病疥痔。五載侍藥隙，夙夜讀《選》、《史》。遐追遒麗詞，冥心探原委。雖云無師學，略能别善否。又復羡兩《漢》，豪士許國偉。遂攻權家言，成敗較絲絫。撫躬覺有獲，深晦遠衆愧。不幸背庭訓，立脚猶跛倚。幸天牖其衷，就食皖江涘。得遊大興門，朱石君先生。乃睹爲人軌。遂覺汗浹背，有如暑絏臬。立身期返初，聞見亦差啓。乃嘆前所學，所得皆糠粃。乃知恥剽竊，真積務尺咫。三《禮》尚完書，能固人筋髓。

千載賴鄭公，世亂道不否。學者準此的，反求道在邇。續自讀《通鑑》，治亂示掌指。復得君卿書，研索植國體。創制兆興喪，經緯二書備。今古有作者，莫能與參儗。望途可漸進，蓬轉又中毀。幸每遇宿儒，容我居子弟。問難析其疑，一一銘心膂。劉生武進劉逢禄，字申受。紹何學？爲我條經例。證此獨學心，《公羊》實綱紀。《易》義不終晦，敦復有張氏。武進張皋文先生，諱惠言。觀象得微言，明辨百世俟。私淑從董生，武進董士錫，字晉卿。略悟消息旨。讀書破萬卷，通儒沈與李。吴沈欽韓，字文起。陽湖李兆洛，字申耆。益我以見聞，安我之罔殆。鄭學黄陽湖黄乙生，字小仲。心通，許學錢嘉定錢坫獻之。神解。既得明册籍，又得親模楷。乃見善惡途，判異如河濟。乃令苟得懷，涣若冰釋矣。憶昔攻時文，殫精忘膏晷。房行槀汗牛，一一究肯綮。比謂契真脉，誰知土偶耳。於今十年餘，棄斯等葑菲。隨俗偶執筆，迺如決源水。讀書得正路，履之坦如砥。善忘更饑驅，恨難窮富美。悠悠二十載，更張亦已屢。折肱爲良醫，斯語無虚詭。吾弟向盛年，黽勉思此理。要言必不煩，有恥方爲士。

五言一首，説八比，贈陳登之通判，即留别出都門

往昔奇渥世，演講爲小品。山長排比講義爲時文，名制義小品，八比所自始也。於今五百年，用爲汲士綆。立言代賢聖，托體縱高迥。於中若無我，得毋俳優並。其法首肖題，譬彼服尚稱。偉議非應有，楞然嗟如癭。韜精承與落，脱手彈丸正。裂帛力在外，張弦直斯應。立勢必求安，樹義定知勁。一語見

真實，萬卷相奔併。琢玉必去瑕，鎔金貴盡礦。王錢體初成，唐歸業斯盛。正聲終鄧陶，馮許漸爲梗。降及神宗末，么麽狡然逞。金黄起横流，嶕殺氣未靖。安溪差斂鍔，樸茂或傷韻。劉大櫆，才甫。竇光鼐，東皋。遥相望，高曾軌不泯。殿奔有棲霞，牟廷相，默仁。風力最悽緊。嬌嬌百年内，望若懷霜凛。日下執牛耳，蔣第，次竹。姚學塽，誓塘。聲實等。思力蔣則雄，風裁姚乃整。從學半簪裾，信受如追影。塵腐相捪捋，屈伸隨春蚓。利禄途則然，謬種傳無竟。豈惟文運頹，實見恥維儨。反經用狂狷，士氣庶復振。竊欲挽狂瀾，棉薄慚非任。以兹卅載遊，事斯同禁黽。容易與誰談，深藏自守檄。不謂太丘子，違時出獨侹。已快同聲求，更爲吾道幸。所憾賦驪駒，被放急歸省。前期詎可預，服膺矢共永。揮手即天涯，私心常耿耿。

或問

道光甲辰八月，予編録論文之書既成，或問曰：「先生之論文也，上自經史子集，下及倚聲傳奇，並闡其立意之淺深，糾其措辭之得失，可云切而備矣。唯八比爲儒者正經，而止摘五言二首入録，讀者就求其法，則門徑不明，推廣其義，則感發無自。近世多有精通古學而不能八比者，然先生《述學》詩云『房行稾汗牛，一一究肯綮。比謂契真脉，誰知土偶耳』，則先生於此道實深，何不攄少小勤求之藴，示學者榘矱，以執仳仳者之口乎！」

予曰：八比取士，歷年五百，忠良英俊，類出其中。義醇詞净本於經，議鴻識壯釀於史，描摹精切依於子，波瀾洪遠源於集，與古文固不殊也。唯其結體褊小，風裁矜整，故用法爲尤嚴，而取勢爲尤緊。古文言皆己意，八比則代人立言，故其要首在肖題，而肖題之機，決於審脉。脉有來有去，其長章巨節，以中間一二間語命題者，文中詞意俱不得出本題之外，而眼光手法、注射操縱，必使牽全身，以一髮現全神於一顧。然意則全身全神，而筆仍一髮一顧，乃爲能事。其單句爲章者，發此言也有由，便是來脉；如其言則得，不如其言則失，便是去脉。故八比尤以單題爲緊要關隘，以其題未具，間架梁柱，皆須意造故也。然古文言皆己意，故貴能蹈實；八比代人立言，故貴能導虚。古文雖短章，取盡己意，故轉换多變態，其墻壁寬而峻；八比雖長篇，取協題情，故推勘少迴互，其墻壁隘而夷。自有八比以來，果其能者，未有不外嚴墻壁之守，而内專導虚，以求制勝者也。而或薄爲小道者，正以其體成於法，意妙在虚，責其實際，不足當宇宙有無之數而已。然其凝思至細，行文至密，所有近輝遠映，上壓下墊，反敲側擊，仰承俯引之法，反較古文爲備。故工於八比者，以其法推求古書，常有能通其微意，不致彼此觸礙者，則八比實足以爲古文之導引。唯其始也，以八比入；其終也，欲擺脱八比氣息，卒不易得耳。世固有少小未習覓舉而自慕前哲，博覽典籍，窮力古文，而不能八比者矣。若幼習舉業，繼攻古文，古文可觀而不工八比者，則事理之所必無。蓋八比皆父師督責而成，用心專，積力久，於八比尚無所得，而謂其能窺古文宏深之域哉。習八比者，無論姿性之利鈍，父師必

宜擇一隅集，必自集中明白簡鍊之文授之，並使熟讀其旁批、總評，以悉一定不易之法。授經書時，則與之講明訓詁，使通字議。成篇之後，看其出筆，筆力峭拔者，則使讀子厚、明允、介甫之文，而以陶石簣、項水心鑿其思路。筆勢縱横者，則使讀長沙、東坡、同甫之文，而以陳大士、黄陶庵蕩其胸懷。筆情幽雋者，則使讀傅季友、任彦昇、陸敬輿、歐陽永叔之文，而以董思白、鄭荃陽和其韻調。筆致重實者，則使讀劉子政、韓退之、曾子固之文，而以陳卧子、熊次侯資其典贍。筆意竊深者，則使讀《戰國策》、太史公之文，而以錢鶴灘、金子駿誘其雄肆。此後則聽其自爲，從吾所好，而非父師之所能爲力者矣。

唯一切講章，自《永樂大全》以下，斷不宜使之寓目，自窒聰明。至《學》、《庸》書，本《戴記》之二篇，文理顯暢，自宋仁宗御書之，以賜狀頭王拱宸，時儒率援以立説，此不過射策家頌聖之技耳。及南宋考亭别撰章句，合《論》、《孟》名爲四書，抹煞仁宗書賜一節，而以爲河南二程始尊信表章之，一若禪門所謂獨標心印者。其徒從反覆辨説，愈解愈縛，實則紬繹本文，何不可解説之有，凡是理障，尤宜棄擇。蓋義理存乎人心，隨所學爲深淺，既明字義，又明文法，而必依人爲説，從門入者，不是家珍，斯之謂矣。唯文物典章，無可鑿空，書闕有間，漢儒已有不能盡通者，而四書内典制，則三《禮》鄭注，尚可考覈而晰。近乃東經籍於高閣，使後生小子繙誦《典制》、《文林》、《文環》等刻，訛以傳訛。果能概從屏絶，求之遺書，即其質性弱劣，不能誦習全經，招集二三同志，分門各纂，自了原委，亦不

必沈淹歲月，始克有成也。若近日小試題多割截，在主者不過欲杜抄襲之弊，既通文法，臨場求其程式，便有依倣，正昌黎所謂不學而能者。而時師乃以其鉤意嵌字，纖小無可比似者，珍爲秘授，使佳子弟窮年兀兀，卒無一得手處，是可歎也。要之八比一道，本非甚難，而士人業此，並時百萬，積二百年之久，其卓犖可觀者，曾不能十數。則以利禄之途，人懷僥倖，朝駕南轅，暮從北轍，前邪後許，謬種流傳，隳風氣而壞風俗，遂致世道人心，愈趨愈下，豈唯八比之庛劣而已哉。

族兄紀三先生鄭本《大學》《中庸》説序

世臣提抱受方數，先子即教以字義文義。乾隆辛丑，讀《大學》、《中庸》卒業，頗疑曾子述夫子之言，門人記曾子之意，文勢何以與《孝經》、《論語》迥殊。子思道傳孟子，孟子晚而著書，後《中庸》甚遠，而《孟子》愷切激盪，不似《中庸》平衍。及丙午讀《禮記集説》，乃知《大學》、《中庸》係《小戴》四十九篇之二，陳氏於目録下，止註「朱子章句」四字，而不録本經，則以《學》、《庸》配《論》、《孟》，名曰四書，蓋自考亭始也。

細繹《禮記》各篇，大都周末漢初諸儒抱殘守缺，或雜述三代遺制，或散記七十子遺説，是《大學》殆記者傳聞周國學中略例而演以己意，《中庸》則一篇讚聖論耳，未見千聖心傳，必在此簡。先子嚴毅，世臣質問稍妄，即加呵撻，懷疑莫釋而已。及嘉慶初出遊，乃見《十三經注疏》，鄭目録云：「名曰

《大學》者，以其記博學可以爲政。」而孔氏申之曰：「《大學》之篇，論學成之事，能治其國，章明其德於天下。卻本明德所由，先從誠意爲始。」《中庸》鄭目録云：「以其記中和之爲用。庸，用也。孔子之孫子思作之，以昭明聖祖之德。」而《别録》則皆屬之通論，初不言曾子述孔及子思憂道學之失其傳而作。世臣竊自幸，少小所疑，與先儒舊説，微有近似矣。洎閲《宋史》，始知仁宗御書此二篇，以賜新科狀頭王拱宸。時二程方在佔畢，承學之士競爲誦習，如近世舉子指事頌聖之爲，而程氏徒從日多，論説有流傳者。至南宋孝宗以太祖六世孫承統，與仁宗世遠而源殊，故考亭於淳熙末，爲《學》《庸》章句，遂以尊信表章之功，加於河南程氏兩夫子，以樹赤幟而悉改鄭説。於《大學》則移補兼行，《中庸》雖無所移補，而割裂舊次，以分章節。玩章句及集註，皆先標綱領，次晰條目，强經就我，一行以南宋時文之法。《中庸》註體勢尤近，蓋《大學》規模宏敞，《中庸》論議幽賾，編簡無多，誦習爲易，推暨可廣，立説易成。

觀理宗淳祐視學詔書，則四書刻本已爲當時青宫童習之編，利禄之途，專歸章句，以迄於今，幾使師儒不復知有鄭、孔矣。然而紬繹鄭義，在《大學》，註「能得」，曰「得謂事之宜」。註「淇澳」節，曰「此心廣體胖之詩，民不能忘，以其意誠而德著」。註「聽訟」節，曰「大畏其心志，使誠其意不敢訟，本謂誠其意」。孔氏申之曰：「聖人不惟自誠其意，亦服民使誠意。」註「所惡於上」節，曰「絜矩之道，善持其所有以恕於人，治國之要盡於此」。註「樂只」節，曰「治民之道無他，取於己而已」。註「言悖而

出」節，曰「君有逆命，則民有逆辭；上貪於利，則下人侵畔」。註「生財大道」節，曰「不務禄不肖，而勉民以農」。在《中庸》，註「喜怒」節，曰「中爲大本者，以其含喜怒哀樂，禮之所由生，政教自此出」。註「道之不行」節，曰「過猶不及，使道不行，唯禮能爲之中」。註「舜其大知」節，曰「兩端過猶不及也，用其中於民，賢與不肖皆能行之」。註「强哉矯」節，曰「國有道不變以趨時，國無道不變以辟害，有道無道一也」。註「費而隱」，曰「言可隱之節，費猶佹也，道不費則仕」。註「無入不自得」，曰「謂所鄉不失其道」。註「父母其順」，曰「謂其教令行，使家室順」。孔氏申之曰「父母能以教令行乎家室」。註「治國如示掌」，曰「序爵辨賢，尊尊親親，治國之要」。註「爲政在人」，曰「在於得賢人」。註「取人以身」，曰「明君乃能得人」。註「利行勉强行」，曰「利謂貪榮名，勉强謂恥不若人」。註「勸親親」，曰「同其好惡，不特有所好惡，於同姓雖恩不同，義必同也。尊重禄位，所以勸之，不必授以官守，天官不可私也」。註「至誠盡性」節，曰「盡性者，謂順理之，使不失其所，助天地之化生，謂聖人受命致太平」。註「優優大哉」節，曰「言爲政在人，政由禮也」。註「維天之命」節，曰「天之所以爲天，文王之所以爲文，皆由行之無已，爲之不止。《易》曰『君子以順德，積小以高大』」。註「仲尼祖述」節，曰「此以《春秋》之義，明孔子之德」。孔子祖述堯舜之道，而制《春秋》，而斷以文王武王之法度，是真作聖之梯航，致王之涂徑，而可爲百世法守者。而章句所集，不過「命當作慢」，「不言后土者，省文」之類，于其微言大義，概從刊落。其意以爲不如是，則無以大尊信表章二經之功，使二程直接孟子，以承曾思之

統，而竪千載不傳之新説故也。

然宋儒奉「格致誠正」四字爲心印，以格致爲始，誠正爲終。其初，諸儒説格致，尚無一定，自章句釋以即物窮理，一若親承先聖提命者。於此而語以鄭君「知善惡吉凶所終始，格來物事。其知於善深，則來善物；知於惡深，則來惡物。言事緣人好來也」，鮮不笑其不辭，抑知鄭君本《易·繫》「无有遠近幽深，遂知來物」而立此義，爲《大學》專以教平天下之君子，其本端於誠意，其效著於格物。意之誠否，徵之以知；知之致否，驗之以物。物之善者，無如德義。其來也，有財散民聚，上好仁下好義之得。物之惡者，無如貨利。其來也，有財聚民散，言悖入貨悖出之失。見休休有容之君子，而舉之先之，則致保子孫黎民之利。見實不能容之小人，而不能退之遠之，則使爲國家務聚斂，有菑害並至之殆。自古君人者，辟於所習，任其所偏，敢爲自欺以與善者爭勝，怫人之性，爲天下僇，皆由於意之不誠耳。是故鄭義宏達儆切，無可非議，無有滲漏，又況「一旦豁然貫通」愚誣之論，乞唾餘於頓門者哉。且自以即物窮理，爲聖學之基，澈悟之源，一時綴學之士，惟長源、樵仲、山堂、伯厚、端臨諸君子，專事考核，雖精粗不一，臆説紛見，而工力不可厚誣。然諸君子皆不在傳道之數，其自命傳道之英，則皆未嘗於此致力，言行無復相顧，其書具在，可按而知也。至我高宗欽定《三禮義疏》，命還舊觀，全録鄭孔之説，以表源流。於是方聞好古之士，以古義説二經者，有十數家，大都謂鄭本無可移補割裂，而穿鑿附會，亦時出其間。凡以此十數君者，少小熟聞二經爲孔門傳心秘密，而文以鄭君

通論之説，事理有必不可以合併者，所謂羊質虎皮，見草而悦，宜其無足以昌鄭君也。

今讀族兄紀三先生鄭本《大學》、《中庸》説各二篇，其《大學》上篇，立不囿、必達兩義，推衍致字，以伸鄭君，而明好惡之不可不誠。下篇明誠意爲本，歸於以誠取信於民。雖稍易孔氏之次，發明鄭君博學可以爲政之意則同。其説《中庸》也，上篇明中和之用而不駁不易之訓，下篇明體生之德而不駁幹事之喻。辨而不争，斯可謂鄭、孔之功臣，足以津逮來學者矣。世臣老矣，幼涉憂患，壯困奔走，宋學既非性所好，漢學又不能自力，老大傷悲，無可言者。族子慎言，自袁浦郵其尊甫遺書，屬爲弁言，故略述鄙意而歸之。先生諱汝翼，紀三其字。先生著述之富，校勘之勤，世臣於壽先生九十序，已詳言之，故不贅及。

道光廿有七年冬十月廿七日，族弟世臣譔書於白門倦遊閣。

藝舟雙楫・論文卷三

論　文　三

錢東湖詩序

余以戊午客武昌，始至即識東湖先生，怡怡然與爲提携，鬚髮古處。先生爲諸侯客數十年矣，涉世深而天真不斲，心殊敬異之。乾隆初，武進錢文敏公以詩名，先生於文敏爲猶子，弱即以詩見畏於文敏，先生之温厚，其澤詩教深也。然先生自珍，未嘗以草稿示人。己未春，先生作夷陵遊，其五月，余至夷陵，先生病方起。余前涉三巴，十月返武昌，先生前至月餘矣。余自七八歲，即好詩，攻之且十年。然雅不欲與不知者道，有同居歲計者，不知余事韻語也。楚北兵興，途次多壘，斷壁頹垣，損心怵目，往復三數千里，吟咏頗充，攄情而已。見先生，乃出以相質。先生謂沈密多厚意，即自出舊稿三册，爲言少作多散軼，及游粤，乃自檢輯，近者偶有涉筆，才力亦非

盛年。又言詩人有佳構二三十首，足以自雄，工拙吾自知之。先生之詩，柔質如其爲人，其入古深邃，非篤學鋭思者莫與知。余鄉思忽興，即當别，恨不獲久侍先生，然半月間，自覺於詩道少益，則先生之詩之移人速也。蓋楚遊二載，知交惟先生爲終始，今行矣，前期未可定，書此作别，非能序先生詩也。

胡眉峰詩序

眉峰原名梅，晚更名量，長洲人。

眉峰年十九，題詩于虎丘石壁，爲朱笥河先生所見，遂招携入都。笥河爲風雅宗，天下名流出門下，然常曰：「妙才黄仲則，奇才胡眉峰。」故都下言詩，必推黄、胡。眉峰博學，無所不通，尤精于史氏，而喜言兵。明史館方開，求熟明事者，大學士王文端公、劉文清公合詞延眉峰，而眉峰斥王氏《明史稿》爲穢書，非事實，駁正數十百事，二公不能從，遂佩橐鞬躍馬，從吉林將軍出關。眉峰洎入都，而廷議裁革巡臺御史，眉峰走告二公曰：「果爾，則臺民必叛。」卒有林爽文之變。眉峰既困躓，笥河言于陝西巡撫畢宫保，使同出都。而眉峰一見，即勸其速回陝閲兵練標下，以備回民，宫保以爲妄，謝罷之。旋陝不數月，而回民叛，宫保大驚，專弁入都招眉峰。其客曰：「眉峰語常喪氣，聞者輒不祥。」遂止。眉峰乃從孫文靖至雲南，安南之役，文靖不用其謀，眉峰怒，絶去，仍入都。而湖南議改折收苗布，眉峰曰：「吾素知湖南官吏遇苗民無狀，徒以懷朝廷恩德耳。

若必改布税，則苗民立叛。」當事聞者，目笑之。未幾，苗果叛，兵皆集苗疆，川楚教匪乘虛起，兵事連者且十年。眉峰既不用于世，益使酒作爲歌詩，然疏懶不録副，所至輒散失。

嘉慶辛酉，始相識于揚州市上，眉峰頭白且童禿，行裝惟酒具一、劍一、幞被一，而酒酣耳熱，縱談南北邊形勝阸塞，述古人成敗之迹如指掌，又誦其詩數十百篇，皆奇氣坌涌，不可控制。嗣以愛子夭折而病劇，夫人又相繼逝，遂欲削髮入山。既不果，出遊無所之，頓躓吴中，至木瀆，居義學訓村童。道光紀年，吴人以眉峰老且病甚，口授壯歲之詩，百不及一，因爲收集十數年來譙集酬酢之章，共得若干首，付之梓。八月刻成，而予適過眉峰，眉峰卧破氈不能起，執手且泣且語，曰：「慎伯知我，爲我序之。我住世七十二年，無一是處。讀書萬卷，豈誤我？我自誤詩書耳。慎伯明述之，使後世知所戒也。」時仲則殁已卅餘年，友人裒其詩數千首以行世，至家有其書，眉峰雖塊然尚存，而著述零落殆盡。天之困詩人也，常不遺餘力。故少陵之家屬餓于同谷者七人，其身才得一醉，遂以死。青蓮卧病江上，其子爲土偶所祟，至不血食。仲則之子小仲，今年春亦病殁，無嗣人。天之所以困眉峰者，既已備至，而復使其詩散佚無存，兹之所刻，非直不足以見眉峰之人已也。狐理之而狐扣之，是以無成功，天生眉峰而厄之如不克，至是極也夫。天乎，人乎！後世其何從讀眉峰之詩乎？

道光二年九月，包世臣書于都下。

書《述學》六卷後

右江都拔貢生汪中容甫文六卷。余以嘉慶辛酉至揚州訪容甫，而歿已八年，得儀徵阮尚書所刻《述學》，其題詞曰「心貫九流，口敝萬卷」，又有《廣陵通典》，至精覈。繼識其甥畢貴生及其子喜孫，因得容甫自刻小字二卷，與阮本無異。又于蘭亭册前見其畫像，就求遺書，則皆容甫自以屬其友寶應劉台拱，惟校讀之《左氏傳》、《説文解字》二書藏于家，然其所丹鉛者，皆理顯迹，非精義所存。乙丑予再至揚州，與貴生同榻，而容甫入予夢，自言其文之得失甚具，如是者三夕，與貴生共咤其異，而喜孫叩門入，再拜曰：「劉先生病甚，召喜孫付先子文稿，行促不及相告，歸舟阻風，三日乃得達。先子草稿紛糾，非吾子莫能爲訂定者。」貴生曰：「舅氏已三日自來屬慎伯矣，慎伯其無可辭。」時盛暑，予竟十日夜爲徧核稿本，乃知《述學》者，容甫弱冠後，節録以備遺忘之類書。自于册首題曰《述學》一百卷，已成者才數卷，至乾隆五十五年，容甫自撿説經辨妄之文，并雜著傳記若干篇，以世人皆聞《述學》，冒其名刊行于世。《廣陵通典》已成者八卷，其目録自夫差開邗溝至史可法守城，共十卷，《廣陵對》乃其要删，而楊行密以後尚闕。原題曰《揚州通紀》，改曰《廣陵通典》，又乙之，卒未定其名。

容甫少孤貧，無師而自力，成此盛業，不可謂非豪傑之士也。年三十而體勢成，多可觀采，四

十五以後，才思亦略盡矣。既自刻二卷，而心知未愜，然劉君受付囑者十餘年，才校刊三分之一，又時以世俗語點竄之。容甫文長於諷諭，而甚深穩，偶有一二語直質者，則加以芟薙。及喜孫載稿本歸，而精誠遂感予夢，以是知文人魂魄常附稿本，可哀也已。雜稿四册各厚寸許，文皆有重稿，或有至三四稿者，惟靈表二篇，每篇三四稿，詞各異而皆未成，予爲集各稿之精語，不改一字，而成文仍如容甫之筆。別删《説辰參》、《説夫子》、《京口浮橋議》、《月令明堂圖》諸篇，而更劉君所點竄者，題曰《汪容甫文集》，釐定爲正集三卷，其酬酢之文一卷爲別集，以授喜孫。

世人皆稱容甫過目成誦，而使酒不守繩尺。貴生母，容甫親妹也，嘗語予曰：「先兄每日出謀口食，夜則炳燭讀三《禮》四十行，四十遍乃熟。性不飲，終其身酒未沾唇。生平與人書，雖數言皆具稿，猶塗改再三，稿中遇應擡頭字，皆端寫。」余驗其稿本，良然。容甫三十二始出遊，至大興朱學士安徽學使署，名益起。然學士豪舉，幕中多盛氣少年，觀容甫《與朱武曹書》，志在遠大，使不出學士之門，所就當有進于此。世人又言容甫前妻孫氏死于非命，然孫氏被出後，予至揚州時猶存，蓋人言之謬戾如此。容甫生平所著述，已成未成，予皆得見，能言其學之所至，涉獵經史，不爲專家，抑以窶貧無藏書，比壯常遠遊，及晚歲稍裕，可家食，而精力衰耗，故不能竟其業。至其爲文，柔厚艷逸，詞潔凈而氣不局促，則江介前輩，罕與比方。貴生有其艷而無其厚，又已早夭。近時揚州有劉文淇孟瞻，攻經籍過容甫，文筆亦幾近，而工力傷薄。楊亮季子，充其樸茂，可

出容甫上，而耳目淺狹以艱澀，尤傷邊幅。二子皆年少好學，常從予遊，是當踵容甫而起者矣。

喜孫宦遊入都，中間相失十數年，道光壬午九月，喜孫乃以此刻來貽，悉改亂，非予所定，亦有數篇爲喜孫續訪得而予未見者。容甫之靈，能自致于予，而不能終呵護之，使不變動以自存其真也。悲夫！

讀《大雲山房文集》

右初集、二集共八册，故友陽湖惲敬子居之所作也。子居文精察廉悍，如其爲人。其紀畸人逸士，以微知著，常數語盡生平，持論有本末。言氣化，言仙釋，皆率臆而談，洞達真契，推勘物情，不事谿刻，而終莫能遁。近世言文，未有能先子居者也。然叙述膴仕富子，則支離掩沓，有所諍議，必揶揄顯要，即誚訕守土長吏，率多府罪于下，是其不能無蔽也。子居性不欲有所後於人，而義味蓋闕，故於古先賢哲所不言，與言而不敢盡者，則莫不言之。又不耐受譏彈，流輩固無以加子居，震讋氣矜，罕能以所欲言進，及進而得盡者。子居之文，必傳於後世，然其必以是數者致累，亦無疑也。然古文自南宋以來，皆爲以時文之法，繁蕪無骨勢，茅坤、歸有光之徒，程其格式，而方苞系之，自謂真古矣，乃與時文彌近。子居當歸、方邪許之時，矯然有以自植，固豪傑之士哉。其兩集目録，述古人淵源所自，當已。然與人論文書十數首，仍歸、方之膚説，將毋所與接者

庸凡，不足發其深言耶？抑能行者，固未必能言也？予將訪哲弟敷子寬於海寧，子寬心成之士，能言其兄文所至者也，故書以詢之。

《舊業堂文鈔》序

天下之所爲貴士，與士之所以自貴者，亦曰志於利濟斯人而已。然學不足以輔志，則夸大少實；識不足以將學，則迂疏寡效；氣不足以持識，則瞻顧無成。然或負氣太盛，又常致激切僨事，如山澗暴雨之集，横潰四出，一往而涸。明僉都御史凌海樓先生，由知縣擢御史，廷諍天下大計，拜杖歸田。及起用原官，風操彌厲，朝政幾肅，甫膺顯擢，旋被中傷。迹其氣矜之隆，意必句決目眦，字流血淚，而章疏詞指，巽婉和易，一若有所必不得已而後有言者，可謂好直而不蔽者矣。至被誣廢棄之後，其能放情山水，逃心禪悦者，已爲超絶流俗。而先生居於澤國，深求疾苦，委曲達當路，卒使水有所歸，出鄉里於溝壑。是其用之不終於國者，必求有成於鄉，守氣平，用識審，夫豈矜名買價之徒所能望其項背耶！先生詩文甚夥，稿藏家祠，裔孫曙求之數十年，乃得録副。苦資窶，擇其實關世用者，得若干卷，鈔付梓氏，使後世尚志之士，受而讀之，如坐和風祥日中，而知驚飇怒霆之不克有濟，而賦性寬柔者，亦有以自勉，不至坐棄於委靡焉。天下事庶幾有起而力任之者乎？

贈方彦聞序

吾聞子瞻氏之論文已，其論六一居士曰：「著禮樂仁義之實，以合於大道，其言簡而明，信而通，引物連類，折之於至理，以服人心。使天下知以通經學古爲高，救時行道爲賢，犯顔納諫爲忠。」其論范文正公曰：「公少時已有憂天下致太平之意，故爲萬言書，乃其出入將相，迹平生所爲，無出此書者。其於仁義禮樂忠信孝弟，蓋如飢渴之於飲食，欲須臾忘而不可得，雖弄翰戲語，率然而作，必歸於此。」其論樂全先生曰：「公以邁往之氣，行正大之言，一皆本於禮義，合於人情。是非有考於前，成敗有驗於後。」吾又聞子瞻氏之論學已，其告張琥曰：「富人之稼，其田美而多，其食足而有餘。田美而多，則可以更休，而地力得完。食足而有餘，則種之常不後時，而斂之常及其熟。故其稼少秕而多實，久藏而不腐。是以善學者博觀而約取，厚積而薄發。」其告吴彦律曰：「南人日與水居，七歲而涉，十歲而浮，十五而没。夫没者豈苟然哉？是必將有得於水之道者，日與水居，則十五而得其道。使北方之勇者，問於没人，而求其所以没，以其言試之河，則未嘗不溺。故不學而務求道，皆北方之學没者也。」是故，舍禮義忠孝是非成敗，則無所言文矣；舍文，則無所言學矣；舍學，則無所言道矣。然而世遠道喪，以剽字爲學，勦聲爲文，其上者乃能鈎稽名物，刻鏤風雲。正己則失要，治人則無功，師友謬説，聰明錮蔽。是故自任斯文之重

者，有根於性，有成於習，舉世競爲俗學以求售。其售者，上得以行其欺罔，下得以肆其朘削，則共以爲能。而有人焉，遺遠世俗，自尊所聞，言依於禮義，心泯乎得失，雖攖怒召謗，以至於頓躓瀕危而不悔。窮則守之以終，而教誨其子弟；達則操此以往，而惠保其黎庶。其爲文也，則能究人情之極，況於直道，以上繼夫作者，此根於性者也。有人焉倡之於前，而健者聞而慕之。獨處則以占爲師，羣居則擇善而執，慎守其術，積通所明，不撓於勢利，不惑於浮議。其既也，以己度人，而其理同，以身體物，而其心安。故其文亦能黜華言，濟實用，不悖於作者之旨。而其達也，可以不負所學，此成於習者也。毘陵方君彦聞，有志於用世之道，爲吾友晉卿所推，年三十，名譽噪都下，求舉輒不當於有司。近世之用人也驟，士獲兩舉，輒以試於政。子瞻氏曰：「學醫者人費，政之費人也，甚於醫。與其不幸而費人也，毋寧費時。」彦聞篤學而工文，故稱所聞以告之，並以質之晉卿焉。

贈余鐵香序

嘉慶辛未夏在都下，吾友陽湖惲君子居爲言：「新建有余君鼎者，字鐵香，年少負奇才，爲詩文下筆輒數十言，詎詎可觀采。又能持鐵槊，重十二斤，上馬擊刺，簌簌風旋，不可止。其意氣激昂，差似吾子。」子居故罕所許可，其言可信重。及丁丑秋，乃識鐵香，常劇談終夜，因以徵子居之

不安嘆也。然生才易而成才難，才不用而使人咨嗟歎息易，見用而能必成，成而能與人相安，安而可久爲尤難。夫才人負氣鋭往，偏讀古今書史，抵掌論天下事，若無可爲者，一試於政，常苦紛更而易敗，及數經挫折，又遂鎩鏟鋒鋩，浮沉流俗。是故士無鋭氣者，平居事睩績剽竊，以求悦於有司，幸弋獲而與人民社，齷齪昏瞀，播惡釀亂，不可爬梳。其有鋭氣者，又以未閲歷而少成，及其閲歷稍久，乃卒歸於庸容，是天下事卒無有能理之者也。君子則不然，守氣以恒，而養氣以善悔。《易》曰：「君子以言有物而行有恒。」又曰：「无咎者，善補過也」，「震无咎者存乎悔。」有物有恒，未能遂言無過也，見過而震，悔以補之，所以能遠於不恒之羞，則東坡其人也。東坡少年鋭意天下事，及其晚年，立論與少壯如出兩人，然其心乎濟世利物，百折而不回者，終始如一，而晚乃彌摯。觀其前後論議之殊，蓋悔者屢矣。然其用悔也，在斟酌事理之當否，而一身之崎嶇顛躓，不以介於其間，此東坡所爲深契周、孔无咎之旨，善用其悔，而可爲百世才人師法者也。

予齠齔時，侍先君子受《孟子》，問曰：「今天下内外官吏，皆以讀書取科第，皆讀《孟子》，何不遵行其道，而使貧富相耀、宗族涣散耶？兒異日若得一命以上，持此以出，其可乎？」先君子曰：「兒骨相非貧賤者，然推此意興，其必不容於流俗已。然兒慎保初心，毋爲習俗所染，况事變不常，非一人聰明材力所能備知，兒其慎之。」遂賜字曰「慎伯」，謹拜受而心識之。稍長，讀東坡文，益鋭意欲任事，而好言兵。繼知善兵者，必明農習法，隨地諮訪，察土穀之宜，明山水之脉。

乃集論自漢以來刑法諸書，以迨現行條例，推世輕世重之故，以即於人情。又恐今古異宜，求官書讀之，以窺本朝制作之盛。粗有所得，既蹭蹬無所設施，又食貧不能治生，乃蓬轉依人，隨時建議，或獲聽信而施行，時有窒礙，則潛更暗轉，以救不逮，蓋亦屢有悔矣。然自念大閑未逾，雖叢謗集身，幾至危殆，卒未有蕩去繩檢，辱身辱先者。是以屢困而守之不變，不爲士君子所棄。子居長於予十五年，其爲人果健，爲文勁直，爲官剛介，皆與世俗相違背，更折磨者數四，而不改其初，庶幾成才者矣。鐵香稚於予亦十五年，相其意氣，於子居爲具體，非予所能爲役。然未經挫折，一往奔放，其歸不可不慎也。予之得交於子居也，以善悔而不誤用，故自述生平以質鐵香，鐵香以子居故，不以予爲妄誕，其卒能有成而不負生才也，則予所當與鐵香共勉，以期無媿爲子居之友，斯可矣。

嘉慶廿二年九月廿八日。

湯賓鷺先生文集叙

予以嘉慶壬戌至常州，先生前卒已四年，而常州人士稱文獻者，必首舉先生，以爲樂善疾惡，坊表人倫，多識前言往行。其爲文，常依於闡幽顯微，至再至三而不厭，殆荀子所謂「君子必好辨」者也。予既慕先生之爲人，不及見，因求其書，積數十年不可得。及道光己丑，先生之女夫張君翰風宰館陶，爲先生校刻遺集，予取道過從，因得受而讀之。其詩導源香山而不襲其貌，反覆

委縟，必盡其意，長律、七古爲尤工。其文則長於記事，論説以達意爲主，而横直自成體勢，望而知爲有德者之言，足以取信來兹。自唐迄今千餘年，以文名者十數家，以詩名者數十家，並以馳騁變化，成一家之機樞，爲後世法守。而學者耽精疲神於此十數家、數十家者，規撫形模於長短疾徐之間，蓋亦有庶乎維肖者已，而常不足當有識之觀采。夫豈古人不可學，抑争章句之末者，固未能與於言志載道之大原也耶？故其傑焉者，沈研古籍，必比類以吾身所親歷，按切於吾心，既了然無所格閡，乃屬辭而注之手，自述所見。其條鬯指趣，絶去依傍之迹，而又不至於横流奔放，則其所詣，雖未足與彼十數家、數十家者比，而能使讀者聞其聲，如見其人，則亦足以自植而不朽。故自唐以來，有書傳而不甚著者，又不啻數十百家，先生則其流亞也。先生無子，以從姪爲嗣，説者謂先生忠厚嚴正，既博學雄文，不得於有司，無所設施於世，而天又靳其嗣息耶？然往昔達人，如漢之揚子雲，唐之李太白、孟東野，宋之程伯淳，近世之顧亭林，是並文切物理，道周世用，彼蒼蒼之不可知者，何獨至先生而疑之？予少遊大興朱文正公之門，大興實先生尊甫門下士，淵源可溯。予近又與翰風爲至戚，托親串之末屬，故不辭不文而書其梗概，以告觀者。

方岩夫軫詩序

予以嘉慶庚申冬，訪翰風於歙，翰風握手即爲言，有方君岩夫可與言詩。而岩夫已聞予至，

炳燭相過從，劇譚徹宵。次日以五言四章爲贈，其情動於中，以成尚德之文，沈鬱而不激詭，清迴而不促數，庶幾作者之風。因與極言詩法源流所自嬗變之故，上自陳思，下迄次山。其於言之順序，唯以能斷爲深，而驟轉平流之中，壯密足以履險者，有相應之樂，無壹聲之失。蓋予展側楚齊吴越間三十年，所與極口論詩者，翰風而外，唯岩夫而已。是後則辛酉秋，聚白門十許日，庚午秋，於韓江一再見，而岩夫遂化去。道光壬辰春，遇子佩於都下，岩夫猶子也。集録岩夫之詩，欲梓行問世而乞予爲序。夫以岩夫之詩之工而真，知者唯翰風與予，則求知己於身後，又豈易也哉？然天下後世如有能以予言詩爲然者，則岩夫其不死矣。

韋君繡詩序

謝君默卿嗜詩，遊宦於吴，與吴中詩人習，而拳拳日稱道，自以爲弗如者，則韋君君繡。及識君繡，讀其詩，默卿固非妄嘆也。夫詩之爲教，上以稱成功盛德，致形容，爲後世法守；次乃明迹懷舊，陳盛衰所由，以致諷諭；下亦歌咏疾苦，有以驗風尚醇醨，而輕重其政刑。繄古流傳之什，風裁不一，其要必歸於此。自當路君子，以總持風雅爲己任，退斥苞苴，進詩辭，比羔雁，其中程式者，大都入耳而不煩。及其遞陳間作，則又能别第肥瘠膚本，以爲酬報儀秩之高下。於是文人才士，莫不瘁心力，揣聲病，以必得當大雅，雖與古作者殊科，而其擷藻連采，稱其排比，所以奪人

目，移人志者，亦一時得失之林也。予自齠齔學詩，成童以還，篇帙頗淹，弱冠出游，鉅公結納若不及。然當公讌游覽贈答之際，苟心中無所欲言，輒之不能成章句。始知所學非所用，自分薄植，卒無以與當代名流相角逐者，遂輟其業，而所遇以益窮。一昨小住默卿官廨，又識蔣君澹懷，讀其詩，劖刻而不露，舉體渾脱，典籍奔走受驅駛，以視君繡，清迥相軋而精能過之。言詩於吴中，莫或先二君矣。然二君故才力贍逸，及責以羔雁之能，則亦有近似鄙人者。坡老不云乎：「二生有致窮之具，而與不肖爲親，又欲索書往尋黄魯直，其窮未可量也。」今二君致窮之具，既不後王庠、程遵誨，邂逅厚予如恩舊，雖斯世無黄魯直，而君繡且索予序其詩，欲以尋天下後世不可知之人，雖坡老亦當爲之咋舌矣。故録稾寄默卿，幸爲予拉雜摧燒，揚灰於衢，以當廣柳之送，且告澹懷，無爲其後來者。

趙平湖政書五篇叙

余少服《孟子》「尚志」之説，慨然深究天下之利病，人率非笑之，則應之曰：「士者事也，士無專事，凡民事皆士事也。《記》有之：『學也者，所以學爲師，能爲師，然後能爲長。』爲長之事，不當於爲士學之乎？」其後讀《韓子》，至「縣令子孫累世絜駕，故人重之」，則又喟然曰：韓子亦士之傑焉者也，顧自卑其志如是，不事士事，而語民是湲。是故今之長民者，見利莫爲興，見害莫爲

除，非必識所不及，而力有不逮也。當其始爲士也，蓋亦有志孟子之志者矣。一旦爲長，則又重韓子之所重，非唯不掩其言也，復自變其説曰：「興利除害之政，唯可行於古耳。」或且謂興利除害之在古可稽者，未必果見諸實事。於此而告以「尚志」之言，若必不能以爲非，則曰是匡居常談，臨事輒不可用，謂爲雖善而無徵也。江陰趙君球琳圃，宦遊浙中數十年，屢膺大邑，而持論顧與鄙人相出入，於條理加精審焉。凡民生所疾苦，諸公羣以爲無可措手，而泄泄置之，且因以爲利者，則皆察幾審勢、援例比案而詳爲區畫之。其舉也甚易，其推也無害，民難既紓，官困亦解，作爲五篇之書，以詔方來，是可爲善而有徵者矣。世有「尚志」之君子，讀其書，得引以自堅，而志卑者，亦無以飾其説，以助波靡之風。民亦勞止，汔可小休，吾於趙君之書兆之矣。

道光壬辰季冬月朔，安吴包世臣譔。

讀《白華草堂詩集》叙

余性癖於詩，無所師承而冥心探悟者十年，似有得，然未敢自信也。嘉慶庚申秋，識陽湖張琦翰風於白門，張君曰：「吾子高才絕學，而温柔敦厚如是，是必深於詩。」因相與爲深言，出舊草二千首屬張君，張君爲删定，存什一二，曰：「後人讀之而深求其義，足以達政專對已，何必多。」余自此遂輟韻語。道光乙未春，因烏程凌堃厚堂識鎮平黄君香鐵於都下，黄君詩名滿宇内，示以

刻行之九卷而屬爲序。黄君詩刻行已十餘年，載筆通儒欲得序其集者甚夥，顧以命余，媿不克當也。讀其詩，少作已成體勢，節奏轉换，緩而不弛，和而不滑，庶幾有德之言。壯歲漸變而遒上，緩仍舊而和若少遜者，然新意時出，真吾迥然見矣。煮酒劇譚，常至中夜，笙磬之同，自晤張君後，閲春秋三十有六年，未有若吾黄君者也。夫推極詩道所致，其單微幽渺，可以奪造物之權，變人心之度，使寒燠不能操其舒慘，哀樂不能主其欣慼，斯固作者偶得之而不自知，讀者心領而無以言狀者也。至於念衣敝則知愛，狀車聲則知敬，刺孌倖則盛陳笄紱，哀疏遠則備揄盼倩，是則體之不可不明者也。或無端矗起，萬類驚心，或文外旁情，一縷彌布，或羣流迸赴而束以一峽，或一源下注而散爲衆派，或崖勒奔馬，或梁繞泛聲，是又勢之不可不明者也。爲境萬殊，用法一貫，論志者感其微言，行遠者脩其盡飾，窮原竟委，吾無以測黄君藝之所至矣。余往來吴越間久，所見工詩者，有無錫趙函艮甫、長洲蔣志凝澹懷，然皆未嘗與論其得失之故，殆於失人，於今悔之。異日黄君或遇二君，出此相示，當有雅契，且藉以補吾過也。

述古孝子詩序

人之心不可使放，放必由於無所事，心無所事而不能無所之，則放矣。故古者教人，於平居則《春秋》、《禮》、《樂》，冬夏《詩》、《書》，行以采齊，趨以肆夏，使此心無時無地不有所事，以守之

而不放也。至於居喪，則主哀而不尚容，自成服以至免喪，歷三載之久，而身以廢業，無所事事。若非有束其心者在，不能保其不外馳而忘哀也。是故始喪讀《喪禮》，既葬讀《祭禮》。凡以自管其情，目之所觸，聲之所發，無非歸厚之教，設此閑以防其心者也。分宜趙南庵先生之執母喪也，居廬之日，檢古孝子事迹，摘叙其略，各綴以五言一韻，積二百首。蓋三載之中，無日不與古孝子相晤對，創巨痛深，情難自已，與古人喪次讀《禮》事異，而束心於哀則無殊也。先生五世孫芝巖茂才，年少工爲文，不忘祖德，以是編見示，乞序而梓以傳之。後之得是刻者，罔極之思有不覺其油然生已。詩曰：「孝子不匱，永錫爾類。」類至五世，而手澤益彰，其斯爲君子之永錫也乎。

江季持《七峰詩稿》序

夫詩難言矣，尼山以學詩爲教，而可與言者，僅乃二人。降及李唐，傳人萬數，而其至者，伯玉、子壽、太白、子美、次山而已。何其鞀耶？蓋詩教主於温柔敦厚，然其旨趣寓於意者半，而發於詞、存於氣者亦半，是則無迹象可求，非言語所能喻也。夫以詩之關鍵見於迹象，其激射、隱顯之可説以言語者，常倉卒不能得解人，况微妙於此者耶！是以余馳驅楚蜀幽燕吴越之郊四十餘年，詩人莫不識，而可與爲深言者，唯陽湖張翰風，其次則歙方岩夫，荆溪周保緒，高凉黄修存，東鄉吴蘭雪，蘄陳秋舫，無錫趙艮甫，桐城汪奂之，吴蔣澹懷，鎮平黄香鐵。而岩夫、奂之皆吾皖産。

岩夫之氣厚，奂之之詞柔，俱有得於詩教矣，而岩夫資力爲深。自岩夫、奂之相繼物化，有後起者，吾未之見也。道光庚子，余待辨豫章，多暇日，倪蓮舫太守持皖江三家詩板本見示，並言汪平子、余伯扶非江季持匹，擬別刻專行之，而請爲序。余受而讀之，太守之論益信。季持，余曾一再見於白門，不知其能詩也。今讀其詩，庶幾有窺於柔厚之旨，不及岩夫而軼奂之，是足以爲吾皖三家矣。篇什雖不充，《素絲》十句，品證上中；《陝郊》一篇，心傾杜老。亦奚必求益擇肥，如買菜市瓜之爲也耶？余嘗詡不失人，以季持觀之，則失人正多矣。工詩者未必可言，可言者或又失之交臂，則信夫詩之難言矣。

王海樓劼詩序

詩之爲教深矣，其深者必於温柔敦厚而不愚，詩之用有美有刺，温柔敦厚意其主於美乎？然古今傳詩之用於美者什一二，而應制教，希恩澤，充羔雁，不足與於詩教者，已居大半，其他風雲月露，體物即事之章，苟有善者，亦必出於比物連類，以致寄託。聖門之説詩曰：「言之者無罪，聞之者足以戒。」然則詩教殆寓於刺耶？蓋詩義六，而用在於風與興。一氣相感謂之風，微言諭志謂之興，而所以妙風與興之用者，則曰離合，曰隱顯。顯則與人以可見，隱則與人以可思，可思故無罪，可見故足戒，離合者又所以妙隱顯之用者也。隱顯離合之用彰，故其詞温柔，温柔

故無罪，其旨敦厚，敦厚故足戒，己無罪而人足戒，且何愚之有？以此爲教，不其深乎！漢氏去古未遠，流風猶存，魏晉以還，藻繢迭興，而先覺不乏。比及有唐，射洪、曲江、青蓮、杜陵、道州是其選也。宋之眉山，亦庶幾焉。不由此不足以爲詩，不解此不可與言詩，則匪惟其教深也，而言之實難。同年生王君海樓，蜀産也，於射洪、青蓮、眉山爲後進，自幼好詩，數十年不倦。前以貲作宰浙江，屢膺大邑，被議左遷來豫章，復入都，再鐫級，仍以貲復官。道光壬寅，自都返豫章，裒其被議後詩若干卷示余，余受而讀之，蓋駸駸有離合隱顯之意。詩固難言矣，遇可與言者，又不得不言，故與爲深言，即以爲弁。

《澹菊軒詩初稾》序

近世論詩，類以倖色揣聲爲工，若其出於閨閣，則羣詑以爲奇。抑思國風所列，半出婦女，尼山删詩以維世道，夫豈以閨閣故，恕而存之耶？夫温柔敦厚，詩教也；微言相感，以諭其志，詩法也。循法以知教，其工初不侈於聲色，漢魏既遠，南朝專取詞藻，有唐力窮聲調，故倖色揣聲之業以日盛，下至以詩爲羔雁，而聲色之外，殆於無詩矣。然而長言詠歌，極之手舞足蹈而不自知，依永和聲，而言志之旨益明，則倖色揣聲，固亦詩道之馴而必致。志士多感，女子善懷，苟有能者，必歸於此。陽湖張宛鄰先生詩，浸淫漢氏而與余獨有笙磬之同者，此也。先生長女適昭文吴

彦懷比部者，爲孟緹恭人，著有《澹菊軒詩》，斯能紹家學而昌詩教已。憶余以嘉慶庚申，徒步數百里過訪先生，恭人才齔齒，其女弟緯青、婉紃、若綺多在孩抱。閲七八年，則姊娣詩詞稿皆成帙。緯青幽雋，婉紃排奡，若綺和雅，各得先生之一體。恭人則纏綿悱惻，不失於愚，屬詞比事，必達其志，節族膏澤，多所自得，被文采而能高翔矣。比部詞壇之雄，倡隨自爲知己，尤藝林所希有。道光辛丑，恭人年五十矣，其弟仲遠，吾甥也，梓行其集而屬序於余。前序出劉君廉方，其言既至允，而恭人之學成於艱苦窮困者，若綺後序又備述之，余故揭恭人之詩法，以告觀者。若徒見其詞藻之温麗，聲調之悠揚，而驚嘆爲閨閣之傑，是仍昧於詩教，未足與論恭人詩也。

爲朱震伯序月底修簫譜

意内而言外，詞之爲教也。然意内不可强致，言外非學不成，是詞學得失可形論説者，言外而已。言成則有聲，聲成則有色，聲色成而味出焉，三者具，則足以盡言外之才矣。夫感人之速莫如聲，故詞别名倚聲。倚聲得者又有三，曰清，曰脆，曰澀。不脆則聲不成，脆矣而不清則膩，脆矣清矣而不澀則浮。屯田、夢窗以不清傷氣，淮海、玉田以不澀傷格，清真、白石則殆於兼之矣。六家於言外之旨得矣。以云意内，唯玉田、白石耳，淮海時時近之，清真、屯田、夢窗，失之彌遠而俱不害爲可傳者，則以其聲之么妙鏗磬，惻惻動人，無色而艷，無味而甘故也。揚州專力詞

學，自冬巢汪君，冬巢受法於吴祭酒。祭酒于詞尚傅色，其氣濁，其格靡，以膩浮爲能事。冬巢力能擺脱本師，求諸兩宋以自立。繼起則西御王君，尤能博綜諸家，而心知其故。震伯續自得於聲，脆如冬巢，清如西御，澀則隱隱在齒牙間，爲二家之所不及。養之以學術，煉之以境遇，則意内之妙，吾將於震伯旦夕遇之矣。

金筤伯《竹所詞》序

詩詞賦三者同源而異流，故先民之説詩也，曰「微言相感以諭其志」，其説詞，則曰「意内而言外」，而説賦，既曰「古詩之流」，又曰「詩人之賦麗以則，詞人之賦麗以淫」。是詩與詞若有分疆畫界者，豈非以其觸景物而情有所寄，托於美人珍寶以爲諷諭，雖本興之一義而流弊有馴致乎？詩自漢氏分五、七、雜言，迄唐氏季世，温柔敦厚之教蕩然，已而倚聲迺出，其體異楚俗，襲詞名者，蓋意内言外之遺聲也。然其時流傳之章，委約微婉，得騷人之意爲多，與其詩大殊。蓋其引聲也細，其取義也切，細故么而善感，切故近而善入，五季兩宋之能者，並臻兹妙。自兹已降，靡者沿流揚波而不知其本，俳諧謔浪以爲能事，蔽錮且四五百年。及近人錢黄山始鑿其竅，而皋文、翰風二張先生繼之，高才輩出，復兩宋舊觀。筤伯之尊甫嘗從皋文先生遊，筤伯又親問益於翰風，其工詞也宜矣。並世工詞者，莫如董晉卿，董君，二張傳業之愛甥也。余嘗語之曰：「吾子

賦亞文通、子山，詞兼清真、白石，然吾子詞材伐之兩宋，是猶未免時世粧也。導源濫觴，以楚騷尊其體，不亦可乎？」董君然其説，卒未能遷業。余苦筆重，體氣不相入，以篔伯詞之工遠來問序，其不謬余言也明矣。篔伯果不謬余言也，則伐材於湘沅，以大倚聲之門户，是二張所未先覺者，拔戟自成一隊，吾不望之篔伯而誰望乎！

雩都宋月臺維騶《古文鈔》序

唐以前無古文之名，北宋科舉業盛，名曰時文，而文之不以應科舉者，乃自目爲古文。時文之法坦而隘，古文之法峻而寬。寬則隨其意之所之，或致大偭於法，於是言古文者，必以法爲主。然其時之能者，無論伯長、太伯始事之倫，既歐、王、蘇、曾絶足相繼，力矯時文之弊，而卒不能盡。洎乎有明，利禄途歸八比，時文之法較嚴於宋，而士人習之又最精。其間有志復古如震川、鹿門者，所爲古文猶不及其時文之善，若其專力屏絶時文，一語不以入古文者，則不文而已，何其難耶？蓋文之盛者，其言有物；文之成者，其言有序。無序而勉爲有序之言，其既也可以至有序，無物而貌爲有物之言，則其弊有不可勝説者。夫有物之言，必其物備於言之先，然言之無序，則物不可見，物即可見，而言不可以行遠，故治古文者，唯求其言之有序而已。讀書多，涉事久，精心求人情世故得失之原，反之一心而皆當，推之人人之心而無不適焉。於是乎言之而出之以有

序，此間世之英，古所謂立言之選也。其能深求古人文法而以吾身入其中，必使其言爲吾所可言，所當言，又度受吾言者所可受，所當受，而後言之，而言之又循乎程度，是則可以爲有序矣。是故有物之言，時文有時可與古文同，有序之言，則古文有必不能不與時文異者，此之不可不察也。月臺宋君承祖若父之家學，致力古文者數十年，波瀾不尚壯色，論議不求聳聽，唯斤斤以無序爲戒，是固知所先務，足以加人一等矣。近世古文，推桐城姚氏，其造詣實能别時古之界，所言信爲有序，門下士如陳石士侍郎、梅葛君户部、管異之孝廉、吴仲倫明經，皆親承指授而有得，然唯吴君爲能真傳姚氏之法也。宋君嘗問業於姚氏，治之不已，何遽不與吴君並稱高足乎？予不敏，文於古人無似而謬爲羣流所推許，宋君既不恥下問，於是乎書。

《樂山堂文鈔》序

人莫不有所欲言，言之有章則爲文，故曰人聲之精者爲言。文詞之於言，又其精。文之所以精者，曰義，曰法。故義勝則言有物，法立則言有序。然以有物之言，而言之無序，則不辭。故有物者不可襲而取，有序者可以學而致。是以善文者，必盡心於法以爲言，而不敢縱其所欲也。自漢迄隋，集傳百三，隻句碎字，珍若球珙。有唐以來，遺文漸夥，而千三百年所盛稱者八家。是外雖名氏在人口耳，尚不翅數十家，而已若存若亡。其巍科膴仕，因乘資力，結集累卷帙、盛剞劂

者，以萬數，世無得而稱焉。彼萬數者豈不心勤没世乎？迺旋踵化爲糞壤。夫八家者，又豈敢必後來之竟莫比並哉？至所謂數十家者，文固不後於恒人，加以德業在當時，藉得留其文於若存若亡之列。噫！何其難耶。然而是八家者，則既千載如生已。士苟有志斯文，莫不尊之如父師，親之若椒蘭，而並時儕輩，幸得厠名焉，亦復託以不朽。始歎文字之力，吹枯嘘生，功同造物矣。然吾聞歐陽子爲文，脱稿即糊墻壁間，出入塗乙，至不存原文一字。夫歐陽之初稾，其超越尋常，豈顧問哉，而必塗乙至不存一字乃自愜，則知韓、柳、王、蘇、曾之造詣，亦必爾也。昌黎之頌李、杜曰：「流落人間者，泰山一毫芒。」則知古人皆作之多而存之寡也。李、杜集有兩三稿並存者，則知古人雖再三改竄，而猶有未定也。《樂山堂文鈔》，曾君受恬之近作，置郵相質並乞序。曾君以楚南之望，仕優而學，不恥下問。其於文也，遇題便作，作之良亦多矣。多作則可以待删，載删而慎存，又益以善改，若歐陽子之自程者，工力深，風裁峻，澄汰渣滓，菁華秀發，今人何遽不如古人哉？古人敻絶如八家，是固天亶，非人力所幾，然浸淫乎不懈以及之，其必不與前此之萬數者同歸泯没可知也，故書之以辭曾君。

《齊物論齋文集》序

説者謂天地之氣日薄，故古今常不相及。然而在物者，鄱陽之磁，端州之硯，近産則高出前

代；其在人，黄、魏、施、范之奕，自昔無與比。乾隆中增試唐律，而近日工試帖者，顧優於唐，邵、戴、二錢、王、段之於小學，推原古訓，博辨不支蔓，爲宋氏以來所無。賦則自南朝不競，逸響莫綴。予心儀前哲，私詡絶業，及見晉卿作，深幸德之有鄰，益嘆其秀出不可到。繼又讀其古文，説經有家法，情深文明，取勢琢詞，密而不褊，委婉而遠於姚冶，依八家成法，而健舉能自拔。晉卿時年始二十有一，予反復雒誦，爽然自失，謂之曰：「八家雖唐、茅所次，然無以易之，前人欲離去者，其文率詭誕無統。紀墨守則，推熙甫、望溪爲傑然者，猶不免爲嚴家餓隷，汗流僵走不自耐。姬傳近出，較望溪爲純净，而彌形局促。吾子勉之，充其材力，抗顔八家而爲九，其在斯矣。」嗣又得容甫文八十餘篇、子居文二百餘篇而讀之，可采者什二三。予嘗謂子居曰：「子之文勢，鷙鶩凌厲，接武介甫。容甫文得逸宕於彦昇、季友，繫援蘭臺，以摩八家之壁壘，而旗鼓未足相當。二君故自爲强國，執牛耳者，虚之十稔，終當以歸晉卿矣。」子居頷之。晉卿遊楚豫齊趙十餘年，晚歸袁浦，所至求文者麕集。晉卿面柔，不能拒所請，又不欲以千秋之業徇人，率紆迴宛曲，必欲讀者於言外喻其指，以是益不能自别於永叔、介甫，而拔戟成一隊也。以晉卿之奇姿間出，又有學以濟之，徒以困於所遭，不得獨行其意。晚更困於病，工力中輟，以不能盡其才，豈非命也夫！唯予弱植，謬爲世人所推，而晉卿慫恿尤至。年將五十，自度所學終不可見用，遂亦有志斯事，搴芳八家而不受籠罩，蓋庶幾焉。然奔走數十年，荒惰相乘，學殖盡落，辭不副其意，予故以悲晉卿

而更自悲也。晉卿文無不以示予，所見尚倍於此刻，此刻爲申耆所選，而申耆病甚，實出門下士手。文存者多少作，晉卿三十以後文，固爲酬酢所苦，然亦有觸事發意，優於少作者，而選多不存。晉卿文既不能盡其才，此刻又不能盡晉卿，唯幸賦則全録，其所以上攀班、張，下亞江、庾而無媿者，猶足使後來有志之士，信古今未必不相及，而及時自力也。

道光癸卯重九日，安吴包世臣書。

書陳雲乃延恩罷讀圖本字登之，近改字雲乃。

道光壬辰，雲乃以郡倅籤分江蘇，未出都，爲《罷讀圖》徵題咏，中外能詩者，各以詩贈。大抵謂雲乃雄文碩學，屢躓場屋，至以貲進身，出試幕僚，則爲不得其職，宜其憤激慨慷而爲此圖也。既至省，以示其友包世臣，世臣則謂雲乃，平日讀書，若僅爲科第計者，則當撦摭斷爛塵腐，以期必得，何以穿穴經史，求立言之本意，歷二十餘年，遭挫折而不改，是固將有以用之也。今逾博學不出之歲，及鋒自試，豈復有所憾哉？然則斯圖之作，正孔穿所謂「王事如龍勤慎」之義也。世臣既未仕，又素不學，然頗悉近世故事，達民間情僞，以雲乃之才識，埤益以郡縣事，不足忙亂其身心矣。吾第恐雲乃未涉事而知懼，既涉事，顧以爲中流自在，若不足爲者，漸乖作圖之本旨。願雲乃常守勤慎之心，臨事必按以方策所載是否有合而後行。是其於讀書也，欲罷不能，則吾道

之深幸也。洎於視事，受民人社稷之寄，接閭閻小民，隨在修孝弟力田之教，進都人士于廷，與講貫立身處事之體要，仕優則學，又安能罷讀也哉？

復李邁堂祖陶書

邁堂先生同年足下：尚齋太守來，奉手書，委曲明著，訓誨以所不及，深感深謝。世臣自幼失學，家無藏書，至鮮聞見。嗣以饑驅出遊，遂廢佔畢，幸所至不見棄於賢士大夫，隨在求師，略有領悉。又性喜體驗人情事理，攙論今古得失，如蛩蟬自鳴，非敢言文，何論於古哉？謬蒙四方名流，加以獎掖，甚至指爲壇坫，推執牛耳，世臣頗有自知之明，廿餘年不敢承也。而友人辱推彌至，遂有往復論文諸書，不過悉愚者之慮，數他家之寶耳。

足下沈精斯道且三十年，耳目至廣，趙宋以來大集小編，無不搜覽，衡其輕重，平其去取。世臣何敢出旗鼓以相當，重辱雅教，亦不欲默默。尊諭有物有序，是矣，然以搭架式、起腔調當有序，則世臣所未喻也。又謂周秦文體未備，是矣，魏晉以後漸備，至唐宋乃全，云云。鄙見以爲文體莫備於漢，唐宋所有，漢皆有之；且有漢人所有，而唐宋反無者。尊諭明代喜稱秦漢，近代喜學六朝，云云。明代王、李諸公之陋，已經論定，不具說。近代學六朝者，唯見汪容甫一人，此外等之自鄶，烏睹所謂喜學六朝哉？又謂震川不搭架式、起腔調，世臣三十年前，曾覽其集，於中

酬應之作，居什五六，莫不以架式腔調爲能事，此固不得不爾。然其由中欲言之文，亦未能擺脱此四字也。惲子居欲以子書救八家之説，自是賢智之過，子居得力，全在介甫，短章小傳，定稱高足。容甫之文經世臣手定者，爲其子弟所亂，《述學》二卷中，説經未爲精湛，然有深通古人文法者，什可二三。世人盛傳其《廣陵對》、《琴臺銘》，皆下乘，《哀鹽船》文差有哀雅之致，亦非上乘。至如《釋三九》、《狐父之盜頌》、《吊黄祖文》、《沈椒園狀》、《馮按察碑》諸篇，則妙絶於時。至世臣所謂惲、汪兩家，可以抗行者，以足下既深於子居，故言之以廣其意，非謂必足下採容甫入《文録》，庶可不朽也。太守言尊選已刻成，此盛事。近世文集，人不盡見，得此刻可以廣其傳矣。至於人心嗜好，斷難强合，如入都市，皆各市其所欲得，豈不爲美備也耶？尊諭作室作樂，兩喻妙矣。然離宫别墅，么弦孤調，又豈可無法而成之哉？梁柱必正，宫商必準，不可破碎，不可散漫，本無間於大小也。大要作文難，知文亦不易，非知其詞之工拙之難，知其用意所在之難也。

古今傳誦之文，無如龍門《答任少卿書》，童而習之，撏撦無虚日。自蘭臺載入本傳，以書中有「推賢薦士」四字，因下「責以古賢臣之誼」一語，揭爲緣起。若就此四字推尋答書之意，則書中數千言，十七八皆如醉如狂，讀者不得其所以然之故，則爲之説曰「攄發一肚皮憤懣不平」。試思「攄發憤懣」，遂果爲宇宙至文耶！李少卿《答蘇武書》，依仿結撰。書内略撦來書數語，用意往來，實如影響。何此書除「令刀鋸之餘」與「私心刺謬」數語外，悉似狂易耶？二千年來一大疑

案，習焉不察，世臣於此稍窺其微，一語道破，則字字皆有着落，故敢獻疑於足下。請檢本而朗誦之，默思之，累日兼旬，或能示及以決之，則此生之幸也。《六國表序》、《魏其武安列傳贊》、《始皇本紀贊》，皆人人肄業所及，然讀者不過熟其腔調，以供撏撦。世臣細究之，乃知其枝枝節節，觸處皆不能通。既已得疑，反覆全書，似能見其深而通其意，足下好學深思，故并獻焉。至於八家，昌黎取材至富，雖原本於《孟子》，而得筆不止一家；柳州以下，皆得之韓、吕二子，永叔、東坡，所得尤多。夫所貴於子書者，謂其晰理必至精，論事必至當，言情必至顯，爲後人所不能及耳。非謂其製體修辭異於後人，遂以爲新奇可喜也。

是故子居以子書救八家之説，未爲得也。自八股取士之後，士人進身以此，此體文律至嚴，吾人用力於此，亦較他業爲深，少小誦習先正時文，稍長則讀八家之近於時文者，以資潤澤。故士生今日，工時文而不能古文者，多有矣。若工古文而反不工於時文，則斷斷無之。若其少小習時文，規橅房行，以倖弋獲，得手之後，託言古文以爲名高，遇此等輩，唯與之唯諾委蛇而已，不必與正言莊論也。八家與時文時代相接，氣體較近，非沉酣周秦子書，必不能盡去以時文爲古文之病耳。若謂以子書救八家，則八家何病而待救耶？世臣雖淺陋無似，然於列代文集，亦曾致力，來諭疑世臣以八家爲不足觀，似不應妄誕至是，唯不能自眯其目，擘歸、方之袪，以求塗耳。足下賜題《中衢一勺》，非菲薄所敢任，唯後段擬以非倫，故前書略致其意，此次承索原稿，欲删訂後

段，具見從善如流，亦見俯察鄙人，非爲標榜傾軋者。謹如命奉繳。恐太守行速，燈下匆匆，唯不吝教益，是所禱切。順問道履無恙。世臣頓首。

答陳伯游方海書

伯游仁兄足下：日昨二小兒自白門返豫章，敬詢侍奉安吉，揚州館事甚好爲慰。次早，小兒啓篋出手書，辱承系念深至，嗟歎枉抑，詢所事是否結正，並問貴省有德有造之士，展緘三復，有如握晤。自閏月初十，星使北轅，事即已結。若謂枉抑，則昔人遭遇或什伯於此，無足言者。至貴省爲文學藪澤，僕荒落頹唐，何足以知之。然所知亦有足述者。

永豐徐湘潭，字東松，癸酉拔貢，年近六十。詩古文名甚噪，積稿至七八寸，多自加丹鉛評騭者，盡以見示。其詩不過酬酢，略以詰屈語自飾，無關詩教。古文當得手時，饒有黯然以長、油然以幽之致，且無時文氣息字句間雜其中。唯傷散碎繁絮，良由居地既卑，求請者率鄉里富人，斗米百錢，視爲奇節，以致黄茆白葦，一望觸目。僕諄勸其删節自珍，而驕矜已甚，殊爲可惜。若能澄汰沙滓，庶幾鈍翁之後車矣。生性迂緩，跬步滋疑，然自守不苟，誠一鄉之善士也。南昌姜曾，字樟圃，庚子舉人，年四十餘。博聞强識而文筆蕪漫，又所學專求前人錯誤，極意指摘以誇精博，至古人命脉所存，可以内檢身心、外起溝壑者，反在所略，似未能卓然有成，在貴鄉殆亦原甫、容

齋之嗣響也。金谿黄鏕，字子覺，附貢生，年三十餘。耳目亞於樟圃，尤熟明史及貴鄉前輩故事。弱冠時，讀注疏，隨手摘爲要删，略附按語，頗有闡發。貴鄉爲此樸學，子覺外，竟未見有替人。自作詩文，多至七八十卷，八股筆力挺拔而太無格轍，古近體詩貌似從横，古文次第順適而並傷淺薄。僕愛之甚，所以將順匡救之者交至，至有塗乙其通篇大半者，子覺不以爲非，語人必曰「生平第一知己包安吴也」。然徒義不勇，又寠人而有薄倖之癖，恐未能日就月將以盡其才也。南豐吴嘉賓，字子序，戊戌翰林。文筆俊爽，好讀書，能受善，年三十餘，此子能不變不怠者，殆不可量。金谿舉人楊士達，字耐軒，年二十餘。其祖譞，字少晦，君子之有文者也。僕與其兄邁功撫部交久，因識少晦，而少晦遠矣。耐軒頗有志於繼聲，爲古文，下筆明净，唯邊幅太窄，然可望其有成。新建李達觀，字惺齋，年二十三，食餼已八年。江西時文，舊推陳、章，然大士之超逸，大力之沈着，必不可合。惺齋能合大士、大力而彌近正希，實一奇也。僕曾奉檄磨勘落卷，閲三四千人試文，又校閲豫章、友教、洪都三書院課義，無能仿佛之者。新喻張懋芝，字雲閣，年二十三。亦已食餼，八股時趨耳，而排比穩洽有聲色，亦不可多得。二生舊業皆止八股，雲閣近館省垣，僕使之讀《毛詩傳箋》，亦時時有所見。新城陳溥字廣夫，伯仁太史之子，石士侍郎之諸孫，年三十餘。泛覽百家爲諸陳冠，詩文亦有卓犖之概，然自率資性，未見真實工力。南城曾協均，字笙巢，年二十四，賓谷撫部之幼子。八比文筆矯健，近年閉户窮經，語次殊多妙悟。南昌龔鉽，字漚可，

年七十餘。需次學博，好學不倦，四部俱有探討，嗜爲詩，五言雅近陶、蘇，而温雅謙抑不自足，與貴鄉人士大殊。廬陵蕭國琛，字崑圃，癸酉選拔官南昌府學訓導，年方五十。三十年館穀，盡以市書，積三萬餘卷。僕時時過從，論説偶及，崑圃入内檢本，隨手即得。通世事而自律嚴，有血氣，重交遊，爲古文雖未成，而門逕視時賢爲闊大。僕在貴省將六載，所知盡於此矣。

前哲有永新賀子翼先生，名貽孫，與叔子同爲遺老，相距才三四程，而各不相知。其行治不可考，有《激書》五十七篇，可四萬餘言，大旨學《韓非》、《吕覽》而得其深，體勢亦據二子爲本，書皆紀載村落俚俗事，就見聞而推致之，則處亂自全之術，撥亂反正之規，悉於是乎在。唯每篇起處用《吕覽》舊法，而頗涉眉山、永康策冒。少小所業，結習難化，以爲疵纇。叔子擬之，瞠乎後矣。求人物於貴鄉，立言則賀永新，立功則李臨川，殆難與爲參矣。《激書》外間無本。上高李祖陶，字邁堂，僕同歲生也。治古文三四十年，有選刻《國朝文録》四十家，又《别録》六大家，然不過編纂校核之勤，唯傳《激書》之功爲鉅。遠承足下不鄙，問訊諄至，故直書以相聞。暑甚，伏唯珍重眠食。晤期不遠，幸勿廑念。辛丑五月。

藝舟雙楫・論文卷四

論文四

張童子傳

童子名楚生，姓張氏，和州之烏江人也。其祖年七十餘，禱於霸王廟而生童子，故名之曰楚生。幼聰慧，六歲就外傅，日記數十百字。同硯席有讀《爾雅》者，童子請於師，亦受讀焉，遂通古訓。乾隆丙午正月，予隨先子謁青山寺祖墓，道出烏江，遇大雪，主其家五日，童子與予生同年月日，而稚四時，甚相愛。

予見其書室有故籍百餘卷，繙閲殆徧，童子曰：「讀書泛覽無益，吾日讀二千字，三徧即可倍，五徧即大熟，然至其愜意者，暇隙諷誦，常至數千徧，必使自明其義，注解多不可靠也。」予詰其所自得，童子曰：「《論語》『君子不重』章，是夫子教君人之道，非爲爲學者言也。『不重不威』，

即所謂『不莊以涖之，則民不敬』也。固，陋也，唯學可以變陋。哀公曰：『寡人固，不固，何能聞此言？』是此固字注脚。君人者有威有學，則恐其尚詐任譎，故要以忠信爲主，然必求勝己者爲輔佐。友不如己，即《孟子》所謂『好臣其所教』也。若云爲學擇友，則恐人將拒我矣。雖然，内有主，外有輔，猶不能無過，必勿憚改，而君德乃全。《書》頌湯德曰『改過不吝』者，此也。」又云：「齊宣王見孟子於雪宫，是宣王出遊，途中遇孟子而見之，故曰『於崇吾得見王』，而通章皆言遊觀之事也。『非其鬼而祭之』，鬼謂人鬼，古惟祭其先曰事鬼，祭非鬼，即《禮記》所謂『與爲人後』者也。」又言：「『大畜，剛健篤實，輝光日新』當斷句，『其德』連下文爲句，既叶韻，又與全經筆法相稱。若如今讀作『日新其德』是宋朝人語已。」又言：「《史記·項羽本紀贊》，先云『羽背關懷楚，放逐義帝而自立，怨諸侯畔己，難已』，末云『乃引天亡我，非戰之罪，豈不謬哉』，言羽之失天下，實自失之，非天亡也。蓋背關懷楚，則失地利；放帝自立，則負不義之名；怨諸侯畔己，則與天下爲難。有此三失，難以有天下矣。」又言：「《鄉黨》一篇，記孔子者少，記君子學孔子者多。凡記孔子事，皆言似言如，而記君子學孔子，則言不言必。」予嘆絶謂之曰：「吾子精熟經史，心有古初，何以尚不學作詩文？」童子曰：「學在内者也，文在外者也。俟弱冠，内學充而後學文，豈爲遲乎？」

雪齋别去，而次年童子遂殤於痘。後予讀《漢書》、《三國志》，屢見「輝光日新」之語，知古讀

正如此。讀《集解》，其訓「學則不固」也，如童子説。見陽湖惲子居論《鄉黨》，説與童子無異，而猶疑友字於君臣或未安。及讀《毛傳》，言國君友其賢臣，讀《吕覽》，言「敦洽讎麋，惡足以駭人」，言「足以亡國而友之，足於陳侯而無上，至於亡而友不衰」，然後信童子所説，無不根據精當，殆古經生之謫降，而曇花一現者也。予成童後，誦《過秦論》、古詩十九首，皆萬過，漸有心得，感此説之實發於童子也。故次爲傳，以傳其略，不敢私爲己有焉。嘉慶癸亥十月。

畢成之墓志

君諱貴生，字成之，一字孝伯，姓畢氏，儀徵縣學生員。其先歙人。祖懷圖，舉人，官湖南永興縣知縣。考合，不仕。君考娶於江都汪氏，既侍永興君於漢陽，母氏遂依外家以撫君。君舅汪中，以多聞能詞賦名於時，甚器君，妻以次女。君舅常遠遊，母氏故通史家言，於兩漢事尤熟，即自課君，君以是諳古有舅風。君好用情，而致之或未當，既已不肯下人，而相接常默默。君舅既没，益莫能善君者，境益困，求舉又屢黜於有司，所親之訾毁遂迫也。君故多隱憂，晝夜傭書給衣食，嘗日作正書二萬字，而不得廢酬酢，以是君益羸。

余以壬戌夏客揚州，始識君，甲子復至，交尤善。自甲子迄今四年，余大半在揚州，所遇皆窮，舊友莫復顧者，獨君拳拳甚，過從不間。君嘗從余問詩法，而所作顧不相似，然君詩每年輒

丙寅秋，君以詩書見賞於兩淮鹽政，君既極困，或勸進，每進輒腆健，無近世闒人雜亂羞澀之態。今年二月，余赴常州視友人疾，君出門即無所之，常語母氏曰：「慎伯去，兒愈益無俚。」余返自常州，君以試事赴泰州，余復赴清江浦十餘日，而君自泰州病春温歸。余急過視君，君病狀殊無所苦，各述近況不可休，亦不倦也。君忽把手語余曰：「吾此疾恐不起，即起，今年終不免。吾昔語足下以夢前生爲斷頭將軍，吾前日歸自泰州，阻風孔家涵，仿若登岸，見草中馬卧，極瘦，血濡頸。旁有語余曰：『彼昔同其主被難於此，今其主生人間已三十年，彼在此伺其主同去。』時聞而惡之，遂驚覺，則恐不得久相見也。」繼視君，則病勢益減，以君寂寞甚，日三四過視之。又七八日，病忽劇，語不可辨，數日遂卒。既絶氣，余撫屍哭之，復轉睛視余。既手足堅冷，經日，而腹温不散，余搴被摩其膺，尚格格作聲，膚澤如生時，無所惡，則君之積慧信矣。

君考以嘉慶戊午卒於漢陽，喪既歸，厝地不吉，君嘗屬余改卜，不果。君既卒，思有以副君意，遂爲卜兆於中雷塘之西南，將遷君考並瘞焉。君於學多所窺測，而嗜詩爲甚，草稿紛糾，余删輯之爲若干卷。昔李觀與韓退之友善，所以稱之備至。今觀所傳詩稍清澈耳，而退之亟稱之，莫以爲過者，則信乎其才難也。余顛沛較退之爲甚，而文行無似，其言不足重君以取信於人。然觀詩而傳也，則君何疑焉。君卒以嘉慶十二年四月七日，年三十歲。子復曾，生六月而孤，貌敦實，

當能伸君之志者。五月廿一日，涇包世臣。

清故揀選知縣道光辛巳舉人包君行狀

曾祖煥章，字堯文，國子監生，鄉飲介賓。祖輯五，字覲之，縣學生，貤贈文林郎，候官縣知縣。父良棻，字重侯，道光登極恩詔賜級九品。安徽甯國府涇縣震山鄉十一都二圖包村二甲，僑江蘇江寧府城北和會街，包世榮年四十三，狀：

君字季懷，姓包氏。包氏祖漢大鴻臚曲阿咸。鴻臚與子郎中福，以魯《詩》、《論語》爲明、和二帝師，宗始有望。於周、隋之際，則東海愷、愉昆弟，並以《漢書》顯。於唐則潤州融與二子何、佶以詩，任城文賅以書，著聲開、寶間。于宋則合肥孝肅公尤知名。涇之包氏宗合肥，南宋乾道中，忠五教授于涇，因家焉。然曲阿、潤州，皆今丹徒，而丹徒族人顧宗合肥，云孝肅有曾孫三：長居涇，次居貴池，季居丹徒。在貴池者則云自震山轉遷，以涇爲宗。吾宗譜則云，教授爲孝肅嫡長曾孫，然與《宋史》不符，不審教授於孝肅世次何别也？

教授傳十有七世，至明之季，處士悠芳負販於和州，歲暮將歸，而聞鄰婦哭甚哀，詢知以負債，故賣妻。遂罄貲代償，歸告家人，以生涯折閲而已。順治中，有和州人自九華山進香返，過包村，言其父母遺命，必朝山爲包布客報德。時處士君已病甚，拜於牀前，乃前鬻妻者得留而生之

子也。其事乃聞於人。處士再傳而至鄉賓君，孤貧以析薪爲生，而事節母孝，友於兄，接人信義，以見重鄉邑。本府長洲宋府君敦，表其門曰「雍睦流芳」。文林君爲鄉賓君長子，始業儒，有子五。其叔則九品君，于世臣爲三世父，娶於翟，生四子，君爲其季。君生始十月，而世母病歿，時予母育季妹有乳，文林君命並撫焉。稍長，從文林君寢處。五門食指，羣從數十，無升斗之仰，年及童，率四出覓食。三世父貿易于江寧之南鄉，爲予考府學君集村童，世臣從而授館焉。惟二世父縣學君在家授讀，侍文林君。文林君愛君甚，謂必成名，不令習異業，使就學縣學君。然應門赴市無代者，或至往返十餘里求質庫，君故魯，又不得專意几席，以故年過成童，中經尚未能成誦。然試筆爲文，時有奇氣矣。嗣予携君同遊揚州，與爲約曰：「吾年少，不幸盜虚聲于斯世，奔走食力給俯仰，學無根柢而詞有枝葉，常用自慚。吾先世以經史立家法，中葉衰遲，吾弟性沉鋭，能守寂寞，修復先業，其在兹乎！期以十載，勉之矣。」君對曰：「《詩》固先業也，請學《詩》。」君謂毛公恪遵雅訓，義最優，簡質難曉，故鄭氏時出別義以輔之，非好學深思者莫能猝通。或又以私意附會，俚言破道。至於草木鳥獸之性質體用，詩人所由托興也。又古人習於禮，故舉時舉地舉器服，即以見得失，寓美刺，斯三者有一不明晰，則茫然不得其解。雷聲瞽說，《詩》義幾晦。爰托始於嘉慶戊辰，以迄道光辛巳，十有四年，寒暑不輟，成訓詁八卷，草木二卷，鳥獸一卷，蟲魚一卷，輿地一卷，名曰《學詩識小録》；述吉凶典禮器服樂章者又十卷，未有大名，共二十二卷，四十

餘萬言。《識小録》十三卷中,唯輿地一卷,未經君自寫定,述禮十卷則初稿,數欲焚棄而幸存故笥者,其貫穿馳騁,分散探纂,洽通而不牴牾,意逆而不穿鑿,可以爲明述之雅儒者也。然夸者則徒見爲耳目之廣,採掇之勤而已。

君以治詩故,于載籍無不蒐覽,尤好荀卿、屈原、吕不韋、太史公書、班陳范三史、杜氏《通典》、司馬氏《通鑑》,每歲必數過,流覽《文選》及漢魏以來至近世詩文總集、專集,深通文法,明於激射、隱顯、繁簡、徐疾、得失之故。凡予有所著述,必先示君,君指摘疵纇,予應時改正十四五,久久審之,則君之所言,無不當者。蓋善論文辭,亦莫君若也。然自著詩文甚鮮,嘗謂覽近人纂作,率未見其精善,然自爲之則手不稱意,隨俗操筆,徒增來者訾議耳。君性雖佚蕩,然以廉隅自勵,揚州四達之鄉,士人争衒鬻以徼名利,君旅居於是且二十年,常閉户不通人事,遇績學敦行之先進,則以弟子行自處,于聞人華士蔑如也。然善資友以自淑,甘泉薛傳均子韻、儀徵劉文淇孟瞻、旌德姚配中仲虞、族子慎言孟開,四人者皆務實不近名,博洽有文采,君子之徒也,與君志趣如一,講貫至久,故論交爲尤篤。君又嗜書,肆力率更,而筆勢轉换,則兼大令、北海,有藴藉,然常以闌入中岳爲歉。君所嚴事者,侍郎開化戴金溪先生,爲其多聞而篤實,以清操先天下也。謂陽湖張琦翰風詩詞逸宕,性毅直而與人可親,謂吴沈欽韓文起强識雄文,而學明統類,誨人不倦,足以息驕吝,風惰廢,皆執禮於師友之間。於古文,推陽湖惲敬子居爲百年巨手,而謂仁和龔自

珍定庵文情奥衍，富齒淹聞，造詣未可量。于制義，推盧龍蔣第次竹。於書，推懷寧鄧石如頑伯，其次則諸城劉文清公。讀高郵王念孫懷祖《廣雅疏證》，嘆其精識過休寧戴氏，唯憑臆爲疵。謂宛平徐松星伯《漢書西域傳補注》爲絶倫。諸城、懷寧，君皆不及見，君之隨計也，謂可見高郵面質疑義，而年逾八十，不能接後進矣，君深用爲憾。

君年十九始應童子試，八試始遇督學長洲徐公頲，嘆君文沈麗，爲八府五州所無，拔府學第一。然幕中士不能喻，争欲黜之，及拆封知爲予弟，乃大服。徐公笑曰：「如此才固不愧爲慎伯弟，然豈復藉兄以名哉？」應鄉試五，道光紀年，侍郎蕭山湯公金釗、編修新建熊君遇泰主試，無極劉君本夔爲同考，以君四書義用古注，不中程，而五經醇茂，五策擅場，遂擢以鎮榜。丙戌報罷南返，以七月初至揚州，聞世父於夏間患足，亟赴侍。九月初二染時疾，初十日語其室人曰：「吾不起矣，耄父幼子以累卿。吾女已許仲虞，葬後即歸姚氏童養之，卿撫長子至六歲以屬仲虞，撫次子至六歲以屬孟瞻，爲吾教誨之，必得成立，卿尚不至煢老無依也。」其室人泣請留書爲託，君曰：「孟瞻、仲虞與吾爲道義交二十年，非歧視生死者。」是後遂不復有言，以道光六年九月十八日疾革。先是世父猶冀病勢有瘳，及十五日夜，聞異香滿室，如是三夕，竟不起。適戚黨同里翟惟善楚珍自都返，撫屍垂涕，資其賻，得以成殮。予聞訃奔哭，並從世父卜兆域於城東三十里玉屏山之麓，將以七年春歸君之魄。配王氏，會稽望族，習禮能安貧。子二：長士鐸，甫三齡；次

士銓，君卒八日而後晬。君好學如是而不禄，鮐背拊轉，黄口扶苴，禮堂之寫定未聞，通邑之傳人難必。生民至戚，備於身後，豈謂同産恩私，實有志吾道者所共悼痛。故縷述行業，以告君之執友，及當世鉅儒，錫銘誄以慰泉壤，且使來學有所徵信，則斯文之厚幸，匪惟衰宗子姓，没齒不朽已也。

道光六年冬十月八日，從父舅世臣抆淚謹狀。

清故優貢生孫君墓誌銘

道光癸巳十月二十日，福建舉人陳金城見訪，再拜致其師孫君之遺命，涕泣言曰：「嗚呼！壬辰正月，吾師過揚州，得識先生，金城實侍，事如日昨。及抵都則病嗽，轉成脚氣，年始五十，精力故未衰。五月二十日，竟爾奄忽。吾師雄文不得於有司，砥行名，止閭巷，著述數百卷未流布，而旅喪七千里外，斯亦學人之至戚也。病亟，命金城曰：『吾必不起，吾隨舉主入都，遂至於是，命也夫！然因舉主識安吴包君，接其言論，讀其書，當代能任斯文之重者也。而必乞埋石之文於包君，使吾名得附存於世者，則死不憾矣。』金城謹誌之。兹以來春定舉葬，奔赴襄事，用敢將吾師之末命。」又曰：「金城侍吾師講論，口授注疏，未嘗檢本，金城有查核不得者，即告以某卷某頁。論六書，檢許氏本示弟子，舉手即得其字，其精熟如此。然常言：『吾人治經，非以矜淹洽，

爲他日之當治人也。治人先自治，不能自治，徒治經何益？』質吾師生平，可謂言行相顧者也。其居父母喪，不飲酒食肉，不居内者六年。泉俗好鬪訟，大姓爲甚，孫氏族衆萬數，漸漬身教，竟爲仁里。所學如此，所遇如彼，非先生無足與發潛曜，垂信來兹而慰幽壤者，故敢以請。」

嗚呼！近世師弟相授受，一利禄之途矣，豈必待死生哉！升沉豐約，有不忍言者。今陳君以會師葬故，犯霜雪，跋涉萬里，而誦述行治本末，尤詳備有要，其所受于師可知也。余既感孫君自託之誠，又高陳君義，雖不任，不可以辭。

系曰：君諱經世，字濟侯，别字惕齋，福建之惠安人。父至正，邑庠生，通經，工爲文，君學所自出也。道光庚寅，君應歲試，使者奇其文，詢所學，博辨切至，遂舉優行第一，貢入國子監。使者則今禮部侍郎、浙江學政新城陳公用光也。侍郎好善甲流輩，前自閩還都，艤舟咤余曰：「吾歸裝得一孫濟侯，當敵笥河三百石矣。」余因以識君。君所著有《十三經正讀定本》八十卷、《春秋例辨》八卷、《爾雅音疏》六卷、《孝經説》二卷、《夏小正説》一卷、《釋文辨證》十四卷、《經傳釋詞續編》八卷、《説文會通》十六卷、《韻學溯源》四卷、《詩韻訂》二卷、《惕齋經説》六卷、《讀經校語》四卷。其《通經略》一編，則纂集古今治術本於經術者，以明窮經致用之方，無慮數十卷，尚未成書。《四書集解》十二卷、《周易本義發明》十二卷。《小學輯記》、《近思録附注》、《性理輯義》三書，無卷第，皆少作。《惕齋制義》四卷，則陳君集録家塾及課試者。妻某邑某氏。子某，某職。女子子

某，適某，某職。葬某原，實某月某日。

銘曰：昌黎謂衆萬之生誰非天，胡喜厚其所可薄。然往古著書以自見後世者，大都其居窮守約者也，得毋人世之所謂薄與厚者，與天錯耶？抑天之所以厚斯人者不一途，而各擇其所專託耶？造物之意，誰則知之。嗚呼孫君！又何悲矣。

與陳孝廉金城書

世臣白念庭足下：辱枉顧荒寓，是日張館陶槻舟至揚，世臣往哭，丙夜方返。足下相候，自辰達戌。洎得見，又聞尊師孫君不禄，增人悽惋。館陶抱璞不剖，老死風塵，然雅儒名偏士林，循吏績在輿誦，年政七十。孫君纔以諸生，促壽旅次，所遇尤絀。是以雖傾蓋交，而與館陶之道義固結三四十年者，哀戚固不殊也。足下稱孫君命，以没世之疾相屬。孫君學業，真所謂不假良史之辭，即足下萬里奔會師葬，世臣有生所未聞見，固由高誼絶俗，非孫君何以致此，此豈復鄙文所能輕重者。重辱賢師弟見許之深，不敢自藏固陋，殫思譔作，録于另紙。足下所述孫君世系行治著述甚備，别後繹思，仍有須面詢者。次早走答，而舟已遄發，故並陳其所以。

恭肅公遠在趙宋，若是孫氏始遷祖，則宜詳其所自來，因何隷籍。若非始遷，不符書例。曾祖與祖，俱有隱德，未能切指事實，則近常談，故書系止及一代，非故爲褊也。妻與子、女、女夫，

于例宜書，足下談次未及，故闕字以備補填。至孫君著述，大都宗漢，則闡宋諸編，自係初地，故稍易其次第。夫汙附固爲陋習，而調和亦非真詮，孫君書故未見，然曾略聞緒論，即校子韻疏證數事，其深于漢學可知。由宋歸漢，關造詣淺深，不必更加瞻顧，爲調和之説也。《通經略》一書，最有裨于來學，天下未嘗無有志之人，大都爲師友所汩没，遂致稗販經史，徒資弋獲，人心世道，日付頽波。足下以高第弟子，所望必竟盛業，較復齋《通解》，尤足毗輔名教也。榮名無既，造物所以慰求志之勤，然韋布傳文既罕，傳而盛者則尤罕，良以枝葉單寒，難成蔭實。近世聞人，唯侯、魏身俱不達，然有大力者負之以趨，而體麗氣茶，不足厭觀者之意。甫及百年，聲稱已減，是其傳否，正未可知。况世臣少本不殖，長更就蕪，賃廡無五噫之謡，握管無雌伏之歎。白華自戒，利名路隔，而槐棘屏翰，望風摧排，以視侯、魏，情事相反。而賢師弟以爲必能信今傳後，久而益光，恐論者不以爲知言也。然世臣亦未敢自棄，每至臨文，必慎所許，恒慮一字苟下，重誣後世，名山通邑，並聽之造物而已。流水不𣿅，聊助一噱，陰寒累月，伏唯爲道珍重千萬。十一月十日，世臣謹白。

清故翰林院編修崇祀鄉賢姚君墓碑

道光辛卯，安徽畺臣列君與君猶子故刑部郎中之行誼，請祀鄉賢，從人望也。次年冬，部臣

勘覆，以爲名實相副，得報可。時君之曾孫瑩，宦遊江蘇，以君遺集《援鶉堂筆記》三十四卷、《古文集》五卷、《詩集》七卷、《鄉賢録》一卷，餉世臣，而屬文君之墓石。郎中君世所稱惜抱先生，而君則《惜抱軒集》中所稱學所自出之伯父薑塢先生也。憶世臣以嘉慶壬申，謁惜抱先生於白門鍾山書院，請爲學之要，語及君者，至再至三。嗣讀《古文辭類纂》，中載君論説數十百事，披隙導窾，辨正舛誤，莫不持之有故。則益欲求君書，數年不可得，兹得，反覆之，乃知君博覽强識，不主家法，唯以旁稽互證，求一心之是，爲詩文必達其意，絶去依傍，自成體勢。居恒不著書，而緐閲校勘，至老不輟。藏書數萬卷，悉加朱墨，見有錯謬羡脱，隨手糾正，各紀録於簡端。君既卒，書籍頗有散失，惜抱先生收手蹟之僅存者藏之，及瑩成立，乃舉以相付。瑩逐條編纂，其有前後持論差互者，悉仍其故，今所版行之筆記，胥是物也。然君集有《書史記六國表序後》曰：「世變異，則治法隨之。故漢以後，多踵秦法，司馬氏援法後王之説，以學者不道秦事爲耳食，蓋深感世變，而詭詞以寄痛。」則君蓋深有獲于古訓者，非苟矜淹洽也，固將有以用之。迺覓舉至年四十一，始通籍，居詞館數年，即膺察典，當外擢方面，遽引疾去，夫豈恝於世事哉。繼讀君《跋顔氏家訓》曰：「交道締結，常爲禍福所倚伏。文人志士，於幕府權門，貴判迹於首途，避薰炙於始灼。」然則君之决退，其亦有所不得已於中者也。君既歸里，無所用，則相與率鄉人舉義倉，條約甚設，迄今幾百年，踵其法而擴之，以故邑屢饑而不害，是亦爲政，君斯有所見端矣。讀君之書，可爲學者稽

古法；迹君勇退無濡滯，可爲學者涉世法；推君之任恤鄉黨，可爲學者入居里族，出拊閭閻法則。君之所以不朽，固不係墓石之有無，而稱述先達流風餘韻，以諷諭方來，斯固後死者所有責也。爰次其世家而系之曰：

君姓姚氏，諱範，字南青，薑塢其號也。世爲安徽桐城人，曾祖諱文然，康熙中官刑部尚書，謚端恪，雍正中，特旨賜專祠，祀於其邑。祖諱士基，湖北羅田縣知縣，民思其政，祀之於名宦祠。父諱孔瑛，早世，贈翰林院編修。君以康熙壬午八月十八日生，戊戌補縣學生員，雍正乙卯選拔貢太學，舉乾隆丙辰順天鄉試，第二人中式，壬戌會試第三人，成二甲進士，改庶吉士，甲子充順天鄉試同考官，乙丑散館授編修，充武英殿經史館校刊官，兼三禮館纂修官。丁内艱，服闋，起原官，兼文獻通考館纂修官。庚午京察一等，既引見，以病自免。解組後，教授南北，閱二十有一年。辛卯正月初八日卒於家。君卒逾六十年，鄉人追慕教思，籲請入祠，而傳學之惜抱先生，實侍君入。一門四世，先後以政事文學，享國家俎豆肸蠁之報，史氏所謂「榮名豈有既」者耶。

清故文學汪君之碑

道光八年十二月十日，儀徵縣學生汪君穀卒。其同志友丹徒汪沅芷生、甘泉薛傳均子韻、儀徵劉文淇孟瞻、寶應劉寶楠楚楨、涇包慎言孟開、旌德姚配中仲虞、儀徵王僧保西御、江都梅植之

蘊生、丹徒柳興宗賓叔、甘泉楊亮季子、儀徵吴廷颺熙載、王翼鳳勾生，既各爲文辭以紀其學行，寫其悲哀，又共瑑石表其墓，而涇包世臣以丹書之曰：

君質脆弱而性和易，居家藹如也。接人退然如不及，唯力學則精鋭强悍，進而不止，至不欲後古人。弱冠即鄙棄俗學，委心許、鄭，集殘缺以求會通，有齟齬不相入者，則旁稽博討，鉤深洞賾，常達旦不寐。又以擘經擘史，要領多在輿地，故記簡質，後儒各爲歧説，紛出無依據，唯近世之圖精審，據以爲本，比羣籍而究事情，口指手畫，必得顯證而後已。尤嗜作書，約鍾、梁分法爲真行，風發蹈厲，有不可控勒之勢，而遒麗一應楷則，積勞致咯血，且病且學。蓋君之没也，年止三十有五，而病已八載，然未嘗旬日輟學也。

君字小城，系出唐越國公。世居歙，明之季有國儒者遷揚，五傳至君考錚，始著籍儀徵，舉於鄉，以知縣就銓。初娶吴氏，生長子稙，繼娶楊氏，生君及和、秦、程。君娶於母黨，生一女而殁，君葬之西郊金匱山。君甚愛其女，孟瞻有子毓崧岐秀，善讀書，君雅屬意，孟瞻故知之。及君之亟也，告和求爲其子婦，君聞而笑曰：「孟瞻厚我，憐我而及我女耶？」君無主後，稙以其幼子寅壽後君，並卜明年月日，以君喪合於夫人之窆。自予弟世榮季懷從洪沂州遊於梅花講院，因得與君及芷生諸君交善，其日相砥礪、勖勉者，不爲人，不速化，本本原原，不以得喪變所習。予嘗以謂季懷所與遊諸君，家居相距或數百千里，是蓋江淮英淑之所發越，使得萃於一地，相輔以有成，

夫豈事之適然者耶？然十數年間，諸君既皆困躓無善狀，季懷顧不幸，奄然物化，而君又爲之續。生材實難，受材而不負其生爲尤難，而奪之遽而且酷，至於如是，天道其果可知也耶？然季懷身後，諸君檢校遺書至四十餘萬言，庶幾雅密有條理。唯君造詣已深，而著述未就，無以垂示來兹，尤可悼痛，是宜有銘。銘曰：

嗚呼小城，以子守身之謹，而不能厚其生，以子稽古之勤，而未逮樂所學之成，宜博辨雄文如諸君者，不勝哀慕、涕隕而心傾也。悲夫！

清故國子監生凌君墓表

江都有生於孤露，不假師資，自力學以成名者二人，曰拔貢生汪中容甫，國子生凌曙曉樓。予以嘉慶六年遊揚州，則汪君前卒。及十年再至，乃識凌君。君生貧而居市，十歲就塾，年餘，讀四子書未畢，即去香作雜傭保。然停作輒默誦所已讀書，苦不明詁解。鄰之富人，爲子弟延經義師，君乘夜狙其軒外聽講論，數月，其師覺之，乃閉外户，不納君。君憤甚，求得已離句之舊籍於市，私讀之達旦，而日中傭作如故。年二十，乃棄舊業，集童子爲塾師，稍稍近士人。然或傴陋，不足當君意，故君學爲世俗制舉，文無尺度，同人亦莫肯爲言者，而童子嘗從君遊，則書必熟，作字正楷，以故信從衆，修脯入稍多，益市書。君有甥，儀徵優貢生劉文淇，少貧如君，君愛其穎悟，

不忍棄之逐末，自課之，且教且學。劉君齒未壯，即以淹通經史知名江淮間，而其學實自君出。

君初識予，問所當治業。予曰：「治經必守家法，專治一家以立其基，則諸家可漸通。然心之爲用，苦則機窒，樂則慧生，機窒者常不卒其業。凡讀書不熟，則心以爲苦，君自取熟者治之可也。」以君熟於《禮》，遂勸君治鄭氏，又以古注義皆激射、回互，非深通文法，則蒼黄不能得情事，因勸君先誦嘉隆經義三十首，每首以三百過爲度。君既習之，得體勢，乃出故編修武進張惠言所輯四子書漢説數十事，及予與庶常陽湖李兆洛增綴未就之稿，授君以爲治經式。君既明古人文法隱顯、疾徐之故，益樂益憤，歲餘，稽典禮，考故訓，補其不備，爲《四書典故覈》六卷，以見知於故梅花山長、沂州知府歙淇梧。君既治鄭氏得要領，又從今甯國訓導吴沈欽韓問疑義，益貫串精審。嗣聞今儀制武進劉逢禄論《何氏春秋》而好之，及入都，爲雲貴總督儀徵阮芸臺校輯經郛，盡見魏晉來諸家《春秋》説，深念《春秋》之義存於《公羊》，而《公羊》之學傳自董子，董子《春秋繁露》原天以尊禮，援比以貫類，旨奥詞賾，莫得其會通。乃博稽旁討，承意儀志，梳其章，櫛其句，爲《注》十七卷。又别爲《公羊禮疏》十一卷、《公羊禮説》一卷、《公羊問答》二卷。嗣阮公出鎮，延君入粤課公子。君時方家居讀《禮》，以喪服爲人倫大經，後儒舛議，是非頗謬，作《禮論》百篇，引伸鄭義。洎至粤，與阮公商榷，删合爲三十九篇，爲一卷。凡君所著書三十八卷，五十餘萬言，皆有顯證，遠雷同附會之陋，足爲來學先路。

君娶同邑范，無出。別宅嚴，舉子鏞，而范尋殁。君繼患風痺，養疴於董子祠之南偏道院，遂以道光九年五月廿六日卒於寓廬，年五十有五。鏞雖始齔，哀慕如成人。劉君卜以是年八月八日，祔君於雙墩北原之祖墓，與范合封。又圖所以不朽君者以屬予，予謂汪君雖博覽强記，而特工文辭，鉅公推挽者多，晚以饒裕，然勤學亦稍殺減矣。君獨尚樸學，南北奔走，皆以校書授讀爲事，未嘗與斯世通羔雁，脩脯而外，未嘗入可以無取之財。予每過從，君必危坐據案，左手繙卷册，右手持筆，客至前而不見，蓋自締交以來，廿餘年如一日。君得於天者後汪君，而人力堅緻，終始不渝，則殆於過之，是不可以不銘。銘曰：

凌氏之先，泰州著籍。儒歷僉憲，明史稱直。曾祖曰襄，武長千夫。祖鸞父鶩，乃寄江都。君窶且魯，好學根性。自知讀書，不隳而正。古有都養，抑聞牧猪。十五年所，其精不逋。吁嗟凌君，遠與爲儕。名則既振，福逌不皆。抉經之心，以一何鄭。排斥詖辭，章明先訓。粤有慶允，泣抱遺書。修德必報，成此藐諸。

清故文學薛君之碑

道光九年八月二十日，甘泉薛君子韻，殁於福建督學使者、内閣學士新建陳用光汀州校士行署。先是陳公讀子韻所著《說文答問疏證》之書而善之，以質太子少保、閩浙總督金匱孫爾準，孫

公故小學家也，嘆爲絶倫，議相與板行之，以嘉惠閩士。猝遘此變，陳公慎於殯之禮，留《疏證》六卷稿本，而遣使護喪歸揚州，厚資其葬。儀徵劉文淇孟瞻檢遺篋，得舊讀十三經本，集録其丹黄手勘之語，約可廿卷，《閩游草》一卷、《文選古字通疏義》十二卷，草創未卒業。孟瞻與寶應劉寶楠楚楨，予族子孟開，約纂輯繕副，以付其家。其家卜明年春祔於甘泉西郊十三里廟陶家沖祖墓。同人以子韻道嬴時絀，不可不表也，以屬予。予以謂子韻少工駢文，裔麗常冠儕輩，嗣與孟瞻及予弟季懷友善，因以次締交於孟開、仲虞五人者，相結爲本原之學：季懷、孟瞻、孟開治《詩》，攻毛、鄭氏；仲虞治《易》，攻鄭、虞氏；子韻治小學，攻許氏。皆旁通羣籍，而據所業爲本，砥礪以有成。近世昌許氏者，推嘉定錢氏、金壇段氏，段氏徒衆尤盛，唯子韻究其得失，而右錢氏。錢、段皆予舊識，備聞二老面商榷之辭，知子韻於斯業甚審也。

乾隆中，大興朱氏首以許、鄭之學勸天下，一變揣摩塵腐之習，繼聲者務名高而不别真僞，則撏撦斷爛之弊興。於是求士者，反其道以爲用，或揣摩塵腐之未能也，然遂衮衮躋清要，争言主持風會矣。四十年間，風尚三變。故學者能有志於古，百之一；志古而一再不當於有司，輒自疑遷業，其能堅定不惑，以汔有成者，又百之一。予弱冠，展側江淮間，常自病盗虚聲、無根柢，物色樸學，得陽湖黄乙生小仲，通《鄭氏禮》，行不違其言。武進劉逢禄申受，通《何氏春秋》、《虞氏易》，雖情鍾勢曜，而讀書如有嗜好。江都凌曙曉樓，治《何氏春秋》、《鄭氏禮》，困學而不厭。同

邑胡世琦玉樵，墨守鄭氏，有綴殘補缺之勤。嘉定潘鴻誥望之，能錯綜許、鄭，以適大義。丹徒柳興宗賓叔，治《詩》、《禮》、《史》、《漢》，能依雅訓，以捍俗説。楚楨之上世，故崇漢學，能不墜其家法。儀徵汪穀小城，覃精許、鄭，尤長於輿地。黟俞正燮理初，通《鄭氏禮》、《杜氏春秋》。烏程凌堃厚堂，綜漢義説《易》、《禮》、《春秋》數十萬言，與理初並長推步算術：蓋吴越英雋，略備於斯已。然必守許氏，以推原賈、馬、鄭、服詁訓者，卒莫如子韻之善。荀子曰：「學不可以已，鍥而不舍，金石可鏤。」非必資性殊絶也。故曰「古之學者爲己，志乎古，必違乎今，無望其速成，無誘於勢利，迺蘄至乎古之人」。然而太史讀功令至於廢書而嘆者，不亦深悼鬱滯矣。迹諸君子所學，此其志，豈利禄之路哉？要其稽古自得，皆足以有見於時。而成進士居館職者，唯玉樵、申受。未幾，玉樵竟出宰，不獲乎上。申受左遷祠部，至十三年不得調。理初、望之、季懷獲一解，連躓春官，憂生之計更迫。餘子則困諸生，無所合。而自道光紀年以後，小仲嗒然物化，季懷、小城相繼奄忽。今年春夏之交，玉樵家食不禄，曉樓以養疴，竟於道院。入秋而申受疫没京邸，子韻旅喪閩館。右軍所謂「感兼傷痛，切心哀窮不已」，又云「當今人物，眇然彫落，可哀嘆」者，殆猶未至若斯之摧剥酸酷也。爰洒涕而系之曰：

君年卌一諱傳均，舊隸溧水今邗濱。遷邗再傳璋璉琇，璉次子柄君其胄。以柄後璋璋有孫，孫知好學祖顔温。母李早世繼楊慈，妻何淑慎君宜之。維君失職以學顯，吁嗟中材何以勉？孝

釗總角抱遺書，君子之澤自茲遠。

皇敕授修職郎安徽甯國縣學訓導沈君行狀

江蘇吴縣木瀆鎮沈欽韓年五十七狀

曾祖彬，妣仲氏。祖載熙，吴縣學生，妣錢氏。考培宗，貤贈修職郎，妣馬氏，貤封孺人。

君字文起，號小宛，其族望吴興。分吴江，遷郡城，再遷木瀆，爲吴縣人，至君六世。君深眉鉅目，仰鼻而短脰，面麻黑，碩腹下垂，行步蹇連，語言澀吶。年逾三十，乃得以縣學生員就嘉慶丁卯江寧布政使司試，領薦赴春官，又輒躓。丁丑大挑入二等，道光壬午，選授安徽甯國縣學訓導，庚寅九月奉馬孺人諱歸里，次年十二月廿日卒於家。配同邑王氏，子三，箕衍不勝喪，後君一月，以壬辰正月廿日歿，有孫懋官。次瓜衍、天衍，皆業儒。君質亞生知，而力同困學，幼侍貤贈君習爲詩，稍長自程誦讀。家極貧，書值千錢，輒無力購致，假之藏書家，莫肯出全部，得數册持歸，計日繳換。然必求要領，寫爲要删，淹通羣經，尤長《禮》與《春秋》。擘礐諸史，尤熟於志，旁及百家故記、官書野乘、古今專集、彙集、類鈔、劄記，究其條緒，悉歸於統。既弱冠，念《漢書》至深至博，顔《注》既淺陋，復多盜竊，范氏《後書》雖簡略而義存實録，章懷雜集衆手，故有粹駁，劉氏注司馬八志，文殊宏富，然頗無統貫，尤疏於地理。乃覃思廿年，遠搜故籍，爲《兩漢書疏證》七

十四卷。卷率藁書四十頁，頁率八九百言，共二百餘萬言，於以正謬補闕，盡之矣。凡以植國之體，端由制度，漢氏雖近古，然離秦立法，爲後世濫觴。君故上推姬周，下比有明，詳哉乎！其言之損益悉陳，得失備見，使來學有所依據，以當後王取法者。既成，寓柬於余曰：「此書發蒙啓覆，鉤稽貫串，然親見其成書，或加省覽，曾莫能終一卷，覆瓿之歎，何待來兹？良玉不剖，必有泣血以相明者，非足下而誰！」蓋君之自信，而遂以信余也。

余與君皆業《荀子》，嘗推論爲國以禮之指，以爲孔子悼時人勃亂廢禮，當使天下嬰毒禍，無可既極，乃見意於《春秋》，以誥萬世。君因謂左氏親承聖訓，博驗寶書，依經立傳，全付託之重，而公、穀家攻之，欲顯復晦。杜氏《注》出，雖得列學官，然多入以邪説，陰敗禮教，其蠹《左氏》也逾于明攻。余涉《左氏》淺，聞君言未深喻也。及君郵示《補注》十二卷，正杜氏之大失，其有略陋，並爲補綴，别爲《考異》十卷，以闢百家淆亂，則信乎從訟左規杜之後，而加詳審者也。君又以裴氏注《三國志》，意在補其褫脱，光耀沉落，而郡縣鎮戍之僅見一時，名物訓詁之不類後世者皆闕，故爲補訓詁八卷，釋地理八卷。又以地理之學，古書唯存酈氏《水經註》，近人戴東原校定其倒置羨脱，趙誠夫爲之刊誤，其書乃漸可讀。而戴氏短在憑臆，趙氏蔽於輕信，至如古書之有足互證，與近今志乘之目驗可據者，二家又皆蒐討未逮也。故爲《水經注疏證》四十卷，然後郡縣之廢置沿革，山川之高深變遷、流合派分，昔通今塞，皆如提挈在手，指掌可談。又以一代鉅公詩

文，非曉然其朝章事實，則不能得作者用心之所至。韓退之、王介甫兩集，於唐宋各立其極，而宋人註《韓集》，空疏臆測，宋人注《王集》，止及其詩，雖云贍博，其於人物制度闕略尚多。故補註韓集及王詩，而別創《王氏文集注》共四十四卷。又注《范石湖集》，以著南宋之事。然後唐宋五六百年之鉅製短章，義皆可通，君深造真積，樂逢其原。陳祥道《禮書》，王、施、查三家《蘇詩注》，王昶《金石萃編》，疵謬觸目，隨手糾正，各成卷帙。凡君著述，無慮四五百萬言，皆出稽古心得，求是於實，無一語任意矜眩，詿誤來學者。雖云注釋，實可單行。唯未習算術，常自引以爲憾。君手繕古書至夥，唯所節録《太平御覽》、《雲笈七籤》、《法苑珠林》共若干卷，校原書十存二三，而菁華悉萃，手稿尚存。其《幼學堂詩集》十七卷、《文集》八卷已版行。

君詩始則導源魏晉，晚乃頹然自放，然而屬詞比事，必有所處。嗜爲俳文，才多而不受其患，深究三史行文離合之故。以故氣骨騫舉，脉絡微至，其聲窅然而沈，其色黝然而幽，爲自來駢儷家所未有。後更爲散文，健入震出，盡破唐宋壁壘，而自合矩矱，一可爲後世法。君性至和易，不以所業驕人，有問者，必就其端緒，原始要終，反覆推尋，使皆洞澈。唯少小頗事口腹，遊處有不暇擇者，漸來久要之責，又遇僕隸過谿刻，相與造蜚語肆謗訕。嘗一至秦中，遊裝稍潤，有華服數事，交遊復共掎摭之，雖非大失，唯余亦不能爲君曲諱也。

余生平言學推君，論文則晉卿。庚寅夏，自删定舊作爲三十卷，初寫出，而晉卿物化。今年

秋，携稿本訪君於木瀆，入門則君奄在殯宫矣。嗚呼哀哉！原夫居下以思往，其言有文，始於《詩》，盛於《春秋》，秦漢作者，遞相祖述，幸得垂諭方來，莫不珍同鴻寶，功力贏絀，殆難强名。李唐以還，著述滋廣，衡其得失，乃有可言。杜氏撰集《通典》，蔚爲政書之首，然前承劉秩，後録國故，搜討尚易。宋世不刊之書，唯涑水《資治通鑑》，然亦借助羣材，非一人心力所及。章氏《考索》，馬氏《通考》，則俱以獨力成大業，然依類探纂，事有循持，而舛誤亦復時見。近世學者，首推亭林顧氏，迹其成書《郡國利病》、《宅京記》，不過捃拾之勤，《肇域志》雖未見，要亦其類也，《唐韻正》五書，功同鐫金，而學止一孔。唯《日知録》閎深簡切，足副其守先待後之志，而間出么小考證，仍不免帖括末技。顧宛溪、胡朏明、齊次風覃精水地，優義居多，顧復初窮究《春秋》，分合著績，專家成名，於斯爲盛。與君並世，則錢曉徵實能窮探羣籍，刊落疏通，大都精當，然片詞碎義，其細已甚。君博聞兼綜，同符顧、錢，以言識大，雖略後亭林，而精則過之。又文采鴻曜，非二君自完邊幅者比。學問之道，務多則靡雜無紀，而非所以語於吾沈君也。君名故籍甚，而萋菲尤盛，余薄植無可指數，困躓更甚於君。疏附禦侮，非其任矣，竊述所知爲狀，寫付瓜衍、天衍。録副二本，一以告君，一編君集之末，使君學大昌之後，知君所謂「真知之者，唯包慎伯」之言之非妄歎也。

道光十有二年，歲在壬辰冬十一月十三日，安吴包世臣謹狀。

翟秀才傳

秀才諱翬，字儀仲，姓翟氏，吾涇之水東人也。本沔陽張氏，遠祖有爲漢王大將者。漢滅，其子自鄱陽避難至水東，依翟氏以居，冒其姓，支裔繁衍，而真翟氏顧衰弱，今別爲老翟家云。秀才貌癯而善病，沉思寡言，慎交遊，與先子特善。乾隆丙午，先子始肆力爲詩。戊申冬，先子與秀才同爲吳氏客，出詩百餘首，屬秀才點定。秀才嘆絶，亦録其五七言尤善者十餘首，以質先子，始相引爲道義交。己酉，世臣侍先子至郡應科試，始得謁。壬子，先子病痔甚，挈世臣自白門歸里，而秀才已以是年先期謝世，年四十一歲，無子。癸丑，世臣求藥物於水東，因過秀才墓，作詩曰：

忽忽過荒墓，長懷翟秀才。神期乍譚笑，文采竟蒿萊。寒谷泉空咽，衰楊葉自摧。誰憐霜草宿，蕭颯北風來。

世臣返，爲先子言秀才墓荒凉狀，並誦詩，先子嘘唏不自勝。久之，問曰：「兒詩大似儀仲，何以能此？」不肖言，自八九歲待几席，常課畢，輒自讀《文選》，嗣大人從戴氏假得《全唐詩》，不肖繙閱之，常徹夜心有所觸，輒效爲之，稿累五六百首，大人病，不敢以請。先子曰：「吾事詩晚，又苦腹儉，不足稱其意。兒能終吾業者，異日當以此致大名。」洎先子棄養，不肖負米蓬轉，秀才自録詩稿竟遺失，近唯記其《病鶴》曰：「洒落凌霄翰，蒼苔緩步行。窮愁但有骨，江海豈無情。

露下寒生警，松陰影獨鳴。寰籠伏縶爾，得意尚縱横。」《歸燕》曰：「歸燕歸何處？高秋影漸稀。慕儔非盡室，舍舊獨知幾。翠幙涼風冷，銀塘白露晞。存身深閉户，還復候時飛。」吾涇在唐有萬巨者，太白贈詩云：「吾愛萬夫子，解渴同瓊樹。何日一來遊，相歡咏佳句。」是必工詩，然片字無存。唯許棠列于大曆十子，《全唐詩》録其五律二章耳。閲宋及今千餘年，未聞有知名士在人口耳者。先達侍御趙星閣先生，先子之業師也，嗜爲詩，自刻其各體詩二千餘首，爲《漱芳居詩鈔》，亦以五律爲最工，其渾厚過秀才，則居使之然，而完善精到殊不及，工力固不可誣也。胡玉樵世琦庶常，亦嗜詩，前在都下，曾出其稿本各體千餘首見示，夜郎自大，非求益者，才氣固可造，而未就軌範，非秀才比也。然近人爲詩者日益多，又未見有能及庶常者，才難之嘆，豈唯吾鄉？秀才故蓄一端硯，誤碎於地，因仿《毛穎》爲《端硜傳》以自況，文多不能記，不審其族尚有傳本否？世臣蹉跎，至年七十，日内自編前後論文之書，因補爲此傳，使訪詩于吾涇者，知許君之有繼聲也。

文法心傳

〔清〕曹宫　撰

《文法心傳》二卷

清　曹宫　撰

曹宫，字紫垣，毘陵（今江蘇常州）人。餘不詳。

《文法心傳》分三部分：一，文章八面；二，文家心訣；三，反正字義類編。第一部分從相題入手，從前面、後面、上面、下面、反面、旁面、對面、正面八方面分析題目之來龍去脈、立意角度。第二部分講行文之法式，約舉五十字以括之。如「扼、領、喝、提」論爲文之着力點；「振、寬、抑、揚、起、伏」講文勢；「渡、按、推、照、應、補」指作文布局；「峭、鍊」講字句推敲。每一字用一句話精煉概括其所指，如「廿一曰起。起者，文之發端。或起一峰，或起一波，最要峻嶒浩瀚，聳人心目」。「廿五曰照。照者，照映下文，如鏡花水月，匣劍帷燈，可望而不可即」。第三部分具體列舉十類反正文字，給初習文章者以啓蒙之用。

有咸豐二年（一八五二）石倉山館家刻本。今即據以録入。

（聶巧平）

經義創于宋、盛于明，至我朝體益純而法益備。清真雅正，文之體也；反正開合，文之法也。童而習之，耄期弗倦，神明體法而詣至矣。嚴滄浪之論詩曰：「行有未至，可加功力。路頭一差，愈騖愈遠。」嘗謂學者於文亦然。余備員金陵，延毘陵曹愷堂先生相助爲理，公暇出乃祖紫垣先生《文法心傳》、《初學一隅》見眎，盥薇三復，深快先得我心。善夫，先生之傳薪也。相題有八面，而一篇之層折無窮矣；行文以五十字，而筆墨之化工殆盡矣。使世之爲文者師以是教，弟子即以是學，其何至涉歧途，愈趨而愈遠也。至《一隅》之舉，本以沾丐髫年枵腹，而言皆雅馴，固又甚有裨於清真雅正之體者也，初學云乎哉！

道光甲辰八月桂林陳繼昌敬書

文法心傳卷上

清　曹宫　撰

文章八面

前　面

前面者，題之來路也。又曰題脉，如地理之來脉也。又曰題源，如水之來源也。又曰題根，如樹之有根也。又曰題母，如子之有母也。又曰題腦，如頭之有腦也。又曰題髓，如骨之有髓也。又曰題珠，如龍之有珠也。又曰題線，如繡之引線也。而總之曰：前面。一題到手，必思前面如何説下。來路有遠有近、有明有暗，承清入手，則起比得矣。

後　面

後面者，題之去路也。題或順呼下文，或反擊下文。即本題無下文，而本題中自有歸宿之

處，謂之結穴，謂之收場，謂之引伸，謂之游衍，謂之拓開，謂之推出。而總之曰：後面。知題後面，則後比得矣。

上　面

上面者，比題意高一層也。蓋題説賢人，便有聖人在上面；題説中材，便有上智在上面。譬如説銀子，便有金子；説水晶玻璃，便有珠玉；説綢，便有緞；説氈片，便有繡罽霞氍；説紅木，便有花梨紫檀。凡此類推，總比題意高一層者皆是。

下　面

下面者，比題意低一層也。將上面反轉看，便明白矣。若引證之，即如明文中欲寡其過，題文其上無過，乃上一層法也。其次改過，乃下一層法也。先將題之本位、淺深、高下看定，則上面、下面明明擺着，取來比較，從賓入主，交界劃清，便是上好文字。

反　面

反面者，將題意反轉看也。惡是善之反，弱是强之反，邪是正之反，佞是忠之反，薄是厚之

反。推之語默、動静、行止、進退、疏密、久暫、離合、淺深、大小、精粗之類皆是。無反面則正面不醒，無反面則正面不靈。天以陰晴、寒暖爲反正，地以高下、斷連爲反正，龍以昇降爲反正，虎以伏見爲反正，草木以枯榮、開謝爲反正。天下之物無物無反正者，何獨於文不然？凡文之開合、縱擒、離接、放收，皆由反而正者也。

旁　面

旁面者不在上面，不在下面，而在中間，乃與題相似而不同者也，故謂之賓。賓者，主之客也。客與主同類，而其性情形貌各有不同，故借以爲襯。如説善，善之中有淺深；説惡，惡之中亦有淺深。本似相同一類，而就中分出不同處，以相映發。如武王有十亂，則舜之五臣，賓也；賜也聞一知二，則回也聞一知十，賓也。譬如繡花用紅線則有深紅、淺紅、桃紅、杏紅、粉紅、殷紅，皆是旁面。其他可類推矣。

對　面

對面者，題説吾之於人，便先説人之於吾；題説鳥之於人，便先説人之於鳥；説誦詩便先説詩要人誦。如兩人對立，説此先説彼。

正面

以上七面俱在題外搜尋，而正面則在題中探討。文中正面作兩股則用兩柱，作四股則用四柱，不可合掌、不可重複，總在題意中，細細分別出來。有此一面，然後有上七面。以七面映襯一面，則文如水湧風發，不可遏抑矣。而正面中又有外面、裏面，外面所當然也，裏面所以然也。如三復白圭，從三復之意透發，然後收到三復之面，總在明者善悟耳。

文家心訣

約舉五十字

一曰扼。扼者，於題之章旨、題之眼目處，扼定作主。　二曰頂。頂者，根據上文，使有原委。　三曰領。領者，凡一篇一股大意，以一二語領之。　四曰喝。喝者，喝醒題意，令人豁然。五曰提。提者，題意緊要處，以一筆提起，所謂高提重墜也。　六曰振。振者，恐文勢太平，用一筆振起，以鼓其勢。　七曰生。生者，文意已盡而復生之，所謂水窮雲起也。　八曰發。發者，題之正面盡情闡發，如三春柳，盡態極妍。　九曰反。反者，於題先反立議，如講學先講不學

也。　十曰正。正者，就上反意而正言之，有正必有反，有反必有正。　十一曰賓。賓者，借賓形主，陪發正義。與反不同。反與題目緊對，其意逼。賓與題目旁照，其意寬。以反在題中，而賓在題之外也。　十二曰主。主者，題之正位。主重賓輕，篇中步步皆不可離者。　十三曰開。開者，拓開一步，使其寬展有勢。　十四曰合。合者，就開處轉到本位。　十五曰映。映者，光采掩映也。　十六曰射。射者，意相擊射也。　十七曰翻。翻者，與反面不同，將題意翻剥，由一層以至數層。如老吏舞文，雖已成鐵案，亦能翻轉，故謂之翻。　十八曰跌。跌者，以側筆作跌，且有反跌、逆跌之不同。　十九曰抑。將欲揚之，先以一筆按倒，故謂之抑。　二十曰揚。抑後以一筆颺起，故謂之揚。　廿一曰起。起者，文之發端。或起一峰，或起一波，最要峻嶒浩瀚，聳人心目。　廿二曰伏。伏者，隱筆也。或於未起之前，或於既起之後，隱伏數筆，使添幾倍聲勢。　廿三曰轉。轉者，如車輪、如轆轤，一轉一境，愈轉不窮，乃爲占勝。　廿四曰折。折者，一氣奔騰，中作一折，所謂千里一曲是也。又有一句一折，或一股數折者，要視文勢爲之。　廿五曰照。照者，照映下文，如鏡花水月，匣劍帷燈，可望而不可即。　廿六曰應。應者，應起處主意，猶人之有呼必有應也。與映不同。　廿七曰呼。呼者，題意未醒，我以高亮語呼之。有首尾相呼者，有連作數呼者。如登高放聲，山鳴谷應，所以爲妙。　廿八曰吸。吸者，題意在下，我以虚靈語吸之，使其文不犯而神已來，筆尚留而氣已攝。　廿九曰頓。頓者，文勢欲行，故以一筆頓住。　三十曰

宕。宕者，摇宕一筆，欲吐未吐，神脉沈涵。　卅一曰挑。題中字眼，逐筆挑出，謂之挑。　卅二曰斡。題中艱深處，及偏缺處，以側筆、補筆斡旋，謂之斡。　卅三曰點。點者，點題。有總點、分點，有反點、正點，有順點、逆點，有借點、帶點及補點，須通變用之。　卅四曰綴。綴者，點染姿色，猶畫之有丹青，女之有粉黛，布景生情，引人入勝者也。　卅五曰渡。渡者，過也。鶴膝、蜂腰争奇，扼要在此。　卅六曰接。接者，接上起下，最要有力。又有前意未畢，中插一意，後復接前者，謂之遥接。　卅七曰推。推者，用筆推開，以入正意。又推進一層，推遠一層，亦謂之推。　卅八曰掉。掉者，掉轉一筆，如舟子掉舟，神龍掉尾。轉在文中，掉在文末。　卅九曰案。案者，設立公案，後即從此斷之。　四十曰斷。斷者，判斷前案，最要緊嚴練達，如老吏斷獄，令人無復活路也。　四一曰省。省者，省筆也。文恐太繁，則用筆省之，有省文、省句、省字之不同。　四二曰補。補者，補筆也。題中所無，又似題中所有，須用補出。又文中極忙處，兩意不能並寫，則先寫一意，再留一意，閒處補之，亦謂之補。　四三曰拖。拖者，文勢未終，特以一筆拖去，或有就上拖者，或有另拖一意者，所謂餘音嫋嫋，不絶如縷是也。　四四曰繳。繳者，文氣已足，特以一筆繳轉，或有繳章旨者，或有繳節旨者，或有繳上句者，或有就本題講義作繳者。繳與掉不同，繳用實，掉用虚；繳係完題，而掉係弄筆也。　四五曰插。插者，方講此句而即以彼句文意穿插於内，文家之玲瓏活變法也。　四六曰帶。帶者，本非題之緊要處，不可不寫而又不

必正寫，祇以順筆帶過，文章家之息肩法也。　四七曰夾。夾者，以兩意夾擊正意，猶兩軍擊一軍，無不制勝也。　四八曰離。離者，擲筆空中，有舉頭天外之勢。文有離筆，便不粘滯也。

四九曰峭。峭者，字句峭厲也。峭厲便不累墜，是文家巧捷之一訣。　五十曰鍊。鍊者如道家鍊丹也，文要鍊氣、鍊意、鍊局、鍊句、鍊字，文得鍊法，則爐火純青矣。

文法心傳卷下

反正字義類編

字必有對，童年講貫，入手莫先於此，明此便曉彼，易爲力也。

通用

淺疏離虛虧全偏中分聚存得消進順有多衆强剛

深密合實盈半正旁併散亡失長退逆無少寡弱柔

繁輕隱微浮廣體法棄親崇是争高清厚增損往去

簡重顯著沉狹用戒取疏黜非讓卑濁薄減益復來

始本同通絶獨主孤先内表各彼遠上右大疾長文
終末異塞續耦輔羣後外裏共此近下左小徐幼質
精生休收甘因揚新名遲成公出整安盛首倡
粗熟咎放苦革抑故實速敗私入亂危衰從隨

天地總

尊覆升清乾健易
卑載降寧坤順簡

天部附日星

陰晦闔舒寒温生温造盈升繫經雨
陽明闢斂暑涼殺肅化虧恒隕緯暘

地部 山水附

剛流山原遠沃肥燥清源平低厚

柔峙水隰近瘠磽濕濁流陂昂薄

時序

古早久遲寬漸

今晚暫速迫驟

質學

智慧敏靈秀剛强純聖清正專淺浮精泛本博全疑

愚魯鈍蠢頑柔弱雜凡濁偏分深沈粗切末約半信

優明良瑜巧

劣昧莠瑕拙

性情

喜哀愛好和亢寬争慈寬隘潔躁謙緩紆遲褊戇敬

怒樂憎惡乖卑嚴讓忍猛廣污静驕急直速宏諛肆

慎奢侈豪華

忽儉嗇慳吝

人事

行作動語吐趨迎向往張舒斂難勤功勞甘勇勝强

止息静默茹避拒背來弛卷放易惰過逸苦怯負弱

安利屈創常經去成文庸

危害伸守變權就敗質奇

人品

貪污賢邪乖躁庸通亢謙仁奢澆曲誠華譎端善淑

廉潔愚正和靜傑介卑傲暴儉淳直僞朴正邪惡慝

妍忠吉信貴真

媸奸凶欺賤妄

禮樂

質綱本損詳簡進和抑抗隆

文目末益略盈反乖揚墜殺

政治

治盛隆興因創舉仁威賞褒予榮利寬德張經競操

亂衰替廢革承措暴愛罰貶奪辱弊猛刑弛權絿縱

取繁公刻成貪
舍簡私恕敗廉

容體

妍好美肥榮纖俯
媸醜惡瘠瘁麗仰

衣飾

濃豔華新長廣整雅古常文貴素純奢
淡素朴舊短狹亂俗今異質賤絢雜儉

器物

完成備貴巨藏用舉良守利精
破毁缺賤細棄舍置楛失鈍粗

花　木

開榮盛潤植良薰

謝落衰槁芟楛蕕

讀文筆得

〔清〕黄本驥 撰

《讀文筆得》一卷

清　黄本驥　撰

黄本驥，字仲良，號虎癡，湖南寧鄉人，道光元年（一八二一）舉人，官黔陽縣教諭。少嗜學，淹通經史，尤癖愛金石。著述頗豐。有《癡學》、《三長物齋詩略》、《三長物齋文略》、《歷代職官表》等。

此卷爲作者《癡學》卷五，共四十一則，乃讀書隨感，辨正前人解書論文之誤，闡釋某些疑點、難點，并點評《史記》、《漢書》、韓文、蘇論等典範之作。其基本文學觀點，在重視作文者自我人格修養；尊重前人文化傳統，從古代典籍中吸取有益成分，但師法古人又必須依具體情況而定；主張文辭通達，對揚雄用奇字而開後世好奇詭奥之風極爲不滿，認爲「古今文運厄于揚雄」。

有《三長物齋叢書》本，光緒四年（一八七八）古香書閣印行，又有《叢書集成續編》本。今據《三長物齋叢書》本録入。

（崔　銘）

讀文筆得

清　黄本驥　著

左太沖《三都賦序》譏《上林賦》不當用盧橘，《甘泉賦》不當用玉樹，《西都賦》不當用比目魚，《西京賦》不當用游海若字，謂果木非其所産，神物非其所出；惟所賦三都，山川城邑則稽之地圖，鳥獸草木則驗之方志，非諸賦之誇誕者比。偶舉一聯以證其謬，如「巨鼇贔屓，首冠靈山。大鵬繽紛，翼若垂天。」豈吴都之所産邪？況漢武好僊，於甘泉宫集衆寳爲樹以娱神，即《甘泉賦》所謂「玉樹青葱」也。以此相譏，適形其陋。而劉彦和猶襲其説，亦以玉樹爲夸飾，與比目、海若同譏之，何邪？

《文選》張平子《南都賦》「爾其則有謀臣武將」句，「爾其」下當有脱字，如左太沖《吴都賦》「爾其山澤則嵬嶷嶢屼」，《魏都賦》「爾其疆域則旁極齊秦」，即平子此賦亦有「爾其川瀆則滍澧藻濜」之句。「爾其則有」四虚字連用，不成文理矣。

枚乘《七發》云：「溷章白鷺，孔雀鶤鵠，鵷鶵鵁鶄，翠鬣紫纓，螭龍德牧，邕邕羣鳴，陽魚騰躍，奮翼振鱗。」李善注云：「溷章，鳥名，未詳。螭龍德牧，竝鳥名，形未詳。」余謂非也。溷，雜

也。章，文章也。言衆鳥之文采溷雜而成章也。螭龍，龍之無角者。牧，畜也，養也。螭龍神物，以德化所致能畜養之，且邕邕和鳴以樂其羣也，即《禮運》「四靈爲畜」之意。魚，陰類，性喜潛伏，惟陽魚則善騰躍，即《爾雅》鯇鯉之屬。李注引《曾子》曰：「鳥魚皆生於陰，而屬於陽，故魚鳥皆卵生，魚游於水，鳥飛於雲。」數語亦與此句文義無涉。溷章四句言羽族之盛，螭龍四句言水族之盛。李氏執定上文白鷺至鵁鶄皆言鳥，故以「螭龍德牧」爲二鳥名，竝於陽魚句引魚鳥之説，强爲粘合。不知此作上文既云左江右湖，又云黄池紆曲，則鋪叙水族，亦文體所應有也。

孔子作《春秋》，游、夏不能贊一詞。非不贊也，游、夏之所贊皆非夫子之所取耳。四時具，爲春秋，不具四時而以「春秋」名者，始于晏子、虞卿，而吕不韋、陸賈繼之。即其名目，已有可議。乃《吕氏春秋》成，懸之國門，一字不易，非不能易，蓋不敢易也，以假父之尊，著書傳世，設有起而易之者，縱得百金之賞，而禍亦不旋踵矣。

李斯《諫逐客書》，歷引穆公、孝公、惠王、昭王之禮賢下士，復總束之曰：「向使四君却客而不納，疏士而不用，是使國無富利之實，而秦無强大之名也。」筆意全摹范雎初見秦王語。又范説李書皆有「藉寇兵而齎盜糧」之句，可見當時策士所謂發篋揣摹者，不獨山川、形勢、人主喜怒，即詞章之學亦無不從揣摹中來也。

太史公之妙在一潔字，已爲柳州道破。而其尤不可及者，則在一暇字。班掾以下，潔或有

之，暇則未也。於豐功緯績之人，每詳其委瑣鄙屑之事，當雷掣雷轟之際，忽接以寬閒迂遠之詞。非暇者能之乎？

《項羽本紀》是史公極得意文字，班掾採入《漢書》，節去二千六百八十三字。《史記》多字處有多字之妙，《漢書》少字處有少字之妙。多者逸，少者遒。凡讀古書皆須兩本對看。如《史記》採《國語》、《左傳》、《國策》，《漢書》採《史記》，其增減易置，要非漫然下筆。即此可以增長見識。《史記·項羽本紀》，叙鴻門之會，凡一千三百八十四字。於《樊噲傳》復叙一番，纔二百七十三字，而當時情事亦了晰無遺。昔人評東坡《序范文正集》云：「淮陰論劉項，孔明論孫曹，不下數百言。今約以數語，真妙絶古今之文也。」余謂非留心史學者，不知此中之妙。

史家叙事，類以減少字句爲潔，所以有「文損於前，事增於舊」之説。惟太史公往往於愈繁愈複處愈見其潔，所以獨絶千古，其故何也？叙事不詳曲，當時情景不能宛然在目，且無一二虚字貫於其中，文義雖明，味止於此，全無開闔抑揚風神跌宕之致矣。此法不自史公創之，《左》、《國》、《檀弓》類皆如此，而公、穀二氏用之最精。《左傳》叙申生偏衣金玦，歷述五臣之論。《檀弓》叙石祁子事，四用「沐浴佩玉」句。《公羊傳》叙齊侯唁公于野井曰：「寡人有不腆先君之服，未之敢服，有不腆先君之器，未之敢用。」此四句，一篇之中，凡三見焉。皆於愈繁複處見其妙。劉子玄謂：「《穀梁傳》『齊使禿者御禿者』四句，當云『各以類逆』。」夫齊國之禍，起于闈中一笑，

穀梁子故爲繁複其辭，使千百載後讀是書者猶當發笑，所以立興戎之案也。其佳正在此處。若改爲「各以類逆」，便索然寡味。以此論文，其猶有蓬之心也夫。

作傳之體有六：一蓋棺論定，有事跡可紀，傳示後人。如歷代史書列傳是也。一其人已殁，勳業爛然，私爲立傳，爲異日入史張本。如諸家集中私傳是也。一其人現存，於史法不應爲傳，而言行有關於世道人心，不可無傳。如韓之《何蕃傳》，蘇之《方山子傳》是也。一本人自爲作傳，以寫其閒居自得之致。如陶淵明之《五柳先生傳》，白香山之《醉吟先生傳》是也。一借市井細人抒寫己議，類莊生之寓言。如韓之《圬者傳》，柳之《梓人》、《宋清》等傳是也。一借物行文，做烏有子虛之例。如韓之《毛穎傳》，蘇之《黄甘陸吉》等傳是也。大抵傳死者如畫工寫影，必須衣冠端肅；傳生者如寫行樂小照，不衫不履自見天真。此其别也。

《史》、《漢》列傳之體有三：一據事直書，不論善惡，使後世閲者自知。如《史》自《管晏》至《貨殖》等傳，《漢》自《陳項》至《王莽》等傳是也。一且叙且議，而議多於叙。如《史》之《伯夷》、《屈原》等傳是也。一叙事居十之一二，而採録文詞居十之八九。如《史》之《董》、《賈》、《相如》等傳，《漢》之《揚雄傳》是也。

傳誌之體，一人之事不可具書。有功業可述之人，則書其一二最大者，其餘人人所能舉可略也，若曰其人處大事如此，未有稍苟且於小事者也。無功業可述之人，則書其一二最小者，若曰

其人處小事如此，使處大事未有不辨者也。總之事無大小，必有以異乎恒人而不詭於大道者，乃可傳世。

揚雄之文，桓譚以爲絶倫，劉歆以爲覆瓿，當時已有異論。其後張衡、陸績謂其與五經相擬。至韓昌黎益張而大之，以爲聖人之徒，謂「聖人之道不傳於世，其存而醇者，惟孟子與雄」。又謂「桓譚未足知雄」。且述侯芭以爲其書勝《周易》之語。其論漢文，以兩司馬、劉向及雄爲最，董、賈之流不與焉。李習之師事昌黎，其説以六經之後自成一家者二十二人，始于呐而終于雄。奏狀中以雄與游、夏並列。又述昌黎之言曰：「自揚雄之後，作者不出。」其後歐陽公誌《石徂徠墓》，亦以雄與堯、舜、禹、湯、文、武、周、孔並稱。司馬温公、王荆公皆以雄書在《孟》、《荀》之上，推尊甚至。余嘗綜而論之，揚雄之文惟《諫不受單于朝》一書，可與董、賈並駕，餘皆佶屈不足觀。相如之文已非漢文之至者，而雄又遜相如遠甚。大抵奇字乃其所長。《漢書》本傳所採者其大較也。六經之文，昭如日星，聖人之道曰中，曰庸，豈惟奇字是尚耶？昌黎之文，海涵地負，無所不有，如《曹成王碑》中，「遻、嘬、剜、鞣、鏺、掀、撇、掇、筴、跐、汊、膊、踏、捁」等字，乃其學雄惟肖者。以昌黎之文而論，其所以膾炙人口者，固不在此。即以此碑而論，原本忠孝以立言，令人百讀不厭者，亦豈在此等處耶？然昌黎厚道人也，以爲吾亦嘗學其一二奇字矣，豈可倍其人耶？故其立説往往有溺愛不明之處。至晚年《送王塤序》曰：「求觀聖人之道，必自孟子始。」絶無一語及

雄，斯爲持平之論也。若習之輩，並其奇字亦未嘗寓目，徒耳食於昌黎之言，而不能自出己見者也。歐公墓誌，特就徂徠之言云然耳。徂徠固强項而好異者，觀公與石推官二書可見。又公《答吴充書》云：「揚雄道未足而强言。」則可知公之好尚矣。温公之所以曲護雄者，平日嘗著《潛虛》一書以倣《太玄》。意欲後人尊其書，而不先尊其書之所自出，則他日之覆瓿者，不在《太玄》，而在《潛虛》矣。若荆公之崛强，如以孔明爲有道所羞之類，其好惡更無足據也。在唐惟柳子厚僅許雄以專，其《答韋中立書》，取孟、荀而舍雄，又謂《太玄》、《法言》，昌黎「決作之，加恢奇」，稍爲有見。在宋惟蘇子瞻斥雄爲曲士，又謂「揚雄好以艱深文淺露，終身雕蟲，何獨恥於賦」。可謂千古定論矣，可謂千古特識矣。而儲同人又謂東坡詆雄爲太過。何是非之紛紛也。吾聞伊川程子之言曰：「子雲才短而其言多失。」朱子之言曰：「子雲《太玄》、《法言》，蓋亦《長楊》、《羽獵》之流，而粗變其音節。」願後世之論文者，以信程、朱者信東坡，無徒如李習之輩，耳食昌黎之言而好爲異論也。

唐宋大家論文之言，如出一先生之口。非相襲也，行文之法固爾也。韓之言曰：文必有諸中，故君子慎其實；仁義之人其言藹如；師古人者，師其意而不師其辭；文無難易惟其是。柳之言曰：文以行爲本，在先誠其中；學者務求諸道而遺其辭。歐之言曰：畜于其内實，而後發爲光輝者日新而不竭；講之深而後知自守，言出其口而皆文；道勝者詞不難而自至，君子之學是而已，不聞爲異也。蘇之言曰：有德者必有言。非有言也，德之發于口者也；辭達而已矣，辭

至于達止矣，不可以有加矣。以四子之説觀之，凡絺章繪句，金玉其外而敗絮其中者，皆不足以言文矣。

讀萬卷書而不用一字，此破餖飣之作，非至文也；冒天下道而不失一端，此通偏執之見，非定論也。

古人之文有可倣者，有不可倣者。如王褒《僮約》，山谷嘗倣之矣。昌黎《畫記》，淮海嘗倣之矣。文非不工，皆不甚傳。蓋善倣古者，倣其意而不倣其辭。如昌黎《平淮西碑》，即謂之倣《尚書》可也。柳州諸記，即謂之倣《水經注》，《水經注》即謂之倣《禹貢》可也。歐陽公《五代史》，即謂之倣《史記》，老蘇《權衡書》，即謂之倣《國策》，東坡諸論即謂之倣《孟子》可也。若王莽之倣《大誥》，揚雄之倣《周易》、《論語》，則拙而妄矣。至于《僮約》、《畫記》之類，皆昔人游戲之文，以辭勝而不以意勝者，不可倣亦不必倣也。

昌黎志馬繼祖墓文，茅鹿門評云：「以生平故舊志墓，最悲凉可涕。」余謂鹿門未知昌黎深處也。繼祖爲北平王馬燧之孫，乃唐室一代功臣之後，以門功「積三十四年，五轉而至殿中丞少監」，少監非尊官，著此一句，足以明唐室之少恩矣。然其卒時已三十七歲，豈無一事可述？昌黎僅叙其爲童稚時，眉目肌髮及娟好静秀等語，似爲嬰兒志壙者，餘皆述三代存亡之感，絶無一語及其生平行事。史言繼祖之父暢，善殖家財，晚年爲豪右侵牟，中官逼取，遂至困窮，諸子無室

廬自託，香山詩曰「昔爲馬家宅，今爲奉誠園」是也。然則繼祖死時，困苦可知矣，昌黎又絶無一語及其境遇。何也？是蓋有難言之隱也。此志以他手爲之，必縷叙其祖父如何鼎盛，才具如何能力，境遇如何困苦，以發門户盛衰之感。文之拙劣，固不待言，然亦非所以諱朝廷過舉也。昌黎一切掃除之，痛之益至，用意益深，措詞益簡，此《春秋》法也。其曰「人欲久不死，而觀居此世者，何也」，止發自己感慨，而唐室薄待勳舊已于言外得之，即己身之落托不遇，概可見矣。昔人行文，有多少字句在無字句處，此等是也。故曰鹿門未知昌黎深處也。

昌黎志孔戡墓，稱其兄弟爲母兄母弟者，本于《公羊傳》「母兄稱兄，母弟稱弟」，《穀梁傳》「兄，母兄也」等語。猶言同懷兄弟也。

昌黎志王適墓云：「妻上谷侯氏，處士高女。高固奇士，自方阿衡、太師，世莫能用吾言，再試吏，再怒去，發狂投江水。初，處士將嫁其女，懲曰：『吾以齟齬窮，一女憐之，必嫁官人，不以與凡子。』君曰：『吾求婦氏久矣，惟此翁可人意，且聞其女賢，不可以失。』即謾謂媒嫗：『吾明經及第，且選，即官人。侯翁女幸嫁，若能令翁許我，請進百金爲嫗謝。』許諾。白翁。翁曰：『誠官人耶，取文書來。』君計窮吐實，嫗曰：『無苦，翁大人，不疑人欺，我得一卷書，粗若告身者，我袖以往，翁見未必取視，幸而聽我。』行其謀，翁望見文書銜袖，果信不疑，曰：『足矣。』以女與王氏。」按此文計六百字，而叙此一事乃多至二百字。賂媒騙婦何等事也，乃大書特書于勒石銘幽

之作耶。在今人必以爲鄙瑣似小説矣，然實古大家作文之枕秘也。篇首既有「懷奇」二字，又曰「天下奇男子王適」，特叙此事，以見侯翁之奇于擇婿，王適之奇于擇配，爲上文二「奇」字作一左證，其處小事已如此其奇，則其處大事自無往而不奇也。此文從《陳丞相世家》脱化而來，史公叙平娶張負女事，亦爲上文好奇計及後文六出奇計作引子，非閒文也。後人作志，但解以諛墓得金，銘功必伊尹、太公，頌德皆周公、孔子，而志因以不實，文因以不工，且國史採擇因以不信，是因頌揚過當，反没其一節之長也。然志不諛墓，不獨無以得金，且必觸其子孫之怒，此歐陽公于《范文正碑》、《尹師魯志》必作文字以發明己意也。

昌黎銘王適墓云：「鼎也不可以柱車，馬也不可使守閭。佩玉長裾，不利走趨。秖繫其逢，不繫巧愚。不諧其須，有銜不祛。鑽石埋辭，以列幽墟。」銘張徹墓曰：「嗚呼，徹也。世慕顧以行，子揭揭也。噎暗以爲生，子獨割也。爲彼不清，作玉屑也。仁義以爲兵，用不缺折也。知死不失名，得猛厲也。自申于闇，明莫之奪也。我銘以貞之，不肖者之呾也。」王荆公曰：「退之善爲銘，如王適、張徹銘尤奇。」余按二銘造語從《太玄》、《法言》中摹倣而來，人第知《曹成王碑》中奇字爲學揚子雲，而不知此其學揚惟肖者。

韓子曰「竊陳編以盜竊」，温故也；「惟陳言之務去」，知新也。學者不能竊陳編而欲去陳言，難矣。

文之難者莫如樊宗師，如《絳守居園池記》是也，而昌黎銘其墓曰：「文從字順各識職。」詩之苦吟者莫如孟郊，其自謂「夜吟曉不休，苦吟鬼神愁。如何不自閒，心與身爲仇」是也，而昌黎《薦士詩》曰：「榮華肖天秀，捷疾愈響報。」樊、孟皆昌黎同時好友，所稱已失其實況。士生千載下而欲臆斷古人，尚能得其萬一哉。

昌黎《諫佛骨表》，文境從劉中壘《諫起昌陵疏》中得來。昌黎《畫記》，東坡斥之爲甲名帳，太史公《貨殖傳》「酤一歲千釀」以下百五十餘字，昔人亦謂是市肆帳簿，然則求爲古人記帳傭，固不易易。又《漢書》解光《劾趙昭儀疏》，串叙獄丞籍武等十人供詞，《文選》任昉《彈劉整狀》中段，分叙范氏等五人供詞，皆當時案牘之文，已如此奇絶，然則求爲古人刀筆吏，更不易易矣。

或曰柳子厚《與呂恭書》極言廬墓非孝曰：「宜廬于庭而矯于墓者，大中之罪人也。」而其《代壽州刺史作乞旌部甿李興孝行表》又曰：「墳左作小廬，蒙以苫茨，伏匿其中。廬上産紫白二芝，廬中出醴泉，天錫瑞物，以表殊異。」則又以廬墓爲孝矣。一人之言，前後互異何也？余曰非異也，子厚所謂「宜廬于庭而矯于墓」者，本《禮經》。父母之喪，居倚廬，既練，居堊室，皆在中門之外。先王之制禮也，過之者俯而就之，不至者跂而及之。故伯魚喪出母，期而猶哭，孔子以爲甚；曾子執親喪，水漿不入口者七日，子思以爲過；樂正子母死，五日不食，自以不得其情爲悔。

昔賢守禮不敢有過，過則爲辟，此爲讀書明禮義者言之也。李興，甿也，詩書之道不爲甿責。而甿之所居，環堵之室，妻子聚處，既無倚廬堊室之制，又無家廟可以妥神，骨肉歸土易至于忘。興能出于至性，毅然廬墓，以行其心之所安，其非作僞以求名也可知矣。此固讀書明理義者所敬羡而不可及者也，乞旌其閭不亦可乎？或曰：「子厚亦安知李興之非僞而吕恭所傳者之非誠耶？」余曰是固易知也。吕恭所傳，乃廬父墓而得石書，欲以上聞，是不獨以此求名，而且以此奸利也。子厚又熟察石書之僞而益信其爲奸，且知僞作石書以罔上者，其人必非村甿可知矣，故侃侃論之，絶無恕詞也。若李興之事則不然，興父未死之先，嘗割股肉以救之矣，既不能救，泣血捧土，因而廬墓，前後印證，若合符契，此以知其非僞也。凡論人者，必察其誠僞。果誠矣，而有過，所謂觀過知仁，君子之所予也。果僞矣，而無過，所謂不近人情，君子之所惡也。況王孫裸葬，公孫布被，作僞者固不能無過乎？即使善于匿情，十分周匝，以静者觀之，總有罅隙流露于意計不到之處，所謂心勞日拙，人之視己如見其肺肝然也。惟一誠所感，久暫不移，史直寧愚，皆非中道，同爲聖人所許者，以其非作僞者所能色取而貌託也。然則割股果爲孝行乎？而後代不旌、昔人有議之者，何也？曰：人子之孝有大于割股者，父母不幸以天年終，其不能以身代也明矣，即殘形滅性相從地下，猶無益也，當留此不孝之軀，以終喪成禮，敦行立品，終其身如親在之時，達而在上，有揚名顯親之心，窮而在下，無忘身辱親之事，此孝之大者也。故喪禮以敬爲上，哀次

之，瘠爲下。毁瘠爲禮，君子弗爲也。毁而死，君子謂之無子。聖門之孝者，莫如曾子。曾子將死，曰：「啓予足，啓予手，而今而後，吾知免夫。」未聞曾晳寢疾，而曾子有割股之事也。曾子不爲，其不得爲孝也明矣。然是説也，亦爲讀書明理義者言之也。若李興者，一田野之甿，不知詩書爲何物，亦不知名利之可奸，割股救親，雖聖人復起，亦必以爲孝子而進之也。吾以子厚之意斷之，凡割股廬墓之事，以村甿婦孺爲之，則宜旌以警世之衣冠而禽獸者，以讀書明理義者爲之，則宜禁以杜世之作僞而求名者。亦如子報父讐，當讐者勿論，不當讐者問抵，皆當臨事詳審，酌其宜以處之，未可著爲定例，概以爲是，概以爲非也。漢原涉廬墓三年，以孝行得官，後爲游俠殺人。或譏之，涉曰：「子獨不見寡婦乎，始自約束，乃慕宋伯姬、陳孝婦，不幸爲盜賊所污，知其非禮，不能自還。吾猶此矣。」觀其所言，可見當日廬墓之爲沽名，而非出于至誠矣。史言其内隱奸殺，招集刺客，忘其身以及其親，尚得爲孝乎，宜其爲申徒建所誅也。吕恭讀聖賢之書，爲天子之吏，不以聖賢之法導民，乃以游俠好名者之所爲津津焉道之，且欲上聞以邀朝廷之旌異，不已陋乎！此子厚所以爲李興作銘而以石書之事爲吕恭之玷也。

柳子厚《捕蛇者説》「以俟夫觀人風者采焉」，避太宗諱改「民風」爲「人風」，集中以「人」作「民」皆倣此。韓、柳同時，《原道》一篇，言民者三，皆直書不避，何耶？

東坡論事之文，爲古今獨步。然亦有持論過偏處，如以武王伐紂爲非聖人，而以伍子胥鞭平

王尸爲人子復讐之禮。時有古今，君臣之義則一也，何責武王之深而待子胥之恕耶？又以《史記》書商鞅、桑弘羊之功爲司馬遷二大罪。夫遷所著者史也，史之例，美惡並書。美者可以爲後世法，惡者可以爲後世戒。老蘇之言曰：「遇事而記之，不擇善惡，詳其曲折而使後世得知，而善惡自著者，是史之體也。」孔子懼亂臣賊子而作《春秋》，未聞于弑父弑君之大變而或諱之也。使商、桑等行事不著之于史，後世必且疑流俗毁譽爲不足信，而趨而效之者益衆。史公之贊商鞅曰：「天資刻薄少恩，受惡名于秦有以也。」又於傳中叙入趙良之言五百字，皆作史微意，託他人以正之耳。其論弘羊也，曰：「言利析秋毫。」此豈稱美之辭乎？《平凖書》凡六千言，而以「烹弘羊，天乃雨」六字作結，夫亦可以正其罪矣。後世人主如宋神宗者，明知聚斂朘民無益于國，而甘心爲之，豈秉史筆者之罪哉？如謂史公不書，遂使久而失傳，不知前代有此等牟利之人，夫亦所見之未廣矣。伊古以來窮姦極惡，不見正史者何限，亦何以流傳不絶耶？譬如班掾《漢書》僅録趙充國、尹翁歸數人而已，其王莽、董賢諸傳，概可從删，尚足爲一代信史耶？余方以《漢書》不爲桑弘羊立傳而附見於《車千秋傳》末，爲班掾疏略處，而東坡乃以書商、桑爲馬遷罪，其論蓋爲荆公而設也，特借商、桑以發端耳，非真有意于罪史公也。然荆公之所以熒惑主聽者，青苗、市易等法，皆扳周禮以證其詐僞，又不屑以商、桑自比矣。吾恐後世秉史筆者誤會東坡立言之意，而史益以不信，故具論之。他如以諸葛武侯不行反間爲失機，而引劉、項之事以爲證。夫陳平反間

之計，特可施于剛愎自用之項王，有一范增而不能用，故得以間入之。若魏文之時，謀臣勇將林立鄴都，豈可以口舌亂之耶？況西蜀偏安，軍供不給，即有善間之陳平，亦安所得黄金四萬斤以行其計哉？又以韓昌黎張大聖人之道爲好名。夫好名誠古今文人之通病也，假令人人不好名，日循循焉拜跪揖讓于一室之中，絶口不談詩書之教，語人曰：「吾將有以樂其實也。」吾恐實未必樂，而聖人之教或幾乎息矣，烏乎可？如此等類，皆非中正之論。其晚年《與王庠書》言涉世更變，往往自悔少時好議論古人之過，殆即此等處與。又所作《魯隱公論》，極言母后攝政之非，可爲千秋金鑑。然非東坡所宜言也。宋后攝政者五，曹、高爲首。(仁)〔神〕宗時，東坡以詩案下獄，人知必死。曹后病中聞之，謂神宗曰：「嘗聞仁宗以制科得軾兄弟，甚喜，曰：『吾爲子孫得兩宰相。』今聞軾以作詩繫獄，得非仇人中傷之？捃至于詩，其過微矣。吾疾勢已篤，不可以冤濫致傷中和，宜熟察之。」神宗涕泣。東坡由此免死。又東坡試館職策題，朱光庭論其不當議仁宗、神宗之治爲媮刻，乞正其罪以戒人臣之不忠者，傅堯俞、王巖叟亦相繼論之。高后曰：「詳覽文意，是指今日百官有司監司守令言之，非是譏諷祖宗。」光庭等乃已。百世而下，聞兩后之言，猶爲隕涕，況東坡乎？欲報之德，昊天罔極。身受死生知遇之恩者，忍議其垂簾稱制之失乎？吾故曰：非東坡所宜言也。

東坡《新獲石砮記》曰：「用楛爲矢，至唐猶然，用石爲砮，則自春秋以來莫識矣。」按《漢書》

「挹婁國弓長四尺，砮以青石爲鏃」，李長吉詩「四尺角弓青石鏃」是也，何謂春秋以來莫識？

陸象山《送宜黄何尉序》，言何尉與臧令不相能，控於有司，遂以俱罷。篇中直叙臧貪而富，得罪於民，何尉之名，臧實成之。評者謂，古人行文，每從對面寫照，文將臧與何比勘到底，何等警快。余謂此文旌何尉之善則至矣，於臧令之惡尚須含蓄爲得。蓋大君子用心，雖窮凶極惡之人，非躬秉史筆者，必予以自新之路，不忍顯絶之也。讀老蘇《族譜亭記》可見。

唐宋以前誌銘之體，書卒葬而不書生辰，書卒葬之年月日而不書時。既曰卒于某年月日，享年若干歲矣，則生可推也。至于略生辰而詳死日者，死者重忌不重生。且以某年某事之得失，在某人生前死後，使後人有所考也。今人作誌，或曰生於某年月日，卒於某年月日，享年若干歲。或曰卒於某年月日，距生於某年月日，享年若干歲，則享年句爲贅文矣。

歐陽公曰：「晉無文章，惟陶淵明《歸去來辭》一篇而已。」東坡曰：「唐無文章，惟韓退之《送李愿歸盤谷序》一篇而已。」余謂陶公胸懷澹遠，妙處尚在語言文字之外。《歸去來辭》直是曾點沂水春風一段註脚，即謂之超越秦漢，上接風騷可也。第以文論，似難壓倒晉人。至《送李愿序》足盡韓文，吾不謂然，況唐乎？

古今文運厄于揚雄，以鉤章棘句爲工。如《法言・吾子》篇叙云：「終後誕章乖離，諸子圖(微)〔徽〕。」此十字豈復成句讀耶？此類甚多，不可毛舉。後世綴文之士，如唐之樊宗師，宋之

劉幾等，凡好奇佹道者，作俑之罪皆自雄始。至明之王、李，猶奉爲枕秘，舍坦道而就羊腸，曠安宅而居鼠壤，好惡之偏，殊不可曉。鳳洲尚多平正處，惟《滄溟集》中，一字一句效之惟恐不工，然又不屑以師法元亭自居，高爲之説曰：「吾學左丘明、司馬遷。」夫《左》、《史》之文具在，其異於後世者，不過在名物、器械、職官、地理、方言、里俗之類，謹遵當時制度，爲一朝實録，非謂字句之法必如是而後工也。後世制度不同，稱名亦别，如《左》言弓曰大屈，矢曰金僕姑，《史》言弓曰大黄，矢曰夏服之類，在今人以爲奇特，在當時視之皆眼前常語耳。其餘或議或叙，類皆平正。即以《左》之《鄭伯克段于鄢》，《史》之《項羽本紀》二篇而論，何常有一字一句詰屈難通，故作侏離之語耶？況《左》、《史》之文，風神跌宕，開闔抑揚，入神入妙，全在一二虚字中。即如《項羽本紀》，一篇之中，用「乃」字七十一，用「于是」字二十三，用「當是時」字五，又有多少「遂」字「因」字「以故」字「是時」字錯雜其間，史公非不知辭尚簡要也，筋節所關，有不嫌其繁複者。又如曹咎、司馬欣常有德于項梁一事也，凡三見焉，始則言其起事之由，繼則言其分封之私，終則言其取敗之道。又如張良以項伯之言告沛公，沛公驚曰：「爲之奈何？」良曰云云。沛公默然曰：「固不如也，且爲之奈何？」在他人叙此，必損去「且爲之奈何」五字矣，然則當時沛公皇急無措之狀，其能如是曲肖乎？滄溟之學，必欲節去語助，不可句讀以爲奥，是求爲《左》、《史》臧獲而不得者也。昔人論貌古之病有二：一曰減字法，一曰换字法。余謂務求減字者，必先工于换字。其病雖異，而病源

則同也。如滄溟《送元美按青州序》，不曰青州饒富，而曰：「青州故四塞國也。今其民豈猶無不吹竽鼓瑟，鬬雞走狗，六博蹋踘者乎？臨淄之途豈猶無不車轂擊、人肩摩、連袂成幃、舉袂成幕者乎？有之則利不在上也。」非以吹竽鼓瑟等字，換饒富字乎？不曰民情豪猾，而曰「三尋之矛，惟敵是求，振臂一呼，超距十丈，引而更却，如曳風雨。其搏秘如組，亦如掉蝟；其盤鋒如輪，亦如積環。斗墻而進，矢疾不能加，劍銛不能接。不竢尺符，捷如烽火，三尋之矛，若鄧林矣」。非以此七十三字換豪猾字乎？不曰青州多驕兵，而曰「漁陽之壄，何多韎韋之跗注君子也」。非以漁陽字換青州字，韎韋字換兵字乎？略舉一二以概其餘。推究病源，皆揚雄《太玄》、《法言》等書有以誤之也。余故歸獄于雄，以爲貌古好異者戒。使歸震川、艾天傭復起，當必不以爲深文苛論也。

或曰：「子之論文主于易而不主于難，主于繁而不主于簡，得無偏乎？」余曰：非偏也。《左傳》呂相絶秦書，昌黎《平淮西碑》，非不難也。太史公紀傳各贊，柳州永州各記，非不簡也。如布帛然，尺者，丈者，文者，素者，皆可以衣也；如菽粟然，升者，石者，粗者，精者皆可以食也。文無繁簡，亦無難易，期于適用而已矣。若夫尺縠禦寒，一臠賑餒，吾不取也。况其所寶者爲敗絮朽糒，而非尺縠一臠之比哉。

作文之法，襲取前人字句以爲己有，與作賊無異。然賊最須善作，必較原本更爲佳妙，雖失主認贓亦難辨别，方爲能手。若活剥生吞，到案即破，則爲笨賊矣。如前明王遂東《思任頌節録

序》中段曰：「吾一身爲馬氏之母，爲馬氏之父，爲馬氏之師，爲馬氏中興之主，爲馬氏稽覈之督，爲馬氏禦侮之臣，爲馬氏奔走之僕，不獨爲馬氏妻也。」雜沓寫來，筆勢奔湧，全篇精警具在于此。國初魏叔子《秦節母傳》，首段泛論婦節，次段叙節母夫死子幼，又遭兵亂，曰：「雖偉丈夫當此，左右支吾難矣，而節母以一婦人，身處其間。孫枝蔚曰：突然接入。『節母爲秦氏母，以上並未點出夫家之姓，至此始點。爲父，爲師，短句。爲秦氏再興之主，爲秦氏禦侮之臣。』長句。魏禧曰：接法。『嗚呼，節母可謂恒其德者矣。』」唱歎。此下接叙節母事實兩段，而以「魏禧曰：『嗚呼，可以傳矣。』」九字作結。此文之妙，全在一「孫枝蔚曰」，兩「魏禧曰」十字安放得當，頓挫入古，文境從《公》、《穀》得來。《公羊傳》「子公羊子曰」，「子女子曰」，「魯子曰」，「高子曰」，《穀梁傳》「穀梁子曰」，「沈子曰」，「尸子曰」等句，或爲己言，或爲時賢之言，突然接入，以盡抑揚唱嘆之致。「爲秦氏母」數語雖襲用王遂東句，然王作出自節婦自言，魏則託于旁人之口。即謂之引古亦可，非以前人之文爲己文也，故不嫌其襲。王作七疊而句法不變，以不變爲妙。魏則五疊而句法三變，以變爲妙。句多不變，句少累變，《左傳》法也。王作平直叙來，魏則于叙事中間突然插此二十八字，絶不申明孫枝蔚爲何人，令人不測。其佳妙勝于原本多矣。近見某公作《尹節母傳》曰：「爲尹氏母，爲尹氏師，爲尹氏中興之主，爲尹氏禦侮之臣。」衆人稱爲奇警，余以王、魏二作質之，然後知叔子之善于作賊，而此公之笨也。

徐鳳輝所選二十四家古文，叙事之作得龍門神髓者，以王于一《錢烈女墓誌》，汪堯峰《書黄

孝子事》爲首選，侯雪苑《徐張合傳》，方望溪《書左忠毅事》次之，袁簡齊《書魚殼馬僧魯亮儕事》又次之。後有作者未易及也。

侯雪苑《司徒公家傳》，叙魏忠賢欲殺公，田爾耕勸解之，忠賢仰視罘罳日影移晷，不語良久，乃顧謂爾耕：「兒試爲我招之。」魏叔子《任王谷文集序》，叙王谷椎魯之狀，及讀其文，乃大驚，時家伯子在座，因相笑曰：「世何必無丘邦士。」邦士，叔子之姊婿也，亦椎魯而能文者。此等摹神之筆，令人不思太史公矣。

何燕泉以割股非孝，侯雪苑辨之。歸震川以女子守貞爲過，汪堯峰辨之。余謂毁不滅性，《禮》有明文。孝子見親病垂危，醫藥卜筮之外，苟可以已親疾者，自當無所不爲。然人肉實非醫病之藥也，雪苑之論，吾不敢議，亦不敢從。至女子守貞，堯峰之論，不若毛鶴舫《王烈女墓志》更爲精當，録之以爲此案定讞。其略曰：「震川以室女守貞，非聖人之道。予謂此固聖人所敬羡，而不敢以概天下之中人。故爲已嫁者律曰：『一與之醮，終身不改。』而未嫁者，則不著爲令，聽人之自行其意。予尚論往事，使太伯而嗣父封，伯夷而食周粟，皆不背于聖人之道，乃二人者必創古今未有之奇，以求其心之無憾而後止，孔子亟稱述焉。倘律以震川之論，將並議其爲賢智之過與？」

方伯川先生《廣師説》，爲韓長洲作也。今之韓雖不知較唐之韓爲何如，然其超世越俗，起衰

式靡，以此相師，豈其有忝？無如世特師其名，非師其實也。君子不欲爲苟同，聞此説者，當知奔競之可醜矣。先生曰：「或一人而事數百十師，甚者儒衣冠而師其與己異類者焉。余觀前代史書，且有以士大夫爲璫宦假子者，師云乎哉！」先生時文采入《欽定標準天下古文》，止此一首，吉光片羽，當共寶之。

李厚菴先生經學性理、天文算法無所不通，著書凡數十種。或議其古文辭似訓詁語録。余嘗録其《孝子王原傳》及《書吴伯宗尋弟事》，孝弟之心，油然生感。而其叙王原尋父，備歷艱辛，卜之于神，幸而相遇。其論曰：「嗚呼，世果有鬼神乎？無鬼神也。苟有鬼神，一念之孝宜捷于枹鼓，何以無存歿之問者十有餘年始告以兆哉？夫神惟不能離人而孤行，故必待其力之盡，誠之極，然後幽明響應，此鬼神之情狀也。」從來論鬼神無如此精切者，孰謂訓詁語録非天下之至文哉？

方朴山《集虚齋古文》，經史子集奔赴腕下，可謂博矣。然往往有才多之患，好用成語，好徵故實，反落下乘。柳州所謂「用《莊子》、《國語》文字太多，反累正氣」是也。然古人之文，非不援引故事，如西漢災異諸對，劉向《諫昌陵疏》，一篇之中雜引經傳多至數十條，而不嫌其累贅者，要皆藉古事發議，而非用成語湊筆也。故《國策》、《孟子》及韓、蘇諸家，每設一喻，必取眼前瑣事未經前人道過者，非好奇也。博覽經史，以集其理，閲歷世故，以集其義，行文之法盡乎此矣。集中

如《書華豫原事》，乃其最潔者，因讀此文，具論之。

甚矣，楊用修之敢于作僞也。岣嶁禹碑，釋者三家，用修爲首。如「久旅忘家」等語，豈復成神禹手筆耶？《書》曰：「辛壬癸甲，啓呱呱而泣。予弗子。」亦忘家之意也，何古樸乃爾耶？周宣獵碣，唐宋諸家所見，止四百六十五字，至用修乃妄增二百三十七字，爲《十鼓全文》，託云從李賓之處得見唐人搨本。蓋因韓詩有「公從何處得紙本，毫髮盡備無差訛」二句，故詭爲此説也。以孔子之聖而操述作之權，且曰：「吾猶及史之闕文。」《春秋》止書二百餘年事，夏五郭公，疑者屢闕。用修何人，乃欲據一己之私，補數千百年之闕，以矜其博邪？夏碑周鼓，神物流傳，何必釋其文而補其闕始爲可寶？三代古蹟之在人間者，已不可多得，一厄于風雨剥蝕，再厄于好事揣摩，良可慨已。世之君子明知其欺而姑信焉，以爲博物之助，抑獨何哉？

郎瑛《七修類稿》「郎」字一條，歷引古人之以郎稱者，如天壤王郎、沈郎腰瘦之類。又曰：「前有沈宋，後有錢郎。」誤以仲文稱錢郎矣。是謂數典而忘其祖，不獨以宋初之李西臺建中，誤作南唐之李太傅建勳，爲漁洋所指摘矣。

睿吾樓文話

〔清〕葉元塏 撰

《睿吾樓文話》十六卷

清　葉元塏　撰

葉元塏，字晏爽，號琴樓，慈溪（今屬浙江）人。與姚燮等人交游，當爲道光間人。

此書以「輯」而不「作」爲編纂方式，但比之前人（如張鎡《仕學規範》、王正德《餘師録》等），採輯範圍大大擴展，尤從明清文集之書信、序跋中取材更多，全書達數十萬字，爲同類著作中篇幅最大、資料最豐之一種。不僅可爲學者免去翻檢之勞，且有不少稀見之書籍，如章望之《延漏録》、潘府《南山素言》、李季可《松牕百説》、崔銑《松窗寤言》、鄭瑗《井觀瑣言》等。去取之間亦有眼光，所選大都爲論文有得之言，如卷九全文收入黄宗羲《論文管見》九條，條條俱有獨識。迻録原文，短者全録，長者節要，大致允當。唯全書隨見隨録，未有明確體例，每卷略分時代先後，全書則無統一次序，不爲無憾。然作者編纂此書仍有意圖，即在舉世沉溺時文之際，提倡古文，强調古文之法，「知文有不變之法，并知文有至變之法，而蕲至於不失法」（葉元垣序）；而在「法」上時文與古文可以相通。作者自序云：「不知時文之佳者，皆從古文來也」，卷七引白湖三伯父語：「嘗謂不窮經、史，不可以作詩、古文；不能爲詩、古文，亦斷不能作好時文。」亦反映時論之

一斑。此書卷一至卷十三均爲博綜諸家論文之言，卷十四則載吴訥《文章辨體》序説之節文，不取詩類，僅取文類，自「喻告」至「祭文」三十多體，文字有所不同，亦不取原書「戒」、「七體」等體，故今仍録入本書。唯卷十五、十六全録潘昂霄《金石例》卷六至卷八《韓文公銘誌括例》及黄宗羲《金石要例》全文。本書前已録入潘、黄二書，因予删去。

有道光十三年（一八三三）鶴臯葉氏刊本。今即據以録入。

（王宜瑗）

睿吾樓文話序

古人作文無一字無來歷，今人則往往有出於杜撰者，非獨隸事之不核也。蓋凡文皆有體裁，苟體裁不合，則前人所謂以註疏爲記序，以詞賦爲書狀。格既乖迕，詞鮮切當，雖廣搜旁摭，皆得謂之杜撰也。是故欲免杜撰之病者，必切究爲文之法。然有斤斤於法而於法仍不合者，非法之難合，殆知文法之難其人也。陸士衡《文賦》已略見古人論文之旨，而《文心雕龍》一書，則溯流討源，尤爲大備。嗣是而後，文士代出，體製日新。魏晉之文，既異秦、漢；則唐、宋之文，亦異魏、晉；元、明之文，又異唐、宋，時勢不同，詞事俱别。然其不離乎法則，無或異也。余每苦先哲論文之語，各散見本集中，不能徧舉以語學者，今讀慈水葉君琴樓所著《睿吾樓文話》，而深歎先得我心也。夫古今詩話多矣，文話則未之聞。學者誠能即葉君之書而玩索之，庶幾可以得爲文之法也夫。

道光甲午新城陳用光初稿

葉氏睿吾樓文話叙

作不如述，雖聖人猶擇所從事，可以下學而昧諸？余受斯言於阮雲臺師，既不敢思妄作；顧又念述之之難，苟非有關世要，或前人已競述之，則余將奚爲？甚矣！置古人於前，求爲之役，而倀倀焉，苦無所繇，得非有志者之公患耶？乃今閲琴樓光禄所疏《文話》，不禁憮然，愧且慕曰：是可謂述焉，而得其要者矣。在昔六經，並著政治倫理之大，以逮名物之纖悉，一繫於文；周、秦諸子與史家迭出，各自成體；孫卿、屈原，或賦或騷，更擅其變。由今辨之，並得爲文章之祖。自賈生、枚叔、相如、子雲、孟堅、季長、平子之徒繼踵而起，相與琱章瑑句，下啓建安，浸淫至乎江左，於是目紀叙爲「筆」，惟沈思翰藻乃稱「文」焉，故昭明操選與彦和之論相標準。此漢以後一大職志也。洎韓、柳諸公思文之不古，而古文始名，然當時猶不甚區別。物至而反，乃有穆伯長、柳仲塗之尊韓，由是歐、蘇、曾、王遞建門仞。東萊之《古文關鍵》、西山之《文章正宗》，持論滋嚴，體製務一，要在原本六經，出入子史。朱右因之，遂定「八家」，此唐、宋以來又一大職志也。余嘗謂：文以載道而萬事皆道所散見。古今人事日出，故文章之體日詳。譬如物焉，明水

精醴酒、莞簟蒲越，孰能持偏廢之議？且班、楊諸人，曷嘗非子史才？昌黎稱「韓筆」，亦曷嘗不精《選》理？天有四時，地有五方，參和以備其氣，環循以乘其運，夫文豈異於是哉？發之稱其情，施之當其事而已。宇宙、政治、倫理之大，以逮名物之纖悉，既在乎文，而文之事又如是，其日出而不能以偏廢，自非從大備之中各取其善者以爲的，又備究夫所以善者，以期各得乎其善，則於人事必有缺而亦無以見道之無窮。是其關於世要何如也！然載籍列文章家言甚衆，以其錯出無緒，故偏觀而盡識之爲難。按前此詩話，無慮百十家；亦或爲四六話；若文，則元王氏構纔一偶及。琴樓此書乃始專之耳。夫以前人著作之林，而寂寥若是，獨何歟？或曰：制義既興，世且眂此爲河漢。噫！千古之事非可以一時妨也。苟慮文之傳，將以制義而失，則世猶烏可無此書？抑琴樓自序謂有裨時文云云。余聞鄉先輩迂齋樓氏以《崇古文訣》爲發策持論之助，而從遊多達，則信乎學古人之學未嘗不與科舉宜。然是之爲功，猶隘且小者；琴樓茲事侈矣哉！其曰文話，不曰古文話，尤深有愜於余心也。余不敏，度益無可述矣。

道光九年歲在己丑長至前三日婣家弟甬上童槐書於影紅香碧之簃

序

今使有善治者于此教人以陶鎔錯鑄之方，而治者咸知範；又使一善射者於此教人以周旋進退與審固之法，而射者咸知的。守範以冶之，準的以射之，而天下之冶者皆善冶，天下之射者皆善射。不觀夫經天明地者乎？日月星辰，繫於虚者也；三百六十度以及南北二道之推遷，動乎氣者也。宗極星以定四時，而寒暑災祥無或失。山林川澤，其氣勢有寒燥，脉絡有寬促，更無定理矣。得收束迴抱之準，以求其氣脉所由，而吉凶無或弛。是即冶者射者，終不能舍範與的而成其技也。余蓋恍然于文焉。統古今之大文而論之，或錯綜繁衍，如衆宿之列者；或昭明朗潤，如日月之懸者；或光澤如雨露者；或精鋭如雷霆、絢爛如雲霓者，是文猶天也。有净如水、舒卷如瀾、平衍如陸者，有精以奥而得陵谷之邃密者，有峭以折而得山巒之起伏者，有縱以放而得長江大河之滂沛者，是文猶地也。而其行乎不得不行、止乎不得不止者，法也，且猶極星之在天，脉脉之行地也。雖然，覽古人行文之法，如天地之得乎紀與綱；推古人作文之心，如冶者射者之必準乎範與的。是人能守其範以冶，未有不善于冶；準其的以射，未有不善于射；即能法其法以文，

未有不善於文。此琴樓光禄所以輯《文話》一書，而爲天下之治者射者示以範與的，終何異爲天下之察天審地者，與之指極星之本、探氣脉之原哉？今琴樓屬余序，是直迫余于治師射師之前，而試其技也。然自今以後，琴樓之益我者多矣。至輯書之苦心，其從弟鶴農先生序之詳，兹不復贅云。

道光九年己丑小春之仲上湖弟姚燮拜序

序

昔荆川唐氏有言：漢以前之文，法寓於無法之中，故其爲法也，密而不可窺；唐與宋之文，以有法爲法，故其爲法也，嚴而不可犯。余嘗持此以衡古今作者，雖盛衰升降之間不能不因時而變，要未有離法以言文者也。昧者遂欲一切掃棄之，以自騁其臃腫支離之習，白葦黄茅，瀰望無際，而文之道幾熄矣。此從兄琴樓先生《文話》之所爲輯也。先生少嗜古文辭，能别白其蹊徑，慨然謂古文之衰，衰於不講法耳，思欲究其體要。爰博綜遺籍，條舉而劄記之，得數十萬言，淹貫成一家學。余考論文之書，權輿於摯虞《流别》，歷年久遠，佚而勿傳；若劉氏之《文心雕龍》、任氏之《文章緣起》，於凡文辭利病抉摘靡遺，故藝苑至今奉爲枕秘。先生之書，其體例不必同於劉、任諸儒，而纂言紀要，俾綴文之士沿其波而討其源，知文有不變之法，并知文有至變之法，而蕲至於不失法。則即謂先生是書，功不在劉、任下，奚不可哉？獨余於先生嗜好，不殊酸鹹。回憶風雨對床，宛然在目，今忽忽三十年矣。病廢之餘，得見完書，欣然幸，亦赧然愧已。

時道光屠維赤奮若之歲相月上浣待卿弟元垣謹撰

自序

竊嘗見余家子弟塾課于時文頗用功，而于古文漠不究心，不知時文之佳者，皆從古文來也，未有不能爲古文，而能爲佳時文者也。雖然，古文亦難言矣。昌黎韓氏不云乎「其用功深者，其收名也遠」？用功何在？在得其訣耳。孫氏可之曰：「樵嘗得爲文真訣于來無擇，無擇得于皇甫持正，持正得于韓退之。」閻氏潛丘亦曰：「古人文多口訣，未嘗筆諸書，故難卒曉，要在讀者善體會耳。」然則得其訣者，可以謂之文，不得其訣者，安望收名之遠哉！余摭拾古今名論，積久成帙，名之曰《文話》。先正典型，庶幾未墜。所愧淺見寡聞，難免遺漏之譏，然祇爲家塾課本，俾子弟稍知其體格而已。而或者因話而用功焉，因用功而得其訣焉，則古文之道亦思過半矣，而又未必非時文之一助焉爾。

道光九年歲次己丑七月上澣琴樓葉元塏序

凡例

一是編所採之書，某人某書，先行標出。惟常見者，只標書名。在文集者，直標「某曰」，以便稽查。

一是編爲古文作法起見，前輩短説，統行全録；長篇衹節録其要語。

一是編偶有所見，筆之簡牘，或一人之説，前採二三，後又選一二，以故古今人不得不參錯互見，惟每卷内略分時代前後，以便檢閲。

一前輩之説，有見于三四處者，略有異同，兹擇其明白了當者録之。

一卷中如歐陽公作文「三上」，陸魯望藏文稿于塑像之腹等類，雖與行文法無涉，姑存之，以博閲者之趣。

睿吾樓文話目録

目録

睿吾樓文話

睿吾樓文話卷一

清　葉元塏　纂輯
葉師濂　參閲
葉金潮　校字

《左傳》：仲尼曰：「志有之，言以足志，文以足言，不言誰知其志？言之無文，行之不遠。」

桓寬論云：「内無其質，而外學其文，若雕脂鏤冰，費日損功。」

陸景《典語》曰：「所謂文者，非徒執卷於儒生之門，攄筆于翰墨之采，乃貴其造化禮樂之淵之盛也。」《紀纂淵海》作「造化之淵，禮樂之盛也。」

顔之推曰：「夫文章者，原出五經。詔、誥、策、檄，生於《書》者也；序、述、論、議，生於《易》者也；歌、詠、賦、頌，生於《詩》者也；祭、祀、哀、誄，生於《禮》者也；書、奏、箴、銘，生於《春秋》者也。故凡朝廷憲章，軍旅誓誥，敷暢仁義，發明功德，牧民建國，皆不可無。」

王通《中説》曰：「房玄齡問文，子曰：『古之文也約以達，今之文也繁以塞。』」

韓昌黎《上于襄陽書》云：「文章言語，變化若雷霆，浩瀚若江漢，正聲諧韶濩，勁氣沮金石，

豐而不餘一言，約而不失一詞。」

徐堅《初學記》曰：「古者登高能賦，山川能祭，師旅能誓，喪紀能誄，作器能銘，則可以爲大夫矣。三代之後，篇什稍多，又訓、誥宣於邦國，移、檄陳於師旅，箋、奏以申情理，箴、誡用弼違邪，贊、頌美於形容，碑、銘彰於勳德，謚、册褒其言行，哀、吊悼其淪亡，章、表通於下情，箋、疏陳於宗敬，議、論平其理駁。難考其差，此其略也。」

柳子厚曰：「文有二道：辭令褒貶，本乎著作者也；導揚諷諭，本乎比興者也。著作者流，蓋出於《書》之《謨》《訓》、《易》之《象》《繫》、《春秋》之筆削，其要在於高壯廣厚，詞正而理備，謂宜藏於簡册者也。比興者流，蓋出於虞夏之詠歌、商周之《風》、《雅》，其要在於麗則清越，言暢而意美，謂宜流於謡誦者也。」

裴度《寄李翺書》曰：「文之異者，在氣格之高下、思致之淺深，不在磔裂章句、隳廢聲韻也。人之異者，在神氣之清濁、心志之通塞，不在倒置眉目、反易冠帶也。」

李德裕《文章論》曰：「魏文《典論》稱『文以氣爲主，氣之清濁有體』。斯言盡之矣。然氣不可以不貫，不貫，則雖有英詞麗藻，如編珠綴玉，不得爲金璞之寶矣。鼓氣以勢壯爲美，勢不可以不息，不息則流宕而忘返。亦猶絲竹繁奏，必有希聲窈眇，聽之者悦聞；如川流迅激，必有迴洑逶迤，觀之者不厭。從兄翰常言：『文章如千兵萬馬，風恬雨霽，寂無人聲。』蓋是謂也。」

司馬温公《迂書》曰：「或謂迂叟子于道則得其一二矣，惜夫無文以發之。迂叟曰：『然君子有文以明道，小人有文以發身。夫變白以爲黑，轉南以爲北，非小人有文者，孰能之？』」

程子曰：「道者，文之根本；文者，道之枝葉。」

費衮《梁溪漫志》曰：「文字中用語助太多，或令文氣卑弱。典謨訓誥之文，其末句初無『耶』、『歟』、『者』、『也』之詞，而渾渾灝灝噩噩，列於六經。然後之文人，多因難以見巧。退之《祭十二郎老成文》一篇，大率皆用助語。其最妙處自『其信然耶』以下至『幾何不從汝而死也』一段，僅三十句，凡句尾連用『耶』字者三，連用『乎』字者三，連用『也』字者四，連用『矣』字者七，幾于句句用助辭矣，而反覆出没，如怒濤驚湍，變化不測，非妙於文章者，安能及此？其後歐陽公作《醉翁亭記》繼之，又特盡紆徐不迫之態。二公固以爲遊戲，然非大手筆不能也。」

黄山谷曰：「凡爲文須讀司馬子長、韓退之文。每作一文，皆有宗有趣，終始關鍵，有開有闔，如四瀆雖納百川，或匯而爲廣澤，汪洋千里，要自發源注海耳。駡人文雖奇，不作可也。東坡文章妙天下，其短處在好駡，切勿襲其軌也。」

山谷〔《與何静翁書》〕〔《書王元之〈竹樓記〉後》〕：「或傳荆公稱《竹樓記》勝歐陽公《醉翁亭記》。或曰：『此非荆公之言也。』某以謂荆公出此言，未失也。荆公評文章，常先體製而後工拙，〔蓋〕〔嘗〕觀蘇子瞻《醉白堂記》，戲曰：『文辭雖極工，然不是《醉白堂記》，乃是《韓白優劣論》

耳！』以此考之，優《竹樓》而劣《醉翁亭記》，是荆公之言不疑也。」

王伯厚《辭學指南》曰：「夏文莊云：『美詞施於頌、贊，明文布於箋、奏。詔、誥語重而體宏，歌、詠言近而旨遠。』」

《困學紀聞》曰：「劉夢得文不及詩。《祭韓退之文》乃謂：『子長在筆，予長在論。持矛舉楯，卒莫能困。』可笑不自量也。」

朱弁《曲洧舊聞》曰：「古語云：『大匠不示人以璞』，蓋恐人見其斧鑿痕跡也。黄魯直于相國寺得宋子京《唐史稿》一册，歸而熟觀之，自是文章日進。此無他也，見其竄易句字與初造意不同，而識其用意故也。」

又曰：「東坡嘗語子過曰：『秦少遊、張文潛才識學問爲當世第一，無能優劣。二人者，少遊下筆精悍，心所默識而口不能傳者，能以筆傳之；然而氣韻雄拔、疏通秀朗，當推文潛。二人皆辱與予遊，同升而並黜。有自雷州來者，遞至少遊所惠詩書累幅。近居蠻夷，得此，如在齊聞韶也。女可記之，勿忘吾言。』」

又曰：「歐陽公《歸田録》初成未出，而序先傳，神宗見之，遽命中使宣取。時公已致仕在潁川，以其間紀述有未欲廣者，因盡删去之；又惡其太少，則雜紀戲笑不急之事，以充滿其卷帙。既繕寫，進入，而舊本亦不敢存。今世之所有，皆進本，而元書蓋未嘗出之於世。至今其子孫猶

謹守之。」

又曰：「歐陽文忠公謂謝希深曰：『吾平生作文章多在「三上」：馬上、枕上、厠上也。蓋唯此可以屬思耳。』」

《事文類聚》云：「陳師錫序《五代史》，荆公曰：『釋迦佛頭上，不堪着糞！』」

葉正則曰：「爲文不關世教，雖工何益？」

《吕氏童蒙訓》云：「老杜詩云：『新詩改罷自長吟』，文章頻改，工夫自出。近世歐公，以文先貼于壁，時加竄定，有終篇不留一字者。魯直晚年多改爲前作，可見大略。」

又曰：「作文字須是靠實、説得有條理乃好，不可架空細巧，大率要七分實，只二三分文，如歐陽公文字好者，只是靠實而有條理，如張承業及宦者等傳，自然好。東坡《靈壁張氏園亭記》最好，亦是靠實。秦少遊《龍井記》之類，全是架空説去，殊不起發人意思。」

吕居仁曰：「班固敘事詳密有次第，專學《左氏》，如叙霍光、上官相失之由，正學《左氏》記秦穆、晉惠相失處也。」

又曰：「《孫子》十三篇，論戰守次第，與山川險易、長短、小大之狀，皆曲盡其妙，摧高發隱，使物無遁情，此尤文章妙處。」

又曰：「讀《莊子》，令人意寬思大敢作；讀《左傳》，便使人入法度不敢容易。此二書不可偏

廢也。近世讀東坡、魯直詩，亦類此。」

朱夏《答程伯大論文書》曰：「古之爲文，非有意於文也，若風之于水適相遭而文生也。故鼓之而爲濤，含之而爲漪，蹙之而爲縠，澄之而爲練，激之而爲珠璣，非水也，風也，二者適相遭而文生也。天之于〔文〕〔物〕也，獨不然乎？纖者、穠者、丹者、堊者，莫不極其美麗，而造物者豈物物而雕之哉？彼昧於此者，三年而刻楮。」

劉祁《歸潛志》云：「文章各有體，本不可相犯。故古文不宜蹈襲古人成語，當以奇異自强，四六宜用前人成語，復不宜生澀求異；如散文不宜用詩家句，詩句不宜用散文言；律賦不宜犯散文言，散文不宜犯律賦語。皆判然各異。如雜用之，非惟失體，且梗目難通。然學者闇于識，多混亂交出，且互相詆誚，不自覺知。此弊雖一二名公不免也。」

又曰：「金朝取士，止以詞賦爲重，故士人往往不暇讀書，爲他文。嘗聞先進故老見子弟輩讀蘇、黃詩，輒怒斥，故學者止工於律賦；問之他文，則懵然不知。間有登第後始讀書爲文者，諸名士是也。南渡以來，士人多爲古學，以著文作詩相高，然舊日專爲科舉之學者，疾之爲仇讎，若分爲兩途，互相詆譏。其作詩文者目舉子爲科舉之學，爲科舉之學者指文士爲任子弟，笑其不工科舉。殊不知國家初設科舉，用四篇文字，本取全才。蓋賦以擇制誥之才，詩以取《風》、《騷》之旨，策以究經濟之業，論以考識鑒之方，四者俱工，其人材爲何如也？而學者不知，狃于習俗，止

力爲律賦，至于詩、策、論俱不留心。其弊基于爲有司者止考賦，而不究詩、策、論也。」

陶宗儀《文章宗旨》曰：「蓋清廟茅屋謂之古，朱門大厦謂之華屋可，謂之古不可；大羹元酒謂之古，八珍謂之美味可，謂之古不可。知此者可與言古文之妙矣。夫古文以辨而不華、質而不俚爲高，無排句，無陳言，無贅辭。夫『記』者，所以紀日月之遠近、工費之多寡、主佐之姓名，叙事如書史法，《尚書·顧命》是也。叙事之後，略作議論以結之，然不可多，蓋『記』者以備不忘也。夫『叙』者，次叙其語，前之説勿施于後，後之説勿施於前，其語次第不可顛倒，故次叙其語曰『叙』。《尚書序》、《毛詩序》，古今作序大格樣。《書序》首言畫卦、書契之始，次言皇墳帝典三代之書，及夫子定書之由，又次言秦亡漢興求書之事。《詩序》首言『六義』之始，次言變風、變雅之作，又次言《二南》王化之自。碑文惟韓公最高，每碑行文言，人人殊面目，首尾决不再行蹈襲。神道碑揭于外，行文稍可加詳。埋文壙記，最宜謹嚴，『銘』字從金，一字不泛用。善爲文者，宜如古詩《雅》、《頌》之作，行實之作，當取其人平生忠孝大節，其餘小善寸長，書法宜略。爲人立傳之法亦然。『跋』取古詩『狼跋其胡』之義，犯前則躐其胡，跋語不可多，多則冗。尾語宜峻峭，以其不可復加之意。『説』則出自己意，横説竪説，其文詳贍抑揚，無所不可如，韓公《師説》是也。」

《荆川稗編》曰：「東坡詩文落筆，輒爲人傳誦。每一篇到，歐公爲終日喜，前後類如此。一日與子棐論文，因及東坡，公歎曰：『汝記吾言，三十年後，世上人更不道著我也。』崇寧間，海外

詩盛行，後生不復有言歐公者。」

又云：「謝疊山曰：『東坡作史評，必有一段萬世不可磨滅之理，使吾身生其人之時，居其人之位，遇其人之事，當如何處置。妙法從老泉傳來。凡議論好事，須要一段歹説；凡議論一段不好事，須要一段好説。文勢亦圓活，義理亦精微，意味亦悠長。』」

《日知録》云：「唐朝一帝改年號者十餘，其見于文，必全書，無割取一字用之者。至宋始有『熙豐』、『政宣』、『建紹』、『乾淳』之語，已是不敬；然猶一帝之號，自相連屬，無合兩帝而稱之者。又必用上一字，惟『元豐』以『元』字與『元祐』無別，故用下一字。本朝文人有稱『永宣』、『成弘』、『嘉隆』，合兩帝之號而爲一稱。天啓六年部疏稱『正統』、『正德』爲『二正』。奉旨列聖年號昭然，如何説『二正』？近又有去上字，而稱『慶曆』、『啓禎』，更爲不通矣。」

又云：「地名割用一字，如『登萊』、如『温台』則可；如『真順』『廣大』，則不通矣。然漢人已有之。《史記·天官書》：『勃碣、海岱之間氣皆黑。』《貨殖傳》：『夫燕亦勃碣之間一都會也。』注云：『渤海、碣石。』《漢書·王莽傳》：『成命于巴宕。』注云：『巴郡、宕渠縣。』魏晉以下始多此語。常（據）〔璩〕《華陽國志》『分巴割蜀以成犍廣』，是犍爲、廣漢二郡。左思《蜀都賦》『跨躡犍牂』，是犍爲、牂牁二郡。《魏都賦》『恒碣碪碍于青霄』，是恒山、碣石二山。」

又云：「人名割用一字者，《左傳》以太皞、濟水爲『皞濟』僖二十一年。《史記》以黄帝、老子爲

『黄老』，《曹相國世家》《張釋之、田叔、魏其、鄭當時列傳》以王喬、赤松子爲『喬松』，《蔡澤傳》以伊尹、管仲爲『伊管』，《鄒陽傳》以絳侯、灌嬰爲『絳灌』。《賈生傳》」

又曰：「效《楚詞》者，必不如《楚詞》；效《七發》者，必不如《七發》。蓋其意中先有一人在前，既恐失之，而其筆力復不能自遂。此壽陵餘子學步邯鄲之説也。」

魏善伯曰：「文章大意大勢正如霧中之山，雖未分明，而偏全、正側、胚胎已具。作者保此意勢，經營出之，便與初情相肖。若另結構，未免刓員方竹也。」

又曰：「有出口條理而出手無緒者，便可以出口爲畫家朽筆，此法至捷而妙。」

又曰：「文章煩簡非因字句多寡、篇幅短長。若庸絮懈蔓，一句亦謂之煩；切到精詳，連篇亦謂之簡。」

又曰：「有主有客；有主中客，客中主；有主中主，客中客；有客即是主，主即是客，其中又有變化，能文能處事者，總此道也。」

魏冰叔曰：「善作文者，有竊古人作事主意，生出見識，却不去論古人，自己憑空發出議論，可驚可喜，只借古事作證。蓋發己論，則識愈奇；證古事，則議愈確。此翻舊爲新之法，蘇氏多用之。」

又曰：「吾輩生古人之後，當爲古人子孫，不可爲古人奴婢。蓋爲子孫，則有得於古人真血

脉；爲奴婢，則依傍古人作活耳。」

錢竹汀《十駕齋養新録》曰：「古人文字有不宜學。李翺述其大父事狀，題云《皇祖實録》，當時不以爲怪，若施之後代，則犯大不韙矣。唐、宋人碑誌稱其父曰『皇考』，歐陽公《瀧岡阡表》亦稱其父『皇考』。宋徽宗始禁止之。南宋以後，遂無敢用者。好古之士當隨時變通，所謂禮從宜也！」

又曰：「白樂天云：『凡人爲文，私於自是，不忍於割截，或失於繁多；其間妍媸益又自惑。必待交友有公鑒、無姑息者，討論而削奪之，然後繁簡當否得其中矣。』」

又曰：「《喜雨亭記》末皆韻語。『太守不有，歸之天子。』『子』與『有』韻，從古音也。『天子曰不，歸之造物。』『物』與『不』韻，讀『不』爲『弗』，從《廣韻》也。俗本『不』下多『然』字，蓋淺人妄增。」

袁子才曰：「黄梨洲云：行狀爲請謚而作者，不書子女及謚法；爲請墓志而作者，書之。今請謚之狀，久不行矣。唐宋諸大家行狀，無不書婚娶及謚法者，合從之。」

又子才《與友人論文書》曰：「竊爲足下之爲古文是也，足下之論古文非也。足下之言曰：『古文之途甚廣，不得不貪多務博以求之。』此未爲知古文也。夫古文者，途之至狹者也。唐以前無古文之名，自韓、柳諸公出，懼文之不古，而古文始名。是古文者，别今文而言之也。劃今之界

不嚴，則學古之詞不類。韓則曰：『非三代兩漢之書不覿。』柳則曰：『懼其昧没而雜也，廉之欲其節。』二公者當漢、晉之後，其百家諸子未甚放紛，猶且懼染于時；今百家回冗，又復作時藝弋科名，如康崑崙彈琵琶久染淫俗，非數十年不近樂器，不能得正聲也。深思而慎取之，猶慮勿暇，而乃狃於龐雜以自淆，過矣。蓋嘗論之：古書愈少，文愈古；後書愈多，文愈不古。《商書》渾渾爾，《夏書》噩噩爾，作《詩》者不知有《易》，作《易》者不知有《詩》。下此，《左》、《穀》以序事勝，屈、宋以詞賦勝，《莊》、《列》以論辯勝，賈、董以對策勝，就一古文之中，猶不肯合數家爲一家，以累其樸茂之氣、專精之神，此豈其才力有所不足、而歲月有所偏短哉？荀子曰：『不獨則不誠，不誠則不形，天下事不徒文章然也！』鄭康成以《禮》解《詩》，故其説拘；元次山好子書，故其文碎；蘇長公通禪理，故其文蕩。之數公者，皆抱萬夫之稟者也，偶有所雜，其弊立見，而况其下焉者乎？今將登騷壇，樹旗幟，召海内方聞綴學之徒而談論角逐，以震耀乎耳目，此非繁稱博引不可也，邯鄲淳之見東阿王、李鍇之遇梁武帝是也。若夫傳一篇之工，成一集之美，閉户覃思，不蹈襲前人一字，而卓然爲行遠計，此其道誠不在是矣。」

又《隨筆》曰：「韓、歐之集無一字及釋老者，文品最高。曾、蘇便不免矣。范文正公有水陸齋薦祖先之文，文文山有誕節升遐保安等疏，俱非文章上乘。至宋金華、焦弱侯侏儒雜引，而江河日下矣。」

睿吾樓文話卷二

魏祖瑩嘗語人曰：「文章須自出機杼，成一家風骨，何能共人同生活也？」

柳子厚《答韋中立書》曰：「參之《穀梁》以厲其氣，參之《孟》、《荀》以暢其文，參之《莊》、《老》以肆其端，參之《國語》以博其趣，參之《離騷》以致其幽，參之太史公以著其潔。」

陸龜蒙曰：「文病而後奇，不奇不能駭俗。」

王闢之《澠水燕談録》曰：「胡旦文辭敏麗，見推一時，晚年病目，閉門閑居。一日，史館共議作一貴侯傳。其人少賤，嘗屠豕豬，史官以爲諱之，即非實録；書之，即難爲辭。相與見旦，旦曰：『何不曰「某少嘗操刀以割，示有宰天下之志」？』莫不歎服。」

《唐子西文録》曰：「六經以後，便有司馬遷；《三百五篇》之後，便有杜子美。六經不可學，亦不須學，故作文當學司馬遷，作詩當讀杜子美，二書亦須常讀，所謂不可一日無此君也。」

又曰：「司馬遷敢亂道，却好；班固不敢亂道，却不好。不亂道又好，是《左傳》；亂道又不好，是《唐書》。八識田中若有一毫《唐書》，亦爲來生種矣。」按《同話録》：「不好下思之書，其好與不好，姑未

論；若言其不敢亂道與敢亂道，則切中矣。」

又曰：「凡爲文，上句重，下句輕，則或爲上句壓倒。《晝錦堂記》云：『仕宦而至將相，富貴而歸故鄉。』下云：『此人情之所榮，而今昔之所同也。』非此兩句，莫能承上句。《居士集序》云：『言重大而非夸。』此雖只一句，而體勢則甚重，下乃云：『賢者信之，衆人疑焉。』非用兩句，亦載上句不起。韓退之與人書云：『泥水馬弱不敢出，不果鞠躬親問而以書。』若無『而以書』三字，則上重甚矣。此爲文之法也。」

李方叔曰：「人之文章闊達者，失之太疏；謹嚴者，失之太弱。」

費衮《梁溪漫志》曰：「東坡教人讀《檀弓》，山谷謹守其言，傳之後學。《檀弓》誠文章之模範。凡爲文記事，常患意晦而辭不達，語雖蔓衍，而終不能發明；惟《檀弓》或數句書一事，或三句書一事，至有兩句而書一事者，語極簡而味長，事不相涉，而意脉貫穿，經緯錯綜，成自然之文。此所以爲可法也。」

又曰：「東坡帥定武，有武臣狀極樸陋，以啓事來獻。坡讀之甚喜曰：『奇文也。』客退，以示幕客李端叔，問：『何者最爲佳句？』端叔曰：『「獨開一府，收徐、庾于幕中；並用五材，走孫、吴於堂下。」此佳句也。』坡曰：『非君，誰識之者？』端叔笑謂坡曰：『視此郎眉宇間決無是語，得無假諸人乎？』坡曰：『使其果然，固亦具眼矣。』即爲具召之，與語甚歡。一府皆驚。竹坡老人周

少隱聞之李端叔，嘗記其事。」

李耆卿《文章精義》曰：「學文切不可學怪句，且須明白正大，務要十句百句只作一句，貫串意脉。説得通處，儘管説去；説得反覆，竭處自住。所謂行乎其所當行，止乎其所不得不止也。」又曰：「文章不難於巧，而難於拙；不難於曲，而難於直；不難於細，而難於粗；不難於華，而難於質。」

吴氏《林下偶譚》曰：「葉水心文可資爲史，其文用編年法，自淳熙後，道學興廢、立君用兵始末、國勢汙隆、君子小人離合消長，歷歷可見，後之爲史者可資焉。」

曾三異《同話録》曰：「世言泰山府君、海龍王之類，鄙俗不可入文字。東坡作《明州僧寺御書樓銘》有：『洺爾東南，山君海王，時節來朝，以謹其藏。』豈惟融化語奇，亦見百神受職，意甚高也。」

朱《語録》云：「山谷使事多錯本旨，如作人墓誌云：『敬授來使，病於夏畦。』本欲言皇恐之甚，却不知與『夏畦』關甚事？」

《讀書偶見》曰：「作記之法，《禹貢》是祖。而下《漢官儀》載馬弟伯《封禪記儀》爲第一，其體勢雄渾莊雅，碎語如畫，不可及也。其次柳子厚山水記，法度似出於《封禪儀》中，雖能曲折回旋作碎語，然文字止於清峻峭刻，其體便覺卑弱。」

又曰：「文章家貴于風行水上，繁星麗天，此一説也，回旋曲折，開闔收縱，千變萬化，俱要自然，與天地萬物相似。六經上文章法度極多，今姑以《詩》三百篇一兩字言之，便見與天地萬物相似處。《黍離》之詩，其一曰：『彼黍離離，彼稷之苗。』其二曰：『彼黍離離，彼稷之穗。』其三曰：『彼黍離離，彼稷之實。』自苗而穗，自穗而實，誦此詩者，黍之生毓成熟可見矣。《庭燎》之詩，其一曰：『夜如何其？夜未央。』其二曰：『夜如何其？夜未艾。』其三曰：『夜如何其？夜鄉晨。』誦此詩者，一夜之漏刻疾徐可問矣。由淺而深，作文最妙。若夫感動之情、箴規之意與文章法度節奏，一步通一步，多少涵畜，讀之令人神爽。如《桃夭》之詩，句法又變。其一曰：『灼灼其華。』其二曰：『有蕡其實。』其三曰：『其葉蓁蓁。』字眼上皆有造化，作詩者尤不可以不知。」

《辨體》曰：「徐節孝云：『某少讀《貨殖傳》，見所謂「人棄我取，人取我與」，遂悟爲學法。蓋學能知人所不能知，爲文能用人所不能用，斯爲善矣。』『文字須渾成而不斷續，滔滔如江河，斯爲極妙，若退之近之矣，然未及孟子之一二。』」

又曰：「人當先養其氣，氣全則精神全，其爲文則剛而敏，治事則有果斷，所謂先立其大者也。故凡人之文必如其氣。班固之文，可謂新美，然體格和順，無太史公之嚴。近世孫明復、石徂徠公之文，雖不若歐陽之豐富新美，然自嚴毅可畏。」

《履齋示兒編》曰：「爲文有三難：命意上也，破題次也，遣辭又其次也。不善遣辭，則莫能

敷暢其意；不善涵蓄題意，破題何自而道盡哉？則是破題尤難者也。嘗即是而觀古文，第一句便道盡題意而盡善盡美者，我國朝得三人焉。歐陽文忠公《縱因論》曰：『信義行於君子，刑戮施于小人』，則一句道盡太宗求名之意矣。其後《韓文公廟碑》，蘇文忠有『匹夫而爲百世師，一言而爲天下法』，又一句道盡昌黎之道義矣。百有餘年至周益公必大《三忠堂碑》，其曰：『文章，天下之公器，萬世不可得而私也；節義，天下之大閑，萬世不可得而踰也。』謂文忠歐陽公以文鳴，忠襄楊公、忠簡胡公俱以忠義鳴，故首句已道盡三公平生事實。然太宗、文公，二人耳，皆易道；三忠既三人，又兩塗，尤難道。公兩句無一字無來處，殆與歐、蘇争光。」

又曰：「艮齋先生謝公昌國自起部丐祠歸渝上，嘗往謁焉。春容浹日，無所不論，因求作文之法，先生曰：『余少時讀昌黎文，得四字取爲文法，平生用不盡。』乃跽而請曰：『四字謂何？』答曰：『奇而法，正而葩，《易》、《詩》之體盡在是矣。文體亦不過是。然文貴乎奇，過于奇則艷，故濟之以法；文貴乎正，過于正則樸，故濟之以葩。奇而有法度，正而有葩華，兩兩相濟，不至偏勝，則古作者不難到，况今文乎？』」

又嘗得尚書張公茂獻《文箴》曰：「作文有三病：意到而詞不達，如訟者抱直理，口訥莫伸，一病；詞達而調不工，如委巷相爾汝，俚鄙厭聞，二病；調工而體不健，如堂堂衣冠美丈夫而無精神，三病。」又曰：「非積氣之清以爲日月星辰，則日月星辰不足以爲天下之文；非馭氣之正以

爲充實之文，則文雖文不足以議自然之文。是説也，雖詩人之優遠，騷客之靚深，史家之詳贍，一舉而兼之，又豈特舉子之文而已哉！」

又曰：「漢人文章最爲近古，然文之重複，亦自漢儒倡之。賈生《過秦論》曰：『席卷天下、包舉宇内、囊括四海之意，并吞八荒之心』，四句而一意也。至於陸士衡《文賦序》曰：『妍媸好惡』，四字而二意也。張景陽之《七命》既曰：『甇嫠爲之擗摽』，又曰：『孀老爲之嗚咽』，豈『甇嫠』、『孀老』果二義乎？既曰：『按以商王之箸』，又曰：『承以帝辛之杯』，豈『商王』、『帝辛』果二人乎？既曰：『麡封豨』，又曰：『僨馮豕』，豈『封豨』、『馮豕』果二物乎？」

盛如梓《老學叢談》云：「柳仲塗曰：『古文非在詞澀言苦，使人難讀誦之；在于古其理，高其意，隨言語短長應變作制同古人之行事，是謂古文。』」

又曰：「昔嘉定沈宰論作文：以艱得之，以艱出之，其文必澀。以艱得之，以易出之，其文必平。以易得之，以易出之，其文必率。」

又曰：「陳同甫作文之法曰：『經句不全兩，史句不全三。不用古人句，只用古人意；若用古人語，不用古人句，能造古人所不到處。至於使事而不爲事使，或似使事而不使事，或似不使事而使事，皆是使他事來映帶出題意，非直使本事也。若夫布置開闔，首尾該貫，曲折關鍵，自有成模，不可隨他規矩尺寸走也。』」

楊慎《丹鉛録》云：「漢興，文章有數等：蒯通、隋何、陸賈、酈生遊説之文，宗《戰國》；賈山、賈誼政事之文，宗管、晏、申、韓；司馬相如、東方朔譎諫之文，宗《楚辭》；董仲舒、匡衡、劉向、楊雄説理之文，宗經傳；李尋、京房術數之文，宗讖緯；司馬遷紀事之文，宗《春秋》。嗚呼！盛矣！」

姜南《叩舷憑軾録》云：「陳後山曰：『余以古文爲三等：周爲上，七國次之，漢爲下。周之文雅；七國之文壯偉，其失騁；漢之文華贍，其失緩；東漢而下，無取焉。』蓋周之文，六經、孔孟也；七國之文，諸子之文也；漢之文，文士之文也。道失而意，意失而辭，可以見諸子不如六經、孔孟，文士不如諸子也。」

又曰：「莊、荀皆文士而有學者，其《説劍》、《成相篇》，與屈《騷》何異？楊子雲文好奇，而卒不能奇也，故思苦而詞艱。善爲文者，因事以出奇。江河之行，順下而已，至其觸山赴谷，風搏物激，然後盡天下之變；子雲唯好奇，故不能奇也。愚以爲文章以理爲主，而輔之以氣。莊、荀之氣壯，故志節著而文愈奇；楊雄之氣弱，故志節靡而文愈澀。孟子曰：『其爲氣也，配義與道，無是，餒也。』若雄，其餒者乎？」

魏善伯曰：「詩文不外情、事、景，而三者情爲本；然置頓不得法，則情爲章句所晦。尤貴善養其氣，故無窘窒懈累之病，古人爲文，雖有偉詞俊語亦删而舍之者，正恐累氣而節其不勝也。

收結恒須緊束，或故爲散弛懈緩者，亦如勞役之際閉目偃倚，乃不至於困竭也。」

又曰：「人之爲人，有一端獨至者，即生平得力所在。雖曰『一端』，而其人之全體著矣。小疵小癖，反見大意，所謂『頰上三毛』、『眉間一點』是也。今必合衆美以譽人，而獨至者反爲浮美所掩。人精神聚於一端，乃能獨至；吾之精神亦必聚於此人之一端，乃能寫其獨至。太史公善識此意，故文極古今之妙。」

又曰：「文主於意而意多亂文，議論主於事而事雜亂議。然亦有意多事雜之文，必有法以束之；不然則如蒙師離塾，叫喊跳踢，閧然一屋矣。」

又曰：「轉折句太多，文反不得員動。」

魏冰叔曰：「文之感慨痛快馳驟者，必須往而復還。往而不還，則勢直氣泄，語盡味止；往而復還，則生顧盼，此嗚咽頓挫所從出也。」

又曰：「歐文之妙只是説而不説，説而又説，是以極吞吐往復參差離合之致。史遷加以超忽不羈，故其文特雄。」

又曰：「古文轉接之法一定，不可易。或問『古文轉接極奇變出人意外處，何謂一定？』曰：『試將原文轉接處，以己意改换，至再至十，終不能及，便知此奇變，乃是一定也。若非一定，便任人改换得。』」

《言行録》曰：「文章自唐之末，日淪淺俗，浸以大敝。宋柳仲塗始以古道發明之，卒不能振。天聖初，尹師魯與穆伯長矯時所尚，以古文爲主，次得歐陽永叔以雄詞鼓動之，文風一變。」

朱竹垞《與李武曾論文書》：「既至大同，閉户兩月，深原古作者所由得與今之所由失，嘿然以疑，憬然以悔，然後知進學之必有本，而文章不離乎經術也。西京之文，惟董仲舒、劉向經術最純，故其文最爾雅。彼楊雄之徒，品行自詭於聖人，務掇奇字以自矜，尚安知所謂文哉？魏晉以降，學者不本經術，惟浮夸是務，文運之厄數百年。賴昌黎韓氏始倡聖賢之學，而歐陽氏、王氏、曾氏繼之，二劉氏、三蘇氏羽翼之，莫不原本經術，故能横絶一世。蓋文章之壞，至唐始反其正，至宋而始醇。宋人之文，亦猶唐人之詩，學者舍是不能得師也。北宋之文，惟蘇明允雜出乎縱横之説，故其文在諸家中爲最下；南宋之文，惟朱元晦以窮理盡性之學出之，故其文在諸家中最醇。學者於此可以得其概矣。以武曾之才，正不必博搜元和以前之文，但取有宋諸家，合以元之郝氏經、虞氏集、揭氏傒斯、戴氏表元、陳氏旅、吴氏師道、黄氏溍、吴氏萊，明之寧海方氏孝孺、餘姚王氏守仁、晉江王氏慎中、武進唐氏順之、崑山歸氏有光諸家之文，遊泳而紬繹之，而又稽之六經，以正其源；考之史，以正其事；本之性命之理，俾不惑於百家、二氏之説，以正其學。如是而文猶不工，有是理哉？」

又《答胡司臬書》：「古文之學，不講久矣。近時欲以此自鳴者，或摹倣司馬氏之形模，或拾

歐陽子之餘唾，或局守歸熙甫之緒論，未得古人之百一轍，高自位置，標榜以爲大家，然終不足以眩天下之目而塞其口，集成而詆諆隨之矣。僕之於文，不先立格，惟抒己之所欲言，辭苟足以達而止。恒自笑曰：『平生無大過人處，惟詩詞不入名家，文不入大家，庶幾可以傳於後耳。』雖然，僕之爲此，非名是務也，實也；其于文也，非作僞也，誠也。來教謂『法乎秦漢，不失爲唐；法乎唐，不失爲宋』。於理誠然。若僕之所見，秦、漢、唐、宋雖代有升降，要文之流委，而非其源也。顔之推曰：『文章者原出五經。』而柳子厚論文亦曰：『本之《書》以求其質，本之《詩》以求其恒，本之《禮》以求其宜，本之《春秋》以求其斷，本之《易》以求其動。』王禹偁曰：『爲文而舍六經，又何法焉？』李塗曰：『經雖非爲作文設，而千萬代文章從是出。』是則六經者，文之源也，足以盡天下之情、之辭、之政、之心，不入於虚僞而歸於有用。執事誠欲以古文名家，則取法者，莫若經焉爾矣。經之爲教不一，六藝異科，衆説之郛，大道之管，得其機神而闡明之，則爲秦、爲漢、爲六朝、爲唐宋、爲元明，靡所不有，亦靡所不合，此謂取之左右而逢其原也。至於體製，必極其潔，於題必擇其正。每見南宋而後士人文集，往往多頌德政上壽之言，覽之令人作惡。此固執事之所不屑爲，而僕恐有嬲執事爲之者，冀執事力爲淘汰，斯谷園之編，足以不朽矣。」

方望溪曰：「南宋以來，古文義法不講久矣。古文中不可入語録中語、魏晉六朝人藻麗俳語、漢賦中板重字法、詩歌中雋語、南北史佻巧語。」

全謝山《鮚埼亭集》答沈東甫問：「潛丘譏南雷不當以行狀、行述預碑版中。其説甚是，然南雷何以不及別白？」答云：「魏晉人所著先賢行狀，是傳類耳。其後唐人則有太史之狀，以上國史；有太常之狀，以請謚；有求碑志之狀，原非金石文字也。然《尹河南集》自十二卷以下，首狀，次碑，次表，次碣，次述，次志，竟以狀述雜碑版中。初嘗疑其例之未合，其後乃知古人之爲狀與述者，雖不盡刻石，而石刻亦有之。《輿地碑記目》：廬州有唐旌表萬敬儒孝行狀碑，化州譙國夫人洗氏廟有行狀碑。故潘蒼厓《金石例》多本昌黎而亦以行狀入金石，乃知行狀固屬碑版文字之一，而高僧尤多以行述刻碑，或直謂之墓狀。然則南雷所據，未可非也。」

睿吾樓文話卷三

摯虞《文章流別論》曰：「文章者所以宣上下之象，明人倫之叙，窮理盡性，以究萬物之宜者也。王澤流而詩作，成功臻而頌興，勳德立而銘著，嘉美終而誄集，祝史陳詞，官箴王闕。」

劉勰《文心雕龍》曰：「故論、説、辭、命，則《易》統其首；詔、策、章、奏，則《書》發其源；賦、頌、歌、贊，則《詩》立其本；銘、誄、箴、祝，則《禮》總其端；紀、傳、銘、檄，則《春秋》爲之根。並窮高以樹表，極遠以啓疆，所以百家騰躍，終入寰内也。」

張説《洛州張司馬集序》：「夫言者志之所之，文者物之相雜。然則心不可蘊，故潤色以形容；辭不可陋，故錯綜以盡變。」

劉賓客曰：「其詞甚約，而味(大淵)〔淵〕然，以長氣爲幹，文爲枝。」

張鷟《朝野僉載》云：「駱賓王好以數對，如『秦地重關一百二，漢家離宮三十六。』時號『算博士』。」

又云：「楊炯爲文，好以古人姓名連開，如『張平子之談略，陸士衡之所記』，『潘安仁(之所

賦）宜其陋矣，仲長統何足（以）知之』。號『點鬼簿』。」又云：「徐彦伯爲文多求新奇，以鳳閣爲鵷閣，龍門爲虬户，金谷爲銑溪，玉山爲瓊岳，以芻狗爲卉犬，以竹馬爲篠驂。後進效之，謂之『澀體』。」

皇甫湜《答李生書》曰：「今之工文，或先于奇怪者，顧其文工與否耳。夫意新則異於常，異于常則怪矣；詞高則出于衆，出於衆則奇矣。虎豹之文，不得不炳于犬羊；鸞鳳之音，不得不鏘於烏鵲；金玉之光，不得不炫于瓦石。非有意於先之也，迺自然也。必崔嵬，然後爲嶽；必滔天，然後爲海。明堂之棟，必撓雲霓；驪龍之珠，必固深泉。足下以少年氣盛，固當以出拔于意。學文之初，且未自盡其才，何遽稱力不能哉？」又曰：「近風教偷薄，進士尤甚，迺至有一謙三十年之説，争爲虚張，以相高自（讀）〔謾〕。詩未有劉長卿一句，已呼阮籍爲『老兵』矣；筆語未有駱賓王一字，已罵宋玉爲『罪人』矣；書字未識偏旁，高談稷、契；讀書未知句度，下視服、鄭。所當嫉者。生美才，勿似之。」

歐陽公《答徐秘校書》云：「所寄近著尤佳，議論正宜如此。然著撰苟多，他日更自精擇，少去其繁，則峻潔矣。然不必勉强。勉强簡節之，則不流暢，須待自然。」又云：「作文之體，初欲奔馳。久當撙節，使簡重嚴正，或時肆放以自舒，勿爲一體，則盡善矣。」

孫元忠樸嘗問歐陽公爲文之法，公云：「於吾姪豈有惜？只是要熟耳。變化姿態，皆從熟

處生也。」

黄山谷曰：「陳履常作文深知古人之關鍵，其論事救首救尾，如常山之蛇。」

張耒《答李推官書》曰：「學文之端急於明理，夫决水於江、河、淮、海，順而行之，滔滔汩汩，日夜不止，衝砥柱，絶吕梁，其舒爲淪漣，鼓爲波濤，蛟龍魚鱉，噴薄出没，因其所遇而變生焉。溝瀆東决而西涸，下滿而上虚，日夜激之，欲見其奇，只蛙蛭之玩耳。江、淮、河、海，理道之文也，不求奇而奇至矣。激溝瀆而求水之奇，此無見於理而欲以言語句讀爲奇之文也。」

陳騤《文則》曰：「古人之文，用古人之言也。古人之言，後世不能盡識，非得訓切，殆不可讀，如登崤險，一步九嘆。既而强學焉，搜摘古語，撰叙今事，殆如昔人所謂大家婢學夫人，舉止羞澀，終不似真也。」

又曰：「倒言而不失其言者，言之妙也；倒文而不失其文者，文之妙也。文有倒語之法，知者罕矣。《春秋》書曰：『吴子（過）〔謁〕伐楚，門于巢卒。』《公羊傳》曰：『門于巢卒者何？入門乎巢而卒也。』然夫子先言『門』後言『于巢』者，于文雖倒而寓意微矣。」

《容齋三筆》曰：「《盤谷序》云：『坐茂林以終日，濯清泉以自潔，采於山美可茹，釣於水鮮可食。』《醉翁亭記》云：『野花發而幽香，佳木秀而繁陰。臨溪而漁，溪深而魚肥；釀泉爲酒，泉香而酒洌。山殽野蔌，雜然而前陳。』歐公文勢大抵化韓語也。然『釣于水鮮可食』與『臨溪而漁，溪

深而魚肥』、『采于山』與『山殽前陳』之句，煩簡工夫則有不侔矣。」

又曰：「士人爲文，或采已用語言，當深究其旨意，苟失之不考，則必詒論議。紹興七年，趙忠簡公重修《哲録》，書成，轉特進，制詞云：『惟宣仁之誣謗未明，致哲廟之憂勤不顯。』此蓋用范忠宣遺表中語兩句，但易兩字，而甚不然。范之詞云：『致保佑之憂勤不顯。』專指母后以言，正得其實，今以『保佑』爲『哲廟』，則了非本意矣。紹興十九年，予爲福州教授，爲府作《謝曆日表》，頌德一聯云：神祇祖考既安樂于太平，歲月日時又明章於庶證。至乾道中，有外郡亦上表謝曆，蒙其采取用之，讀者以爲駢麗精切。予笑謂之曰：『此大有利害。今光堯在德壽，所謂考者何哉？』坐客皆縮頸。信乎不可不審也。」

又《四筆》云：「稱譽人過實，最爲作文章者之疵病。班孟堅尚不能免，如《薦謝夷吾》一書，予蓋論之于《三筆》矣。柳子厚《復杜温夫書》曰：『三辱生書，書皆逾千言，抵吾必曰：「周孔。」周孔安可當也？語人必于其倫。生來柳州，見一刺史，即周孔之。今而去我，道連而謁于潮，又得二周孔。去之京師，京師顯人爲文詞立聲名以千數，又宜得周孔千百。何吾生胸中擾擾焉多周孔哉？』是時劉夢得在連，韓退之在潮，故子厚云然。此文人人能誦，然今之好爲諛者，固自若也。予表出之以爲子孫戒。張説賀魏元忠衣紫曰：『公居伊周之任。』即爲二張所讒，幾于隕命，此但形于語言之間耳。」

孫明復《答張洞書》曰：「夫文者道之用也，道者教之本也。故文之作也，必得之於心，而成之于言。得之於心者，明諸内者也；成之於言者，見諸外者也。明諸内者，故可以適其用；見諸外者，故可以張其教。是故《詩》、《書》、《禮》、《樂》、《大易》、《春秋》之文也，總而謂之經者，以其終于孔子之手，尊而異之爾。斯聖人之文也，後人力薄不克以嗣，但當左右名教，夾輔聖人而已。或則發列聖之微旨，或則擿諸子之異端，或則發千古之未寤，或則正一時之所失，或則陳仁政之大經，或則斥功利之末術，或則揚聖人之聲烈，或則寫下民之憤歎，或則陳天人之去就，或則述國家之安危，必皆臨事摭實，有感而作。爲論爲議，爲書、疏、歌、詩、贊、頌、箴、解、銘、說之類，雖其目甚多，同歸于道，皆謂之文也。若肆意構虚，無狀而作，非文也，乃無用之瞽言爾。徒污簡册，何所貴哉！」

范正敏《遯齋閑覽》云：「王羲之《蘭亭叙》，世言昭明不入《文選》者，以其『天朗氣清』。或曰：『《楚詞》云：「秋之爲氣，天高而氣清。」似非清明之時。』然『管弦絲竹』之句語衍，而複爲逸少之累耶？」

陳唯室《步里客談》曰：「賈誼《鵩賦》流源自《檀弓》來。」

曾鞏《後耳目志》曰：「東坡平生詩學劉夢得，字學徐季海，晚年妙處，乃不減李、杜、顔、柳。」又曰：「荆公謂歐公之文如决積水于千仞之溪，其清駛孰能禦之？」

《下黄私記》曰：「内翰所作文字名曰至廣，唐學士撰《宫中眠兒歌》，即是今之剃胎頭文也。」陶宗儀《輟耕録》曰：「凡書官銜俱當從實，如廉訪使、總管之類，若改之曰『監司』、『太守』，是亂其官制，久遠莫可考矣。」

《湧幢小品》曰：「陸魯望建祠堂塑己像，咸淳中有盛氏子醉撲其像于水，腹中皆生平詩文親稿。」

《日知録》云：「古人作史，取其事之相屬，不論月日，故有追書，有竟書。《左傳・成公十六年》『鄢陵之戰』，先書甲午晦，後書癸巳。甲午爲正書，而癸巳則因後事而追書也。《昭公十三年》『平丘之盟』，先書甲戌，後書癸酉。中戌爲正書，而癸酉則因後事而追書也。《昭公十三年》『楚靈王之弑』，先書五月癸亥，後書乙卯、丙辰。乙卯、丙辰爲正書，而五月癸亥則因前事而竟書也。蓋史家之文，常患爲月日所拘而事不得以相連屬，故古人立此變例。」

又云：「今人謂日，多曰『日子』，日者，初一、初二之類是也；子者，甲子、乙丑之類是也。古人文字年月之下，必繫以朔，必言朔之第幾日，而又繫之干支，故曰『朔日子』也。如魯相瑛《孔子廟碑》云：『元嘉三年三月丙子朔廿七日壬寅』，又云：『永興元年六月甲辰朔十八日辛酉』，史晨《孔子廟碑》云：『建寧二年三月癸卯朔七日己酉』，樊毅《復華下民租碑》云：『光和二年十二月庚午朔十三日壬午』，是也。此『日子』之稱所自起。若史家之文，則有子而無日，《春秋》是也。《後漢書》隗囂檄文曰：『漢復元年七月己酉朔己巳。』不言廿一日。然在朔言朔，在晦言晦，而『旁死魄』、『哉生

明』之文，見於《尚書》，則有兼日而書者矣。」

又云：「漢人之文，有即朔之日而必重書一日者。廣漢太守沈子琚《綿竹江堰碑》云：『熹平五年五月辛酉朔一日辛酉。』《綏民校尉熊君碑》云：『建安廿一年十月丙寅朔一日丙寅。』此則繁而無用，不若後人之簡矣。」

又曰：「唐宋以下何文人之多也，固有不識經術、不通古今而自命爲文人者矣。韓文公《符讀書城南詩》曰：『文章豈不貴，經訓乃菑畬。潢潦無根源，朝滿夕已除。人不通古今，馬牛而襟裾。行身陷不義，況望多名譽。』而宋劉摯之訓子孫，每曰：『士當以器識爲先，一號爲文人，無足觀矣。』然則以文人名于世，焉足重哉？此楊子雲所謂『摭我華而不食我實』者也。黄魯直言『數十年來，先生君子但用文章提奬後生，故華而不實』。本朝嘉靖以來，亦有此風，而陸文裕深所記劉文靖健告吉士之言，空同李梦陽大以爲不平矣。」

又曰：「文之不可絶于天地間者，曰明道也，紀政事也，察民隱也，樂道人之善也，若此者，有益于天下，有益于將來，多一篇，多一篇之益矣。若夫怪力亂神之事、無稽之言、勦襲之説、諛佞之文，若此者，有損于己，無益于人，多一篇，多一篇之損矣。」

又曰：「《後周書·柳虯傳》：『時人論文體有今古之異，虯以爲時有今古，非文有今古。』此至當之論。夫今之不能爲二漢，猶二漢之不能爲《尚書》、《左氏》，乃勦取《史》、《漢》中文法以爲

古，甚者獵其一二字句用之，于文殊爲不稱。」

又曰：「以今日之地爲不古，而借古地名；以今日之官爲不古，而借古官名；舍今日恒用之字，而借古字之通用者，皆文人所以自蓋其淺俚也。」

又曰：「何孟春《餘冬序録》曰：『今人稱人姓，必易以世望；稱官，必用前代職名；稱府州縣，必用前代郡邑名。欲以爲異，不知文字間著此，何益于工拙？此不惟于理無取，且于事復有礙矣。李姓者稱隴西公，杜曰京兆，王曰琅邪，鄭曰滎陽，以一姓之望而概衆人，可乎？此其失自唐（宋）〔末〕五季間孫光憲輩始。《（夢北）〔北夢〕瑣言》稱馮涓爲長樂公，《冷齋夜話》稱陶轂爲五柳公，類以昔人之號而概同姓，尤是可鄙。官職郡邑之建置，代有沿革，今必用前代名號而稱之，後將何所考焉？』此所謂于理無取，而事復有礙者也。」

魏善伯曰：「眼前景，口頭語，當時情，意中事，神妙莫過于此，應付莫便於此。」

又曰：「粗做到細，細做到粗，文章定妙。」

魏冰叔曰：「文之工者，美必兼兩。每下一筆，其可見之妙在此，却又有不可見之妙在彼。辟如作屋，左砂高聳，右砂低卸，必須培高右砂方稱。拙者舉土填石，人一見知爲補右砂之闕；巧者只栽竹樹，令高與左齊，人一見只賞歎林木幽茂之妙，而不知其意實補右砂低卸也。又文字首尾照應之法，有明明繳應起處者，有竟不顧者，有若無意牽動者，有反罵破通篇大意實是照應

收拾者。不明變化，則千篇一律，而文亦易入板俗矣。又古文接處用提法，人所易知；轉處用駐法，人所難曉。凡文之轉易流便無力，故每于字句未轉時，情勢先轉，少駐而後下，則頓挫沉鬱之意生。辟如駿馬下阪，雖疾驅如飛，而四蹄著石處步步有力；若駑馬下峻阪，只是滑溜將去，四蹄全作主不得。有當轉而不用轉語、以開爲轉、以起爲轉者。以起爲轉，轉之能事盡矣。」

又或問：「學古人而不襲其跡，當由何道？」曰：「平時不論何人何文，只將他好處沈酣，偏歷諸家，博采諸篇，刻意體認。及臨文時，不可著一古人一名文在胸，則觸手與古法會，而自無某人某篇之跡。蓋模擬者，如人好香，偏身便佩香囊；沈酣而不模擬者，如人日夕住香肆中，衣帶間無一毫香物，却通身香氣迎人也。」

閻百詩曰：「余戊午、己未間，在京師見汪苕文《繆封公墓志》載及高祖，謂之曰：『古人叙人家世，皆自曾祖以下，無及高祖者。間及高祖，亦必以其人其事足書，非空空僅及其名諱而已。歷覽韓、歐、王荆公以及明初宋潛溪皆然。此唐、宋以來高曾之規矩也，但古人文多口訣，未嘗筆諸書，故難卒曉，要在讀者善體會，雖以君所痛詆之牧齋，猶不失此規矩，《初學集》可按也。』時苕文怒甚，有代之答者曰：『家先生本元人。』余曰：『近得《柳文肅集》于廟市，亦自曾祖叙起，渠非元人耶？』後見三刻《堯峰文鈔》，此篇削去『高祖諱某某』五字，此又當爲書祖文廣一例耳。惜道遠不及質黄太沖。」

馮少渠曰：「學者當師經。師經必先求其意，意得則心定，心定則道純，純則充，充則實。充實，則發於文輝光，施于事果毅。」

又曰：「作文之法，以簡爲高，以潔爲貴。不簡不潔，易薄弱而多蔓。」

汪鈍翁曰：「誌銘首行及篆蓋，宜書某府君，勿加『暨元配』字，此近來無識者所爲，唐宋大家及成、弘以前名家皆無之。古之誌銘，上之太史立傳，上之太常立謚；今雖不行，宜存遺意。女子無傳、謚，奚爲行狀哉？其不同穴與節烈可稱，或先葬而夫存，夫歿且葬已久，皆不及附見夫志者，別爲之誌可也，雖表之可也。予於女子行狀悉不作，而篆蓋稍存古法。」

《香祖筆記》曰：「唐人作集序，例叙其人之道德功業，如碑版之體；後則歷舉其文某篇某篇如何如何，不勝更僕。如獨孤及、權德輿諸序，及《英華》、《文粹》所載皆然，千篇一律，殊厭觀聽。至昌黎始一洗之，若皇甫湜作《顧況集〔序〕》亦能不落窠臼。」

袁子才《隨園隨筆》曰：「凡行狀之作，特狀其所狀之人，而無與乎其狀之者。故子狀父，而稱父之祖考，必從其父之稱；孫狀祖，而稱祖之祖考，必從其祖之稱。故唐穆員狀父所云『祖思恭，考元休』，白樂天狀祖所云『祖志善，父温』，皆其祖、父之祖考也。惟明之中葉，乃有稱其祖、父之祖考，而從狀之者之所自稱，不從所狀之人之所稱者。此流俗無稽之失，不可以爲典也。凡高祖之父，連身數之爲六世，離身數之爲五世。《後漢書・蔡邕傳》：『邕六世祖勳』，勳乃邕高祖

之父。邕傳注引邕祖携碑云：『携曾祖父勳。携生稜，稜生邕』，則連身數之也。陳子昂誌父墓，柳子厚表父神道，于高祖之上一世，皆稱五代祖，則離身數之也。按《古文尚書》云：『七世之廟，可以觀德。』《荀子》云：『有一國者，事五世；有五乘之地者，事三世。』是祖禰而上，皆身所治。數世離身，實本古制，故韓退之撰《薛戎墓銘》稱高祖爲四世祖，此其證也。至凡所狀之曾祖、祖、父與其鄉貫，有列于狀之前者，將以上太常、史館議謚編録，任彦昇之狀蕭子良、韓退之之狀董晉、柳子厚之狀柳渾、陳京是也。有疏于狀之内者，將以托文章家撰著碑誌，韓退之之狀馬彙、蘇子瞻之狀其祖序是也。」

睿吾樓文話卷四

孫可之《與王霖秀才書》曰：「鸞鳳之音必傾聽，雷霆之聲必駭心。龍章虎皮是何等物，日月五星是何等象。儲思必深，摛詞必高，道人之所不道，到人之所不到。趨怪走奇，中病歸正。以之明道，則顯而微；以之揚名，則久而傳。前輩作者正如是。」

《唐書・文藝傳序》曰：「唐有天下三百年，文章無慮三變。高祖、太宗初沿江左餘風，絺章繪句，揣合低昂，故王、楊爲之伯。玄宗好經術，羣臣稍厭雕琢，索理致，崇雅黜浮，氣益雄渾，則燕、許擅其宗。大曆、貞元間，美才輩出，擩咀道真，涵泳聖涯，於是韓愈倡之，柳宗元、李翶、皇甫湜等和之，排逐百家，法度森嚴，抵轢晉、魏，上軋漢、周，唐之文，完然爲一王法。」

東坡《雜説》曰：「吾爲文如萬斛泉源，不擇地皆可。平地滔滔汩汩，雖一日千里無難。及其與石山曲折，隨物賦形而不可知也。所可知者，常行于當行，止於不可不止。如是而已矣。」

蘇子由《上韓太尉書》曰：「轍生好爲文，思之至深。以爲文者氣之所形，然文不可以學而能，氣可以養而至。」

黄山谷《答王觀復書》云：「所送新詩，皆興寄高遠；但語生硬不諧律吕，或詞氣不逮初造意時，此病亦只是讀書未精博耳。『長袖善舞，多錢善賈』，不虚語也。南陽劉勰嘗論文章之難云：『意翻空而易奇，文徵實而難工。』此語亦是。沈、謝輩爲儒林宗主時，好奇語，故後生立論如此好作奇語，自是文章一病。但當以理爲主，理得而詞順，文章自然出羣拔萃。觀杜子美到夔州以後詩、韓昌黎自潮州還朝後文章，皆不煩繩削而自合矣。往年嘗問東坡先生作文章之法，東坡云：『但熟讀《禮記・檀弓》，當得之。』既而取《檀弓》一篇，讀數百過，然後知後世作文章不及古人之病，如觀日月也。文章蓋自建安以來好作奇語，故其氣象萎薾，其病至今猶在。唯陳伯玉、韓退之、李習之，近世歐陽永叔、王介甫、蘇子瞻、秦少遊，乃無此病耳。」

《梁溪漫志》曰：「古人文字間于輩行稱謂極嚴。凡視余猶父者，則名之。馬大年嘗論退之作詩，名籍、徹而字東野，則知東野乃其友，而籍、徹輩則弟子也。大觀、政和間，有達官著書于歐陽叔弼、蘇叔黨，皆直名之，如曰『予見棐言』，又曰『予見過當問之』之類，此達官于六一、東坡既非輩行，以前輩著書之法觀之，恐不當名其子也。」

又曰：「温公論碑誌謂『古人有大勳德，勒銘鐘鼎，藏之宗廟，其葬則有豐碑，以下棺耳。秦漢以來，始命文士褒贊功德，刻之于石，亦謂之碑。降及南朝，復有銘誌埋之墓中。使其人果大賢耶，則名聞昭顯，衆所稱頌，豈待碑誌始爲人知？若其不賢也，雖以巧言麗詞强加采飾，徒取

譏笑，其誰肯信？　碑猶立于墓道，人得見之；　誌乃藏于壙中，自非開發莫之睹也。』蓋公剛方正直，深嫉諛墓而云然。　予嘗思之，藏誌於壙，恐古人自有深意，韓魏公四代祖葬于趙州，五代祖葬於博野，子孫避地歷祀綿遠，遂忘所在。　魏公既貴，始物色得之，而疑信相半。　乃命儀公祭而開壙，各得銘誌，然後韓氏翕然取信，重加封植而嚴奉之。　蓋墓道之碑，易致移徙，使當時不納誌於壙，則終無自而知矣。　故予恐古人作事必有深意。　藉誌以諛墓則固不可，若止書其姓名、官職、鄉里，系以卒葬歲月，而納諸壙，觀韓公之事，恐亦未可廢也。」

《呂氏蒙訓》曰：「韓退之《答李翺書》、老蘇《上歐陽公書》最見爲文養氣妙處。　西漢自王褒以下，文字專事詞藻，不復簡古，而谷永等書雜引經傳無復己見，而古學遠矣。　此學者所宜戒。」

又曰：「作文必要悟入處，悟入必自工夫中來，非僥倖可得之也。　如老蘇之於文，魯直之於詩，蓋盡此理矣。」

呂居仁曰：「東坡云：　意盡而言止者，天下之至言也。　然言止而意不止，尤爲極至。　如《禮記》、《左氏傳》可見。」

《容齋五筆》曰：「歐陽公作文多自稱『予』，雖説君上處亦然，《三筆》嘗論之矣。　歐公取法于韓公，而韓不然。　《滕王閣記》、《袁公先廟》爲尊者所作，謙而稱名，宜也。　至於《徐泗掌書記》、《壁記》、《科斗書後記》、《李虛中墓誌》之類皆曰『愈』，可見其謙以下人。　後之爲文者所應取

法也。」

倪正父曰：「前人援引經語，欲合律度，截長爲短，避重就輕，一字之間必加審訂。」

吴氏《林下偶談》曰：「《莊子·内篇·德充符》云：『自其異者視之，肝膽楚越也；自其同者視之，萬物皆一也。』東坡《赤壁賦》云：『蓋將自其變者觀之，雖天地曾不能以一瞬；自其不變者觀之，則物與我皆無盡也。而又何羨乎？』蓋用莊子語意。」

《欒城遺言》曰：「東坡遺文流傳海内，《中庸論》上中下篇，《墓碑》云：『公少年讀《莊子》，太息曰：「吾昔有見于中，口不能言，今見《莊子》，得吾心矣。」乃出《中庸論》，其言微妙，皆古人所未喻。』今《後集》不載此三論，誠爲闕典。」

李格非善論文章，嘗曰：「諸葛孔明《出師表》、劉伶《酒德頌》、陶淵明《歸去來詞》、李令伯《乞養親表》，皆沛然自肺肝中流出，殊不見斧鑿痕。是數君子在後漢之末、兩晉之間，初未嘗欲以文章名世，而其詞意超邁如此。是知文章以氣爲主，氣以誠爲主。」

黄鑑《楊文公談苑》曰：「學士之職所草文辭名目浸廣：拜免公王將相妃主曰『制』，賜恩宥曰『赦書』、曰『德音』，處公事曰『勅』，榜文號令曰『御札』，賜五品官以上曰『詔』，六品以下曰『勅書』，批敕羣臣表奏曰『批答』，賜外國曰『蕃書』，道曰『青詞』，釋門曰『齋文』，聞教坊宴會曰『白語』，土木興建曰『上梁文』，宣勞賜曰『口宣』，此外更有『祝文』、『祭文』。」

龔鼎臣《東原録》云：「藝祖時新丹鳳門，梁周翰獻《丹鳳門賦》。帝問左右：『何也？』對曰：『周翰儒臣，在文字職，國家有所興建，即爲歌頌。』帝曰：『人家蓋一個門樓，措大家又獻言語！』即擲于地。即今宣德門也。」

吴徵《别趙子昂序》曰：「爲文，而欲爲一世之人好，吾悲其文；爲文，而使一世之人不好，吾悲其人。」

馮時可《雨航雜録》曰：「西京之儒術衰于楊雄，爲利禄也；東京之經師衰於馬融，爲奢淫也。經衰而節行振矣，節行摧而清談起矣。世變之移，人實爲之。」

又曰：「宋儒之於文也，嗜易而樂淺；于論人也，喜核而務深；于奏事也，粗翹拂遂，貴直而少諷，所以去古愈遠，而不能經天下。」

《湧幢小品》載：「《造橋記》曰：『上控衡皖，西綰潯陽、彭蠡之口。』蓋不啻數千里矣。古人作文納大而小，今之作文推小而大；煩簡亦如之。此所以分也。」

茅元儀《野航史話》云：「秦宓曰：『僕文不能盡言，言不能盡意，何文藻之有？夫虎生而文炳，鳳生而五色，豈以文彩自飾畫哉？天性自然。』宓文不甚見，然自是文章家第一流語也。」

《吾學編・傳》曰：「詹同，太祖嘗諭之曰：『古人文章明道德，通世務，如典、謨之言，皆明白坦易，無深怪險僻之語。孔明《出師表》亦何嘗雕刻爲文，而誠意溢出，至今讀之感動。今世詞雖

艱深，意實淺近，即使過相如、楊雄，何裨實用？』」

魏善伯曰：「鍊句須簡而明，如《邶風》『涇以渭濁』四字，精簡極矣，却不費解。《左傳》多簡勁語而費解已甚者，不學可也。」

又曰：「古人作字，于楷細秀婉中，忽作一重大奇險者，蓋其精神機勢所發，無能自遏，不覺縱筆，覽者亦遂怵然改觀。後人見此，學爲怪異，而所書不足動人，本無情興，徒欲作怪故也。人有呵欠、噴嚏，必舒肆震動而洩之；苟無是，而學爲張口伸腰，豈得快哉？文之段格、章句、長短，亦復如是。」

又曰：「文有四『說』：一曰說，一曰不說，一曰說而不說，一曰說而又說。」

又曰：「古人嘗有不通處，正古人大通處，如《孟子》謂『孟施舍似曾子。』朱子註：『《白駒詩》「嘉客猶逍遥」也』之類。不必斤斤，得其意、識其事而已矣。今人嘗有大通處，正今人不通處，如謂五經相通，及稱詩史之類。牽强附會，苟爲同、矯爲異而已矣。」

魏叔子曰：「爲文當先留心《史》、《鑑》，熟識古今治亂之故，則文雖不合古法，而昌言偉論亦足信今傳後，此經世爲文合一之功也。論古文須如快刀切物，迎刃而解；又如利錐攻堅木，左右鑽研。如不得入而引證古事，如與人構訟，有得力于證。嘗謂善聽訟者，但審鞫兩家干證，十已得九，故引古得力，則議論不煩而事理已暢。此要法也。」

又曰：「作論有三不必、二不可：前人所已言，衆人所易知，摘拾小事無關係處，此三不必作也。巧文刻深以攻前賢之短而不中要害，取新出奇以翻昔人之案而不切情實，此二不可作也。作論須先去此五病，然後乃議文章耳。」

侯雪苑《與任王谷論文書》云：「大約秦以前之文主骨，漢以後之文主氣。秦以前之文，若六經，非可以文論也。其他如《老》《韓》諸子、《左傳》、《戰國策》、《國語》，皆斂氣于骨者也。漢以後之文，若《史》、若《漢》、若八家，最擅其勝，皆運骨于氣者也。斂氣於骨者，如泰華三峰，直與天接，層嵐危磴，非仙靈變化，未易攀陟。尋步計里，必蹶其趾。姑舉明文如李夢陽者，亦所謂蹶其趾者也。運骨於氣者，如縱舟長江大海間，其中煙嶼星島往往可自成一都會，即飓風忽起，波濤萬狀，東泊西注，未知所底。苟能操柁覘星，立意不亂，亦可自免漂溺之失。此韓、歐諸子所以獨嵯峨于中流也。」

又云：「行文之旨全在裁制，無論細大，皆可驅遣。當其閒漫纖碎處，反宜動色而陳，鑿鑿娓娓，使讀者見其關係，尋繹不倦。至大議論人人能解者，不過數語發揮，便須控馭，歸于含蓄。若當快意時，聽其縱橫，必一瀉無復餘地矣。辟如渴虹飲水，霜隼搏空，瞥然一見，瞬息滅没，神力變態，轉更夭矯。足下以爲何如？」

朱竹垞閒居，謂其孫稻孫曰：「凡學詩文須根本經史，方能深入古人窔奥，未有空疏淺陋、剿

襲陳言而可以稱作者。《記》云『時過然後學，則勤苦而難成』；『獨學而無友，則孤陋而寡聞』。」

姜湛園札記曰：「古人多省文，稱『明日』單用『明』字甚多。《北史・外戚・杜超傳》『明當入謝齊宣慈太后令』、『明可臨軒』，唐詩『明到湘山與洞庭』，猶之稱『去年』單稱『去』字，羊欣書『得去六月告』是也。《左氏》『其明月子產立公孫洩』云云，是來月亦稱『明月』也。」

汪堯峰《答陳靄公書》云：「古人之于文也，揚之欲其高，斂之欲其深，推而遠之，欲其雄且駿。其高也，如垂天之雲；其深也，如行地之泉；其雄且駿也，如波濤之汹湧，如萬騎千乘之奔馳，而及其變化離合，一歸于自然也。又如神龍之蜿蜒而不露其首尾，蓋凡開闔呼應操縱頓挫之法，無不備焉，則今之所傳唐、宋諸大家舉如此也。前明二百七十餘年，其文嘗屢變矣，而中間最卓卓知名者，亦無不學于古人而得之。羅圭峰學退之者也，歸震川學永叔者也，王遵巖學子固者也，方正學、唐荊川學二蘇者也。其他楊文貞、李文正、王文恪，又學永叔、子瞻而未至者也。前賢之學于古人者，非學其詞也，學其開闔呼應操縱頓挫之法，而加變化焉，以成一家者是也。後生小子不知其説，乃欲以剽竊模擬當之，而古文於是乎亡矣。」

《今文偶見》：「徐鳳輝《答謝鄉泉書》曰：『噫！古文一道，不絶如綫，以喪葬則需行述、誌銘，表章則需家傳、書事，慶、吊則有壽序、祭文，刻詩文則有詩序、文序，建造則有廟碑、祠堂、園亭等記，故尚相仍而不廢耳。然當今之世從事于此道者，果何人哉？大率童子時曾讀「南昌故

郡」、「環滁皆山」等文數十篇，一旦得志，或負盛名，或好名之人，欲張己能，則復取此數十篇者，稍稍温習之，便可足高氣揚，翱翔于壇坫之中，談藝評文，放言高論，起而筆之于書。以無目者視無目者，孰辨其爲渭爲涇？見其有似乎洋洋灑灑也，羣然震而驚之，以爲宗匠，以爲老手，以爲大家，夫誰復觀其深者！』」

又曰：「至若從時文出身者，尤不知古文爲何物。以古文亦有『之、乎、者、也』也，而讀之公然成句；以古文亦有起、承、轉、合也，而解之或尚粗通。至何者爲合，何者爲不合；何者爲是，何者爲非，茫然無知，無從置喙，乃隨口亂談，自欺欺人，以文其固陋，並非其心之所得如是也。然則何必與之口舌爭？亦何足與之深論乎？」

白湖三伯父《細碎集序》云：「余嘗謂文章之道必隨時爲發揮。三代主于明義理，秦漢以來主于切事情，六朝、三唐、北宋主于諧聲律而騁議論。夫義理自切事情，事情所以明義理，聲律則諧。夫義理，事情者也，綜義理、事情、聲律以騁其議論，而其所主者各有在，故其所造者各自成，此所謂隨時以發揮者也，文之所以未失其真也。竊怪夫後之儒者，不時之隨而古之襲，于是以議論爲不足騁，聲律爲不足諧，事情之不切，而欲明義理，奮然曰：『文以載道也，道高而文自至。道何高下哉？文有至不至耳！六經終古常新，獨以道之高乎哉。道無過于三綱五常，重三綱而敦五常，簡可一語。』是足謂之文乎？不足謂之文者，其足謂之載道乎？後之明義理者，何以異此！」

睿吾樓文話卷五

陸機《文賦》曰：「余每觀才士之作，竊有以得其用心。夫其放言遣詞，良多變矣。妍蚩好惡，可得而言。每自屬文，尤見其情，恒患意不稱物，文不逮意，非知之難，能之難也。」

又曰：「誇目者尚奢，愜心者貴當，言窮者無隘，論達者唯曠。詩緣情而綺靡，賦體物而瀏亮，碑披文以相質，誄纏綿而悽愴，銘博約而溫潤，箴頓挫而清壯，頌優遊以彬蔚，論精微而朗暢，奏平徹以閑雅，説煒曄而譎誑。雖區分之在茲，亦禁邪而制放。要詞達而理舉，故無取乎冗長。其爲物也多姿，其爲體也屢遷，其會意也尚巧，其遣言也貴妍。」

韓退之《答劉正夫書》曰：「或問：『爲文宜何師？』必謹對曰：『宜師古聖賢人。』曰：『古聖賢人所爲書具存，詞皆不同，宜何師？』必謹對曰：『師其意，不師其詞。』又問曰：『文宜易宜難？』必謹對曰：『無難易，惟其是爾。』如是而已，非固開其爲此而禁其爲彼也。夫百物朝夕所見者，人皆不注視也；及睹其異者，則共觀而言之。夫文豈異于是乎？漢朝人莫不能爲文，獨司馬相如、太史公、劉向、楊雄爲之最。然則用功深者，其收名也遠；若皆與世浮沉，不自樹立，

雖不爲當時所怪，亦必無後世之傳也。足下家中百物皆賴而用也，然其所珍愛者，必非常物。夫君子之于文豈異於是乎？」

黄山谷曰：「凡爲文，自作語最難。杜老詩、退之作文，無一字無來處，蓋後人讀書少，故謂韓杜自作此語爾。古之能爲文章者，真能陶冶萬物，雖取古人之陳言入于翰墨，如靈丹一粒，點鐵成金也。文章雖爲儒者末事，然既學之，又不可不知其曲折。至于推之使高，如泰山之崇崛，如垂天之雲；作之〔使〕雄壯，如滄江八月濤，海運吞舟之魚，又不可守繩墨，令儉陋也。」

陳騤《文則》曰：「大抵文士題命篇章，悉有所本。自孔子爲《書》作序，文遂有序；自孔子爲《易》説卦，文遂有説；自有《曾子問》、《哀公問》之類，文遂有問；自有《考工記》、《學記》之類，文遂有記；自有《經解》、《王言解》之類，文遂有解；自有《辯政》、《辯物》之類，文遂有辯；自有《樂論》、《禮論》之類，文遂有論；自有《大傳》、《間傳》之類，文遂有傳。」

又曰：「夫文有病詞，有疑詞。病詞者，讀其詞則病，究其意則安。如《曲禮》曰：『猩猩能言，不離禽獸。』《繫辭》曰：『潤之以風雨。』蓋『禽』字於猩猩爲病，『潤』字于風爲病也。疑詞者，讀其詞則疑，究其意則斷。如《何彼穠矣》曰：『平王之孫。』《檀弓》曰：『容居，魯人也。』蓋平王疑爲東遷之平王，魯人疑爲魯國之人也。凡觀此文，可不深考。」

《容齋隨筆》曰：「柳子厚《復杜温夫書》云：『生用助字，不當律令。所謂乎、歟、耶、哉、夫也

者，疑詞也；矣、耳、焉也者，決詞也。今生則一（一）〔之〕。宜考前聞人所使用與吾言類且異，精思之，則益也。』予讀《孟子·百里奚》一章曰：『曾不知以食牛干秦穆公之爲汙也，可謂智乎？不可諫而不諫，可謂不智乎？知虞公之將亡而先去之，不可謂不智也。時舉于秦，知穆公之可與有行也而相之，可謂不智乎？』味其所用助字，開闔變化，使人之意飛動，此難以爲温夫輩言也。」

吴氏《林下偶談》曰：「和平之言難工，感慨之詞易好，近世文人能兼之者，惟歐陽公。如《吉州學記》之類，和平而工者也，如《豐樂亭記》之類，感慨而好者也。然《豐樂亭記》意雖感慨，詞猶和平；至於《蘇子美集序》之類，則純乎感慨矣。乃若憤悶不平如王逢原，悲傷無聊如邢居實，則感慨而失之者也。」

《履齋示兒編》曰：「東坡《喜雨亭記》云：『使天而雨珠，則寒者不得以爲襦；使天而雨玉，則饑者不得以爲粟。』即劉陶《改鑄大錢議》有曰：『就使當今沙礫化爲南金，瓦石變爲和玉，使百姓饑無所食，渴無所飲』之遺意，然不如東坡詞婉意明，所謂出藍更青者也。」

又曰：「歐陽文忠公初得昌黎文，嘗曰：『苟得禄矣，當盡力於斯文，以償予素志。』居無幾何，公以文章獨步當世，而於昌黎不無所得。觀其詞語豐潤，意緒婉曲，俯仰揖遜，步驟馳騁，皆得韓子之體。故《本論》似《原道》，《上范司諫書》似《諫臣論》，《書梅聖俞詩稿》似《送孟東野序》，

《縱囚論》、《怪竹辯》斷句皆似《原人》，蓋其横翔捷出，不減韓作，而平澹詳贍過之。若夫《羅池碑》曰：『春與猿吟兮秋鶴與飛』，則退之又自深得《離騷》、《東皇太一歌》『吉日兮辰良』之句法；《寄崔立之詩》曰：『歡華不滿眼，咎責塞兩儀』，則又深造乎班固《賓戲》『福不盈眦，禍溢于世』之遺意。其前輩各相祖述，類如此。」

朱夏《答程伯大書》曰：「僕聞古之爲文者，必本于經而根於道。其紀、志、表、傳、記、序、銘、贊，則各有其體，而不可以淆焉而莫之辨也。至其發言遣詞，又奚以剽賊爲工哉？今不本于經，不根于道，而雜出於百家傳記之説，則其立論不自其大而自其細。固已自小矣，尚何能與古人齊驅並駕哉？老蘇之文，頓挫曲折，蒼然鬱然，鑱刻峭厲，幾不可與争鋒；然而有識之士，猶有譏焉者，良以其立論之駁而不能盡合乎聖人之道也。今無蘇公之才而立論又下蘇公遠甚，則何望其言之立而不仆耶？」

又曰：「宋之季年，文章敗壞極矣。遺風餘習入人之深，若黑之不可以白。當此之時，非反之則不足追乎古。先生之心，自爲過之矣，而烏知其不異于彼也？先生之文，始欲其奇也，而卒以拙；始欲其麗也，而卒以惡；始欲其雄也，而卒以弱。其風格言論，莫不叛于古矣，則亦難乎摭而言之矣。」

王臨川曰：「某常患近世之文，詞弗顧於理，理弗顧于事，以襞積故實爲有學，以雕繪語句爲

清新。譬之擷奇花之英積而玩之，雖光華馨采、鮮縟可愛，求其根柢濟用，則蔑如也。」

宋景濂《文原》曰：「天道湮微，文氣日削，騖乎外而不攻其内，局其小而不圖其大，此無他，四瑕、八冥、九蠹有以累之也。何謂四瑕？雅鄭不分之謂荒，本末不比之謂斷，筋骸不束之謂緩，旨趣不超之謂凡，是四者，賊文之形也。何謂八冥？訐者將以賊夫誠，揹者將以蝕夫圜，庸者將以溷夫奇，瘠者將以勝夫腴，觕者將以亂夫精，碎者將以害夫完，陋者將以革夫博，昧者將以損夫明，是八者，傷文之膏髓也。何謂九蠹？滑其真，散其神，糅其氛，狥其私，滅其知，麗其蔽，違其天，昧其幾，爽其貞，是九者，死文之心也。有一於此，則心受死而文喪矣。春葩秋卉之爭麗也，鳶號林而蛩吟砌也，水湧蹄涔而火炫螢尾也，衣被土偶而不能視聽也，蠛蠓死生於甕盎而不知四海之大、六合之廣也，斯皆不知養氣之故也。嗚呼！人能養氣，則情深而文明，氣盛而化神，當與天地同功也。與天地同功，而其智卒歸之。」

又曰：「世之論文者有二：曰載道，曰紀事。紀事之文，當本之司馬遷、班固；而載道之文，舍六籍，吾將焉從？雖然，六籍者，本與根也；遷、固者，枝與葉也。此固近代唐子西之論，而予之所見則有異於是也。六籍之外，當以孟子爲宗，韓子次之，歐陽子又次之，此則國之通衢，無荆榛之塞，無蛇虎之禍，可以直趨聖賢之大道。去此，則曲狹僻徑耳，犖確邪蹊耳，胡可行哉！予竊怪世之爲文者，不爲不多。騁新奇者，鉤摘隱伏，變更庸常，甚至不可句讀，且曰：『不詰曲聱

牙，非古文也。』樂陳腐者，一假場屋，委靡之文紛揉龐雜，不見端緒，且曰：『不淺易輕順，非古文也。』予皆不知其何說。大抵爲文者，欲其詞達而道明耳。吾道既明，何問其餘哉？雖然，道未易明也，必能知言養氣，始爲得之。予復悲世之爲文者，不知其故，頗能操觚遣詞，毅然以文章家自居，所以益摧落而不自振也。」

蘇伯衡《染説》曰：「經之以杼軸，緯之以情思，發之以議論，鼓之以氣勢，和之以節奏，人人之所同也。出於口而書於紙，而巧拙見焉。」

張方平曰：「文章之變與政通，士惟道義積於中，英華發於外，然則以文取士，所以叩諸外而質其中之所蘊也。」

《明紀》曰：「丘濬穎悟絶人，無書不讀，著述之富，當代罕出其右。劉健嘗戲謂曰：『仲深有一屋散錢，只欠索子。』應之曰：『劉希賢有一屋索子，只欠散錢。』劉默然甚愧。」

潘府《南山素言》曰：「古者文以載道，宋景濂得其華，方正學得其大。」

魏善伯曰：「文章有宜簡者，《孟子》『河東凶亦然』是也。有不宜簡者，『今王鼓樂于此，先生以利説秦楚之王』是也。鼓樂者，憂喜不同情；説秦楚者，義利不同效。情相比而苦樂著，效相較而利害明。兩軍相遇，將卒各鬥也。移民移粟，述事而已。事止語畢，複則無味也。又有宜簡而不得不詳者，如《舜典》『二月東巡狩』，『五月南』，『八月西』，『十有一月朔』，典例所存，四時四

方不可偏廢也。禮制皆同，不煩重敘，而約之曰：『如岱禮』，變之曰：『如初』，又變之曰『如西禮』，委宛屈軼，斐然成章也。文有自然之情，有當然之理。情著爲狀，理著爲法，是斷然而不容穿鑿者也。」

又曰：「『不患寡，而患不均；不患貧，而患不安』，兩句起也。『均無貧，和無寡，安無傾』却三句結。《都人士》詩五章，卒章曰：『匪伊垂之，帶則有餘。匪伊卷之，髮則有旟』，單承第四章『垂帶而厲』、『卷髮如蠆』作結。《采緑》卒章『其釣維何』，亦單承三章『之子于釣』半段作結。今之人則缺一不可也。」

魏叔子曰：「或問：『六朝以來，名士有文章甚不足觀而當時驚服、傳於後世者，何也？』曰：『未有不由敏且博者，集坐高會，或舉一物，言一事，他人瞪目噤口，而此應聲輒答，原委歷歷；或即席應詔，軍旅旁午，他人垂頭苦思，而此揮筆立成，琳琅可聽，當時安得不驚傳之？後世則敏、博二者，皆不可見，惟據成文評論工拙。《論衡》、《三都》動經十年，後人但許其工，不譏其鈍；而援筆立就者，或反出其下。故以中材而欲與古人抗衡，當深思肆力，善用其所短也。』」

又曰：「予少稟戇直，多效忠告于人，而頗自好其文，凡書牘必録于稿。吾友彭躬菴曰：『人有聽言而過已改者，子文幸傳于世，則其過與之俱傳。子不忍没一篇好文字，而忍令朋友已改之過千載常新乎？』予愧服汗下。此語與古人焚諫草，更自不同。」

顧亭林曰：「近代文章之病，全在摹倣。即使逼肖古人，已非極詣，況遺其神理而得其皮毛者乎？且古人作文，時有利鈍。梁簡文《與湘東王書》云：『今人有效謝康樂、裴鴻臚文者。學謝，則不屆其精華，但得冗長；師裴，則蔑棄其所長，惟得其所短。』」

又曰：「《隋志》載古人文集，西京惟劉向六卷，楊雄、劉歆各五卷，爲至多矣，他不過一卷、二卷。而江左梁簡文帝至八十五卷，元帝至五十二卷，沈約至一百一卷。所謂雖多亦奚以爲！」

又曰：「文以少而盛，以多而衰。以二漢言之，東都之文多于西京，而文衰矣。以三代言之，春秋以降之文多于六經，而文衰矣。如惠施五車其書，竟無一篇傳者。《記》曰：『天下無道，則言有枝葉。』」

《(潛丘劄記)〔論衡〕・自紀篇》云：「言瞭於耳，則事味於心；文察於目，則篇留於手。」

又曰：「夫筆著者欲其易曉而難爲，不貴難知而易造；口論務解分而可聽，不務深迂而難睹。」

邵青門《與魏叔子論文書》曰：「聞之先輩曰：夫文者非僅詞章之謂也。聖賢之文以載道，學者之文蘄勿畔道。故學文者必先濬文之源，而後究文之法。濬文之源者何？在讀書，在養氣。」

又《鈔古文載序》曰：「夫三代以前，文之盛衰在上；兩漢以後，文之盛衰在下。文之用在上，則文與道合，而其文極盛而不可加。文之用在下，則文與道僞離僞合，而其文亦多駁而少醇。非獨人事，蓋有運會焉。是故其道則君臣、父子、禮樂、政刑，其文則如日星、如河嶽者，六經、四

子之文是也。其于道或醇駁參而其文自足名其家者，遷、固、韓愈以下數十家之文是也。其文嵺峠魁偉、駭世之耳目，而于道往往支離而叛去者，莊、列諸子之文是也。若夫知乎道而嗇乎文者，宋儒語録之文是也。修詞者病剽，談理者病僞，而文與道兩失之者，末世之文是也，謂之無文可也。」

趙耘菘《陔餘叢考》曰：「文章家于官職、輿地之類，好用前代名號，以爲典雅，此李滄溟諸公所以貽笑于後人也。孫樵云：『史家紀職官、山川地理、禮樂衣服，宜直書一時制度，使後人知某時如此，某時如彼。不當取前代名〔器〕〔品〕，以就簡〔牘〕〔絶〕。』」

袁子才曰：「或問：『雙名單稱，古人有否？』曰：見《春秋傳》踐土之盟曰『晉重者』，重耳也；曰『衛武者』，叔武也。此雙名單稱之證也。」

白湖三伯父《細碎集序》云：「人有言曰：『漢儒通訓詁而不明義理。』嗟乎！訓詁通矣，義理復安往乎？世之所患，正在訓詁之不通耳。是故義理無由明，而事情亦不切，聲律于何諧，議論于何騁哉！」

睿吾樓文話卷六

《論衡》：「楊雄作《太玄》，造《法言》，張伯松不肯一觀。」

何晦《摭言》曰：「李賀年七歲名動京師，韓退之、皇甫湜覽其文，曰：『若是古人，吾曾不知；若是今人，豈有不知之理？』二公因詣其門，賀總角荷衣而出，二公令面賦一篇，目爲《高軒過》。」

又曰：「王泠然《上時宰書》曰：『公有文章時，豈不欲文章者見之乎？公未富貴時，豈不欲富貴者見之乎？今貴稱當朝，文稱命代，見天下有文章、未富貴者，宜何如哉？』」

馮贄《雲仙雜記》云：「江總爲文，次至吟詠得意，則起稿于窗上。不堪示，則投置溷中。久而文遂工矣。」

張耒《答李推官書》曰：「自唐以來至今，文人好奇者不一。甚者，或爲缺句斷章，使脉理不屬，又取古人訓詁希於見聞者，衣被而説合之。或得其字，不得其句，或得其句，不知其章，反復咀嚼，卒亦無有。此最文之陋也。足下之文，雖不若此，然其意靡靡，似主于奇矣。故預爲足下陳之，願無以僕之言質俚而不省也。」

《黄氏日鈔》言：「蘇子由《古史》改《史記》，多有不當。如《樗里子傳》，《史記》曰：『母，韓女也。樗里子滑稽多智。』《古史》曰：『母，韓女也。滑稽多智。』似以母爲滑稽矣，然則『樗里子』三字，其可省乎！《甘茂傳》，《史記》曰：『甘茂者，下蔡人也。事下蔡史舉，學百家之説。』《古史》曰：『下蔡史舉，學百家之説。』似史舉自學百家矣，然則『事』之一字，其可省乎！以是知文不可以省字爲工。字而可省，太史公省之久矣。」

吕居仁曰：「老蘇嘗自言：『「升裏轉，斗裏量」，因聞此，遂悟文章妙處。』」

又曰：「文章紆餘委曲，説盡事理，惟歐陽公爲得之。至曾子固加之，字字有法度，無遺恨矣。文章有本末首尾，元無一言亂説，觀少遊五十策可見。」

范温《潛溪詩眼》云：「老坡作文工於命意，必超然獨立於衆人之上。如《趙清獻碑》，世間稱治郡者曰寬，立朝者曰直，蓋已大矣，則進于二者，又有説焉。故曰：『其於治郡，不專于寬，時出猛政，嚴而不殘。其在朝廷，不專於直，爲國愛人，掩其疵疾。』如吾家蜀公堅卧不起，人知其高，而不稱其用，則爲碑銘曰：『世皆謂公，貴身賤名。孰知其功，聖人之清。』然後知其有功于世也。又曰：『君實之用，出而時施。如彼水火，寧除渴饑。公雖不用，亦相其行。如彼山川，出雲相望。』然後知其相爲表裏，廢一不可也。此皆非世人所能到者，平日得意處，多如此。其原蓋出于《莊子》，故其論劉伶、莊子、阮千里、閻立本，皆於世人意外别出眼目。其平日取捨文章，亦多以此爲法。」

方希古《與趙伯欽書》曰：「近世之文辭，所以不古若者，以文辭爲業，而不知道術。今有至乎窮谷者，言其所見，則不過泉石、樹木、禽獸、蟲魚之狀而已。比遊乎雄都、巨邑者，見宫室之壯麗，車馬之蕃庶，人民物産之瑰異變怪，其言豈不有間哉？故聖賢之文詞，所以不可及者，造道深而自得者遠。」

李方叔云：「凡文章之不可無者有四：一曰體，二曰志，三曰氣，四曰韻。述之以事，本之以道；考其理之所在，辨其義之所宜；卑高巨細，包括并載而無所遺，左右上下，各在有職而不亂者，體也。體立于此，折衷其是非，去取其可否；不狥于流俗，不謬于聖人；抑揚損益以稱其事，彌縫貫穿以足其言；行吾學問之力，從吾制作之用者，志也。充其體于立言之始，從其志于造語之際；生之於心，應之於言；心在和平則温厚典雅，心在安敬則矜莊威重；大焉，可使如雷霆之奮，鼓舞萬物，小焉，可使如絡脉之行，出入無間者，氣也。如金石之有聲，而玉之聲清越，如草木之有華，而蘭華之臭芬薌；如鷄鶩之間而有鶴，清而不羣，犬羊之間而有麟，仁而不猛；如登培塿之丘，以觀崇山峻嶺之秀色，涉潢汙之澤，以觀寒溪澄潭之清流；如朱絃之有遺音，太羹之有遺味者，韻也。」「文章之無體，譬之無耳、目、口、鼻，不能成人。文章之無志，譬之雖有耳、目、口、鼻，而不能知視、聽、臭、味所能，若土木偶人，形質皆具而無所用之。文章之無氣，譬之雖知視、聽、臭、味，而血氣不充于内，手足不衛于外，若奄奄病人，支離顛頓，生意消削。文章之無韻，譬

之壯夫，其軀幹榾然，骨强氣盛，而神色昏瞢，言動凡濁，則庸俗鄙人而已。有體有志，有氣有韻，夫是之謂成全。」「四者成全，然于其間，各因天姿才品以見其情狀。故其言迂疏矯厲，不切事情，此山林之文也。其人不必居藪澤，其間不必論巖谷也，其氣與韻則然也。其言鄙俚猥近，不離塵垢，此市井之文也。其人不必坐廛肆，其間不必論財利也，其氣與韻則然也。其言豐容安豫，不儉不陋，此朝廷卿士之文也。其人不必列官寺，其間不必論職業也，其氣與韻則然也。其言寬仁忠厚，有任重容天下之風，此廟堂公輔之文也。其人不必位鼎台，其間不必論相業也，其氣與韻則然也。正直之人，其文敬以則；邪諛之人，其言夸以浮；功名之人，其言激以毅；苟且之人，其言懦以愚；捭闔縱横之人，其言辯以私；刻核忮忍之人，其言深以盡。則士欲以文章顯名後世者，不可不謹其所言之文，不可不謹乎所養之德也如此。《史記》其意深遠，則其言愈緩；其事繁碎，則其言愈簡，此《詩》、《春秋》之義也。」

朱(昂)〔弁〕《續骫骳説》曰：「古人凡在文章之苑者，其下筆皆有所法，不苟作也。班固序傳謂：『酌斟六經，參考衆論。』然則文章自六經者，上也；其次亦各有所祖，而因時爲變態。劉夢得與柳子厚論《平淮西碑》文：『若在我手，當學《左傳》。』蓋如《左氏》叙謀師事而爲之也。不有所法，不足明文章。相如《美人》，本于《好色》；退之《送窮》，出於《逐貧》；杜牧《晚晴》，蓋託《小園》；歐公《黄楊》，實則《枯樹》。其他往往如是，未可以概舉也。秉筆者詎可易哉？」

程子曰：「聖賢之言，不得已也。如彼耒耜、陶冶之器，一不制，則生人之道有不足矣。然其包舉天下之理，亦甚約也。後之人始執卷，則以文章爲先，生平所爲，動多於聖人。然有之無所補，無之靡所闕，乃無用之贅言也。」

朱文公曰：「有治世之文，有衰世之文，有亂世之文。六經，治世之文也。如《國語》委靡繁絮，真衰世之文耳。至於亂世之文，則《戰國》是也。」

方回《虛谷閒抄》曰：「梅聖俞以詩知名三十年，終不得一館職，晚年預修《唐書》，書成，未奏而卒，士大夫莫不歎惜。其初受敕修書也，語其妻曰：『吾今修書，可謂胡孫入布袋矣。』妻曰：『君于仕宦，何異鮎魚上竹竿耶？』聞者皆謂確對。」

《宋景文筆記》曰：「柳子厚云：『嘻笑之怒，甚于裂眦；長歌之音，過于慟哭。』劉夢得云：『駭機一發，浮謗如川。』信文之險語。韓退之云：『婦順夫旨，子嚴父詔。』又云：『耕于寬閑之野，釣于寂寞之濱。』又云：『持被入直三省，丁寧顧婢子語，刺刺不得休。』此等皆新語也。」

又曰：「每見舊所作文章，憎之必欲燒棄。梅堯叟喜曰：『公之文進矣。僕之爲詩亦然。』」

又曰：「莒公嘗言：『王沂公所試《有教無類》、《有物混成賦》二篇，在生平論著絶出，有若神助』云。楊億大年亦云：『自古文章立名不必多，如王君二賦，一生衣之食之不能盡。』」

《西軒客談》曰：「前輩説作詩文，記事雖多，只恐不化。余意亦然。謂如人之善飲食者，肴

蔌、脯醢、酒茗、果物，雖是食盡，須得其化，則清者爲脂膏，人只見肥美而已。若是不化，少間吐出，物物俱在。爲文亦然。化則説出來，都融作自家底；不然，記得雖多，説出來，未免是替别人説話了也。故韓昌黎讀盡古今書，殊無一言一句彷佛于人，此所以古今善文一人而已。」

《貴耳集》曰：「東坡，天人也，凡作一文，必有深旨。撰《小兒致語》云：『自古以來，未有祖宗之仁厚；上天所佑，願生賢聖之子孫。』其意深切著明。」

《鶴林玉露》云：「渡江以來，汪、孫、洪、周四六皆工，然皆不能作詩，其碑銘等文，亦只是詞科程文，手段終乏古意。近時真景元亦然，但長于作奏疏。魏華甫奏疏亦佳，至作碑記，雖雄麗典實，似一篇好策耳。」

袁桷《澄懷録》云：「蘇子容聞人語故事，必令人檢出處。司馬温公聞人言新事，即便抄録，且必記所言之人。故當時謂：『古事莫語子容，今事莫告君實。』」

又云：「黄魯直晚年懸東坡像于室中，每早衣冠薦香，肅揖甚敬。或以同時相上下爲問，則離席驚避曰：『庭堅望蘇門弟子耳，安敢失其序！』」

周密《浩然齋視聽抄》云：「法令之書，其别有四：敕、令、格、式也。《神宗聖訓》曰：『禁於已然之謂敕，禁於未然之謂令，設於此以待彼主之謂格，設於此使彼效之之謂式。』」

《湧幢小品》曰：「劉敞，字原父，有《公是集》，弟劉(邠)〔攽〕，字貢父，有《公非集》。嘗曰：

『是其所是易，非其所非難。』」

又曰：「秦延君註『堯典』二字，至十餘萬言，此訓註之最繁者，如何傳得？」

又曰：「《尚書·堯典》連用六『哉』字，成湯禱旱連用七『與』字，『哀公問政』章連用九『也』字，此歐公《醉翁亭記》與蘇公《酒經》所自昉也。」

敖英《東谷贅言》曰：「士大夫守官之廉，猶處子守身之潔，皆分内事也。若處子自多其潔，恒自矜曰：『我於庶士也，絶無桑中之約。』則人將賤之矣。士大夫之能文章，猶處子之能女紅，亦分内事也。若處子自多其女紅，恒自矜曰：『我之織紝組紃，諸姑伯姊皆莫能及。』則人將鄙之矣。」

《日知録》云：「古人著書，凡例即隨事載之書中。《左傳》中言『凡』者，皆凡例也。《易》乾、坤二卦『用九』、『用六』者，亦凡例也。」

又云：「宋洪邁從孫倬丞宣城，自作《題名記》。邁告之曰：『他文尚可隨力工拙下筆，如此記豈宜犯不韙哉？』蓋以韓文公有《藍田縣丞廳壁記》故也。夫以題目之同于文公，而以爲『犯不韙』，昔人之謹厚何如哉！」

又云：「凡述古人之言，必當引其立言之人；古人又述古人之言，則兩引之。不可襲以爲己説也。《詩》曰：『自古在昔，先民有作。』程正叔傳《易·未濟》『三陽皆失位』，而曰：『斯義也，聞之成都隱者。』是則時人之言，而亦不敢没其人。君子之謙也，然後可與進於學。」

魏善伯曰：「文章首貴識，次貴議論。然有識，則議論自生；有議論，則詞章不能自已。何者？人得一見，必伸其説；發之未罄，説必不得止也。夫忿怒冤抑之意積于中，則慨慷激烈之言沛然而莫禦。作文而憂詞之不足，皆無識之病耳。」

又曰：「引證古事，以對舉二事爲妙。如《孟子》：王不待大，則湯以七十里，文王以百里；以大事小，則湯事葛，文王事昆夷；以小事大，則大王事獯鬻，勾踐事吴；王請大之，則文王之勇，武王之勇；不召之臣，則湯之于伊尹，桓公之于管仲；百世之師，則伯夷、柳下惠；不爲臣不見，則段干木、泄柳；宋行王政，則湯征葛、武王東征；養勇，則北宫黝、孟施舍。蓋單舉，則似一事偶合；對舉二事，則其理若事無不確者，而證辨之力亦厚。」

又曰：「著佳語佳事太多，如京肆列雜物，非不炫目，正爲有市井氣。」

又曰：「古大家文雖極奇崛，必有氣静意平處。故忙處能閒，亂處能整；細碎處有片段，險兀處有安頓，順處不流，逆處不費筋力，穿插處不小家，方正處不板硬。如置重器于平闊之案，觀者神氣亦自閒定，總由養氣錬格已到，故不爲波瀾所撓也。」

魏叔子曰：「東房言『作文者善改不如善删』，此可得學簡之法。然句中删字，篇中删句，集中删篇，所易知也。善作文者，能於將作時删意，未作時删題，便省却多少筆墨。能删題，乃真删矣。」

又曰：「古人文法之簡，須在極明白處，方見其妙。簡莫尚於《左傳》，然如『宋公靳之』等句，須解

註者，不足爲簡也。門人問：『如何方是簡之妙？』曰：如『秦伯猶用孟明』，突然六字起句，格法既高，只一『猶』字，讀過便見五種義味：孟明之再敗；孟明之終可用；秦伯之知人，不以再敗而見棄；時俗人之驚疑；君子之歎服：皆一一如見，不待註釋解説而後明。如此乃爲真簡，真化工之筆矣。」

又曰：「韓文入手多特起，故雄奇有力；歐文入手多配説，故委迤不窮。相配之妙，至于旁正錯出，幾不可分，非尋常賓主之法可言矣。」

閻百詩《答戴唐器書》曰：「弟于古文一道，雖不甚深，然視近代作者，已洞若觀火。承委直筆，敢不自竭其愚得？大抵此道最忌者，曰冗曰稚。唯簡可以救冗，唯老可以救稚。此須多讀書，多講貫，非可一蹴至者。《劉予吉行略》，情辭斐亹，讀之惻惻動人；《書類稿後》則冗稚矣。」

又曰：「余嘗發憤歎息三百年文章學問不能遠追漢唐及宋元者，其故蓋有三焉：一壞于洪武十七年甲子定制，以八股時文取士，其失也陋；再壞于李夢陽倡復古學，而不原本六藝，其失也俗；三壞于王守仁講致良知之學，而至以讀書爲禁，其失也虚。」

阮葵生《茶餘客話》曰：「儲中子語門人云：『陸士衡《五等諸侯論》、蘇廷碩《東封朝覲壇頌》、獨孤至之《夢遠遊賦》、韓退之《進學解》《毛穎傳》、孫可之《大明宫紀夢》、歐陽永叔《王鎔傳》《王淑妃傳》《伶官傳》、蘇子瞻《十八羅漢贊》《戰國養士論》、陳同甫《上孝宗書》，皆得太史公之神，當與《項羽本紀》同讀。初學必須解得此意，方可作文字。』」

睿吾樓文話卷七

楊子雲曰：「軍旅之際，戎馬之間，飛書走檄，用枚皋；廟廊之下，朝廷之中，高文典册，用相如。」

張融自序云：「文章之體多爲世人所驚，汝可師耳以心，不可使耳爲心師。夫文豈有常體，但當以有體爲常，大丈夫當删《詩》、《書》，制禮、樂，何至困遁寄人籬下？」

唐人小説曰：「韓愈、皇甫湜，一代龍門。牛僧孺携所業謁之，其首篇《説樂》，韓始見題，即掩卷問曰：『且以拍板爲什麽？』僧孺曰：『樂句。』二公大稱賞。俟其他適，訪之，大書其門曰：『韓愈、皇甫湜同訪。』翌日，遺闕以下咸往投刺，因此名振。」

李漢老曰：「爲文之法，有筆力，有筆路。筆力到二十歲便定，後來長進，只就上面添得些子。筆路則常拈弄，時轉開拓；不拈弄，便荒廢。」

吕東萊曰：「初作文字，須廣以示人，不可耻人指摘疵病而不將出。蓋文字自看，終有不覺處，須賴他人指出。」

東坡云：「頃歲孫莘老識文忠公，乘閒以文字問之，云：『無他術，唯勤讀書而多爲之，自工。

世人患作文字少，又懶讀書，每一篇出，即求過人，如此少有至者。疵病不必待人指摘，多作自能見之。』此公以其嘗試者告人，故尤有味。」

王伯厚《辭學指南》曰：「尹師魯云：『文忌格弱字冗。』」

又曰：「真西山問傅景仁以作文之法，傅公曰：『「長袖善舞，多財善賈」，子歸，取古人書熟讀，而精甄之，則蔚乎其春榮、薰乎其蘭馥有日矣。』」

《梁溪漫志》曰：「東坡歸自海南，遇其甥柳展如，出文一卷示之曰：『此吾嶺南所作也，甥試次第之。』展如曰：『《天慶觀乳泉賦》，詞意高妙，當在第一。《鍾子翼哀詞》，別出新格，次之。他文稱是。舅老筆，甥敢優劣耶？』坡歎息，以爲知言。展如後舉似洪慶善。慶善跋東坡帖，具載其語。」

又曰：「東坡一日退朝，食罷，捫腹徐行，顧謂侍兒曰：『汝輩且道是中有何物？』一婢遽曰：『都是文章。』坡不以爲然。又一曰：『滿腹都是識見。』坡亦未以爲當。至朝雲乃曰：『學士一肚皮不入時宜。』坡捧腹大笑。」

又曰：「『質勝文則野，文勝質則史』，作史者，當務華實相副，須能摹寫當時情狀如在目前，乃爲盡善。若惟務語簡，則下筆之際，必有没其本意者。如始皇見茅焦之時，記事者書云：『王仗劍而坐，口正沫出。』觀『口正沫出』四字，則始皇鷙忍虎視之狀，赫然可見矣。作史之法當然也。」

《麗澤文説》云：「結文字須要精神，不要閑言語。韓文公《獲麟解》結云：『麟之所以爲麟

者，以德不以形。若麟之出，不待聖人，則其謂之不祥也亦宜。』《送浮屠文暢序》結：『余既重柳請，又嘉浮屠能喜文詞，于是乎書。』歐公《縱囚論》結：『是以堯舜三王之治，必本於人情，不立異以爲高，不逆情以干譽。』皆此法也。」

洪平齋曰：「古今萃于胸中，造化運于筆下，多讀多做，兩盡爲勝。」

《太平廣記》云：「唐憲宗以玉帶賜裴度。臨薨却進，門人作表，皆不如意。公令子弟執筆，口占曰：『内府之珍，先朝所賜，既不敢將歸地下，又不合留在人間。』聞者歎其簡切而不亂。」

吴氏《林下偶談》曰：「太史公言：『《離騷》者，遭憂也。』離訓遭，騷訓憂，屈原以此命名，其文則賦也，故班固《藝文志》有《屈原賦》二十五篇，梁昭明集《文選》，不併歸『賦』門，而別名之曰『騷』。後人沿襲，皆以騷稱，可謂無義。篇題名義且不知，而況文乎？」

《文章精義》云：「作文須要血脉貫穿，造語用事妥帖。前世號能文者，無不知此。」「文字須要數行整齊處，數行不整齊處。」「意對處，文却不必對；文不對處，意著對。」

《邵氏後録》云：「歐文和氣多，英氣少；蘇文和氣少，英氣多。」

《耆舊續聞》云：「吕居仁曰：『自古以來，語文章之妙，廣備衆體，出奇無窮者，唯東坡一人。極《風》、《雅》之變，盡比興之體，包括衆作，本以新意者，唯豫章一人。此二者，當永以爲法。』」

又曰：「學者須做有用文字，不可盡力虚言。有用文字，議論文字是也。議論文字，須以董

仲舒、劉向爲主，《周禮》及《新序》、《説苑》之類，皆當貫串熟考，則做一日便有一日工夫。」

又曰：「作文不可强爲，要須遇事乃作，須是發於既溢之餘，流於已足之後，方是極頭。所謂『既溢』、『已足』者，必從學問該博中來也。」

魏善伯曰：「大家文如故家子弟，雖破巾敝服，體氣安貴；小家文如暴雷傖，渾身盛服，反增醜態。非盛服不佳，服者賣弄矜持，反失其故吾也。」

又曰：「凡文須有主意而作，無謂之文如庸人傳、誌、祭文之類。尤不可不另立主意議論。似借此人事實，點綴吾文，雖不臻妙，亦能鋪叙終篇，成一體段。否則，支吾補絮，立自躓矣。」

又曰：「古人文字有累句、澀句、不成句處而不改者，非不能改也，改之或傷氣格，故寧存其自然，名帖之有敗筆、古琴之仍焦尾是也。昔人論《史記·張蒼傳》有『年老口中無齒』句，宜删曰：『老無齒。』《公羊傳》『齊使跛者逆跛者，秃者逆秃者，眇者逆眇者』，宜删云『各以類逆』。簡則簡矣，而非公羊、史遷之文；又於神情，特不生動。知此説者，可悟存瑕之故矣。」

魏冰叔曰：「簡勁明切，作家之文也；波瀾激蕩，才士之文也；迂徐敦厚，儒者之文也。爲儒者之文，當先去其七弊：可深厚，不可晦重；可詳復，不可煩碎；可寬博，不可泛衍；可正大，不可方板；可和柔，不可靡弱；可無驚人之論，不可重襲古聖賢唾餘；其旨可原本先聖、先儒，不可每一開口，輒以聖人、大儒爲開場話頭。七弊去而七美全，斯可以語儒者之文也。」

又曰：「作文須先爲其有益者，關係天下、後世之文，雖名立言，而德與功俱見，亦我輩貧賤中得志事也。」

又曰：「唐宋八大家文，退之如崇山大海，孕育靈怪；子厚如幽巖怪壑，鳥叫猿啼；永叔如秋山平遠，春谷清麗，園亭林沼，悉可圖畫，其奏劄樸健刻切，終帶本色之妙；明允如尊官酷吏，南面發令，雖無理事，誰敢不承；東坡如長江大河，時或疏爲清渠，瀦爲池沼；子由如晴絲裊空，其雄偉者，如天半風雨，嫋娜而下；介甫如斷岸千尺，又如高士谿刻，不近人情；子固如陂澤春漲，雖漶漫而深厚有氣力，《説苑》等叙，乃特緊嚴。然諸家亦各有病。學古人者知得古人病處，極力洗刷，方能步趨；否則，我自有病，又益以古人之病，便成一幅百醜圖矣。」

或問冰叔曰：「學八大家而不善，其病何如？」曰：「學子厚，易失之小；學永叔，易失之平；學東坡，易失之衍；學子固，易失之滯；學介甫，易失之枯；學子由，易失之蔓。惟學昌黎、老泉少病；然昌黎易失之生撰，老泉易失之粗豪，終愈於他家也。」

顧亭林曰：「誌、狀在文章家爲史之流，上之史官，傳之後人，爲史之本史，以記事，亦以載言。故不讀其人一生所著之文，不可以作其人；生而在公卿大臣之位者，不悉一朝之大事，不可以作其人；生而在曹署之位者，不悉一朝之掌故，不可以作其人；生而在監司守令之位者，不悉一方之地形、土俗、因革、利病，不可以作。今之人未通乎此，而妄爲人作誌。史家又不考而承用

之，是以牴牾不合。子曰：『蓋有不知而作之者』，其謂是與？」

又曰：「唐杜牧《答莊充書》曰：『自古序其文者，皆後世宗師其人而爲之。今吾與足下並生今世，欲序足下未已之文，固不可也。』讀此言，今之好爲人序者，可以止矣。」

《香祖筆記》曰：「古人作墓誌、行狀，多云：『皇祖皇考』，余嘗疑之，未達其義。周密云：『《詩》「思皇多士」，《詩記》引顔注《漢書》云「美也」，《急就章》注云「正也，大也」，《泰誓》孔傳訓「皇」爲「前」。』」

周櫟園《書影》曰：「吾師孫北海夫子常曰：『詩文之事，莫妙於《易》，莫難于《老》。』又曰：『吾輩讀書，即不能窮及理奥，決不可事禪悦以助頽瀾。吾輩作詩文，即不能力追《大雅》，決不可襲噍聲以墮惡道。』」

又曰：「南昌陳宏緒云：『嘉隆以來，帖括剽竊之陋，流入古文，一二負名之士，好以秦、漢相欺，字裁句掇，蕩然不復知所謂真古文。吾黨憂之，乃以唐宋諸大家力挽頽瀾，毋亦謂摹秦、漢之失，或至舍體氣而專字句，而唐、宋諸大家無從置力於字句之間也。齊人先配林而後泰山，晉人先虖池而後河若，韓、歐者固所由以適秦、漢之路矣。』」

又曰：「唐碑制度極多，有一人製序、一人製銘者。故尹師魯志張堯夫墓序，而歐陽爲之銘。嘗考張説文集，所爲上官昭容銘，其序則蘇頲作也，此可以證。」

錢大昕《十駕齋養新録》云：「唐張懷慶好偷竊名士文章，時人爲之語曰：『活剥張昌齡，生吞郭正一。』」

又曰：「處患難者勿爲怨天尤人之言，處貴顯者勿爲矜己傲物之言，論學術勿爲非聖悖道之言，評人物勿爲黨同醜正之言。」

又曰：「古人文字不以重複爲嫌。庾信《哀江南賦》，杜元凱兩見，陸士衡一見，陸機兩見，班超兩見，白馬三見，西河兩見，驪山兩見，七葉兩見，暮齒兩見，秦庭、金陵、南陽、釣臺、七澤、全節、諸侯、荒谷，皆兩見。」

袁子才《與翁東如書》曰：「從古文章家替人作碑、銘、傳、志者，其道有三：第一，是其人功德忠勳彪炳海内，我爲表章，不獨彼借我傳其名，而我亦借彼以傳其文，此不待其子孫之請，而甘心訪求以爲之者。其次，則其人雖無可紀，而生平與我交好，則爲之傳志以申哀感之情，此亦古人集中往往有之。再次，其人雖於世庸庸，於我落落，而無奈其子孫欲展孝思、大輂金幣來求我文，則亦不得不且感且慚，貶其道而爲之，譬如抱關擊柝爲貧而仕者一般。此劉叉所謂『諛墓之文』，亦古人所不免者也。」

又曰：「古人墓志夫婦合葬者，其標題但書『某公某大夫』，而不書『暨配某夫人』。何也？地道無成，統於所尊也。其妻果賢，不妨於文中叙及之。其妻分葬，則竟作某夫人墓志，此定例

也。自元明以後，古文道衰，始有題中書『暨配某氏』之文，汪鈍翁以爲此不典之詞。」

又《覆實堂書》曰：「去冬在杭州見朱石君侍郎，蒙其推許云：『古文有十弊，惟隨園能掃而空之。』余問其目，曰：『談心論性，頗似宋人語録，一弊也；俳詞偶語，學六朝靡曼，二弊也；記、序不知體裁，傳、志如寫賬簿，三弊也；優孟衣冠，摩秦倣漢，四弊也；謹守八家空套，不自出心裁，五弊也；餖飣成語，死氣滿紙，六弊也；措詞率易，頗類應酬尺牘，七弊也；窘于邊幅，有文無章，如枯木寒鴉，淡而可厭，且受不住一个大題目，八弊也；平弱敷衍，襲時文調，九弊也；鉤章棘句，以艱深文其淺陋，十弊也。』余笑答曰：『此外尚有三弊。』侍郎驚問，余曰：『徵書數典，瑣碎零星，誤以註疏爲古文，一弊也；馳騁雜亂，自夸氣力，甘作粗才，二弊也。尚有一弊，某不敢言。』侍郎再三詢，曰：『寫《説文》篆隸，教人難識，字古而文不古，又一弊也。』侍郎知有所指，不覺大笑。」

又《與韓紹真書》：「嘗謂方望溪才力雖薄，頗得古文義意，乃竹汀少詹深鄙之，與僕少時見解相同。中年以後，則不敢復爲此論。蓋望溪讀書少，而竹汀無書不覽，其强記精詳，又遠出僕上，以故渺視望溪，有劉貢父笑歐九之意。不知古文之道，不貴書多，所讀之書不古，則所作之文亦不古。唐宋以來，推韓、柳能爲古文。然昌黎自言『非三代兩漢之書不敢觀』，懼其雜也，迎而距之。柳子《與韋中立書》所引書目，班班可考，其得力處全在鎔鑄變化，純以神行，若欲自炫所

學，廣搜百氏，旁摭佛、老及説部書，儳入古文，便傷嚴潔。嘗讀《吕氏春秋》，載伯夷就養於文王，未至岐周而道卒。王荆公最博雅，未必不見此書，乃作《伯夷論》曰：『豈其年高不及至周而歿耶？抑或未及待武王而死也？』故意跌蕩其詞，以作波瀾，不肯引《吕覽》以實之。於此可悟作文之道。蓋貴直者，人也；貴曲者，文也。天上有文曲星，無文直星；木之直者無文，木之拳曲盤紆者有文；水之静者無文，水之被風撓激者有文。孔子曰：『情欲信，詞欲巧。』巧即曲之謂矣。善作文者，平素宜與書合；落筆時，宜與書離。又須揭取精華，掃糟粕而空之。雲之卷舒，鳥之飛翔，皆在于空。銅厚則鐘啞矣，膏盛則燈滅矣。《莊子》云：『室無空虚，則姑婦勃谿。』其理皆可一貫。」

《今文偶見》：「王元啓《與廖其鑠書》曰：『今爲節婦傳，稱其養老若何，撫孤若何，勤婦事若何，此特土木之形骸，抑所謂張冠可以李戴者也。一生苦節，于紡績餘閒，或先或後間相與語，或訓示其子婦，豈無一二至語感人之處？從此求之，乃可得其精神意色于肥瘠短長之外，而其大節，亦遂以不朽于後人之齒頰。不然，從古掀天大節，究其實，不過一兩言可盡。非摹寫其性情于尋常舉動之間，何以使其聲容千載如生乎？』」

白湖三伯父《與陳旭峰書》曰：「嘗謂不窮經、史，不可以作詩、古文；不能爲詩、古文，亦斷不能作好時文。」

睿吾樓文話卷八

曾南豐《與王介甫書》云：「歐公更欲足下少開廓其文，勿用造語及模擬前人。歐云：『孟、韓文雖高，不必似之也，取其自然耳。』」

又《後耳目志》曰：「《老子》高于《列子》，《列子》高于《莊子》。《老子》之文簡古，《列子》之文和緩，《莊子》之文激烈。」

葛立方《韻語陽秋》曰：「東坡在儋耳時，葛延之自江陰擔簦，萬里絶海往見，留一月。東坡嘗誨以作文之法，曰：『儋州雖百家之聚，州人所須，取之市而足，然不可徒得也，必有一物以攝之，然後爲己用。所謂一物者，錢是也。作文亦然。天下之事散在經、子、史中，不可徒使，必得一物以攝之，然後爲己用。所謂一物者，意是也。不得錢，不可以取物；不得意，不可以用事，此是作文之要也。』延之拜其言而書諸紳。」

蒲氏《漫齋語録》曰：「凡爲文章，須是文字外别有一物主之，方爲高勝。韓愈之文，濟以經術；杜甫之詩，本于忠義；太白妙處，有輕天下之氣。此衆人所不及也。」

陳騤《文則》曰：「文有目人之體，有列氏之體。《論語》曰：『德行：顏淵、閔子騫、冉伯牛、仲弓之類。』此目人之體也，而楊雄、班固得之。《左氏傳》曰：『殷氏六族：條氏、徐氏、蕭氏、索氏、長勺氏、尾勺氏。』此列氏之體也，而莊周、司馬遷得之。」

又曰：「載言之文，又有答問。若止及一事，文固不難；至于數端，文實未易。所問不言問，所對不言對，言雖簡略，意實用贍，讀之續如貫珠，應如答響。若《左氏傳》載楚望晉軍問伯犁，蓋得此也。」

陳善《捫虱新話》曰：「文章雖工，而觀人亦自難識。知梵志翻著襪法，則可以行文；知九方皋相馬法，則可以觀人文章。」

又曰：「晉無文章，惟陶淵明《歸去來辭》一篇而已。唐無文章，惟韓退之《送李愿歸盤谷序》一篇而已。予亦謂國朝無文章，惟范文正公《嚴子陵祠堂記》一篇而已。」

又曰：「東坡兄弟文章議論，大率多同。惟子由文字晚年屢皆加刊定，故與子瞻有相反處，蓋以矯王氏尚同之弊耳。至子瞻《易傳》論天地之數五十有五，而大衍之數五十者，土無成數，無定位者〔無〕專氣，故不特見。而子由遂曰『此野人之說也』，則似矯枉太過。」

周輝《清波雜志》曰：「爲文之體，意不貴異而貴新，事不貴僻而貴當，語不貴古而貴淳，事不貴平而貴奇。」

范正敏《遯齋閒覽》曰：「舒王退謝金陵，幅巾杖履獨遊一寺，遇數客盛談文史，詞辯紛然。王荆公在其側，人莫之顧，有一客徐謂曰：『君亦知書乎？』公但唯唯。復問：『君何姓？』公拱手而答曰：『安石姓王。』衆賓惶慚，遽謝而退。」

《王氏談録》云：「公誨諸子屬文曰：『爲文以造語爲工，當意深而語簡，取則於六經、《莊》、《騷》、司馬遷、楊雄之流，皆以此也。』又曰：『壯年爲文，當以氣焰爲上，悲哀憔悴之詞慎不得法。』」

又云：「歐公曰：『某每日雖無別文字可作，亦須尋討題目，作一二篇。』又曰：『凡看史書，須作方略抄記。』又曰：『文字既馳騁，亦要簡重。』」

《林下偶談》載葉水心文章之妙：「四時異景，萬卉殊態，乃見化工之妙；肥瘠各稱，妍淡曲盡，乃見畫工之妙。又爲諸人墓誌，廊廟者赫奕，州縣者艱勤，經行者粹醇，詞華者秀穎，馳騁者奇崛，隱遯者幽深，抑鬱者悲愴，隨其資質，與之形貌，可以見文章之妙。」

又云：「歐公凡遇後進投卷可采者，悉録之，爲一册，名曰《文林》。公爲一世文宗，于後進片言隻字，乃珍重如此，今人可以鑒矣。」

又云：「劉原父醇雅有西漢風，與歐公同時，爲歐公名盛所掩，而歐、曾、蘇、王亦不甚稱其文。劉嘗嘆：『百年後當有知我者！』至東萊編《文鑑》，多取原父文，幾與歐、曾、蘇、王並，而水

心亦亟稱之。于是方論定。」

李季可《松牕百說》曰：「《詩》、《書》删定之後，始爲圓具。今人欲下筆皆可傳世，難矣。《孟子》雜以外篇，即其論甚駁；韓文、杜詩更少删除，乃尤奇至，況餘士哉？劉伶一頌，莫測其人，而唐末詩家盈車可載者，多荒纇可厭也。」

王伯厚《辭學指南》云：「後山携所作謁南豐，因留款語。適欲作一文字，事多，因託後山爲之，成數百言。南豐云：『大略也好，只是冗字多。』後山請改竄，南豐取筆抹數處，每抹處，連一兩行，凡削去一二百字。後山讀之，則其意尤全。因嘆服，遂以爲法。」

又曰：「洪野處曰：『文章有淵源，有機杼，有關鍵，有本根。』又云：『用其文如老農之用禾，旦而溉，中而芸，深耕而熟耰之，吾文唐矣，不兩漢若乎？漢矣，不三代若乎？欿然自視，未能參於柳州、吏部之奧，則日引月長，不至不止也。』」

盛如梓《庶齋老學叢談》云：「李慶孫有文名，所謂『洛陽才子安鴻漸，天下文章李慶孫』。時翰林學士宋白亦以文名。慶孫嘗謁白，弗爲禮，曰：『翰長所以得名者，《仙掌賦》耳。以某觀之，殊未爲佳。』白愕然，問其故。曰：『公賦云：「旅雁宵征，訝控弦于碧漢；行人早起，疑指路于雲間。」此乃《拳頭賦》也。』白曰：『君欲何云？』『某一聯云：「賴是孤標，欲摩挲于霄漢；如其對峙，應撫笑于人寰。」』白遂重之。」

潘昂霄《金石例》云：「前輩作文，各有入門處。退之本《孟子》，永叔亦祖《孟子》，故其議論純正少疵。子厚、明允皆自言其所得處，明允多自《戰國策》中來，視子厚爲不純。子瞻亦祖其家學，氣焰赫奕，人多慕之，然少純正。要之，自六經來，則源深而流長，人但見其正大温粹，不知其所養者有本也。此最當謹所習之，始若不謹，則未可知。本既立，必學問充就，而後識見造詣，凡見之議論言語者，皆正大純粹。如冠冕佩玉，入宗廟之中，人自起敬。學力既到，體製亦不可不知。如記、贊、銘、頌、序、跋，各有其體。不知其體，則喻人無容儀，雖有實行，識者幾人哉？體製既熟，一篇之中，起頭結尾，繳换曲折，反覆難應，關鎖血脉，其妙不可以言盡，要須自得於古文。」

《荆川稗編》曰：「王文公居鍾山，有客自黄州來。公曰：『東坡近日有何作？』對曰：『東坡宿於臨皋亭，醉夢中而起作《寶相藏記》，千餘言纔點定一兩字而已。』有墨本適留舟中，公遣健步往取，而至時月出東方，林影在地，公展讀于風簷，喜見鬚眉，曰：『子瞻，人中龍也；然有一字未穩。』客請願聞之。公曰：『「日勝日負」，不若「日勝日貧」耳。』東坡聞之，撫掌大笑，以公爲知言。」

楊升菴曰：「論文或尚繁，或尚簡。予曰：繁非也，簡非也，不繁不簡，亦非也。或尚難，或尚易，予曰：難非也，易非也，不難不易，亦非也。繁有美惡，簡有美惡，難有美惡，易有美惡，惟求其美而已。故博者能繁，命之曰『該贍』，《左氏》、相如是也；而請客者頃刻能千言。精者能簡，命之曰『要約』，《公羊》、《穀梁》是也；而曳白者終日無一字。奇者工于難，命之曰『複奥』，莊

周、禦寇是也；而郇模、劉燀亦詭而晦。辨者工於易，張儀、蘇秦是也；而張打油、胡釘鉸亦淺而露。論文者當辨其美惡，而不當以繁簡難易也。」

又曰：「李華曰：『文章本乎作者，而哀樂繫乎時。本乎作者，六經之志也；繫乎時者，樂文、武而哀幽、厲也。有德之文信，無德之文詐。皋陶之歌，史克之頌，信也；子朝之告，宰嚭之詞，詐也。夫子之文章，偃商傳焉。偃商没，而伋、軻作焉，蓋六經之遺也。屈平、宋玉哀而傷，靡而不遠，六經之道遯矣。淪及後世，力足者不能知之，知之者力或不足，則文義浸以微矣。』慎謂華之論文簡而盡，韓退之與人論文諸書遠不及也。特難爲褊心狹見者道耳。」

又曰：「韓文公誌盧殷墓，言殷于書無不讀，止用爲詩資，平生爲詩可誦者千餘篇，至今一篇不傳，非托于韓文，則名姓亦湮矣。又會昌中進士盧獻卿作《愍征賦》，司空圖爲之注釋，且序之曰：『氣淩鄴下，體變江南。』『間生冠五百年，在握照十二乘。』又言『其才情旖旎，雅調清越，寓詞哀怨，變態無窮』，稱之可謂極至矣，而此賦亦不傳。二公非妄許人者，文章之傳不傳，有幸有不幸。如胡曾《詠史詩》，惡劣之尤，而天下誦之，豈非幸耶？」

又曰：「李耆卿評文云：『韓如海，柳如泉，歐如瀾，蘇如潮。』余謂『柳如泉』未允，易『泉』以『江』可也。」

艾千子曰：「陳後村云：『繁濃不如簡淡，直肆不如微婉，重而濁不如輕而清，實而晦不如虛

而明。』」

《日知録》云：「婁堅《重刻元氏長慶集序》曰：『序者，叙所以作之指也，蓋始於子夏之序《詩》。其後劉向以校書爲職，每一編成，即有序，最爲雅馴。左思賦《三都》成，自以名不甚著，求序於皇甫謐。自是綴文之士，多有託于人以傳者，皆汲汲于名，而惟恐人之不吾知也。至於其傳既久，刻本之存者，或漫漶不可讀，有繕寫而重刻之，則人復序之，是宜叙所以刻之意可也。則今之述者，非追論昔賢，妄爲優劣之辨；即過稱好事，多設遊揚之辭：皆我所不取也。』讀此言，今之好爲古人文集序者，可以止矣。」

又曰：「列傳之名始於太史公，蓋史體也。不當作史之職，無爲人立傳者，故有碑、有誌、有狀而無傳。梁任昉《文章緣起》言傳始于東方朔作《非有先生傳》，是以寓言而謂之傳。韓文公集中傳三篇：太學生何蕃、圬者王承福、毛穎；柳子厚集中傳六篇：宋清、郭橐駝、童區寄、梓人、李赤、蝜蝂。何蕃，僅採其一事而謂之傳。王承福之輩，皆微者而謂之傳。毛穎、李赤、蝜蝂，則戲耳而謂之傳。蓋比於稗官之屬耳。若段太尉則不曰『傳』，曰『逸事狀』，子厚之不敢傳段太尉，以不當史任也。自宋以後，乃有爲人立傳者，侵史官之職矣。」

又曰：「孔稚珪《北山移文》明斥周顒；劉孝標《廣絶交論》陰譏到溉；袁楚客規魏元忠，有十失之書；韓退之諷陽城，作争臣之論。此皆古人風俗之厚。」

錢竹汀《十駕齋養新録》曰：「王介甫《仁宗皇帝挽詞》：『厭代人間世，收神天上遊。』『厭代』即厭世，《莊子・天地篇》『千歲厭世去而上仙』是也。一句之中『世』『代』重出，謂介甫精于小學，吾不信也。」

《隨園隨筆》曰：「古人作文摹倣痕迹未化，雖韓、柳不免。退之《毛穎傳》以管城封公，倣南朝《驢九錫文》以驢封大蘭王。《諱辯》：『父名仁，子不得爲人？』倣北齊顔之推云：『桓公名白，傳有五皓之稱；厲王名長，琴有修短之目。不聞改布帛爲布皓，改腎腸爲腎修』也。《十二郎文》：『汝病，吾不知時；汝殁，吾不知日。』用宇文護《與母書》：『我寒，不得汝衣；我饑，不得汝食』也。《送齊皞下第序》：『能知命者也，能不惑者也』，用荀子《非十二子篇》：『羞獨富者也，遠罪過者也。』《與崔立之書》與曹子建《與楊德祖書》意境相似。柳子厚作記，俱倣漢馬第伯《封禪儀記》。爲太夫人作祔志：『已矣！窮天下之聲，無以舒其哀矣；盡天下之詞，無以傳其酷矣。』連用『矣』字，倣《禮記・問喪篇》：『亡矣！喪矣！不可復見已矣！哭泣辟踴，盡哀而止矣。』《毀象祠記》：『苟離于正，雖千載之遠，吾得而更之，况今兹乎？』用董仲舒《高廟災對》：『苟違於禮，雖尊如高廟，吾猶災之，况其他乎？』《河間婦人傳》先貞後亂，倣《遊俠傳》原涉曰：『寡婦一朝被污，從此放縱』云云。《遊黄溪記》：『其間名山水而州者以百數，永最善；名山水而村者以百數，黄溪最善。』倣《漢書・西南夷傳》：『其西靡莫之屬以十數，滇最大；自滇以北君長以十

數，卭都最大。』李習之《高愍女碑》：『天下爲父母者，莫不欲愍女之爲其子也；爲夫者，莫不欲愍女之爲其室家也』，倣《國策》陳軫曰：『孝已愛其親，天下欲以爲子；子胥忠于君，天下欲以爲臣。』祖君彦《檄煬帝文》：『罄南山之竹，書罪無窮；決東河之波，流惡難盡。』倣《漢書・公孫賀傳》朱安世云：『南山之竹，不足受我詞；斜谷之木，不足爲我械。』獨孤及《仙掌銘》：『日而月之，星而辰之』，倣《莊子・庚桑楚篇》：『社而稷之，尸而祝之。』杜牧《阿房宮賦》起句三字用韻：『六王畢』、『蜀山兀』，倣陸傪《長城賦》：『千城絶，長城列。』後連用『也』字：『開妝鏡也』、『棄脂水也』，用邊孝先《博寨賦》：『分陰陽也，象日月也。』」

又曰：「經書語病，《玉藻》：『大大不得造車馬』，《周易》：『潤之以風雨』，馬可造、風可潤乎？『不耕獲，不菑畬』，耕時不能獲也。《漢書》：『于定國食酒一石』，酒可食乎？『朱買臣呼飯飲之』，飯可飲乎？此語病也。《越語》：『范蠡曰：妨于國家，靡王躬身』，躬即身也。谷永曰：『陛下當盛漢之隆』，班氏曰：『高帝行寬仁之厚』，《尚書》：『曷其奈何不敬』，《書經》曰：『不遑暇食』，遑即暇。《詩經》曰：『既庶且多』，庶即多也。陳壽『躬履清蹈』，古樂府『暮不夜歸』，邯鄲淳《碑》云『立墓起墳』，此複語也。古之人皆不以爲嫌，而惟壽見譏于裴松之。」

又曰：「古文增字，稱公劉曰『篤公劉』，坎卦曰『習坎』，越曰『於越』，吴曰『勾吴』。」

又曰：「文章有餘意未盡者，書之于後，始于韓文公。宋、元人有自記之例，蓋示人以行文繁

簡之法也。」

又曰：「文人寓言不可爲典要者，如《晏子》『〔一〕〔二〕桃殺三士』；《史記》魯連射聊城書，齊將自殺；優孟假孫叔敖衣冠而莊王即欲用之；《國策》秦滅六國，而安陵六十里以唐雎故獨存；夏禹之鼎没泗水；張華之劍躍龍津；相如作《長門賦》，武帝讀之，寵陳皇后如初，其實並無此事也。他如孔稚圭《北山移文》，嵇康《與山巨源絶交書》，皆偶爾興到之作。孔與周交好無間，而山公與嵇亦並未絶交也。」

睿吾樓文話卷九

《唐書》、李商隱《記劉叉》：「持韓愈金去，曰：『此諛墓中人得耳，不如與劉君爲壽。』愈不能止。」

《新唐書・韋貫之傳》：「韋均之子持萬縑詣韋貫之，求銘其父。貫之曰：『我寧餓死，豈忍爲此哉？』」

蘇東坡《答張文潛書》云：「子由之文實勝僕，而世俗不知，乃以爲不如。作《黄樓賦》乃稍自振厲，若欲以警發憒憒者，而或者便謂代作。此尤可笑。」

又《與姪帖》云：「文字亦苦無難處，止有一事與汝説。凡文字少小時須令氣象峥嶸，采色絢爛，漸老漸熟，乃造平淡，其實不是平淡，乃絢爛之極也。汝只見爹伯而今平淡，一向只學此樣。何不取舊日應舉時文字看，高下抑揚，如虎蛇捉不住。當且學此，書字亦然。善思吾言。」

《欒城遺言》曰：「子瞻之文奇，吾文但穩耳。」

樓迂齋云：「古人用字。古人名字，明用不如暗用，前代故事，實説不如虚説。五行家之言，

以爲明合不如暗合，拱實不如拱虛。知此説，可以悟作文之法。」

畢仲詢《幕府燕閒録》載：「范文正公嘗爲人作墓銘，已封將發，忽曰：『不可不使師魯見。』明日以示師魯。曰：『希文名重一時，後世所取信，不可不慎。今謂轉運使爲部刺史，知州爲太守，現無其官，後必疑之。』希文憮然曰：『賴以示子，不然幾失之。』」

葉石林嘗云：「今世安得有文章？只有減字换字法耳！如言『湖州』，必去『州』，只稱『湖』，此減字法也。不然，則稱『霅上』，此换字法也。」

陳騤《文則》曰：「載事之文，有先事而斷，以起事也；有後事而斷，以盡事也。如《左氏傳》欲載晉靈公厚斂雕墻，必先言『晉靈公不君』。《公羊傳》欲載楚靈王作乾谿臺，必先言『靈王爲無道』。若此類，皆先斷以起事也。如《左氏傳》載晉文公教民而用，卒言之曰：『一戰而霸，文之教也。』又載晉悼公賜魏絳和戎樂，卒言之曰：『魏絳于是乎始有金石之樂，禮也。』若此類，皆後斷以盡事也。」

又曰：「字有偏旁，故文有取偏旁以成句；字有音韻，故文有取音韻以成句，皆所以明其義也。《周禮》曰：『五人爲伍』，《中庸》曰：『誠者自成也』，《孟子》曰：『征之爲言正也』，凡此皆取偏旁者也。《易》曰：『嗑者，合也』，《樂記》曰：『樂者，樂也』，《孟子》曰：『校者，教也』，凡此皆取音韻者也。」

《捫蝨新話》云：「文章不使事最難，使事多亦最難。不使事，難于立意；使事多，難于遣詞。能立意者，未必能造語；能遣詞者，未必能免俗。大抵爲文者多，知難者少。」

楊龜山曰：「大凡爲文須要有温和敦厚之氣，章疏告君文字，蓋尤不可無也。」

倪正父曰：「文章以體製爲先，精工次之。失其體製，雖浮聲切響，抽黄對白，極其精工，不可謂之文矣。」

吕居仁曰：「韓退之文渾大廣遠難窺測，柳子厚文分明見規模次第，學者當先學柳文，後熟讀韓文，則工夫自見。」

又曰：「學文須熟看韓、柳、歐、蘇，先見文字體式，然後更考古人用意下句處。」

俞堪隱曰：「文字且要體面。平時習爲絺繪工夫，氣象淺促，手段拘攣，他日宦達，凡議論、奏疏、代言，則不能脱此格局矣。」

費補之曰：「東坡之文浩如河漢，濤瀾奔放，豈區區束縛于堤防者。而作《徐君猷祭文》及《徐州鹿鳴燕詩序》全用四六，效唐人體而益工，蓋以文爲戲耳。」

《容齋四筆》曰：「作文字紀日月，當以實言，若拘拘然必以節序，則爲牽强，乃似麻沙書坊桃源居士輩所跋耳。至於往還書問，不可不繫日，而性率者一切不書。予有婿生子，遣報云：『今日巳時得一子。』更不知爲何日。或又失之好奇，外姻孫鼎臣每致書，必題其後曰『某節』，至云

『小暑前一日』、『驚蟄前兩日』之類。文惠公常笑曰：『看孫鼎臣書，須著置曆日于案上。』蓋自元正、人日、三元、上巳、中秋、端午、七夕、重九、除夕外，雖寒食、冬至亦當謹識之，況於小小氣候？後生宜戒。」

吴氏《林下偶談》曰：「文字之雅淡不浮、渾融不琢、優遊不迫者，李習之、歐陽永叔、王介甫、王深甫、李太白、張文潛。雖淺深不同，而大略相近。居其最，則歐公也。淳熙間歐文盛行，陳君舉、陳同甫尤宗之。水心云：『君舉初學歐不成，後乃學張文潛，而文潛亦未易到。』」

沈括《筆談》記太宗立潤筆錢數，降詔刻石于（金）〔舍〕人院，每朝謝日，移文督之。楊大年作寇萊公拜相麻詞，有「能斷大事，不拘小節」，萊公以爲正得我胸中事，例外贈金百兩。

《事文類聚》曰：「裴度辟皇甫湜爲判官。度脩福先寺，將立碑，求文於白居易。湜怒曰：『近捨湜而遠取居易，請從此辭。』度謝之，湜即請斗酒飲醉，援筆立就，度遺以車馬、繒綵甚厚，湜大怒曰：『今碑字三千，一字三縑，何遇我薄也！』度笑，酬以絹九千疋。」

王楙《野客叢書》曰：「作文受謝非起于晉、宋，觀陳皇后失寵于漢武帝，别在長門宫，聞司馬相如天下工爲文，奉黄金百觔爲文君取酒。相如因爲文以悟主上，皇后復得幸。此風西漢已然。」

《宋朝類苑》曰：「小説載盧携貌陋，嘗以文章謁韋宙，韋氏子弟多肆輕侮。宙語之曰：『盧雖人物不揚，然觀其文章有首尾，異日必貴。』後竟如其言。本朝夏英公亦嘗以文章謁盛文肅公，

文肅曰：『子文章有館閣氣，異日必顯。』後亦如其言。然余嘗究之，文章雖皆出於心術，而實有兩等：有山林草野之文，有朝廷臺閣之文。山林草野之文，則其氣枯槁憔悴，乃道不得行、著書立言者之所尚也。朝廷臺閣之文，則其氣温潤豐縟，乃得行其道、代言華國者之所尚也。故本朝楊大年、宋宣獻、宋呂公、胡武平所撰制詔，皆婉美淳厚，過于前世燕、許、常、揚遠甚，而其爲人亦各類其文章。王安國嘗語余曰：『文章格調須是官様。』豈安國言『官様』亦謂『有館閣氣』耶？又今世樂藝亦有兩般格調：若教坊格調，則婉媚風流；外道格調，則粗野嘲哳，至於村歌社舞則又甚焉。茲亦與文章相類。」

曹安《讕言長語》云：「《梅溪集》嘗曰：『不善文者宜秘，不善書者宜楷，不善言者宜省。』《祭昭烈文》：『旁觀八陣，細讀三志。我雖有酒，不祀曹魏。』《祭武侯文》：『將略非長，庸史之語。旁有關、張，一龍一虎。』《祭杜工部文》：『讀書萬卷，蓋欲有爲。明光三賦，烜赫一時。』文之有警如此。」

《明史·李東陽傳》：「東陽謝事後，頗清窘。有求碑誌者，東陽欲却之。其子曰：『今日晏客，可使食無鮭菜耶？』東陽乃勉爲之。」

《荆川稗編》曰：「東坡初爲趙清獻公作《表忠觀碑》，或持以示王荆公。公讀之，沉吟曰：『此何語耶？』時有客在傍，遽詆訿之。公不答，讀再三，又携之而起，且行且讀，忽歎曰：『此《三王世家》也。』客大慚。又云荆公以東坡《表忠觀碑》寘坐隅，葉致遠、楊德逢在坐。公曰：『斯作

絶似西漢。』坐客嘆譽不已。公曰：『西漢誰人可擬？』德逢曰：『王褒。』蓋易之也。公曰：『不可草草。』德逢復曰：『司馬相如、楊雄之流乎？』公曰：『相如、子雲未見其序事典贍若此也。直須與子長馳騁上下。』坐客悚然，曰：『畢竟似子長何語？』公徐曰：『《楚漢以來諸侯王年表》也。』」

《湧幢小品》曰：「一達官遇王敬美曰：『尊兄文字佳天下，畢竟如何？』漫應曰：『河下皂隸耳。』蓋謂隨便答應，没甚緊要關係也。其言似過，却亦切時病。」

又曰：「王弇州云：『志、表之類，雖稱諛墓，尚是仁人孝子一念。至于後進少年，偶得一二雋語，便欲據西京，超大歷。官評僅考中下，輒稱韓馮翊，黄潁川。老而不死，多作諛語，畏入地獄。』觀此則公之懺悔已甚，而近日諸家文集當有以自振矣。」

《戒菴漫筆》曰：「明唐子畏有巨册一帙，自録所作文，簿面題曰『利市』。」

顧亭林曰：「凡書有所發明，序可也。無所發明，但紀成書之歲月可也。人之患在好爲人序。」

又曰：「于慎行《筆麈》云：『《史》、《漢》文字之佳，本自有在，非謂其官名、地名之古也。今人慕其文之雅，往往取其官名、地名以施于今，此應爲古人笑也。《史》、《漢》之文如欲復古，何不以三代官名施于當日而但記其實耶？文之雅俗固不在此，徒混淆失實，無以示遠，大家不爲也。

余素不工文辭，無所模擬，至于名義之微，則不敢苟。尋常小作，或有遷就；金石之文，斷不敢于

官名、地名以古易今。前輩名家亦多如此。』」

《潛丘札記》曰：「歸熙甫上公車，賃騾車以行。熙甫儼然中坐，後生弟子執書夾侍，嘉定徐宗伯年最少，從容問：『李空同文云何？』因挾《空同集》中《于肅愍廟碑》以進。熙甫讀畢，揮之曰：『此亦無他，只文理不通耳！』偶拈一帙，得曾子固《書魏徵傳後》文，挾册朗誦至五十餘遍，聽者皆厭倦欲卧，而熙甫沉吟咏嘆猶有餘味。宗伯每嘆先輩好學深思，非後生所能窺也。」

《香祖筆記》云：「王勉夫《紀聞》載東坡一日與歐陽公論《五代史》。公曰：『修于此，竊有善善惡惡之志。』坡曰：『韓通無傳，烏得爲善善惡惡？』公默然。千秋公議，當時坡公固已發之，是謂諍子。然劉壯輿作《五代史糾謬》，以示東坡。坡答以『王介甫嘗謂某當修《三國志》，某不敢當，正畏如公之徒摭拾其後耳』。」

又曰：「《泊宅編》：『歐陽子守滁州，作《醉翁亭記》。後四十五年，東坡爲大書重刻，改『泉冽而酒甘』爲『泉甘而酒冽』，今讀之，實勝原句。』此碑，予乙丑過滁遊琅邪山見之，搨得數紙。」

錢竹汀《十駕齋養新録》云：「劉彦和曰：『今之常言，有文有筆。以爲無韻者，筆也；有韻者，文也。』按《南史·顔延之傳》：『宋文帝問延之諸子才能，延之曰：「竣得臣筆，測得臣文。」』《任昉傳》：『尤長載筆，王公表奏，無不請焉。既以文才見知，時人云：「沈詩任筆。」』殷璠云：『歷代詞人，詩筆雙美者鮮矣。』杜牧之詩：『杜詩韓筆愁來讀，似倩麻姑癢處抓。』」

黄梨洲曰：「昌黎『陳言之務去』，所謂陳言者，每一題必有庸人思路共集之處，纏繞筆端，剥去一層，方有至理可言。猶如玉在璞中，鑿開頑璞，方始見玉，不可認璞爲玉也。不知者求之字句之間，則必如《曹成王碑》，乃謂之去陳言，豈文從字順者，爲昌黎之所不能去乎？」

又曰：「言之不文，不能行遠。今人所習，大概世俗之調，無異吏胥之（安）〔案〕牘，旗亭之日曆，即有議論叙事，敝車羸馬，終非鹵簿中物。學文者，須熟讀三史八家，將平日一副家儅盡行籍没，重新積聚，竹頭木屑，常談委事，無不有來歷，而後方可下筆。顧傖父以世俗常見者爲清真，反視此爲脂粉，亦可笑也。」

又曰：「作文雖不貴模倣，然要使古今體式無不備于胸中，始不爲大題目所壓倒。有如女紅之花樣，成都之錦自與三村之越異其機軸。今人見歐、曾一二轉折，自詫能文。余嘗見小兒摶泥爲銃，擊之石上，鏗然有聲。泥多者聲宏，若以一丸爲之，總使能響，其聲幾何？此古人所以讀萬卷也。」

又曰：「叙事須有風韻，不可擔板。今人見此，遂以爲小説家伎倆。不觀《晉書》、《南北史》列傳，每寫一二無關係之事，使其人之精神生動，此頰上三毫也。史遷《伯夷》、《孟子》、《屈賈》等傳，俱以風韻勝；其填《尚書》、《國策》者，稍覺擔板矣。」

又曰：「文必本之六經，始有根本。唯劉向、曾鞏多引經語，至于韓、歐，融聖人之意而出之，

不必用經，自然經術之文也。近見巨子，動將經文填塞，以希經術，去之遠矣。」

又曰：「文以理爲主，然而情不至，則亦理之郛廓耳。廬陵之誌交友，無不嗚咽；子厚之言身世，莫不悽愴。郝陵川之處真州，戴剡源之入故都，其言皆能惻惻動人。古今自有一種文章，不可磨滅，真是『天若有情天亦老』者。而世不乏堂堂之陣、正正之旗，皆以大文目之，顧其中無可以移人之情者，所謂刳然無物者也。」

又曰：「作文不可倒却架子爲二氏之文，須如堂上之人分別堂下臧否。韓、歐、曾、王莫不皆然；東坡稍稍放寬；至於宋景濂，其爲《大浮屠塔銘》，和身倒入，便非儒者氣象。王元美爲《章篔誌》，以刻工例之；徵明、伯虎、太函傳查八十，許以節俠，抑又下矣。」

又曰：「廬陵誌楊次公云：『其子不以銘屬他人而以屬修者，以修言爲可信也。』然則，銘之其可不信！表薛宗道云：『後世立言者，自疑於不信，又惟恐不爲世之信也。』今之爲碑版者，其有能信者乎？而不信先自其子孫始；子孫之不信，先自其官爵、贈謚始。聊舉一事以例其餘。如某主江西試，以試策犯時忌削籍。有無賴子高守謙，結黨十餘人，恐喝索賂，某不應，遂掠其資以去。某尋死。崇禎初昭雪死事者，竄名其中，得贈侍讀學士。今其子孫乃言：『逆奄竊柄，某抗疏糾參，幾至不測，閣臣爲之救解。已而理刑指揮高守謙等緹騎逮訊，某辯論侃侃，被拷掠而斃。崇禎初，贈侍讀學士，謚文忠。』脱空無一事實，不知『文忠』之謚，誰則爲之？且并無賴之高

守謙〔受〕〔授〕以僞官，真可笑也。潘汝禎建逆奄祠于西湖，某已卧病，不能起。奄敗，遂有言：『某入祠不拜，爲守祠奄人所挺，因而致死。』以之入奏者，今無不信之矣。近見修志，有無名子之子孫以其父祖入于《文苑》，勃然不悦，必欲入之《儒林》而止。嗚呼！人心如是，文章一道所宜亟廢矣！」

又曰：「所謂文者，未有不寫其心之所明者也。心苟未明，劬勞憔悴于章句之間，不過枝葉耳，無所附之而生。故古今來，不必文人始有至文，凡九流百家，以其所明者，沛然隨〔也〕〔地〕湧出，便是至文，故使子美而談劍器，必不能如公孫之波瀾；柳州而叙宫室，必不能如梓人之曲盡。此豈可强者哉！」

孫月峰《與李于田論文書》云：「宋人云：『三代無文人，六經無文法。』弟則謂惟三代乃有文人，惟六經乃有文法。周尚文，周末文勝萬古文章，總之無過周者。《論語》、《左氏》、《公》、《穀》、《禮記》最有法，公羊，子夏弟子，《禮運》出于子游，其餘似多係二賢高弟所撰，此皆是孔門文字。《國策》而後，乃大變。莊、列、荀、屈、韓、吕諸家，變態極矣。子長承之，祖《論語》，沿《戰國》餘風，更以奇肆出之，遂爲後代文豪。其實法窮而縱，以嗣周秦之後，即唐、宋之蘇氏也。浸淫至于六朝及唐，惟務綺靡，法益亡。昌黎氏力振之，直探原于經，法乃更出。近人不知，乃顧以縱肆者爲古，規矩者爲今，此迷於初始矣。」

《陔餘叢考》曰：「古人臨文避諱之法。司馬遷之父名談，故《史記》于『張孟同』，『趙談』改作『趙同』，此以『同』字代名也。有以他人之名犯廟諱，而但稱其字者，如北齊以高歡先世有名『泰』者，故于宇文泰，但稱其小字黑獺；有名『隱』者，故于趙隱，但稱其字彦深。唐諱『虎』，故于石虎，但稱其字季龍；諱『淵』，故于劉淵，但稱其字元海，鄧淵但稱其字彦海；諱『治』，故于長孫稚，但稱其字承業是也。有以諱而改用文義相通之字以代之者，如漢明帝諱莊，而東漢人凡舊書所有『莊』字，皆改爲『嚴』：以『魯莊公』爲『嚴公』，『楚莊王』爲『嚴王』，莊助、莊子陵皆改姓爲『嚴』。王羲之之先諱正，法帖中『正月』皆作『一月』，或作『初月』。至唐時益踵其法，如改『虎』爲『武』，『淵』爲『泉』，又爲『深』，『世』爲『代』，『民』爲『人』。因此并改古人之名，『蕭淵明』爲『深明』，『李安民』爲『安人』。更以嫌名，而改『長孫稚』名爲『幼』，甚而别稱『虎』曰『猛獸』、曰『於菟』。此皆以文義相同之字代用也。隋劉臻好食蜆，以父名顯，乃改呼曰『扁螺』，此則以己之諱，改物之名，殊覺可笑。東坡以其先諱序，凡爲人作序，皆用『叙』字，此又以音相同而義可通者代之。然或雖有同音之字，而義無可通，則不免窒礙。近世缺點畫之法，最爲簡易，可遵矣。」

魏世傚《答許言聞書》曰：「古文之道，初選題，次選意，次選詞，次立格，次立品，由淺入深，漸次至于立品，則文章之道，其庶幾矣。蓋立品者，非矯激自高大之謂也。篇自有其皎潔特到之處，至平而至奇，即上乘矣。必奇即小，必異即誕而誣也。有一定之格局，有正面，有反面，有旁

面，用之得其當則善。詞尚體要典則，意欲深入特拔。然意思之來，千頭萬緒，聖賢異端，淆雜迸出，肆而無統。不積學以充之，則不能化無用爲有用。斂博而歸于約，故或千萬言而不能盡者，乃徜徉于一二語數字之中。或開門見山，則又了無情況，必須千迴百折，委蛇婉轉，起高山豬大澤，而人不畏其煩，不厭其勞，其故可思也。」

曾鯨堂《二十四家文鈔序》曰：「蓋自六經四子諸書外，一代之作，一家之言，有純有駁，有離有合，舉漢、唐、宋、元以來，寥寥數大家，均不能免也。服餌雜，人身之病也；論著雜，人心之病也。于此而欲採輯羣言，網羅一世，出時賢之甘苦，爲後學之砭針，夫豈易事乎哉？是故文取載道，竊以爲必先有見道之實，淵然寂然，以日以年，舉人世功名、富貴、成敗、得失一不入于其胸中，而後可與論天下之文。」

杭堇浦《袁子才文集序》曰：「文莫古於經，而經之註疏家非古文也，不聞鄭《箋》、孔《疏》與崔、蔡並稱。文莫古于史，而史之考據家非古文也，不聞如淳、師古與韓、柳並稱。其他藻語、俚語、理障語皆非古文，則本朝望溪先生言之也詳。鹿門八家之説，襲真西山《讀書記》中語，雖非定論，要爲不失文章正宗。後世遵之者弱，悖之者妄，惟吾友子才太史掃羣弊而空之。記敘用斂筆，論辨用縱筆，敘事或斂或縱，相題爲之，而大概超超空行，總不落一凡字，此其志也，千載而下，當有定論。」

睿吾樓文話卷十

《抱樸子》曰：「歐陽生曰：『張茂先、潘正叔、潘安仁文章遠過二陸。』」

蘇東坡云：「如行雲流水，初無定質，但當行于所當行，常止于不可不止。文理自然，情態横生。」

陳後山曰：「寧拙毋巧，寧樸毋華，寧粗毋弱，寧僻毋俗，詩文皆然。」

又曰：「永叔謂：『爲文有三多：看多，做多，商量多也。』」

晁以道言：「近見東坡説：『凡人作文字，須是筆頭上挽得數萬觔起，可以言文字也。』余曰：『豈非興來筆力千鈞重乎？』」

陳騤《文則》曰：「載事之文有上下同目之法，謂其事斷可書，其人斷可美也。如《論語》載孔子之美禹、顔，《戴禮》之記文王、周公，《公羊》之傳孔父、仇牧、荀息，皆其法也。」

呂居仁曰：「文章須要説盡事情，如《韓非》諸書大略可見。至于一唱三歎、有餘音者，則非有所養不能也。如《論語》、《禮記》文字簡（談）〔淡〕不厭，似非《左氏》所可及也。《列子》氣平文緩，亦非《莊子》步驟所能到也。東坡晚年叙事文多法柳子厚，而豪邁之氣非柳所能及也。」

《緯文鎖語》曰：「篇中不可有冗章，章中不可有冗句，句中不可有冗字，亦不可有齟齬處。」

又曰：「爲文當要轉常爲奇，回俗入雅，縱横出没，圓融無滯，乃可與言遠。」

《孫公談圃》曰：「荆公爲許子春作家譜，子春寄歐陽永叔而隱其名，永叔未及觀。後因曝書，讀之稱善。初疑荆公作，既而曰：『介甫安能爲？必子固也。』」

潘子岳《詩話》云：「韓文擬體：《祭竹林神文》其體疑出于《書》，《祈大湖神文》其體疑出于《國語》，《吊武侍御文》其體疑出於《離騷》，其哀歐陽詹、獨孤申叔之文疑合于《莊子・内篇》、賈誼《鵬賦》之體。柳文擬體：《天對》則祖屈平之《天問》，其《乞巧》之文則擬楊雄之《逐貧》，《先友記》則法《家語・七十二子解》。」

《宋史・文苑傳序》曰：「國初，楊億、劉筠猶襲唐人聲律之體，柳開、穆修志欲變古而力弗逮，廬陵歐陽修出，以古文倡，臨川王安石、眉山蘇軾、南豐曾鞏起而和之，宋文日趨於古矣。」

《金史・傳》曰：「元好問爲文有繩尺，備衆體，蔚爲一代宗工，四方碑版銘志，盡趨其門。」

《稗編》曰：「《文則》云：『文有以繁爲貴者，若《檀弓》「石祁子沐浴佩玉」、《莊子》之「大塊噫氣」用「者」字，韓子《送孟東野序》用「鳴」字，《上宰相書》「至今稱周公之德」，其下又有「不衰」二字。凡此類則以繁爲貴。又有以簡爲貴者，若《舜典》「至於中嶽，如岱禮」，「西嶽如初」，《史記》「事在某人傳」。凡此類則又以簡爲貴也。但繁而不厭其多，簡而不遺其意，乃爲善矣。』」

又載《辨體》曰：「文有助辭，猶禮之有儐、樂之有相也。禮無儐，則不行；樂無相，則不諧；文無助，則不順。《檀弓》曰：『勿之有悔焉耳矣。』《孟子》曰：『寡人盡心焉耳矣。』《檀弓》曰：『我吊也與哉？』《左氏傳》曰：『獨我君也乎哉？』凡此一句，而三字連助，不嫌其多也。《左氏傳》曰：『其有以知之矣。』又曰：『其無乃是也乎？』此二句，六字成句而四字爲助，亦不嫌其多也。《檀弓》曰：『南宫縚之妻之姑之喪。』《樂記》曰：『不知手之舞之，足之蹈之也。』凡此不嫌用『之』字爲多。《禮記》曰：『言則大矣，美矣，盛矣。』此不嫌用『矣』字爲多。《檀弓》曰：『美哉輪焉。』《論語》曰：『富哉言乎。』凡此四字成句而助辭半之，不如是文不健也。《左氏傳》曰：『美哉！泱泱乎大風也哉！表東海者，其太公乎？國未可量也。』此又每句終用助，讀之殊無齟齬艱辛之態。」

宋景濂《浦陽人物記・文學篇》曰：「文學之事，自古及今以之自任者衆矣，然當以聖人之文爲宗。文之立言簡奇，莫如《易》，又莫如《春秋》。序事精嚴，莫如《儀禮》，又莫如《檀弓》，又莫如《書》。《書》之中又莫如《禹貢》，又莫如《顧命》。論議浩浩而不見其涯，又莫如《易》之《大傳》。陳情託物，莫如《詩》，《詩》之中反覆詠歎，又莫如《國風》；鋪張王政，又莫如《二雅》；推美盛德，又莫如《三頌》。有開有闔，有變有化，脉絡之流通，首尾之相應，莫如《中庸》，又莫如《孟子》。《孟子》之中又莫如『養氣』、『好辨』等章。嗚呼！濂之所言者略爾。以其所言推其所不言，蓋可知矣。人能致力于斯，得之深者固與天地相始終，得其淺者亦能震盪翕張，與諸子較所長于一世。

雖然，此特論爲文之體然耳。若原其本，則未也。其本者何也？天地之間，至大至剛，而吾藉之以生者，非氣也耶？必能養之而後道明，道明而後氣充，氣充而後文雄，文雄而後追配乎聖經，不若是不足謂之文也。何也？文之所存，道之所存也。文不繫道，不作焉可也。苟繫于道，則萬世在前不謂其久，吾不言焉，言則與之合也；萬世在後不謂其遠，吾不言焉，言則與之合也。是故無小無大、無外無内、無古無今，非文不足以宣，非文不足以行，非文不足以傳，其可以無本而致之哉？」

又《贊》曰：「于房論文有曰：『陽開陰闔，俯仰變化，出無入有，其妙若神。』何其言之善也。蓋文主于變，變而無跡之可尋，則神矣。司馬遷、班固、韓愈之徒，號爲文章家，其果能易此言哉！」

又《贊》曰：「濂嘗受學于吴立夫，問其作文之法，則謂：『有篇聯，欲其脉絡貫通；有段聯，欲其奇耦迭生；有句聯，欲其長短合節；有字聯，欲其賓主對待。』又問其作賦之法，則謂：『有音法，欲其倡和闔闢；有韻法，欲其清濁諧協；有辭法，欲其呼吸相應；有章法，欲其布置謹嚴。總而言之，皆不越生、承、還三者而已。然而辭有不齊，體亦不一，須必隨其類而附之，不使玉瓚與瓦缶並陳，斯爲得之，此又在乎三者之外，而非精擇不能到也。』顧言猶在耳，而恨學之未能，因志諸傳末，以謹其傳焉。」

楊用脩曰：「文，道也；詩，言也。語録出，而文與道判矣；詩話出，而詩與言離矣。」

楊升菴曰：「唐人余知古《與歐陽生論文書》云：『韓退之作《原道》，則崔豹《答牛享書》；作《諱

辯》，則張昭《論舊名》；作《毛穎傳》，則袁淑《大蘭王九錫》；作《送窮文》，則楊子雲《逐貧賦》。』」

又曰：「郭象《莊子注》曰：『工人無爲于刻木，而有爲于運矩；主上無爲于親事，而有爲于用臣。』柳子厚演之爲《梓人傳》一篇，凡數百言。毛萇《詩傳》云：『漣，風行水成文也。』蘇老泉演之爲《蘇文甫字説》一篇，亦數百言。得奪胎换骨之三昧矣。」

王鏊《震澤長語》曰：「世謂六經無文法，不知萬古義理、萬古文字皆從經出也。其高者、遠者未敢遽論，即如《七月》一篇，叙農桑稼圃，内則叙家人寢興烹飪之細；《禹貢》叙山水脉絡原委，如在目前，後世有此文字乎？《論語》記夫子在鄉、在朝、使擯等容，宛然畫出一個聖人，非文能之乎？昌黎序如《書》，銘如《詩》，學《書》學《詩》也，其它文多從《孟子》，遂爲後世文章家冠。孰謂六經無文法乎？」

又曰：「爲文必師古，使人讀之不知所師，善師古者也。韓師孟，今讀韓文不見其爲孟也。歐學韓，不覺其爲韓也。若拘拘規傚，如邯鄲之學步，里人之效顰，則陋矣。所謂師其意，不師其詞，此最爲文之妙訣。」

又曰：「聖賢未嘗有意爲文也，理極天下之精，文極天下之妙，後人殫一生之力，以爲文無一字到古人處，胸中所養未至耳。故爲文莫先養氣，莫要窮理。」

又曰：「《史記・貨殖傳》議論未了，忽出叙事；叙事未了，又出議論。不倫不類，後世決不

如此作文，奇亦甚矣。」

又曰：「爲文好用事，自鄒陽始；詩好用事，自庾信始。其後流爲崑體，又爲江西派，至宋末極矣。」

艾千子曰：「今人每引李于鱗之言曰：『宋人憚于修詞，理勝相掩』，以爲宋文好易之證。然余則曰：『孔子云：「詞達而已矣。」未聞詞之礙氣也。詞之礙氣，爲東漢以後駢麗整齊之句言耳。彼以句字爲辭，而不知古之所謂辭命辭章者，指其首尾結撰，而通謂之詞，非如今人之以矜句飾字爲詞也。故曰辭尚體要，則章旨之謂也。』」

又曰：「今人以宋文好新而法亡，好易而失雅。夫文之法最嚴，孰過于宋歐、曾、蘇、王者？荆川有言曰：『漢以前之文，未嘗無法，而未嘗有法，法寓於無法之中，故其爲法也，密而不可窺。唐與宋之文，不能無法，而能毫釐不失乎法，以有法爲法，故其爲法也，嚴而不可犯。』余嘗三復，以爲至言。然余極推宋大家之文，以其有法；而其稍病宋大家之文，亦因其過於尺寸銖兩毫釐不失乎法。視《史》、《漢》風神，如天衣無縫爲稍差者，以其法太嚴耳。宋之文，由乎法而不至于有跡而太嚴者，歐陽子也，故嘗推爲宋之第一人。予方以法太嚴稍病宋人，而今人謂其無法，不亦可笑乎？若乃王、李之文，徒見夫漢以前之文似於無法也，竊而效之，決裂以爲體，餖飣以爲詞，盡去自宋以來開闔首尾、經緯錯綜之法，而別爲一種臃腫窘澀浮蕩之文。其氣離而不屬，其

意卑，其語澀，乃真無法之至者，而今人以爲有法可乎？」

又曰：「古文一道，自《史記》後，東漢人敗之，六朝人又大敗之。至韓、柳而振，至歐、曾、蘇、王而大振。其不能盡如《史記》者，勢也。然文至宋而體備，至宋而法嚴，至宋而本末源流遂能與聖賢合，恐太史公復生，不能不撫掌稱快。至元與明初而有振有不振，至嘉隆之王、李而大敗，得震川、荆川、遵巖救之而稍振。」

馮時可《雨航雜録》曰：「六經無浮字，秦漢無浮句，唐以下靡靡爾，其詞燁然，其義索然，譬則秋楊之華哉，去治象遠矣。九奏無細響，三江無淺源，以謂文豈率爾哉！永叔侃然而文温穆，子固介然而文典則，蘇長公達而文遒暢，次公恬而文澄蓄，介甫矯厲而文簡勁，文如其人哉，人如其文哉！」

又曰：「漢文雄而士亦雄，宋文弱而兵亦弱，唐文在盛衰之間，其國勢亦在强弱之際。」

又曰：「春秋之文，告言倫脊，而漸漬人心志；戰國之説，詞氣縱横，而聳動人耳目，然去聖王之典訓遠矣。」

魏善伯曰：「人以文字就質于人，稱曰『正之』。忽念政者正也，改稱曰『政』。又念正者必須删削，乃曰『削政』。又念斧斤所以削也，轉曰『斧政』。又言善斧斤者，莫如郢人，易曰『郢政』，且或單稱曰『郢』。而最奇者以爲孔子筆削《春秋》，而《春秋》絶筆于獲麟，遂曰『麟郢』。愈文而愈

不通，令人絶倒。今俗人作古文，地名、官名之屬，務稱古號，以爲新别，而復多錯謬，否則杜撰拈合。如稱給事爲『給諫』，狀元官修撰者爲『殿撰』，三孤、三公，保其一也，而通曰『宫保』。牽强支鳌，竟不成語，著于文章之内，真所謂『金甌玉醆盛狗矢』也。又如『日居月諸』，『居』『諸』乃語詞，而稱日月爲『居諸』。『刑于寡妻』、『友于兄弟』，『于』亦語詞，而曰『刑于』、『友于』。司馬遷、諸葛亮，複姓也，而曰：『馬遷』、『葛亮』，則古人先已不通，時俗又何足怪乎？鄙倍之遠，不能不望于君子。」

又曰：「文能切題，乃不應付；然欲應付，無如切題。」

又曰：「語言無味，面目可憎，此庸俗人病也；而專好新奇譎怪者，病甚于此。好奇好怪，即是俗見，大雅之士不然耳。」

魏叔子曰：「或問：『何以爲古文？』曰：『欲知君子，遠於小人而已矣；欲知古文，遠於時文而已矣。』」

又曰：「善改文者，有移花接木之妙，如上下段，本不相干，稍爲貫串，便成一氣是也。有改頭易面之妙，如倒置前後，改易字句，便另成一種格調是也。有脱胎换骨之妙，如原本説寒，將要緊處改换翻成説熱是也。深味此法，於自己作文，亦增多少境界矣。」

又曰：「凡作文須從不朽處求，不可從速朽處求。如言依忠孝，語關治亂，以真心樸氣爲文

者，此不朽之故也。浮華鮮實，妄言悖理，以致周旋世情、自失廉隅者，此速朽之故也。今人作文，專一向速朽處着想着力，而日冀其文之不朽，不亦惑乎？」

《潛研堂文集》曰：「方望溪以古文自命，意不可一世，惟臨川李巨來輕之。望溪嘗携所作曾祖墓銘示李，纔閱一行，即還之。望溪恚曰：『某文竟不足一寓目乎？』曰：『然。』望溪益恚，請其説。李曰：『今縣以桐名者，有五：桐鄉、桐廬、桐柏、桐梓，不獨桐城也。省桐城而曰「桐」，後世誰知爲桐城者？此之不講，何以言文？』望溪默然者久之，然卒不肯改，其護前如此。金壇王若霖嘗言：『靈皋以古文爲時文，以時文爲古文。』論者以爲深中望溪之病。偶讀望溪文，因記所聞于前輩者。」

錢竹汀曰：「東坡《表忠觀碑》倣子厚《義門銘》也，《萬石君羅文傳》倣退之《毛穎傳》也，《蓋公堂記》用子厚《郭橐駝傳》之意而變其面目。」

又曰：「《歸震川文集》後附王文肅錫爵所撰墓誌，予初讀之，歎其波瀾意度頗與熙甫相近。後讀《唐叔達集》有此文，知爲叔達代作。叔達父名欽堯，震川高弟，其淵源有自矣。」

蔣心餘《答隨園書》曰：「銓遍觀時賢所爲古文，無十分滿意者。魏叔子失之雜；侯壯悔失之空；汪鈍翁問露時文氣；若靈皋乃枯骨槁木，不足言簡潔；文輈隸凑成句，死氣滿紙，閱之不能終篇。公才大心細，識超學醇，故宏放中頓挫剪裁，掩出諸公之上。」

睿吾樓文話卷十一

魏文帝《典論》曰：「夫文本同而末異，蓋奏議宜雅，書論宜理，銘誄尚實，詩賦欲麗。此四科不同，而能之者偏也，唯通才能備其體。文以氣爲主，氣之清濁有體，不可〔力〕强而致。譬〔諸〕音樂，曲度雖均，節奏同檢，至于引氣不齊，巧拙有素，雖在父兄，不能以移子弟。」

顔之推《家訓》曰：「凡爲文章，猶乘騏驥，雖有逸氣，當以銜策制之，勿使流亂軌躅，放意填坑岸也。文章當以理致爲心腎，氣調爲筋骨，事義爲皮膚，華麗爲冠冕。今世相承，趍末棄本，率爾浮艶。詞與理競，詞勝而理伏；事與才争，事繁而才損。放逸者，流宕而忘歸；穿鑿者，補綴而不足。時俗如此，安能獨違？但務去大甚耳。」

杜牧之曰：「凡爲文以意爲主，氣爲輔，以辭彩章句爲之兵衛，未有主强盛而輔不飄逸者，兵衛不華赫而莊整者。四者高下圓折，步驟隨主所指，如鳥(飛)〔隨〕鳳，魚隨龍，師衆隨湯、武，騰天湧泉，横裂天下，無不如意。苟意不先立，止以文彩辭句繞前捧後，是言愈多而理愈亂，如入門闤，紛紛然莫知其誰，暮散而已。是以意全勝者，辭愈樸而文愈高；意不勝者，詞愈華而文

愈鄙。」

韓退之《答李翺書》曰：「處若忘，行若遺，儼乎其若思，茫乎其若迷。當其取於心而注於手也，惟陳言之務去，戛戛乎其難哉！」又曰：「氣，水也；言，浮物也。水大而物之浮者大小畢浮，氣之與言猶是也。氣盛，則言之短長與聲之高下皆宜。」

柳子厚《答韋中立書》曰：「故吾每爲文章，未嘗敢以輕心掉之，懼其剽而不留也；未嘗敢以怠心易之，懼其弛而不嚴也；未嘗敢以昏氣出之，懼其昧没而雜也；未嘗敢以矜氣作之，懼其偃蹇而驕也。抑之欲其奥，揚之欲其明，疏之欲其通，廉之欲其節，激而發之欲其清，固而存之欲其重。此吾所以羽翼夫道也。」

《欒城遺言》曰：「余少年苦不達爲文之節度。讀《上林賦》，如觀君子佩玉冠冕，還折揖讓，音吐皆中規矩，終日威儀，無不可觀。」

曾南豐《老泉哀詞》曰：「侈能盡之約，遠能見之近，大能使之微，小能使之著。煩能不亂，肆能不流。其雄壯俊偉若决江河而下也，其輝光明白若引星辰而上也。」

葉石林作張文潛《柯山集序》曰：「文潛與少遊同學于蘇子瞻。子瞻以爲『秦得吾工，張得吾易』，而世謂工可致，易不可致，以君爲難云。」

《困學紀聞》云：「張文潛《論文詩》曰：『文以意爲車，意以文爲馬。理强意乃勝，氣盛文如駕。理文當閻按：宜作「當文」。即止，妄説即虚假。氣如決江河，勢順乃傾瀉。』」

陳騤《文則》曰：「文有意相屬而對偶者，如『發彼小豝，殪此大兕』，『誨爾諄諄，聽我藐藐』，『故謀用是作，而兵由此起。』有事相類而對偶者，如『威侮五行，怠棄三正』，『佑賢輔德，顯忠遂良。』此皆渾然而成，初非有意媲配。凡文之對偶者若此則工矣。」

《麗澤文説》曰：「文字若緩，須多看雜文，雜文須看他節奏緊處。若意思雜，轉處多，則自然不緩。善轉者如短兵相接，蓋謂不兩行又轉也。講題若轉多，恐碎了文字，須轉雖多，只是一意方可，若使攪得碎，則不成文字。若鋪叙處，間架令新不陳，多警策句，則亦不緩。」

又曰：「文字有三等：上焉藏鋒不露，讀之自有滋味；中焉步驟馳騁，飛沙走石；下焉用意庸常，專事造語。」

張（甫）〔輔〕《名士優劣論》曰：「世人論司馬遷、班固之優劣，多以固爲勝。余以爲史遷叙三千年事，五十萬言，固叙二百年事，八十萬言，煩省不敵，固之不如遷也。」

孫穀祥《野老記聞》曰：「葉石林云：『凡看文字，採兩字以上對句，舉子用作賦，入仕用作四六，顯達作制誥。兩字議論，舉子用作論策，入仕用作長書，顯達用作劄子。』」

又曰：「東坡《三馬贊》：『振鬣長鳴，萬（里）〔馬〕皆瘖。』此皆記不傳之妙，學文者能涵泳此

等語，自然有入處。」

《玉壺清話》載：「歐公曰：『學者當取三多：多讀書，多持論，多著述。三多之中，持論爲難。』」

謝疊山曰：「凡學文初要膽大，終要心小，由粗入細，由俗入雅，由繁入簡，由豪宕入純粹。」又曰：「聖人立言與庸衆人異。貶一人不必多言，只一字一句貶之，其辱不可當；褒一人不必多言，只一字一句褒之，其榮不可當。孔子褒管仲只四句：『一匡天下，民到于今受其賜。微管仲，吾其被髮左衽矣！』孟子學孔子者也，褒百里奚只三句：『相秦而顯其君於天下，可傳於後世，不賢而能之乎？』韓文公學孟子者也，褒孟子初只兩句：『然賴其言而今學者尚知宗孔氏、崇仁義、貴王賤霸而已。』終只兩句：『向無孟氏，則皆服左衽而言侏離矣。』與孔子褒管仲之語同。歐陽公作《蘇老泉墓誌》云：『眉山在西南數千里外，公父子一日隱然名動京師，而蘇之文章遂擅天下。』亦得此法。」

元遺山云：「文章要有曲折，不可作直頭布袋。然曲折太多，則語意繁碎，整理不下，反不若直頭布袋之爲愈也。」

《稗編》曰：「王小畜云：『文以傳道，古聖人不得已而爲之。謂欲句之難通、義之難曉，必不然矣。《詩》三百篇，皆可以播管絃、薦宗廟。《書》者，二帝三王之世之文也，文之古無出於此，則曰：「惠迪吉，從逆凶。」又曰：「德日新，萬邦惟懷；志自滿，九族乃離。」在《禮·儒行》，夫子之

文也，則曰：「衣冠中，動作謹。」在《易》則曰：「乾道成男，坤道成女。」「日月運行，一寒一暑。」夫豈句之難通、義之難曉耶？今爲文而舍六經，又何法哉？若第取《書》之「弔由靈」、《易》之「朋盍簪」者，法其語而謂之古，是豈謂之古文哉？」」

《湧幢小品》曰：「布衣王彝，字宗常，有操行，爲文本經術。會稽楊維禎以文主盟四海，彝獨薄之曰：『文不明道而徒以色態惑人媚人，所謂淫于文者也。』作《文妖》數百言詆之。洪武初召修《元史》。」

又曰：「林釴字克相，閩人，與鄭善夫同時。釴爲文好用奇字，令人不識。然字非素習，第臨文檢古書。日稍久，或指以問釴，釴亦不識也。官至御史。武林近時有虞淳熙字德園，亦如之。官吏部郎，隱西湖不出。」

又曰：「近日名家文字多用換字法，其計無復之，則曰俚之。『黽勉』曰『閔免』，『尤甚』曰『郵甚』，『新婦』曰『新負』，『異』曰『异』，『須臾』曰『須搖』，『赤幟』曰『赤志』。又以『殊』字代『死』字，古稱『殊死』，乃斬首分爲二也。『奉母』改作『奉妣』，妣指已死者而言。」

《日知録》云：「二漢文人所著絶少。史于其傳末，每云：『所著凡若干篇。』惟董仲舒至百三十篇，而其餘不過五六十篇，或十數篇，或三四篇。史之録其數，蓋稱之，非少之也。乃今人著作，則以多爲富。夫多則必不能工，亦必不皆有用于世，其不傳宜矣。」

又云：「自嘉靖以後，人知語録之不文，于是王元美之《劄記》、范介儒之《膚語》，上規子雲，下法文中，雖所得有淺深之不同，然可謂知言者矣。」

周櫟園《書影》曰：「宋景濂云：『揚沙走石，飄忽奔放者，非文也；牛鬼蛇神，佹誕不經，而弗能宣通者，非文也；桑間濮上，危絃促管，徒使五音繁會，而淫靡過度者，非文也；情緣憤怒，辭專譏訕，怨尤勃興，和順不足者，非文也；縱横捭闔，飾非助邪，而務以欺人者，非文也；枯瘠苦澀，棘喉滯吻，讀之不復可句者，非文也；廋詞隱語，雜以詼諧者，非文也；事類失倫，序例勿謹，黄鐘與瓦釜並陳，春穠與秋枯並出，雜亂無章，刺眯人目者，非文也；臭腐塌茸，厭厭不振，如下俚衣裝，不中程度者，非文也：如斯之類，不能偏舉。必也旋轉如乾坤，輝映如日月，闔闢如陰陽，變化如風霆，妙用同乎鬼神，大之用天下國家，小而爲天下國家用，始可言文。』」

又云：「蕭伯玉曰：『近時爲文，工爲諛語，率多避忌，如絳、灌既貴，斷不敢言其屠狗吹簫時事也。漢郭玉善醫，遇貧賤厮養，應手立愈；然治貴人，或不驗。和帝問之，對曰：「貴者處尊高以臨臣，臣懷怖懼以承之，況針有分寸，時有破漏，重以恐懼之心，臣意且未盡，何有于病哉？」悟此可廣文心。』」

又云：「商丘侯方域曰：『余少遊倪文正公之門，得聞緒論。公教余爲文，必先馳騁縱横，務盡其才，而後軌于法。然所謂馳騁縱横者，如海水天風，涣然相遭，噴薄吹盪，渺無涯際。日麗空

而忽黯，龍近夜以一吟。耳悽兮目駴，性寂乎情移。文至此，非獨無才不盡，且欲舍吾才而無從者，此所以卒與法合，而非雕鏤組練、極衆人之炫耀爲也。今夫雕鏤以章金玉之觀，組練以侈錦繡之華而已；若欲運刀尺于虛無之表，施機杼于穀紋之上，未有不力窮而巧盡者也。故蘇子曰：「風行水上者，天下之至文也。」風之所以廣微而無間者，氣也；水之所以澮宕自足者，質也。風之氣蕭然而疏然，有能禦風者否耶？水之質泊然而柔然，有能劃水者否耶？故曰：氣莫舒于風，質莫堅于水，然則至文者雕鏤之所不受，組練之所不及也。』」

又曰：「商丘徐爾黄鄰唐曰：『有明三百年之文，擬馬遷，擬班固，進而擬《莊》、《列》，擬《管》、《韓》，擬《左》、《國》、《公》、《穀》，擬石鼓文、《穆天子傳》，似矣，卒以爲唐宋無文，則可謂溺于李夢陽、何景明之説，而中無確然自信者也。夫孔子之時，去開闢之時已數千年，孔子删《書》起於唐，叙《詩》綴以商，以明世遠言湮滅没莫考，但舉二千年以内之言，擇其雅者，爲人誦習之。法古者，法其近古而已矣。蓋古文如《漢》，如《莊》、《列》，如《管》、《韓》，如《左》、《國》、《公》、《穀》，如石鼓文、《穆天子傳》，法莫具于馬遷，前此之文，馬遷不遺；後此之文，不能移馬遷。然而馬之文法具矣。體裁有未備也，備之者，其昌黎、柳州、廬陵、眉山諸子乎？諸子之于馬遷，猶顔、曾、思、孟之于孔子也。道必學孔子，然善學者，學顔、曾、思、孟而已矣。文必學馬遷，然善學者，學昌黎、柳州、廬陵、眉山而已矣。蓋所爲誌、銘、書、記諸作，景明猶稍稍自好，而夢陽則支蔓

無章，降而弇州、白雪諸子，尤而效之。有明三百年文之所以支蔓無章者，夢陽、景明之過也，而世猶莫之寤也。』」

又曰：「豫章曾堯臣曰：『今人爲文，大約如屏障，間架現成，但須糊裱耳。』此語殆爲太倉、新安發。」

《陔餘叢考》載顔師古《匡謬正俗》曰：「世俗誌銘之文，每云『刻之樂石』，蓋本《嶧山碑文》有『刻之樂石』之語而襲用之，不知引用誤也。《禹貢》：『嶧陽孤桐，泗濱浮磬』，言泗水之濱，有石可爲磬。始皇嶧山所刻，即用此磬石，故謂之樂石。他處刻石文不云『樂石』也。文士通用之于碑碣，誤矣。」

《今文偶見》：「王嗣槐《與毛會侯書》曰：『僕嘗與于一論作文，删枝葉，則文自老；去蹊徑，則文自高。然有累累萬言，波瀾層折，而不得摘一字爲枝葉；有平平立論，意味深長，而不得指一格爲蹊徑：此又不可以言傳，到其境者，自得之。』」

又「王元啓《與白生書》曰：『至於文之有法度，猶耕之有畦，織之有縷，舍此，即無以别徑涂溝遂之限，成錯綜經緯之功。今時文家亦言界畫，言脈絡，作古體雜文而不謹于法，則反不如對偶聲律之文，尚有尺度之可守，而頹然放然人得進而操著作之權矣。孔子曰：「君子博學于文，約之以禮。」禮者規矩繩墨之謂，無規矩繩墨，不可以言文。然非博學于文，亦無由知規矩繩墨之

所在也。』」

《十駕齋養新録》云：「向秀注《莊子》，郭象竊之；郗紹著《晉中興書》，何法盛竊之；姚察撰《漢書訓纂》，後之注《漢書》者隱没名字，將爲己説。顧寧人謂有明一代之人所著書，無非盜竊，語雖太過，實切中隱微深痼之病。」

又曰：「皎然《詩式》著偷語、偷義、偷勢之例。三者，雖巧拙攸分，其爲偷一也。後代詩文家，能免于三偷者，寡矣。」

程魚門《上袁子才書》曰：「所論古文最爲的當。鄙意自北宋以降迄今以古文名者，除六大家外，尚可數十人，然皆可觀者耳，可讀者少矣。宋金華名蓋一時，而文不耐讀。南宋七百年來，唯朱子、方正學、歸震川、方望溪，各有十數篇可讀者。甚矣其難也！亭林文如《聖慈天慶宫》、《齊四王塚》二記文，亦可讀可不讀，諸辨則不必讀也。」

又曰：「竹君先生終是古文可傳，然視足下恐尚遜少許，以生平自發議論者最少。古文自以碑版多爲第一，而議論文亦不可無昌黎之五《原》、老蘇之策論，不如是不足以罄其胸中所學也。辛楣先生不喜方文，猶之心餘先生不喜厲詩，然于方、厲無損，于錢、蔣亦無損也。何也？是非有一定，嗜好無一定也。」

袁子才曰：「文集之名始于東京。《隋・經籍志》曰：『集之名，漢東京所創。』蓋指班史『某

人文幾篇』、『某人詩幾篇』而言，實後人集之，非自爲集也。齊、梁間，始有自爲集者。王筠以一官爲一集，江淹自名前後集是也。有一人之集止一題者，阮步兵集五言八十篇，四言十三篇，題皆曰《咏懷》；應休璉詩八卷，總名曰《百一詩》。亦有一集止爲一事者，梁元帝爲《燕歌行》，羣臣和之，爲《燕歌行集》；唐睿宗時，李適《送司馬承（順）〔禎〕還山詩》，朝士和者三百餘人，徐彦伯編而序之，號《白雲記》。有一集止一體者，崔道融《唐詩》兩卷，皆四言。有數人唱和而成集者，元、白之《因繼集》，皮、陸之《松陵集》，温飛卿之《漢上題襟集》是也。」

又曰：「顔魯公作《子儀家廟碑銘》，詞兩句一韻，至四句一束，第五句别用十二侵韻到底，不知何倣？歐陽圭齋作碑銘，一句用東韻，一句用江韻，亦奇。」

睿吾樓文話卷十二

陳善《捫虱新話》曰：「桓温見八陣圖曰：『此常山蛇勢也。擊其首，則尾應；擊其尾，則首應；擊其中，則首尾俱應。』予謂此非特兵法，亦文章法也。文章亦要宛轉回復，首尾俱應，乃爲盡善。山谷論詩文亦云：『每作一篇，先立大意，長篇須曲折三致意乃成章耳。』此亦常山蛇勢也。」

又曰：「唐文章三變，宋朝文章亦三變矣。荆公以經術、東坡以議論、程氏以性理，三者要各自立門户，不相蹈襲，然其末流皆不免有弊，雖一時舉行之過其實，亦事勢有激而然也。至今學文之家，又皆逐影吠聲，未嘗有公論，實不見古人用心處，予每爲之太息。」

又曰：「文章貴錯綜。《楚詞》以『日吉』對『良辰』，以『蕙殽蒸』對『奠桂酒』。存中云：『此是古人欲錯綜其語，以爲矯健耳。』予謂此法本自《春秋》，《春秋》書『隕石于宋五，是日六鷁退飛過宋都』，説者皆以石鷁五六先後爲義，殊不知聖人文字之法正當如此。既曰：『隕石于宋五』，又曰：『退飛鷁于宋六』，豈成文理？故不得不錯綜其語，因以爲健也。《楚詞》正用此法。其後韓退之作《羅池碑》云：『春與猿吟兮，秋鶴與飛』，以『與』字上下言之，蓋亦欲語反而詞從耳。今《羅池碑》石刻古本

如此，而歐陽公以所得李生《昌黎集》較之，只作『秋與鶴飛』，遂疑古本爲誤。惟沈存中爲始得古文意，然不知其法自《春秋》出。予乃今知古人文字，始終開闔，有宗有趣，其不苟如此。」

《欒城遺言》曰：「歐公碑版，今世第一。集中《怪竹辯》，乃甚無謂，非所以示後世。」

又曰：「莊周《養生》一篇，誦之如龍行空，爪趾鱗翼所及，皆自合規矩，可謂奇文。」

沈作喆《寓簡》曰：「爲文當存氣質，氣質渾圓，意到辭達，便是天下之至文。若華靡淫艷，氣質雕喪，雖工不足尚矣。此理全在心識通明，心識不明，雖博覽多好，無益也。古人謂『文滅質，博溺心』者，豈特爲儒之病哉？亦爲文之弊也。」

《唐子西文録》曰：「近世士大夫習爲時學，忌博聞者，率引經以自强。余謂『挾天子以令諸侯』，諸侯必從；然謂之尊君，則不可。挾六經以令百氏，百氏必服；然謂之知經，則不可。」

陳騤《文則》曰：「《易》之有象以盡其意，《詩》之有比以達其情，文之作也，可無喻乎？博采經傳，約而論之，其取喻之法，大概有十。」

又曰：「辭以意爲主，故辭有緩有急，有輕有重，皆生乎意也。韓宣子曰：『吾淺之爲丈夫也。』則其辭緩。景春曰：『公孫衍、張儀豈不成大丈夫哉？』則其辭急。『狼瞫于是乎君子』，則其辭輕。『子謂子賤君子哉若人』，則其辭重。」

《西軒客談》曰：「唐李商隱凡作文必聚書于左右，檢視終日，人謂之『獺祭魚』。宋楊大年爲

文用故事，使子姪檢討出處，用片紙録之，文成而後掇拾，人謂之『衲被』。」

子俞子《螢雪叢説》云：「文章一技，要自有活法，若膠古人之陳迹而不能點化其句語，此乃謂之死法。死法專祖蹈襲，則不能生于吾言之外；活法奪胎换骨，則不能斃于吾言之内。斃吾言者，生吾言也，故爲活法。伊川先生嘗説《中庸》：『「鳶飛戾天」，須知天上者更有天；「魚躍于淵」，須知淵中更有地。會得這個道理，便活潑潑地。』吴處厚常作《剪刀賦》，第五隔對：『去爪爲犧，救湯王之旱歲；斷鬚燒藥，活唐帝之功臣。』當時屢竄易『唐帝』上一字，不妥貼，因看遊鱗，頓悟『活』字，不覺手舞足蹈。吕居仁序江西宗派詩，若言：『靈均自得之，忽然有入，然後惟意所出，萬變不窮，是名活法。』楊萬里又從而序之，若曰：『學者屬文，當悟活法。所謂活法者，要當優遊厭飫。』是皆有得于活法也。吁！有胸中之活法，蒙于伊川之説得之；有紙上之活法，蒙于處厚、居仁、萬里之説得之。」

又曰：「東萊先生嘗教學者作文之法：『先看《精騎》，次看《春秋權衡》，自然筆力雄樸、格致老成，每每出人一頭地。』」

李薦《師友談記》曰：「少遊言賦中作用與雜文不同。雜文則事詞在人意氣變化；若作賦，則惟貴鍊句之功，鬥難、鬥巧、鬥新。借如一事，他人用之不過如此，吾之所用，則雖與衆同其語之巧，迥與衆别，然後爲工也。」

又曰：「東坡嘗言：『文章之任，亦在名世之士相與主盟，則其道不墜。方今太平之盛，文士輩出，要使一時之文有所宗主。昔歐陽文忠常以是任付與某，故不敢不勉。異時文章盟主，責在諸君，亦如文忠之付授也。』」

《宋景文筆記》曰：「文章必自名一家，然後可以傳不朽。若體規畫圓，準方作矩，終爲人之臣僕，古人譏『屋下作屋』，信然。陸機曰：『謝朝花于已披，啓夕秀于未振。』韓愈曰：『惟陳言之務去。』此乃爲文之要。五經皆不同體，孔子没後，百家奮興，類不相沿，是前人皆得此旨。嗚呼，吾亦悟之晚矣！雖然，若天假吾年，猶冀老而成云。」

又曰：「文有屬對平側用事者，供公家一時宣讀施行以便快，然久之不可施於史傳。發修《唐書》，未嘗得唐人一詔一令可載于傳者。唯捨對偶之文，近高古，乃可著于篇。大抵史近古，對偶宜今。以對偶之文入史策，如粉黛飾壯士，笙匏佐鼙鼓，非所施云。」

又曰：「韓退之稱軻『醇乎醇者也』，至荀況、楊雄曰：『大醇而小疵。』予以爲未之盡。孟之學也雖醇，于用緩；荀之學也雖疵，于用切；揚則立言可矣，不近于用。」

陳唯室《步里客談》云：「韓退之《畫記》，東坡以爲甲乙帳，而秦少遊乃效之作《五百羅漢記》，人心之不同如此。喻子才道王侍郎剛中語云：『文字使人擊節賞嘆，不如使人肅然生敬。』」

章望之《延漏録》曰：「劉蜕文冢，其文草聚而封之，凡一千一百八十紙。有塗者、乙者，有注

楷者，有覆背者，硃墨圈者。」

潘府《南山素言》曰：「古之言也心之聲，今之言也口之聲。古之文也言之文，今之文也文之文。今之心亦果有異于古之心乎？飲食男女，入道之門也，故君子謹微。」

又曰：「五經皆史也：《易》之史奥，《書》之史實，《詩》之史婉，《禮》之史詳，《春秋》之史嚴，其義則一而已。」

崔銑《松窗寤言》曰：「碑誌盛而史贋矣，唐詩興而教亡矣，啓札具而友濫矣，表牋諛而君志驕矣，制誥儷而臣報輕矣，賄幣流而贄禮失矣，舉業專而經學淺矣，登第易而全才蔑矣。」

鄭瑗《井觀瑣言》曰：「柳子厚《貞符》效司馬長卿《封禪書》體也，然長卿之諛不如子厚之正；子厚《答問》效東方曼倩《答客難》體也，然子厚之懟不如曼倩之安。」

祝允明《讀書筆記》：「爲文作字，初無意于必佳，乃佳。凡事皆然，不但文字也。」

《日知録》云：「自《春秋》以下紀載之文，必以日繫月，以月繫時，以時繫年，此史家之常法也。《史記·伍子胥傳》：『己卯楚昭王出奔，庚辰吴王入郢』，則不月而日。《刺客傳》：『四月丙子，光伏甲士于窟室中』，則不年而月。史家之變例也。蓋二事已見于吴、楚二《世家》，故其文從省。」

又曰：「有先書以起事者，《通鑑》唐文宗太和九年十一月，先書是月戊辰王守澄葬于滻水，于壬戌、癸亥之前是也。」

又曰：「《春秋·桓公十二年》書『丙戌，公會鄭伯，盟于武父。丙戌衛侯晉卒。』重書日者，二事皆當繫日。先書公者，先内而後外也。邵國賢曰：「一丙戌，一是即書，一是追書。即書者，紀事之職；追書者，承赴之體。」後人作史，凡一日再書，則云『是日』。」

又曰：「少年未達，投知求見之文，亦不可輕作。《韓昌黎集》有《上京兆尹李實書》曰：『愈來京師，于今十五年，所見公卿大臣不可勝數，皆能守官奉職，無過失而已，未見有赤心事上、憂國如家如閣下者。今年以來，不雨者百有餘日，種不入土，野無青草，而盜賊不敢起，穀賈不敢貴，百坊、百二十司、六軍、二十四縣之人，皆若閣下親臨其家，老姦宿贓，銷縮摧沮，魂亡魄喪，影滅跡絶，非閣下條理鎮服，布宣天子威德，其何能及此！』至其爲《順宗實録》，書貶京兆尹李實爲通州長史，則曰：『實諂事李齊運，驟遷至京兆尹，恃寵强愎，不顧文法。是時春夏旱，京畿乏食，實一不以介意，方務聚斂徵求，以給進奉。每奏對，輒曰：「今年雖旱，而穀甚好。」由是租税皆不免，人窮至壞屋賣瓦木貸麥苗以應官。陵轢公卿已下，隨喜怒誣奏遷黜，朝廷畏忌之。嘗有詔免畿内逋租，實不行用詔書，徵之如初。勇于殺害，人吏不聊生。至譴，市里歡呼，皆袖瓦礫遮道伺之，實由間道獲免。』與前所上之書，迴若天淵矣。豈非少年未達投知求見之文，而不自覺其失言者耶？後之君子可以爲戒。」

又曰：「韓退之文起八代之衰，于駢偶聲律之文，宜不屑爲，而其《滕王閣記》推許王勃所爲

《序》，且曰：『竊喜載名其上，詞列三王之次，有榮耀焉。』李太白《黄鶴樓詩》曰：『眼前有景道不得，崔顥題詩在上頭。』所謂『自古在昔，先民有作』者也。今之好譏訶古人、翻駁舊作者，其人之宅心可知矣。」

又曰：「辭主乎達，不論繁與簡也。繁簡之論興，而文亡矣。《史記》之繁處必勝于《漢書》之簡處。《新唐書》之簡也，不簡于事而簡于文，其所以爲病。」

又曰：「陸務觀《跋前漢通用古字韻》曰：『古人讀書多，故作文時偶用一二古字，初不以爲工，亦自不知孰爲古孰爲今也。近時乃或鈔掇《史》、《漢》中字入文詞中，自謂工妙，不知有笑之者。偶見此書，爲之太息，書以爲後生戒。』」

又曰：「古人之文，不特一篇之中無冗複也，一集之中亦無冗複。且如稱人之善，見于祭文，則不復見于誌；見于誌，則不復見于他文。後之人讀其全集，可以互見也。又有互見于他人之文者，如歐陽公作《尹師魯誌》，不言近日古文自師魯始，以爲范公祭文已言之，可以互見，不必重出。蓋歐陽公自信己與范公之文並可傳于後世也。亦可以見古人之重愛其言也。」

黄梨洲《明文案序》曰：「有明文章正宗，蓋未嘗一日而亡也。自宋、方以後，東里、春雨繼之，一時廟堂之上，皆質有其文。景泰、天順稍衰。成、弘之際，西崖雄長于北，匏菴、震澤發明于南，從之者多有師承。正德間，餘姚之醇正，南城之精練，掩絶前作。至嘉靖，而崑山、毘陵、晉江

者起，講究不遺餘力，大洲、浚谷，相與犄角，號爲極盛。萬曆以後又稍衰，然江夏、福清、秣陵、荆石未嘗失先民之矩矱也。崇禎時，崑山之遺澤未泯，婁子柔、唐叔達、顧仲恭、張元長皆能拾其墜緒，江右艾千子、徐巨源，閩中曾弗人、李元仲亦卓犖一方，石齋以理數潤澤其間。計一代之製作，有所至不至，要以學力爲淺深，其大旨罔有不同，顧無俟于更弦易轍也。自空同出，突如以起衰救弊爲己任，汝南何大復友而應之，其説大行。夫唐承徐、庾之汩没，故昌黎以六經之文變之；宋承西崑之陷溺，故廬陵以昌黎之文變之。當空同之時，韓、歐之道如日中天，人方企仰之不暇，而空同矯爲秦、漢之説，憑陵韓、歐，是以旁出唐子，竄居正統，適以衰之弊之也。其後王、李嗣興，持論益甚，招徠天下，靡然而爲黄茅白葦之習，曰：『古文之法亡於韓』，又曰：『不讀唐以後書』，則古今之書去其三之二矣。又曰：『視古修詞，寧失諸理。』六經所言唯理，抑亦可以盡去乎？百年人士染公超之霧而死者，大概便其不學耳。」

又曰：「嗟乎！唐、宋之文自晦而明，明代之文自明而晦。宋因王氏而壞，猶可言也；明因何、李而壞，不可言也。」

全謝山《鮚埼亭集》曰：「作文當以經術爲根柢，然其成也，有大家，有作家。譬之山川名勝，必有牢籠一切之觀，而後可以登地望。若一丘一壑之佳，則到處有之。然限于天者，人無如之何也。唐宋八家而後，作家多，大家不過一二。周平園、樓攻媿力爲恢張，微近于廓，水心則行文有

蹊徑，同甫尤多客氣，其餘瘦肥濃淡得其一體而已。有元一代，規矩相承，而氣魄差減。明初集大成者，惟潛溪。中葉以後真僞相半，雖最醇者，莫如震川，亦尚在水心伯仲之間。獨蒙叟雄視晚明，而擬之潛溪，遜其春容大雅之致，此又有隨乎國運而不自知者。語曰：『文章天地之元氣』，豈不信哉？」

又曰：「楊子雲之《美新》，貽笑千古，固文人之最甚者。餘如退之《上宰相書》、《潮州謝上表》、《祭裴中丞文》、《京兆尹李實墓銘》，放翁《閱古泉》、《南園記》、《西山建醮青詞》，皆爲白圭之玷。就中言之，放翁二記，尚有微詞，然不如不作之爲愈也。水心應酬文字，半屬可删。吾故曰：『儒者之爲文也，其養之當如嬰兒，衛之當如處女。』」

又答沈東甫問：「昨聞臨川侍郎語，以爲正史列傳外，不應擅爲人作傳。試觀八家無此體，其或寄寓遊戲爲之可耳。然否？」答云：「臨川侍郎之説本于亭林，亭林之説本于任氏《文章緣起》。然考之于古，立傳之例有六，其一則史傳是也。史傳之外，有家傳。《隋書·經籍志》中所列六朝人家傳之目，則八家以前多有之。蓋或上之史館，或存之家乘者也。又有特傳，蓋不出其家之請，而自爲之，如歐公之桑懌、南豐之徐復、洪渥是也。又有别傳，則或其事爲正史所未盡，如《太平御覽》所列古人别傳之類；或舉人一節以見其全體，如韓公于何蕃、東坡于陳慥是也。又其次始爲寄託之傳，如韓公《圬者》、柳州《梓人》、《種樹》之類是也。又其次爲遊戲之傳，如韓

公之《毛穎》是也。若必謂非史公不應爲人作傳，則《張中丞傳》，韓公已爲之題後，而《歐陽生傳》即韓公友李翺所爲，皆不聞其以爲非也。若明吴江徐氏辨文體，即以歐、曾所作桑、洪等傳爲家傳，又非也。」

《隨園隨筆》曰：「古文多省字法。如《左氏》『使之年』者，使之言年也。『楚國第』者，楚國爲政以次第也。『則如勿傷』，『不如勿傷之』也。《魯語》宗人夏父展曰：『君作而順，則故之』，言以爲故事也。臧宣叔曰：『齊楚同我也』，言齊楚同伐我也。《晉語》張老曰：『士首之』，謂斲其首也。《左氏》『吴子門于巢』，《公羊》『無人門焉』者，皆倣此矣。東漢郅惲曰：『子在我憂而不手』，亦倣《檀弓》『子手弓而可。』皆省却一字。」

又曰：「編集以賦裝頭，始于《文選》。劉禹錫曰：『文章家先立言，而後體物。』今之以賦裝頭者非也。」

又曰：「歐陽公譏元微之《桐柏宫銘》自注典故，以爲非作者法。今人犯此病者多。」

魏世傚《與叔弟儼論仲父文書》曰：「夫不得其法，則一用再用而窮；得其法，雖累千百篇，若無意于法，而法愈出。吾試爲汝言之。生殺予奪，在于一字二字，活者可殺，殺者可活，是曰擒縱。且然未然，予不遽予，奪不遽奪，難于誦言，是曰推就。若起伏，若照應，無意相求，忽然遭之，若遊絲之裊人，是曰牽拂。語東未竟，忽而及西，有不必盡之言，有不必竟之事，是曰跳脱。

因筌得魚，魚得則筌可棄矣，是曰脱卸。或雜他説以亂之，或引他事以離隔之，是曰遮。題所未始有，理所必不可不有，是曰補。言火則已烈，言水則已濡，利于此，害于彼，烏頭附子不制其毒不可用也，是曰救。此法之大端也。則又有意竭氣盡而不能遽止者，用成語古事以休之；有暢説賓意而主意自見者；有賓主鬥亂而不亂者；有題中人多本難位置，乃更設數客以益之，而寬然有餘以特見其能者；有將轉且駐，而後下有以接爲轉以起爲轉者，則變化之餘事。臨文之際，不可不講求者也。」

王惺齋《與廖其鑅書》曰：「末世爲古文辭者，多有匡郭可循，凡叙述忠孝節廉之事，所著之詞一似分類纂集而成，以故張冠可以李戴。古人命意偏於人所簡忽之處，追摹形似，有以得其真情。東坡論傳神之法：于額上添畫三紋，作俯首而仰視之狀，真可謂善言者也。」

謝竹湖《與徐鳳輝書》曰：「僕嘗謂文以載道，實文生于情，而又行之以渾浩之氣，發之以奇偉之才，從古作家無出乎此，先生其以爲然乎？否乎？」

許改亭《鈍翁類稿序》曰：「聖人之道載于六經，學者能從經見道而著之爲文，不使經與道與文三者析而不可復合，則可謂善學矣。」

《今文偶見》選法迂齋《書望溪文集後》曰：「先生之文，于詞削去繁艷，于法滅去町畦，義訓經訓，期于無尚，故爾結體高遠，變化從心。但抗心希古，矜詡太過，遂成結習。絃急柱促，殊少

紆徐，卓犖之致，以此稍遜古人耳。」

又曰：「潁濱評史公之文曰：『疏宕有奇氣。』韓得其豪，歐得其逸，蘇得其勢，皆所謂奇氣也。文必化結習而後能疏宕，奇氣自出。八家成體之文，氣韻高下，總以此斷。因校《望溪集》偶及之。」

徐丹厓《題梨洲文集》曰：「梨洲之文，醇厚不如景濂，亢爽不如希直，潔净不如熙甫，峭折不如荆川。然當其感慨山河，俯仰易世，桑田滄海，目擊心傷，每遇折戟沉沙，故宫離黍，不勝凄凉酸楚之意。以至逋逃之逐客，淪落之遺民，野店僧寮失職吞聲之義士，往往低徊宛轉，一唱三歎而傳之，時在目前，境皆身到，如連昌宫女道天寶開元軼事，聲情嗚咽，泣下沾襟，聽之者毛骨爲竦。」

華豫源《書臨川集後》曰：「介甫初年，刻意勵行，故文特峭潔，兀奡不羣，睥睨當世，成一家言。當國以後，議者蜂起，救過不遑。投老鍾山，始自悔艾，而意象薾矣。其短章遒逸，一句一轉，獨得太史公神韻。金陵焦弱侯亟稱之。志銘自廬陵外，不得不推介甫，廬陵迤邐而行，介甫突兀而起；廬陵于閒冷中點染，介甫于整齊處錯綜；廬陵爲相知者倍著精神，介甫不問何人皆有生趣，虛實互用，變化多姿，觀止矣。」

沈師閔《韓文論述序》曰：「嗟乎！爲文之道惟三：曰義，曰辭，曰法。義所以制事，辭所以達義，法所以叙次其義而聯綴其辭者。故不得于法，雖義合而辭富，要不足以成章也。」

睿吾樓文話卷十三

沈隱侯曰：「文章當從三易：易見事，一也；易識字，二也；易讀講，三也。」

孫可之《與王霖書》曰：「樵嘗得爲文真訣于來無擇，來無擇得之于皇甫持正，持正得之于韓退之。然樵未嘗與人言及文章，且懼得罪于時也。」

《因話録》曰：「《才命論》稱張燕公，《革華傳》稱韓文公，《老牛歌》稱白樂天，《佛骨詩》稱鄭司農，後人所託其名，非真者也。」

封演《聞見記》：「豐碑本天子諸侯下棺之柱，臣子或書君父勳伐于其上。又立于隧道，故謂之神道碑。古碑上往往有孔，是貫綍索之象。」

《王氏談録》：「焦秀才云：『欲作文字與立身，先且須積日以養其源可也。』長源《與知仲書》曰：『知日講《史記》及《孟子》，甚善甚善！蓋經書養人根本，史書開人才思，此事不可一日廢，而須自少年積之。宜常用此法也。』」

陳善《捫虱新話》曰：「柳子厚《壽州安豐縣孝門銘》自『壽州刺史臣承思』而下蓋序也，以表

爲序，亦文之一體也。而〔徐〕〔姚〕鉉所編《文粹》，乃録銘于前，而于題下注云『并壽州刺史表』，于銘後以附見焉，此鉉之陋也。《高唐》、《神女賦》自『玉曰唯唯』以前，皆賦也，而蕭統爲之序，東坡嘗笑其陋，若鉉者，又何足笑之！」

又曰：「以文體爲詩，自韓退之始；以文體爲四六，自歐陽公始。」

《欒城遺言》曰：「張十二之文，波瀾有餘而出入整理骨骼不足；秦七波瀾不及張，而出入徑健簡捷過之。要知二人，後來文士之冠冕也。」

又曰：「余少作文，要使心如旋床：大事大圓成，小事小圓轉，每句如珠圓。」

《曾子固文集》云：「碑表立于墓上，誌銘則埋壙中。」

又《後耳目志》曰：「先生云：『東坡作温公神道碑，末用北齊神武皇帝號，蓋指高歡也。歡追謚神武皇帝，欲以比神宗，故不書其名而引其謚。此亦文章之關鍵。』」

又曰：「先生云：『司馬遷《五帝本紀》學《春秋》。』」

《容齋四筆》曰：「東坡爲張文定公作墓誌銘，有答其子厚之一書，云：『志文路中已作得大半。到此百冗，未絶筆，計得十日半月乃成。然書大事，略小節，已有六千餘字，若纖悉盡書，萬字不了，古無此例也。知之知之。』蓋當時恕之意但欲務多耳。又一帖云：『志文謁告數日方寫得了，謹遣持納。衰病眼眩，詞翰皆不佳，不知可用否？』今誌文正本凡七千一百字，銘詩百六十

字云。予鄉士作一列大夫小郡守行狀九千言，衢州士人詣闕上書二萬言，使讀之者豈不厭倦！作文者宜戒之。坡帖藏梁氏竹齋，趙晉臣鐫石于湖南憲司楚觀。」

又曰：「韓退之爲文章不肯蹈襲前人一言一句，故其語曰：『惟陳言之務去，戛戛乎其難哉！』獨『粉白黛緑』四字，似有所因。《列子》：『周穆王築中天之臺，簡鄭、衛之處子娥媌靡曼者，粉白黛黑以滿之。』《戰國策》張儀謂楚王曰：『鄭州之女，粉白黛黑，立于衢間，見者以爲神。』屈原《大招》：『粉白黛黑，施芳澤只。』司馬相如：『靚莊刻飾』，郭璞曰：『粉白黛黑也。』《淮南子》：『毛嬙、西施，施芳澤，正娥眉，設笄珥，衣阿錫，粉白黛黑，笑目流眺。』韓公以黑爲緑，其旨則同。」

又曰：「蘇洵明允作《權書》，永叔大奇之，爲改書中所用『崩亂』十余字，奏于朝，明允因得官。」龔檢討《芥隱筆記》曰：「東坡試《刑賞忠厚之至論》，其間有云：『皋陶曰「殺之」三，堯曰「宥之」三。』梅聖俞以問蘇出何書，答曰：『想當然耳。』此語蘇蓋宗曹孟德問孔北海武王伐紂以妲己賜周公出何典，答曰：『以今準古，想當然耳。』一時猝應，亦有據依。」

吳曾《能改齋漫録》謂：「墓路稱神道，自漢已然。」而引《襄陽耆舊傳》：「光武立蘇嶺祠，刻二石鹿夾神道。」又《楊震碑》首題《太尉楊公神道碑銘》。

趙令畤《侯鯖録》記「王仲舒爲郎中，謂馬逢曰：『貧不可堪，何不尋碑誌相救？』逢笑曰：『適見人家走馬呼醫，可立待也。』」

朱文公曰：「曾所以不及歐處，是紆徐曲折處。曾喜模擬人文字，擬《峴臺記》，是放《醉翁亭記》，不甚似。」

又曰：「南豐擬制内有數篇，雖雜之三代誥命中，亦無愧。」

又曰：「道夫問：『嘗聞南豐令後山一年看《伯夷傳》，後悟文法，如何？』曰：『只是令他看一年，則自然有得處。』」

《困學紀聞》曰：「荆公爲外祖母墓表云：『女婦居不識廳屏，笑言不聞鄰里，是職然也。』唐岐陽公主不識刺史廳屏，見杜牧之文；薛巽妻崔氏言笑不聞于鄰，見柳子厚文。荆公爲文，字字不苟如此，讀者不知其用事。」

孫宗鑑《東皋雜録》云：「自周衰及戰國、秦、漢，皆以碑懸棺，或木或石。既葬，碑留壙中，不復出矣。稍稍書姓名、爵里其上，至後漢遂作文字。」

陸遊《筆記》：「南朝詞人謂文爲筆，《沈約傳》云：『謝玄暉善爲詩，任彦升工于筆。』又與湘東王論文章之弊曰：『詩既如此，筆又如之。』又曰：『謝朓、沈約之詩，任昉、陸倕之筆。』」

周密《癸辛雜識》引趙松雪曰：「北方多唐以前古冢，所謂墓誌者，皆在墓中。正方而上有蓋，蓋豐下殺上，上書某朝某官某人墓誌，此所謂書蓋也。後立碑于墓，其篆額應止謂之額，今訛爲蓋，非也。」

程正敏《剡溪野語》云：「宋景文言爲文是静中一業。」

《瑞桂堂暇録》云：「文章各有體，六一公爲一代文章冠冕，亦以其事事合體。如作詩即幾及李、杜，碑、銘、記、序即不減韓退之，作《五代史》即與司馬子長並駕，作四六一洗崑體，作奏議庶幾陸宣公，遊戲小詞亦無愧唐人《花間集》，蓋得文章之全者。如東坡之文，固不可及，詩如武庫戟矛，已無不利鈍，且未嘗作史。曾子固之古雅，蘇老泉之雄健，固文章之傑，然皆短于詩。山谷詩、騷妙于天下，而散文頗覺繁碎。其實文人蓋亦各有所長，而全美之爲難。」

曹安《讕言長語》曰：「胡三省註《通鑑》云：『人苦不自覺，前註之失，吾知之；吾註之失，吾不能知也。』可爲註書自信者戒。」

《蜩笑偶言》曰：「《前漢書》表古今人物，其失也渾；《新唐書》表宰相世系，其失也濫；備三長如班、歐猶有此失，矧其他乎？」

《日知録》曰：「名臣碩德之子孫，不必皆讀父書；讀父書者，不必能通有司掌故。若夫爲人作誌者，必一時文苑名士，乃不能詳究，而曰：『子孫之狀云爾，吾則因之。』夫大臣家可有不識字之子孫，而文章家不可有不通今之宗匠，乃欲使籍談、伯魯之流爲文人任其過。嗟乎！若是，則盡天下而文人矣。」

又曰：「《會試録》、《鄉試録》，主考試官序其首，副主考序其後，職也。凡書亦猶是矣。且如

國初時，府、州、縣志書成，必推其鄉先生之齒尊而有文者序之，不則官于其府州縣者也。請者必當其人，其人亦必自審其無可讓，而後爲之。官于是者，其文優，其於是書也有功，則不讓于鄉矣。鄉之先生，其文優，其於是書也有功，則官不敢作矣。義取于獨斷，則有自爲之而不讓于鄉與官矣。凡此者所謂職也。故其序止一篇；或則有發明，則爲後序；亦有但紀歲月而無序者。今則有兩序矣，有累三、四序而不止者矣。兩序，非體也；不當其人，非職也。世之君子，不學而好多言也。」

又曰：「詩云：『巧言如簧，顔之厚矣。』而孔子亦曰：『巧言令色，鮮矣仁。』又曰：『巧言亂德。』夫巧言不但言語，凡今人所作詩、賦、碑、狀足以悦人之文，皆巧言之類也。不能，不足以爲通人；夫惟能之而不爲，乃天下之大勇也。故夫子以剛毅木訥爲近仁，學者所用力之途在此，不在彼矣。」

顧亭林《與人書》曰：「君詩之病在于有杜，君文之病在于有韓、歐。有此蹊徑于胸中，便終身不脱依傍二字，斷不能登峰造極。」

又曰：「《宋史》言劉忠肅每戒子弟曰：『士當以器識爲先，一命爲文人，無足觀矣。』僕自一讀此言，便絶應酬文字，所以養其器識，而不墮于文人也。懸牌在室以拒來請，人所共見。足下尚不知耶？抑將謂隨俗爲之而無傷于器識耶？中孚爲其先妣求傳再三，終已辭之。蓋止爲一

人一家之事而無關于經術政理之大，則不作也。韓文公文起八代之衰，若但作《原道》、《原毁》、《争臣論》、《平淮西碑》、《張中丞傳後序》諸篇，而一切銘、狀概爲謝絶，則誠近代之泰山北斗矣。今猶未敢許也。此非僕之言，當日劉叉已譏之。」

又曰：「某君欲自刻文集以求名于世，此如人之失足而墜井也。若更爲之序，豈不猶之下石乎？惟其未墜之時，猶可及止。止之而不聽，彼且以入井爲安宅也，吾已矣夫。」

又曰：「能文不爲文人，能講不爲講師。吾見近日之爲文人、爲講師者，其意皆欲以文名、以講名者也。子不云乎：『是聞也，非達也，默而識之。』愚雖不敏，請事斯語矣。」

《潛丘劄記・與戴唐器書》曰：「今日讀魏叔子《歙縣程君墓表》首云：『程氏出周程伯休父。後東晉元譚由廣平持節守新安，有善政。』不覺大駭。太守安得有持節事？因考《晉書・職官志》、《文獻通考》並云：『持節有三：上曰使持節，得殺二千石以下；中曰持節，得殺無官位人；下曰假節，惟行軍得殺犯令者。』至太守持節，乃唐武德元年改郡爲州，太守爲刺史，方加號持節。然則刺史方持節，太守斷斷無之。節即今之王命旗也。吾兄所謂『若輩兒自誇大其遠祖而不知國典朝章』者也。此等經牧齋手筆，必無此杜撰官守。次則我梨洲、寧人尤熟典故，但不作文字耳。天下此三人而已。太子太傅是官，非爵也，爵則公、侯、伯、子、男五等之謂。汪苕文謂『爵至太子太傅』，豈不可笑之至耶！吾兄每輕魏而重汪，殊未允。」

《十駕齋養新録》云：「彭王傅《徐浩碑》，浩次子峴所書，碑末有『表姪河南府參軍張平叔題諱』十二字。『題諱』即今人所云『填諱』也。周益公《跋初寮王左丞贈曾祖詩》末題『通直郎田橡填諱』，是宋人已稱填諱矣。元刻《麻衣子神字銘》，孛述魯翀撰，二子孛述魯遠書，南陽貢士李珩填諱。正用徐峴之例。」「孛术魯」三字姓也。石刻「术」作「述」，譯音無定字。

趙（歐）〔甌〕北曰：「《封氏聞見記》云：『唐制，太常博士掌謚三品以上薨亡者，故吏録行狀，申尚書省考功校勘，下太常博士議擬，申省，省司議訖，然後奏聞。』是古人于行狀，原有核實之法。然人已死，而子孫及故吏爲之，自必多溢美；而主其議者，亦多以善善欲長，誰肯爲刻覈之舉？雖有中正、博士處分，及考功校勘，而濫者接踵。何况近代之行狀不必經太常、考功，人人可以自撰，又何怪乎虚詞讕語連篇累牘也！」

《鮚埼亭集》答沈東甫問：「哀詞見于古人者亦少，但當爲傷逝之作，而臨川以爲即墓表也。又謂但可加之失意之人，然否？」答云：「哀詞、哀讚、哀頌皆起于東漢，本不過傷逝之作，而間有以充碑版之文者，蔡中郎爲胡夫人作哀讚曰：『仰瞻二親，或有神誥靈表之文。作哀讚，書之于碑』，是竟以當墓碑也。南豐作《老蘇哀詞》曰：『將以鑱諸墓上』，是竟以當墓表也。廬陵作《胥夫人墓志》曰：『爲哀詞一篇以吊，而藏諸墓』，則又以哀詞當墓志之銘也。推此則張紘之哀頌亦其類也。其但以傷逝而作，而不用之墓者，不在此内焉，所當分别觀之。哀詞之見于古者，大都

傷其德之未成，或才之未展，或名之未達，故稍近乎失意之人；近世竟以挽詩當之，則謬甚矣。」

又問：「墓碑出于子孫葬時所立，否則門生故吏爲立之耳。相去遠者，可作之否？」答云：「《張曲江集》有《徐徵君孺子碑》，是相隔數百年而爲之者。姚牧菴有《陳太常神道碑》，以其七世孫之請。明《鄭千之集》有《朱徽公子在碑》，亦幾及二百年。如徐、陳二碑，蓋其前此者既毁而重立也，如朱碑則補立也。」

袁子才曰：「余嘗苦志人子女婚宦太繁。閲《金石志》見《宗愨母夫人墓志》末云：『謹牒子孫、男女、次第、名位、婚宦如左。』殊覺簡便，可爲後法。」

又曰：「古碑志女志婿，不志子婦，惟元歐陽玄撰《參知政事許有壬碑》并志子婦。」

又曰：「碑傳標題應書本朝官爵者，昔人論之詳矣；至行文處不可泥論。或依古稱『太守』、『觀察』、『牧』、『令』、『刺史』等名，或依俗稱『制府』、『藩司』、『臬使』等名，考古大家皆有此例。其從古稱者，如渾瑊以金吾衛大將軍扈駕，而權文公《碑》稱『公以大司馬翼從』；奚陟薨贈禮部尚書，而劉禹錫《碑》稱『追贈大宗伯』；宋子京《馮侍講行狀》稱大理寺爲『廷尉平』；歐公《許平墓志》稱經略爲『大帥』，皆從古稱也。以故歸震川《張元忠傳》稱某知縣爲『錢唐令』，《洧南居士傳》稱某知府爲『某太守』。其從俗稱者，如李班《牛僧孺碑》稱『宋申錫貶郡佐』，郡佐者，唐時之司馬也。韓文公《鹽法條議》稱『院監、巡院』，院監、巡院者，唐時之度支使、鹽池監也。歐公《桑懌傳》

稱『閣職』，閣職者，宋時之六部架閣也。伊川《伯淳行狀》稱『漕司』，漕司者，宋時之發運使、轉運使也。皆從俗稱也。以故朱竹垞《楊雍建傳》稱總督爲『刺府』，施愚山《袁業泗傳》稱按察使、布政使爲『藩、臬兩司』，凡此在行文中不一而足。至于權文公，唐相也，唐人宰相官名應書『平章事同中書門下』，而韓公《神道碑》竟以『故相』二字標題。沈璧，建安知縣也，而震川《墓誌》竟以『建安尹』三字標題。宋知某縣事與知縣，有京朝官之分，非今之知縣也，而竹垞《蔣君墓志》竟以『知伏羌事』標題，是則古人率意處，猶之《史記》標題，忽稱『魏公子』，忽稱『平原君』也。」

又曰：「碑傳標題必書本朝地名，亦昔人所論也；然行文中亦難泥論。歐公《李公濟碑》稱南昌曰『豫章』，若以宋論，當稱『隆興』。震川《王震傳》稱震爲『京兆尹』，若以明論，當稱『應天府尹』。湯文正《施愚山墓志》曰：『典試中州。』若以本朝論，當稱『河南』。」

又曰：「官名、地名，行文處隨俗用省字法，考古大家俱有此例。其序官用省字法者，如昌黎《劉昌裔碑》，應書『檢校尚書、左僕射』云云，而標題單摘『統軍』二字。《韓紳卿墓志》應書『録事參軍』，而序事只稱『司録君』三字。《孔戣墓銘》稱『容桂二管』，一容州總管，一桂州總管，省却兩『州』字、兩『總管』字。又稱『桂將裴行立、容將楊旻』，亦省却『州』字、『總管都督』字樣。宋人文集中所稱『三司』、『三班』、『一府』、『二府』者，俱包括無數官名。歐公《劉先之墓志》稱『與州將争公事，及後將范公至』云云，亦猶今之稱『前督』稱『後撫』也。以故施愚山《李東園墓志》稱『督

撫』，汪鈍翁《郝公墓志》稱『司道參遊』，稱『撫提』，稱『副左』。歸震川《章永州墓志》稱『院司』，皆不稱全官。又序地名用省字法者，如歐公《伊仲宣銘》稱『歷知汝州之葉』，不稱『葉縣』；『鄭州之滎陽』，不稱『滎陽縣』。東坡《趙康靖公碑》稱『呂溱守徐，蔡襄守泉』，『趙小二寇廬、壽』，王荊公《王比部墓志》稱『願得蘇、常間一官』，曾南豐《錢純老墓志》稱『爲尉于秀、婺、鄧』云云，皆省却一『州』字。以故歸震川《李按察碑》稱『滇民乞留』，《葉文莊公碑》稱『公在廣』，湯文正《張尚書墓志》稱『楚撫』，《先府君碑》稱『斌在虔聞之』，官名、地名皆省却數字。」

又曰：「滿州姓氏與唐虞三代相同，其冠首一字非其姓也。元許有壬作《鎮海碑》題曰：『右丞相怯烈公』，姚燧作《博羅驩碑》題曰：『平章忙兀公』。今集中亦做此例。閣峰尚書、師健中丞本富察氏，故均書『富察公』。雪村中丞本姓白，故書『白公』。至若鄂、尹兩文端公，其冠首一字父子相承，有類于姓，宜因其俗稱。若溯所由來，尹祖居關外章佳地方，因以爲氏，當稱『章佳公』。然以標題猶可也；若行文處稱尹爲章佳公，將舉世不知爲何人矣。要知周公、孔子亦非本姓，秦始皇本姓嬴，生于趙，遂姓趙。以故方望溪《佟法海墓志》稱『法公』，未爲過也。」

又《隨筆》曰：「爵者，公、侯、伯、子、男也。官者，宰相、尚書也。職者，一品至九品也。秩者，光禄大夫至文林郎也，俸之深淺曰秩。」

又曰：「古人之銘，廟與墓兼用之；而誌則專用之于幽室。南豐所寄歐陽舍人書，乃謝其撰

《先大夫墓碑銘》，而作碑銘非幽室所用，故其書雖嘗因銘及誌，而所云或納于廟，或存于墓者，固不論誌而但論銘也。衛孔悝之《鼎銘》、晉魏顆之《景鐘銘》，銘之于彝器；韓文公之《烏氏廟碑銘》、《袁氏先廟碑》、顔魯公《家廟碑》，銘之于碑石：是皆所以納于廟者也，于墓誌無與。其存于墓者，埋諸壙中，則有若葬銘、埋文、墓誌銘、磚文、墳記、壙記之屬；立諸神道，則有若墓表、碑文、墓碣銘、神道碑、阡表之屬。其名兩不相假，未有墓誌而立石壙外者，惟《南史·裴子野傳》載一事，此當時藩王破常例，重疊爲之耳。傳云：『子野之葬，湘東王爲墓誌銘，陳于藏内。邵陵王又立墓誌，堙于羨道。』非其正也。故碑、碣與表，葬後可刊，而誌銘必先期而作。其有葬期迫而不及攻石者，則書石以誌。既葬，刊文即不復追納之于壙，若昌黎誌李元賓墓之類是也。其立石在祠堂若丙舍，蓋亦有之。若所作墓銘距葬時實遠，幽室不得用，其文但宜施于表、碣，顯列墓前，不當名之爲誌，刊藏丙舍。唐之葬令：凡五品以上爲碑，龜趺螭首；降五品爲碣，方趺圓首。是碑與碣異制也。明制：三品以上神道碑，四品以下墓表。黄梨洲謂『自有墓表，更無墓碣』，知墓表亦方趺而圓首，是碣與表同制也。隋、唐人之命碑、碣、表，多稱其實；後世或有碑其碣而碣其表者。然考本朝律，處士不禁其用表，碑與碣惟品官得立，與唐令不殊。則刊石固有定制，而名號亦不得亂。碣身高廣之度，古碣高四尺，《會典》所載圓首碑，七品以下用者，高五尺五寸，（潤）〔闊〕二尺二寸。」

睿吾樓文話卷十四

吳訥《文章辨體序題》曰：諭告　按西山真氏云：「《周官》『太祝作六辭』，以通上下親疏遠近，曰辭，曰命，曰誥，曰會，曰禱，曰誄，皆王言也。《太祝》以下掌爲之辭，則所謂代言者也。以《書》考之，若《湯誥》、《甘誓》、《微子之命》之類是也。次則《春秋》内外傳所載周天子諭告諸侯之辭及列國應對之語。」東萊有曰：「文章從容委曲而意獨至，惟《左氏》所載當時君臣之言爲然。蓋繇聖人餘澤未遠，涵養自別，故其辭氣不迫如此，非後世專學語言者所可得而比焉。」

璽書　按應劭曰：「璽，信也，古者尊卑共之。」《左傳》：「魯襄公在楚，季武子使公冶問璽書。」至秦、漢，臣下始避其稱。漢初有三璽，天子書用璽以封，故曰「璽書」。文帝元年，嘗賜南越趙佗璽書，佗愧感，頓首稱臣納貢。至今讀史者，未嘗不三復書辭以欽仰帝德于無窮也。

夫制、詔、璽書皆曰「王言」，然書之文，尤覺陳義委曲，命辭懇到者，蓋書中能盡褒勸警飭之意也。

批答　按《玉海》：「唐學士初入院，試制、詔、批答共三篇。」蓋批答與詔異：詔則宣達君上之意，批答則采臣下章疏之意而答之也。《文鑑》輯批答、詔勅各爲一類，可見矣。唐史載太宗之答劉

洎，謂「（此）〔出〕自手筆」，今觀辭意，誠然。至若宋昭陵之答富弼等，則皆詞臣之撰進者也。

詔　按三代王言見于《書》者有三：曰誥，曰誓，曰命。至秦改之曰詔。歷代因之。然唯兩漢詔辭深厚典雅，尚爲近古；至偶儷之詞興，而去古遠矣。東萊云：「近代詔書或用散文，或用四六。散文以深純温厚爲本；四六須下語渾全，不可尚新奇華巧而失大體。」西山有云：「王言之體，當以《書》之誥、誓、命爲祖，而參以兩漢詔令。」信哉！

册書　按《漢書》天子所下之書有四，一曰「策書」。注曰：「策者，編簡也。其制長二尺，短者半之。篆書。起維年月日以命諸侯王公。若三公以罪免，亦賜策，則用一尺木而隸書之。」又按《唐・百官志》曰：「王言有七，一曰册書。立皇后皇太子、封諸王則用之。」《説文》云：「册者，符命也。諸侯進受于王。象其札一長一短，中用二編之形。」當作册，古文作箣。蓋策、册二字通用。至唐宋後不用竹簡，以金玉爲册，故專謂之册也。若其文辭體制，則相祖述云。

制誥　按《周官・太祝》六辭，二曰命，三曰誥。考之於《書》：命者，以之命官，若《畢命》、《冏命》是也；誥則以之播誥四方，若《大誥》、《洛誥》是也。漢承秦制，有曰策書，以封拜諸侯王公。有曰制書，用載制度之文。若其命官，則各賜印綬而無命書也。迨乎唐世，王言之體曰制者，大賞罰、大除授用之；曰發敕者，授六品以下官用之，即所謂告身也。宋承唐制，其曰制者，以拜三公三省等職，辭必四六，以便宣讀于庭；誥則或用散文，以其直告某官也。西山云：「制

誥皆王言，貴乎典雅温潤，用字不可深僻，造語不可尖新，文武宗室，各得其宜，斯爲善矣。

策　按《説文》：「策者，謀也。」凡録政化得失顯而問之，謂之對策。考之于史，實始漢之晁錯。錯遇文帝恭謙好問之主，不能明目張膽以答所問，惜哉！　唯董仲舒學識醇正，又遇孝武初政清明，策之再三，故克罄竭所藴。帝因是罷黜百家，專崇孔氏，以表章六經，厥功茂焉。迨宋蘇軾之答仁宗制策，亦克輸忠陳義，婉切懇到，君子有取焉。

表　按《韻書》：「表，明也，標著事緒使之明白以告乎上也。」三代以前，謂之敷奏，秦改爲表，漢因之。竊嘗考之漢、晉，皆尚散文，蓋用陳達情事，若孔明《前後出師》、李令伯《陳情》之類是也。唐、宋以後，多尚四六，其用則有慶賀、有辭免、有陳謝、有進書、有貢物，所用既殊，則其辭亦各異焉。西山云：「表中眼目，全在破題。要見盡題意，又忌太露。貼題目處，須字字精確，且如進實録，不可移于目録。若泛濫不切，可以移用，便不爲工矣。大抵表文，以簡潔精緻爲先，用事忌深僻，造語忌纖巧，鋪叙忌繁冗。」

露布　按《通典》云：「元魏攻戰克捷，欲天下聞知，乃書帛建於漆竿上，名爲露布。」此其始也。考諸《文章緣起》，則曰：「漢賈洪爲馬超伐曹操作露布。」及《世説》又載：「桓温北征，令袁宏倚馬撰露布。」是則魏、晉以來有之矣。《文心雕龍》又云：「露布者，蓋露板不封，布諸視聽。」近世帥臣奏捷，蓋本於此。然今考之魏、晉之文，俱無傳本。唐、宋雖有傳者，然其命辭全用四

六，蓋與當時表文無異。西山云：「露布貴奮發雄壯，少粗無害。」觀者詳之。

論諫　古者諫無專官，自公卿大夫以至百工技藝皆得進諫。隆古盛時，君臣同德，其都俞吁咈，見於語言問答之際者，考之《書》可見。《春秋内外傳》諫争論説之言，其兩漢以下諸臣進説，亦有可以爲法戒者。

奏疏　按唐、虞、禹、皋陳謨之後，至商伊尹、周姬公遂有《伊訓》、《無逸》等篇，此文辭告君之始也。漢高、惠時，未聞有以書陳事者。迨乎孝文，開廣言路，于是賈山獻《至言》，賈誼上《政事疏》。自時厥後，進言者日衆。或曰上疏，或曰上書，或曰奏劄，或曰奏狀。慮有宣泄，則囊封以進，謂曰封事，考之史可見矣。昔人云：「君臣相遇，雖一語有餘；上下未孚，雖千萬言奚補？爲臣子者，惟當罄其忠愛之誠而已。」

議　《周書》曰：「議事以制，政乃不迷。」眉山蘇氏釋之曰：「先王人法並任，而任人爲多，故臨事而議。」是則國之大事合衆議而定之者，尚矣。

彈文　按《漢書》注云：「羣臣上奏，若罪法按劾，公府送御史臺，卿校送謁者臺。」是則按劾之名，其來久矣。梁昭明輯《文選》，特立其名曰「彈事」，王應麟有曰：「奏以明允誠篤爲本；若彈文則必理有典憲，辭有風軌，使氣流墨中，聲動簡外，斯稱絶席之雄也。」是則奏疏、彈文其辭氣亦異焉。

檄　按《釋文》：「檄，軍書也。」春秋時，祭公謀父稱文告之辭，即檄之本始。至戰國，張儀爲檄告楚相，其名始著。劉勰云：「凡檄之大體，或述此休明，或叙彼苛虐，指天時，審人事，算强弱，角權勢。故植義颺辭，務在剛健。插羽以示迅，不可使辭緩；露板以宣衆，不可以義隱。」大抵唐以前不用四六，故辭直義顯，昔人謂檄以散文爲得體，信乎！

書　按昔臣僚敷奏、朋舊往復，皆總曰書。近世臣僚上言，名爲表、奏；惟朋舊之間，則曰書而已。蓋論議知識，人豈能同？苟不具之于書，則安得盡其委曲之意哉？戰國、兩漢間，若樂生、若司馬子長、若劉歆諸書，敷陳明白，辨難懇到，誠可以爲修辭之助。至若唐之韓、柳，宋之程、朱、張、吕，凡其所與知舊、門人答問之言，率多本乎進修之實。讀者誠能熟復以反之于身，則其所得，又豈止乎文辭而已。

記　《金石例》云：「記者，記事之文也。」西山云：「記以善叙事爲主。《禹貢》、《顧命》乃記之祖。後人作記，未免雜以議論。」陳後山亦曰：「退之作記，記其事耳；今之記，乃論也。」竊嘗考之，記之名，始于《戴記·學記》等篇；記之文，《文選》弗載。後之作者，固以韓退之《畫記》、柳子厚遊山諸記爲體之正。然觀韓之《燕喜亭記》，亦微載議論于中。至柳之記新堂、鐵爐步，則議論之辭多矣。迨至歐、蘇而後，始專有以論議爲記者，宜乎後山諸老以是爲言也。大抵記者，蓋所以備不忘。如記營建，當記日月之久近，工費之多少，主佐之姓名。叙事之後，略作議論以結

之，此爲正體。至若范文正公之記嚴祠、歐陽文忠公之記晝錦堂、蘇東坡之記山房藏書、張文潛之記進學齋、晦翁之作《婺源書閣記》，雖專尚議論，然其言足以垂世而立教，弗害其爲體之變焉。

序　《爾雅》云：「序，緒也。」序之體始於《詩》之《大序》。首言六義，次言《風》、《雅》之變，又次言《二南》王化之自，其言次第有序，故謂之序也。東萊云：「凡序文籍，當序作者之意；如贈送、燕集等作，又當隨事以序其實。」大抵序事之文，以次第其語、善叙事理爲上。近世應用，惟贈送爲盛，當須取法昌黎，則庶得古人贈言之義，而無枉己狥人之失也。

論　按《韻書》：「論者，議也。」梁昭明《文選》所載論有二體：一曰史論，乃史臣于傳末作論議，以斷其人之善惡，若司馬遷之論項籍、商鞅是也。二曰論，則學士大夫議論古今時世人物，或評經史之言，正其訛謬，如賈生之論過秦，江統之論徙戎，柳子厚之論守道、守官是也。唐、宋取士，用以出題。然求其辭精義粹、卓然名世者，亦惟韓、歐爲然。劉勰云：「陳政則與議說合契，釋經則與傳注參體，辨史則與贊評齊行，詮文則與序引共紀。」信夫！

說、解　按說者，釋也，述也，解釋義理而以己意述之也。說之名，起自我夫子之《說卦》，厥後漢許慎著《說文》，蓋亦祖述其名而爲之辭也。魏、晉、六朝文載《文選》而無其體，獨陸機《文賦》備論作文之義，有曰：「說煒燁而譎誑」，是豈知言者哉！至昌黎韓子憫斯文日弊，作《師說》，抗顔爲學者師。迨柳子厚及宋室諸大老出，因各即事即理而爲之說，以曉當世，以開悟後

學，繇是六朝陋習一洗而無餘矣。盧學士云：「説須自出己意，橫説竪説，以抑揚詳贍爲上。」若夫解者，亦以講釋解剥爲義，其與説亦無大相遠焉。

辯　昔孟子答公孫丑問好辯，曰：「予豈好辯哉？予不得已也！」中間歷叙古今治亂相尋之故，凡八節，所以深明聖人與己不能自已之意。終而又曰：「豈好辯哉？予不得已也！」蓋非獨理明義精，而字法、句法、章法亦足爲作文楷式。迨至唐昌黎作《諱辯》、柳子厚辯《桐葉封弟》，識者謂其文斆《孟子》，信矣。大抵辯須有不得已而辯之意，苟非有關世教、有益後學，雖工亦奚以爲？

原　按《韻書》：「原者，本也。一説推原也。義始《大易》『原始要終』之訓。」若文體謂之原者，先儒謂始于退之之「五原」，蓋推其本原之義以示人也。山谷嘗曰：「文章必謹布置，每見學者，多告以《原道》命意曲折。」石守道亦云：「吏部《原道》、《原人》等作，諸子以來未有也。後之作者，蓋亦取法于是云。」

題跋　按《金石例》云：「跋者，隨題以贊語于後，前有序引，當掇其有關大體者以表章之。須明白簡嚴，不可墮入窠臼。」予嘗即其言考之，漢、晉諸集，題跋不載。至唐韓、柳，始有讀某書及讀某文題其後之名。迨宋歐、曾而後，始有跋語，然其辭意亦無大相遠也，故《文鑑》、《文類》總編之曰題跋而已。近世疏齋盧公又云：「跋，取古詩『狼跋其胡』之義，狼行則前躐其胡，故跋語不可太多，多則冗。尾語宜峭拔，使不可加。」若然，則跋比題與書，尤貴乎簡峭也。

雜著　雜著者何？輯諸儒先所著之雜文也。文而謂之雜者何？或評議古今，或詳論政教，隨所著立名，而無一定之體也。著雖雜，然必擇理之弗雜者則録焉，蓋作文必以理爲之主也。

箴　按許氏《説文》：「箴，誡也。」《商書・盤庚》曰：「無或敢伏小人之攸箴。」蓋箴者，規誡之辭，若箴之療疾，故以爲名。古有《夏》、《商》二箴，見于《尚書大傳解》、《吕氏春秋》，而殘缺不全。獨周太史辛甲「命百官官箴王闕」，而虞氏掌獵爲《虞箴》，其辭備載《左傳》。後之作者，蓋本于此。東萊云：「凡作箴須用『官箴王闕』之意，箴尾須依《虞箴》『獸臣司原，敢告僕夫』之類。」大抵箴、銘、贊、頌，雖或均用韻語，而體不同。箴是規諷之文，須有警誡切劘之意。

銘　按銘者，名也，銘其器物以自警也。《漢・藝文志》稱道家有《皇帝銘》六篇，然亡其辭。獨《大學》所載成湯《盤銘》九字，發明日新之義甚切。迨周武王，則凡几席觴豆之屬，無不勒銘致警。厥後又有稱述先人之德善勞烈爲銘者，如春秋時孔悝《鼎銘》是也。又有以山川、宫室、門關爲銘者，漢班孟堅之《燕然山》，則旌征伐之功；晉張孟陽之《劍閣》，則戒殊俗之僭叛。其取義又各不同也。《傳》曰：「作器能銘，可以爲大夫。」陸士衡云：「銘貴博約而温潤。」斯得之矣。

頌　《詩・大序》曰：「詩有六義，六曰頌。頌者，美盛德之形容，以〔成功〕告神明者也。」嘗考《莊子・天運篇》稱：「黄帝張《咸池》之樂，（焱）〔猋〕氏爲頌。」斯蓋寓言爾。故頌之名，實出于《詩》。若商之《那》、周之《清廟》諸什，皆以告神，爲頌體之正。至如《魯頌》之《駉》、《駜》等篇，則當

時用以祝頌僖公，爲頌之變。故胡氏有曰：「後世文人獻頌，特效《魯頌》而已。」頌須鋪張揚厲，而以典雅豐縟爲貴。《文心雕龍》云：「敷寫似賦，而不入華侈之區；敬慎如銘，而異乎規諫之域。」諒哉！

贊　按贊者，贊美之辭。《文章緣起》曰：「漢司馬相如作《荆軻贊》。」世已不傳。厥後班孟堅《漢史》以論爲贊，至宋范曄更以韻語。唐建中中進士，以箴、論、表、贊代詩、賦，而無頌題。迨後復置博學宏詞科，則贊、頌二題皆出矣。西山真氏云：「贊、頌體式相似，貴乎贍麗宏肆，而有雍容俯仰頓挫起伏之態，乃爲佳作。」大抵贊有二體：若作散文，當祖班氏史評；若作韻語，當宗東方朔《畫象贊》。《金樓子》有云：「班固碩學，尚云贊、頌相似。」信然。

問對　問對體者，載昔人一時問答之辭，或設客難以著其意者也。《文選》所録宋玉之於楚王，相如之於蜀父老，是所謂問對之辭。至若《答客難》、《解嘲》、《賓戲》等作，則皆設詞以自慰者焉。洪氏景盧曰：「東方朔《答客難》自是文中傑出；楊雄擬爲《解嘲》，尚有馳騁自得之妙；至於班固之《賓戲》、張衡之《應問》，則屋下架屋，章摹句寫，讀之令人可厭。迨韓退之《進學解》出，則所謂青出於藍也。」

傳　太史公創《史記》「列傳」，蓋以載一人之事，而爲體亦多不同。迨前後兩《漢書》、《三國》、《晉》、《唐》諸史，則第相祖襲而已。厥後世之學士大夫，或值忠孝才德之事，慮其湮没弗

白；或事跡雖微，而卓然可爲法戒者，因爲立傳，以垂于世。此小傳、家傳、外傳之例也。西山云：「史遷作《孟、荀傳》不正言二子，而旁及諸子，此體之變，可以爲法。」《步里客談》又云：「范史《黄憲傳》蓋無事跡，直以語言模寫其形容體段，此爲最妙。」繇是觀之，傳之行跡，固繫其人；至於詞之善否，則又繫之於作者也。若退之《毛穎傳》，迂齋謂以文滑稽，而又變體之變者乎。

行狀　按行狀者，門生故舊狀死者行業，上於史官，或求銘誌於作者之辭也。蕭氏《文選》唯載任彦升所作《齊竟陵王行狀》，而詞多矯誕，識者病之。

謚法　《周禮》：「小喪賜謚。」疏云：「小喪，卿大夫也。卿大夫謚，君親制之，使大夫往賜之。至遣之日，小史往爲讀之。」《崇文總目》載《周公謚法》一卷，又有《春秋謚法》、《廣謚》等書，然皆漢、魏以來，儒者取古人謚號增輯而爲之。宋仁宗朝，眉山蘇洵嘗奉詔編定，乃取世傳《周公謚法》以下諸書，定爲三卷，總一百六十八謚。至孝宗淳熙中，夾漈鄭樵復本蘇氏書增損，定爲上中下三等，通二百一十謚，爲書以進。大抵謚者，所以表其實行，故必由君上所賜，善惡莫之能掩。若鄭氏之論，亦多有可取者云。

謚議　按《謚法》云：「謚者，行之跡。大行受大名，細行受小名。」《白虎通》曰：「人行始終不能若一，故據其終始，明别善惡，所以勸人爲善，而戒人爲惡也。」漢、晉而下，凡公卿大夫賜謚，必下太常定議。博士乃詢察其善惡賢否，著爲謚議以上于朝。若晉秦秀之議何曾、賈充，唐獨孤

及之議苗晉卿，宋鄧忠臣之議歐陽永叔是也。至若近世名儒隱士之没，門人朋舊有私謚易名之議云。

碑　按《儀禮・士婚禮》：「入門當碑揖。」又《禮記・祭義》云：「牲入廟門，麗于碑。」賈氏注云：「宫廟皆有碑，以識日影，以知早晚。」《説文注》又云：「古宗廟立碑繫牲，後人因于上紀功德。」是則宫室之碑，所以識日影，而宗廟則以繫牲也。秦、漢以來，始謂刻石曰碑，其蓋始於李斯嶧山之刻耳。至《唐文粹》、《宋文鑑》，則凡祠廟等碑與神道墓碑，各爲一類。

墓文　按《檀弓》曰：「季康子之母死，公肩假曰：『公室視豐碑』。」注云：「豐碑，以木爲之，形如石碑，樹于槨前後，穿中爲鹿盧繞之綍，用以下棺。」《事祖廣記》曰：「古者葬有豐碑以窆。秦、漢以來，死有功業，則刻于上，稍改用石。晉、宋間，始有神道碑之名，蓋地理家以東南爲神道，因立碑其地而名耳。」

又按墓碣，近世五品以下所用，文與碑同。

墓表則有官無官皆可。其辭則叙學行德履。

墓誌則直述世系、歲月、名字、爵里，用防陵谷遷改。

埋銘、墓記，則墓誌異名，但無銘辭耳。

古今作者惟昌黎最高，行文叙事，面目首尾不再蹈襲。凡碑、碣、表于外者，文則稍詳；誌銘

埋于壙者，文則嚴謹。其書法則唯書其學行大節，小善寸長則皆弗録。近世至有將墓誌亦刻墓前，斯失之矣。大抵碑銘所以論列德善功烈，雖銘之義稱美弗稱惡，以盡其孝子慈孫之心；然無其美而稱者謂之誣，有其美而弗稱者謂之蔽。誣與蔽，君子弗由也。

哀誄　按《周禮・太祝》：「作六辭以通上下親疏遠近。六曰誄。」《文選》録曹子建之誄王仲宣，潘安仁之誄楊仲武，蓋皆述其世系行業而寓哀傷之意。厥後韓退之之于歐陽詹、柳子厚之於吕温，則或曰誄辭，或曰哀辭，而名不同。迨宋南豐、東坡諸老所作，則總謂之哀辭。大抵誄則多叙世業，故今率倣魏、晉，以四言爲句；哀辭則寓傷悼之情，而有長短句及楚體不同焉。

祭文　古者祀享，史有册祝，載其所以祀之之意。韓、柳、歐、蘇與夫宋世道學諸君子，或因水旱而禱于神，或因喪葬而祭親舊，真情實意溢出言辭之表，誠學者所當取法者也。大抵禱神以悔過遷善爲主，祭故舊以道達情意爲尚，若夫諛詞巧語，虚文蔓説，固弗足以動神，而亦君子所厭聽也。

卷十五

（略）

卷十六

（略）

鳴原堂論文

〔清〕曾國藩 撰

《鳴原堂論文》二卷

清　曾國藩　撰

曾國藩(一八一一——一八七二),字伯涵,號滌生,湖南湘鄉人。道光十八年(一八三八)進士。曾組建湘軍,辦理洋務,鎮壓太平天國和捻軍起義。在文學上,以其古文理論和古文創作,開桐城派古文「中興」之局,爲「桐城—湘鄉派」之盟主,在咸豐、同治間文壇上影響甚巨。傳見《清史稿》卷四〇五。

曾國藩選漢唐至清中葉名臣奏疏十七篇,細評詳解,名之曰《鳴原堂論文》。着重探討奏議寫作之要領,所論貫穿桐城派「神、理、氣、味、格、律、聲、色」這一古文理論傳統,强調文氣高古,韻味深厚,義理精當。曾氏崇尚經世致用,反對迂闊不近人情之文。最推崇者爲賈誼、陸贄、蘇軾三家之作:「長沙明於利害,宣公明於義理,文忠明於人情。」

有同治十三年、光緒二年湖南傳忠書局的兩種刻本,《四部備要》排印本。現有《曾國藩全集》本,嶽麓書社一九八六年版。今據湖南傳忠書局兩種刻本整理,删去原文,保留總評和序。

(聶巧平)

嗚原堂論文

序

綰地二三千里，官爲尚書侍郎，兼古御史大夫中丞之號。跨州連郡，多者百餘城，少或五六十縣。監司、郡守、牧令、丞倅、雜職數百人，武弁自提鎮以下，承命唯謹。賦税、刑獄、軍謀、河工、鹽漕、黜陟諸大政待之而決。又有賓從往來，屬僚請謁，鷄鳴盥沐，整衣肅客，閽人持手版，第其先後，魚貫雁行以進，更十餘番猶未畢，則辭以他日。他日復如此。退則吏抱文書，右手及額，左手下至腹，且行且捧，媻姍而入。分公私新舊，錯陳於几案之間。其緊要者，官乃審視而詳裁之；例行者，略一訾省署行而已。故今之督撫大吏，凡夫敷陳入告之詞，多倚辦於幕友。其不能親自吮毫構思者，勢也。然而充斯選者，率用刑名家言，規規焉循例案，避處分，以文無害爲事。即有勤求民隱，發憤爲雄，破除一切拘束者，輒格於部議，而不能施行。蓋奏疏之難於美善兼盡也如此。

我伯兄太傅文正公，當顯皇初政，以議大禮、諫聖德諸疏，忠讜聞天下。及執兵符，開幕府於東南，東南之碩儒名彦、博辯洽聞之士，皆禮羅而珍儲之。其達者，洊膺將相，勛伐爛然，次亦以文學稱著於時。夫以宏通淹雅之才，論時政之得失，料軍情之勝負，出之以沈思眇慮，申之以修飾潤色。固無患其言之不工，意之不諧也。然公或初善之而卒易之，字點句竄，十不存一，豈與夫冥搜幽抉、憔悴專精之士，較勝負於文字哉？蓋才者，天所賦也；識者，練而精者也。人之聰明才力不甚相遠，天下事變之來，往往出於智慧、思慮之所不及，惟歷事久者能守義理之常，以待時勢之變。故公之奏疏不爲大喜過美之詞，亦不爲憂怵無聊之語。其論賊勢興衰，中外大局，一切將然未然之事，若燭照龜卜，不失毫髮，而謙謙冲挹，若不敢決其必然，而其後卒無不然，豈非識之加人一等哉？

國荃少侍公京邸，從而問學；壯歲展轉兵間，隨公馳逐江西、江南諸行省。賴聖天子威德，大功告蕆，兄弟荷蒙殊寵，惴惴焉，懼以不才致罪戾，乞身歸里。公慮其昧所擇也，選古今名臣奏疏若干首，細批詳評，命之曰《鳴原堂論文》。國荃受而讀之。蓋人臣立言之體，與公平生得力之所在，略備於此。今歲王君鼎丞來湘，編公遺書，因出此篇，屬其校讎付梓。國荃行老矣，自慚荒謭，無補於時，追念往時，與公從事於驚濤駭浪之中，出萬死不顧一生之計，以争尺寸之土，曾不計後此尚有安閑之一日。今海内乂安，公以考終。國荃亦得養痾林下，優游暇豫，與二三故舊聯

樽酒文字之歡，蓋非始念所及。此後之讀公書者，知其人，論其世，其必低徊往復而嘆公之文章、德業與身世遭逢，爲均不可及云。同治十二年九月湘鄉曾國荃叙。

序　目

《棠棣》爲燕兄弟之詩，《小宛》爲兄弟相戒以免禍之詩，而皆以脊令起興。蓋脊令之性最急，其用情最切。故《棠棣》以喻急難之誼；而《小宛》以喻征邁努力之忱。余久困兵間，温甫、沅浦兩弟之從軍，其初皆因急難而來。沅浦堅忍果摯，遂成大功，余用是獲免於戾。因與沅弟常以暇逸相誡，期於夙興夜寐，無忝所生。爰取兩詩脊令之旨，名其堂曰「鳴原堂」云。曾國藩記。

卷　上

劉向論甘延壽疏
谷永救陳湯疏
耿育訟陳湯疏
劉安諫伐閩越書
賈捐之罷珠厓對
諸葛亮出師表
陸贄奉天請罷瓊林大盈二庫狀

卷　下

蘇軾代張方平諫用兵書
蘇軾上皇帝書
朱熹戊申封事
王守仁申明賞罰以厲人心疏
方苞請矯除積習興起人材札子
孫嘉淦三習一弊疏

鳴原堂論文卷上

清　曾國藩　撰

匡衡戒妃匹勸經學威儀之則疏

《漢書》云「成帝即位，衡上疏戒妃匹、勸經學、威儀之則」，是分爲三事也。姚選《古文辭類纂》題云《戒妃匹勸經學疏》，則漏末一事矣。兹題從《漢書》。

三代以下陳奏君上之文，當以此篇及諸葛公《出師表》爲冠。淵懿篤厚，直與六經同風，如「情慾之感，無介於儀容；宴私之意，不形乎動静」等句，朱子取以入《詩經集傳》，蓋其立言爲有本矣。此等奏議，固非後世所能幾及，然須觀其陳義之高遠，着語之不苟，乃能平躁心而去浮詞。

賈誼陳政事疏

奏疏以漢人爲極軌，而氣勢最盛，事理最顯者，尤莫善於《治安策》。故千古奏議，推此篇爲絶唱。可流涕者少一條，可長太息者少一條，《漢書》所載者，殆尚非賈子全文。賈生爲此疏時，

當在文帝七年，僅三十歲耳。於三代及秦治術無不貫徹，漢家中外政事無不通曉，蓋有天授，非學所能幾耳。

奏議以明白顯豁，人人易曉爲要。後世讀此文者，疑其稱名甚古，其用字甚雅，若倉卒不能解者。不知在漢時乃人人共稱之名，人人慣用之字，即人人所能解也。即以稱名而論，其稱淮南、濟北，如今日稱端華、肅順也；其稱匈奴，如今日稱英吉利也；其稱淮陰侯、黥布、彭越、韓信、張敖、盧綰、陳豨六七公，猶今日稱洪秀全、李秀成、石達開、張洛刑、苗沛霖、奮匪、回匪也；其稱樊、酈、絳、灌，猶今日稱江、塔、羅、李也；其稱郡國，猶今日稱府廳也；其稱傅、相、丞、尉，猶今日稱司、道、守、令也。又以用字而論，其用「厝」字，猶今日用「置」字也；其用「虖」字，猶今日用「乎」字也；其用「慮」字，猶今日用「大致」也；其用「執」字，猶今日用「勢」字也；其用「亡」字，猶今日用「無」字也；其用「亶」字，猶今日用「但」字也；其用「幾幸」，猶今日用「冀幸」也；其用「隃」字，猶今日用「逾」字也；其用「縣」字，猶今日用「懸」字也。由此等以類推，則當日通稱之名，通用之字，斷無不共喻者。然則居今日而講求奏章，亦用今日通稱之名、通用之字，可矣。

劉向極諫外家封事

奏疏惟西漢之文，冠絶古今。西漢前推賈、晁，後推匡、劉。賈、晁以才勝，匡、劉以學勝，此

人人共知者也。余尤好劉子政忠愛之忱，若有所甚不得已於中者，足以貫三光而通神明。是故識精而不炫，氣盛而不矜，料王氏之必篡，思有以早爲之所，而又無誅滅王氏之意。宅心平實，指事確鑿，皆本忠愛二字，彌綸周浹而出。吾輩欲師其文章，先師其心術，根本固則枝葉自茂矣。

劉向論起昌陵疏

首段言自古無不亡之國，近世奏議不敢如此立言，至於結構整齊，詞旨深厚，皆漢文中之最便揣摩者。沅弟性情極厚，故見余之文氣篤厚，則嗜之如飢渴。然余謂欲求文氣之厚，總須讀漢人奏議二三十首，醞釀日久，則不期厚而自厚矣。

劉向論甘延壽疏

漢元帝時，陳湯、甘延壽滅郅支單于，將論功封爵。匡衡、石顯以爲湯與延壽擅興師矯制，不宜加封，劉向上此《疏》争之。

匈奴爲漢患百餘年，武帝用衛、霍諸大將，殫竭天下財貨，興師數十年，卒不能大創之。元帝之世，陳湯、甘延壽矯詔發西域諸國之兵，禽滅郅支單于，由是漢世迄無邊患，實千古奇功。乃爲匡衡、石顯所阻，久不褒封。石顯，宦官佞幸，本不足責；匡衡以宰相名儒，而亦嫉妒若此，殊不

可解。厥後陳湯屢次獲罪，谷永、耿育上疏救之。《漢書》并録三疏於《湯傳》中，百世而下，讀者尤爲嗚咽感嘆。兹併録之，以備循省。俾知有功之臣，必戰兢惕厲，以立於無過之地，而儒生處具瞻之地，尤不可不力持大體，鏟除娼嫉私衷，以匡衡爲鑒戒也。

谷永救陳湯疏

自劉向上疏後，延壽封蒙城侯，湯封關内侯。至成帝時，匡衡復奏湯前收康居財物，坐免官。又湯上書言康居侍子非王子也，按驗實爲王子，湯下獄當死，谷永上此疏救之。

耿育訟陳湯書

前谷永上書，湯得免。罷，復起爲從事中郎，後又得罪謫徙敦煌，耿育上此書訟之。

劉安諫伐閩越書

漢武帝初，閩越發兵擊南越，南越上書告急。帝譴兩將軍將兵誅閩越，淮南王劉安上書諫之。淮南王安收養文士，著《淮南子》，亦猶吕不韋好客養士，著《吕覽》一書也。此篇，蓋亦八公輩所爲，陳義甚高，摛辭居要，無《淮南子》冗蔓之弊，而精警處相似。班史以載入《嚴助傳》中，與

主父偃、徐樂、嚴安、賈捐之諸篇並列，以見務廣窮兵之害，均爲有國者所當深鑒。後世如蘇子瞻《代張方平諫用兵書》亦可與此篇方軌並駕。

賈捐之罷珠厓對

賈捐之，字君房，賈誼之曾孫也。武帝時，立儋耳、珠厓郡。其後二十餘年，反者六次。昭帝五年，罷儋耳郡，併屬珠厓。至宣帝、元帝時，珠厓反者又三次，帝欲大發軍討之，捐之以爲不當擊。帝使王商詰問之，捐之以書對。

賈君房在當世有文名，故楊興曰：「君房下筆，語言妙天下。」昔亡弟愍烈公温甫好「語言妙天下」五字，尤好讀《罷珠厓對》。大抵西漢之文，氣味深厚，音調鏗鏘，迥非後世可及。固由其措詞之高，胎息之古，亦由其義理正大，有不可磨滅之質幹也。如此篇及路温舒《尚德緩刑書》，非獨文辭超然絶後，即説理亦與六經同風已。

諸葛亮出師表

古人絶大事業，恒以精心敬慎出之。以區區蜀漢一隅，而欲出師關中，北伐曹魏，其志願之宏大，事勢之艱危，亦古今所罕見。而此文不言其艱巨，但言志氣宜恢宏，刑賞宜平允，君宜以親

賢納言爲務，臣宜以討賊進諫爲職而已。故知不朽之文，必自襟度遠大、思慮精微始也。

前漢宮禁，尚參用士人；後漢宮中，如中常侍、小黄門之屬，則悉用閹人，不復雜調他士，與府中有内外之分，大亂朝政。諸葛公鑒於桓、靈之失，痛憾閹官，故力陳宮中、府中宜爲一體。蓋恐宦官日親，賢臣日疏，内外隔閡也。公以丞相而兼元帥，凡宮中、府中以及營中之事，無不兼綜。公舉郭、費、董三人治宮中之事，舉向寵治營中之事，殆皆指留守成都者言之。其府中之事，則公所自治，百司庶政，皆公在軍中親爲裁决焉。

陸贄奉天請罷瓊林大盈二庫狀

駢體文爲大雅所羞稱，以其不能發揮精義，並恐以蕪累而傷氣也。陸公則無一句不對，無一字不諧平仄，無一聯不調馬蹄；而義理之精，足以比隆濂、洛；氣勢之盛，亦堪方駕韓、蘇。退之本爲陸公所取士，子瞻奏議終身效法陸公。而公之剖晰事理，精當不移，則非韓、蘇所能及。吾輩學之，亦須略用對句，稍調平仄，庶筆仗整齊，令人刮目耳。

鳴原堂論文卷下

蘇軾代張方平諫用兵書

東坡之文，其長處在徵引史實，切實精當，又善設譬喻，凡難顯之情，他人所不能達者，坡公則以譬喻明之。如《百步洪》詩首數句設譬八端，此外詩文亦幾無篇不設譬者。此文以屠殺膳羞喻輕視民命，以棰楚奴婢喻上忤天心，皆巧於構想，他人所百思不到者，既讀之而適爲人人意中所有。古今奏議推賈長沙、陸宣公、蘇文忠三人爲超前絶後。余謂長沙明於利害，宣公明於義理，文忠明於人情。吾輩陳言之道，縱不能兼明此三者，亦須有一二端明達深透，庶無格格不吐之態。

蘇軾上皇帝書

奏疏總以明顯爲要，時文家有「典、顯、淺」三字訣，奏疏前備此三字，則盡善矣。典字最難，必熟於前史之事跡，並熟於本朝之掌故，乃可言典。至顯、淺二字，則多本於天授，雖有博學多聞

之士，而下筆不能顯豁者多矣。淺字與雅字相背，白香山詩務令老嫗皆解，而細求之，皆雅飭而不失之率。吾嘗謂奏疏能如白詩之淺，則遠近易於傳播，而君上亦易感動。此文雖不甚淺，而典、顯二字，則千古所罕見也。

朱熹戊申封事

戊申爲宋孝宗淳熙十五年，朱子於時年五十九歲。前一年丁未，除公爲江西提刑，辭，不允；戊申正月又辭，不允。三月啓行，在道再辭，趣公入對，六月召對於延和殿。公所面告孝宗者，語多切直，並面陳奏札五件，旋除兵部郎官，以足疾辭。七月，在道再辭江西提刑之任，遂除直寶文閣，管嵩山崇福宫。九月、十月，復召公入對，十一月遂上此封事。

此篇，正文一萬一百一十字，公之自注夾行書者又二千九百一十四字。北宋之萬言書，以蘇東坡、王介甫兩篇爲最著，南宋之萬言書，以公此篇及文信國對策爲最著。文章則蘇、王較健，義理則公較精。篇中約分四節：第一節，言所以不上殿入對，而僅陳奏封事之故；第二節，陳大本一端；第三節，言急務六事；第四節，辨駁當時士大夫四説。第三節所指各務，皆切中時政之得失，其戇直殆過於汲黯、魏徵，其氣節之激昂，則方望溪氏以擬明季楊、左音庶幾近之。他人諫其事，公則格其心；他人攻君之失，公則並糾大臣、近臣之過。第二節、第四節所論，皆本其平

日讀書學道，深造有得之言，實有諸己而後以獻諸君，初無一語取辨於臨時者，此非文士所可襲取也。惟過於冗長，似一筆書成，無修飾潤色之功，故乏勁健之氣、鏗鏘之節。其逐段夾行分注，以達未盡之意，似不可以爲訓。兹故置之不録。第四節辨駁四説，似不宜羼入此篇之内。學古者不可不知。

王守仁申明賞罰以厲人心疏

文章之道，以氣象光明俊偉爲最難而可貴。如久雨初晴，登高山而望曠野；如樓俯大江，獨坐明窗净几之下，而可以遠眺；如英雄俠士，裼裘而來，絶無齷齪猥鄙之態。此三者皆光明俊偉之象，文中有此氣象者，大抵得於天授，不盡關乎學術。自孟子、韓子而外，惟賈生及陸敬輿、蘇子瞻得此氣象最多。陽明之文亦有光明俊偉之象，雖辭旨不甚淵雅，而其軒爽洞達，如與曉事人語，表裡粲然，中邊俱徹，固自不可幾及也。沅弟之文筆光明豁達，得之天授，若更加以學力，使篇幅不失之冗長，字句悉歸於精當，則優入古人之域，不自覺矣。

方苞請矯除積習興起人材札子

此疏爲乾隆二年所上，公年七十矣。公以康熙三十年舉於鄉，四十五年成進士，時年三十九

歲，因聞母病，未應殿試而歸。五十年以戴名世之案被逮入京，下獄。五十二年出獄，召於南書房。雍正間屢遷至内閣學士。乾隆二年擢禮部右侍郎，上此疏。

望溪先生古文辭爲國家二百餘年之冠，學者久無异辭，即其經術之湛深，八股文之雄厚，亦不愧爲一代大儒。雖乾嘉以來漢學諸家百方攻擊，曾無損於毫末。惟其經世之學，持論太高，當時同志諸老，自朱文端、楊文定數人外，多見謂迂闊而不近人情。此疏閲歷極深，四條皆確實可行；而文氣深厚，則國朝奏議中所罕見。沅甫生平篤慕望溪，嘗欲疏請從祀孔廟，蓋將奉爲依歸。昔望溪於乾隆初請以湯文正從祀聖廟，未蒙俞允。厥後道光三年，湯公果祔祀聖廟。而望溪之志行幾與湯公相伯仲，躋之兩廡，殆無愧色。沅甫知取法乎上，或亦慨然晞古而思齊歟？

孫嘉淦三習一弊疏

乾隆初，鄂、張兩相當國，蔡文勤輔翼聖德。高宗聰明天亶，如旭日初升，四海清明，每詔諭頒示中外，識者以比之典謨誓誥。獨孫文定公以不自是匡弼聖德，可謂憂盛危明，以道事君者矣。純廟御宇六十年，盛德大業始終不懈，未必非此疏裨助高深。厥後嘉慶元年，道光元年，臣僚皆抄此疏進呈。至道光三十年，文宗登極，壽陽相國祁寯藻亦抄此疏進呈。余在京時，聞諸士友多稱此疏爲本朝奏議第一。余以其文氣不甚高古，稍忽易之。近年細加紬繹，其所云「三習」

「一弊」，凡中智以上，大抵皆蹈此弊而不自覺。而所云自是之根不拔，黑白可以轉色，東西可以易位，亦非絶大智慧、猛加警惕者不能道。余與沅弟忝竊高位，多聞諛言。所謂「三習」者，余自反實所難免。沅弟屬官較少，此習較淺，然亦不可不預爲之防。吾昆弟各録一通於座右，亦《小宛》詩人邁征之道也。

後序

右《鳴原堂論文》兩卷，吾師湘鄉曾文正公選漢唐已來迄於國朝名臣奏疏十七首，論述義法，以詒其弟沅甫宮保者。宮保出示定安，命校讎刊之。

叙曰：三代以上，人臣告誡其君，如禹、皋、伊、傅、周、召之所作，載在《尚書》。尚已！彼皆聖賢之徒，體道深而更事久，其陳義甚高，而可見諸施行。其指斥甚直，而必出之和平淵懿，不爲危言悚論，詭激抵觸之辭。其托意甚幽邃，而使讀者易曉。其切於世情，而達於時變也，仍必原本道德，不爲一切苟且僥幸之計。至於《春秋》内外傳所録訏謨讜言，篤厚深美，猶有訓誥遺意。下逮戰國士，或爲庾詞隱語，譏訕笑詈。聳撼炫駴，同於俳優。其不幸者，觸怒人主，身蹈大戮，禍綦烈矣！說亦稍戇焉。自兹以降，敷陳之道約分兩途，儒者拘牽文義，喜談上古，致君必曰堯舜，禮樂必俟百年，井田、封建、學校之制，纍牘而不煩，世主習聞其迂，則以爲老生常談而厭薄之。而才智之士，度時君之所能行，揣摩迎合以售其縱橫富强之術，往往輒驗，天下稍鶩於功利矣。

若夫漢之賈誼、唐之陸贄、宋之蘇軾，陳善責難纍數萬言，論是非則持其平，講制度則求其當，達閭閻顛連之隱狀，顯軍中倚伏之秘謀，高而不戾於今，卑而不違夫古，豈非敷奏之極軌哉？善乎！公之論文也，曰：「必其平日讀書學道，深造有得，實有諸己，而後獻諸君。又必熟於前代事跡，本朝掌故，乃爲典雅。」嗚呼，斯言盡之矣！

公所爲奏疏若干卷，其佳篇傳播人間，士大夫多能舉其詞。所選《經史百家雜鈔》二十六卷，另刊行世。是書卷帙不多，蓋猶黄河之濫觴耳。然苟循河而東，乘秋水、駕巨筏以望於北海，洋洋乎包天地而含古今，豈不更爲宇宙大觀也哉！同治十二年九月，門人東湖王定安叙於長沙寓齋。

藝概·文概

〔清〕劉熙載　撰

《藝概·文概》一卷

清　劉熙載　撰

劉熙載（一八一三—一八八一），字伯雨，號融齋，晚號寤崖子，江蘇興化人。道光二十四年（一八四四）進士，改翰林庶吉士，後授編修。曾官廣東提學使。晚年主講龍門書院。學問淹博，兼綜漢、宋。有《古桐書屋六種》（又稱《劉氏六種》）、《古桐書屋續刻三種》等。傳見《清史稿》卷四八〇。

《藝概》編定於同治十二年（一八七三），已在劉氏晚年。共六卷，《文概》爲卷一（其他五卷爲《詩概》、《賦概》、《詞曲概》、《書概》、《經義概》）。取名爲「概」，乃「舉此以概乎彼，舉少以概乎多」（自序）之意，即用簡煉之語評文，以收「觸類引伸」、舉一反三之效。《文概》共三百三十九則。首爲通論，標舉文之大要，認爲「六經」奠定文之範圍，後世「百家騰躍，終入環內」。通論僅三條，却以此「統攝」全書。次爲文評，歷評自《左傳》、《國策》、《國語》直至南宋朱熹、陳亮、陸九淵諸家，不及元明清。叙次一依時代順序，或單評，或合評（諸家合評或斷代總評），直可以「散文史綱」目之。劉氏亦有史家眼光，不僅評析獨具卓識，於各家風格、特色從歷史演變中概括準確，運用比

較方法更爲嫻熟；且時時表達其宏觀判斷。如「秦文雄奇，漢文醇厚」，「東漢文浸入排麗，是以難企西京」等。最後則論爲文之法，提出經有五體、理法兼顧及叙事、剪裁諸法等，亦多鞭辟入裏之語，洵爲文評著作中之佳構。此種著述形式，看似逐條並列而已，實有内在理路，與一般文話之散漫隨意者不同。

有同治十二年《古桐書屋六種》初刻本、《文學津梁》本、一九三五年雙溪黄氏濟忠堂刊本等。今據同治初刻本録入。

（王宜瑗）

叙

藝者，道之形也。學者兼通六藝，尚矣。次則文章名類，各舉一端，莫不爲藝，即莫不當根極於道。顧或謂藝之條緒綦繁，言藝者非至詳不足以備道。雖然，欲極其詳，詳有極乎？若舉此以概乎彼，舉少以概乎多，亦何必殫竭無餘始足以明指要乎？是故余平昔言藝，好言其概。今復於存者輯之，以名其名也。莊子取「概乎皆嘗有聞」，太史公歎「文辭不少概見」，「聞」、「見」皆以「概」爲言，非限於一曲也。蓋得其大意，則小缺爲無傷，且觸類引伸，安知顯缺者非即隱備者哉！抑聞之《大戴記》曰：「通道必簡。」「概」之云者，知爲「簡」而已矣。至果爲通道與否，則存乎人之所見，余初不敢意必於其間焉。

同治癸酉仲春興化劉熙載融齋自叙

藝概・文概

清　劉熙載　撰

六經，文之範圍也。聖人之旨，於經觀其大備。其深博無涯涘，乃《文心雕龍》所謂「百家騰躍，終入環内」者也。

有道理之家，有義理之家，有事理之家，有情理之家。四家説見劉劭《人物志》。文之本領，祇此四者盡之，然孰非經所統攝者乎？

九流皆託始於六經，觀《漢書・藝文志》可知其概。《左氏》之時，有六經未有各家，然其書中所取義，已不能有純無雜。揚子雲謂之「品藻」，其意微矣。

《春秋》：「文見於此，起義在彼。」《左氏》窺此秘，故其文虚實互藏，兩在不測。

「微而顯，志而晦，婉而成章，盡而不汙，懲惡而勸善」。《左氏》釋經，有此五體。其實《左氏》叙事，亦處處皆本此意。

《左氏》叙事，紛者整之，孤者輔之，板者活之，直者婉之，俗者雅之，枯者腴之。翦裁運化之方，斯爲大備。

劉知幾《史通》謂《左傳》「其言簡而要，其事詳而博」。余謂百世史家，類不出乎此法。《後漢書》稱荀悦《漢紀》「辭約事詳」，《新唐書》以「文省事增」爲尚，其知之矣。

「煩而不整」，「俗而不典」，「書不實録」，「賞罰不中」，「文不勝質」，史家謂之五難。評《左氏》者，借是説以反觀之，亦可知其衆美兼擅矣。

杜元凱序《左傳》曰：「其文緩。」吕東萊謂：「文章從容委曲而意獨至，惟《左氏》所載當時君臣之言爲然。蓋繇聖人餘澤未遠，涵養自别，故其辭氣不迫如此。」此可爲元凱下一注脚。蓋「緩」乃無矜無躁，不是弛而不嚴也。

文得元氣便厚。《左氏》雖説衰世事，却尚有許多元氣在。

學《左氏》者，當先意法而後氣象。氣象所長，在雍容爾雅，然亦有因當時文勝之習而觭重以肖之者。後人必沾沾求似，恐失之嘽緩侈靡矣。

蕭穎士《與韋述書》云：「於《穀梁》師其簡，於《公羊》得其覈。」二語意皆明白。惟言「於《左氏》取其文」，「文」字要善認。當知孤質非文，浮豔亦非文也。

《左氏》叙戰之將勝者，必先有戒懼之意，如韓原秦穆之言，城濮晉文之言，邲楚莊之言，皆是也。不勝者，反此。觀指睹歸，故文貴於所以然處著筆。

《左傳》善用密，《國策》善用疎。《國策》之章法、筆法奇矣，若論字句之精嚴，則左公允推

獨步。

左氏與史遷同一多愛，故於六經之旨均不無出入。若論不動聲色，則左於馬加一等矣。

「馳騁田獵，令人心發狂」。以左氏之才之學，而文必範我馳驅，其識慮遠矣。

《國語》：《周》、《魯》多掌故，《齊》多制，《晉》、《越》多謀。其文有甚厚甚精處，亦有翦裁疏漏處，讀者宜別而取之。

柳柳州嘗作《非國語》，然自序其書，稱《國語》文「深閎傑異」，其《與韋中立書》謂「參之《國語》以博其趣」，則《國語》之懿亦可見矣。

《公》、《穀》二傳解義，皆推見至隱，非好學深思不能有是。至傳聞有異，疑信並存，正其不敢過而廢之之意。

《公》、《穀》兩家善讀《春秋》本經：輕讀、重讀、緩讀、急讀，讀不同而義以別矣。《莊子》逸篇：「仲尼讀《春秋》，老聃踞竈觚而聽。」雖屬寓言，亦可爲《春秋》尚讀之證。

《左氏》尚禮，故文；《公羊》尚智，故通；《穀梁》尚義，故正。

《公羊》堂廡較大，《穀梁》指歸較正，《左氏》堂廡更大於《公羊》，而指歸往往不及《穀梁》。

《檀弓》語少意密，顯言、直言所難盡者，但以句中之眼、文外之致含藏之，已使人自得其實。是何神境！

《左氏》森嚴，文贍而義明，人之盡也。《檀弓》渾化，語疎而情密，天之全也。

文之自然無若《檀弓》，刻畫無若《考工》、《公》、《穀》。

《檀弓》誠愨頎至，《考工》樸屬微至。

《問喪》一篇，纏綿悽愴，與《三年問》皆爲《戴記》中之至文。《三年問》大要出於《荀子》，知《問喪》之傳，亦必古矣。

《家語》非劉向校定之遺，亦非王肅、孔猛所能託。大抵儒家會集記載而成書，是以有純有駁，在讀者自辨之耳。

《家語》好處，可即以《家語》中一言評之，曰：「篤雅有節。」

《家語》之文，純者可幾《檀弓》，雜者甚或不及《孔叢子》。

《國策》疵弊，曾子固《戰國策目録序》盡之矣。抑蘇老泉《諫論》曰：「蘇秦、張儀，吾取其術，不取其心。」蓋嘗推此意以觀之，如魯仲連之不帝秦，正矣，然自稱「爲人排患釋難解紛亂」，其非無術可知。然則，讀書者亦顧所用何如耳。使用之不善，亦何讀而可哉！

戰國説士之言，其用意類能先立地步，故得如善攻者使人不能守，善守者使人不能攻也。不然，專於措辭求奇，雖復可驚可喜，不免脆而易敗。

文之快者每不沈，沈者每不快，《國策》乃沈而快。文之雋者每不雄，雄者每不雋，《國策》乃

雄而雋。

《國策》明快無如虞卿之折樓緩，慷慨無如荆卿之辭燕丹。

《國策》文有兩種：一堅明約束，賈生得之；一沈鬱頓挫，司馬子長得之。

杜詩《義鶻行》云：「斗上捩孤影。」一「斗」字形容鶻之奇變極矣。文家用筆，得「斗」字訣，便能一落千丈，一飛沖天。《國策》其尤易見者。

韓子曰：「孟氏醇乎醇。」程子曰：「孟子儘雄辯。」韓對荀、揚言之，程對孔、顔言之也。

孟子之文，至簡至易，如舟師執柁，中流自在，而推移費力者不覺自屈。龜山楊氏論《孟子》「千變萬化，只説從心上來」，可謂探本之言。

孟子之文，百變而不離其宗，然此亦諸子所同。其度越諸子處，乃在析義至精，不惟用法至密也。

「集義」、「養氣」，是孟子本領。不從事於此而學孟子之文，得無象之然乎？

荀子明六藝之歸，其學分之，足了數大儒。其尊孔子，黜異端，貴王賤霸，猶孟子志也。讀者不能擇取之，而必過疵之，亦惑矣。

孟子之時，孔道已將不著，況荀子時乎？荀子矯世之枉，雖立言之意時或過激，然非自知明而信道篤者不能。

《易傳》言「智崇禮卑」。荀卿立言不能皆粹，然大要在禮、智之間。

屈子《離騷》之旨，只「百爾所思，不如我所之」二語，足以括之。「百爾」，如女嬃、靈氛、巫咸皆是。

太史公《屈原傳贊》曰：「悲其志。」又曰：「未嘗不垂涕，想見其爲人。」「志」也，「爲人」也，論屈子辭者，其斯爲觀其深哉！

孟子曰：「《小弁》之怨，親親也。親親，仁也。」夫忠臣之事君，孝子之事親，一也。屈子《離騷》若經孟子論定，必深有取焉。

「文麗用寡」，揚雄以之稱相如，然不可以之稱屈原。蓋屈之辭，能使讀者興起盡忠疾邪之意，便是用不寡也。

國手置棋，觀者迷離，置者明白。《離騷》之文似之。不善讀者，疑爲於此於彼，恍惚無定，不知只由自己眼低。

蘇老泉謂「詩人優柔，騷人清深」，其實清深中正復有優柔意。

古人意在筆先，故得舉止閒暇；後人意在筆後，故至手脚忙亂。杜元凱稱《左氏》「其文緩」，曹子桓稱屈原「優游緩節」，「緩」豈易及者乎！

《莊子》文看似胡説亂説，骨裏却儘有分數。彼固自謂「猖狂妄行而蹈乎大方」也，學者何不

從「蹈大方」處求之？

《莊子》寓真於誕，寓實於玄，於此見寓言之妙。

《莊子》文法斷續之妙，如《逍遥遊》忽説鵬，忽説蜩與鷽鳩、斥鴳，是爲斷；下乃接之曰「此大小之辨也」，則上文之斷處皆續矣，而下文宋榮子、許由、接輿、惠子諸斷處，亦無不續矣。

文有合兩篇爲關鍵者。《莊子・逍遥遊》「小知不及大知，小年不及大年」，讀者初不覺意注何處，直至《齊物論》「天下莫大於秋毫之末」四句，始見前語正豫爲此處翻轉地耳。

文之神妙，莫過於能飛。《莊子》之言鵬曰「怒而飛」，今觀其文，無端而來，無端而去，殆得「飛」之機者。烏知非鵬之學爲周耶？

《莊子・齊物論》「大塊噫氣，其名爲風」一段，體物入微。與之神似者，《考工記》後柳州文中亦間有之。

意出塵外，怪生筆端，《莊子》之文，可以是評之。其根極則《天下篇》已自道矣，曰：「充實不可以已。」

老年之文多平淡。《莊子》書中有莊子將死一段，其爲晚年之作無疑，然其文一何諔詭之甚！

《莊子》是跳過法，《離騷》是回抱法，《國策》是獨闢法，《左傳》、《史記》是兩寄法。

有路可走，卒歸於無路可走，如屈子所謂「登高吾不說，入下吾不能」是也。無路可走，卒歸於有路可走，如莊子所謂「今子有五石之瓠，何不慮以爲大樽，而浮於江湖」，「今子有大樹，何不樹之於無何有之鄉，廣莫之野」是也。而二子之書之全旨，亦可以此概之。

柳子厚《辯列子》云：「其文辭類《莊子》，而尤爲質厚，少爲作，好文者可廢耶？」案：《列子》實爲《莊子》所宗本，其辭之諔詭，時或甚於《莊子》，惟其氣不似《莊子》放縱耳。

文章蹊徑好尚，自《莊》、《列》出而一變，佛書入中國又一變，《世説新語》成書又一變。此諸書，人鮮不讀，讀鮮不嗜，往往與之俱化。惟涉而不溺，役之而不爲所役，是在卓爾之大雅矣。

文家於《莊》、《列》外，喜稱《楞嚴》、《淨名》二經。識者知二經乃似《關尹子》，而不近《莊》、《列》。蓋二經筆法有前無却；《莊》、《列》俱有曲致，而《莊》尤縹緲奇變，乃如風行水上，自然成文也。

韓非鋒穎太鋭。《莊子·天下篇》稱老子道術所戒曰「鋭則挫矣」，惜乎非能作《解老》、《喻老》而不鑒之也。至其書大端之得失，太史公業已言之。

管子用法術，而本源未爲失正，如「上服度則六親多固，四維張則君令行」，此等語豈申、韓所能道！

周、秦間諸子之文，雖純駁不同，皆有個自家在内。後世爲文者，於彼於此，左顧右盼，以求

當衆人之意，宜亦諸子所深耻與！

秦文雄奇，漢文醇厚。大抵越世高談，漢不如秦；本經立義，秦亦不能如漢也。

西京文之最不可及者，文帝之詔書也。《周書・吕刑》，論者以爲哀矜惻怛，猶可以想見三代忠厚之遺意。然彼文至而實不至，孰若文帝之情至而文生耶？

西漢文無體不備。言大道則董仲舒，該百家則《淮南子》，叙事則司馬遷，論事則賈誼，辭章則司馬相如。人知數子之文，純粹、旁礴、窈眇、昭晰，雍容，各有所至，尤當於其原委窮之。

賈生陳政事，大抵以禮爲根極。劉歆《移讓太常博士書》云：「在漢朝之儒，惟賈生而已。」一「儒」字下得極有分曉。何太史公但稱其「明申、商」也？

賈生謀慮之文，非策士所能道；經制之文，非經生所能道。漢臣後起者，得其一支一節，皆足以建議朝廷，擅名當世，然孰若其籠罩羣有而精之哉？

柳子厚《與楊京兆憑書》云：「明如賈誼。」一「明」字體用俱見。若《文心雕龍》謂「賈生俊發，故文潔而體清」，語雖較詳，然似將賈生作文士看矣。

《隋書・李德林傳》：任城王湝遺楊遵彦書曰：「經國大體，是賈生、晁錯之儔；雕蟲小技，殆相如、子雲之輩。」此重美德林之兼長耳，然可見馬、揚所長在研鍊字句，其識議非賈、晁比也。

晁家令、趙營平皆深於籌策之文。趙取成其事，不必其奇也；晁取切於時，不必其高也。

董仲舒學本《公羊》，而進退容止，非禮不行，則其於禮也深矣。至觀其論大道，深奥宏博，又知於諸經之義無所不貫。

董仲舒對策言「諸不在六藝之科、孔子之術者，皆絶其道，勿使並進」，其見卓矣。揚雄「非聖哲之書不好」，蓋衷此意，然未若董之自得也。

漢家制度，王、霸雜用；漢家文章，周、秦並法。惟董仲舒一路無秦氣。

馬遷之《史》，與《左氏》一揆。《左氏》「先經以始事，後經以終義，依經以辯理，錯經以合異」；在馬則夾叙夾議，於諸法已不移而具。

文之道，時爲大。《春秋》不同於《尚書》，無論矣。即以《左傳》、《史記》言之，强《左》爲《史》，則嘽緩；强《史》爲《左》，則噍殺。惟與時爲消息，故不同正所以同也。

文之有左、馬，猶書之有羲、獻也。張懷瓘論書云：「若逸氣縱横，則羲謝於獻；若簪裾禮樂，則獻不繼羲。」

「末世争利，維彼奔義」，太史公於叙《伯夷列傳》發之。而《史記》全書重義之旨，亦不異是。書中言利處，寓貶於褒。班固譏其「崇勢利而羞貧賤」，宜後人之復譏固與！

太史公文，精神氣血，無所不具。學者不得其真際而襲其形似，此《莊子》所謂「非生人之行而至死人之理，適得怪焉」者也。

太史公文，疎與密皆詣其極。密者，義法也。蘇子由稱其「疎蕩有奇氣」，於義法猶未道及。

太史公時有河漢之言，而意理却細入無間。評者謂「亂道却好」，其實本非亂道也。

《史記》敘事，文外無窮，雖一溪一壑，皆與長江、大河相若。

叙事不合參入斷語。太史公寓主意於客位，允稱微妙。

太史公文，悲世之意多，憤世之意少，是以立身常在高處。至讀者或謂之悲，或謂之憤，又可以自徵器量焉。

太史公文，兼括六藝百家之旨。第論其惻怛之情，抑揚之致，則得於《詩三百篇》及《離騷》居多。學《離騷》得其情者爲太史公，得其辭者爲司馬長卿。長卿雖非無得於情，要是辭一邊居多。離形得似，當以史公爲尚。

「學無所不闚」，「善指事類情」，太史公以是稱《莊子》，亦自寓也。

文如雲龍霧豹，出没隱見，變化無方，此《莊》、《騷》、太史所同。

尚禮法者好《左氏》，尚天機者好《莊子》，尚性情者好《離騷》，尚智計者好《國策》，尚意氣者好《史記》。好各因人，書之本量初不以此加損焉。

太史公文與楚、漢間文相近。其傳楚、漢間人，成片引其言語，與己之精神相入無間，直令讀者莫能辨之。

子長精思逸韻，俱勝孟堅。或問：逸韻非孟堅所及，固也；精思復何以異？曰：子長能從無尺寸處起尺寸，孟堅遇尺寸難施處，則差數睹矣。

太史公文，韓得其雄，歐得其逸。雄者善用直捷，故發端便見出奇；逸者善用紆徐，故引緒乃覘入妙。

《畫訣》：「石有三面，樹有四枝。」蓋筆法須兼陰陽向背也。於司馬子長文往往遇之。

太史公文，如張長史於歌舞、戰鬥，悉取其意與法以爲草書。其秘要則在於無我，而以萬物爲我也。

《淮南子》連類喻義，本諸《易》與《莊子》，而奇偉宏富，又能自用其才，雖使與先秦諸子同時，亦足成一家之作。

賈長沙、太史公、淮南子三家文，皆有先秦遺意。若董江都、劉中壘，乃漢文本色也。

司馬長卿文雖乏實用，然舉止矜貴，揚搉典碩，故昌黎碑板之文亦儀象之。

用辭賦之駢麗以爲文者，起於宋玉《對楚王問》，後此則鄒陽、枚乘、相如是也。惟此體施之必擇所宜，古人自「主文譎諫」外，鮮或取焉。

劉向文足繼董仲舒。仲舒治《公羊》，向治《穀梁》。仲舒對策，向上封事，引《春秋》並言「天地之常經，古今之通義」，亦可見所學之務乎其大，不似經生習氣，譊譊置辯於細故之異同也。

劉向、匡衡文皆本經術。向傾吐肝膽，誠懇悱惻，説經却轉有大意處；衡則説經較細，然覺志不逮辭矣。

揚子雲説道理，可謂能將許大見識尋求。然從來足於道者，文必自然流出；《太玄》、《法言》，抑何氣盡力竭耶？

揚子《法言》有些憨意。蓋專己創言，人雖怪且厭之，弗爲少動也。

東坡《答謝民師書》謂揚雄「好爲艱深之辭，以文淺易之説」。子固《答王深甫論揚雄書》云：「犖自度學每有所進，則於雄書每有所得。」曾、蘇所見不同如此。介甫《與王深甫書》亦盛推雄，如所謂「孟子没，能言大人而不放於老、莊者，揚子而已」是也。

司馬温公叙《揚子》，謂「孟子好《詩》、《書》，文直而顯；荀子好《禮》，文富而麗；揚子好《易》，文簡而奥」。孟、荀、揚並稱無别，與昌黎之論三子異矣。

揚子雲之言，其病正坐近似聖人。《朱子語類》云：「若能得聖人之心，則雖言語各别，不害其爲同。」此可知學貴實有諸己也。

孫可之《與高錫望書》云：「文章如面，史才最難，到司馬子長之地，千載獨聞得揚子雲。」余謂子雲之史，今無可見，大抵已被班氏取入《漢書》。《漢書・揚雄傳》或疑出於雄所自述，亦可見其梗概矣。

班孟堅文，宗仰在董生、匡、劉諸家，雖氣味已是東京，然爾雅深厚，其所長也。

蘇子由稱太史公「疎蕩有奇氣」，劉彥和稱班孟堅「裁密而思靡」。「疎」「密」二字，其用不可勝窮。

王充、王符、仲長統三家文，皆東京之矯矯者。分按之：大抵《論衡》奇創，略近《淮南子》；《潛夫論》醇厚，略近董廣川；《昌言》俊發，略近賈長沙。范史譏三子「好申一隅之説」，然無害爲各自成家。

王充《論衡》獨抒己見，思力絶人，雖時有激而近僻者，然不掩其卓詣。故不獨蔡中郎、劉子玄深重其書，即韓退之性有三品之説，亦承藉於其《本性篇》也。

《潛夫論》皆貴德義、抑榮利之旨，雖論卜、論夢亦然。

東漢文浸入排麗，是以難企西京。繆襲稱仲長統「才章足繼董、賈、劉、揚」，今以《昌言》與數子之書並讀，氣格果相伯仲耶？

仲長統深取崔寔《政論》，謂「凡爲人主，宜寫一通，置之坐側」。按：《政論》所言，主權不主經，謂濟時拯世，不必體堯蹈舜，此豈爲治之常法哉！而統服之若此，宜其所著之《昌言》，旨不皆粹也。

崔寔《政論》，參霸政之法術；荀悦《申鑒》，明古聖王之仁義。悦言屏四患，崇五政，允足爲

後世法戒；寔言孝宣優於孝文，意在矯衰漢之弊，故不覺言之過當耳。

遒文壯節，於漢季得兩人焉，孔文舉、臧子源是也。曹子建、陳孔璋文爲建安之傑，然尚非其倫比。

孔北海文，雖體屬駢麗，然卓犖遒亮，令人想見其爲人。唐李文饒文，氣骨之高，差可繼踵。

鄭康成《戒子益恩書》，雍雍穆穆，隱然涵《詩》、《禮》之氣。

漢、魏之間，文滅其質。以武侯經世之言，而當時怪其「文采不豔」。然彼豔者，如實用何！

曾子固《徐幹中論目録序》謂幹「能考六藝，推仲尼、孟子之旨」。余謂幹之文，非但其理不駁，其氣亦雍容静穆，非有養不能至焉。

徐幹《中論》説道理俱正而實。《審大臣》篇極推荀卿而不取遊説之士，《考僞》篇以求名爲聖人之至禁，其指概可見矣。魏文稱其「含文抱質，恬淡寡欲，有箕山之志」，蓋爲得之。然偉長豈以是言增重哉！

陳壽《三國志》，文中子謂其「依大義而削異端」，晁公武《讀書志》謂其「高簡有法」，可見「義」「法」二字爲史家之要。

晉元康中，范頵等上表，謂陳壽「文豔不及相如，而質直過之」。此言殆外矣。相如自是辭家，壽是史家，體本不同，文質豈容並論！

文中子抑遷、固而與陳壽，所言似過。然觀壽書，練覈事情，每下一字一句，極有斤兩，雖遷、固亦當心折。

六代之文，麗才多而練才少。有練才焉，如陸士衡是也。蓋其思既能入微，而才復足以籠鉅，故其所作，皆傑然自樹質幹。《文心雕龍》但目以「情繁辭隱」，殊未盡之。

陶淵明爲文不多，且若未嘗經意，然其文不可以學而能。非文之難，有其胸次爲難也。

史家學識當出文士之上。范蔚宗嘗自言「恥作文士文」，然其史筆於文士纖雜之見，往往振刷不盡。

《史通》稱孟堅「辭惟温雅，理多愜當，其尤美者有《典》、《誥》之風」。范史自謂「《循吏》以下諸序論，筆勢縱放，往往不減《過秦》篇」；《史通》亦言「蔚宗參蹤於賈誼」。班、范兩家宗派，於此別矣。

酈道元叙山水，峻潔層深，奄有《楚辭・山鬼》、《招隱士》勝境。柳柳州遊記，此其先導耶？

劉勰《新論》，體出於《韓非子・説林》及《淮南子・説山訓》、《説林訓》。其中格言如《慎獨篇》「獨立不慙影，獨寢不愧衾」二語，六朝時幾人能道及此！

王仲淹《中説》，似其門人所記。其意理精實，氣象雍裕，可以觀其所藴，亦可以知記者之所得矣。

荀子與文中子皆深於禮樂之意。其文則荀子較雄峻，文中子較深婉，可想其質學各有所近。後此如韓昌黎、李習之兩家文分途亦然。

荀子言法後王，文中子稱漢七制之主，特節取之意耳。至宋永嘉諸公，遂本此意衍爲學派，而一切議論因之，未免偏據而規小矣。

「畏天憫人」四字，見《文中子・周公篇》，蓋論《易》也。今讀《中說》全書，覺其心法皆不出此意。

元次山文，狂狷之言也。其所著《出規》，意存乎有爲；《處規》，意存乎有守；至《七不如》七篇，雖若憤世太深，而憂世正復甚摯。是亦足使頑廉懦立，未許以矯枉過正目之。

陸宣公文貴本親用，既非萶儒之迂疎，亦異雜霸之功利。於此見情理之外無經濟也。

陸宣公奏議，評以四字，曰：正實切事。

陸宣公奏議，妙能不同於賈生。賈生之言猶不見用，況德宗之量非文帝比，故激昂辯折有所難行，而紆餘委備可以巽入。且氣愈平婉，愈可將其意之沈切。故後世進言，多學宣公一路，惟體制不必仍其排偶耳。

賈生、陸宣公之文，氣象固有辨矣。若論其實，陸象山最說得好：「賈誼是就事上說仁義，陸贄是就仁義上說事。」

獨孤至之文，抑邪與正，與韓文同。《唐實録》稱韓愈師其爲文，乃韓則未嘗自言，學於韓者復不言。《唐書》本傳亦僅言「梁肅、高參、崔元翰、陳京、唐次、齊抗師事之」，而韓不與焉。要其文之足重，固不係乎韓師之也。

昌黎接孟子「知言養氣」之傳，觀《答李翊書》，學養並言可見。

昌黎謂「仁義之人，其言藹如」。蘇老泉以孟、韓爲「温醇」，意蓋隱合。

説理論事涉於遷就，便是本領不濟。看昌黎文老實説出緊要處，自使用巧騁奇者望之辟易。

韓文「起八代之衰」，實集八代之成。蓋惟善用古者能變古，以無所不包，故能無所不掃也。

八代之衰，其文内竭而外侈；昌黎易之以「萬怪惶惑、抑遏蔽掩」，在當時真爲補虚消腫良劑。

昌黎論文曰：「惟其是爾。」余謂「是」字註脚有二：曰正，曰真。

昌黎以「是」「異」二字論文，然二者仍須合一。若不異之是，則庸而已；不是之異，則妄而已。

昌黎自言「約六經之旨而成文」。「旨」字專以本領言，不必其文之相似。故雖於《莊》、《騷》、太史、子雲、相如之文，博取兼資，其約經旨者自在也。陸傪見李習之《復性書》，曰：「子之言，尼父之心也。」亦不以文似孔子而云然。

昌黎謂柳州文「雄深雅健，似司馬子長」。觀此評，非獨可知柳州，并可知昌黎所得於子長處。

論文或專尚指歸，或專尚氣格，皆未免著於一偏。《舊唐書・韓愈傳》「經、誥之指歸，遷、雄之氣格」二語，推韓之意以爲言，可謂觀其備矣。

昌黎文兩種，皆於《答尉遲生書》發之：一則所謂「昭晰者無疑」，「行峻而言厲」是也；一則所謂「優游者有餘」，「心醇而氣和」是也。

昌黎自言其文「亦時有感激怨懟奇怪之辭」，揚子雲便不肯作此語。此正韓之胸襟坦白高出於揚，非不及也。

昌黎《送窮文》自稱其文曰：「不專一能，怪怪奇奇，不可時施，祇以自嬉。」東坡嘗與黄山谷言柳子厚《賀王參元失火書》，曰：「此人怪怪奇奇，亦三端中得一好處也。」「亦」字言外寓推韓微旨。

「一波未平，一波已作」，「出入變化，不可紀極，而法度不可亂」，此姜白石《詩説》也，是境常於韓文遇之。

昌黎《與李習之書》，紆餘澹折，便與習之同一意度。歐文若導源於此。

昌黎言：「作爲文章，其書滿家。」書非止爲作文用也。觀所爲《盧殷墓誌》云：「無書不讀，然止用以資爲詩。」曾是惜人者而自蹈之乎？

李義山《韓碑》詩云：「點竄《堯典》、《舜典》字，塗改《清廟》、《生民》詩。」其論昌黎也外矣。古人所稱俳優之文，何嘗不正如義山所謂？

昌黎尚「陳言務去」。所謂「陳言」者，非必勦襲古人之説以爲己有也，只識見議論落於凡近，未能高出一頭，深入一境，自「結撰至思」者觀之，皆「陳言」也。

文或結實，或空靈，雖各有所長，皆不免著於一偏。試觀韓文，結實處何嘗不空靈，空靈處何嘗不結實？

昌黎曰：「學所以爲道，文所以爲理耳。」又曰：「愈之所志於古者，不惟其辭之好，好其道焉耳。」東坡稱公「文起八代之衰，道濟天下之溺」。文與道豈判然兩事乎哉！

張籍謂昌黎「與人爲無實駁雜之説」，柳子厚盛稱《毛穎傳》，兩家所見，若相逕庭。顧韓之論文曰「醇」、曰「肆」，張就「醇」上推求，柳就「肆」上欣賞，皆韓志也。

呂東萊《古文關鍵》謂柳州文「出於《國語》」；王伯厚謂「子厚《非國語》，其文多以《國語》爲法」。余謂柳文從《國語》入，不從《國語》出。蓋《國語》每多言舉典，柳州之所長乃尤在「廉之欲其節」也。

柳文之所得力，具於《與韋中立論師道書》。東萊謂柳州文「出於《國語》」，蓋專指其一體而言。

柳州《答韋中立書》云：「參之《穀梁》以厲其氣，參之《莊》、《老》以肆其端，參之《國語》以博其趣，參之《離騷》以致其幽，參之太史以著其潔。」《報袁君陳秀才書》亦云：「《左氏》、《國語》、莊周、屈原之辭，稍采取之；穀梁子、太史公甚峻潔，可以出入。」

東萊謂學柳文「當戒他雄辯」。余謂柳文兼備各體，非專尚雄辯者。且雄辯亦正有不可少處，如程明道謂「孟子儘雄辯」是也。

柳州自言：「爲文章未嘗敢以昏氣出之，未嘗敢以矜氣作之。」余嘗以一語斷之曰：柳文無耗氣。凡昏氣、矜氣，皆耗氣也。惟昏之爲耗也易知，矜之爲耗也難知耳。

柳文如奇峰異嶂，層見疊出，所以致之者有四種筆法：突起、紆行、峭收、縵迴也。

柳州記山水、狀人物、論文章，無不形容盡致，其自命爲「牢籠百態」，固宜。

柳子厚《永州龍興寺東丘記》云：「遊之適大率有二：曠如也，奥如也。如斯而已。」《袁家渴記》云：「舟行若窮，忽又無際。」《愚溪詩序》云：「漱滌萬物，牢籠百態。」此等語皆若自喻文境。

文以鍊神鍊氣爲上半截事，以鍊字鍊句爲下半截事，此如《易》道有先天後天也。柳州天資絶高，故雖自下半截得力，而上半截未嘗偏絀焉。

柳州係心民瘼，故所治能有惠政。讀《捕蛇者説》、《送薛存義序》，頗可得其精神鬱結處。

文莫貴於精能、變化。昌黎《送董邵南遊河北序》，可謂變化之至；柳州《送薛存義序》，可謂

精能之至。

昌黎論文之旨，於《答尉遲生書》見之，曰：「君子慎其實。」柳州論文之旨，於《報袁君陳秀才書》見之，曰：「大都文以行爲本，在先誠其中。」

昌黎屢稱子雲，柳子厚於《法言》嘗爲之注。今觀兩家文，修辭鍊字，皆有得於揚子，至意理之多所取資，固矣。

昌黎之文如水，柳州之文如山；「浩乎」、「沛然」，「曠如」、「奥如」，二公殆各有會心。

朱子曰：「韓退之議論正，規模闊大，然不如柳子厚較精密。」此原專指柳州《論鶡冠子》等篇，後人或因此謂一切之文精密概出韓上，誤矣。

學者未能深讀韓、柳之文，輒有意尊韓抑柳，最爲陋習。晏元獻云：「韓退之扶導聖教，剗除異端，是其所長；若其祖述《墳》、《典》，憲章《騷》、《雅》，上傳三古，下籠百氏，横行闊視於綴述之場，子厚一人而已。」此論甚爲偉特。

李習之文，蘇子美謂「辭不逮韓，而理過於柳」；蘇老泉《上歐陽内翰書》取其「俯仰揖讓之態」。合「理」與「態」，而其全見矣。

昌黎《答劉正夫問文》曰：「無難易，惟其是而已。」李習之《答王載言書》曰：「其愛難者，則曰文章宜深不當易；其愛易者，則曰文章宜通不當難。此皆情有所偏，滯而不流，未識文章之所

主也。」於此見兩公文一脉相通矣。

李習之文氣似不及昌黎，然傳稱其「辭致渾厚，見推當時」。由一「致」字求之，便可隱知其妙。

韓文出於《孟子》，李習之文出於《中庸》。宗李多於宗韓者，宋文也。

韓昌黎不稱王仲淹《中説》，而李習之《答王載言書》稱之。今觀習之之文，俯仰揖讓，固於《中説》爲近。

皇甫持正論文，嘗言「文奇理正」。然綜觀其意，究是一於好奇。如《答李生書》云：「意新則異常，異於常則怪矣；詞高則出衆，出於衆則奇矣。」此蓋學韓而第得其所謂「怪怪奇奇，祇以自嬉」者。

或問：持正文於揚子雲何如？曰：辭近《太玄》，理猶未及《法言》。問：較李元賓之「尚辭」何如？曰：「不沿襲前人」似之。

文得昌黎之傳者，李習之精於理，皇甫持正練於辭。習之一宗，直爲北宋名家發源之始；而祖述持正者，則自孫可之後，已罕聞成家者矣。

杜牧之識見自是一時之傑。觀所作《罪言》，謂「上策莫如自治」，「中策莫如取魏」，「最下策爲浪戰」；又兩進策於李文饒，皆案切時勢，見利害於未然。以文論之，亦可謂不浪戰者矣。

孫可之《與友人論文書》云：「詞必高然後爲奇，意必深然後爲工。」如斯宗旨，其即「可之得之來無擇，無擇得之持正」者耶？

廣明時詔書謂孫樵「有揚、馬之文」。樵《與高錫望書》自稱「熟司馬遷、揚子雲書」，然則詔所云「馬」者，殆亦指史遷，非相如耶？

劉蜕文意欲自成一子，如《山書》十八篇、《古漁父》四篇，辭若僻而寄託未嘗不遠。學《楚辭》尤有深致，《哀湘竹》、《下清江》、《招帝子》，雖止三章，頗得《九歌》遺意。

李習之《與陸傪書》盛推昌黎文，謂「嘗書其一章曰《獲麟解》，其他可以類知」。孫可之《與王霖書》稱《進學解》「拔地倚天，句句欲活」。今觀兩家文，信乎各得所近。

《宋史·柳開傳》稱開「始慕韓愈、柳宗元爲文」。《穆修傳》亦言「自五代文敝，國初柳開始爲古文」。今觀伯長所爲《唐柳先生文集後序》云：「天厚余嗜多矣，始而饜我以韓，既而飫我以柳。謂天不吾厚，豈不誣也哉！」可知其所學與仲塗一矣。

尹師魯爲古文先於歐公。歐公稱其文「簡而有法」，且謂「在孔子六經中，惟《春秋》可當」。蓋師魯本深於《春秋》，范文正爲撰文集序嘗言之。錢文僖起雙桂樓，建臨園驛，尹、歐皆爲作記。歐記凡數千言，而尹祇用五百字，歐服其簡古，是亦「簡而有法」之一證也。

范文正貶饒州，師魯上書言「仲淹臣之師友，願得俱貶」，其爲國重賢如此。而於文正所爲

《岳陽樓記》，則曰「傳奇體耳」，其不阿所好又如此。固宜能以古學振起當時也。

歐陽公文幾於史公之潔，而幽情雅韻，得騷人之指趣爲多。

歐陽公《五代史》諸論，深得「畏天憫人」之旨。蓋其事不足言，而又不忍不言；言之怫於己，不言無以懲於世。情見乎辭，亦可悲矣。公他文亦多惻隱之意。

屈子《卜居》，《史記・伯夷傳》，妙在於所不疑事，却參以活句。歐文往往似此。

歐公稱昌黎文「深厚雄博」，蘇老泉稱歐公文「紆餘委備」。大抵歐公雖極意學韓，而性之所近，乃尤在李習之。不獨老泉於公謂「李翺有執事之態」，即公文亦云「欲生翺時，與翺上下其論」，所尚蓋可見矣。

謝疊山云：「歐陽公文章爲一代宗師，然藏鋒斂鍔，韜光沈馨，不如韓文公之奇奇怪怪，可喜可愕。」按：歐之奇不如韓，固有之，然於韓之「抑遏蔽掩，不使自露」，詎相遠乎？

蘇老泉迂董詐晁，謂賈生「有二子之才而不流」。余謂老泉文取徑異於董，而用意往往雜以晁。迂董，於董無損；詐晁，恐晁不服也。

昌黎《答劉正夫書》曰：「若聖人之道不用文則已，用則必尚其能者。」曾南豐稱蘇老泉之文曰：「修能使之約，遠能使之近，大能使之微，小能使之著，煩能不亂，肆能不流。」「能」之一字，足明老泉之得力，正不必與韓量長較短也。

論文鮮有極稱《穀梁》、孫、吴者，獨柳州曰：「參之《穀梁》以厲其氣。」老泉曰：「孫、吴之簡切。」殆好必從其所類耶？

蘇老泉云：「風行水上涣，此天下之至文也。」余謂大蘇文一瀉千里，小蘇文一波三折，亦本此意。

東坡文，亦孟子，亦賈長沙、陸敬輿，亦莊子，亦秦、儀。心目窒隘者，可資其博達以自廣，而不必概以純詣律之。

東坡文只是拈來法。此由悟性絶人，故處處觸著耳。至其理有過於通而難守者，固不及備論。

東坡文雖打通墻壁説話，然立脚自在穩處。譬如舟行大海之中，把柁未嘗不定，視放言而不中權者異矣。

《老子》云：「信言不美，美言不信。」東坡文不乏信言可採，學者偏於美言歎賞之，何故？

坡文多微妙語。其論文曰「快」、曰「達」、曰「了」，正爲非此不足以發微闡妙也。

「遠想出宏域，高步超常倫」，文家具此能事，則遇困皆通；且不妨故設困境，以顯通之之妙用也。大蘇文有之。

東坡讀《莊子》，嘆曰：「吾昔有見，口未能言；今見是書，得吾心矣。」後人讀東坡文，亦當有

是語。蓋其過人處在能説得出，不但見得到已也。

東坡最善於没要緊底題，説没要緊底話；未曾有底題，説未曾有底話，抑所謂「君從何處看，得此無人態」耶！

歐文優游有餘，蘇文昭晰無疑。

介甫之文長於掃，東坡之文長於生。掃故高，生故贍。

東坡之文工而易。觀其言「秦得吾工，張得吾易」，分明自作贊語。文潛卓識偉論過少游，然固在坡函蓋中。

子由稱歐陽公文「雍容俯仰，不大聲色，而義理自勝」。東坡《答張文潛書》謂子由文「汪洋澹泊，有一唱三歎之聲，而其秀傑之氣，終不可没」。此豈有得於歐公者耶？

子由曰：「子瞻之文奇，吾文但穩耳。」余謂百世之文，總可以「奇」「穩」兩字判之。

王震《南豐集序》云：「先生自負似劉向，不知韓愈爲何如爾。」序内却又謂其「衍裕雅重，自成一家」。噫！藉非能自成一家，亦安得爲善學劉向與？

曾文窮盡事理，其氣味爾雅深厚，令人想見「碩人之寬」。王介甫云：「夫安驅徐行，轥中庸之廷而造乎其室，舍二賢人者而誰哉？」二賢，謂正之、子固也。然則，子固之文即肖子固之爲人矣。

昌黎文意思來得硬直，歐、曾來得柔婉。硬直見本領，柔婉正復見涵養也。

韓文學不掩才，故雖「約六經之旨而成文」，未嘗不自我作古。至歐、曾則不敢直以作者自居，較之韓，若有「智崇禮卑」之别。

王介甫文取法孟、韓。曾子固《與介甫書》述歐公之言曰：「孟、韓文雖高，不必似之也，取其自然耳。」則其學之所幾與學之過當，俱可見矣。

王安石《解孟子》十四卷，爲崇、觀間舉子所宗，説見《郡齋讀書後志》。觀介甫《上人書》有云：「孟子曰：『君子欲其自得之也。』孟子之云爾，非直施於文而已，然亦可託以爲作文之本意。」是則《解孟》亦豈無意於文乎？

介甫文之得於昌黎在「陳言務去」。其譏韓有「力去陳言誇末俗」之句，實乃心嚮往之。

曾子固稱介甫文學不減揚雄，而介甫《詠揚雄》亦云：「千古雄文造聖真，眇然幽息入無倫。」慕其文者如此其深，則必效之惟恐不及矣。

介甫文兼似荀、揚。荀，好爲其矯；揚，好爲其難。

柳州作《非國語》，而文學《國語》；半山謂荀卿好妄，荀卿不知禮，而文亦頗似《荀子》。文家不以訾警爲棄取，正如東坡所謂「我憎孟郊詩，復作孟郊語」也。

荆公文是能以品格勝者，看其人取我棄，自處地位儘高。

半山文善用揭過法，只下一二語，便可掃却他人數大段，是何簡貴！

謝疊山評荆公文曰：「筆力簡而健。」余謂南人文字，失之冗弱者十常八九，殆非如荆公者不足以矯且振之。

半山文瘦硬通神，此是江西本色，可合黄山谷詩派觀之。

荆公《遊褒禪山記》云：「入之愈深，其進愈難，而其見愈奇。」余謂「深」、「難」、「奇」三字，公之學與文，得失並見於此。

介甫文於下愚及中人之所見，皆剥去不用，此其長也；至於上智之所見，亦剥去不用，則病痛非小。

介甫《上邵學士書》云：「某嘗患近世之文，辭弗顧於理，理弗顧於事，以襞積故實爲有學，以雕繪語句爲精新。譬之擷奇花之英，積而玩之，雖光華馨采，鮮縟可愛，求其根柢濟用，則蔑如也。」又《上人書》云：「所謂文者，務爲有補於世而已矣。所謂辭者，猶器之有刻鏤繪畫也。誠使巧且華，不必適用；誠使適用，亦不必巧且華。」余謂介甫之文，洵異於尚辭巧華矣，特未思免於此弊，仍未必濟用適用耳。

半山文其猶藥乎？治病可以致生，養生或反致病。

半山説得世人之病好，只是他立處未是。

介甫文每言及骨肉之情，酸惻嗚咽，語語自腑肺中流出，他文却未能本此意擴而充之。

李泰伯文，朱子謂其「自大處起議論，如古《潛夫論》之類」。劉壎《隱居通議》謂其所作《袁州學記》「高出歐、蘇，百世不朽」。按：泰伯之學，深於《周禮》，其所爲文，率皆法度謹嚴。《宋史》本傳但載其所上《明堂定制圖序》，尚非其極也。東坡謂嘗見泰伯自述其文曰：「天將壽我與，所爲固未足也；不然，斯亦足以藉手見古人矣。」觀是言，其生平之力勤詣卓具見。

劉原父文好摹古，故論者譽訾參半。然其於學無所不究，其大者如解《春秋》，多有古人所未言。朝廷每有禮樂之事，必就其家以取決，豈曰文焉已哉！即以文論，歐公爲作墓誌，稱其「立馬却坐，一揮九制，文辭典雅，各得其體」，朱子稱其「才思極多，湧將出來」，亦可見其崖略矣。

李忠定奏疏，論事指畫明豁，其天資似更出陸宣公上。然觀其《書檄志》云：「一應書檄之作，皆當以陸宣公爲法。」則知得於宣公者深矣。

朱子之文，表裏瑩徹。故平平説出，而轉覺矜奇者之爲庸；明明説出，而轉覺恃奥者之爲淺。其立定主意，步步回顧，方遠而近，似斷而連，特其餘事。

朱子云：「余年二十許時，便喜讀南豐先生之文，而竊慕效之。竟以才力淺短，不能遂其所願。」又云：「某未冠而讀南豐先生之文，愛其詞嚴而理正。居常以爲人之爲言，必當如此，乃爲非苟作者。」朱子之服膺南豐如此，其得力尚須問耶？

陳龍川喜學歐文，嘗選歐文曰《歐陽文粹》。其序極與歐文相類，然他文却不盡似之。此「如人飲水，冷暖自知」，原不必字摹句擬，類於「執迹以求履憲」也。

陳同甫《上孝宗皇帝書》貶駁道學，至謂「今世之儒士，以爲得正心誠意之學者，皆風痺不知痛癢之人」。而其自跋《中興論》，復言「一日讀《楊龜山語録》，謂『人住得然後可以有爲，才智之士非有學力却住不得』，不覺恍然自失」。可見同甫之所駁者，乃無實之人，非龜山一流也。

陳同甫文箴砭時弊，指畫形勢，自非絀於用者之比，如《四上孝宗皇帝書》及《中興五論》之類是也。特其意思揮霍，氣象張大，若使身任其事，恐不能耐煩持久。試觀趙營平、諸葛武侯之論事，何嘗揮霍張大如此！

陸象山文，《隱居通議》稱其《王荆公祠堂記》，又稱其《與楊守書》及《與徐子宜侍郎書》，且各繫以評語。余謂陸文得《孟子》之實，不容意爲去取，亦未易評。評之須如其《語録》中所謂「從天而下，從肝肺中流出，是自家有底物事」，乃庶幾焉。

後世學子書者，不求諸本領，專尚難字棘句，此乃大誤。欲爲此體，須是神明過人，窮極精奥，斯能託寓萬物，因淺見深，非光不足而强照者所可與也。唐、宋以前，蓋難備論。《郁離子》最爲晚出，雖體不盡純，意理頗有實用。

儒學，史學，玄學，文學，見《宋書・雷次宗傳》。大抵儒學本《禮》，荀子是也；史學本《書》與

《春秋》，馬遷是也；玄學本《易》，莊子是也；文學本《詩》，屈原是也。後世作者，取塗弗越此矣。

《孔叢子》：「宰我問：『君子尚辭乎？』孔子曰：『君子以理爲尚。』」文中子曰：「言文而不及理，是天下無文也。」昌黎雖嘗謂「辭不足不可以爲成文」，而必曰：「學所以爲道，文所以爲理。」陸士衡《文賦》曰：「理扶質以立幹。」劉彥和《文心雕龍》曰：「精理爲文。」然則舍理而論文辭者，奚取焉？

文無論奇正，皆取明理。試觀文孰奇於《莊子》，而陳君舉謂其「憑虛而有理致」，况正於《莊子》者乎！

明理之文，大要有二，曰：闡前人所已發，擴前人所未發。

論事敘事，皆以窮盡事理爲先。事理盡後，斯可再講筆法。不然，離有物以求有章，曾足以適用而不朽乎？

揚子《法言》曰：「事辭稱則經。」余謂不但事當稱乎辭而已，義尤欲稱也。觀孟子「其事則齊桓、晉文」數語可見。

言此事必深知此事，到得事理曲盡，則其文確鑿不可磨滅，如《考工記》是也。《梁書·蕭子雲傳》載其「著《晉史》，至《二王列傳》，欲作論草隸法，不盡意，遂不能成」。此亦見實事求是之意。

《易・繫傳》謂「易其心而後語」，揚子雲謂「言爲心聲」，可知言語亦心學也。況文之爲物，尤言語之精者乎！

志者，文之總持。文不同而志則一，猶鼓琴者聲雖改而操不變也。善夫陶淵明之言曰：「常著文章自娱，頗示己志。」

或問：淵明所謂「示己志」者，「己志」其有以别於人乎？曰：只是稱心而言耳。使必以異人爲尚，豈天下之大，千古之遠，絶無同己者哉！

「聖人之情見乎辭」，爲作《易》言也。作者情生文，斯讀者文生情。《易》教之神，神以此也。使情不稱文，豈惟人之難感，在己先「不誠無物」矣。

《文賦》：「意司契而爲匠。」文之宜尚意明矣。推而上之，聖人「書不盡言，言不盡意」，正以意之無窮也。

《莊子》曰：「語之所貴者，意也，意有所隨。意之所隨者，不可以言傳也，而世因貴言傳書。」是知意之所以貴者，非徒然也。爲文者苟不知貴意，何論「意之所隨者」乎？

文以識爲主。認題立意，非識之高卓精審，無以中要。才、學、識三長，識爲尤重，豈獨作史然耶？

「出辭氣，斯遠鄙倍矣」，此以氣論辭之始。至昌黎《與李翊書》，柳州《與韋中立書》，皆論及

於氣，而韓以氣歸之於養，立言較有本原。

自《典論・論文》以及韓、柳，俱重一「氣」字。余謂文氣當如《樂記》二語曰：「剛氣不怒，柔氣不懾。」

文貴備四時之氣。然氣之純駁厚薄，尤須審辨。

韓昌黎《送陳秀才彤序》云：「文所以爲理耳。」《答李翊書》云：「氣，水也；言，浮物也。水大而物之浮者大小畢浮，氣盛則言之短長與聲之高下者皆宜。」周益公序《宋文鑑》曰：「臣聞文之盛衰主乎氣，辭之工拙存乎理。昔者帝王之世，人有所養而教無異習。故其氣之盛也，如水載物，小大無不浮；其理之明也，如燭照物，幽隱無不通。」意蓋悉本昌黎。

文要與元氣相合，戒與盡氣相尋。翕聚、僨張，其大較矣。

《孔叢子》曰：「平原君謂公孫龍曰：『公無復與孔子高辯事也。其人理勝於辭，公辭勝於理。』」揚子曰：「事辭稱則經。」韓昌黎則曰：「辭不足不可以爲成文。」此「辭」字大抵已包理事於其中。不然，得無如《荀子》所謂「惠子蔽於辭而不知實」者乎？

辭之患不外過與不及。《易・繫傳》曰「其辭文」，無不及也；《曲禮》曰「不辭費」，無太過也。

文中用字，在當不在奇。如宋子京好用奇字，亦一癖也。

文，辭也；質，亦辭也。博，辭也；約，亦辭也。質，其如《易》所謂「正言斷辭」乎？約，其如

《書》所謂「辭尚體要」乎？

言辭者必兼及音節，音節不外諧與拗。淺者但知諧之是取，不知當拗而拗，拗亦諧也；不當諧而諧，諧亦拗也。

「書法」二字見《左傳》，爲文家言法之始。《莊子・寓言篇》曰「言而當法」；晁公武稱陳壽《三國志》「高簡有法」；韓昌黎謂「經承子厚口講指畫爲文辭者，悉有法度可觀」；歐陽永叔稱尹師魯爲文章「簡而有法」，具見法之宜講。

通其變，遂成天地之文。一闔一闢謂之變，然則文法之變可知已矣。

兵形象水，惟文亦然。水之發源、波瀾、歸宿，所以示文之始、中、終，不已備乎？

揭全文之指，或在篇首，或在篇中，或在篇末。在篇首則後必顧之，在篇末則前必注之，在篇中則前注之，後顧之。「顧」、「注」，抑所謂文眼者也。

作短篇之法，不外「婉而成章」；作長篇之法，不外「盡而不汙」。

《文心雕龍》謂「貫一爲拯亂之藥」。余謂貫一尤以泯形迹爲尚，唐僧皎然論詩所謂「抛鍼擲綫」也。

章法不難於續而難於斷。先秦文善斷，所以高不易攀。然「抛鍼擲綫」，全靠眼光不走；「注坡驀澗」，全仗韁轡在手。明斷，正取暗續也。

文章之道，斡旋驅遣，全仗乎筆。筆爲性情，墨爲形質。使墨之從筆，如雲濤之從風，斯無施不可矣。

一語爲千萬語所託命，是爲筆頭上擔得千鈞。然此一語正不在大聲以色，蓋往往有以輕運重者。

客筆主意，主筆客意。如《史記・魏世家贊》、昌黎《送董邵南遊河北序》，皆是此訣。

「義法」居文之大要。《史記・十二諸侯年表序》稱孔子次《春秋》，「約其辭文，去其煩重，以制義法」。此言「義法」之始也。

長於理則言有物，長於法則言有序。治文者矜言「物」、「序」，何不實於理法求之？

文之尚理法者，不大勝亦不大敗；尚才氣者，非大勝則大敗。觀漢程不識、李廣，唐李勣、薛萬徹之爲將可見。

東坡《進呈陸宣公奏議劄子》云：「藥雖進於醫手，方多傳於古人。」《上神宗皇帝書》云：「大抵事若可行，不必皆有故事。」蓋法高於意則用法，意高於法則用意，用意正其神明於法也。文章一道，何獨不然？

敘事之學，須貫六經九流之旨；敘事之筆，須備五行四時之氣。「維其有之，是以似之」，弗可易矣。

大書特書，牽連得書，敘事本此二法，便可推擴不窮。

敘事有寓理，有寓情，有寓氣，有寓識。無寓，則如偶人矣。

敘事有主意，如傳之有經也。主意定，則先此者爲先經，後此者爲後經，依此者爲依經，錯此者爲錯經。

敘事有特敘，有類敘，有正敘，有帶敘，有實敘，有借敘，有詳敘，有約敘，有順敘，有倒敘，有連敘，有截敘，有豫敘，有補敘，有跨敘，有插敘，有原敘，有推敘，種種不同。惟能綫索在手，則錯綜變化，惟吾所施。

敘事要有尺寸，有斤兩，有剪裁，有位置，有精神。

論事調諧，敘事調澀。左氏每成片引人言，是以論入敘，故覺諧多澀少也。

史莫要於表微，無論紀事纂言，其中皆須有表微意在。

爲人作傳，必人己之間，同弗是，異弗非，方能持理之平，而施之不枉其實。

傳中敘事，或敘其有致此之由而果若此，或敘其無致此之由而竟若此，大要合其人之志行與時位，而稱量以出之。

劉彦和謂羣論立名，始於《論語》，不引《周官》「論道經邦」一語，後世誚之，其實過矣。《周官》雖有論道之文，然其所論者未詳。《論語》之言，則原委具在。然則論非《論語》奚法乎？

論不可使辭勝於理。辭勝理則以反人爲實，以勝人爲名，弊且不可勝言也。《文心雕龍·論説》篇解「論」字，有「倫理有無」及「彌綸羣言，研精一理」之説，得之矣。

有俊傑之論，有儒生、俗士之論。利弊明而是非審，其斯爲俊傑也與！

論之失，或在失出，或在失入。失出視失入，其猶愈乎？

法以去弊，亦易生弊。立論之當慎，與立法同。

論是非，所以定從違也。從違不可苟，是非可少紊乎？

人多事多難偏論，借一論之，一索引千鈞，是何關係！

《文賦》云：「論精微而朗暢。」精微以意言，朗暢以辭言。精微者，不惟其難，惟其是；朗暢者，不惟其易，惟其達。

論不貴强下斷語。蓋有置此舉彼，從容叙述，而本事之理已曲到無遺者。

《莊子》曰：「六合之外，聖人存而不論；六合之内，聖人論而不議；春秋經世先王之志，聖人議而不辯。」余謂有不論不議不辯，論議辯斯當矣。

叙事要有法，然無識則法亦虚；論事要有識，然無法則識亦晦。

文有辭命一體，命與辭非出於一人也。古行人奉使，受命不受辭，觀展喜犒師，公使受命於展禽可見矣。若出於一人而亦曰辭命，則以主意爲命，以達其意者爲辭，義亦可通。

辭命之旨在忠告，其用却全在善道。奉使受命不受辭，蓋因時適變，自有許多衡量在也。

辭命亦祇叙事、議論二者而已，觀《左傳》中辭命可見。

辭命體推之即可爲一切應用之文。應用文有上行，有平行，有下行。重其辭乃所以重其實也。

陳壽《上故蜀丞相諸葛亮故事》曰：「皋陶之謨略而雅，周公之誥煩而悉。何則？皋陶與舜、禹共談，周公與羣下矢誓故也。」《晉書・李密傳》中語略與之同。辭命各有所宜，可由是意推之。

文之要，本領、氣象而已。本領欲其大而深，氣象欲其純而懿。

《老子》曰：「言有宗。」《墨子》曰：「立辭而不明於其類，則必困矣。」「宗」、「類」二字，於文之體用包括殆盡。

文固要句句字字受命於主腦，而主腦有純駁、平陂、高下之不同，若非慎辨而去取之，則差若毫釐，繆以千里矣。

文之所尚，不外當無者盡無，當有者盡有。故昌黎《答李翊書》云：「惟陳言之務去。」《樊紹述墓誌銘》云：「其富若生蓄，萬物必具。」柳州《愚溪詩序》云：「漱滌萬物，牢籠百態。」

文有以不言言者。《春秋》有書有不書，書之事顯，不書之意微矣。

文有寫處，有做處。人皆云云者，謂之寫；我獨云云者，謂之做。《左傳》、《史記》兼用之。

乍見道理之人，言多理障；乍見故典之人，言多事障。故艱深正是淺陋，繁博正是寒儉。文家方以此自足而夸世，何耶？

「白賁」占於《賁》之上爻，乃知品居極上之文，只是本色。

君子之文無欲，小人之文多欲。多欲者美勝信，無欲者信勝美。

文尚華者日落，尚實者日茂。其類在色老而衰，智老而多矣。

文有古近之分。大抵古樸而近華，古拙而近巧，古信己心而近取世譽，不是作散體便可名「古文」也。

文有三古：作古之言近於《易》，則古之言近於《禮》，治古之言近於《春秋》。

文貴法古，然患先有一古字横在胸中，蓋文惟其是，惟其真。舍是與真，而於形模求古，所貴於古者果如是乎？

文有七戒，曰：旨戒雜，氣戒破，局戒亂，語戒習，字戒僻，詳略戒失宜，是非戒失實。

《文心雕龍》以「隱秀」二字論文，推闡甚精。其云晦塞非隱，雕削非秀，更爲善防流弊。

言外無窮者，茂也；言内畢足者，密也。漢文茂如西京，密如東京。

多用事與不用事，各有其弊。善文者滿紙用事，未嘗不空諸所有；滿紙不用事，未嘗不包諸

所有。

善書者，點畫微而意態自足，點畫大而氣體不累。文之沈著、飄逸，當準是觀之。

治勝亂，至治勝治。至治之氣象，皞皞而已。文或秩然有條而轍跡未泯，更當躋而上之。

誦述古義，箴砭末俗，文之正變，即二者可以别之。

文有四時：《莊子》，「獨寐寤言」時也；《孟子》，「嚮明而治」時也；《離騷》，「風雨如晦」時也；《國策》，「飲食有訟」時也。

文有仰視，有俯視，有平視。仰視者，其言恭；俯視者，其言慈；平視者，其言直。

文有本位。孟子於本位毅然不避，至昌黎則漸避本位矣，永叔則避之更甚矣。凡避本位易窈眇，亦易選懦。文至永叔以後，方以避本位爲獨得之傳，蓋亦頗矣。

文之道，可約舉經語以明之，曰：「辭達而已矣」，「修辭立其誠」，「言近而指遠」，「辭尚體要」，「乃言底可績」，「非先王之法言不敢言」，「易其心而後語」。

文家得力處人不能識，如東坡《表忠觀碑》，王荆公問坐客「畢竟似子長何語」，坐客悚然」是也。用力處人不能解，如歐陽公欲作文，先誦《史記・日者傳》是也。

《易・繫傳》：「物相雜，故曰文。」《國語》：「物一無文。」徐鍇《説文通論》：「强弱相成，剛柔相形，故於文『人乂』爲『文』。」《朱子語録》：「兩物相對待故有文，若相離去便不成文矣。」爲文

者，盍思文之所由生乎？

《左傳》：「言之無文，行而不遠。」後人每不解何以謂之無文，不若仍用《外傳》作注，曰：「物一無文。」

《國語》言「物一無文」，後人更當知物無一則無文。蓋一乃文之真宰，必有一在其中，斯能用夫不一者也。

古人或名文曰筆。《梁書・庾肩吾傳》太子與湘東王書曰：「謝朓、沈約之詩，任昉、陸倕之筆。」筆對詩言者，蓋言志之謂詩，述事之謂筆也。其實筆本對口談而言。《晉書・樂廣傳》：「廣善清言，而不長於筆。將讓尹，請潘岳爲表，岳曰：『當得君意。』廣乃作二百句語述己之志。岳因取次比，便成名筆。時人咸云：『若廣不假岳之筆，岳不取廣之旨，無以成斯美也。』」昌黎亦云：「不惟舉之於其口，而又筆之於其書。」觀此而筆之所以命名者見矣。然昌黎於筆多稱文，如謂「漢朝人莫不能爲文，獨司馬相如、太史公、劉向、揚雄爲之最」是也。

游藝約言

〔清〕劉熙載　撰

《游藝約言》一卷

清 劉熙載 撰

此書爲劉熙載卒後由門生所刊刻，與《制藝書存》、《古桐書屋劄記》合編爲《古桐書屋續刻三種》。此書共一百四十餘條，不加詮次，但亦以簡潔概括之語論述文、詩與書法，與《藝概》著述風格一致，而其内容則可相互發明，或有《藝概》未言或言之未盡處。著者在此書中，强調文與詩、書均應尚「真」，「須以無欲而静爲主」；又云：「文之理法通於詩，詩之情志通於文。作詩必詩，作文必文，非知詩文者也。」文、詩各以偏重「理法」、「情志」爲特徵，但可互攝相通，肯定「破體爲文」之必然性。進而論及文、詩與其他藝術之融貫：「琴家諸手法，『吟』爲最妙，爲其不盡也。詩文亦均以之。」藝術視野頗爲宏通、開闊。其專論文章時，則首舉文應「本於心性」，「文，心學也」；又主張文以「深造自得」爲貴：「深造，人之盡也；自得，天之道也。」論文之結構，「不外乎始、中、終」，三者互爲呼應，才能合成整體效應，不能「執本句本字以論得失」，此與《文概》之「水之發源、波瀾、歸宿，所以示文之始、中、終」，兩者一致；而《文概》以「飛」評《莊子》，稱其「得『飛』之機者」，此書多處言「飛」，而「《莊子》之文如空中捉鳥，捉不住則飛去」云云，更有所發揮。其他

如論文之「奥衍」，用詞之「繁簡」等，兩書均互爲表裏，可以并讀。

有《古桐書屋續刻三種》本，刊於光緒十三年（一八八七）。今即據以録入。

（王宜瑗）

游藝約言

清 劉熙載 撰

文不本於心性，有文之恥，甚於無文。

徐季海論書，以爲亞於文章。余謂文章取示己志，書誠如是，則亦何亞之有！

文，心學也。心當有餘於文，不可使文餘於心。

文章、書法，皆有乾坤之别：乾變化，坤安貞也。

琴家諸手法，「吟」爲最妙，爲其不盡也。詩文亦均以之。

詩中有詩，文中有文，真也。詩莫作詩解，文章作文解，寓也。

英雄出語多本色，辛稼軒詞於是可尚。

不論書、畫、文章，須以無欲而静爲主。

善文者，内出而無窮；不善文者，外挹而有限。

辭必己出，書、畫亦當然。

懷素書，筆筆現清涼世界。

悟有頓漸。學書從摹古人得者，漸也；從觀物得者，頓也。

文章家知尚見解，尚議論，而不以虛見解、虛議論爲戒，則雖實多虛少且以害事，況實少虛多乎？

文求自慊，非以慊人。然人心之同，卒亦不出自慊之外。陶淵明文「示己志」，所以人多好之。

《記》言后稷「其辭恭，其欲儉」。後世講文度文品者，可以思矣。

文莫貴於深造自得。深造，人之盡也；自得，天之道也。

真古無託，託古之意即俗也；真美無飾，飾美之意即醜也。

學文學書，皆有古有俗。凡所貴於古者，爲其無欲也。若借古要譽，是其欲顯然，視出於俗者，其俗尤甚。

修辭有「修潔」之「修」，有「修飾」之「修」。「潔」者修之極，「飾」者潔之賊也。

書有分數非難，有無分數之分數爲難。

高山深林，望之無極，探之無盡。書不臻此境，未善也。

書要有金石氣，有書卷氣，有天風海濤、高山深林之氣。

書要韌而愈勁，峻而愈韻。

老子有「爲道日損，損之又損」之言，禪家有「剥蕉心」之喻。書得此意，塵俗何從犯其筆端！

詩有兩種可爲：一雄深雅健，一純古澹泊。

無爲之境，書家最不易到，如到便是達天。

書有骨重神寒之意，便爲法物。

高手作書，於衆所矜處不矜，於衆所忽處不忽。觀此始知俗書之矜所不必矜、忽所不可忽也。

《石鼓》有磅礴、鬱積、盤拏、倔强之意。

字畫之長短肥瘠，無取意同，但觀鳥行蟲食之跡可悟。

詩文書畫皆要去熟氣，然人乃氣之先見者也。

「大善不飾」。故書到人不愛處，正是可愛之極。

詩之正品，有「肫肫其仁」，有「浩浩其天」，其中皆須有個「淵淵其淵」在。

古人所知者多，所言者少，是以其人純而厚；後人所知者少，所言者多，是以其文雜而薄。

文之用意，有共知，有獨喻。合二者論之，則各有所宜，亦各有所弊也。

孟子以「性善」爲宗，荀子以「勸學」爲宗，其文亦若有性、學之别。蓋一則行所無事，一則奮然用力也。抑豈惟孟、荀哉？百世之文，皆可以是等之。

文之理法通於詩，詩之情志通於文。作詩必詩，作文必文，非知詩文者也。

詩文書畫之病凡二：曰「薄」，曰「俗」。去薄在培養本根，去俗在打磨習氣。

文取自慊，非求慊人。慊人者，鄉愿之文也。

無爲者，性也，天也；有爲者，學也，人也。學以復性，人以復天，是有爲仍蘄至於無爲也。

畫家逸品出能品之上，意之所通者廣矣。

《古詩十九首》喜怒哀樂無不親切高妙，所以令人味之無極。

《古詩》「努力崇明德，皓首以爲期」，此「止乎禮義」也。前此諸悽愴之言，皆所謂「發乎情」。

「大德不踰閑，小德出入可也」，此一部《史記》大意。然論乎其世，已難以比之《書》與《春秋》矣。

學亦遊也，遊亦學也。若太史公者，其可與遊學者乎！

《春秋》本文，有實字、有虚字、有無字處，《公羊》、《穀梁》於實虚字皆有發明，其發明無字處，乃所謂「補苴罅漏，張皇幽邈」也。

辭取乎文久矣，而文亦有别。蓋富而文者易見，簡而文者難知。

「剛健中正」，「純粹以精」，「篤實輝光」，孟子之文兼擅乎此。太史公之「雄深雅健」，恐猶若舍黝之於曾子、子夏焉。

意先文後，謂後路之文，其意反是先有；意後文先，謂前路之文，其意反是後有也。至意先

文先、意後文後者，則無待辨而知之。

舉少見多，貫多以少，皆是《史記》潔處。

「秘響旁通，伏采潛發」。響而曰「秘」，采而曰「伏」；文至此，其深矣乎。

「發乎情，止乎禮義」，豈惟《詩》哉？《離騷》亦然。

《春秋》，議體也。《莊子》云：「《春秋》經世〔先王之志〕，聖人〔進〕〔議〕而不辯。」然則孰爲辯體？曰：如《孟子》便是。

字不出雕、樸兩種。循其本，則人雕者字雕，人樸者字樸。

偶爲《書訣》云：「古人之書不學可，但要書中有個我。我之本色若不高，脱盡凡胎方證果。」不惟書也。

讀書皆須有用。如讀《莊子》，可於「窮賤易安，幽居靡悶」處會之。

書之病，如「薄」、「俗」之類，皆人之病所形也。倘不由末推本而變化之，可乎？

古人作文視飾爲塵垢，後世作文以塵垢爲飾。文品相去，所由遠矣。

詩文書畫，皆生物也。然生不生亦視乎爲之之人，故人以養生氣爲要。

善書者不出廉、立、寬、敦四字。然則欲從事於書，莫如先師夷、惠。不然則頑懦鄙薄之書，且將接迹於世也。

書雖小道，學書者亦要不見惡於聖人。聖人所惡者，舍狂狷而就鄉愿也。

書家體不潔，由其志不潔也。志潔者必能空諸所有，不至以猥雜之習錮之。

文貴於達。直達，曲達，皆達也。就一篇中論之，要隨在各因其宜，不拘成見。

文，尚學者要歸尚道，尚道者「損之又損」。

東坡云：「我書意造本無法」。蓋無法者，法之至。佛言「無法可説，是名佛法」，即此意也。

論詩者謂「鍊字不如鍊意」，此未能鍊意者之言也。夫鍊字亦鍊字之意而已矣，豈舍意而别有所謂鍊字乎？

作書當如自天而來，不然則所謂「爲者敗之，執者失之」也。昔人謂「好詩必是拾得」，書亦爾爾。

作文，作詩，作書，皆須兼意與法。任意廢法，任法廢意，均無是處。

杜詩云：「前輩飛騰入，餘波綺麗爲。」以詞而論，「飛騰」惟稼軒足當之，「綺麗」者則不可勝舉。

《書譜》云：「古質而今妍」。可知「妍」、「質」爲書所不能外也。然「質」能藴「妍」，「妍」每掩「質」，物理類然。

古人詩以言志，而後人或且喪志者，由詩外無事而已。然有事無事，正可從詩辨之。

東坡論少陵「詩外尚有事」。蓋詩外無事者，詩匠也。詩而匠，則詩亦焉能爲有哉！

人尚本色，詩文書畫亦莫不然。太白「清水出芙蓉，天然去雕飾」二句，余每讀而樂之。

聖而不可知之謂神。書之神者變動無方，不但人不能知，己亦不能豫知，「聖」殆不足以名之。

文家會用字者，一字能抵無數字；不會用字者，一字抵不到一字。字如此，則句與段落皆可知矣。

先有在物之理，而後有處物之義。作事然，作文亦然。

兵家「能而示之不能，用而示之不用」二語，亦書家所寶。

書要筆筆實落，又要筆筆變動，蓋道不越乎「誠而神」。

老子有云：「微妙玄通，深不可識。」余謂書之道正復如此。故氣質粗者，不可以爲書。

堂上人氣象，與趨走供役於堂下者不同。詩文書畫，所以貴有度有品。

陶淵明言「常著文章自娱，頗示己志」，書畫家當亦云爾，彼蓋即以書畫爲文章也。

「文」字古多作「文明」解，蓋自内出，非由外飾也。

《論語》獨記《楚狂之歌》，《孟子》獨稱《孺子之歌》。狂乎，孺乎，其聲歌之天趣乎？

以《易》道論詩文，文取「擬之議之」，要歸於「何思何慮」；詩取「何思何慮」，要起於「擬之議之」。

鄉愿之文，要做成個雅俗共賞，究之俗賞而已。若雅則方且惡之，又何賞焉！

書要「無一物而不化」之筆。或以有爲求化，乃愈失之。

無論文章書畫，俱要蒼而不枯，雄而不粗，秀而不浮。

《莊子》之文如空中捉鳥，捉不住則飛去。俗文乃如捉死鳥。夫鳥既死矣，猶待捉哉？

文不外乎始、中、終。始有不得求諸中、終，終有不得求諸始、中，中有不得求諸始、終。但執本句本字以論得失，非知文者也。

文之善有三：理法存乎戒也，才思存乎慧也，志趣存乎定也。不善亦有三：貪者不節，癡者不活，嗔者不和。

文之不飾者乃飾之極，蓋人飾不如天飾也。是故《易》言「白賁」。

冰桃雪藕，食之鮮可以飽，然却病延年，粱肉不逮。論詩者所以當知無用之用也。

書能蒼中藏秀，乃是真蒼。蓋老而不老者，仙也；不老而老者，凡也。

商丘子力無敵於天下，而六親不知，蓋力貴含不貴露也。書力亦當如是。

書尚遒逸。「遒」非直勁焉而已，「逸」非直秀焉而已。

詩文家每多以豪曠自喜，是故不能近道。然一味幽抑，弊亦均焉。

《左氏》之文儘整肅，《檀弓》之文儘豈弟。

《孟子》之文，可即評以孟子之言，曰「是集義所生者」，曰「其爲氣也至大至剛」。荀、揚之文，與董仲舒、王仲淹之文氣體有别。退之、介甫似荀、揚，歐、曾似董、王。

勁氣、堅骨、深情、雅韻四者，詩文書畫不可缺一。

或謂樂志之文别有懷抱，非也。乃不樂者自生顛倒耳。

詩之衰也，有憂生之意。六朝、晚唐皆然。

學詩以爲文者，昌黎似子美，東坡似太白。

「善建者不拔」，起筆取之；「善抱者不脱」，收筆取之。

「抗兵相加，哀者勝矣。」王仲淹《中説》，歐陽永叔《五代史傳贊》，皆得此「哀」字訣者。

文中要有丘壑，有路徑。路徑在通處見，丘壑在别處見。

太白詩，東坡文，俱有「空山無人，水流花開」之意。

東坡詩，字字華嚴法界。「華嚴界」一謂「清涼界」，坡所謂「讀我壁間詩，清涼洗煩煎」是也。

余因是意廣之曰：列子文，字字現「華胥界」；陶淵明詩，字字現「桃源界」。

《史記》低昂反覆，善矣。然較三代之文有不平意，蓋當時身世使然。

東坡文有能品，有逸品。其逸品在能品之上。

東坡文以透漏勝，半山文以皺瘦勝，其皆師於石者耶？

《易》「無方無體」，《莊子》似之；《書》「有倫有要」，《左氏》似之。

文尚奥衍久矣。直者曲之，奥也；狹者廣之，衍也。奥，故熟者能避，衍，故絶處能生。

文要去盡外話。外話者，出乎本段、本篇宗旨之外者也。外話起於要多要好。簡則由他簡，澹則由他澹，斯外話鮮矣。

詩文怕有好句；惟能使全體好，則真好矣。書畫怕有好筆；惟能使全幅好，則真好矣。

詩有俗體，文亦有俗體，乃至書法亦有俗體。俗體不一，矯揉造作，其尤也。

凡文中緊要之地，斷不可以放過些子，此即專管本意猶恐有不及處，若復以他意參之，與認賊作子何異！

亂頭粗服，自有龍章鳳姿。太史公文，準是觀之。

詩無論五言、七言，總不出「分」、「併」二法。何謂分？一句分作數句是也。何謂併？數句合作一句是也。當分而併，則躁而竭；當併而分，則鈍而累。故分合極宜審也。

消多爲少，衍少爲多，馭題作文皆有之。

化一題爲數題，則有「息法」；化數題爲一題，則有「消法」。《易》曰：「損益盈虛，與時偕行。」善爲文者以之。

如題之法，有約題，有展題，不然謂之死於題下；行文之法，有約文，有展文，不然謂之死於

文下。

文有大概語，有特地語。特地語每從大概語得之，亦以互映生色也。

飛筆，振筆，養筆，三者最要。恐其滯則用飛，恐懈則振，恐躁則養。

凡文發端必有交代，若無交代，是猶前無發端也；交代後必有發端，若無發端，是猶前無交代也。自一篇以至數句皆然。

文至易隮處，即須飛起。然天下事當得此意者不惟文。

學文藝者，執名相窠臼求之，則藝必難進；就使能進，亦復易退。要知非空諸所有，不能包諸所有也。

老年之人，胸次以瀟灑閒澹爲上，此本「戒之在得」之義，非爲作文而然也。然能如是，則所養可知，而文亦可知矣。

文之道，在鼓之舞之以盡神。鼓舞有爲而神無爲，有爲正無爲之所自見也。

或問：書以何爲正脉？曰：王道者是。問：何爲王道？曰：純乎德禮，而無所爲而爲之者是。

古人書看似放縱者，骨裏彌復謹嚴；看似奇變者，骨裏彌復静正。或疑書真有放縱奇變者，真不知書矣。然豈惟不知書而已哉？

詩與古别，草書與真書别。　蓋意興所發不致改常，所由乘風凌雲，無所不可也。

《國策》之文尚意，《史記》之文尚氣，《左氏》之文尚物則。

《莊子》、《離騷》少欲多情。　知情與欲不同，則知兩家之同。

東坡文有與天爲徒之意。　前此則莊子、淵明、太白也。

問：詩文書畫何以能通鬼神之奥？　曰：中有體物不遺者存。

詩文書畫之品，有狂有狷。　若鄉愿，無是品也。

顔魯公書不顛不狂，而自有天趣；　楊少仲書亦顛亦狂，而自有分數。　謂顔似杜甫，楊似李白，意在斯乎？

有狂篆、狂隸，有莊行、莊草。　莊正而狂奇，此亦「裒益平施」之理，達者自知。

文多莊，詩多狂，然亦有文狂詩莊者。　五言多莊，七言多狂，然亦有五言狂、七言莊者。　此因題各有宜，不可狃於成見也，要在各如其題耳。

俗詩避拙就巧，避疎就密，不知詩天機也。　天機所到，則内不見己，饑渴可忘；　外不見人，毁譽悉置。　更有何避就得入其胸次乎？

文固尚意，然頗僻邪侈之文固非無意也。　意之所尚，亦曰「惟其是」而已。

骨深氣邁，於文得一家，曰太史公；　於詩得一家，曰曹公。

不龜手之方用之戰，好道用之解牛。善文者之御題，不震於大，不忽於小，如之。

不毀萬物，當體便無；不設一物，當體便有。書之有法而無法，至此進乎技矣。

文之善者疎而不漏，不善者漏而不疎。

書之所貴，在勁與婉。硬者似勁愈不勁，軟者似婉愈不婉，然後知勁、婉之難言也。

文章書畫有神品、逸品。神無方無體，逸無思無爲。「神氣風霆，逸情雲上」二語，可以見意。

如蘭，如玉，如金，如石。文章書畫兼此四「如」，那得差！

書要有規矩繩墨。然規矩繩墨有天有人：人似嚴而實寬，天似寬而實嚴也。

道不泥言説形象，亦不離言説形象，是故文章書畫皆道。

道家「養嬰兒」，書亦應爾。嬰兒養成，則入乎形内，出乎形外，莫非是物，豈復可尋行數墨以求之！

文有「官」有「家」。「官」所同也，「家」所獨也。

身在甕外，方能運甕；身在衣内，方能勝衣。斯意也，在文則一馭題、一稱題也。

「利斷金，温如玉」二語，可作書評。褚河南之「金生玉潤」，缺一則未免有弊。

漢隸能物物，唐隸物於物。化齊處一，通得此意，可以辨一切書。然豈惟書哉？

東坡之文，近於太白之詩。此由高亮灑落，胸次略同，非可以其迹象論離合也。

大家貴真，名家貴精。然纖屑非精，率易非真也。文章書畫，俱可本此辨之。

文當兼「尊」「親」二字。高風亮節，尊也；深情厚誼，親也。

文有忸氣，有勝氣。忸氣在小人爲多，勝氣雖君子不免。若誠知畏天憫人，何以「勝」爲！

淵明少欲，屈子多情，此就兩家文而論其迹也，然其趨則未嘗不同。

「直在胸中貧亦樂，屈於人下貴奚爲」，此邵子詩也。文家常誦此二語，其文當無奴隸之態。

神仙迹若游戲，骨裏乃極謹嚴。旭、素草書如之。

陶淵明詩文，幾於知道。至語氣真率，亦不誇，亦不讓，亦令人想見其爲人。

馬、班文各有所似：馬如高帝之無可無不可，意豁如也；班如光武之動如節度，不喜飲酒也。

然子陽之修飾邊幅，班亦不取之矣。

有爲，法之所以不貴者，人也，非天也。天真而人僞。夫文章書畫，亦欲其真而已矣。

陶詩「誰謂形迹拘，任真無所先」，《五柳先生傳》大意，即此可括。

文品

〔清〕許奉恩 撰

《文品》一卷

清 許奉恩 撰

許奉恩（一八一六——一八七八），字叔平、劚坪，又自稱蘭苕館主人。桐城人。曾自述遭逢太平軍之經歷，由友人方濬頤記爲《轉徙餘生記》（文見《振綺堂叢書》），略可知其生平事跡。有《蘭苕館詩集》、《蘭苕館雜記》、筆記小説集《里乘》等。

《文品》三十六則，每則四十八字，以論文章風格爲主。繼承《二十四詩品》之形象性描述手法，以之論文，在文章品論形式上頗爲新穎。

有郭紹虞《文品匯抄》本，一九三〇年樸社刊行。今即據以録入。

（聶巧平）

文品

清　許奉恩　撰

高渾

神遊鄉嬛，肅穆動顔。彝勺燦設，雞龍翩翾。模謨範典，式誥繩盤。黄農禮樂，巢燧衣冠。混沌不鑿，太璞獨完。造化在抱，元氣瀰漫。

名貴

聖人乘權，百辟贊襄。分曹待漏，庭燎煌煌。紆紳植笏，雍容揄揚。斧藻有耀，帶礪毋忘。鳳鳴朝陽，梧桐高岡。甘露被野，和風召祥。

超脱

俊鷹脱韝，一擊千里。得氣直天，去上尺咫。左盪右蟠，將落復起。迴翔太空，俯視無底。

風鳶乘風，繩索謹理。縱之不逝，縮之不止。

簡　潔

水抱山環，一椽茅屋。低不礙眉，朗堪縱目。偏芰蒿萊，略種花竹。良友時至，足音空谷。謀及妻孥，瀹茗烹蔌。不尚豐腆，庶幾免俗。

雄　勁

秋氣泬寥，萬竅怒號。馳騁平原，顧盼自豪。風雲叱咤，虎豹突逃。强弓勍弦，一貫雙雕。賁獲力猛，霍衛功高。談兵説劍，義薄鴻毛。

典　博

九交通衢，萬寶備儲。珍錯羅列，綿繡紛鋪。荆山之玉，大秦之珠。木難火齊，琅玕珊瑚。目迷意奪，色喜心娱。藏不能盡，用則有餘。

精練

牛斗耀芒，鶹鶇夜泣。干將發硎，千灌萬辟。揀沙得金，剖璞見璧。淬净生光，膚捐存液。收視心齋，枯志面壁。丹成九轉，鑪火慘碧。

整齊

造父策馬，王良御車。穰苴將兵，石奮治家。遵規就範，匡正閑邪。彝倫攸叙，雍肅無譁。若網在綱，條理有加。若子列秤，彊界不差。

放縱

朔方健兒，年少負氣。側帽振衣，珊鞭撾驥。春風大堤，垂楊委地。蹄塵十丈，驌疾電逝。笑入酒壚，玉人扶醉。黄金纏腰，揮霍如意。

暢足

秦楚争雄，狹路相逢。酣戰三日，餘勇未窮。猿臂挽弓，神固氣充。十分引滿，犻猊洞胸。

江漢朝宗，滔滔注東。蒲帆飽拽，萬里乘風。

謹嚴

處女待字，循禮守貞。笑勿見齒，嘆不聞聲。羅襪净窄，緩步隨行。但形詳慎，不假莊矜。

慄慄兢兢，虎尾春冰。聖賢學問，豪傑勳名。

質樸

老松閲世，蟠錯百尺。皮皺龍鱗，根孕琥珀。門庭絮語，米鹽瑣屑。萬里家書，痛癢親切。

脱略文貌，删除末節。野人揖讓，風趣迥別。

恬雅

空山白雲，四無人蹤。積雪晚霽，水流溶溶。幽人獨步，野鶴相從。隔溪人家，無路可通。

梅花萬樹，互竹交松。暗香撲面，如見春風。

濃　麗

園林圖畫，金碧峨峨。紅嫣緑媚，連理交柯。朱樓繡幕，日麗風和。華燭如臂，卜夜笙歌。同妍異態，列坐綺羅。海棠酣酒，芙蕖濯波。

清　淡

秋水半潭，遊鱗四旋。桐陰過雨，月出娟娟。素心人來，揮麈談玄。繽紛玉屑，亦佛亦僊。虢國夫人，清趣極妍。蛾眉淡掃，騎馬朝天。

鮮　明

朝曦出海，萬里蒸紅。燭耀九天，光焰熊熊。亭臺近水，明月當空。星眸皓齒，艷服冶容。寒山夕照，返影丹楓。林花過墻，浥露濃濃。

老　當

上將制敵，高壘堅壁。斬關奪隘，匹馬直入。健吏斷獄，精謀明識。揆理揣情，片詞破的。

名醫治疾，課虛察實。按脉窮源，沈疴頓失。

險　怪

怪石突起，如鬼含怒。矗立當塗，與人争路。太行羊腸，兩車猝遇。間不容髮，勢難返顧。月黑天陰，鵂鶹啼樹。霜風稜稜，滹沱夜渡。

流　動

微風縐波，軟碧油油。魴鯉潛躍，星斗沉浮。言念君子，溯洄溯遊。畫船簫鼓，容與中流。美人含睇，一笑回頭。垂楊作態，摇曳青樓。

細　密

白璧無瑕，素絲無垢。一着棋輸，全局盡覆。良工縫裳，不安簡陋。翦裁完美，熨貼精透。滴滴歸源，絲絲入扣。數罟網魚，寸鱗不漏。

奇譎

恥由恒徑，別闢畦町。避同趨異，去熟就生。援證取譬，强詞近情。延賓襯主，妙若天成。韓脩棧道，鄧越陰平。狡獪莫測，神愁鬼驚。

空靈

劍光躍匣，燈影顫帷。匪黏匪脱，若即若離。霜天高迥，星月交輝。積雪在野，冰柱倒垂。晶屏璀璨，玉山透迤。佳人靚妝，對鏡弄姿。

纏綿

如蛛結網，如蠶縛繭。絡緯吟秋，聲韻悠遠。驪駒在門，妻孥祖餞。珍重丁甯，千迴萬轉。興盡欲往，情來復返。寶刀百鍊，切水難斷。

神化

浮雲在天，時闔時開。奇峰斷處，美人忽來。諸葛陣圖，神明化裁。顛倒蛇鳥，變幻風雷。

滄海茫茫，紫瀾瀠洄。蜃氣五色，結爲樓臺。

圓　轉

舟行九嶷，逐水看山。擢捩委宛，緣曲循灣。層冰馳轂，平坂跳丸。風搏柳絮，露走荷盤。轆轤無滯，妙捷轉環。蚌珠孕月，八面團圞。

純　熟

時至而熟，如實墜林。櫻桃燦火，枇杷綴金。般輸製器，應手得心。豈伊謬巧，息養功深。老馬識路，載驟駸駸。琢磨頑銕，穎利成針。

軒　昂

太原公子，裼裘入座。英光照人，興頑起懦。意氣肝膽，珠玉咳唾。懸河雄辯，聽者寡和。睥睨千秋，傾倒四座。百尺樓頭，讓君高卧。

幽　媚

竹籬茅舍，時見美人。淡妝粗服，絶好風神。灌木叢薈，黄鳥鳴春。野花無名，山巔水濱。寒潮初落，石出粼粼。言尋我友，空江採蘋。

快　利

攫兔捕雀，迅若梟鴟。破浪劈流，易若靈犀。神行機暢，意到筆隨。着着争先，國手彈棋。一擲得盧，繞牀酣嬉。昆吾寸銕，切玉如泥。

峭　拔

寶塔凌雲，尖鋭如筆。置身絶頂，遐睇八極。古木寒鴉，遠山落日。野竹干霄，枯藤纏壁。漁翁罷釣，炊火叢荻。前臨大江，斷岸千尺。

沈　厚

嚴肅如冬，温和如春。泰山盤石，一髮千鈞。正襟危坐，心晤先民。擴充學識，凝鍊精神。

履險若坦，馭駁惟純。撥亂反正，宗社大臣。

和平

畫橋春曉，柳暗花濃。流鶯求友，宛轉歌風。焚香鼓琴，協羽調宮。承平雅頌，黼黻休隆。
怒泯喜寂，神往鴻濛。夢回平旦，遠寺疏鐘。

悲慨

舊地重來，亭臺成藪。禾黍秋風，斜陽疏柳。江山今古，日月飛走。鴻雁歸來，言念我友。
烈士窮途，美人不偶。擊碎唾壺，何堪回首。

得意

緑衣年少，蹀躞京華。玉樓擲果，纖手簪花。興酣落紙，燦藻摛葩。詞非珠玉，筆走龍蛇。
芙蓉鏡啓，翡翠屏遮。畫眉初罷，笑倚窗紗。

停蓄

流水注川，不禦則竭。駿馬走坡，不馭則蹶。黄河奔騰，一往莫遏。千里一曲，妙有波折。妍卉含苞，老樹錯節。綿駒善歌，餘音不絶。

遊戲

天仙化人，别有懷抱。匡鼎解頤，不傷於道。緑水鴛鴦，芙蓉池沼。遊魚往來，穿萍織藻。燕舞鶯歌，花梢林表。活潑生機，觀者傾倒。

許奉恩字劚坪，桐城人，有《蘭苕館集》未見，此《文品》三十六則，録自《民彝雜誌》者。昔楊復吉跋馬氏《文頌》，以無品文之人爲藝林缺典，今得此文，亦足彌斯憾矣。雖然，郭、楊《詞品》，吴衡照以爲「奄有衆妙」者，謝章鋌譏其「叠床架屋」，見仁見智，初無定論。則許氏《文品》果足彌藝林之缺憾乎？抑仍不免「叠床架屋」之譏也？是則在讀者之自辨矣。吴縣郭紹虞識。

論文章本原

〔清〕方宗誠 撰

《論文章本原》三卷

清 方宗誠 撰

方宗誠（一八一八—一八八八），字存之，號柏堂。安徽桐城人。以堂兄方東樹爲師學古文法，熟習性理之言，説經一衷程朱，論文精究義法。官棗强縣令，以病乞歸，主講皖中書院。有《柏堂集》、《柏堂經説》、《柏堂讀書筆記》。傳見《清史稿》卷四八六。

《論文章本原》爲《柏堂讀書筆記》之一，共三卷。其書旨在「以聖人之文」指點世之求文而不求道者，應反求諸道，以得其道于心。然而方氏所謂之道，乃綱常倫理而已。其文論，提出「文章與性道一也」。雖「以聖經爲文章本原」，但强調文采，反對迂腐質直。逐篇逐章論析《尚書》、《論語》、《孟子》之義理文章，或贊其立意旨趣，或頌其筆法文境，或論其章法結構，或評其語言氣勢，闡説前人寫作經驗，時有真知卓識，亦不乏偏見與妄言。

《論文章本原》無單行本。今存兩種刊本：一《柏堂讀書筆記》本，即《柏堂遺書》本，《遺書》陸續刊印，此種刊于光緒四年（一八七八）；二爲《津河廣仁堂所刻書》本，刊于光緒十年（一八八四）。今據《柏堂遺書》本録入。

（顏應伯）

柏堂讀書筆記叙

古人讀書所得，往往隨筆記之，以備遺忘。有專發明義理者，如《真氏讀書記》、《薛氏讀書録》之類是也；有專考證訓詁名物史事者，如《何氏讀書記》、《王氏讀書雜識》之類是也。宗誠學識孤陋，淺見寡聞，不足以與於前人述作之列。惟少時從玉峰許先生游，命以讀書所得，不可不記，以待質問，因是凡讀經史子集及先儒傳注，皆有所記。卷帙既多，因將説經諸書别爲次第，其讀史鑑子集以及論文章之本原，剖先儒之疑似，並生平師友規過輔仁之語，以及所記師友言行，復編次之，以爲讀書筆記云。光緒四年秋重陽後二日宗誠識。

論文章本原卷一

清　方宗誠　撰

文章之用，不外記事、纂言二者。韓昌黎曰：「記事者必提其要，纂言者必鉤其玄。」記事不提其要，則繁冗而無統紀；纂言不鉤其玄，則散漫而無歸宿。古人之文，無論叙事議論，長短繁簡，皆有一意義貫乎其中，或在首作提掇，或在中作關鍵，或在後作結束，或在言外，令人想象而得之，以此意義爲主。至其文之開合反覆，沈鬱頓挫，皆無非發明此意義，所謂要也、玄也。孔子論《詩》曰：「《詩》三百，一言以蔽之，曰：思無邪。」此示人以提要鉤玄之法也。《莊子》曰：「《詩》以道志，《書》以道事，《禮》以道行，《樂》以道和，《易》以道陰陽，《春秋》以道名分。」此亦提要鉤玄之法也。如《論語》二十篇，只「爲仁」二字是要；如《孟子》七篇，只「仁義」二字是要；如《大學》、《中庸》，皆于首提其要，而後發揮。如蔡氏《書傳序》曰：「二帝三王之治本于道，二帝三王之道本于心，得其心則道與治可得而言矣。」此亦提要鉤玄也。此皆可爲讀書之法，亦可爲作文之法。

孔子繫《易》曰：「言有物」，又曰：「言有序。」二語千古立言之法。言中之物，即所謂要也、

玄也。言而無物，則是空文、閒文、浮僞之文，聖賢所惡也。然有物而不能有序，則又不能發揮其理，曲暢其義，鼓舞其神，令千百世後讀者感動而興起，故又在于有序。序非徒平鋪直叙之謂，或繁或簡，或順或逆，或開或闔，或縱或擒，或斷或續，或頓或挫，自有天然不可移易之序，要在熟讀古書古文而精思其義，自能得之。

近人文字淺陋，其病根在不窮六經。六經是明體達用之書，豈可當文字求哉？然學而不窮六經，則吾心之體不明，而經世之用不達，又何以文爲哉？窮六經以明其體，達其用，則有時見之于文，自然有物而有序，所謂有德者必有言也。韓昌黎、柳子厚皆窮六經，所以其文高于千古。然惜其皆窮六經之文，而于六經明體達用之實理，猶未能盡反之于身心，而施之於事物也，故其文仍不及三代遠甚。昌黎曰：「上規姚姒，渾渾無涯。《周誥》、《殷盤》，詰屈聱牙。《春秋》謹嚴，《左氏》浮誇。《易》奇而法，《詩》正而葩。」其所取于六經者，只是取其文，此所以差也。柳子厚曰：「本之《書》以求其質，本之《詩》以求其恒，本之《禮》以求其宜，本之《春秋》以求其斷，本之《易》以求其動。」其所取于六經者，亦只是用之于文，所以差也。然向使其不取源于六經，而徒讀後人之文，則更不能成家。故吾謂即以文論，亦必知本原之所在也。

凡讀古人書，讀一部須求其一部之物與序，讀一篇須求其一篇之物與序。

《尚書》總論

揚雄曰：「《虞夏之書》渾渾爾，《商書》灝灝爾，《周書》噩噩爾。」此真善形容四代之書之氣象也。渾渾純雅也，灝灝遠大也，噩噩明正也，熟讀自見。

文章體製，至昌黎始備，其實《書經》已具體矣。如《堯典》、《舜典》，本紀之體也；《禹謨》、《皋陶謨》，列傳之體也；《禹貢》、《武成》、《金縢》、《顧命》，紀事之體也。其餘詔令、奏疏、制誥、檄文、書説，無所不有，凡人世所必用之文之體，已靡不具。後人所加者，只是辭賦、贈序閒文字耳。然如《五子之歌》，即可通于辭賦；如《蔡仲之命》、《文侯之命》，即可通于贈序。若不求原于此，而徒讀後人之文，無怪其根柢不深厚，而閒文日多也。

讀書當求其義，不當求其文。然不求其文之次序脉絡意味，則聖賢應事之宜，立言之當，性情之愷惻，氣象之雍容，皆不可得而見，而敬天勤民之意，忠君愛國之心，其載之文字中者，亦終不能想象于語言文字之外矣，故文亦不可不講究也。

昌黎曰：「沈浸醲郁，含英咀華。」讀書之法，莫有善于此八字者。朱子曰：「沈潛反覆，蓋亦有年」，亦此意。太史公曰：「非好學深思，心知其意，豈易爲淺見寡聞者道哉。」余于《尚書》亦云。

《虞書》總論

《虞書》四篇，即唐虞一代之史也。上紀二帝，下傳禹、皋，而其他帝佐，皆附載其中。用人行政治定化成，無不畢具。此可悟古史之簡也。《堯典》以「欽」字起，《皋陶謨》以「欽」字終，中間所行，莫非「欽」也。此一書之要。

堯典

此即堯本紀也。首節總叙其全體大用，以冒起通篇。「克明峻德」一節，叙其治天下之大本，「乃命羲和」以下至篇終，叙其治天下之大法。蓋治天下之要，不過敬天知人。「乃命羲和」六節，叙其敬天之事也。敬天，則一切政事不過順天而動，已無所容心矣。「帝曰疇咨」以下四節，叙其知人之事也。知人，則能去不肖用賢，而一切政事無不理，已亦無所容心矣。堯在位七十載，仁政美德，不可勝紀，而史臣止紀此數節，此可悟爲政之體要，亦可悟爲文之體要。

「欽明」二字，是一篇之主。敬天授時，「欽」之著也；知人善任，「明」之著也。末節以「欽」字收，則「欽」又「明」之本也。文法亦首尾相應。

古人文法高簡。如「克明峻德」，「親九族」，「平章百姓」，「協和萬邦」，不知有多少政績，乃只

此數語包括之，不然則繁絮瑣細，如庫藏簿矣。古人之文，當略者略，而當詳者則必首尾畢具，令千百世而下，可見其經營布置。如「乃命羲和」以下，記授時之事是也。

堯之知人善任，不止一端，然只載知胤子朱之嚚訟，何也？蓋至親者不能蔽，則疏者可知矣。載知共工與鯀，何也？蓋有功有異才者不能惑，則其餘更可知矣。載舉舜何也？蓋側陋在下者尚得升聞，則在朝者可知矣。舉一二以括其餘，此皆紀事之文之法。

舜典

此舜之本紀也。首節總叙其德，次節叙其所歷之官。舜是聖人而爲天子，當叙其大處重處，若初所歷官之政績一一細記之，則繁絮失禮矣，故但總揭之，此又可悟文章體要。「帝曰：格，汝舜」以下十一節，叙其攝政。此大事也，故詳之。「在璿璣玉衡，以齊七政」，即敬天授時之事也。「肆類于上帝」一節，即所謂使之主祭，而百神享之。「輯五瑞」以下，即所謂使之主事而事治，百姓安之。載此數事，而舜之天與人歸可見矣。「月正元日」以下十三節，叙其即位後之事，亦不過知人善任而已。「三載考績」一節，總叙德化之成。「舜生三十徵庸」一節，總束。通篇章法完整。「重華協于帝」五字，是一篇之主。觀其敬天勤民，知人善任，與堯無二道也，故以此五字總揭于篇首。此可悟文章提要之法。

舜命九官，首百揆何也？蓋百揆者百官之長，庶政之綱，百揆不得其人，則百官庶政皆難得其理矣。此後世人君所以以擇相爲首務也。次命棄，重養民之政也。次命契，重教民之政也。富之教之，所以立天下之大本。次命士，重明刑也，所以弼教也。次命共工，次命虞，蓋大政既立，而後及于庶政，庶政咸理，而草木鳥獸咸若矣。綱舉而目張，盡人性而盡物性，聖人參贊位育之條理也。治定制禮，功成作樂，故又命典禮，命作樂，以成久道化成之治焉。末命龍作納言，又防微杜漸之意。觀此，可悟古聖帝爲政之節目，又可悟文章叙事之章法。

叙命九官，稷、契、皋陶三人，先在命禹節内一提，夔、龍二人，先在命伯夷節内一提，前後相配。中間命垂、命益，又是一樣文法，極整齊亦極變化，不然便平鋪直叙，板滯繁冗矣。然皆自然之文，非有意做作。善文者，不過因自然者叙之，而自有化工之妙。

大禹謨

此即禹列傳體也。禹之功莫大于治水之事，如《禹貢》所載，若列于此篇中則繁冗矣，故此篇不詳，但記其陳謨之要言而已。而「地平天成，六府三事允治，萬世永賴」三句，將治水之功作一總論贊之而已。此文法之簡而該也。首節一提「后克艱」，以下七節，記其陳謨之大者。「帝曰：格，禹」以下十一節，記禪位讓位傳心受命諸大事。「帝曰：咨，禹」二節，記攝位後伐苗化三苗一

大事。只此數端，而禹之明德包蘊無遺。此可悟古人文法之高簡而有體要也。

篇首「文命敷于四海」一句，包括通篇。末節「誕敷文德」，正與此相應。

「受命于神宗」以下，若再將「肆類于上帝」以下叙之，則冗贅矣，故但以「率百官若帝之初」總括之。此可悟文法之簡。

「惟時有苗弗率」二節，即《舜典》分北三苗之事，以此事乃禹所承辦，故必詳叙于《禹謨》之中，而《舜典》但以一語總括其治化之成而已。此可悟文章布置各有體裁，若將此二節叙于《舜典》之中則不稱矣。記禹之辭讓數四，固是實事，而文亦覺曲折開闊，無平直局促之病。《禹謨》中附載益、臯陶之言，文境便開闊弘肆，而皆因禹引起來。此是賓主法，故仍歸禹作主。

臯陶謨

此即臯陶列傳也。今文《尚書》合《益稷》爲一篇。余觀《堯典》、《舜典》皆有史臣託始之辭，而《益稷》獨無，又其後以臯陶之《賡歌》結之，首尾一貫，則其爲一篇無疑。況《益稷》中無益稷一語，而「帝曰：來，禹，汝亦昌言」，又是蒙上文臯陶之謨而來，此更可斷其爲一篇也。蓋《孟子》曰：「若禹、臯陶，則見而知之。」唐虞五臣，禹、臯陶爲最，故史臣特紀其謨，而其餘諸臣，散見于典謨中可也。若人各一篇，則繁冗無體矣。

此篇乃皋陶陳謨于帝，而禹從旁贊之，猶大禹陳謨于帝，而益從旁贊之也。以「允迪厥德，謨明弼諧」爲一篇之主。「慎厥身，修思永」，「知人」「安民」，皆「允迪厥德」之實也；「謨明弼諧」，則「允迪厥德」之效也。「九德」而下申知人之事，「天叙」以下申安民之事也。「皋陶曰：朕言惠」一節，乃丁寧之詞。「帝曰：來，禹」以下，乃禹發揚皋陶之旨。「慎乃在位」、「安汝止，惟幾惟康」，皆迪厥德之旨也。「臣哉鄰哉」、「欽四鄰」以下，乃帝自謙不能迪德而望助于臣下也。「禹曰：俞哉」以下，仍是責帝以迪德之辭。「帝曰：迪朕德，時乃工，惟叙」四句，與篇首相應。篇終《賡歌》之辭，歸重元首之明則股肱自良，仍是「迪厥德」則「謨明弼諧」之旨也，首尾一綫。

或曰：「《虞書·皋陶謨》之末，附載夔作樂之事，何也？」曰：此又史臣紀載之文極高妙處，蓋所以收拾《虞書》一篇之局也。唐虞之治，二帝垂拱于上，禹、皋陶輔佐于下，而其餘諸臣參佐其間，其後治定化成，極亘古未有之盛，故以「鳳凰來儀」、「百獸率舞」終篇，所以著時雍之氣象也。治化至此，而以賡歌颺拜君臣交警之辭終之，意旨深矣。古人文法高簡，語似不屬，而神脉起伏貫串，往往如此。

《夏書》總論

《夏書》只四篇。首《禹貢》，禹之所以王天下也。次《甘誓》，啓之所以敬承禹之道也，而禹之

所以傳子之故，亦即于此可見焉。次《五子之歌》，此太康失位，爲夏道中衰之一大變故，不可不紀。而即《五子之歌》讀之，其憂勤愓厲、愷惻纏綿之意，一篇之中三致意焉，是又足見夏之所以能中興也。次《胤征》，見太康雖失位，其後仲康肇位，已漸有中興之機焉。四篇之中，備見一朝數百年興衰存亡之大，所以開創，所以守成，所以失國，所以中興之本，具見于此。烏呼！有國有家者可不謹諸！其餘非天下所以存亡，故不具。或曰：「桀之失政，《夏書》何不載也？」曰：此有《商書》、《湯誓》、《仲虺之誥》載之矣，故此從其略焉。或當時史官亦有所紀載，孔子删而去之，蓋編書之體，有彼此互見之法，無庸重出。此古書所以簡也。

禹貢

此紀事之文，乃《史記》八書、《漢書》諸志之體所自出也。首節總提，次分九州，次第叙之。「導岍及岐」以下詳言隨山，「導弱水」以下詳言濬川，乃總九州而叙之。「九州攸同」以下，乃總叙水功之成。

九州惟冀州不叙疆界，所以尊京師、示王者無外之意。八州皆先田而後賦，惟冀州先賦而後田；八州皆叙貢篚，惟冀州不言貢篚，皆以王都所在，故異其制，而史臣因叙之不同于他州。此可悟文章叙次得體處。

濬川之功，自隨山始，故叙導水次於導山。又按山水皆原于西北，故叙山水皆自西北而東南，導山則先岍、岐，導水則先弱水也。觀其叙次，而禹治水之脉絡了然。

甘誓

此即後世詔令、檄文、軍令諸體也。前暴有扈氏之罪與所以征有扈氏之故，後二節申明軍政，文法簡嚴。「恭行天罰」是一篇之主。

五子之歌

此詩歌之體所自出也。前三節猶《詩》小叙。五歌須玩其詞氣，沈痛深切，一節進一節。以「逸豫滅厥德」爲主。

胤征

此亦後世告示、檄文之體。前明羲和之罪所以當征，後申軍令。「火炎昆岡」數語，極其愷惻，極其嚴正。亦以「天」字爲主。

《商書》總論

《商書》即商六百年全史也，合之則是一篇《殷本紀》。首《湯誓》、《仲虺之誥》、《湯誥》三篇，見湯之有天下，順乎天而應乎人也。纘禹舊服，奉若天命，慄慄危懼，若將隕于深淵，湯所以上承往聖之丕基，而下垂六百年之統緒，其本在此。此開創者之法也。次《伊訓》至《咸有一德》五篇，見伊尹之輔導幼主，盡忠竭智，而太甲之悔過自新，任賢立政，所以能上承烈祖、下翼子孫者，其本在此。此守成者之法也。次《盤庚》，次《説命》、《高宗肜日》，見二王之所以中興，可爲後世法。次《西伯戡黎》，次《微子》，見紂之所以失天下，可爲後世戒也。夫當盤庚之時，河水爲患，國勢漸弱，人心即于宴安，盤庚則以全副精神振作奮勵，所以中興。高宗之時，殷又衰弱，武丁則鋭意求賢，納諫好學，所以中興。及紂之身，外有西伯、祖伊而不能用，内有微子、父師、少師而不能知，天災下慖，人言不恤，此所以雖聖賢之君六七作以振興於前，而不能救其敗亡也。只此十數篇，而殷六百年之廢興存亡，具見于此，其餘非天下所以興亡者不具。此可爲萬世有天下者大法大戒，而亦可爲修史者作本紀、實録之體要也。

湯誓

此亦詔令、檄文體也。首言天命殛夏，不敢不順天；次言夏民惡夏，不敢不救民；末申軍令。詞意曲峻廉悍。

仲虺之誥

此奏疏體也。首二節言天命歸商，次三節言民心歸商，見湯之伐夏乃順天應人，所以釋其慚也。「佑賢輔德」以下，乃告之以「建中于民」、「欽崇天道，永保天命」之大道。通篇以「天」、「民」二字爲主，而「天」字尤要，故以「天」字起，以「天」字終。

湯誥

此亦詔令體也。前言天所以立君生民之道，次言桀逆天害民，次言己奉天救民，此叙前伐桀事也。「俾予一人」以下，乃言己不敢違天，以警民之當承天也。末二節鼓舞作新之以致其丁寧之意，詞意何等愷切深至。凡詔令、告示之文，當以此種爲法。

統《湯誓》、《仲虺之誥》、《湯誥》三篇觀之，即是湯一篇本紀也。前叙伐暴救民之詞，何等果

毅，後叙安民諭民之言，何等愷惻，所謂仁至而義盡者也。中叙其慚，又將湯不得已之心和盤託出。三篇以一「天」字爲骨。

伊　訓

此亦奏疏體也。「明言烈祖之成德，以訓于王」一句是主。首三節述夏之所以失，湯之所以得，而勉王以守成之德，意已盡矣。「嗚呼！先王肇修人紀」以下，復以湯之德及其有天下之難與垂示後嗣之大法大戒，反覆咏歎以述之，冀感動王以法祖也。

太甲三篇

此三篇皆奏疏體也。首篇記太甲不順于伊尹，次篇記太甲悔過，三篇記伊尹申誥于王，總以法祖、敬天、愛民、聽諫爲君道之大綱也。所奏對之言共五起，合之爲三篇，而間以史臣之言，又記事之體也。

《太甲下》，篇首二節，慨歎天位之不易保，三節述湯以警太甲。「若升高」以下，細言治道。「嗚呼」以下一節，反覆丁寧。此篇與《咸有一德》，文尤斐然惻然。

咸有一德

亦奏疏體也，以「德」字爲主。首二節述夏之失與湯之得。「非天私我有商」二節，反覆推明，以歸重在德，乃文之頓挫停蓄處也。「今嗣王」以下四節，戒王當修德以守祖業也。末二節，復反覆以申戒焉。

合《伊訓》以下五篇，又是《伊尹列傳》。後世史傳記載名臣奏疏，本諸此。

《伊訓》及《太甲上篇》，何等愷惻懇至！《太甲中篇》，何等鼓舞誘掖！《太甲下篇》及《咸有一德》，何等丁寧反復！合數篇觀之，將伊尹輔太甲之心和盤託出。

盤庚三篇

此詔令、告諭體也，合之則爲紀事之文。上篇首四節總告臣民不適有居者之詞。前言所以遷之故，爲「重我民」也；次言不遷則是不恪謹天命，不能從先王之烈；終言遷則可以復先王之大業。只此四節，已將三篇大意包舉無遺，下文不過反覆申言之，文法何等渾括！

「盤庚斅于民」以下，專告大臣之詞。以「汝猷黜乃心，無傲從康」二句，爲一篇之主。「古我先王」以下，責其傲。「予若觀火」以下，言遷之利，以申勉其黜乃心。「乃不畏戎毒」以下，言不遷

之害，以申責其傲從康。「遲任」以下，乃惕之以威。雖惕之以威，而必引古我先王及乃祖乃父，所以感其心也。又曰：「予不掩爾善」、「用德彰厥善」，所以誘掖之也。何等愷惻纏綿！何等爽明整肅！皆所以黜其私心，使之無或敢伏小人之攸箴也。

中篇專告庶民之詞。「嗚呼！古我前后」以下三節，言己所以欲遷之故。「汝不憂朕心」以下二節，言民不欲遷之害。「今予命汝一」以下七節，反覆申言所以欲遷之故，無非上承先后之心，以圖汝民之安，汝不欲遷則是逆天悖祖，自絶其命也。引古我先后及乃祖乃父，所以感動其良心也。「嗚呼」以下三節，復決言其必遷之利，而又言劓殄姦宄，以安其心，何等懇切深至！

上篇告臣之言尚嚴厲，中篇告民之言尤愷惻。告臣猶惕之以威，告民則全無一語及于刑罰，此所謂正百官以正萬民也。悟此，可以知告臣與民之體不同。

首二篇，未遷時之詞。下篇，既遷後勸羣臣安民之詞。「無戲怠」以下，乃申明前此所以遷之故。「予其懋簡」以下，勉其遷以後之事。「無戲怠」二句，又此篇之主也。三篇俱以重我民、謹天命、紹先王三者爲主，尤以心字爲要領。告臣曰：「黜乃心」，「設中于乃心」；告民曰：「宣乃心」，「暨予一人猷同心」，「汝有戕則在乃心」；自言則曰：「朕心攸困」，「其敷心腹腎腸」，而終之曰：「永肩一心。」蓋始之所以不欲遷者，各人之私心也，至於一心，則無事不可成矣。盤庚心學之功，亦至矣哉。

説命三篇

此紀事之文，猶高宗之實録也。中間有詔令，有奏疏。上篇記高宗得説之故，命相求諫之詞；中篇記説爲相進戒之詞；下篇記説論學之詞。須玩高宗之屈己求賢、虚心求諫、有進無已之意，何等懇切！須玩傅説之詞，何等鼓舞匡直！讀此可悟君相之道，而文之斐然惻然不待言矣。

三篇俱以「德」字爲主。玩台「恐德弗類」，「以輔台德」，「允協于先王成德」，「厥德修罔覺」，「咸仰朕德」數語可見。而學字又修德之要也。古今言學字，始于高宗、傅説。

中篇進諫之詞，乃泛論治道。下篇論學之言，又治道之根柢也。此可悟立言之次序。

高宗肜日

此奏疏體也，以「天」字爲主。

西伯戡黎

此紀言之文，前祖伊之言，即奏疏體也。直截懇至，真所謂垂涕泣而道之。以「惟王淫戲用

自絶」一句爲主，天命人心之所以失也。收處感慨，情詞悽惻。

微　子

此記言之文，乃微子與父師、少師商論出處之詞也。首二節微子傷殷之將亡，三節問己之出處。「父師」以下四節，答其論殷亂之詞，比微子之言，更加一倍。末二節答其論出處之詞，須玩其沈痛哀切，千載下如聞其痛哭也。

「越至于今」下復加「曰」字，此史臣善體會情事之文。蓋微子論殷亂至此，心中不知如何沈痛，故口中亦遂歇住片時，然後再言。記者將上二節一斷，然後加「曰」字提起，直將微子哀痛之心和盤託出，而文情更深矣。

合前篇《西伯戡黎》觀之，即是紂之實録。不畏天、不愛民、不用賢、不聽諫，此其所以必亡也。只此二篇，紂之暴政盡矣。讀此亦可悟文章之法，只在舉其大要，不可繁冗也。

《周書》總論

《周書》共三十二篇，即周之全史也。《泰誓》、《牧誓》、《武成》五篇，記武王之所以取天下也。《洪範》、《旅獒》記武王之所以治天下也。取天下不外乎順天而應人，治天下不外于求賢而納諫，

是即武王之實録也。《金縢》以下，記周公之輔成王也。武王崩，成王幼，周家之所以靖一時之變亂，定萬世之大法，垂無疆之丕基者，全在周公，故叙之至詳，而其根原則全是至誠無私。故首紀《金縢》，見周公至誠之德，所以輔成王之本領也。《大誥》以下，皆輔成王所行之政也，其詞雖皆主于王，而實皆周公所作。《大誥》、《微子之命》，定殷亂也。《康誥》、《酒誥》、《梓材》、《召誥》、《洛誥》，定殷地也。《多士》、《多方》，定殷民也。此皆爲久遠之謀也。《無逸》，格君心也。《君奭》，留賢也。《立政》，治天下之大法也。是皆周公所以輔成王之實蹟也。《周官》、《君陳》，則成王自爲政之書也，是成王之能守成也。《顧命》、《康王之誥》、《畢命》，記康王之能守成也，是成、康之實録也。周之業創于武王，而實成于周公，成、康繼美，八百年忠厚之風，實基于此，故記之最詳。《君牙》以下，記穆王之能守成也。《文侯之命》則周衰自此始矣，故終焉。其後雖有書，非天下所以存亡，故不著。附載《費誓》，思周公也。附載《秦誓》，蓋取其悔過，以爲萬世興亡之大幾也，以爲撥亂反正之大本也，意深哉！只此數十篇，而周家之治亂盛衰皆具，古史之所以簡也。

泰誓

此三篇皆詔令、檄文體也。上篇未渡河作，下二篇既渡河作。其文法皆是前作一提，中叙商王之惡，所以當伐之，故後叙己所以往伐之心與勉羣后之詞，以「天」、「民」二字爲主。

大要首篇言己之伐商乃順天而應人，中篇言己之伐商乃于湯有光，下篇言己之伐商乃承文考之德。須玩其氣勢光昌，自是興王氣象，而較《湯誓》之文，則渾厚不及矣。

牧誓

亦詔令、檄文體也，而比《泰誓》之文則加遒緊簡要，亦前叙商之罪，後申軍令。須玩其嚴肅而温厚之氣象。

武成

此亦記事文體也。前叙其伐商之事，後叙其安天下之詔。師逾孟津之前有《泰誓》上篇，逾孟津之後有《泰誓》中、下二篇。甲子昧爽有《牧誓》一篇。使以四文附記于此則冗贅矣，故四文另自爲篇，而此篇只總記其成功，方不繁冗。此可悟記事之法。

洪範

此武王訪箕子以治道，箕子以《洪範》陳之，亦奏疏體也。前言道之大原出于天，後言聖人因天道以爲治。九疇之叙，前列其綱而後詳其目。「一、五行」，天道也。「二、五事」以下，盡人以合

天也。「八、庶徵」以下，天人相應也。

旅獒

此亦奏疏體也，以「慎德」二字爲主。「嗚呼！明王慎德」二節，述古以爲法也。「德盛」以下五節，戒武王以當慎德之事也。「嗚呼！夙夜」二節，反覆咏歎以致丁寧之意。

金縢

此記事之文。自首至「王翼日乃瘳」，記周公之誠感先王。自「武王既喪」至篇終，記周公之誠感風雷，皆所以顯周公之至誠也。「册祝」四節，須玩周公之言何等哀切。「公曰：體」一節，須玩周公之言何等欣説。

本是兩事，文以納册于金縢之匱中，與啓金縢之書爲綫索。

大誥

此詔令體也。首二節，言己承武王之丕基，不敢失墜，以喪天命，以起下文伐武庚之端也。「寧王二節，入武庚之叛。「今蠢」二節，言己將伐之，以敉寧武圖功。「爾庶邦君」一節，言邦君等

之不願。「肆予沖人」二節，言己所以必伐之故，並責邦君等之不願也。正意至此已畢，下文只是反覆申言之。「王曰：爾惟舊人」一節，復言寧王之勤，以明己之不敢墜寧王之丕基也。「王曰：若昔朕其逝」二節，又設喻以申上意。「王曰：嗚呼」一節，復言武王時十人之能輔君奉天，以責庶邦等之不能輔己也。「予永念」二節，復言己之必伐，以悚動之。

此篇以承寧王奉天命爲主，無一語數武庚之罪，此是修詞立誠處。蓋紂之惡可數也，武庚之惡不得而數也。彼興恢復之師本有名，又加管、蔡之聳慂，故不得而罪之也；但以寧王開創于前，己不可不保之於後。至於天命之不可違，則一以卜爲斷，此正其誠懇能動人處也。

微子之命

此誥命體也。首節言「崇德象賢，統承先王」、「作賓王家」，乃自古以來禮制，所以起下文之端。二節言湯之德，三節言微子之賢，所以命其統承先王也。後二節訓戒之詞。

康誥

此亦詔令、誥命之體也，以「明德慎罰」爲主，而「德」字尤爲一篇之主。首三節，述文王之「明德慎罰」，所以受天命，以起其端。「王曰：嗚呼！封，汝念哉」以下三節，勖康叔以明德之事。

兩「嗚呼」，一「已」字起，皆是鄭重歎息、反覆丁寧之意。「王曰：嗚呼！封，敬明乃罰」以下十二節，勖康叔以慎罰之事。前六節，言用刑之心，不可一毫失其忠厚；後六節，言當刑者，不可一毫失于姑息。只是論謹罰一事，而記四「王曰」、兩「又曰」、一「已」字者何也？蓋丁寧反覆，一層深一層，惟恐罰之不當，故史臣于其丁寧之處，重記「王曰」，以提起之，所以傳聖王告戒慎罰之神氣也。「王曰：封，爽惟民」二節，又丁寧欲其以德用罰。「王曰：嗚呼！封，敬哉！」又欲其不用罰而用德也。蓋德尤爲政治之主，慎罰只是德中一事，故復丁寧告戒，以致刑措之化也。末二節，復以「惟命不于常」悚惕之，亦丁寧反覆之意，與篇首「誕受厥命」「命」字相呼應。此篇須玩其丁寧反覆、纏綿惻怛之意。

酒誥

此亦詔令、告諭體也。首言「明大命于妹邦」，當以文王之誥毖庶邦庶士爲法。自「乃穆考文王」以下七節，述文王能教民不腆於酒，所以受殷之命以警康叔，當以文王爲法也。「王曰：封，我聞惟曰」以下四節，又述殷先王之不崇飲，以及殷後王之「荒腆于酒」，爲法戒也。「余惟曰」以下，乃丁寧告戒，使其「剛制于酒」。末又申嚴酒令。

「朝夕曰」至「亦罔非酒惟辜」，蓋引文王誥民之詞。「文王誥教小子」一節，言文王能如此教

民，所以當時之民，皆「德將無醉」也，承上起下之文。「惟曰」以下，教康叔要如此教民也，即「明大命于妹邦」之正意，《蔡傳》誤解。

「明大命于妹邦」，起一篇之詞。「乃穆考」以下，先言文王之所以誥民如此，命康叔宣布其教也。雖禁止之詞，而從容不迫。「王曰：封」以下，言文王、殷先王戒酒之效。「我聞亦惟曰」，言後王酗酒之害。「王曰：封」一節，言不可不大監于是。「予惟曰汝劼毖」節，教其先自朝廷諸臣及自己「剛制于酒」。「制」者，用力以制也。前「妹土」二節，教道之如此；「予惟曰汝劼毖」節，剛制之如此，而猶有群飲者，則是不化之頑民矣，故曰：「盡執拘」，「予其殺」。而于其湎于酒而非群飲者，又曰：「勿庸殺之，姑惟教之」，不從而後，「同於殺」，豈不仁至義盡也哉？

梓　材

此篇亦詔令體也。首以「達大家」、「達王」並提。「以厥庶民暨厥臣達大家」者，以治民之道達于大家也，所以通情于下也。「以厥臣達王者」，以臣言達于王也，所以通情于上也。「汝若恒，越曰」一節，乃達大家也。司徒、司馬、司空、尹旅，皆所謂大家也。「王啓監」以下，言王所以建侯之意。如此承上起下，所以當達大家、達王也。「惟曰：若稽田」以下，乃教其達王之語也。先設喻，後正言之。「先王既勤用民德」二節，即「既勤敷菑」、「既勤垣墉」、「既勤樸斲」之意。「肆王惟

德用」，即「惟其陳修」、「惟其塗塈茨」、「惟其塗丹雘」之意，「已！若茲監」節，乃總結通篇。「王啓監」節，將「惟邦君」句一頓。「王啓監」至「合由以容」，言王所以建邦君，原欲其治民愛民，所以邦君當「以厥庶民暨厥臣達大家」也。「王其效邦君」至「引養引恬」，言王之所以授邦君之命，原欲其引君于當道，所以當「以厥臣達王」也。「效」，授也，「引養引恬」，謂引掖君王于生養安全之地也。注謂「引掖斯民」，則與上「厥亂爲民」複矣。此是文中一上下關鍵、極沈鬱頓挫處。此篇仍是明德慎罰之意。蓋慎罰不但自己如此，須以此意達之于大家，使諸臣皆慎罰也；明德不但自己當如此，須以此意達之于王，使王亦知用明德也。較《康誥》更進一層。

召誥

此亦紀事與奏疏體也。前記召公奉命營洛之事，後叙召公因周公進諫之詞，以「祈天永命」爲主。所以「祈天永命」之本，在「諴小民」；所以「諴小民」之本，在「疾敬德」。「烏呼！皇天上帝」一節，爲一篇之綱。「天既遐終」二節，引夏商爲證，以申明受命不可不敬也。「今沖子嗣」二節，敬德之實事也。「無遺壽耇」，與紂之「智藏瘝在」相反，「顧畏民碞」，與紂之「夫知保抱攜持厥婦子，以哀籲天」相反，此總論君德不可不敬也。「王來紹上帝」三節，就治洛説不可不敬也。「我不可不監於有夏」四節，乃丁寧告戒之詞。「其惟王勿以小民」三節，乃敬厥德、諴小民以祈天永

命之實事。前兩「今休」，承「無疆惟休」，後「上下勤恤」，承「無疆惟恤」。蓋受天之命是休，祈天永命則在于恤也。末一節説明己之職分。蓋君道在能「以小民受天永命」，臣道亦在「用供王能祈天永命」而已，至于營洛誥庶殷猶末務也。是時洛邑既成，王室之根本已固，成王既長，將親政，故召公懼其有倚恃天命之心，特拈出「祈天永命」爲言，古之大臣其憂深慮遠如此。須玩其誠懇直切、丁寧反覆之意。

洛誥

此紀事之文也。周公攝政七年，武庚、管、蔡既誅，洛邑既成，周家根本固矣。成王年已漸長，周公歸政成王，因陳治道。史臣以此一大事，爲周公攝政之終，故特詳紀之。「周公拜手」四節，此周公在洛，成王在鎬，以營洛邑之事，往反告答之詞。「王如弗敢及天基命定命」，言王前此謙退，不敢親政也。「予乃胤保大相東土，其基作民明辟」，言今可以親政也，即含下文歸政明農之根。「周公曰：王，肇稱殷禮」以下九節，乃周公營洛既成、還鎬歸政之詞。前六節，請王往洛行祭祀賞功用人之大典；後三節，言親政臨御諸侯、教養萬民之道，即《臯陶謨》知人安民之意，故又紀「周公曰：已！」以别之。「王若曰：公！明保予沖子」四節，紀王答周公，不聽其明農之詞。「王曰：公！予小子其退」四節，紀王留周公治洛之詞。上紀兩「王曰」，此又紀兩「王曰」，

皆是王丁寧懇切之意。「周公拜手」以下，紀周公許成王留洛，而又陳治道于王也。「戊辰」以下二節，史臣紀王在洛册誥命公後等事。末節紀年月日，以終周公攝政之事。「誕保文武受命」，即攝政也。不曰攝政，而曰「誕保文武受命」，將周公忠誠達孝之心和盤託出。

多士

此亦告諭體也。自《金縢》以下，皆周公攝政之事。自此以下，皆周公留洛之事，故首節特紀周公初于新邑洛以别之。召公論治洛之政曰：「王先服殷御事」，故周公留洛初政，以王命呼殷多士而告之。自「王若曰：爾殷遺多士」以下十六節，反覆明周之伐商，奉天命也。「王曰：猷」以下三節，言所以遷殷民于洛者，亦「時惟天命無違」也。「王曰：多士」以下七節，乃申明賞罰，使多士皆安于命也。丁寧反覆，懇切仁厚之意，溢于言表。以「惟天明畏」一句爲主。

無逸

此奏疏體也。是時成王初政，周公懼其逸樂，故特作此書以警之。以「君子所，其無逸，先知稼穡之艱難，乃逸，則知小人之依」三句爲主。首三節，正言之；次引商先王之無逸者以爲法，引商後王之逸者以爲戒；次又引周先王之無逸者以爲法。「周公曰：嗚呼！繼自今嗣王」以下，

乃正言無逸之事，後又申言當以殷王受爲戒，當以殷先王、周先王爲法。

是篇凡七更端，皆以「嗚呼」發之。前言無逸則天命歸，逸則天命不永；後言無逸則人心順，逸則人心怨詛。深嗟永歎，反覆丁寧，學者當日三復也。

君奭

此書説體也。召公欲退老，周公反覆告諭以留之。以「我亦不敢寧于上帝命，弗永遠念天威越我民；罔尤違，惟人」爲一篇之主。首五節，言天命不易，全在賢人輔佐，我道惟是留賢而已，以明留君奭之意冒起通篇。「公曰：君奭！我聞在昔」以下四節，歷舉商家配天御民，全賴賢臣，以明周之不可無召公，而召公之不可不留也。「公曰：君奭！在昔上帝格」以下七節，又舉文武之興，賴有賢臣迪知天威，降德于國人，今止有我兩人，以明召公之不可去也。「公曰：前人敷乃心」至末節，皆反覆明天命、天威、天休、民德之重，以見召公之不可去，以終首數節之意。

「君已曰：時我」，乃述君奭告歸之言責重于我也。「已」字與下「亦」字呼應。「我亦不敢寧于上帝命，弗永遠念天威越我民；罔尤違，惟人」，乃公所以留君奭之故也。下文「在今，予小子旦非克有正」，所以謝「時我」之詞也。後又曰：「今在予小子旦，若游大川，予往暨汝奭其濟」；又曰：「襄我二人」、「在時二人」、「篤棐時二人」，皆破「時我」之説，皆申明「惟人」之意。文之首尾一貫如此。

首段，「前人光」，「寧王德」，即指下文文武用人之事。「迪惟前人光」、「我道惟寧王德延」，即法其用人之事也，即留君奭之意。篇首且空言，後乃實言之耳，古人文字，往往如此。不悟此數語，則開首告君奭之意，似乎泛而不切矣。

蔡仲之命

此誥命體也，須觀其深厚之意，以「率德改行」四字爲主。前以「敬」字起，中間皆敬之事；後以「荒」字收，荒即不敬也。

多方

此亦告諭體也。以「我惟大降爾命，爾罔不知。洪惟圖天之命，弗永寅念于祀」四句，爲一篇綱領。蓋多方之叛，只是不知天命，故通篇反覆只是告以天命之不可妄圖也。首二節，先將多方之錯，與己所以告多方之心一提。「惟帝降格于夏」以下十六節，以夏桀、商紂之無德，故不能享天之命。殷湯至于帝乙，及于我周，有德所以受天命，以見天命之不可妄圖也。「今我曷敢多誥」四節，詰問多方，何以妄圖天命？「王曰：嗚呼！猷」六節，正言以告之。先示以安天命則蒙賞，後示以不安天命則必罰，以終「弗永寅念于祀」之意。末二節丁寧言之。篇首言「我惟大降爾命」，中言「我惟大降

爾四國民命」，末言「我惟祗告爾命」，反覆開導，何等仁厚，而文亦極其沈鬱頓挫。「刑(于)〔殄〕有夏」以下，原可接入「乃惟成湯」，而中間忽插入「惟天不畀純」一節，文便沈鬱。「弗克以爾多方享天之命」以下，原可接入「惟我周王」，而中間插入「嗚呼！王若曰」六節，文便沈鬱。此可悟文字不可直說直叙。

立政

此奏疏體也，言用人之道，以「知恤」二字爲主。首節，將用人要知恤一提。「古之人」以下四節，述夏禹、成湯知恤故興，桀紂不知恤故亡。「亦越文王、武王」十節，又言文武知恤故興。「嗚呼！孺子王矣」二節，告成王亦當知恤正意。「嗚呼！予旦已受人之徽言」至末，皆反覆丁寧以推言其效。篇中「嗚呼」者五，皆懇切警動之意。

周官

此亦詔令體也，以「制治」「保邦」二句爲主。首節叙事。「王曰：若昔大猷」三節，總言立官之意。「立太師」以下十節，分論官職。「王曰：嗚呼」六節，申誡官箴，以發揮制治保邦之意。末節丁寧而言之。

君陳

亦詔令體也。周公既没，成王命君陳治洛。以「懋昭周公之訓，惟民其乂」爲主。首六節，總言其大意；後八節，細言其事。

顧命

此紀事之文也。成王經三監之變，王室揺動，故臨崩之際，正其終始特詳焉。自首至「冒貢于非幾」，記成王顧命之詞。自「兹既受命，還」至末，記太保傳顧命之册于康王之禮。中間記作册、須材、「御王册命」事最詳者，重其事也。此種文字，惟周人能之。

通篇以「敬」字爲主。成王一生，只是「敬迓天威」，太保之職，只是要「敬保元子」，康王之道，只是要「敬忌天威」。「思夫人」二語，是敬之實。

康王之誥

亦紀事體也。首三節，記太保陳善于王。「王若曰」以下，記王之望助于諸臣，亦以「敬」字爲主。今文合《顧命》爲一篇，亦好。

朱子嘗曰：「古者寓兵于農」，故六軍皆寓于農。「張皇六師」，只是整理民衆之意。金氏履祥曰：「張是不弛其勞，皇是不輕其事。」

畢命

此誥命體也，「保釐」二字是一篇之主。首四節，述先王保釐之事，並美畢公之德，以爲命其「保釐東郊」之根。中六節，命畢公保釐之實政。末四節，丁寧反覆，推保釐之效。首以文王、武王起，收以「欽若先王成烈」結，文法一綫。

君牙

亦誥命體也。前二節，命君牙爲司徒之詞，弘敷五典。三節，告君牙以司徒之職。末節，丁寧之詞。以「纘乃舊服，無忝祖考」二句爲主，故前以「乃祖乃父」起，後以「率乃祖考」作收，中間敷「五典」和「民則」，奉若先王，皆「無忝祖考」之實也。

冏命

亦誥命體也。前四節，述己之「思免厥愆」，所以命冏作大正也。「慎簡乃僚」以下四節，告冏

以僕正之職。末節，丁寧之詞，以「懋乃后德，交修不怠」爲主。

吕刑

此亦詔令、誥諭體也。「王曰：若古有訓」三節，引苗民之淫刑以示戒。「乃命重黎」四節，引舜之明刑以示法。「德威惟畏」，結上「遏絶苗民」；「德明惟明」起下「命三后」，乃文中關鍵也。「穆穆」二節，即上文而歎美之，文之頓挫停蓄處也。「王曰：嗟」一節，言羣臣當以苗民爲戒，以舜爲法。「王曰：嗚呼！念之哉」一節，總言刑之當慎也。「王曰：吁」七節，詳言慎罰之事。末二節，丁寧反覆，示以淫刑之罪與明刑之慶，以戒勸之。以「罔不惟德之勤，故乃明于刑之中」爲主。下文「罔不由慰日勤，爾罔或戒不勤」，「敬逆天命」，「惟敬五刑，以成三德」，「惟良折獄」，「哀敬折獄」，「朕敬（惟）〔于〕刑，有德惟刑」，皆申明「罔不惟德之勤」一句；「士制百姓于刑之中」，「罔非在中」，「民之亂，罔不中」，「于民之中，尚明聽之哉」，皆申明「故乃明于刑之中」一句。「折民惟刑」，「刑」字即典刑之刑，言以禮教人也。此清刑之源。下文「士制百姓于刑之中」，乃言刑罰也。「刑之中」，謂中道也。不姑息，不淫濫，謂之「刑之中」。「祥刑」，當作「詳刑」。《後漢書》劉愷曰：「非先王詳刑之意也。」李賢注：「《尚書》曰：『告爾詳刑』，鄭玄注云：『詳，審察之也。』」《集傳》皆誤。

文侯之命

此誥命體也。首節述文、武，二節入自己，三節入文侯之功，四節賞其功而加勉之。

費誓

此軍令也。前言修兵器，中言嚴紀律，後言備糧餉，立期會。文法嚴明整飭，無枝葉，自是周初文字。

「臣妾逋逃」，「誘臣妾」，皆指民間而言，禁軍人不得擄掠也。《注》謂「役人賤者，女曰妾」。軍中安有可以女爲役之理？

秦誓

此猶後世罪己之詔也。前叙已往之過，後明悔過之詞。須玩其沈痛懇切之意。「邦之杌隉，曰由一人；邦之榮懷，亦尚一人之慶」四句，收拾《秦誓》，固美矣，而二帝三王之所以興，太甲、盤庚、高宗、成、康之所以盛，太康、桀、紂之所以亡，皆可以此四語總括無遺。編次者終之以此，真神乎文者也。

論文章本原卷二

孔子曰「修辭立其誠」，是文章之本也。「辭達而已矣」，是文章之用也。誠，實也；達，通也。實體諸心、實踐諸行、實驗諸事之謂誠。通乎天道、通乎人情、通乎物理之謂達。不誠則爲巧言，立其誠則言皆根心而生，始無浮僞之弊。不達則爲詖辭，達而已則言皆順理而發，自無邪遁之失。曾子曰：「出辭氣，斯遠鄙倍。」能不鄙倍，文章之能事畢矣。鄙對雅而言，倍對馴而言。說理論事言情，稍涉于粗陋傖俗淺近膚泛，皆鄙也；稍涉于支離偏辟浮僞淫遁，皆倍也。六經而外，周末諸子，《左氏》、《國語》、《國策》、《史記》以至八家，鄙者少矣，而不免或有倍處。東漢以降，浮藻之文又無論矣。宋以後，儒者之文倍者少矣，而不免尚有鄙處，雜家説部之文又無論矣。不鄙，必須胸襟真開闊，知識真高明，聞見真廣博，氣象真涵養，而又能澤之于古，方可免鄙之病。不倍，須是學問真篤實，性情真不偏，氣質真不駁，好惡真不乖戾，而尤能審之于理，方可免倍之病。此其工夫全在心地根本上做，而出辭氣自然不同，文章之士豈足知之。

《爲命》一章，文章之法盡矣。首一層是草創。「草」言其略，「創」言其造。凡作文字，開首不

要在字斟句酌，且須得其大略，創通大意，因事立言，因時生意，方有規模，方無陳陳相因、腐濫格套之弊。然恐不免于鄙也，故必討之于古，論之于今，以求其宜。又恐其或過于文，或過于質，故加以修飾之功。先既創通其大略，而又審古今之宜，合文質之中，然終必加之以潤色，何也？蓋無潤則味不深，不能入人之心脾；無色則光不著，不能動人之精魄。如此文章之能事畢矣。孔子曰：「言之無文，行而不遠。」華國專對，昌道立教，皆非文不能行也。《書》曰：「誕敷文德」，又曰：「文命敷于四海」，文之用豈可少哉？

孔子論樂一章，以之行文，極文章之妙。凡文字，開首要渾涵包括，將全篇精神振起，一如樂之始作翕如，五音六律一齊合作起來。中間要縱横開合，抑揚頓挫，却又要條理分明，變化不測，一如樂之中純如皦如而不亂。到後却要意遠神長，言窮而意無盡，意盡而韻不絶，一如樂之繹如也以成，庶乎其得文章之妙矣。孟子論「集大成者，金聲而玉振之也。金聲也者，始條理也，玉振之也者，終條理也」，亦此意。用以爲文，神乎技矣。要之，要心中全得渾然一理，養得渾然元氣，則發出自然是渾然元精元神元音。不然，雖摹擬得相似，亦巧言之類而已。

《論語》總論

《論語》之文，渾然天地之元氣。含蓄，全不肯發揚，而實則包羅萬象；質實，全不露精采，而

實則光輝常新。

《論語》于傷時之文，極有含蓄。如「射不主皮，爲力不同科，古之道也。」但思古而傷今，意不露而情自深矣。又如「事君盡禮，人以爲諂也」，世道人心之壞，自在言外，何嘗如後人有忿疾悲憤口氣。如曰：「禘自既灌而往，吾不欲觀」，而其失禮事，曾不言明，氣象可想。

《論語》形容道體之文，只是指點咏歎，不多著言語。如「子在川上，曰：『逝者如斯夫！不舍晝夜。』」只就川上一指點，而道之活潑潑地無時不然者自見矣。如「二三子以我爲隱乎？吾無隱乎爾。吾無行而不與二三子者，是丘也。」只就行事一指點，而道之活潑潑地無物不有者自見矣。「天何言哉？四時行焉，百物生焉，天何言哉？」就天時上指點咏歎，而道之充滿流行無往而非是者自見矣，真善形容道體者也。後儒著力在精微處説，反覺費語言。

《論語》論學之文，無一字不有力。

《論語》論治之文，無一字不通達。

《論語》記事之文，真善傳神，有化工之妙。如記儀封人事，「從者見之」以下，其孔子所告之言與封人所問對之言，想不少矣，乃一字不記，但記初請見之辭，與見後之贊歎，而封人識見之超與孔子化神之妙，皆令人嚮往不盡。

《楚狂章》，記其一接輿而即知孔子之爲鳳，記其歎世衰而欲孔子已，記其趨而避之，不得與

之言，將狂處描寫如生，如鴻飛冥冥，偶留指爪，而不可得而見之也。而其過高處，不肯取裁于聖人，亦自在言外。真寫生妙手也。

《沮溺章》，記二人之傲睨孤高如畫。末記孔子一歎，深情至論，而又不涉理趣腐語。子路是問津，而二人一譏孔子爲知津，一以天下滔滔莫非津也。語意妙極，其不告津者，正所以告之津也。

《丈人章》，先將隱者聲口、神情、事業、風趣況味，一一畫出，然後點出「隱者也」三字，蓋與子路處一夕而全不露其學問德行，令子路亦不知其爲人，直至告夫子而後明之，是真隱者也。「隱」字至此點出，而丈人之高風可想。「至，則行矣」，補寫「隱」字更足，如此方是真隱。「子路」以下一論，折之以衷，裁之以道，而深情一往，千載猶聞其聲。李華《弔古戰場文》、歐公《秋聲賦》、蘇公《方山子傳》，點題處皆學此章。

《子路曾皙冉有公西華侍坐章》，首數節，記孔子引誘之言；末數節，記孔子折衷之言；中間記四子之言，章法完整。記子路言志之下，不順記曾皙之言，乃次之以冉有，又次之以公西華，然後次之以曾點，變化之至。冉有、公西華二節文法，在中間相對以子路之「率爾」，與曾皙之「鏗爾」，首末對照，以哂子路，與「與點」之言相對。四段事，三樣文法，變化之中，又極齊整，真妙文也。子路節一哂，曾點節一與，而求、赤二節無論贊，復于末節補出。又是一樣叙法，極變化亦極齊整。四人四段事，末節，在曾皙口中與夫子一齊會合，補明哂由之故與三子之可取，而「與點」

之故終未明也。神味更遠，令人想像。

《季氏將伐顓臾章》，首段正意已足，下兩段因冉有兩辨而發揮之。孔子之文極含蓄，惟此篇極發揚，波瀾汹湧，峰巒高大。韓公《諍臣論》章法學此。

《天下有道禮樂征伐章》，首段從「天下有道」説起，歷數之，至世變已極，衰亂已甚，可哀可悲之至矣。而末節復迴想「天下有道」，長言咏歎，是亂極思治之深情，意遠而韻亦遠。

《從我於陳蔡章》，首節追思之情，沈鬱深至。次節歷叙諸子，而加以德行、言語、政事、文學八字，見孔子所以思之至也。後來歐公《一行傳》即本此。

《里仁爲美篇》，是一個整文字。開首就「里仁爲美」，指點「擇不處仁，焉得知」，是喻是正，活潑之至。下説惟仁者而後可處約、樂，惟仁者而後能好惡。將仁者一提而重頓之，令人向往。下説志仁不違仁，好仁惡不仁，觀過知仁，皆是爲仁之實功，而先以「志仁」二字領起。仁即道也。就其具於心者而言謂之仁，就其著於事物之當然者而言謂之道，故下文又特提「聞道」。聞道必先志道，志道必比義、懷德、懷刑，去利心、争心、名位心，故自「士志於道」以下，皆詳言聞道之功也，而先以「志道」二字領起。道一而已矣。一則純乎天理而爲仁，存於中爲忠，推於人爲恕。若稍有恥惡衣食心、適莫心、懷土懷惠心、放利心，不能以禮讓心，患無位莫己知心，是二也。二則雜，雜則存於中者不能忠，施於人者不能恕。故又以「吾道一以貫之」一提，而下以喻義喻利一

分，此學道求仁之大介也。「見賢」以下，皆道之見於倫常言行者。見賢、事父母、事君、交友，言行之間，無一不合道，而後謂之「聞道」，而後謂之「仁」者，將「仁」字、「道」字，發揮得彌天彌地，指點得活潑潑地，求仁求道工夫，説得著著實實，有條有理，有本有末，豈若異端之説詳本體而略工夫、俗儒之言詳工夫而昧本體者可同語哉？

《公冶長》一篇，是大文字。前二十七章，自孔門諸賢以及列國賢大夫，以及時人古賢，各記一節爲小傳，而以孔子之老安、友信、少懷三句一結，直如百川之朝宗於海。一江一河非不可觀，及見海而後，望洋向若而歎矣。而又以訟過、好學二章結之，勉勵學者之意，旨遠神長。而諸賢之所以不及聖人，聖人之所以成爲聖人，亦可見焉。即以文論，太史公列傳焉能有此境界？

《鄉黨篇》直是一幅化工之文，將夫子之居鄉居朝，爲擯出使、衣服飲食、辭受取與、居常處變、造次顛沛，無一不詳記之。是皆小德之川流也。而大德之敦化，形容不出，然大德之敦化，又即在此小德川流中。若特地指出大德，反將大德與小德分而爲二，而聖人之一理渾然而泛應曲當者，反不見也。又或特做一贊以指點，仍然不見聖人之天理流行活潑潑地，而文亦覺費力。此篇乃止借孔子之贊雌雉「時哉時哉」一語，記於篇末，以作指點，而記者不著一字，神理活潑，畫龍點睛不足以喻之，可謂神乎文者也。此即孔子行狀列傳，觀太史公之世家所記，直如天淵之隔。

《微子》一篇，記孔子之出處，亦是神妙之文。首舉三仁與柳下惠之直道二章，蓋以古者世衰

道微，聖賢不用兩影子，引起孔子也。下章兩「孔子行」記孔子之直道，不爲狂，不爲避世，不爲隱者，不潔身而亂大倫，記孔子之仁。《逸民章》，記孔子之「無可無不可」，見孔子之仁至而義盡。明收一章，暗總結上數章也，而附於《逸民》之下，見天下之不可爲也。《太師》一章，見魯之不可爲也，即魯之衰而天下之衰可見矣。末復記《周公》、《八士》二章，是追想周、魯盛時也。亂極思治，深情如揭，而文字掉尾，亦如神龍之變化。首以二章引起，後以二章咏歎，局格亦整，妙文也。

《子張》一篇，亦是整文字，蓋記孔子既没，諸賢進德立教之言，而以子貢贊孔子四章作收。文境亦如江河之朝宗於海，渾茫無際，而諸賢於孔子没後，思孔子之深情，亦如揭也。

《堯曰》一篇，亦是一整文字。首章歷叙道統，次章以孔子之言直接道統，末章知命、知禮、知言，乃示萬世學者以接道統之全功也。數百言中，而天下萬世之學術、治術，包羅無不盡，真神化之文也。

《論語》於責人之文，意旨嚴峻而辭氣温和，耐人咀嚼，令人慚感而不觸人之怒。如曰：「是可忍也，孰不可忍也？」「奚取於三家之堂？」只是令其自反。如與陽貨言，只是一路隨問隨答，不多與之交一言。責樊遲之問稼圃、宰我之短喪，皆先含蓄，使其自反，詰責之詞，皆俟其出而後言。責孺悲，亦只使之聞之，皆不令人難受。責宰我之論社，只曰：「成事不説，遂事不諫，既往不咎。」寬其前而警其後，以善養人之氣象可想，豈若後世文士，譏切時弊、詆誚小人，直如抵掌撫

劍氣習哉？

《論語》辨别自己是非之文，皆含蓄和平。如答或人曰：「是禮也。」答子路曰：「夫召我者，而豈徒哉？如有用我者，吾其爲東周乎？」氣象可想。若或人與子路之言，則傷粗俗迫切矣。

《論語》説經，皆提要。如《〈詩〉三百章》，《假年學〈易〉章》，《小子何莫學夫〈詩〉章》，《女爲〈周南〉〈召南〉章》，皆是後人序跋古書之所本。

《伯牛有疾章》，「顔淵死。子曰：噫！」以下二章，皆後人哀祭之所本也。節短音長，言盡而意不窮。

《論語》有極推拓開展文字。如《樊遲問稼圃章》，而推拓到好禮、好義、好信、四方之民襁負其子而至，何等開闊！

《論語》有極變化文字。如：「道不行，乘桴浮於海」。「子路聞之喜」，忽又轉回曰：「好勇過我，無所取材」，何等變化！《離騷》之祖也。

《論語》論古人今人，或先贊或先斷而後序事，或先序事而後論贊，即太史公、歐陽公史傳之所祖也。

《吾十有五》一章，即後人年譜之所祖。

《論語》有極開豁高明文字。如子貢問無諂無驕，而夫子引之於樂與好禮，子貢又因而悟

《詩》，夫子又因而贊之以示人言《詩》之法，何等開闊！

《論語》有極著實文字。如「子張學干禄」，夫子引之於寡尤、寡悔；子張問十世，夫子引之於觀往察來；子路問事鬼神、問死，是索隱務高見解，夫子引之於事人知生，何等著實！

《論語》有極翻駁推究文字。如子貢問政、問士，子路問正名之類是也，直是推究到極地。

《論語》有極空靈文字。如《夫子爲衛君章》，只論伯夷、叔齊，於衛君正面不著一字，而不爲衛君，只一點便醒，何等空靈！如「蘧伯玉使人於孔子」，只贊使者，於伯玉不著一字，而伯玉之真能寡過自在，何等空靈！

孔子傷周之文勝而欲救之，然其立言皆含蓄。如思夏、殷之文獻，如告林放以禮之本，而周之文勝自在言外。

聖賢之文，皆非有意於文也。理明義精，心廣體胖，氣象充養和粹，天懷浩蕩，性情醇厚，發出言語自然不同，所謂有德必有言也。讀聖人書者，不知其文亦不知其氣象之純，德行之盛，而專在文字上學之，則又成爲巧言亂德矣。有言者不必有德。吾之爲此論，非欲人求其文也。蓋見世人不窮經、不探本，而第讀後人之文，故欲以此引之於本，使人知雖以文論，而聖賢之文亦無不極其盛者。可見人當求其本於經，反其本於心。根本盛大而出自無窮，豈欲人以聖人之言作文字觀哉？

或曰：子以聖經爲文章本原，得無侮聖言乎？曰：非也。凡聖人之言皆道也，而其言則謂

之文也。道純，故文純；道盛，故文盛。道不可見，即文可以見之。故《詩》、《書》六藝，載道之言也，而亦謂之文。堯舜之禮樂制度，道之所發見也，而夫子稱之，曰：「焕乎其有文章！」周監於二代，其制禮作樂，皆治世之大道也，而夫子稱之，曰：「郁郁乎文哉！」聖人之威儀言辭，莫非性與天道之顯著也，而子貢稱之，曰：「夫子之文章。」滯威儀言辭以求性道則不可，故夫子曰：「吾無行而不與二三子者。」子貢曰：「夫子之文章，可得而聞也；夫子之言性與天道，不可得而聞也。」夫子何不常言性與天道哉？誠恐學者躐等務高、索隱行怪，故但示以文章，而因之即可悟道也。何者？文章與性道一也。故觀文之惻怛，須知由心之惻怛；文之剛直，須知由心之剛直；文之明快，須知由心之明快；文之曲盡，須知由心之曲盡；文之從容不迫，須知由心之從容不迫；文之易簡不支，須知由心之易簡不支；文之變化不測，須知由心之變化不測；文之純一無僞，須知由心之純一無僞；文之精神團聚、氣焰光昌，須知由心之精神團聚、氣焰光昌；文之整飭典則、有條有理，須知由心之整飭典則、有條有理。余見世之求文而不求道也，故以聖人之文指點之，使之反求諸道，反求諸心，反求諸聖人之經，以得其道於心，豈欲人徒學聖人之文哉？

論文章本原卷三

《孟子》總論

諸子之書，理純、義正、氣盛、詞達、奇縱變化而語不離宗，未有如《孟子》者也。孟子並非有意爲文，其言曰：「我知言，我善養吾浩然之氣。」「知言」則理無不明，「養氣」則義無不集，明理集義，根心而發，其言自充實而有光輝。讀《孟子》者當求其本，不當求其文。然不知其文，則其發言之苦心，誘人之深意，精神之鼓舞，變化不測，義理之充足，層出不窮，亦不能見焉。是以觀水有術，必觀其瀾，即文之盛，可以知其本之盛。既知孟子之不學文而文若斯之盛，則學亦不可不求其本矣。

凡讀一書，須得其宗旨。「仁義」二字，是七篇宗旨，無一章一言非發揮此也。性善，是仁義之原頭。尊王，黜伯，辨異端，崇聖學，皆是扶持仁義。「仁」是心之體，「義」是心之用。居仁由義，居就存諸中者言，由就行諸事者言。仁是渾然一個不忍，義是行得有條理分寸次第。

七篇之中，前數篇論治體治法之文多，中數篇傷時道古之文多，末數篇直指心體，著明性善之文多。前數篇文字，多發皇氣象，光焰百丈，後數篇文字，多純粹，去孔子氣象不遠。蓋孟子前時是在知言養氣上用功，又有經世之志，故發出氣象如彼；後來知世不可爲，專在盡心知性、存心養性上用功，故發出氣象又自不同。即文辭氣象，亦可見古人進德無時而已也。

《孟子》書是《論語》大中之注脚。其論治，不外乎井田學校，即富之教之注脚也；其論學，不外於知言養氣，盡心知性，存心養性，察識擴充，即格致誠正，博文約禮，明善誠身之注脚也；其論本體，不外乎性善仁義本心，即明德天命率性之注脚也。但聖人之言高渾，孟子發揮得光明詳細，有英華，有精采。

《孟子》之文，一段有一段之章法，一章有一章之章法。又有連數章是一章，又有連一篇是一章。章法者，所謂大營包小營也，分觀合觀無所不妙。其開合縱橫，虛實先後，起伏照應，綫索串插，極齊整亦極變化，無非是義理精熟、一以貫之之妙。

《孟子》之言，最善設喻。善引證，善開，善離，善縱，善挑剔，善翻瀾，善騰挪，善宕漾，尤妙在善轉身入正面，拍合正旨，只用一兩筆，輕便毫不費力。所以然者，方其設喻引證時，開縱翻瀾時，其注意原在乎此也，所以能一句便轉。《孟子》之言，不喜説腐語，不獃講正面，不喜用直筆，不喜用順接筆。無一章不整密，無一章不變幻。

《孟子》之言，有辯論體，如：對梁惠、齊宣數章，辨許行、告子諸章之類是也；有論古之文，如：與萬章論舜、禹、伊尹諸章之類是也；有奏疏體、書説體，如：對梁惠、齊宣、鄒穆及告諸弟子所問之類是也；有列傳體，如：《伯夷隘》、《伯夷聖之清》諸章之類是也；有傳記體，如：《齊人章》是也；有記事體，如：《見梁襄王》及《自范之齊》、《致爲臣而歸》諸章之類是也；有游記體，如：《沼上章》、《雪宫章》、《自范之齊章》之類是也；有策論體，如：《晉國天下莫强》、《齊人伐燕》、《鄒與魯鬨》、《滕小國也》諸章之類是也；有經説體，如：《小弁》、《盡信書》、《春秋無義戰》諸章之類是也；有考典文字，如：《班爵禄章》是也；有贈序體，如：《滕文公爲世子》、《宋牼將之楚》、《魯欲使慎子爲將軍》、《魯欲使樂正子爲政》諸章之類是也。後人謂文體自司馬遷、韓愈始備，不知皆原於《孟子》。又《孟子・去齊尹士語人章》，情韻之美，獨有千古。後來歐公本此，人多不知也。

《孟子》文，於正面處只在空處説，或對面使人説，設喻説，引證説。入正面，只用一點便醒。蓋必如此，方能挑出人本明之心也。

《孟子》文，起處最善提掇，善渾涵；中間最善開縱恣肆，條理燦然；末段最善神氣完固。吾嘗論孔子論樂曰：「始作翕如也，縱之純如也，皦如也，繹如也以成。」是千古論文之祕。孟子文實有此妙。

論治之文不可腐，論學之文亦不可腐。觀孟子之論治，言言是就本原上論，却是審時度勢，洞悉利害，通達人情。坐而言直可起而行，不悖古而亦不泥古，雖賈、董不及也。賈生論治，真亦救時之才，規模亦大，而本原不及。董生論治，有本原而語氣平緩，不及孟子有精采，是其才弱，亦其根本未深也。觀孟子之論學，無一語不是挑剔人心，然却多就眼前習聞習見之事指點，或就人意想不到處設喻啓發，反之吾心而即是，驗之事物而皆合，不蔓不支，有始有卒，雖程、朱不及也。程、朱理極純正，而精采不及。陽明有精采，不拘泥，而又好新奇，有偏駁，不及孟子言雖新而理則正大無疵。

韓、歐以下，多閒文字，惟孟子無一句閒話。韓、歐以下，說道理多竭力，惟孟子如海水泛溢不費力。韓、歐辨異端之文，說到聖賢實際便乾枯，惟孟子發揮吾道有精采。程、朱論理，極有實際，然多是平實說去，不如孟子只是指點挑撥，令人心自明快。

孟子之言，如告梁王五章，只不違二節是正意，如告齊宣王十餘章，只制民恒産數節是正意，其餘俱是挑剔其本心，詰駁其病根，悚之以大害，動之以大利，全是一片愷惻纏綿之意，鼓舞興起之神。若直說正面一二節，便覺迂腐質實，不能動人。孟子亦非有意要動人，只是立言當如此。須觀天地、日月、風雲、雷雨之生長萬物，是何等精神，何等光輝。

梁惠王篇

《見梁惠王章》　此章是辯「利吾國」三字，以仁義爲主，後人辯論、書説、奏議諸體之所祖也。「王何必曰利」二句，一提，劈頭一棒，筆力雄偉。《王曰何以利吾國節》，申明言利之害，曲折詳盡，筆力恣肆。「不奪不饜」句，筆力斬截，使梁王一腔熱念，如冷水澆背。《未有仁而遺其親節》，申明仁義之利，又極鼓舞。誘掖之神，上節詳，此節簡，變化不板。末節，收句如峭壁懸崖，乃文家歸題法之所本也。前後照應，神氣完固。

《沼上章》　此章蓋梁王疑仁義拘苦，故孟子以「賢者而後樂此」引誘之，「與民偕樂」，是歸宿處。亦後人書説、奏疏體也，又爲遊記之所本。「賢者而後樂此」二句，提筆奇横恣肆，極鼓舞，亦極悚惕。中後引證申明，何等開展！若曰賢者不可樂此，陳腐之言，何能動人！然下文曰：「與民偕樂」，「豈能獨樂」，仍是勸王行仁義，只是用鼓舞歆動之詞，所以不腐。末節《湯誓》二語，與臺池鳥獸全不相干，須觀孟子引歸本旨處，何等靈快！「雖有臺池鳥獸」二句，與首二節回抱，神氣完固。文字引證引喻，須貼切不泛，又須新奇，拍合本旨須靈快，輕便不費力。觀《詩》云、靈臺二節，與下章《王好戰節》可悟。

《盡心章》　此章梁王疑行仁政無效，而不知其所爲者非仁政也，故孟子告以盡心之實與盡

心之效，以鼓動之。亦書説、奏疏、論辯體也。《王好戰節》引喻一詰，若與王説閒話者，然奇特，令人不測。「王如知此」二句，忽入正意，靈快之至。「不違」二節，正告以盡心之實政。梁王特自矜其凶年後之盡心，孟子特發明凶年以前當盡心，則雖有凶年不害矣。《狗彘食人食節》，駁梁王不盡心之事。梁王特自矜凶年之盡心，孟子特推出其所以致凶年之故，是皆本原之論也。「斯天下之民至焉」，對「鄰國之民不加少」二句，説是加倍鼓動之法。《王好戰節》，用一喻起，收處「刺人而殺之」，又用一喻以相應，姿態横生，精神完固，亦極有色澤。

《願安承教章》　此章亦書説、奏疏體也。只中間《庖有肥肉節》是正面。前二節用挑剔，然後入正位，語意犀利，令人不測。後二節，復用兩挑剔，以悚動之語意，愷惻纏綿，章法亦極奇整。不曰爲人君行政，惡在其爲人君也，而曰「爲民父母，行政」，「惡在其爲民父母也」，語意便覺悱惻動人，真所謂「仁義之人，其言藹如也」。

《晉國章》　此章亦策論、書疏體也，以《施仁政節》爲主。梁王之言來得衰颯，故孟子先以「地方百里而可以王」二句一提，以振作其氣，鼓動其心。氣象何等雄偉！「王如施仁政」以下，申明洒恥之本，皆洞切時勢以立言，指陳利害，愷惻詳明。末二句，收束通篇，氣完神固。

以上五章，各章有各章之章法，合之又是一章大文字。梁王只是一個「利」字作害，故在首章一提，下章「賢者亦樂此乎」，「寡人之民不加多」，「率獸食人」，「願比死者一洒之」，皆是利心之所

發也。孟子只是「仁義」二字爲對證之藥，故在首章一提。下章「與民偕樂」、「不違民時」二節，「爲民父母行政」，「省刑罰，薄税斂」，皆是仁義之實也。首章大意已括矣，下數章，梁王之言只是幾個大翻瀾，孟子之言只是幾個大發揮，文境何等雄闊！梁王所以聞孟子言有許多翻瀾者，只由一個疑字作祟。「王請勿疑」四字，直是將王病根抉出。收束一章，即是收束五章，何等筆力！

《梁襄王章》　此章是記事體之所祖也。起數語描寫得神。「不嗜殺人者能一之」、「天下莫不與也」數句，正意已畢。下文「今夫天下之人牧」數句，是申此二語，若直接於此亦可通，但文境直促，孟子乃以「王知夫苗乎」一語宕開，便生出無限煙波。收句復用「水之就下」一喻，與前相應，姿態横生，有色澤。

《齊桓晉文章》　此章是黜伯尊王，亦書説、奏疏、策論體也。「保民而王」，是一篇主意。作四大段看，先挑不忍，次示推恩，次辨大欲，末明發政施仁。文之開合縱横，奇幻變化，不可端倪。「不忍」是保民根原，故自首至「我心有戚戚焉」，挑撥指點，使王察識。推恩是保民實政，故自「有復於王者」，至「推其所爲而已矣」，挑撥指點，使王擴充。大欲是不能保民之病根，故自「今恩足以及禽獸」至「鄒敵楚」，挑剔駁辯，使王自克。發政施仁，制民恒産，是保民實事實效，故自「蓋亦反其本矣」至終篇，極力發揮。「齊桓、晉文之事可得聞乎？」齊王開口，便是大欲所發動。「無以，則王乎？」孟子開口，便含要發政施仁。兩語已將通章精神振起，又極渾含。大凡文字發端

處須如此。　起數節，王將齊桓、晉文説得多大多重，孟子説得極平常；　王將「王」字看得太難，孟子説得極容易；　王將自己看得太卑，孟子説得極有作爲，皆是一味鼓舞。　「是心足以王矣」下，原可直接「見其生，不忍見其死；　聞其聲，不忍食其肉」，「是乃仁術也」，然文境不免直促。　「百姓皆以王爲愛」以下，用幾開幾合、幾縱幾擒而後出仁術，筆力天縱。「此心之所以合於王者，何也」下，原可直接「老吾老」數句，然文境又不免平直矣。　「有復於王者」以下，又幾開幾合、幾縱幾擒，而後出推其所爲，筆力天縱。　「今恩足以及禽獸」下，幾次挑撥，而後推出大欲，便有奇勢，不平直。　「王之所大欲可得聞與」下，原可直接「欲辟土地」數句矣，然仍傷直促，故又用「王笑而不言」一句閃開，極力騰挪，總不使一直筆。　「可得聞與」下，便可直接「小固不可以敵大」數句矣，乃又用「鄒人與楚人戰」數語離開，筆筆縱，筆筆横，文境開展，不可測度。　「以若所爲」三句，已如冷水澆背，「殆有甚焉」、「後必有災」數句，是痛上更加一棒，筆筆有力。　自「今恩足以及禽獸」至「何以異於鄒敵楚哉」一大縱，「蓋亦反其本矣」，一筆抱回不忍推恩，何等神力！　中間如許開合擒縱，至「其(如)〔若〕是，孰能禦之？」一筆回應，何等神力！　發政施仁，制民恒産，是皆申明首段仁術。　篇終「然而不王」，回應章首，神完氣固。　章首「保民而王，莫之能禦」一提，章末「禦」字、「王」字，作兩處應，全不板様。　此章「是心足以王矣」以前，用鼓舞誘掖之筆；　自「然後快於心與」以前，用挑撥啓發之筆；　自「王笑而不言」以下，用騰挪之筆。　總之無一直筆、平筆、順筆，真大文字

也。凡文字，設喻須新奇。觀此章，又可悟。

《莊暴章》　此章亦論辯、書説體也，以「與民同樂」一句爲主。前兩「王之好樂甚」，暗含起末節「與民同樂」，兩「齊其庶幾乎」，暗含起末節「則王矣」。勢遠神遠，而又曲折含蓄，不平直説出。「可得聞與」以下，若遽接「今王鼓樂」二節，則嫌直促，故又拓開挑撥，引出王「不若與人」、「不若與衆」二語，以含起末節「與民同樂」意，筆意空靈。「臣請爲王言樂」以下，若遽直接「今王與百姓同樂，則王矣」，又嫌直促，故且從效驗説起。一開一合，皆在空際盤旋，極騰挪之至，末節方實説出，精神完固。「今王田獵於此」二節，俱用逆筆，則勢振，若用順筆則平弱矣。

《文王之囿章》　齊王以文囿暗引己之囿，以文囿之大暗引己囿之小，若他人對此，必曰：文王無囿；必曰：其囿大不可法。乃孟子曰：「於傳有之。」又曰：「民猶以爲小也。」奇極，險極。上既如此説，則「寡人之囿方四十里，民猶以爲大」之下，真覺不能轉身，須觀孟子下文開縱靈敏處。「民以爲小，不亦宜乎」下，若遽接「今王之囿」，則平板矣。忽從「臣始至於境」起，則文有峰巒。「爲阱於國中」句，緊鍊，有鋒芒。此章亦以「與民同之」爲主。

《交鄰國章》　此章亦論策、書説、奏疏體也。仁、知、勇三字，是脉絡。仁者以大事小，知者以小事大，交鄰正意已盡矣。下文「王曰：寡人好勇」，作一翻，波瀾横闊。「王請無好小勇」，接得奇特，不腐，變化不測。「一怒而安天下之民」，是大勇，仍是仁知。「樂天」、「畏天」作用，與上

文似不相應，而實相應，神乎文者也。仁者引湯、文兩人作證，知者引太王、句踐兩人作證，勇者引文、武兩人作證，局奇而整。前段「樂天」、「畏天」兩「天」字，後段「安天下之民」兩「民」字相配。

《雪宮章》　此論説、書疏體，又可爲遊記體也。「賢者亦有此樂」句，正面無可發揮，故止以一「有」字輕輕答之，以下乃用「人不得，則非其上」，引到當「樂民之樂」。極小題能大發揮，於此可悟後來歐公《豐樂亭記》、范文正《岳陽樓記》、宋文憲《閲江樓記》，皆本此。前段「爲民上而不與民同樂」，隱含下文「流連荒亡」一層；「樂民之樂」、「憂民之憂」，隱含下文「一遊一豫，爲諸侯度」一層。後段以景公之説晏子，誘宣王之聽己言也。以晏子之「畜君」、「好君」，喻己之言，亦「畜君」、「好君」也，語意含蓄不露。兩大段似不相干，而神實相應，真奇妙也。「然而不王者，未之有也」以上，正意已盡，下復引證，文境便開闊，兼有色澤。「觀於轉附」數句，可對照。《雪宮》、《莊子・養生主》文境相似。

《毁明堂章》　亦論策、奏議體也。「行王政」是此章主意。先將此句一提，次申王政，次申「行」字。「寡人有疾」下，作一大波瀾，文境便層出不窮。「昔者公劉好貨」、「太王好色」，接得奇肆，令人不測。兩「與百姓同之」，正是行王政實事，即指「耕者九一」以下數語，與章首似不相應，而神實相顧。每段皆引一證，局格亦整。

《王之臣章》　亦書説體也。「四境之内不治」是主意，却含蓄不先説出。首段起得飄忽，令

王不測其意。次段從對面刺入，亦令王不測。三段忽上正面，令王無從躲閃，亦奇幻不測。「王顧左右而言他」，忽然放開，又令人不測。此章文境，最奇縱變化。

《故國章》　此章論進賢之道，「慎」字是主意。首節從齊王無賢説起，語意悲涼悱惻。《國君進賢節》，提「慎」字，鄭重。左右兩節，發揮慎之實事，恣肆開展。收句「然後可以爲民父母」，是慎之效驗，意謂如此而後可以保故國也。收拾通篇，神完氣固。「故曰，國人殺之也」一句，明束可殺一段，暗束用之、去之二段。古人文字簡古，止説一面，而數面俱到。若必曰：國人用之，國人去之，國人殺之，則冗矣。

《湯〔伐〕〔放〕桀章》　「臣弑其君可乎」一句，鋒鋩甚鋭，令人難以開口，須看孟子下文轉身法，説得何等奇創，又極正大。仁義是君道，賊仁賊義是無君道，先將「其君」二字駁倒，則「弑」字易破矣。

《巨室章》　此亦書説體也。爲王不用而發「姑舍女所學」句，是正面。前後兩喻皆有姿態，局亦整。

《伐燕勝之章》　此策論、書疏體也。齊王引天爲據，孟子引民爲主。善言天者必有驗於人也。末節收足民不悦而取之之害。

《伐燕取之章》　亦策論、書説體也。「宣王曰：諸侯多謀伐寡人者」，意歸咎諸侯也。孟子

曰「動天下之兵」，歸咎於王也。宣王之意在待，孟子之意在止。章法：首節一提，次節、三節承，明末節正意。「則猶可及止也」與「將謀救燕」，首尾照顧，精神團聚。

自《莊暴》至《明堂》五章，止是一意，皆發揮保民而王之大旨也。丁寧反覆，懇切纏綿。王好樂、好囿、好勇、好遊、好貨、好色，止是一個大欲作祟。欲者，人情所固有也，但不可有私欲耳。故孟子不教王斷欲，但勸王「與民同之」。能與民同，則無私欲矣。自《王之臣》至《伐燕》六章，是孟子去齊張本。「王顧左右而言他」，「昔者所進，今日不知其亡」，「姑舍汝所學而從我」，用賢之意荒矣。伐燕之諫又不行，所以去也。

《鄒與魯鬨章》　此亦書説體。穆公歸咎於民，孟子歸咎有司。穆公但就與魯鬨時定民之罪，孟子則就前此凶歲時定有司之罪，末又歸之於君。蓋有司之虐民，實由君不行仁政也。此是文字推原法。以「行仁政」爲主。「親其上」、「死其長」與首節反對，神完氣固。公曰：「吾有司」，孟子曰：「君之民」；公曰：「三十三人」，孟子曰：「幾千人矣」，皆對鍼立説。

《滕文公》三章　此策論、書疏體也。首章「與民守之」是主，二章「强爲善」是主，三章兩策，一去一守，即總前二章之意，以「仁」字爲主，合之是一篇文字。「效死勿去」，首尾相應。

《魯平公章》　此記事文體也，「天」字是主。首節將小人之讒君子，描寫如生，説得盡情盡理。次節將庸主之信讒，深入骨髓，亦描寫如生。末節樂正子數言，將上二節一束。文家必先將

樂正子之薦孟子，在章首叙出，然後叙平公將見孟子，如此則平順矣。此於篇首不叙，末節方補點出「克告於君」一語，簡古之至。自章首至「君是以不果來也」叙事，將臧倉寫得可惡可恨，宜孟子聞之嗔怒矣。乃末段孟子一論，歸之於天，將臧倉撇開，毫不嗔怒。胸襟如此闊大，故文境如此開拓變化，令人不測。

此篇二十二章，合之是一篇大文字。以仁義爲主，中間所言，無非仁義之事。歷叙孟子之見梁王、齊王，不用，繼至鄒魯小國，不用，而滕國又危無可用，末以「天」字結。「吾之不遇魯侯，天也」，明收一章，暗收全篇。見凡不遇於齊、梁、鄒、魯，皆天也。古人文法，高妙如此。

公孫丑篇

《夫子當路於齊章》　此章是黜伯尊王，亦論辯、書説體也。「子誠齊人也」二句，撇筆輕快。管仲功大，晏子功小，引曾西之不屑爲管仲，則不屑爲晏子意自在内。一筆作兩筆，古人文法之簡括，於此可悟。《管仲以其君霸節》，作一翻，轉入「以齊王」，乃有力。《若是，則弟子之惑節》，又一大翻，波瀾更肆。「文王何可當也」下，若接入「齊人有言」數句，一提，然後説文王時勢之難，見在時勢之易，亦無不可，然嫌平順。此乃先言文王時勢之難，後言見在時勢之易，而以「齊人有言」數句，在中間作上下關鍵，局更奇横。上段論文王，先説其時之難，次論勢之難。後段論齊，

先説勢之易，次説時之易，變化不板。公孫丑將霸王看得極高，孟子看得極輕，丑將王道看得極難，孟子看得極易。後數節，於時勢之難易看得極透，説得極明，此所謂識時之傑也。不然，則爲迂闊狂妄矣。「德之流行」、「行仁政」二句，是一篇歸宿。

《不動心章》　此章是辨異端，崇聖學，亦論辯、書説體也。以知言養氣爲主。「我四十不動心」句，提起通篇。「不動心」之下，原可直接「不動心有道乎？」然而平順矣，故再以「曰：若是」二語一提，以孟賁引起下文黝、舍數節，以告子引起下文「敢問告子之不動心」數節，通章精神振拔。「不動心有道乎？曰：有」以下，原可直接「我知言」二句，然覺平弱無力，又可直接「昔者曾子」一段，然尚覺平順無勢。養勇，是不動心之道；守約，是養勇之道。以黝、舍引起告子，以曾子引起自己，一路撇賓入主，則出正意，方醒豁。然而「曾子守約也」以下，大可直接「敢問夫子惡乎長」矣，然嫌平順，故又用「敢問夫子之不動心」數句，將下十數節一提，開出一大境界，筆意恣肆。「敢問夫子之不動心與告子之不動心」下，却先承告子之不動心；「我知言，我善養吾浩然之氣」下，却先承浩然之氣，皆文法變幻處。此章凡三段，「不如曾子之守約也」以前，是引起之詞，「敢問夫子之不動心」以下，是正意，「宰我、子貢」以下，又是證己之所學出於孔子也。此章至「聖人復起，必從吾言」，意已盡矣，下復作一大翻瀾，文境更闊，廣引諸賢，以配前段，廣引諸子，中間多少波瀾，文境奇肆之至。前段撇諸子，專重曾子；後段撇諸賢諸聖，專歸孔子。兩兩相配，又

何其整密也。三贊「未有孔子」，以明己所以願學之故，正是爲知言、養氣、不動心作咏歎。淫，泆也。語不相屬，而神相顧，文之妙至於如此。養氣難，知言易，故於告子之「不得於心，勿求於氣」，辨得極透，而「不得於言，勿求於心」，只「不可」二字了之。於自己養氣工夫，發揮極透，而《知言節》，只數言了之。

養勇是不動心之道，以「勇」字引起下文大勇，以「養」字引起下文善養。「至大至剛」，氣本浩然，「塞乎天地之間」，是直養後之浩然。《其爲氣也至大至剛節》，指氣之本體；《配義與道節》，指氣之作用。「勿求於氣」，即是暴其氣。義襲而取則非直養，正與助長則非無害。「勿忘」是「持其志」，「勿助長」，是「無暴其氣」。「不得於言」而求諸心，然後能知言，「不得於心」而求於氣，然後知養氣。能知言，然後知子夏諸賢，非究竟地位。能養氣，故不肯安於小成。能知言，故知夷、尹於孔子不同道。能養氣，故直欲學孔子，不肯作第二等人。能知言，方知三聖人之所以同，所以異。三聖人之同處，亦皆是浩然之氣之所爲。宰我、子貢、有若三賢之言亦是知言，方能説得的當不易。孟子非知言，亦不知三子之言之確。篇終引三子之言，極力贊歎孔子，所以摹寫願學孔子之神，故後一大段，似與前大段不相關，而神理融貫，不可思議。

此二章合之，又是一篇整文字。前章是黜伯尊王，後章是黜異端，尊聖學。「而子爲我願之乎？」我所願乃學孔子，兩「願」字，是綫索。上章引孔子曰：「德之流行。」此章亦引孔子，是主

腦。中間不動心一問，特因首章説王，故又作一大翻瀾。不動心是王齊之本領也。合觀之，文境更闊，真所謂大營包小營也。前章以管、晏比孟子，後章以孟賁比孟子。前章以文王不足法，翻孟子之王齊，後章以孔子之不能兼，翻孟子之知言、養氣。意度波瀾皆奇而整，故合爲一篇，境界更大而章法更密。上章「以齊王」，是孟子治術；此章「不動心」，是孟子本領；知言、養氣，是孟子工夫；願學孔子，是孟子學脉。

《假仁章》　此章以「德」字爲主。上節論王伯作用，下節論王伯效驗。上引湯、文，下引七十子，文甚整密。

《仁則榮章》　此以「仁則榮」二句爲主，作一提振。中間申明，末節束而引《詩》、《書》以咏歎之。整密之至，而又有神韻。「雖大國，必畏之矣」下，若接「今國家閒暇」亦可。然覺平直，故引《詩》、《書》及孔子之言，則文境開拓寬展。

《尊賢章》　此章即發揮上章仁政之實。先分後總，先説政，後説效，如百川之匯大海。後一段，極波瀾瀠洄之致。「率其子弟，攻其父母」，説得親切動人。

《不忍章》　此章論仁政之本，以擴而充之爲主。首二節，「不忍人之心」，言治本；「行不忍之政」，言治法；「運之掌上」，言治驗，一提，全神俱振。以下不過申明當擴充。收四句，用一反拓，則氣更旺。孟子一生，與人言只是挑人不忍之心，此章是學問、政治之大本。

《矢人章》　此章推人所以不仁之故。「矢人豈不仁於函人哉」，是謂人本體無不仁者，由不慎術、不擇處，以陷於不仁。不仁則不智、無禮、無義，而爲人役矣。「如耻之」以下，轉出工夫在「反求諸己」。「反求諸己」者，以本體本無不仁也。語不應而神相顧，文法極高。起筆用譬喻，中間又用弓人、矢人，末節又用射者，文境變幻不窮。

自「以力假人」以下五章，只是一篇大文字，「仁」字爲主。「以德服人」，「仁則榮」，是仁之效，信能行此五者，是仁之政，不忍是仁之體，擴充是仁之功，術不慎是仁之害，皆所以發揮天德王道也。

《子路章》　此傳贊體也。首四節，叙三人事，末節，是贊「君子莫大乎與人爲善」。只贊舜一筆，而子路與禹自包含在内矣，其未能大處自在言外，太史公頗得此法。

《伯夷章》　此《史記》合傳體也。二節叙事，已將隘與不恭之神描寫盡致，末一贊，神味無窮。

二章合之則論體也，「君子」二字是綫索也。舜之與人爲善是主位，首用子路、禹二人陪起，後用伯夷、柳下二人掩映。「隘與不恭」，是「與人爲善」反面，故曰「君子不由」與「君子莫大乎與人爲善」相呼應，真妙文也。

《天時章》　此爲當時好戰者而發，亦論體也。以「得道者多助」爲主。前半極其挑駁，以警人心；後半極其鼓舞，以歆動之，整密之至。「夫環而攻之，必有得天時者矣」，與「城非不高也」

數句，故用挑剔反跌之筆，則「不如」二字理乃醒，神乃足。

《孟子將朝王章》　此章亦記事、書説體也，以有不召之臣爲主。首節，「不幸而有疾，不能造朝」，微示以不當召之意，使王自悟而不遽説明，是一騰挪。次節，「昔者疾，今日愈，如之何不吊？」又不説明，何等忠厚！　是再騰挪。三節，「請必無歸，而造於朝」之下，是憂王終不悟，故不得已而之景丑氏宿焉。然又不説明，是三騰挪。「未見所以敬王」，指王召而不往也。孟子但就「敬」字辯論，而猶不急明不當召之意，是四騰挪。直至「豈謂是與」下，方極情説出，文境何等紆徐？　總不使一直筆，此可見孟子之於君何等愷惻而忠厚也。上以仁義與王言，答他「敬」字，蓋如此方算敬君。下以仁義自守，答他「禮」字，蓋如此方算守禮。末節以湯、桓望齊王，正是敬君，以伊尹自處，正是守禮。此文前路曲折紆徐，後路理明辭達，有江河之勢。「好臣其所教，而不好臣其所受教」，將王使人來召病根抉出，神完氣固。然就「今天下地醜德齊」之諸侯王説，而不黏煞王身，何等忠厚！　且立言有體。

《陳臻章》　亦書論體也，以「焉有君子而可以貨取」句爲主。「皆是也」句，先斷一筆，而後申明，不然則散漫。首節叙事，先齊後宋、薛。孟子答處，先宋、薛後齊，是文法變化處，不然則板。末節收到齊，與首句回抱，精神完固。

《平陸章》　此亦書説體也。首節從對面説起，似不覺，意忽入正面，手辣口鋒甚利。「幾千

人矣」下，便可直接「此則距心之罪也」，乃忽又閃開，此騰挪之法。「此則距心之罪」以下，文境窮矣，忽又拓開，生一境界，令人不測。「爲王誦之」，妙，妙！不説明王之罪，而王自不能辭其過。此又可爲記事體，告王是正意，而通篇只是告平陸大夫之詞，告王只用「爲王誦之」一語，便有含蓄不盡意味。

《蚳鼃章》　亦論辯、書説體也。首段叙事，後段論辯，以官守言責句爲主。官守是賓，言責是主。此章與上章合觀尤妙。上章平陸之大夫是有官守，此章蚳鼃是有言責，而在此章作一論斷，以總束之，章法完密。然又不貼二人説，在自己身上説，文境變化空靈。

《爲卿章》　此記事體也。「夫既或治之」二句，終不明其所以然，妙妙，文亦妙，若説出則無味矣。此章將孟子待小人不惡而嚴畫出。

《自齊葬於魯章》　此章亦書論體也，以「盡於人心」爲主。「爲觀美」，是務外，不可也。疑其美必至於「以天下儉其親」，亦不可。如孟子，方是中庸之道。

《沈同章》　此章明臣子之義，亦論辯體也。首節，斷燕之罪；次節，斷齊伐燕之罪，以「私」字爲主。俱引喻以明之，局陣齊整變化。

《燕人畔章》　此章亦書説、辯論體，亦可爲記事體。以「又從爲之辭」爲主。首節，「王無患焉」，「賈請見而解之」，「然則聖人且有過與」三句，是皆從而爲之辭之案，至章末方點出。「然則

聖人且有過與」之下，不易立言，須玩孟子轉身處何等寬博，理足故也。

《致爲臣章》 此章記事體也，以「不用則亦已矣」爲主。然首節，「致爲臣而歸」，不説明「不用，則亦已矣」之意。二節，王曰：「不識可以繼此而得見乎？」即是「不用」口吻。而孟子曰：「不敢請耳，固所願也。」又委婉之至，全不露出「不用則亦已矣」之意。三節，「使諸大夫國人皆有所矜式」，又是「不用」口吻，而孟子但説「惡知其不可」，但説不欲富，又不露出「不用則亦已矣」之意，而「不用」之言，但在季孫口中借出，何等忠厚！不用而不已，便是欲富，便是龍斷，借市井之醜態以形容之，真令人頑廉懦立。

《宿於晝章》 此亦記事、書説體也。首節，「坐而言。不應，隱几而卧」。次節，方説出「我明語子」，有步驟。「我明語子」以下，全不説明不可留之故，但借穆公之事作一反證，何等含蓄，何等忠厚！

《尹士章》 亦書説、辯論體也。「予不得已也」以前，辯尹士之言已畢，下數節，將所以三宿而後出晝與出晝之後心事申明之，纏綿愷惻，令人心酸。情韻之美，獨有千古。

《充虞章》 此章明所以不豫之故，與所以無不豫之心。情致纏綿，聲滿天地。

《居休章》 「於崇，吾得見王，退而有去志，不欲變，故不受」，此義也。「繼而有師命，不敢以請」，仁也。「久於齊，非我志也」，仍是義也。

自《致爲臣》至末，五章，只是一篇大記事文字。《致爲臣》及《留行章》，見孟子之義，《尹士章》見孟子之仁，《充虞章》及《居休章》，見孟子之仁至義盡。

自「孟子將朝王」至末，十三章，總之是一篇大記事文字。首數章，是所以「致爲臣而歸」之張本，然不遽去者，以「王猶足用爲善」而不能舍也。「宿於晝」以下四章，是去齊後心事，而以「久於齊，非我志也」一句結。

《公孫丑》一篇，合之又總是一篇大文字。首叙孟子内聖外王之學，繼言仁政，繼叙在齊去齊之事，而以「天」字結。中間忽夾叙舜之「與人爲善」，「伯夷隘柳下惠不恭」二節，所以爲孟子出處張本也。孟子抱内聖外王之學而欲出而救世者，與人爲善之心也，不敢由伯夷之隘也。然出處必以正，不肯稍有依違者，又不由柳下之不恭也。隘則流爲不仁，不恭則流爲不義，孟子之心真是仁至義盡。

滕文公篇

《滕文公章》　此亦書説體也，而後人贈送序文體亦祖此。「道性善」是直指本體，「稱堯舜」是指出完全性善之人。與之爲法，只提其大要叙之，何等渾古！「世子自楚反」數句，是文之翻瀾處。「夫道一而已矣」，申明性善。「成覸」以下，乃申明爲堯舜工夫，「爲善國」即是爲堯舜完全

性善之實事。蓋學問就本分上做，方是。不然，則爲空談性命而已。

《滕〔文〕〔定〕公章》　此書説體也，亦記事體也。以「親喪固所自盡」句爲主。首二節，正意已盡矣。「然友反命」以下一翻，波瀾横闊，筆力恣肆。「不可以他求者」句，仍轉到當自盡。末節「是誠在我」，即自盡之實；「吊者大悦」，即自盡之效，可見人性皆善也。

《問爲國章》　此亦論策、書説、奏疏體也，只「民事不可緩」一句是主，故首節提明，以含通章。「民之爲道也」以下，申明不可緩之故，所以要制恒産。「夏后」以下，申明恒産之制。有恒産而後有恒心，行助徹之法，是使民有恒産也。「設爲庠序」以下，是使民有恒心也。「有王者起」以下，是言其效，爲國之道盡之矣。「使畢戰問」以下，又開一大境界。「仁政必自經界始」，即申上文取於民有制。上告文公，所以專舉賢君，必恭儉以誘之；此告畢戰，所以兼舉暴君汚吏以警之。「夫滕壤地」一節，明所以要正經界之故。「請野九一」以下，始詳論經界之制。末句「潤澤之，則在君與子」，一筆雙收，總束通篇，神完氣固。此章論治法，即《盡心章》、《不忍章》之意而加詳焉。蓋齊、梁二君利欲熏心，故須歆動警戒之詞，多撥動其良心，指陳其利害，而後可告以王政之大略。滕文質仁而好善，無利欲之汩，所以不用如此煩言，而但詳告以教養之制。因人而立言，所以爲聖賢之文也。

《有爲神農章》　此是一章辨異端大文字，即從前章論經界翻出，合讀之，有爲神農之言是一

大波瀾，雄闊之至。就一章論之，只是辨許行、陳相兩大段。首節叙許行，加「有爲神農之言者」七字，所以爲下「並耕」立案。次節叙陳相，加「陳良之徒」四字，所以爲下「倍師」立案。《陳相見許行節》，將二人紐合作一句，以許行並耕之邪説，與陳相之惑邪説，爲通篇作一提。「孟子曰：許子必種粟」以下，是辨許行並耕之邪説。「吾聞用夏變夷」以下，是辨陳相之惑於邪説，而倍師正意至此盡矣。「從許子之道」二節，又以不貳價作一翻瀾，於山窮水盡處特開一境界。章末「從許子之道，相率而爲僞，烏能治國家？」雖是辨不貳價，而語氣渾涵，連並耕之不可從，亦包裹得住。雖是辨許行，而陳相之不當從亦包在裹，所以爲神完氣固也。若連兩章觀之，以「問爲國」起，以治國家收，亦照應得妙。前段辨許行，於「惡得賢」之下，即直入「有大人之事」數節亦可，然覺平直無勢力，少精采。故先用種粟、織布、釜甑諸喻，挑剔詰難，騰挪頓挫，以逼出陳相「百工之事不可耕且爲也」一句，然後出「治天下獨可耕且爲與？」乃有力，以下暢發乃有勢有神，故文字必先蓄勢。「當堯」以下數節，雖暢發，然每節下必有停蓄頓挫，下文又提起，又停頓，無一直説下之理，於此可悟。辨許行一段，以堯舜爲證，辨陳相一段，以周公、孔子爲證。前段堯舜之事，先分叙，末以「堯舜之治天下」一句總束。後段先總提，悦周公、仲尼之道，而後分承，亦齊整，亦變化。

《墨者夷之章》　此亦辯論異端之文，又可爲記事體，又可爲贈序體也。昌黎《送文暢序》之

所祖。通章是反覆挑剔其本心。始也辭其求見，以觀其本心之誠否；繼也就其葬親之厚，以挑其本心之明。及夷子不識本心，自行之而自昧之，故復詳辨其邪説，而直指其本心。「中心達於面目」，是一篇意指所在。孟子文最善於記事。《見梁襄王》，只記「出，語人曰」四字，將許多問答，盡作追述之詞，所謂化板爲活也。此章孟子與夷之並未相見，許多論難之言，只是「徐子以告夷子」，「徐子以告孟子」。「徐子以告夷子」，數筆便空靈之至。記事極有章法綫索。

五章合之，是一篇大文字。性善是全體，親喪是盡性之根本，爲國是盡性之大用，許行、夷之，只是不識性。《許行章》與《爲國章》一反，《夷之章》與《親喪章》一反。

《陳代章》　此章亦辯論，書説體也。「枉己者未有能直人」句是主。「利」字、「道」字是大介，枉不問尋尺，只論利與道。章法：先引虞人爲證，以明不見諸侯之義，而下以「且夫」進一層意，申明之後，引王良爲證，以明不可枉尺之義，而又用一「且子過矣」進一層意，以申明之。完整之至。首以「非其招不往」，跌出不待招而往之不可，乃有精神。後以御者尚不肯往，跌出道更不可枉，乃有勢有力。

《景春章》　此論辯體也，以「道」字爲主。「是焉得爲大丈夫」句，已駁倒。「子未學禮乎」，忽宕開。境界筆意靈幻。「以順爲正，妾婦之道」，言丈夫之不如，何況大丈夫，是加倍譏貶。筆筆有鋒鋩。末節，正言大丈夫實際，氣焰光昌，讀之可生浩然之氣。昌黎《諍臣論》學此而不及此之簡古。

《周霄章》　此亦辯論體也，以「惡不由其道」爲主。周霄原是疑孟子難仕而先不説明，故意將仕之急挑剔騰挪，反逼反敲，作數波瀾，然後突出「君子之難仕何也」，有勢有力有步驟。三節俱用三喻，文境變化亦奇整。章末「古之人未嘗不欲仕也」收前數節，「又惡不由其道」，收後一節。精神完固，章法整密。

《彭更章》　此章亦辯論體也，以「道」字爲主。前以「道」字辨彭更「泰」字，中以「爲仁義」辨彭更「無事」二字，末以「功」字辨彭更「志」字。「爲仁義」是道之實，「功」是道之效。此章彭更之言凡三波，皆翻得有理，難以立言。須觀孟子轉身處何等開闊正大？皆由天理爛熟，非善辯也。

《宋小國章》　此章亦辯論體也。萬章之言是疑行王政有害，故孟子辨之。先引湯、武兩證，是文章大開局。末用「不行王政云爾」，一筆逆轉入宋，是文字大轉局。開處須玩其恣肆，轉處須玩其靈快。引湯之事，先叙其行王政，而後及其效；引武之事，先叙其效，而後及其行王政，此行文變化法也。俱引《書》作咏歎，此又行文整飭法也。末句「於湯有光」，由武王抱回成湯，一筆束兩人，更爲神化之境。

《戴不勝章》　此亦書説、論策體也。正意是欲戴不勝多舉賢，妙在首節先用喻發揮，到次節正意只須一點便透。

《不見諸侯章》　此章以「義」字爲主。「古者不爲臣不見」一提，是答他「義」字。下數章，引

證迫則見之義也，先則不得不見亦義也。不迫而見，不先而見，便是「脅肩諂笑」，未同而言醜態，是不義也。守義，即是「君子之所養」，故以「養」字結穴。

《戴盈之章》　此亦辯論體也。設喻奇幻，有鋒鋩。

《公都子章》　是一章大辯論、書說文字。「余豈好辯哉」二句，提通章，將己好辯之心思，開口一聲，深情如揭。「天下之生久矣」二句，提下八節，明己好辯緣故，只是欲撥亂而反治。禹、周、孔子六節是賓，聖王不作二節是主，皆承明一治一亂也。《昔者禹抑洪水節》，又將三聖人撥亂反正之功，作一頓挫，以引起自己好辯之不得已。局勢至此，如百川之匯大海，茫無津涯。「豈好辯哉？予不得已也」二句一束，與章首回應，情韻已無窮矣。又以「能言距楊墨」二句，放開作收，文境文情，更覺與天無際。「道衰」、「道微」兩句，是世亂之根，引起「孔子之道不著」，所以要「閑先聖之道」也。兩「邪說暴行」，亦世亂之本，引起楊墨之「邪說誣民，充塞仁義」，所以要「距楊墨」，使「邪說者不得作」也。

《陳仲子章》　此亦論辯體也。首節叙事，二節欲抑先揚，轉到「仲子惡能廉」，下文且虛論，不遽指其實事。觀「充仲子之操」數句，可謂奇想天開。若於首節之下，徑接「仲子，齊之世家」一段，則平板不奇縱矣。《是何傷哉節》，忽然就上文一翻，波瀾恣縱。章末「若仲子者，蚓而後充其操」，應轉首節，神完氣固，奇幻異常。

此篇合之，是一篇大文字。首揭性善宗旨，而以事親爲國之道，實盡性之功。陳相、許行、夷之、陳代、景春、周霄、彭更、萬章、公孫丑、戴盈之，皆由性善之旨不明，所以或溺於異端，或惑於功利，故以《好辯章》結之。「天下之言不歸楊，則歸墨」，「邪説誣民，充塞仁義。仁義充塞」則性善之旨愈不明，而人道幾同於禽獸矣。異端之大者爲楊墨，而凡爲邪説者，亦皆本於楊墨。如許行之並耕，即無君也；夷之之二本，是無父也；陳代、景春、周霄、公孫丑之言，皆不知義；彭更、萬章、戴盈之之言，皆不知仁。陳仲子避兄離母，即是不仁而陷於無父，以禄爲不義，即是不義而陷於無君，故亦附於《好辯》後云。

離婁篇

《離婁章》此章以下，皆論治也。此章重在「行先王之道」句，故於首段提出。凡四段，首言不以仁政之弊，二段言行仁政之效，三段警人君，四段警人臣。上二段，空論其理，下二段，方貼當時君臣實説。此前虚後實法也。四段俱以「故曰」作束，局甚整。

《方員章》此章亦論治也，重在「仁」字。首二節，言當以堯、舜爲法；末二節，言當以幽、厲爲鑒；中間以仁不仁作關鎖。局甚奇整。

《三代章》此章亦以「仁」字爲主。通章正説，收句忽用「是猶惡醉而强酒」一喻，便覺簡古。

《愛人章》　此章先分後總，先説效，後引《詩》咏歎，尺幅而具大勢。

《人有恒言章》　此章推爲政之本。

《爲政不難章》　此章推爲政之序。

《天下有道章》　此章以「仁」字爲主，只兩段，前引景公事，以激厲人君之耻心，後引文王事，以歆動人君之仁心。前以「是猶弟子而耻受命」一喻，後以「是猶執熱而不以濯」一喻，兩節相配，章法完整。惡死亡，耻受命，是不仁之君。一點微明未燼，故孟子即就此指點。

《不仁者可與言章》　此章重在「自取」。首節起得沈痛，二節引證超脱，三節入「自」字，便捷。四節、五節，發揮「自」字醒快。

《桀紂章》　此章爲「今之欲王者」説，反覆發明「民之歸仁」，以引時君之志於仁。「民之歸仁也」兩節，設喻恣肆。

《自暴章》　此章以「仁，人之安宅」二句爲主。末節，文情悱惻之至。

《道在邇章》　此章是一部《大學》之提要。

《居下位章》　此章是《中庸》一篇之提要。

《伯夷章》　此章末節是正面。先即文王之行仁政而人心歸，以鼓動當時人君行文王之政，是高一層起法。

《求也章》　此章即冉求爲上聚斂，見棄於孔子，以正爲君强戰之罪。　是低一層起，勢入正意愈醒。

《存乎人者》二章　上章爲觀人但聽言者而發，下章爲恭儉不務實，但在聲音笑貌上爲者而發。

《淳于髡章》　此章以「天下溺，援之以道」句爲主。　首節，髡借嫂溺手援引入，是反逼法。「今天下溺矣，夫子之不援何也」以下，直難轉身，與《周霄章》用筆同。　須觀孟子答得何等爽快。

自篇首至此，大意皆是傷時君之不仁，故反覆慨歎，引之於仁，而歸之於道。

《不教子章》　此爲教子不得法者說。　「不教子何也」下，可直入「古者易子而教之」一句，便了然不醒豁。　須玩此章前後指陳人情利害，深切著明。

《事親爲大章》　此爲事親不知本者發。　前以「事親」、「守身」並提，而收處專説事親，蓋守身即所以事親也。　不失其身，即是養志。

《人不足與適章》　此爲事君不知本者而發。

《樂正子》二章　首章，責問處俱用諷刺含蓄之筆，不直説破，令其自悟。　次章，仍不説子敖之爲人，只責樂正子「徒餔啜」，一「徒」字見得他無所取，而又含蓄。　「而以餔啜也」，「以」字尤刺骨，然終是含蓄。

《仁之實章》 首二句，指本性之實際。「智之實」以下，指工夫之實際。「樂則生矣」下，指效驗之實際。

《天下大悦章》 此是舜一論贊，起頭處突兀。合二章觀之，是一章文字。上章論事親從兄本於仁義之實性，下章舉一完全仁義之人以實之。凡人天性之薄，由於名利之見。視「猶草芥」，全無名利之見矣。

《舜生於諸馮章》 此章明聖道之一，舉舜文以概其餘。「先聖後聖」二句，是指舜文而不僅指舜文也。言有遠神。

《子産章》 此章借子産以發明治體。「平其政」句是主。

《告齊宣王章》 此章就人情事勢之必然者以警人君，非謂人臣之正道當如此。

《君仁章》《格心章》「君仁，莫不仁；君義，莫不義」，是警人臣。謂君心之非既格，則仁義之心存；仁義之心存，則用人行政莫不仁義矣。此章是警人君，謂君仁義，則臣民莫不仁義矣。言各有所指也。

《大人者》二章 「惟義所在」，是用；「不失赤子之心」，是體。義則變化無方，心則純一無僞。不能純一無僞，則所謂變化無方者，譎詐機變而已。

《養生章》 此章警人子，真如晨鐘。世之不能愼終追遠者，宜發深省也。孟子若早知後世

有奪情起復停喪不葬之事，而先爲此説以救之，是之謂立言。

《深造》二章　二章論學之言，皆極精微親切，比知言養氣時更進一重矣。言辭氣象，直與孔子不遠，與《大人者》二章，皆宜潛玩。

《仲尼亟稱於水章》　此章就水指點學問，後來曾子固《墨池記》之類祖此。「有本者如是，是之取爾」，文筆極妙。是説水意，却不是説水。如此指點，道體與工夫方活潑潑地。

《幾希》四章　此下四章是一事。「幾希」指本體，「存之」指工夫。舜以下，證「存之」之人。「武王」以上，證君之存幾希；「周公」以下，證臣之存幾希；「孔子」以下，證士之存幾希。由周公而上，存幾希以事；由周公而下，存幾希以言。首章形容道體只一語，簡明精奥。中間叙古聖用功極，包括末節入自己，意遠神長。此數章俱發前聖所未發。

《可以取章》　此章示人以精義之學，即人人所以存幾希之功也。

《逢蒙章》　此章論逢蒙而推原其罪，歸之於羿，是蘇子瞻《荀卿論》、《韓非論》之所本也。「是亦羿有罪焉」，先斷一筆，奇闢之至。「宜若無罪焉」，翻一筆，作波瀾。「薄乎云爾」二句，又斷一筆。以下但引證，以見羿之所以有罪，在取友不端，而孟子不著一語，空靈之至。取友不端意，只在尹公他反面上透出，不必另發議論，簡古之至。此文用筆，與《夫子爲衛君章》相似。

《天下之言性也章》　此章即性善注脚。首節指本體，次節盡性工夫，末節即日至以明之，筆

意活脱超妙。說性理文字，最怕陳腐。觀此章，就喻指點，何等明暢，萬古猶新。首節一提，二節申明「利」字，三節申明「故」字。

《公行子章》　此章是記事體也。首節叙小人卑鄙情狀如畫，二節叙右師驕泰聲口如畫，三節觀孟子處得極平和。「禮」字是主意。

《君子所以異於人者章》　此章論「存心」，提「仁」、「禮」二字是主。「愛人」、「敬人」仁禮之實，「恒愛」、「恒敬」仁禮之效，此就常時而言。「有人於此」以下，就處變而言。處變而不失仁禮，方爲存心真異乎人也。收一節，「有終身之憂」，承仁禮存心説，「無一朝之患」，承横逆説。「有人於此」以下，掀然起三波瀾，文境開拓。「是故君子」以下，文境瀠洄，讀之令人興起。

《禹稷章》　此傳體也，亦論體也。首二節叙事，以下論贊，「同道」二字是主。只説禹稷之所以急，而顔子一面自見此文之高簡處也。正論已畢，收忽設二喻，奇恣變化不可測。「由己溺」，「由己饑」，兩「由」字，是謂己有其權，則饑溺乃己之責也，與下文「急」字相生。注謂「由」與「猶」通，似誤。

《匡章章》　此論辯體也，以「其設心」三字爲主。先以章子無世俗不孝之事，以辯「通國皆稱不孝」之非。「夫章子」以下，明其過，又原其心，以見己所以「與之游，又從而禮貌之」故。兩「夫章子」作提筆，一「是則章子〔而〕已矣」作結筆，筆意開合自如。

《曾子居武城章》　亦傳論體也，文格與《禹稷章》同，而論贊少爲變化。諸馮、禹稷及此章，皆就古人行事之不同者，以指點道之一，以示學者不可執一也，俱是明君子時中之道。

《王使人瞯夫子章》　此篇多發揮道一之説。如舜、文同揆，禹、稷、顔子同道，曾子、子思同道，皆指點道一而已。此章「何以異於人哉？堯舜與人同耳」，又所以明己之道與堯舜無異，堯舜之道固人人所固有，人人所共由，無二道也，可謂深切著明矣。

《齊人章》　此傳記體也。本爲「人之所以求富貴利達者」而發，然正説則無含蓄，故就齊人描寫，而正位只一語一點，無限煙波。「饜酒肉而後反」、「則盡富貴也」，將小人情狀，張大口氣，形容得出。「而未嘗有顯者來」，更將女子聰明語氣畫出。「遍國中無與立言者」，是國中人鄙薄情狀；「此其爲饜足之道也」，是恍然大悟語氣；「今若此」，是含蓄憤恨語氣；「施施從外來」，是昏濁情狀，無不描寫如生。

萬章篇

《舜往於田章》　此以下俱論辯體也。此章是論舜「怨慕」二字，已將舜心事揭出，是一章之主。然語意渾涵，「怨」是自怨，萬章誤認作怨父母，故下文作一翻瀾。「長息」以下，引證以申明之，知不怨是慹，則知怨正是慕矣。然語意猶渾涵。《帝使其子節》，始實叙舜怨慕之事。《天下

之士節》，又就上文事挑剔一番，以發明舜怨慕之心，極頓挫恣横之至。《人少節》，又將常人之慕形出舜之大孝，是極力形容贊歎。「共爲子職而已矣」，自念並無好處。「於我何哉？」反求諸己之辭。

《不告而娶章》「告則不得娶」，不得娶則堯必以廢人之大倫，懟其父母，懟，怨也。怨其不慈，則必罪之也。舜知告則不得娶，事勢必至如此，故以不告彌縫其間。蓋告則不得娶，其罪在父；不告而娶，其罪在己。舜意寧己負不孝之罪，而不使父有不慈之罪，真聖人之心也。文兩段發揮得聖人心事出。此與上章合爲一章觀之，文境更闊。蓋此章是萬章因上章作一大翻瀾耳。上章怨慕，是仁之至；此章不告而娶，是義之盡。

《完廩章》此與上章當分爲二章，舊連爲一章，似誤。上論孝，此論友也。此章以「誠信而喜」爲主。《怨慕章》主意先提出，此章主意在章末始出，局又不同。

《象日以殺舜章》此章以「親愛之」爲主。「封之也；或曰，放焉」二句一提，下二節作兩大翻瀾以發之。《親愛節》是仁之至，「使吏治其國」是義之盡，盡義正所以全仁也。此章與《完廩章》合爲一章觀之，文境尤妙。象日殺舜，是跟上章又作大翻瀾。上章是仁之至，此章是義之盡。常人遇父母之不慈，心中一怨字最難去，不怨者，又多是懟；遇兄弟之不友不弟，心中一僞字最難去，不僞者，又多是不知。故萬章之問，曲盡人情，學者最當體察。聖人於父母只是一慕字，於

兄弟只是一親愛字，孟子之答，曲盡天理，學者最要體察。

《咸丘蒙章》　此辯論體也，斥俗説以正綱常。「此非君子之言」二句虚，虚一斷，以總提通篇。下兩段，一辯「君不得而臣」，一辯「父不得而子」。「是二天子」以下，即可接以《孝子之至節》矣，乃頓住，不肯一直順説，下又作一波，方説出，纔有文境。「『周餘黎民，靡有孑遺』，信斯言也，是周無遺民也」，駁得有趣。昌黎《諱辯》語意本此。「《書》曰」一節，收亦有趣，無腐爛語。

《堯以天下與舜章》　此是一篇翻案文字，極奇，極新。明明是「堯以天下與舜」，而開口曰：「天子不能以天下與人。」奇創之至。此篇以「天」字爲主，故先提出「天」字，而天與不可見，即於人與見之也，故自「天不言」以下，極力發揮人與，何等恣肆！而曰：「非人之所能爲天也」，「天視自我民視，天聽自我民聽」，繞到天與上，何等警切著明！

《至於禹章》　此章亦以「天」字爲主。「天與賢，則與賢；天與子，則與子」二句一提。下叙與賢與子事，以分承之，而歸於「皆天也，非人所能爲也」數句，正意已盡矣。「匹夫而有天下」以下，乃推開以發明之，局陣恣肆。東坡《隱公論》、《平王論》，因一人而雜論古事，皆本此。章末「唐虞禪，夏后殷周繼」，與章首「天與賢，則與賢；天與子，則與子」二句相應，以總束通篇。故「益、伊尹、周公不有天下」，是因益而並論伊、周也。下文申明伊尹之不有天下。而「周公之不有天下」，只説「猶益之於夏、伊尹之於殷」，不必細説，文極簡古。若復將周公事叙一番，則繁冗矣。

此章合上章爲一篇觀之，文境尤闊。「至於禹而德衰」，特因上文又興一大波耳。上章是論「天與賢」，此章是論「天與子」，而以此二句在中間作關鍵，文境奇横。末章「唐虞禪」收束上章，「夏后殷周繼」收束此章，何等齊整！

《伊尹割烹章》　此章以樂道義爲主。「否」，謂無此事。「不然」，謂無此理。「義」、「道」二字一提，前數節詳叙伊尹之樂道、辭幣聘、與就湯而説之之事，以明無割烹之事。「吾未聞枉己」以下，又據理而辯之，侃侃而談，氣象雄偉。「吾聞其以堯舜之道要湯」二句，辯得有趣，不腐。

《孔子於衛章》　此章以「義」、「命」二字爲主。不主癰疽與侍人，無可佐證，故以不主彌子事觀之可見矣。以「主司城貞子」事觀之可推矣。末節以「觀遠臣，以其所主」一句結，明觀人之法，以定俗語之誣，文境整飭。

《百里奚章》　此章以「賢」、「智」二字爲主。百里奚不要秦穆公無證佐，只有就不諫虞公一事，反覆推明，以見其賢智。既是賢智，則必無此事，純是空中樓閣，真靈妙之文也。

《伯夷章》　此合傳體也。以孔子爲主，故論贊處專重孔子。贊中以樂作喻，以射作喻，兩喻神韻悠然。如此理題而不獃説理，就譬喻形容，全無腐氣。

《班爵禄章》　此考典文，最怕堆砌，須觀其何等詳明。先明班爵之制，次明班禄之制。班爵先就天子之國説，次就諸侯之國説；班禄亦然，有條而不紊。數典文難得有神有情，觀首節數

語，感慨生情，則通篇生動。

《敢問友章》　此章以「友其德，不可以有挾」爲主，爲當時諸侯王之友士者發也。「不挾長」、「不挾兄弟」是伴説，重在「不挾貴」一句。以下引證「不挾貴」之事，一層深一層，亦伴説，重在「與共天位」、「與治天職」、「與食天禄」三句，方是真友，其德方是真不挾貴。末節，「貴貴」是伴説，重「尊賢」。文境，首一提，後一束，中間引證，如一波未平，一波又起，真神乎文者也。「蓋不敢不飽也」下，若説「非惟大國之君爲然也，雖天子亦有之，舜尚見帝」云云亦可，只是文境平板無變化，忽接以「然終於此而已矣」云云，異樣氣勢，異樣生動。

《交際章》　此章亦論辯、書説體也。「其交也以道，其接也以禮，斯孔子受之矣」三句，正意已盡。交以道，接以禮，即下文所謂「兆足以行」也；「斯孔子受之」，即下文所謂「爲之兆也」，特語意渾涵。「萬章曰：今有禦人」以下，連作數波，如掀天大浪而來。其駁難處，氣皆洶湧，須看孟子説得心平氣和，至「爲之兆也」，方將孔子斯受之心事説出。説孔子，即所以明己之心也。「今之諸侯取之於民，猶禦也。苟善其禮際矣，斯君子受之，敢問何説也」以下，真難開口，須看孟子宕開，何等從容！

《仕非爲貧章》　此章爲「立乎人之本朝，而道不行」者發。「仕非爲貧也」，開口一句，已將章末一句含起，見得仕是要行道，非爲貧也。「而有時乎爲貧」以下，只將爲貧而仕者不過如此，亦

要如此，則「立乎人之本朝，而道不行」者之可耻，遂覺無葬閃矣。通章不發正面，只在低一層處説，而正面自見。起一節，「仕非爲貧」二句是主，「娶妻非爲養」二句是賓。至末節，「位卑而言高」二句是賓，「立乎人之本朝」二句是主。局亦齊整，亦變化。

《士之不託諸侯章》　此章亦論説體也，以「禮」、「義」二字爲主。「無常職而賜於上〔者〕，以爲不恭也」以上，正意已盡，下乃推拓言之。

《敢問不見諸侯章》　亦論説體也，以「禮」、「義」二字爲主。「往役，義也；往見，不義也」以上，正意已盡，下文乃發揮之。「且君之欲見之也」以下，文勢激昂。引子思、虞人兩證兩拍，仍歸到不見上，而以「禮門」、「義路」四字作收，氣象光明正大，並與首二節「禮」、「義」字相應。末節，「然則孔子非歟？」又作一波。「孔子當仕有官職」，與首節「不傳（贄）〔質〕爲臣」作一反照，義理文氣更緊密。

自《伯夷章》以下，多論出處。首論四聖人之出處，而歸重於孔子之時。「交際」以下四章，皆折衷於孔子，是孟子學孔子之道也。「義」字是骨子，「義」者時措從宜也，在聖人分上，則謂之時，在賢者自守，則謂之義。

《尚友章》　此章一層進一層，讀之令人氣奮。

《問卿章》　此章以「正」字爲主。「王勃然變乎色」，忽起一大波瀾。「王勿異也」以下，何等

鄭重！若於「易位」以下，即接入「問異姓之卿」，則平矣。

告子篇

《杞柳章》　此與下數章俱論性之文，此章以「順」字爲主。「戕賊」二字，是辯告子「爲」字。仁義即人性，由仁義止是順性。乃曰「以人性爲仁義」，將人性與仁義分爲二物，則是謂仁義爲性中所無。「爲仁義」乃是矯其性，非「戕賊」而何？無怪人之不爲仁義矣。文境反覆詰難，究其病根而推其流弊。

《湍水章》　此章辯「無分」二字，以「人無有不善」爲主。先説「人無有不善」，猶「水無有不下」，明性之本然止是善。次説爲不善，是物欲激之而然，非性之本然也。文用指點法，極明豁。「今夫水」一段，筆意尤陡峭飛動。

《生之謂性章》　此章是告子病根。惟其以生爲性，所以謂性中本無仁義，所以謂性「無分於善不善」。不知生是氣，性是理。氣則人物所共有，理則物得其偏，人得其全，但不能無。氣拘物蔽，故須窮理集義以明之復之。及其明之復之也，仍是還我固有，非本無而强爲之也。告子不知理是我心中所固有，故謂之性，而以心之靈覺爲性，故但固守其靈覺，而不肯知言以明理，養氣以存理，其根源皆由誤認性是靈覺而已。孟子就物指點，令其自悟。謂犬之生猶牛之生，牛之生猶

人之生則可，謂性則不可，故不能答也。不與之莊語，而兩設喻以詰之，文亦有色澤。

《食色性也章》　此章是辯「義外」，以「長之者義」爲主。告子以義爲外，仍是「生之謂性」之意。彼所以不得於言，勿求於心，不得於心，勿求於氣者，以言與氣皆是義外，非心中所有也，故孟子以「長者義」、「長之者義」二句詰之。知長之者是義，則知事物之理本在吾性。處置事物得理，即是吾性之義，事物不得理，即是性分有虧，所以示之者切矣。文境亦盡用譬喻指點，不專作理趣腐語。「不識長馬之長，無以異於長人之長與」，「然則嗜炙亦有外與」，筆意皆有生趣。韓退之《諱辯》學此。告子以「食色」説性，故即以白馬、白人、嗜炙爲喻。

《何以謂義内章》　此章亦辯「義外」。「行吾敬故謂之内也」一句，主意已盡，以下兩大翻：「庸敬在兄，斯須之敬在鄉人」，「冬日則飲湯，夏日則飲水，然則飲食亦在外也」，皆申明「行吾敬」之意。「冬日則飲湯」三句，詰難得有趣。「敬叔父乎」以下，將公都子之駁難，孟季子之答，盡在孟子口中，代爲問答，到下文只記「季子聞之」四字，何等空靈便捷！若再述一遍則贅冗矣。

《公都子曰告子曰章》　此章是論性善。「乃若其情」三句，即情以明性；「若夫爲不善」二句，即才以明性。此二節爲通章提筆。「惻隱之心」以下，是申明情可爲善與爲不善，非才之罪之意。「《詩》曰」一節，引證以明性善。

以上六章，合之是一篇大文字。首五章是辯告子論性之非，後一章是發明性善之旨。首五

章用喻説，後一章用正説，中間波瀾横闊，風趣横生。

《富歲章》　前六章論性，此以下論心。此章以「非天之降才」二句爲主，先將正意一提，下數節發揮之。「今夫麰麥」二節，以物之同然，剔醒人之同然。「故龍子」以下，以人足、目、口、耳之同然，剔醒心之同然。「心之同然」以下，是正發「非天之降才爾殊」不過常人陷溺其心，聖人先得我心之同然，若「理義之悦我心，猶芻豢之悦我口」，則無陷溺之事矣。與起語不應，而神相應。「今夫麰麥」以下，文勢恣縱。「何獨至於人」二句一擒，「故龍子曰」以下，更縱横開宕，「至於心」一句又擒住，真生龍活虎之文。

《牛山章》　此章以「操則存，舍則亡」二句爲主。起二節，一賓一主。《故苟得其養節》，賓主雙束。《孔子曰節》，歸宿正意，咏歎作收。此章語極沈痛，感慨有味，學者當三復之以自警也。

《無或乎王之不智章》　此章以「不專心致志」爲主。後二節之意，已於首節一句衝口而出，然含住包括，有無限低徊感慨。兩設喻以作感歎，文情極佳。末句「爲是其智弗若與？」曰：非然也」，應首句「智」字，而語意含毫渺然。

《魚我所欲章》　此章爲「萬鍾則不辯禮義」者而發，以「失其本心」句爲主。自首至「乞人不屑」，就人之常情挑剔指點，見得人皆有本心。自「萬鍾」至末，言人之所以失本心。「萬鍾於我何加」以下，一句本心，一句失本心，重重挑撥，令其無地自容，無可置辯，所以警人者深矣。

《仁人心也章》「仁，人心也」二句，寫本體最親切。「舍其路」二句，歎人喪本體，極沈痛。「人有雞犬放」三句，因人所明處使之察識，挑得極醒豁。「學問」二句，寫工夫極斬截了當，皆前聖所未發。

《無名之指章》此亦因人之所明，而指以擴充反求之功。

《拱把之桐梓章》此亦挑剔人使之察識而擴充，重在「所以養」三字。文字與上章極其活脱。

《人之於身章》此章以養其大體爲主。自首至「養其大者爲大人」，正意已盡。「今有場師」以下，復就物指點，奇恣變化，意味無窮。

《鈞是人也章》此章以「先立乎其大者」爲主，是孟子爲學之主腦也，學者當日三復之。

《天爵章》此章是指示棄天爵之人。收句冷峭，令要人爵而棄天爵之人想之，真是無謂。

《欲貴章》此章以「良貴」爲主，極其鼓舞歆動之詞。「天爵」、「良貴」，字新鮮。

《仁之勝不仁章》指點處極有神。

《五穀章》只即五穀指點，正意自醒。

《羿章》全用喻指點，不説正意，妙。

自篇首至此，合之是一篇整文字。首六章，發明性善；後五章，發明本心。本心即性善也。性之所以不善者，由於不求本心之所以失者，由於陷溺，由於失其養，由於不專心致志，由於不辯

禮義，由於放心。故以下盡指示人求放心之功：養大體，立大者，修天爵，思良貴熟仁，皆存心養性之功也。末章以羿、大匠作喻，見教者舍此無以教，學者舍此無以學。以羿、大匠自處，以學者引天下萬世之人，意遠神長，令人神往不盡。

此以上諸章，指示本體極明快，指人弊病處極沈鬱，指示工夫極簡切。示人以性善、本心、大體、良貴，乃所謂彀也，必期完全乎此而後止，乃所謂必志於彀也。而謹陷溺，悦理義，慎梏亡，專心致志，求放心，不以小害大、賤害貴，不要人爵以棄天爵，不以一杯水救車薪之火，是所謂以規矩也。

《任人章》此章是論禮，亦辯體也。以「本」、「末」二字爲主。「必親迎乎」以下，即可直接「往應之曰」一節，乃有「屋廬子不能對」一折，文便不平。「於答是也，何有」以下，又可接「往應之曰」一節，乃有「不揣其本」以下兩節，文便有色澤，不平直。「紾兄之臂」一節，最靈妙。所謂以子之矛攻子之盾。

《曹交章》此章論爲堯舜之道，先用翻案起。「奚有於是亦爲之而已矣」句，是主。先將「爲」字一提，筆最挺拔。下以「舉百鈞」與「徐行」作兩指點，筆最開拓奇幻。而以「夫人豈以不勝爲患哉？弗爲耳」，「夫徐行者，豈人所不能哉？所不爲也」，用反筆重頓兩「爲」字，最有力。此上仍是虚説。「堯舜之道」二句，又一提，以下乃實説爲堯舜之功。「曰：交得見於鄒君」以下，又作一波。收處「人病不求耳」，又與上文兩「不爲」字相應。

《小弁章》　此章論辯體，亦經説體也。「《小弁》之怨，親親也。親親，仁也」二句，是主。妙在先設喻，便不腐。《凱風》以下，又作一波瀾。「愈疏，不孝也；不可磯，亦不孝也」，總收《小弁》《凱風》，局最整。收句「慕」字，應上「親親也」二句，何等神完！

《宋牼章》　此亦論辯、書説體，又可爲贈序體之法。以「仁義」二字破「我將言其不利也」一句，文極開豁。

《居鄒章》　此記事之文，又是論體。「曰：非也」以下，即可接「季子不得之鄒，儲子得之平陸」二句，乃不言明，而但引《書》以釋之，不黏此事正面，正面反在屋廬子口中悟出説出，真空靈絶妙之文。

《先名實章》　此辯論之文。以「君子亦仁而已矣」一句爲主，意已盡矣，下文只是波瀾。三段文字，首段破「仁者固如（是）〔此〕乎」句，二段破「賢者無益於國」句，三段破「有則髡必識之」句。孟子去齊，是因齊王不能用，故後二段兩點「不用」字。然皆就古人事説，不黏齊王身上，極有含蓄。「君子之所爲，衆人固不識」，是君子之心，原不要人識，要人識，則必揚己之名，彰人之短，此君子所不忍爲也。

《五霸章》　此章爲今之諸侯、今之大夫而發，亦論體也。「五霸者」一節，是以賓引起。章法先總提而後分承，極開闊。「長君之惡其罪小」，故意跌一筆，以見「逢君之惡其罪大」耳，非長君

之惡罪果小也。

《魯欲使慎子章》　此論説體，亦贈序、書説體也。主意是欲慎子「引其君以當道，志於仁」，不可殃民以從君之欲。一起筆，極陡峭，意極沈痛。「慎子勃然」下一翻，有波瀾。「天子之地」以下，引古制，極開闊。「今魯」以下入正面，用活筆駁難。末句「仁」字，反應上「殃民」，精神完固。

《今之事君章》　此爲逢君之惡者而發，亦論體也。民賊、富桀、輔桀，字字有鋒。「雖與之天下，不能一朝居」，警動之至。

《白圭章》　此亦辯論、書説體也，以堯舜之道爲主。「貉道也」以下，直接「夫貉」一節亦可，乃以「萬室之國，一人陶」二句在中間一夾，便覺文有色澤，有波折；後有「陶以寡」數句一夾，便覺筆勢飛舞。

《治水章》　亦辯論體也，「以鄰國爲壑」二句，説得極有鋒芒。以「仁」字爲主。

《君子不亮章》　「亮」是真見得透，信得篤；「執」是守得定。「不亮，惡乎執」，猶不能篤信好學，如何能守死善道也。

《魯欲使樂正子章》　此章論體，亦可爲贈序法也。以「好善」爲主。「吾聞之，喜而不寐」，提筆神來。「樂正子强乎」以下，騰挪之至。《夫苟好善節》，已將好善之優於天下，正面説盡，下復將不好善弊病推拓言之，而好善之足以爲政，所以可喜，意更酣足。

《陳子章》　此論去就也，重在「行其言」、「言弗行」六字。文先總提，後分承。「迎之致敬以有禮」，或猶有可行之機，「禮貌衰」，是無行道之望矣。「免死而已矣」，言不可久留也。

《舜發於畎畝章》　此章以「生於憂患，死於安樂」二句爲主，望人「動心忍性，曾益其所不能」。亦論體也。首二節，即古聖賢指點；三節，即常人之情指點；四節，即國家指點。收處方點出正意。

《教亦多術章》　不屑教誨，亦猶天之困人心志、拂亂人所爲之意，但要人自理會，勿孤負此心耳。

盡心篇

此篇論天德王道，義理精粹，氣象深醇，去孔子不遠矣，是孟子老年進德之言也。

《盡心章》　孟子學問，四十歲以前，在知言養氣上用功，四十歲以後，齊梁不用而歸，在深造自得博學反約上用功，故至老年，則盡心知性以知天，不僅知言也已。存心養性以事天，不僅養氣也已。

《盡心》以下六章，皆知性養性工夫。「莫非命也」，「在我者也」，「萬物皆備於我矣」，皆指點心性本體與人看。「順受其正」，「求則得之」，「反身而誠」，「强恕而行」，行著習察，「不可無耻」，

皆示以明心復性之工夫，而指點慨歎之神，深切懇至，多前聖未發之覆。

《古之賢王章》 此論出處也。「見且猶不得亟」二句，氣象雄傑。

《謂宋句踐章》 亦論出處也。「人知之」二句，是何等胸次！「尊德樂義」二句，是何等本領！「窮不失義」二句，是何等力量！「故士得己」以下，是何等施爲！此文即可爲後世贈序之祖。

《待文王章》 氣象雄傑。此章與《一鄉之善士章》於學者最喫緊。立無文猶興之志懷，取善尚友之心，焉有不追配古人之理。

《霸者之民章》 此論王者之功用。首節分王霸，次節申明皥皥氣象，三節推出所以致民皥皥之故。「所過者化」三句，寫王者之心，精粹入微。小補是霸者作用。「豈曰小補之哉」，贊王者即以黜霸者，一筆作兩筆，首尾相顧，神完氣足。過化、存神，發前聖所未發。

《仁言章》 此章亦王霸之辯。

《人之所不學章》 此即良知良能。以直指本體乃天德王道之源也，發前聖所未發。

《舜居深山章》 此是舜之贊。「若決江河」二句，將聖人之心形容得出。

《無爲章》 直指心體，示人以直截工夫，皆前聖所未發。

《德慧章》 「德」是體，「術」是用。德而慧則體乃有用之體，術而知則用乃有體之用。體不離用，用不離體，所謂體用一源也。德無慧是頑空，術無智是譎詐。操心危則德有慧，慮患深則

術有智。達者知慧也，此皆前聖所未發。

《事君章》　此章論萬古之臣只有數種。「事君人」，雖陳平、周勃、孔光、張禹、徐勣等之從君於欲，皆是也。「安社稷」，如劉章、賈生、劉向、張柬之、郭、李、韓、岳、于忠肅之類是也。「天民」則諸葛武侯、范文正、司馬温公、韓魏公之流其庶幾乎。「大人」則必三代以上之臣足以當之。

《三樂》二章　此示人以本分之樂，以抑人外慕之心，而下章尤爲前聖所未發。文之純粹，更不待言。《孟子・不動心章》兩「其爲氣也」，發揮浩然之氣，直形容出放之則彌六合樣子。此章兩「君子所性」，發揮全體大用，直形容出卷之則退藏於密樣子。

《伯夷章》　此論王道。首節，即伯夷、太公之歸周，明文王養老之效，以鼓動人君。二節，正明養老之實，政當如此。三節，即文王善養老之政以爲證佐。文境首尾相應，不是論文王，乃是即文王，以鼓動時君耳。

《易其田疇章》　此亦論王道。以先富後教爲主。末段水火一喻，意既生新，筆勢亦飛舞。

《登東山章》　此章論聖道。首節，即登山觀海以明聖道之大。次節，即觀海之瀾，日月之容光，以明聖道之有本，即示人以求道之功。三節，言工夫當由漸而進。通章用喻，正面只一兩筆，方得形容不出之神。

《雞鳴章》　此章辯心術。「無他，利與善之間也。」「間」字親切緊密，令人可畏。

《楊子章》 此章辨學術。「惡執一」三字是主。「爲我」、「兼愛」易辨，「執中」一層難辨，非孟子不能發此微言。

《飢者章》 以飢渴之害爲心害，是千古人心病根。 語意警切動人。

《堯舜章》 此亦論王霸之辨。「性之」、「身之」、「假之」三層，不但論治，學者心術之際亦當以此自省。「久假不歸」二句，可怕之至。 初假時本體未盡迷，到後來習慣成性，直不認得本來面目矣。

《伊尹章》 此伊尹放太甲論也。「有伊尹之志」二句，要言不煩，是孟子老年文字。 若在《萬章篇》則有多少發揮矣。

《不素餐章》 此論「不素餐」，極正大。 不然，只是小廉曲謹而已。 文亦開闊。

《士何事章》 「尚志」二字是主。「居仁由義」，是「尚志」之實。

《仲子章》 此論仲子，示人以論人之法也。 以「人莫大焉亡親戚君臣」句爲主。「是舍簞食豆羹之義也」下，語精警。

《桃應章》 此章議論前路，真石破天驚。「然則舜如之何」以下，真天理人情之至，非孟子義精仁熟，不能爲此言。

《自范之齊章》 此贊廣居也。 以廣居難形容，故即王子魯君二事作指點。 此亦可爲記體。

曾子固《墨池記》用筆祖此。

《形色章》　此論道體極精之言，非孟子道不出。

《欲短喪章》　此論齊王短喪，「亦教之(以)孝弟而已」句爲主。「是猶或紾」二句，下語有趣。「王子有其母」以下，作一翻。末節，答王子事。收句仍歸到齊王，神完氣固。

《君子之所以教者》二章　二章皆論教法。上章是孔子之所以教，下章是孟子教人之法。

《天下有道章》　「殉身」、「殉道」、「殉人」字，俱新鮮。

《知者無不知章》　此務本之論。「不能三年之喪」一喻，極醒。

「不仁哉梁惠王」以下四章　以下四章，俱戒好戰。以「仁義」二字爲主。「糜爛其民」，「驅其所愛子弟以殉之」，句法新警。「盡信《書》，則不如無《書》」，奇創之論。《春秋》二章，又可爲題跋之祖，經説之祖。

「身不行道」以下五章　語簡義完，上下千古，俱不能出其範圍。

《民爲貴章》　首節，奇語險語橫空而來，下三節，承明之，方見是極平實道理。章法整。

《聖人百世章》　此夷、惠贊也，起句有嚮往之神。「奮乎百世」以下，極其思慕。太史公論贊多用此法。

《仁也者章》　此亦極精之言，與《形色章》同，皆非孟子老年道不出。

「孔子去魯」下三章　皆論處患難謗毀之道。

《禹之聲章》　此辯論體。引喻以破「以追蠡」之説，何等活脱！不黏不滯，正是爲拘泥人解頤。

《齊饑章》　此書説體也。「是爲馮婦」句接得奇幻突兀。以下叙馮婦事，不黏一句正面而自然，句句與正意相對，真妙文也。

《口之於味章》　此皆論性命極精之言。

《浩生章》　此論聖賢之等級：善、信、美、大、聖、神。人心體本來如是，只爲氣拘物蔽，不能擴充到極地耳。故學必至於神聖，而本體始全。不然，皆是半塗而廢。

《逃墨》二章　此章見孟子論學術政術，何等仁厚！

《諸侯之寶三》二章　此二章俱論取禍之道。「寶珠玉者，殃必及身」，「死矣盆成括」，「小有才，未聞大道，則足以殺其軀」，語氣何等悚動？

《孟子之滕章》　此章見孟子之大。

《人皆有所不忍章》　擴充仁義，是孟子論學一大要領，擴前聖所未發。「是皆穿踰之類也」，意警句警。「言餂」、「不言餂」，字新鮮。

《言近章》　「不下帶」句用一喻，「人病舍其田」句亦用一喻，與上相配，極齊整。首用正喻，後用反喻，又變化。

《堯舜章》　「性者」，「反之」，皆前聖未發。

《說大人》二章　得志不爲，是藐富貴之本領。寡欲，又是不爲之本領。

《養心章》《孟子》七篇中，始說養氣，繼說養性，終說養心，可見孟子爲學，與年俱進。

《曾晳章》　「諱名不諱姓」以下一喻，最超妙。

《孔子在陳章》　此孟子思傳道之人，託孔子之思狂狷，以自寫其幽思也。先將狂狷一提，次申明狂，次申明狷，次又舉一與狂狷相反之鄉原翻一波瀾，文極恣肆。「不可與入堯舜之道」，與前「不得中道而與之」，「欲得不屑不潔之士而與之」，兩「與」字相應。「惡似而非者」數「惡」字，與前兩「思」字相應。「惡似而非者」指鄉原也，乃先帶出「惡莠」、「惡佞」、「惡利口」、「惡鄭聲」、「惡紫」，何等恣肆？「惡鄉原，恐其亂德」一句，收「過我門」以下五節。「君子反經」收束通篇，神完氣固。「反經」二字，是明道之大法。

《由堯舜章》　此歷叙道統以及於其身，有不得不任之意。末節神韻悠長，思深哉。

以上二章，是一篇文字。上章是開來，此章是繼往。開來要領，只是「反經」二字，繼往實際只一「知」字。學問以知爲要，聞見是入門，必能見而知之，聞而知之，方算得聖賢學問。知之，即篇首所謂知性、知天也。

讀文雜記

〔清〕方宗誠 撰

《讀文雜記》一卷

清 方宗誠 撰

《讀文雜記》爲方宗誠《柏堂讀書筆記》之二，共七十條，從先秦至清，經史子集無不涉及，對歷代古文作家作品予以評論。方宗誠好理過於好文，評論作者，凡有儒者氣象則高，反之則陋，文章亦然。方氏在性理之學、尊孔偏見的蔽惑下，提出了韓文不及程朱、蘇軾誤解孔子之「斯文」等等見解。但方氏反對死讀書，提倡會心會意，注意文章的社會作用，推崇不妄改古書的校書法，論述《史記》紀傳的特點等等，時有灼見，足資參考。

《讀文雜記》無單行本，僅見於方宗誠在光緒四年（一八七八）親自整理刊印的《柏堂讀書筆記》之中，後收入《柏堂遺書》。今據《柏堂遺書》本録入。

（顔應伯）

讀文雜記

清　方宗誠　撰

有化工之文，有畫工之文。化工之文，義理充足於胸中，觸處洞然，隨感而見。未嘗有意，爲文自然，不蔓不支。如天地之元氣充周，四時行，百物生，曷嘗有意安排？自然物各肖物，無不得所。四子六經之文是也。畫工之文，義理未能充積於中，惟於古人之文，摹其意，會其神，縱能自成一家，終非從義理源頭上流出。如畫家之山水花卉，縱能神似，終不免參以人爲之功。古今所謂文士之文是也。

議論之文，莫善於《孟子》；記叙之文，莫善於左氏、司馬遷；詞賦，莫善於屈宋；設喻之文，莫善於《孟子》、《莊子》、《列子》；典制之文，莫善於三禮：是皆文章之祖也。

左氏長於叙事，尤長於窮源竟委。每於君之見弒，臣之被誅，國之亡，家之破，必原其初所以得禍之故。或先事而言之，或後事而言之，垂戒深矣，讀者不可不深察也。凡作叙事文，必皆足爲法戒於後世。

君子立言，莫大乎顯微闡幽，以興起世教。朱子云：「孔子論伯夷不念舊惡，孟子論柳下惠

不以三公易其介，皆聖賢顯微闡幽之意。」愚案：「顯微闡幽」，勿誤認爲表彰之意，聖賢本不欲名，微何必爲之顯，幽何必爲之闡？蓋凡聖人之論古人，皆是爲天下萬世立法。孔孟恐後人學夷齊之清而至於念舊惡，學惠之和而至於無介，其害不淺，故特表而出之，非爲夷、惠起見也。凡論古表微之文，皆須存此意。

孟子識見，直能照破百世以後之人心，而嘗先立説以救之。如曰：若「居堯之宫，逼堯之子，是篡也，非天與也」。直看破後世必有假揖讓而文其篡奪之實者。如曰：「有伊尹之志則可，無伊尹之志則篡也。」直看破後世必有假周公輔孺子爲名者，明正其罪，預立之防，可以補《春秋》之所未發，若此方可謂之立言。

《戰國策》中人物，以王蠋爲第一，魯仲連、樂毅次之。樂毅《答燕王書》，是《戰國策》中第一篇文字。

讀《戰國策》，因歎道教不明，人才多至誤用，可爲浩歎。如聶政感嚴仲子之知，固結而不可解。母在雖未之許，母卒必爲報仇。此等氣誼，以爲子，焉有不孝？以爲臣，焉有不忠？以爲友，焉有不信？惜乎生於亂世，道教不明，有勇信而不知所裁，古今如此類者多矣。

趙簡子告諸子曰：「吾藏寶符於常山上，先得者賞。」諸子馳之常山上，求，無所得。毋卹還，曰：「已得之矣。從常山上臨代，代可取也。」簡子大悦。讀書人亦須具如此會心，乃不死於句下耳。

方望溪《左傳義法舉要》，歸震川《圈點史記意例》，讀《左》、《史》者不可不閱。

太史公紀傳，往往於篇首數語中使其人終身如見。如《李斯傳》，首載其辭荀卿入秦之言曰：「詬莫大於卑賤，而悲莫甚於困窮。」次載見秦王之言曰：「成大事者，在因瑕釁而遂忍之。」而斯之心術學問，所以成功顯官，所以喪家亡身，以至亡秦之天下，定於此矣。《項羽本紀》，首載其「學書不成，去，學劍，又不成」，「學兵法，「略知其意，又不肯竟學」。只此數語，而羽之無成定於此矣。《留侯世家》，首載其爲韓報仇，擊秦王博浪沙中；次載受書於圯上老人之事，而留侯一生心事學術，所以能亡秦、亡項，以至棄人間世導引辟穀者，皆振於此。此等義法，學者不可不知。

聖人立文以顯道，原欲人因文以見道耳。自周末文勝之後，文字愈多而道愈晦，故孔子删述六經以明道焉。孔子既没，大道乖分，百家各執一說以争鳴，雖孟子放而距之，而苦於空言無補。向使秦取天下，盡收而焚之，顧不快邪？獨恨以聖人删述之書而亦焚之，而於諸子反存之耳。向使不焚聖經，而凡諸子異端之邪說悉付於火，豈非大有功於世教乎？柳子厚謂封建爲聖王之不得已，原爲私見。究竟三代以前，人心古處，可以封建，三代以後，人心漸薄，封建諸侯，一二傳之後，勢必不各安其土，互相侵伐，塗炭生民。秦改封建爲郡縣，權歸於上，政歸於一，後世之治，止能如此。但秦皆以利己之心行之，欲愚天下、私天下，而壞先王之法度，所以爲萬世之罪人也。

讀《李斯列傳》可知雖大奸極惡，始亦未嘗不知理義利害之所在，惟一有所貪戀，遂至於義理

不明，利害莫辨，損人以利己，而一己終於不保。後世但知根之，而究不思其取禍之原也。李斯年少時見舍厠中鼠，食不潔，觀倉中鼠，食積粟，歎曰：「人之賢不肖譬如鼠矣，在所自處耳！」是理義之心未嘗亡也。及爲丞相，長男由爲三川守，諸男皆尚秦公主，女悉嫁諸秦公子，又歎曰：「物極則衰，吾未知所稅駕也！」是又未嘗不明於利害也。及趙高欲立胡亥，殺太子扶蘇，而與李斯謀，斯始曰：「安得亡國之言，非人臣所當議也！」高以利害恐之，斯又曰：「斯奉主之詔，聽天之命，何慮之可定也？」又曰：「忠臣不避死而庶幾，孝子不勤勞而見危，人臣各守其職而已矣，君其勿復言。」此亦可謂明於義理利害之至矣。而卒聽高邪說者，因貪祿位之心勝，遂至喪失其本心，陷刑戮而不悟耳。孔子論鄙夫患得患失，終必無所不至，豈不信哉！

小人之言，往往附會成理，不可不察。如趙高謂胡亥曰：「顧小而忘大，後必有害。」又曰：「斷而敢行，鬼神避之。」其語李斯曰：「聖人遷徙無常，就變而從時，見末而知本，觀指而睹歸。」李斯告胡亥曰：「儉節仁義之人立於朝，則荒肆之樂輟矣；諫說論理之臣間於側，則流慢之志詘矣；烈士死節之行顯於世，則淫康之虞廢矣。」此數言者不可謂非至言也，乃彼皆取之以成其惡，是故人苟不知克己閑邪，以復其本心之善，則學術雖深，適足以助其爲惡而已。鄭莊公「不義不暱，(後)〔厚〕將崩」，「多行不義，必自斃」，亦此類也夫。

識時務者謂之俊傑。范增說項羽曰：「沛公入關，財貨無所取，婦女無所幸，此其志不在小。

吾令人望其氣，皆爲龍虎，成五采，此天子氣也。」既知及此，則知羽必不能有成，可以去矣，乃既昧於出處去就之義，又不能勸羽行仁義以順人心，視羽之阬卒屠城，未嘗匡救，而專欲其殺漢高，不亦謬哉！可見人必知乎道，知道則能自用其才，而不至爲才所用，仕卷行藏，無所不可。不然，才智稍高，即惟恐不遇於世，往往於奸雄之主、庸儒之才亦欲依附其權勢以自見，卒之功名不可立而身敗名裂，爲後世譏。如范增、荀彧，皆是也，可不悲哉！蘇子瞻之譏范增，猶其末焉者也。

漢人之文，自以董子、賈生、劉子政、諸葛武侯諸文爲有儒者氣象。

車中讀韓公《與于襄陽書》、《後二十九日復上宰相書》，皆爲己求知而責人當好士，雖無諂媚之容，而長虚憍之氣。且謂「在下之人，負其能不肯諂其上，上之人，負其位不肯顧其下，是二人者，皆過也」。夫上不顧下，誠過也，下不諂其上，豈過哉？又曰：「未嘗干之，不可謂上無其人。」干字豈有道君子所肯爲者，因自己求人而謂不諂不干者爲非，可乎？《應科目時與人書》云：「其哀之，命也；其不哀之，命也；知其在命，而且鳴號之者，亦命也。」此亦飾詞。求人哀，已不是，況知其在命而且鳴號之者，則是不安天命矣，而乃曰亦命也，非巧飾乎？凡文人善於出脱自己，不可不慎。《上宰相書》謂「山林者，士之所獨善自養，而不憂天下者之所能安也，如有憂天下之心，則不能矣」。可見昌黎之上書求人，原欲出而濟世，非盡出於干富貴之鄙懷。然究竟止當存憂天下之心而守素位而行之分，不當如此急急也。

昌黎《進學解》「沈浸醲郁」一段，論爲文必取原於六經。昌黎之起衰振靡，高出三代下文士者在此。但所得於六經者，特其文字之深處，非道之精微也。此又其不及程、朱處，不可不辨。李習之、柳子厚、蘇老泉之取原於六經者皆然，但所得更淺耳。

昌黎門下，文自以李習之爲醇實少疵纇。張文昌、皇甫持正次之。孫可之但學其造句，本原不及。

柳子厚文古峭峻潔，李習之遠不及也。李習之文醇實平易，有儒者氣象，柳子厚不及。李習之文境似開歐公之先聲，而不及歐公。

昌黎文高古，陸宣公不及也。若義理之醇正無疵，毫無支蔓，則韓公不及宣公矣。漢唐兩朝，議論大醇之文，惟董子及陸宣公。

朱子《韓文考異序》云：「予於此書，姑考諸本之同異而兼存之，以待覽者之自擇。區區妄意，雖或竊有所疑，而不敢偏有所廢也。」又《書韓文考異前》曰：「今輒因其書更爲校定，悉考衆本之同異，而一以文勢義理及他書之可驗者決之。苟是矣，則雖民間近出小本不敢違，有所未安，則雖官本、古本、石本不敢信。又各詳著其所以然者，以爲《考異》十卷，庶幾去取之未善者，覽者得以參伍而筆削焉。」案：此最爲校書之善法。阮文達公南昌學刻《十三經註疏》，不欲臆改古書，但加圈於誤字之旁，而附《校勘記》於每卷之末，此亦可法。

詩人以陶公、杜公爲第一。陶公涵養深於杜公，殆近於有道者氣象。

杜子美天資忠孝篤厚，然有過於厚而義理不明處。如鄭虔，曾陷賊矣，且不過一詩畫之士耳，而稱之曰「先生有道出羲皇」，「德尊一代常坎軻」。如王維，亦曾汙於賊，而子美稱之曰「高人王右丞」，雖友誼之厚，不亦害名節乎？

宋賢之文，惟歐公有儒者氣象；其次則曾子固。至王介甫、三蘇，皆非儒者氣象。學不知本，則論古今事理，乍聽之甚正，切實求之，則皆不可行。如老泉《管仲論》，極責仲不舉賢自代。細思當時果復有管仲之才者乎？言亦易矣，且管仲之過不在此。桓公修身無本，齊家無法，色不忘乎目，聲不絶乎耳。管仲之過，在平日身居卿佐，不能格君心之非耳。惟平日不能格非心，故臨終言三子者不可近，而桓公卒不聽。使其舉賢自代，桓公豈肯聽用乎？此所謂不知本也。又如《諫論》，人君當賞諫，而誅不諫，以勢驅之。殊不知君人要道在虚心納諫，從善如流。賞罰乃爲政之具耳。若不能知人善任，言聽計從，徒以賞諫、誅不諫爲名，則雖可牢籠才智功名之臣，而有道賢者，早已飄然遠去矣。此亦所謂不知本也。《六國論》言六國當戰不當賂秦，是第見六國賂秦亡耳，不知使六國不賂秦而争戰不已，亦卒底於滅亡。何者？當時之民，如日在沸湯中，求生不得，求死不能，但使有一國真行仁義，則民歸之如流水矣。故孟子一生本領，全在發政施仁，不此之務，徒欲其以力戰勝秦，即能勝秦，而生民已塗炭矣。生民塗炭，即無秦，

天下誅暴除亂者，且將起而誅滅之，不亡何待？ 且聖賢之心，「民爲貴，社稷次之，君爲輕」。觀孟子一生，凡與君言，皆以救民爲主。 民安則君安，社稷自安，未嘗專爲人主計校。 老泉之論，純是私心。 試思即六國不賂秦，而以戰勝秦，長保其國，於民生何益？ 此亦所謂不知本也。 三文在老泉尚爲正當之論，而不免於粗疏，可見學者不可不知本。《六國論》一條，後讀朱子《古史餘論》亦同。

《詩》《書》《禮》《樂》，聖人皆本人心所固有者發明鼓舞而涵養之。 老泉《六經論》謂「聖人用其機權以持天下之心」，則純以私心窺聖人矣。

《易・文言》：「利者，義之和。」謂義之和即利也。 老泉論此以爲「義利利義相爲用」。 又曰：「義必有利而義和」，「君子欲行義，必即於利，即於利，則其爲力也易。」又謂「伯夷、叔齊殉大義以餓於首陽」，「非義之罪也，徒義之罪也」。 嗚呼！ 是烏知夷、齊之求仁而得仁，正所以爲義之和哉。 且天下又安有義利兼爲之事也？ 夫義必有利，乃其理之自然耳，非君子欲行義必即於利也。 此論壞人心術，不亦甚乎！

老泉《明論》有曰：「天下之事，譬如有物十焉，吾舉其一，而人不知吾之不知其九也。 歷數之至於九，而不知其一，不如舉一之不可測也，而況乎不至於九也。」此等心術，實歉光明。

老泉《書論》有曰：「湯之伐桀也，囂然數其罪而以告人，如曰彼有罪，我伐之宜也。 既又懼天下之民不已說也，則又囂然以言柔之曰：『萬方有罪，在予一人；予一人有罪，無以爾萬方。』

如曰我如是而爲爾之君，爾可以許我焉耳。」「至於武王，而又自言其先祖父皆有顯功，既已受命而死，其大業不克終。今我奉承其志，舉兵東伐，而東國之士女，束帛以迎我，紂之兵，倒戈以納我。如曰吾家之當爲天子久矣。」此全是以權詐之心窺聖人。

蘇老泉謂諸葛武侯棄荆州而入巴蜀，「吾知其無能爲也」。此不識時勢之言。武侯初與吴破曹得荆州，當是時，吴在南，曹在北，與荆州爲鄰，若不急營巴蜀，但據荆州，吴魏交争其地，一旦有失，何以自立？武侯所以能抗曹而抑吴者，正以據有益州爲根本，而後扶漢祚者數十年。古之成大事者，必先安立足之地。如老泉計，是速亡而已矣。

老泉稱高帝任吕后以制諸侯，又欲誅樊噲，以除吕氏之黨，屬吕后用周勃爲太尉，爲知有吕氏之禍。此皆不知根本之計也。吕氏之禍由於吕后，而吕后之禍，由於高祖在時寵戚夫人、趙王如意以激之。又平日縱其殺大臣以假之權，所以崩後吕后遂放恣稱制。此皆高帝修身無本、治家無法之所致也。至於功臣之禍，亦由高帝猜忌有以致之，老泉反深取其權謀，可見其學識之陋矣。

東坡看聖道太淺，只就迹上比較，而不明天理之原。如曰：「使隱公誅翬而讓桓，雖夷齊何以加兹？」余觀隱公在位十一年，所爲者無一爲夷齊之所肯爲也，即能爲此一節，豈遂可比夷齊乎？又曰：「使范蠡之去如仲連，則去聖人不遠矣。」夫仲連，輕世肆志之士耳，烏可曰去聖人不遠？況范蠡前所以佐越者，皆聖人所不屑爲也，即使去如仲連，可遂曰去聖人不遠乎？

東坡詩云：「道逢陽貨呼與言，心知其非口諾唯。」此雖有爲而言，然將聖人說成一老於世故者矣。夫陽貨之於孔子，其術三變，孔子之所以應者，其道亦三變。始欲見孔子，不過怙己之權勢，欲孔子就見己耳。此以無禮施孔子，故孔子以不見應之，道固然也。繼知權勢不能陵孔子，乃瞰亡而以禮先施之，孔子亦時其亡，而以禮答之。報禮惟稱，道固然也。繼不意而遇諸途，所以謂孔子者皆責以大義，動以至情，探孔子之所不可者而問之，若甚愛孔子、甚敬孔子者，孔子因以不可答之，道固然也。蓋懷寶迷邦，從事失時，本是不仁不智；日月逝矣，歲不我與，本是孔子皇皇欲仕之心，孔子亦烏得矯激而與之辯焉。然小人之術，亦自是窮而無復之矣。如彌子謂子路曰：「孔子主我衛，卿可得矣。」是全以利動孔子。王孫賈曰：「寧媚於竈」，全是以小人之道勸孔子，故孔子以有命答之，以不然斥之，烏有一味「心知其非口諾唯」邪？究竟或順或忤，皆不著迹，相此又可觀聖人之妙用，渾然天理流行也。若常人處此，順之則入於世故，或至失身；忤之則出於矯激，或至殺身。

范文正公人物甚偉，蘇子瞻爲作文集序，中以伊尹、太公、武侯引起是也，而雜以管、樂、淮陰，則心術學問大有不同矣。蓋三子雖天下才，實不過功名之士。若文正先憂後樂之規模，與「爲之在我者當如是，其成與否則天命也」之語，真有聖賢胸襟、儒者氣象，非三子所能望者矣。

蘇子瞻《六一居士集序》，首引孔子「斯文」爲言，冒頭太大。孔子之「斯文」，非文章之文也。

以歐韓之文章，配孔子之「斯文」，既擬不於倫矣。況既以「斯文」引起，而收處又曰：「論大道似韓愈，論事似陸贄，記事似司馬遷，詩賦似李白。」以此與「斯文」應，前後更不稱。此以知蘇氏之根柢淺也。

蘇子由諸論，無一不是《老子》作用。

聖人之心，天理爛熟，一言一行，皆自純乎天理中流出。其論古聖賢，亦能得其天理運用之實。後人私心不克，又挾私心以測古人，雖古人正大光明之事，往往看成一段私意。如孟子論太王居邠、居岐山曰：「非擇而取之，不得已也。苟爲善，後世子孫必有王者矣。君子創業垂統，爲可繼也。若夫成功，則天也。」是何等光明正大。子由《隋論》有曰：「周之興，太王避狄於岐。邠之人民扶老携幼而歸之岐山之下，累累而不絕。喪失其舊國，而(足)〔卒〕以大興。及觀秦、隋，唯不忍失之而至於亡，然後知聖人之爲是寬緩不速之行者，乃其所以深取天下者也。」則全以私心窺聖人矣。孔子論文王曰：「三分天下有其二，以服事殷。周之德，其可謂至德也已矣！」孟子曰：「取之而民說，則取之，古之人有行之者，武王是也；取之而民不說，則勿取，古之人有行之者，文王是也。」亦何等光明正大。子由之言曰：「周人之興數百年，而後至於文武，文武之際三分天下有其二，然商之諸侯猶有所未服，紂之衆未可以不擊而自解也，故以文武之賢，退而修德，以待其自潰。誠以爲后稷、公劉、太王、王季勤勞不懈，而後能至於此，故其發之不可輕，而用

之有時也。」此將文武直説成久竊神器之人，乃《老子》所謂欲取固予、欲翕固張之機心也。如是則與莽、操何殊哉？視聖人止是如此，輕以立論，豈不害人心術？

八家文惟韓、歐、曾有儒者氣象。予於八家外最愛董子、賈生、劉子政、諸葛武侯、陶靖節、陸宣公、司馬温公、范文正公、李忠定公、方正學先生，諸家文讀之令人興起。

世傳包孝肅是極剛直之人，今讀其奏議，乃是一極慈祥愷惻忠君愛民之人。其文無枝葉，簡直懇切，可以爲法。

讀孫明復先生《信道堂記》云：「吾學堯、舜、禹、湯、文、武、周公、孔子、孟軻、荀卿、揚雄、王通、韓愈之道三十年，處（非）〔於〕今之世，故不知進之所以爲進也，退之所以爲退也，毁之所以爲毁也，譽之所以爲譽也。」竊謂先生此言，卓然自立，可謂信道篤矣。惟以荀卿、揚雄、王通、韓愈之道，與堯、舜、孔、孟爲一道，此擇之不精。守道雖固而知道未真，所以其自立處不免雜於氣而不能純乎理。《與虞書》論人心道心必惟精，而後能惟一，而後能執中，有以也。

自保定啓行至濟寧州，車中讀《列子》及高陽《孫文正公年譜》、《陽明文集》。《列子》以虚沖爲性體，所以胸中於情欲、氣質、世味毫不掛礙沾染，文章亦沖淡夷猶，只是連人倫庶物之理亦空去之，所以有弊。高陽、陽明，經濟忠誠不可及，其用兵諸書，人生不可不讀也。

讀方正學先生諸與人書，植志正大，立節强毅，議論皆嚴氣正性，侃侃而談，使人讀之，卓然

思有所樹立。惟氣象一往無前，似奮發興起之意多而深潛涵養之功少，有未至耳。往歲讀顧涇陽先生諸與人書，氣象亦然。然皆可使頑廉而懦立也。

《楊忠愍公集》，讀之足增人氣骨。近有專刻其二疏、二家書、一年譜、二絶命詞者。世之文士作詩文千百首，何如楊公生平數文，便足與天地齊壽、日月争光邪！

讀《容城三賢集》，劉静修先生詩文極醇粹，忠愍次之，夏峰先生又次之。

讀元諸大家文，皆無足比八家者。

全謝山曰：「楊忠愍之氣節，得於天者多，而學道之功尚未密。使其學道果密，則不作『風吹枷鎖滿城香』之句矣。此上蔡所云矜字未去者也。忠愍生平，豈末學所能議？然此亦爲人臣子者所當知也。」愚案：忠愍《絶命詞》二首則無此氣象矣。可見古人雖顛沛之中，用功不懈，所以日漸純粹，當以爲法。

文家自唐宋八家後，惟歸震川、方望溪、姚惜抱爲得文家之正宗，唐荆川、王遵巖皆不如其醇雅，惟議論亦有未是者。

讀歸震川《易圖論》，蓋不明於道之大原，故不信《易圖》。

震川《荀子序録》謂「荀卿獨能明仲尼之道，與孟子並馳。顧其爲書之體，務富於文詞，引物連類，蔓衍夸多，故其間不能無疵」。愚案：荀子之疵乃其主腦，差非徒以蔓衍之失也。又謂「自

揚雄、韓愈皆推尊之，以配孟子。迨宋儒頗加詆黜，今世遂不復知有荀氏矣。悲夫！學者之於古人之書，能不惑於流俗而求自得於心者蓋少也」。愚案：揚雄、韓子見道粗而又好文辭，所以深取荀子，然韓固未嘗直以之配孟子也。宋儒見道分明，所以直抉其病根，今反以爲流俗，成何議論？

震川《項思堯文集序》謂「文章，天地之元氣，得之者，其氣直與天地同流。雖彼其權足以榮辱毁譽其人，而不能以與於文章之事」。愚案：此理固然，究是文人矜張氣也。將文章説得如此重大，正是陋見，不知文章上尚大有事在。劉海峰、朱梅崖文中，皆有此病。

震川《山齋文集序》謂「士大夫不可不知文，能知文而後能知學古。故上焉者能識性命之情，其次亦能達於治亂之迹，以通當世之故，而可以施於爲政」。愚案：此亦文人之論。蓋聖人之學，必由學古窮經，以求識性命之情，達治亂之迹，通當世之故，而可以施於爲政，見於文章，則是由本及末，一以貫之。今先曰不可不知文，知文而後能學古，則是倒做工夫也，亦是文人張皇習氣。

震川《卓行録序》，以鄉原之流害，歸本於子思之作《中庸》，不成議論。

讀《方望溪先生集》，記《西鄰愍烈女》，程魚門有文辯之曰：「《漢書》：廣川王去疾信讒，怒修靡夫人陶望卿，於其死後椓杙支解之。歸氏震川作《張貞女傳》，方氏作《西鄰愍烈女》，記事文皆同。余謂望卿以讒見殺，史欲著王之暴亂，必詳書其用法之慘，苟所重在節烈，則書法宜異。古之烈女，嚼齒駡賊，至寸磔而不悔，特保其身之不汙，僇辱奚所避？然必并其僇之纖悉亦記

之，何以慰既往之英魄哉？後之傳節烈者，於詳節烈之故，以不忍之心慎擇之可也。」案：此所辯是也，可爲記事者之法。

讀姚惜抱先生文有曰：「古之學者爲己，今之學者爲人。今夫聞見精博至於鄭康成，文章至於韓退之，辭賦至於相如，詩至於杜子美，作書至於王逸少，畫至於摩詰，此古今所謂絕倫魁俊，而後無復逮者矣。然而究其所事，要謂之爲人而已，以言爲己猶未也。佛氏之學，誠與孔子異。然而吾謂其超然獨覺於萬物之表，豁然洞照於萬事之中，要不失爲己之意。」愚案：此論似是而實非也。爲己爲人，止在此心之理欲誠僞上分。天下無性外之物，而性無不在，果其心存乎理，雖聞見精博，莫非窮理之功，文章詩書，莫非順理而應。如志存乎名利溺情，專力於斯，則真爲人而已矣。佛氏雖似爲己，而實則去倫理，滅天性，自私自利，與聖人之爲己，迥然不同，豈可混乎？

惜抱《禮箋序》有曰：「經之説有不得悉窮。古人不能無待於今，今人不能無待於後，此萬世公理也。大丈夫寧犯天下之所不韙，而不爲吾心之所不安。其治經也，亦若是而已矣。」竊謂此語有病。窮經所以明體，所以達用。古人所説，有於理不能貫者，不妨記以存之，此是求合乎理之至當，非徒爲吾心之所安也。彼好爲新奇之説，以駕古人，並且妄詆古人以鳴自得者，孰非騁其一心之所安而不懼犯天下之不韙哉？明之心學、近世漢學之徒，多犯此弊。

惜抱《述庵文鈔序》有曰：「世有言義理之過者，其辭蕪雜俚近，如語録而不文。由於自喜之太過，而智昧於所當擇。」竊謂著書擬語録爲體，原近於不馴雅，至讀書者但當觀其義理之純駁，辭氣之真僞，擇而識之，以爲身心之助可也。若以其爲語録而病之，則陷於好文之弊矣。況如宋程、朱之語録，豈亦可以爲蕪雜俚近乎？

惜抱先生伯父薑塢先生《援鶉堂筆記》集部中有論文數十則，皆微言也，欲作文者不可不精求其義。薑塢友劉海峰先生有《論文偶記》百數十條，亦皆微言至論。韓、歐以外，少能見及者也。

劉海峰文雖不及方、姚，而近時如侯、汪、魏、姜諸名家，皆不能及。然議論亦多未精，考證尤疏。如裴行儉，唐名臣也，高宗時爲長安令，嘗坐私論立武昭儀事貶官，其卒也在高宗永淳元年。海峰謂其依阿女后之朝，誣矣。文士立論，往往騁口鋒而不詳察如此。

《顧亭林集》，學人之文也。然其封建論多有不可行者。其《革除辨》謂：「成祖七月壬午朔詔文，一款一年，仍以洪武三十五年爲紀。其明年改爲永樂元年，並未有革除字樣。即云革除，亦革除七月以後之建文，未嘗並六月以前及元二三年之建文而革除之也。」竊謂此辨誤矣。明明洪武三十一年終，而忽以建文四年爲洪武三十五年，則其革除建文一朝可知矣。其革除建文而仍稱洪武三十五年者，其意直欲以己接洪武之統，而諱其篡弒之迹也。亭林乃歸咎當時儒臣淺陋，不能上窺聖心，不亦謬哉。

《艾千子文集》中有《讀王世貞四部稿書後》一首，有云：「近代文士以修怨而無君者，太倉王世貞也。世貞之書，皆以票擬深祕，可逐事文致，時政久遠，聞見無稽，而材相英君，千載知遇，誅戮稍稍過當，易以惑人，竟未有知世貞之罪者」云云。竊謂此種議論，真是變易是非。以世宗爲英君，以嚴嵩爲材相，千古可欺乎？黨同鄉而昧三代直道之公，千子賢者，何爲犯此？

讀《王白田集》，亦學者之文。其讀史諸論，真有誅姦諛於既死，發潛德之幽光。意思考據，似此乃爲有益。

讀《全謝山集》，表章明季忠臣義士、國初名儒逸士，以及古蹟古書，實有關於文獻。論史之文亦多特識，惜文字太繁冗，不足法耳。

崑山顧寧人，論學在行己有恥，博學於文；寧都魏叔子，論學在恢宏其志氣，砥礪其實用；北平王崑繩，論學在忠孝以事君親，信義以交朋友，廉恥以砥名節。吾鄉方望溪先生，自道其志，謂學行繼程、朱而後，文章在韓、歐之間。吴門汪苕文，嘗言學問不可無師承，議論不可無根據，立身不可無本末。吾鄉姚惜抱，嘗言義理、考證、文章三者，學問之道，不可缺一。雖皆非本原之論，然能見其大，踐其實，亦可謂近世傑士矣。因讀諸家全集記之。

安溪官石溪，名獻瑶，著有《石溪文集》；歙吴殿麟，名定，著《紫石山房文集》；德化鄭六亭，名兼才，著有《六亭文集》，皆學者之文。殿麟深於説經，石溪長於説理，六亭長於吏治。文雖

不足名家，然皆可取也。考其立身居官，亦俱有本末，庶幾君子人與！因閲其全集記之。石溪，方望溪先生門人也。殿麟卒後從祀歙縣朱子祠。六亭祀名宦祠。

偶閲北平王崑繩源《居業堂集》、宿松朱字緑書《杜溪集》、武進張臯文惠言《茗柯文》、吾邑姚石甫瑩《東溟文集》。崑繩深於史事、兵法，杜溪長於掌故，臯文長於文章，勤於經學，石甫長於吏治，皆能植節力行，不逐榮利，亦文士中之傑也。然學則與通乎大道者有間。崑繩與朱字緑、李中孚、梁仙來、方靈臯、毛西河論學書尤非也。又讀歙程魚門晉芳《居業堂文集》、武進惲子居敬《大雲山房集》，亦皆有可取。魚門生漢學正熾之時，而守宋儒之説，雖不深造，亦庶幾特立之士。與姚惜抱論學亦然，而文過之。

《經世文編》多有用之文，而説理多有未純者。如唐甄言：「堯、舜、仲尼，日也；伊、周、顔子、子輿，月也；後儒爲星星之明。己獨昭昭，人皆昏昏，物無所賴。」愚案：此影響之論，非實事也。後儒如周、程、張、朱可謂之物無所賴乎？

濰縣韓理堂、昌樂閻懷亭，皆學宗朱子，文宗方望溪，簡潔有義法，不爲浮華馳騁之詞。居身謹飭，居官皆有惠政，經史劄記皆有心得。二家文雖規模小，而雅正典則，有物有序。本朝山左人文如此者，不多見也。

道光間海内文章之士，管異之同大體雅正，梅伯言曾亮精悍簡古，皆足名家，姚惜抱先生之

高第弟子也。其餘則邵位西懿辰，精於義理，叙事有法，可以步武望溪；魯通甫一同，論事通儻，長於史事；孫芝房鼎臣，熟於掌故，論古今有典有則，文不及管、梅、邵，而實皆可謂傑士也。通甫所著《清和縣志》、《邳州志》，體例文筆，當爲直省志書之冠。位西遺文，吴漕督爲刊行；芝房芻言，胡文忠爲刊行。

邵位西懿辰，著有《禮經通論》。其論《禮運》、《坊記》諸篇，真前賢所未發，大有功於《禮經》。文亦醇古茂實，殉節後殘去其半，吴仲宣漕督爲刊行。近世説經文字，無有及之者。

張皋文《茗柯文》中有《書墨子經後》、《讀荀子》二文，極合道理，有關係，亦文家之傑出者。

論文芻説

〔清〕朱景昭 撰

《論文蒻説》一卷

清　朱景昭　撰

朱景昭(約一八二五—約一八八〇),字默存,合肥人。性孝友,尚節義,有實學而不專事章句,談經論文不襲前人,求以自得,不急名利,終身爲幕僚,上功則堅辭,介然自守。平生慕方苞之爲人,古文亦具桐城體。著有《無夢軒遺書》。

《論文蒻説》即《無夢軒遺書》卷七。書中所論大致可以概括爲讀書與作文。作者談作文而以讀書爲前提,强調好學深思,主張「多讀書以蓄義理,多讀古文以求體法」,讀書「須是徹底思量遍,要一直透快到底」。就作文而言,作者提出「體方用圓」,即指文章審題立意精醇樸老,布局體勢縱宕變化而自然渾圓,謂「文章必從理境入,理境貴樸、貴老、貴精、貴醇」,「布局以縱宕爲上,縱宕中自然宏整,尤徵功力。忌雜忌平衍」。作者自稱其所論「皆吾所親歷」,確非虚言。

《論文蒻説》一卷由作者弟朱本昭編輯而成,作者孫朱家珂收入《無夢軒遺書》,有民國二十二年(一九三三)刊本。今即據以録入。

(聶安福)

論文蒭説

清　朱景昭　撰
朱本昭　編輯

韓子云：「無望其速成，無誘於勢利。」夫欲速，見小之弊必苟且，苟且則心不堅，讀書必無沉酣之工力，不沉酣書卷，作文必不能佳。

文章雖小道，動關人品心術。擇言不慎，其始不過文字疵累，繼乃日習爲安。有識者指一語之悖而決其終身之失，非小故也。少陵云：「不薄今人愛古人。」凡看人文字，無論古今，必當深求其佳處，切不可自恃識力，一覽輒過，尤不可私心鄙棄，並抹煞其佳處。看前人文字尤宜細心研究，反覆推尋，若着一毫浮氣，自己便少一分得力。

文章之道，體方而用圓。吾少負意氣，聞人談機局，心輒非笑。近乃知機局不圓，則運掉不靈，筋脉不緊，語致不醒，此圓字非膚滑熟爛者所可冒。若道理上鶻突，機局都被渠用壞了，究竟何曾講機局壞事。

文章必從理境入，理境貴樸、貴老、貴精、貴醇，固也。然天下理只一理，而文章則題非一題，

作文字必先審題，審明題脉、題義、題氣，又必繼以涵泳，使題中逐個字都盎然有味，則自有一段精醇樸老之文恰與題合，恰與題之脉之義之氣相入，此爲真樸老真精醇。若隨手填理致語，理是矣，而皆非切要之義，則猶之膚也。然其要先在讀書，讀書之要尤在細心。

前人有言，敏着鈍功夫。吾輩資性既不敏，尤須沈潛反覆，始有幾微之得。即如爲文，苦蓄意不多不厚，亦大喫着虧。在愚意當讀書時，一有好議論好事體隨筆疏之，即静坐時忽想起一段道理，亦急起寫出，不論文理淺俗，但取曉暢，積久所得日多，作文時自然輻輳腕下，不惟能多，且能厚矣。此亦鈍功夫也。

讀書苦不記憶，經書總宜熟讀深思，覺難解處亦隨便劄記，久久自然貫串。讀史尤須逐事録存，以便翻閱。某少好讀史，每有難於記憶處及心所愛好，輒取筆疏之，積紙盈几，輒復焚却，以故記憶較多，外間乃以過目不忘見許，其實非也。凡讀一切書皆可用此法，經手鈔者，最易存留於心。

正、嘉以前文，本領既厚，風氣亦樸，子顧以爲必從此入，文乃有根柢。又須尋其源頭，凡根本盛大者其出無窮。其説極是，然某疑入手之功或不當如此，何也？成、弘以前，運會初開，其文簡略。高古之概既不可以僞襲，義理之備尤不可如彼之略説即止。正、嘉漸宏大矣，然其文皆從八家、五子兼綜條貫，加以醞釀沈浸，味化於古，質從其性，譬如三代制作既明且備，非可勉强竊似，又不可一躍而過，致有躐等之譏。執筆時必欲取法於是，爲文之徑反易。故學文入手莫如

隆、萬，其理仍之先輩，而機自圓，法自巧，筆墨之用寖變爲靈俊，其用則縮，其體仍主發皇。學者熟復於此，日變月化，有不期高古而自不卑靡，不期明備而自不疏略者，其道在能引伸，能變化。若守隆、萬之一提一束，凌駕剽輕，以爲文之妙悉在是者，則又向所訶名教之罪人，不足爲賢者慮也。

天、崇以來，風氣大變，其文專於縱恣發越，而蘊蓄渟涵之意少，故少年作文大半喜逞才使氣，乃至題義破裂而不知顧恤，其敝也叛散五經，滅棄《風》、《雅》，而皆自附於天、崇諸家。究竟金、陳諸先生學問淵深，其爲文皆孤詣獨往，深思力創，本非專於縱恣發越，而其文動盪於氣，感奮於時，有不知其然而然者。後人胸中本無一段道理，所遇又非有可悲可泣如諸公當時之事，東鄰捧心以爲西子，宜其可笑也。羅、徐不染風氣，静者之心故自多妙，然其文實不利場屋，故學步者自希。入國朝後，熊寬博而精氣不充，劉挺特而含蓄特少，韓元少不免以趁媚取名。獨安溪先生兼取兩代之精華，卓然自爲正始，其文蟠際天地，莫與比倫。而清獻陸子以理學爲文，明白曉暢，無一字不從胸臆流出，嘗與子固論之，歎爲兩絶。此外，京江宏整而不免紗帽氣，修來倔强自喜而静氣無存，方氏兄弟各名其家，而百川不免空調，靈皋不免疏忽。儲氏、王氏尤多閒人：在陸經學既富，古味亦深，然頗好修飾，少雄直之概； 六雅風發韻流，苦無實際； 禮執學於孟堅，致有獨造，而粗莽之病，墨氣太濃； 耘渠好言細密，而體乃墮纖； 若林太事鉤勒； 漢階又近甜俗。至於文輈刻畫爲工，痕迹滿紙。曉樓工力最深，亦嫌肥膩。高虎文獨立不懼，氣象固殊。

要之，節取其長，皆吾師友，明指其失，亦藉以參觀，非敢歷詆前賢以長學人之傲。某意讀文時不墮文障必由於此，願勿存留於心，致讀文閱文皆有成見，乃善爲鄙人補過也。又吾所以言此，深明學文非從隆、萬入別無門徑，庶幾有得之後泛濫時亦資共證云爾。

讀隆、萬文先須識得大意，譬如一意未了復接一意，易見彌縫痕迹，渠却先將後一意隱隱一撥，則上下皆渾然無迹。此法稼書先生說之最詳，凡讀隆、萬文，遇稼書先生評語最宜熟讀細玩。

某少負桀驁之氣，嬾讀時文；中間泛濫諸家，尤矜博覽；近乃反取隆、萬人文字熟復玩味，此是近今長進。凡讀文覺甚平易解處，切須留意，不可輒生厭忌。

隆、萬真本領文字當與正、嘉一例看，大氣魄文字當與天、崇一例看。某所選者皆小題機法巧便之作，然未嘗不有本領，未嘗不有氣魄，但能反覆熟讀，觸類自可旁通。

作文必須胸中有一段道理，大題須有整片道理，即小題亦須有零碎道理。

文章有遥接法，極爲離奇縱宕。然非熟於古文離合之法，不可隨便自文其拙，若不得相接處硬行抵塞，是非遥接，乃不接也，大忌，大忌。

轉處、收處是文章大關目，必全力應付之，始有筋節。不獨通篇大轉大束不可草率，即每段收轉處亦不宜輕心掉之。前輩論文專於此等處斷人福澤，某謂此等處若加意持重，亦徵其人矯輕警惰之功，即謂福澤本不足，由此可以轉移，亦理之所有。每作一篇後，歷數日必取出細閱，有

疵累自然見得分明，力思所以改之。若朋友有譏彈者，必虚心采納，應時更定。識力不到，雖數年後必能自見，終必改之。文章不厭多改，最不可因循苟且，終不長進。

自己看不到處，有説到者，必細心思索，凡以求當於理、無憾於心爲率，不可便謂己是。

看時人有佳文字，或文字偶有一二佳處，必隨手録之，不可存鄙夷之心。

作文時虚心涵泳數遍，通體布格既定，意義層次既了然於心，便想如何起，如何接，如何轉，如何結，中間一切法一一明白，便一筆寫就，不可隨寫隨改，即有不安，成後再細改之。若逐句做，逐句改，心既散亂，氣機必澀必滯，比及改成，反覺草率，且病痛百出，所改仍不愜心。此歷試有驗之法，勿以常談忽之。

作文字先須界畫分明，前後際須一字不可混。若一意敷衍，意義甚枯，而語致複疊，便不成文理。雖震川亦云：「從有出落做到無出落處。」然則無出落固必從有出落做起也。

雅不喜出奇翻案，鄉以爲害心亂道皆由此起。然亦有説，太苦庸，太苦陳，非别出一奇不可，但不可害理耳。然亦必胸有真見，題多宿莽，而後出於翻案。至浮游之説不足爲有無，筆墨又不足以自伸其説而好爲弔詭，有以知其必非端人也。

古文排偶整比藏於錯綜攲側之中，《左》、《國》以來，從無通體散行、意單勢孤亦能成文之理。但觀古人所傳，雖短章寥寥，皆具有奇偶相生、殺活互用之妙，乃至單詞閒見亦有陰陽向背之勢，

不細心則不見耳。此事只争苟且不苟且耳，學文者切須留意，學者雖不讀書時須常有讀書底意思在。

少年讀書作文須是興會淋漓，滿心以此事爲樂，方肯用心。若視爲大苦，自然生一切懶惰苟且心，勉强應付，終是一字不得力。

偶然看書便如饑食渴飲生歡喜心，其讀書必大長進；拈筆作文便有一切都置孤詣獨往之意，其作文必大長進，所謂興會也。

讀書須是定，不放過一處棘手，須是徹底思量徧，要一直透快到底，雖偶有閒時，必取所讀書仔細覆看。此之謂沉酣，此之謂鈍功夫，此之謂興會。

到得作文時意義不得自然奔赴，亦有勉强之法。譬如一題到手，便思某意可以會通，某典可以運化。一題如此，他題自然肯如此想，積想既久，自然變化從心。

却又不得囫圇寫出便了，嘗愛唐人「巴蜀雪消春水來」之句，以爲狀得讀書人意境出，每舉似同人，謂讀書如積雪，用之如春水。蓋運化之妙，寸心自知，非他人所能助力。

作文須是先講布置，譬如下棋，總須先識得局面。先忌板滯，次忌促數，三忌散漫。去此三弊，有萬金之良藥：一曰靈，靈則不板不滯；二曰醒，醒則必不促數；三曰緊，緊則必不散漫。運用此三訣，又有一字，曰「圓」，願留心熟思。

淩空飛動之文，無不喜者。至意雖足而局太板、語太澀，則毀譽各從其類矣。若意並不足，入手即棄去，人人然也，請細參之。

某談文未嘗講機局，今乃縷切言之，得勿疑某引人入時，趨爲僥倖。具其實，非也。先正雖高如王、唐、歸、胡諸公，其運掉機局皆有匠巧。某向來心粗，貪説門面，繼又貪取意境，所以未説到。今説此事須於琢如有益，若仍以門面了却，仍舊説玄説妙，將意境盡情揭出，於琢如甚不濟事。且某非無徵之言，如守溪《三黜》篇、震川《聖人有所不知》等篇，機局皆顯然可見。又如荆川《一匡》篇，正講已了，忽着「雖曰」二比，文勢方得跳盪，此非機局上事乎？又嘗謂此二比乃從守溪《百姓寧》篇後比脱化出，可知前人文字儘有機局可供取裁，却被粗心人一瞥便過。願反覆推尋，無以爲欺人語則幸矣。

用意用筆，須是前中後各不相混，若前後可以易位，彼此嫌於雷同。又或胸無成竹，一層已了，硬足一層，以致覽者見補綴之痕，輒生厭棄，尤可惡也。

下筆時雖别有事故，不以攖心，必一篇既了，而後别務始可酬應，否則因循便了。

體勢難知，機巧易見，不知機巧，則體勢皆僞。正、嘉以前之樸略非無機巧也，但見體勢耳。隆、萬之機巧猶有樸略之意。近人乃併機巧而亡之，某稍能以體勢藏機巧，同輩乃以爲天分固優，不知某於此事實乃三折肱矣。

文有拆字訣，黄小無不飫聞。然此等運用全在明眼人覷破題竅，即如單題，須先識得某字在前，某字在後。若「君子不器」題，須先講得「器」字分際確然，然後落到「君子」。若「君子求諸己」題，則須先説「君子」，次清「己」字，再細刷「求」字。本句雖極實，乃是鬭動題，須有小人一面在。又如「學而不思則罔」，須是先説「學」，次説「思」，又次説「不思」，又次説「罔」字，又須以「而」字、「則」字虛神貫注其中。守溪先生文即是此法。至「思而不學」句題，便可緣上將「不學」先剔清，以題緣上入，自可得間。然此非板法，須細參之，截上題、截下題尤須識得此法，緣題本偪仄，非此直是窘步。如「而其所薄者厚」題，既截去上下，若專取「而」字，上下際語氣豈不窘極，能手即從「薄」、「厚」字翻剔玲瓏，其「所」字、「者」字，字字清刷，自然一氣貫注。又如「與其奢也」四字題若促急，深明「奢」字之弊，則「與其」字易了，下文不侵亦占矣。向見一文，不記誰作，先説今時風氣寖趨於奢，次便説今人之奢原亦有不得已、不自知兩層，然後説奢如何流弊。琢如細思，至説到流弊豈不徑接，下文却又不肯徑走，忽然追維禮之初原以防奢，又説人之始失所以，便到奢底地步，曾記其結束處有云：「用禮者反覆思之，其能安於是乎！」當時極歎賞，以爲如此通體不曾涵泳「與其」字處，皆有此兩虛字跳盪紙上矣。惜其文今不可得，亦並不記是何人作、何選本中見之。又如典制題，有非枵腹所能塞責者，然即從題中字逐層細剥，想出意理，胸中有一二證據經緯其間，便分外飛動。又如極苦窘題或一字題，作何拆法便須從上下前後左右落想。拆義亦是

拆字，獨如「澹臺」字、「滅明」字、「牧皮」字、「浩生」、「不害」等字萬不可拆，一拆便墮鬼趣也。某略言之，願隅反爲幸。

認題先須識得先後，又須識得主從。如「子路、曾晳、冉有、公西華侍坐」題本無深意，然畢竟要以孔子爲主，就四子中又要以曾晳爲主，却徑露不得，又須破碎疏剔隱躍在言下方是。又如「必得其位」四句題，只有四「必」字耳，餘皆從也。從此悟入，凡棘手題可以迎刃而解。

一氣縱宕，讀者方鼓舞悦懌，忽着一層頓折，便分外飛動。講機局須識此意。

有一段極好議論，極好義理，若開手寫，却便已一覽無餘，能者四面託出，極力頓跌，極力作緩局，到得八方俱足時，一湧而出，分外飽滿矣。看前人文字，但賞其酣嬉淋漓處便是粗心，須看他經營安放之巧。

又有開手掀翻之法，須胸中有無限議論，有一定機局方可爲之。否則，前路一氣趕出，後又敷衍了事，有何意味？

作文至談聲調固是下乘，然雖大家亦必自成音節。但肯多讀古文，自然衝口而出，音節皆和。

一篇文字，看似逐處安放，其實乃一筆寫就，是謂以法行機。看似一筆寫就，實乃逐處安放，是謂以機化法。看前人論文語，須是如此理會。

逐處梳櫛，是矣。然前後絶不相顧，前輩所譏四橛也。嘗謂近文非獨四橛，並成八橛。下筆

時須以氣機相引爲佳，然亦須層次淺深，實乃一綫相承。若一滑即溜，便墮下乘。

作文要有趣，譬如同一切題，而覺此義較精者，理趣勝也；同一用法，而覺此有法外意者，意趣勝也。心手相忘，趣乃盡神。然此境大難，且去尋出意趣爲佳。

一脱卸耳，具無數法。一挑剔耳，亦具無數法。作文若胸中無此等解數，那得不爲題窘。

洮洮清辨，如翻水成，讀者那得不愛。

一切俗法無取乎爾，獨截搭之弔渡挽，幾成印板矣。然亦有出脱法，一以行機爲主，自然處處合拍。

場屋之文本難決勝，某嘗謂學者第當爲可售之文，清而腴，雅而恬適，使不知文者不惡其貌，而知文者亦可尋其微，是斟酌古今之訣。若鈎章棘句，探賾索隱，又或蒙以古貌，調啞而色陳，則是必不售之文。至於力揣時趨，塗以脂澤，舉體皆俗，見者欲嘔。又或言之不文，雜以市井，知文者惡其喪品，不知文者亦笑其捧心。以之投時，反取棄擲。夙昔論之，歎爲兩失之道，此其類也。

場屋之文自與平時有高下，然高下雜馳，何能兼美。但極力爲文，自可取知當世。若每一拈筆便思爲入彀之文，所謂未能造車便求合轍者也，究竟時轍屢遷，無可臆決。孟子曰：「不知足而爲屨，我知其不爲蕢也。」此亦極力爲文之義。又況自下而上其勢難，自上而下其勢易，功力既到，無施不可，雖不求必售而售可必矣。

按期作文外，或偶有所觸，覺某題可如何發揮，抑或天趣洋溢，意思坌涌，便急起赴之，稍縱即逝，鄉所謂機不可失者也。如此可以涵養文心，使活潑潑地。

作文到得長進時，不患不能發揮，患繁且雜。於每構思時但取鑄局意思，不甚比附，或嫌破碎文格，即割愛可也。

前人論文每有精語，從之參悟，可得無數法門。如云「張皇幽邈」，幽邈如何可云張皇，煞有意味。閲文時此等處往往忽過，要之，讀書且不理會，何論文字？讀文且不理會，何論評點？

文有病痛，若是自己當下見得猶易改。若是自己不覺或更道好便難，於此有人指破，切須留意。

作料少亦是一病，然只須多讀書，自然日漸增多。若是挪借將來，必不貼切，文益支離，其病轉甚。又須隨題施設，若敷衍便了，是爲自欺。東坡論韋詩云：「蘇州詩非不佳，只是作料少。」後人駁之曰：「東坡詩非不佳，只是作料多。」於此得調劑斟酌之法。

詳略繁簡，每題自有法度，然亦有人詳我略、人略我詳、可繁者簡、可簡者繁之法，要須識得運用之宜，使詳略繁簡不至相形見傷。文章至恰好最難，但亦有各人分際，所謂恰好處，躊躇滿志，不遺餘力即是。凡人做事總期不負心，不負心則無遺憾，文字何獨不然？

聖賢言語極平常處，本自大而無外，深不可測，不須人恢之使大，浚之使深。但著力學文時涉恢涉浚，即亦何碍？若以不會做得爲恰如題分，便是自欺。

凡學文字直是智盡能索，方得出頭地，若惜一分力，便不濟事。看人文字佳者，當想他是如何用力，便去照他樣子做功夫，不可隨便詫異他好處，以爲自己萬萬攀他不上也。

看前人文字必有得力處，離却前輩評點，無有入處，單靠前輩評點，亦無有入處。

講板法固是匠氣，離却板法又那得成文，此自機局上事。某嘗謂極容易處須是反覆思之，極棘手處亦須是直究到底，定須得個分曉。若是易處便就，難處便避，是不長進。

某爲文始終得力一轉字，所以不至徑直無迴曲。文字以直爲體，却須以曲爲用，然又不可强作佶聱，故爲層折，使意不足而詞有餘。此際正須善會之。

一篇文字已成，字句自須斟酌。然字字戥稱，句句鐵鑄，談何容易？但須當理愜心，據自己功力到處，不留遺憾便了。

學文大病無過助長。何謂助長？功力未到，欲以己意一蹴而至便是。如欲本領大，根柢深，須多讀書，理境爛熟，加以涵養，乃可造極。今必欲篇篇性理，字字大家，究竟填湊剽竊，無一是處。但循序漸進，功夫不輟，自然造此境界。某嚮年爲文，必有泛濫諸家，自逞才力，何曾一字是胸臆流出。繼又力橅豫章，頗工擬似，近日自己細看，亦費條析，可知一偏之見皆是助長之害。

某累數千言，欲琢如反於淺近。吾輩人稍有資性，必不肯淺近自安，然須識得深遠處非從淺近入，萬難竟到。又某所言皆身造其境，心知其意，乃敢爲琢如陳之。若功力未到，識見未的確

處，必不敢欺心，使琢如驚怖其言，驟爲慕效，以滋一切之弊。故前人已經闡發，耳所熟聞，間亦及之，而高深微妙之説，某心所不敢自信者，一皆弗贅。此意亦最緻密，爲琢如，亦所以自考也。

附論詩賦

教學徒讀唐詩時，自己便留心玩味，自然詩有原委。

作賦非材料充足不可，然不曾蓄聚得，驟求博雅，又是癡也，且亦做功夫不及。愚意凡看書時，擇其可入賦可作題目者另紙録之，再逐細分類，如天文、地理、學問、兵事、技藝之類，不然即隨便編成句調亦可。雖温公亦有《四六備覽》，東坡亦有摘句待用時也。

作賦有三字訣：一曰鮮，二曰整，三曰活。此數十年賦家通同之法，祇須解得此三字運用，便爲一代作手。

賦家争起手聳拔警鍊，最易動人。

布局以縱宕爲上。縱宕中自然宏整，尤徵功力，忌雜忌平衍。

作賦，字句尤宜檢點，不鍊則語不解，局不整，機不活。鍊句，鍊局，鍊意，尤須鍊勢。以六朝、唐賦爲根柢，而參以近今律賦，思過半矣。

賦以敷陳取義，古賦尚矣。某每謂近今律賦佳者實勝前人，能自得師，何必貴耳賤目。

成語須有的對方可入賦，若憑臆作偶，最生厭忌。徵引事實必時地皆合方可，不然泛濫成篇，究亦貽譏數典。總之，無論詩賦文辭，讀之必盡心而後已，作之亦必盡心而後已。又須按期常作，不可間斷。若作時雖用心，而平時並無讀底功夫，雖常作，亦無濟也。

前數年嘗疏所論作文法，題之曰《芻說》，論之實未盡也，乃隨事疏引，並追憶平昔所說雜書之。凡所論皆吾所親歷，循而行之，上可以進於古，下亦不失爲一時之傑，獨患不肯降氣猛力以求之耳。吾非敢謂所論無復遺漏，亦未能保其無復流弊，然引伸觸類則備矣，切己體察則善矣，善且備，則進乎道矣。

學者每日須有定程，雖課蒙鮮暇，亦當減省立程，不可全無定格，致因循懈惰，日復一日也。

太史公「好學深思，心知其意」二語極盡讀書之妙。雖有他務，心必在學；苟無他務，力免於學。此爲好學。讀一書，必求其大旨，讀一篇以至一段、一句、一字，必求其所以然，引伸而會通之，此爲深思。既好學又深思，則學之所到獨有深喻，思之所通無所窒礙，自然心知其意矣。不至心知其意，不可謂好學深思，且須著力求之，口耳之學，豈有真悟哉！

武侯「略觀大意」，淵明「不求甚解」，是古今第一等善讀書人。然此二語極須善會，「略觀大意」，取精神也；「不求甚解」，惡穿鑿也。不讀書者動引爲口實，夫今人直不觀、不求解而已，於

古人何嘗乎？須是勤觀勤解方得。「讀《易》者如無《書》，讀《詩》者如無《春秋》」，專而已矣。泛濫任意，忽此忽彼，究竟皆不得力，最讀書之大忌。昔嘗與耘清書云：「陳魚於案，食未竟而思熊掌，又趨而求食焉。熊掌不可必得，而魚之味仍未盡，其終必兩失之。」其言雖近，可爲善喻，大要每讀一書，必終其事，乃及其他。今縱不能孤行己意，卒業於古，要須定一日課，每日畢某書幾何，少讀而務解，久久自有真得，且用功反易。若雜騖無紀，既難而又無益，甚不值得。

讀書是大樂事。吾輩應酬世俗紛紛雜事，無非苦境，獨此事活潑潑地，而又不肯用功，悠悠忽忽，終身於苦中而無一樂，大可憫悼！弟須識得此意，自然日與書相親相化矣。經最難讀，亦最易讀。古人制度皆不可考，往往被考據家鬧擾不休，使人頭暈，所以難讀。逐處俱從尋常日用體帖，則逐處皆有悟入，不比他書少有吃緊關切處，所以易讀。要之，於制度上略有窺尋，即劄記存之，久亦貫串，則難者亦不甚難也。

雅不喜翻新立異，然古今有極可疑者，往往令人不快，亦須逐時録出，以爲考證問辨之資。十年前，弟好讀《史記》，近數年反不深求，此非善學文者。《史記》有無數文法，潛究之，則文字必有境地。此時説不出處，且吾至今固尚未盡其妙也。

八家中歐、曾於經義體較近，蘇則策論之大資也，韓太大，柳太峭，王太奇、太拗，不可不讀，

不可妄學。

嘗謂古文之源有二：其一出於《左氏》，變而《國策》，而《史記》，以至韓、柳、孫、李、歐、王、三蘇之屬，其傳最盛。其一出於《國語》，匡、劉以降則南豐、新安而已。元、明以來，惟歸熙甫學曾而未至，侯近蘇，魏近歐，汪僅標格，方則求兼而未成者。近則姬傳先生出入韓、歐，其體頗備，大抵皆八家之支流，無溯源於《左》、《國》者矣。至周、秦諸子，則莊、列、商、韓及漢之賈生、淮南皆左氏之流，老子、孫子、荀子及漢之廣川皆《國語》之流。左則簡於辭，富於波，變動於法，其源出於《易》與《書》；《國語》則委曲繁重，暢茂條達，不欲簡，不作波，不求變動，其源獨出於《禮》。此其大略也。若騷降而賦，其後相如、子雲、陳思、士衡以及八代諸作，皆詩之變也，弊乃棼於藻繪，糢糊無義理，君子戒之矣。觀古文以此意求之，庶有統宗，然要須逐處辨取，不必横據此意，反無得力處也。

學文要有次第，先審題，次布格，次立柱，次修辭。若一題到手，先想某典故可以敷佐，某古文可以套襲，此是欺世盜名心術，不惟於文無益，於心並有大損，戒之！戒之！

凡讀書作文，須是月計不足，歲計有餘。若急求見好，爲害最深。只須立定功程，認定趨向，日復一日，不肯苟且，自然精進無窮。

凡作文，喜人看是一病，不喜人看亦是一病。喜人看，先有自己得意在，是欺人道好耳。不

喜人看，先有自己護短在，恐人道不好耳。惟與用功夫有見地者看，不與漫應酬没出豁者看，最爲得宜。

昌黎《原道》諸篇，歐陽《本論》，眉山《策略》，曾、王學記，此類是八大家本領處。柳州則《唐書》所載盡之。學古文宜以此先之。

時文極是正經制作，都被摩風氣者敗壞，稍聰明欲自命者至謂必廢時文乃可。夫詩賦浮麗，不足取士，策學勦襲迎合，弊亦多門。經學專家，漢以後久絶矣，惟制義尚近經論，但爲之者心術自壞，何嘗爲時文所壞乎？嘗恨諸言官無慎選督學之奏，使天下爲使臣者一稟經訓，不命割裂虚縮之題，不取浮掠熟爛之文，清胥役之弊而杜請託與懷挾僥倖之門，則文運一轉，正學寖昌，自應童子試時已然，而況鄉、會試乎？此正本清源之一端，關於治化，非但文字也。吾曹縱無督責之者，自命以此，即脚根先立得牢，亦爲豪傑之一端矣。

文以意爲主，但争落想一著。所謂落想，乃是通盤打算，然後立意，非止一起筆已也。出手便尋替代字樣，此俗下極惡之習，琢如所謂開口便錯者，吾弟不可爲俗咻所動。

前言作文字須界畫分明，此是學文之法。以此法看前人文字，雖亦可尋出線索，而大段氣體却看不出。嘗語琢如，前明一代文須是不畫段勾股方看出大處，正、嘉以前文尤不可逐股看。琢如依此法，遂識得許多體氣。此意甚高，粗心人却藉口不得。大率看古文須界畫，畫界纔見得門

徑；看時文須不界畫，不界畫方識得他與古文一樣。吾數年來作時文亦不用界畫，頓覺他人有許多不聯貫處。

作文必實實還他著落，先正樸樸底説最有本領。吾文實還處必安放一番，多用前引後託，旁見側出，以避雷同剿襲之病。能自樹立處在此，不及先正處亦在此。學先正多成僞體，且熟而腐者往往不免。學吾文多好用解數，或反自相刺謬。二者皆有弊，總須多讀書以蓄義理，多讀古文以求體法，則隨所之而皆可有成。若是不還實處，則爲憂方大矣。

自金壇專以揣合虛字爲教，而發明道理之意亡，前人有論及此者，要是名論。然虛字非盡可抹煞，須從虛字發出道理，若只以側筆纖語揣合之，則識體者所不爲，方文輈至以張脈僨興爲慣技，踵其流，又害心術之甚者也。

前明亡國之際，有人不足齒，文尤悖亂。

《欽定四書文》所不載者，或側而險，或僞而膚，或雜而妄，或囂而支，皆近於世俗之墨體。世俗護之者，藉口於不以人廢。夫所謂言者，如商、韓之子，柳、王之文，世所不可少則存之。若曹氏、沈、宋之詩，揚雄、潘、陸之辭賦，實爲工妙，藝林所資，抑其次也。若諸人之時文，其何取乎？爛惡趁媚以欺世而竊科名，譬如市娼衒冶，下走羞以爲妻，又何不廢之有？吾嘗懸以爲戒子弟，有習文者慎無入目爲切。雖外間不可驟化，吾以爲家戒可也。

文之長者須不可減，短者須不可增，是矣。然又須長不可增，短不可減。若長者可使更長，其爲遺義多矣；短者可使更短，其爲剩字多矣。此斟酌長短一定之法。

學如行路，須是實實行到。高處一望可數十里，而都未實歷，乃侈然以心眼自矜，此爲欺耳。君子不自欺以欺人。

凡人好以不如己者自比，只覺自己無限好處，此最喫虧。看人文字，亦忌先瞧他不起，皆學者之切病。

作文到痛説弊病處言無愧辭，此由平時存心制行不走作，非關文字也。存心有暗曲難告人者，制行有作僞難問心者，臨文必多顧忌隱諱、不肯直道之語，故吾嘗謂作文足以省心察事。

作文要須逐處積意，能積意必先能搜剔。范蔚宗自病其文多公家言，今之時文其理致議論皆公家言耳。處處搜剔，則意自深確。大率文章一道，斷非嬾用功者所能。

學文先要立志。立志只要欺人以求售，不獨文不能工，心術先壞矣。讀聖賢書，須以發明道理、扶植倫常自任，須是文中所説都行得方可。

眼前諸君有識者都病我以少涵養，吾深服其論。然涵養須從存心明理、讀書養氣大段見之，不可僞襲。學文當自光明磊落，斬釘截鐵始，萬不可糢糊掩匿以爲中和。凡文有不定是非，不見起止者，必非端人，此非小故。涵養純粹，當徐而俟之，少年文雖圭角太露，何害？

詩文要須成體，筆墨變换，何往不可。第一篇之中一字不類，是謂駁雜，是大病痛。嘗謂鍊之用莫要於此，若捶句爲篇，鑄字爲句，小哉其言鍊矣！且俗稱之病多生於鍊，亦不可不知。

文章之道以相反爲用，詳處宜略，略處宜詳，續處宜斷，斷處宜續，皆其類也。讀書亦須從相反處入，思議粗中求精，深中求淺，曲中求直，敗中求成，皆其類也。曾從相反處用功，到得悟時，自如水銀瀉地，又如萬斛流泉。

君子立言自有體要，律賦雖小技，其猥褻纖詭有傷大雅者必力去之。昔吾作《張敞畫眉賦》，刻劃頗盡巧力，甚悔之，結處乃用正論爲救。此事關於性術。

謹按：是《説》删存全存，時賢見解各殊。或謂制藝已萬古不復，莫若專存論古文之説用成佳著；或謂制藝爲明清兩代取士之資，存爲後人考據；更謂凡書貴在精義，未可因時代體制而有所偏廢，且《説》中節與節脉絡貫通，隱有一層深一層、一層詳一層之意，故全存以留其真。　　家珂謹誌。

論文集要

〔清〕薛福成　撰

《論文集要》四卷

清　薛福成　撰

薛福成（一八三八—一八九四），字叔耘，號庸庵，江蘇無錫人，桐城派後期作家。曾充曾國藩幕僚，助李鴻章辦外交，任湖南按察使，後出使英、法、比、意四國，歸國後升爲左副都御史。薛氏爲文雄於議論，亦善記叙，着眼於經世致用。有《庸庵全集》。

《論文集要》四卷系集古今論文之作。所選起自唐代韓愈，迄於晚清曾國藩。選文先選整篇，次以摘録，終以評點序例。桐城之文，由方苞、姚鼐以溯明之歸有光、唐之韓愈、漢之司馬遷。薛氏編撰本書，旨在沿桐城一脈，以尋文章源流正宗之所在，義法之所依。尤重曾國藩論文之語，幾占全書四分之一。

有一九一六年《文學津梁》本。今即據以録入。

（聶巧平）

論文集要目録

卷一

曾文正公與劉霞仙書

曾文正公復吳南屏書

曾文正公歐陽生文集序

右選録古今大家論文

卷　二

方靈皋論文

劉海峰論文偶記

姚姬傳論文

方植之論詩文之法據《昭昧詹言》摘録

梅伯言論文

右輯録國朝大家論文

卷　三

曾文正公論文上據張廉卿手鈔本摘録

曾文正公論文下

右輯録國朝大家論文

卷四

歸震川史記圈識凡例附韓夢周跋

姚姬傳古文辭類纂序目

惲子居大雲山房文稿通例

曾文正公求闕齋經史百家雜鈔叙目

右平點序例

唐宋八家之選，自明茅鹿門始。論者謂其爲舉業而設圈點，批抹亦多不得要領，甚且謂李空同以字句摹秦漢，而秦漢爲窠臼；茅鹿門以機調摹唐宋，而唐宋又爲窠臼。夫摹擬固落窠臼，文章亦自有軌範，則亦不可不知也。先師無錫薛公好爲經世有用之學，生平厭棄科舉，肆力於古文辭。在曾文正公幕府先後八年，頗聞古文義法。嘗述文正論文之旨，以謂「聖門四教冠以文。文者，道德之鑰、經濟之輿也」。當時幕僚人材極一時之盛，相與講求學問，上下議論，故所見益廣，所得益多。公嘗集録古今論文之作，爲《集要》四卷，自昌黎以迄文正。先選整篇，次以摘録，終

以平點序例。蓋即在幕府從事古文時所爲，觀於此而義法瞭然矣。昔昌黎爲文深病場屋之作，歐公知貢舉，亦黜軋茁之習，當時風氣遂爲一變。歸震川由唐宋以溯太史公之文，至詆王弇州爲庸妄鉅子，卒爲一代正宗。

國初以來，能古文者多矣。然要以方、姚氏爲能致其精，曾文正爲能見其大。夫以文正天挺人豪，乃謂粗解文字，自姚先生始，此非一人之言，乃天下之公言也。近世學子浮慕速化，厭苦文法，其所爲之文，往往駁雜不醇，猖狂自恣，詖辭橫議，一倡百和，文體既僞，士習彌壞，蓋亦關繫於風俗人心。方今朝廷庶政維新，改變科舉，經義策論當有所宗。是篇雖不爲科舉而設，然使讀者知駁雜猖狂之不可爲，以蘄尋文章源流正變之所在，庶不至踰越軌範，蹈襲窠臼已乎。蕭山陳根儒觀察，故薛公之壻也，就公子慈明觀察録是書付石印，因書此以貽之，並質諸當世有道知文君子焉。

光緒二十八年正月鄞縣弟子張美翊謹跋

論文集要卷一

清　薛福成　撰

韓退之答李翊書

六月二十六日，愈白李生足下：生之書辭甚高，而其問何下而恭也？能如是，誰不欲告生以其道！道德之歸也有日矣，况其外之文乎？抑愈所謂望孔子之門墻而不入於其宫者，焉足以知是且非耶？雖然，不可不爲生言之。

生所謂立言者是也。生所爲者，與所期者，甚似而幾矣，抑不知生之志蘄勝於人而取於人耶？將蘄至於古之立言者耶？蘄勝於人而取於人，則固勝於人而可取於人矣；將蘄至於古之立言者，則無望其速成，無誘於勢利，養其根而竢其實，加其膏而希其光，根之茂者其實遂，膏之渥者其光曄，仁義之人，其言藹如也。

抑又有難者，愈之所爲，不自知其至猶未也。雖然，學之二十餘年矣。始者，非三代兩漢之

書不敢觀，非聖人之志不敢存，處若忘，行若遺，儼乎其若思，茫乎其若迷；當其取於心而注於手也，惟陳言之務去，戛戛乎其難哉！其觀於人，不知其非笑之爲非笑也。如是者亦有年，猶不改，然後識古書之正僞，與雖正而不至焉者，昭昭然黑白分矣，而務去之，乃徐有得也；當其取於心而注於手也，汩汩然來矣；其觀於人也，笑之則以爲喜，譽之則以爲憂，以其猶有人之説者存也。如是者亦有年，然後浩乎其沛然矣；吾又懼其雜也，迎而距之，平心而察之，其皆醇也，然後肆焉。雖然，不可以不養也，行之乎仁義之途，遊之乎詩書之源，無迷其途，無絶其源，終吾身而已矣。氣，水也，言，浮物也，水大而物之浮者大小畢浮，氣之與言猶是也，氣盛則言之短長與聲之高下者皆宜。雖如是，其敢自謂幾於成乎？雖幾於成，其用於人也奚取焉？

雖然，待用於人者，其肖於器耶？用與舍屬諸人。君子則不然，處心有道，行己有方，用則施諸人，舍則傳諸其徒，垂諸文而爲後世法。如是者，其亦足樂乎？其無足樂也？有志乎古者希矣，志乎古，必遺乎今，吾誠樂而悲之，亟稱其人，所以勸之，非敢褒其可褒而貶其可貶也。問於愈者多矣，念生之言不志乎利，聊相爲言之。愈白。

韓退之答劉正夫書

愈白進士劉君足下：辱牋，教以所不及，既荷厚賜，且愧其誠然，幸甚！幸甚！凡舉進士

者於先進之門，何所不往，先進之於後輩，苟見其至，寧可以不答其意耶？　來者則接之，舉城士大夫，莫不皆然；　而愈不幸，獨有接後輩名，名之所存，謗之所歸也。

有來問者，不敢不以誠答。　或問：「爲文宜何師？」必謹對曰：「宜師古聖賢人。」曰：「古聖賢人所爲書具存，辭皆不同，宜何師？」必謹對曰：「師其意，不師其辭。」又問曰：「文宜易宜難？」必謹對曰：「無難易，惟其是爾。」如是而已。　非固開其爲此，而禁其爲彼也。　夫百物朝夕所見者，人皆不注視也，及睹其異者，則共觀而言之，夫文豈異於是乎？　漢朝人莫不能爲文，獨司馬相如、太史公、劉向、楊雄爲之最；　然則用功深者，其收名也遠，若皆與世沉浮，不自樹立，雖不爲當時所怪，亦必無後世之傳也。　足下家中百物，皆類而用也，然其所珍愛者，必非常物，夫君子之於文，豈異於是乎？　今後進之爲文，能深探而力取之，以古聖賢人爲法者，雖未必皆是，要若有司馬相如、太史公、劉向、楊雄之徒出，必自於此，不自於循常之徒也。　若聖人之道不用文則已，用則必尚其能者；　能者非他，能自樹立不因循者是也。　有文字來，誰不爲文，然其存於今者，必其能者也，顧常以此爲說耳。

愈於足下，忝同道而先進者，又常從遊於賢尊給事，既辱厚賜，又安敢不進其所有以爲答也。足下以爲何如？　愈白。

韓退之與馮宿論文書

辱示《初筮賦》，實有意思，但力爲之，古人不難到；但不知直似古人，亦何得於今人也。僕爲文久，每自測意中以爲好，則人必以爲惡矣，小稱意，人亦小怪之，大稱意，即人必大怪之矣。時時應事作俗下文字，下筆令人慚，及示人，則人以爲好矣，小慚者，亦蒙謂之小好，大慚者，即必以爲大好矣，不知古文直何用於今世也。然以竢知者知耳。

昔楊子雲著《太玄》，人皆笑之，子雲之言曰：「世不我知，無害也，後世復有楊子雲，必好之矣。」子雲死近千載，竟未有楊子雲，可嘆也！其時桓譚亦以爲雄書勝《老子》，《老子》未足道也，子雲豈止與老子争彊而已乎？此未爲知雄者。其弟子侯芭頗知之，以爲其師之書勝《周易》；然侯之他文，不見於世，不知其人果何如耳。以此而言，作者不祈人之知也明矣，直百世以俟聖人而不惑，質諸鬼神而不疑耳。足下豈不謂然乎？

近李翱從僕學文，頗有所得；然其人家貧多事，未能卒其業。有張籍者，年長於翱，而亦學於僕，其文與翱相上下，一二年業之，庶幾乎至也；然閔其棄俗尚而從於寂寞之道，以争名於時也。久不談，聊感足下能自進於此，故復發憤一道。愈再拜。

柳子厚答韋中立論師道書

二十一日，宗元白：辱書云欲相師，僕道不篤，業甚淺近，環顧其中，未見可師者。雖嘗好言論，爲文章，甚不自是也。不意吾子自京師來蠻夷間，乃幸見取。僕自卜固無取，假令有取，亦不敢爲人師。爲衆人師且不敢，況敢爲吾子師乎？

孟子稱「人之患在好爲人師」。由魏、晉氏以下，人益不事師。今之世，不聞有師，有輒譁笑之，以爲狂人。獨韓愈奮不顧流俗，犯笑侮，收召後學，作《師説》，因抗顔而爲師。世果羣怪聚罵，指目牽引，而增與爲言詞。愈以是得狂名，居長安，炊不暇熟，又挈挈而東，如是者數矣。屈子賦曰：「邑犬羣吠，吠所怪也。」僕往聞庸蜀之南，恒雨少日，日出則犬吠，余以爲過言。前六七年，僕來南，二年冬，幸大雪，踰嶺被南越中數州，數州之犬，皆蒼黄吠噬，狂走者累日，至無雪乃已，然後始信前所聞者。今韓愈既自以爲蜀之日，而吾子又欲使吾爲越之雪，不以病乎？非獨見病，亦以病吾子。然雪與日豈有過哉？顧吠者犬耳。度今天下不吠者幾人，而誰敢衒怪於羣目，以召鬧取怒乎？

僕自譴過以來，益少志慮。居南中九年，增脚氣病，漸不喜鬧，豈可使呶呶者早暮咈吾耳、騷吾心？則固僵仆煩憒，愈不可過矣。平居望外遭齒舌不少，獨欠爲人師耳。

抑又聞之，古者重冠禮，將以責成人之道，是聖人所尤用心者也。數百年來，人不復行。近有孫昌允者，獨發憤行之。既成禮，明日造朝至外廷，薦笏言於卿士曰：「某子冠畢。」應之者咸憮然。京兆尹鄭叔則怫然曳笏却立，曰：「何預我耶？」廷中皆大笑。天下不以非鄭尹而快孫子，何哉？獨爲所不爲也。今之命師者大類此。

吾子行厚而辭深，凡所作，皆恢恢然有古人形貌，雖僕敢爲師，亦何所增加也？假而以僕年先吾子，聞道著書之日不後，誠欲往來言所聞，則僕固願悉陳中所得者。吾子苟自擇之，取某事去某事，則可以。若定是非以教吾子，僕材不足，而又畏前所陳者，其爲不敢也決矣。吾子前所欲見吾文，既悉以陳之，非以耀明於子，聊欲以觀子氣色誠好惡何如也。今書來，言者皆大過。吾子誠非佞譽誣諛之徒，直見愛甚故然耳。

始吾幼且少，爲文章，以辭爲工。及長，乃知文者以明道。是固不苟爲炳炳烺烺，務采色、誇聲音而以爲能也。凡吾所陳，皆自謂近道，而不知道之果近乎？遠乎？吾子好道而可吾文，或者其於道不遠矣。故吾每爲文章，未嘗敢以輕心掉之，懼其剽而不留也；未嘗敢以怠心易之，懼其弛而不嚴也；未嘗敢以昏氣出之，懼其昧没而雜也；未嘗敢以矜氣作之，懼其偃蹇而驕也。抑之欲其奥，揚之欲其明，疏之欲其通，廉之欲其節，激而發之欲其清，因而存之欲其重，此吾所以羽翼夫道也。本之《書》以求其質，本之《詩》以求其恒，本之《禮》以求其宜，本之《春秋》以求其

斷，本之《易》以求其動，此吾所以取道之原也。參之穀梁氏以厲其氣，參之《孟》、《荀》以暢其支，參之《莊》、《老》以肆其端，參之《國語》以博其趣，參之《離騷》以致其幽，參之太史以著其（深）〔潔〕，此吾所以旁推交通而以爲之文也。凡若此者，果是耶？非耶？有取乎？抑其無取乎？吾子幸觀焉，擇焉，有餘以告焉。苟亟來以廣是道，子不有得焉，則我得矣，又何以師云爾哉？取其實而去其名，無招越、蜀吠怪，而爲外廷所笑，則幸矣！宗元復白。

李習之答王載言書

翺頓首：足下不以翺卑賤無所可，乃陳辭屈意先我以書，且曰：「余之藝及心不能棄於時，將求知者，問誰可，則皆曰：『其李君乎？』」告足下者，過也；足下因而信之，又過也。果若來陳，雖道備德具，且猶不足辱厚命，況如翺者多病少學，其能以此堪足下所望博大而深宏者耶？雖然，誠意不可以不答，故敢略陳其所聞。

蓋行己莫如恭，自責莫如厚，接衆莫如弘，用心莫如直，進道莫如勇，受益莫如擇友，好學莫如改過，此聞之於師者也。相人之術有三：迫之以利而審其邪正，設之以事而察其厚薄，問之以謀而觀其智與不才，賢不肖分矣。此聞之於友者也。列天地，立君臣，親父子，別夫婦，明長幼，浹朋友，六經之旨也。浩乎若江海，高乎若邱山，赫乎若日火，包乎若天地，掇章稱詠，津潤怪麗，

六經之詞也。創意造言皆不相師，故其讀《春秋》也，如未嘗有《詩》也；其讀《詩》也，如未嘗有《易》；其讀《易》也，如未嘗有《書》也；其讀屈原、莊周也，如未嘗有六經也。故義深則意遠，意遠則理辯，理辯則氣直，氣直則辭盛，辭盛則文工。如山有恒、華、嵩、衡焉，其同者高也；其草木之榮，不必均也。如瀆有淮、濟、河、江焉，其同者出源到海也；其曲直淺深，色黄白，不必均也。如百品之雜焉，其同者飽於腸也，其味鹹酸苦辛，不必均也。此因學而知者也，此創意之大歸。

天下之語文章有六説焉。其尚異者則曰：文章辭句奇險而已；其好理者則曰：文章叙意苟通而已；其溺於時者則曰：文章必當對；其病於時者則曰：文章不當對；其愛難者則曰：文章宜深不當易；其愛易者則曰：文章宜通不當難。此皆情有所偏，滯而不流，未識文章之所主也。義不深不至於理，言不信不在於教，勸而詞句怪麗者有之矣，《劇秦美新》、王褒《僮約》是也。其理往往有是者，而詞章不能工者有之矣，劉氏《人物表》，王氏《中説》，俗傳《太公家教》是也。古之人能極於工而已，不知其詞之對與否、易與難也。《詩》曰：「憂心悄悄，愠於羣小。」此非對也。又曰：「遘閔既多，受侮不少。」此非不對也。《書》曰：「朕堲讒説殄行，震驚朕師。」《詩》曰：「菀彼桑柔，其下侯旬，捋採其劉，瘼此下民。」此非易也。《書》曰：「允恭克讓，光被四表，格於上下。」《詩》曰：「十畝之閒兮，桑者閑閑兮，行與子旋兮。」此非難也。學者不知其方而稱説云云，如前所陳者，非吾之敢聞也。六經之後，百家之言興，老聃、列禦寇、莊周、鶡冠、田穰

苴、孫武、屈原、宋玉、孟軻、吴起、商鞅、墨翟、鬼谷子、荀況、韓非、李斯、賈誼、枚乘、司馬遷、相如、劉向、楊雄，皆足以自成一家之文，學者之所師歸也。故義雖深，理雖當，詞不工者，不成文，宜不能傳也。文、理、義三者兼并，乃能獨立於一時，而不泯滅於後代，能必傳也。仲尼曰：「言之無文，行之不遠。」子貢曰：「文猶質也，質猶文也。虎豹之鞟，猶犬羊之鞟。」此之謂也。陸機曰：「怵他人之我先。」韓退之曰：「唯陳言之務去。」假令述笑哂之狀，曰「莞爾」，則《論語》言之矣。曰「啞啞」，則《易》言之矣。曰「粲然」，則《穀梁子》言之矣。曰「攸爾」，則班固言之矣。曰「囅然」，則左思言之矣。吾復言之，與前文何以異也？此造言之大歸。吾所以不協於時而學古文者，悦古人之行也。悦古人之行者，愛古人之道也。故學其言不可以不行其行，行其行不可以不重其道，重其道不可以不循其禮。古之人相接有等，輕重有儀，列於經傳，皆可詳引。如師之於門人則名之，於朋友則字而不名，稱之於師，則雖朋友亦名之。子曰：「吾與回言。」又曰：「參乎，吾道一以貫之。」又曰：「若由也，不得其死然。」是師之名門人驗也。夫子於鄭，兄事子産，於齊，兄事晏嬰平仲，傳曰：「子謂子産有君子之道四焉。」又曰：「晏平仲善與人交。」子夏曰：「言游過矣。」子張曰：「子夏云何？」曾子曰：「堂堂乎張也。」是朋友字而不名驗也。子貢曰：「賜也，何敢望回？」又曰：「師與商也，孰賢？」子游曰：「有澹臺滅明者，行不由徑。」是稱於師，雖朋友亦名驗也。孟子曰：「天下之達尊三，曰德、爵、年。」惡得有其一以慢其二哉？足下之書曰：

韋君詞、楊君潛。足下之德與二君未知先後也，而足下齒幼而位卑，而皆名之。傳曰：「吾見其與先生並行，非求益者，欲速成。」竊懼足下不思，乃陷於此。韋踐之與翺書，亟叙足下之善。故敢盡辭以復足下之厚意，計必不以爲犯。李翺頓首。

侯朝宗與任王谷論文書

僕少年溺於聲伎，未嘗刻意讀書。以此，文章淺薄，不能發明古人之旨。然其大略亦頗聞之矣。大約秦以前之文，主骨；漢以後之文，主氣。秦以前之文，若六經非可以文論也。其他如老、韓諸子，《左傳》、《戰國策》、《國語》，皆斂氣於骨者也。漢以後之文，若《史》，若《漢》，若八家，最擅其勝，皆運骨於氣者也。斂氣於骨者，如泰華三峰，直與天接，層嵐危磴，非仙靈變化未易攀陟。尋步計里，必蹶其趾。姑舉明文如李夢陽者，亦所謂「蹶其趾」者也。運骨於氣者，如縱舟長江大海間，其中煙嶼星島，往往可自成一都會。即颶風忽起，波濤萬狀，東泊西注，未知所底。苟能操柁覘星，立意不亂，亦自可免漂溺之失。此韓、歐諸子所以獨嵯峨於中流也。六朝選體之文，最不可恃。士雖多而將囂，或進或止，不按部伍。譬如用兵者，調遣旗幟聲援，但須知此中尚有小小行陣，遥相照應，未必全無益。至於摧鋒陷敵，必更有牙隊健兒銜枚而前，若徒恃此，鮮有不敗。

今之爲文解此者，罕矣。高者又欲舍八家跨《史》、《漢》而趨先秦，則是不筏而問津，無羽翼而思飛舉，豈不怪哉？頃見足下所爲杜周、張湯諸論，奇確圓暢，若有餘力，僕目中所僅見。殫思著述，必當成名。然亦少有説。覺引天道報施周、湯處，稍涉覼縷。行文之旨，全在裁制，篤論。無論細大，皆可驅遣。當其閒漫纖碎處，反宜動色而陳，鑿鑿娓娓，使讀者見其關係，尋繹不倦。至大議論人人能解者，不過數語發揮，便須控馭歸於含蓄。若當快意時，聽其縱横，必一瀉無復餘地矣。譬如渴虹飲水，霜隼摶空，瞥然一見，瞬息滅没，神力變態，轉更夭矯。足下以爲何如？此境可令人游，此意可令人思，欲索解人，不易得矣。

僕十五歲時學爲文，金沙蔣黄門鳴玉，方爲孝廉，有盛名，每見必稱佳，僕竊自喜。又得同學吴君伯裔，日來逼索，盡日且酬和數首，以此得不廢。然皆從嬉游之餘縱筆出之，以博稱譽、塞詆讓。間有合作，亦不過春花爛漫，柔脆飄揚，轉目便蕭索可憐。近得賈君開宗、徐君作肅共相磋磨，乃覺文章有分毫進益。賈精於論，徐老於法，二君嘗言：此係何等事，君不慘淡經營、便輕率命筆？僕佩其言，不敢忘。足下當行文快意時，每一回思之，必賞此言之不謬也。

姚姬傳復魯絜非書

桐城姚鼐頓首絜非先生足下：相知恨少，晚遇先生。接其人，知爲君子矣；讀其文，非君子

不能也。往與程魚門、周書昌嘗論古今才士，惟爲古文者最少。苟爲之，必傑士也，況爲之專且善如先生乎？辱書引義謙而見推過當，非所敢任。鼐自幼迄衰，獲侍賢人長者爲師友，剽取見聞，加臆度爲説，非真知文、能爲文也，奚辱命之哉？蓋虚懷樂取者，君子之心；而誦所得以正於君子，亦鄙陋之志也。

鼐聞天地之道，陰陽剛柔而已。文者，天地之精英，而陰陽剛柔之發也。惟聖人之言，統二氣之會而弗偏。然而《易》、《詩》、《書》、《論語》所載，亦間有可以剛柔分矣。值其時其人告語之，體各有宜也。自諸子而降，其爲文無弗有偏者。其得於陽與剛之美者，則其文如霆，如電，如長風之出谷，如崇山峻崖，如決大川，如奔騏驥；其光也，如杲日，如火，如金鏐鐵；其於人也，如憑高視遠，如君而朝萬衆，如鼓萬勇士而戰之。其得於陰與柔之美者，則其文如升初日，如清風，如雲，如霞，如煙，如幽林曲澗，如淪，如漾，如珠玉之輝，如鴻鵠之鳴而入寥廓；其於人也，漻乎其如歎，邈乎其如有思，暖乎其如喜，愀乎其如悲。觀其文，諷其音，則爲文者之性情形狀，舉以殊焉。

且夫陰陽剛柔，其本二端，造物者糅而氣有多寡進(細)〔絀〕，則品次億萬，以至於不可窮，萬物生焉。故曰：「一陰一陽之爲道。」夫文之多變，亦若是也。糅而偏勝可也，偏勝之極，一有一絶無，與夫剛不足爲剛，柔不足爲柔者，皆不可以言文。今夫野人孺子聞樂，以爲聲歌弦管之會爾；苟善樂者聞之，則五音十二律，必有一當，接於耳而分矣。夫論文者，豈異於是乎？宋朝歐

陽、曾公之文，其才皆偏於柔之美者也。歐公能取異己者之長而時濟之，曾公能避所短而不犯。觀先生之文，殆近於二公焉。抑人之學文，其功力所能至者，陳理義必明當，布置取舍、繁簡廉肉不失法，吐辭雅馴，不蕪而已。古今至此者，蓋不數數得，然尚非文之至。文之至者，通乎神明，人力不及施也。先生以爲然乎？

惠寄之文，刻本固當見與，鈔本謹封還。然鈔本不能勝刻者。諸體中，書、疏、贈序爲上，記事之文次之，論辨又次之。鼐亦竊識數語於其間，未必當也。《梅崖集》果有逾人處，恨不識其人。郎君令甥皆美才，未易量，聽所好恣爲之，勿拘其迹可也。於所寄文，輒妄評說，勿罪！勿罪！秋暑，惟體中安否？千萬自愛。七月朔日。

曾文正公復吴南屏書

去歲辱惠書，久未奉報。尊書以弟所作《歐陽生集序》中，偁引并世文家，妄將大名臚於諸君子之次，見謂不倫。李耳與韓非同傳，誠爲失當。然贊末一語曰：「而老子深遠矣。」子長胸中，固非全無涇渭。今之屬辭連類，或亦同科。至姚惜抱氏，雖不可遽語於古之作者，尊兄至比之吕居仁，則亦未爲明允。惜抱於劉才甫不無阿私，而辨文章之源流，識古書之真僞，亦實有突過歸、方之處。尊兄鄙其宗派之説，而并没其篤古之功，揆之事理，寧可謂平？至尊緘有曰：「果以宗桐

城爲派，則侍郎之心，殊未必然。」斯實搔諸癢處。

往在京師，雅不欲溷入梅郎中之後塵，私怪閣下幽人貞介，何必追逐名譽，不自閟惜。昔睹驪蔑之面，今知君子之心。吾鄉富人，畏爲命案所汙累，至靡錢五百千摘除其名。尊兄畏拙文將來援爲案據，何不捐輸巨資，摘除大名，亦一法也。見示詩文諸作，質雅勁健，不盜襲前人字句，良可誦愛。中如《書西銘講義後》，鄙見約略相同。然此等處，頗難於著文，雖以退之著論，日光玉潔，後賢猶不免有微辭。故僕嘗稱古人之道，無施不可，但不宜說理耳。送人序，退之爲之最多且善，然僕意宇宙間乃不應有此一種文體。後世生日有壽序，遷官有賀序，上樑有序，字號有序，皆此體濫觴，至於不可究詰。昔年作《書歸熙甫文集後》，曾持此論，譏世人不能糾正退之之謬，而逐其波，而拾其瀋，異時當就尊兄暢發斯旨。

往歲見寄之書，似尚不逮今秋惠書暨《復筱岑書》之雅深。國藩自癸丑以來，久荒文字。去歲及今茲作得十餘首，都不稱意。茲鈔五六首奉呈教正。平生好雄奇瑰瑋之文，近乃平淺無可驚喜，一則精神耗竭，不克窮探幽險，一則軍中卒卒，少閑適之味，惟希嚴繩而詳究之。詩則八年不作，今歲僅作次韻七律十六首，不中尺度。尊兄詩骨勁拔，迴越時賢。姚惜抱氏謂「詩文宜從聲音證入，嘗有取於大曆及明七子之風」。尊兄睥睨姚氏，亦頗欲參用其說否？

曾文正公與劉孟容書

去歲辱惠書，所以講明學術者，甚正且詳，而於僕多寬假之詞，意欲誘而進之，且使具述爲學大指，良厚！良厚！蓋僕早不自立，自庚子以來，稍事學問，涉獵於前明、本朝諸大儒之書，而不克辨其得失，聞此間有工爲古文詩者，就而審之，乃桐城姚郎中鼐之緒論，其言誠有可取。於是取司馬遷、班固、杜甫、韓愈、歐陽修、曾鞏、王安石及方苞之作悉心而讀之，其他六代之能詩者，及李白、蘇軾、黄庭堅之徒，亦能泛其流而究其歸，然後知古之知道者，未有不明於文字者也。能文而不能知道者，或有矣，烏有知道而不明文字者乎？古聖觀天地之文、獸迒鳥跡而作書契，於是乎有文。文與文相生而爲字，字與字相續而成句，句與句相續而成篇，口所不能達者，文字能曲傳之。故文字者，所以代口而傳之千百世者也。伏羲既深知經緯三才之道而畫卦以著之，文王、周公恐人之不能明也，於是立文字以彰之。孔子又作《十翼》，定諸經以闡顯之，而道之散列於萬事萬物者，亦略盡於文字中矣。所貴乎聖人者，謂其立行與萬事萬物相交錯而曲當乎道，其文字可以教後世也。吾儒所賴以學聖賢者，亦藉此文字以考古聖之行，以究其用心之所在。然則此句與句續，字與字續者，古聖之精神語笑胥寓於此。差若毫釐，謬以千里。詞氣之緩急，韻味之厚薄，屬文字一不慎，則規模立變；讀書者一不慎，則鹵莽無知。故國藩竊謂今日欲明先王之道，不得不以精研文字爲要務。

三古盛時，聖君賢相承繼熙洽，道德之精，淪於骨髓，而問學之意，達於閭巷。是以其時雖罝兔之野人，漢陽之游女，皆含性貞，嫻吟詠，若伊莘、周、召、凡伯、仲山甫之倫，其道足文工，又不待言。降及春秋，王澤衰竭，道固將廢，文亦殆殊已。故孔子睹獲麟，曰：「吾道窮矣！」畏匡，曰：「斯文將喪！」於是慨然發憤，修訂六籍，昭百王之法戒，垂千世而不刊，心至苦，事至盛也。仲尼既没，徒人分布，轉相流衍。厥後聰明魁桀之士，或有識，能譔著，大抵孔氏之苗裔，其文之醇駁，一視乎見道之多寡以爲差：見道尤多者，文尤醇焉，孟軻是也；次多者，醇次焉；見少者，文駁焉；尤少者，尤駁焉。自荀、揚、莊、列、屈、賈而下，次第等差，略可指數。

夫所謂見道多寡之分數何也？曰：深也，博也。昔者，孔子贊《易》以明天道，作《春秋》以衷人事之至當，可謂深矣。孔子之門有四科：子路知兵，冉求富國，問禮於柱史，論樂於魯伶，九流之説，皆悉其源，可謂博矣。深則能研萬事微芒之幾，博則能究萬物之情狀而不窮於用。後之見道不及孔氏者，其深有差焉，其博有差焉。能深且博，而屬文復不失古聖之誼者，孟子而下，惟周子之《通書》、張子之《正蒙》，醇厚正大，邈焉寡儔。許、鄭亦能深博，而訓詁之文，或失則碎。程、朱亦且深博，而指示之語，或失則隘。其他若杜佑、鄭樵、馬貴與、王應麟之徒，能博而不能深，則文流於蔓矣；游、楊、金、許、薛、胡之儔，能深而不能博，則文傷於易矣。由是有漢學、宋學之分，齗齗相角，非一朝矣。僕竊不自揆，謬欲兼取二者之長，見道既深且博，而爲文復臻於無累，區區之心，

不勝奢願，譬若以蚊而負山，盲人而行萬里也，亦可哂矣。蓋上者仰企於《通書》、《正蒙》，其次則篤耆司馬遷、韓愈之書，謂二子誠亦深博而頗窺古人屬文之法。今論者不究二子之識解，輒謂遷之書憤懣不平，愈之書傲兀自喜。而足下或不深察，亦偶同於世人之說，是猶睹《盤》、《誥》之聱牙而謂《尚書》不可讀；觀鄭、衛之淫亂，而謂全《詩》可删，其毋乃漫於一概而未之細推也乎？

孟子曰：「君子所性，雖大行不加焉，雖窮居不損焉。」僕則謂君子所性，雖破萬卷不加焉，雖一字不識無損焉。離書籍而言道，則仁義忠信反躬皆備，堯、舜、孔、孟非有餘，愚夫愚婦非不足，初不關乎文字也。即書籍而言道，則道猶人心所載之理也，文字猶人身之血氣也，血氣誠不可以名理矣，然舍血氣，則性情亦胡以附麗乎？今世雕蟲小夫，既溺於聲律繢藻之末，而稍知道者，又謂讀聖賢書，當明其道，不當究其文字，是猶論觀人者，當觀其心所載之理，不當觀其耳目言動血氣之末也，不亦誣乎？知舍血氣無以見心理，則知舍文字無以窺聖人之道矣。

周濂溪氏稱文以載道，而以「虛車」譏俗儒。夫「虛車」誠不可，無車又可以行遠乎？孔、孟没而道至今存者，賴有此行遠之車也。吾輩今日苟有所見，而欲爲行遠之計，又可不早具堅車乎哉？故凡僕之鄙願，苟於道有所見，不特見之，必實體行之，不特身行之，必求以文字傳之後世。雖曰不逮，志則如斯。其於百家之著述，皆就其文字以校其見道之多寡，剖其銖兩而殿最焉。於漢、宋二家構訟之端，皆不能左袒，以附一哄；於諸儒崇道貶文之說，尤不敢雷同而苟隨。極知

狂謬，爲有道君子所深屏，然默而不宣，其文過彌甚。聊因足下之引誘而一陳涯略，伏惟憫其愚而繩其愆，幸甚！幸甚！

曾文正公與劉霞仙書

大著遊記二首，以義理言，則多精當，以文字言，終少强勁之氣。自孔、孟以後，惟濂溪《通書》、横渠《正蒙》，道與文可謂兼至交盡。其次如昌黎《原道》、子固《學記》、朱子《大學序》，寥寥數篇而已。此外則道與文竟不能不離而爲二。鄙意欲發明義理，則當法《經説》、《理窟》及各語録劄記，如《讀書録》《居業録》《困知記》《思辨録》之屬。欲學爲文，則當掃蕩一副舊習，赤地新立，將前此所業，蕩然若喪其所有，乃始别有一番文境。望溪所以不得入古人之閫奥者，正爲兩下兼顧以致。無可怡説，輒妄施批點，極知無當高深之萬一。然各有本師，未敢自誣其家法以從人也。論文臆説當録出以污尊册，然決無百葉之多，得四十葉爲幸耳。

曾文正公復吴南屏書

三月初旬，奉復一函，想已達覽。旋接上年臘月惠書，並大著詩文全集各五十部，就審履祺康勝，無任企仰。大集古文，敬讀一過，視昔年僅見零篇斷幅者，尤爲卓絶。大抵節節頓挫，不矜

奇辭奥句，而字字若履危石而下，落紙乃遲重絶倫。其中閒適之文，清曠自怡，蕭然物外。如《説釣》、《雜説》、《程日新傳》、《屠禹甸序》之類，若翱翔於雲表，俯視而有至樂。

國藩嘗好讀陶公及韋、白、蘇、陸閒適之詩，觀其博攬物態，遥逸横生，栩栩焉神愉而體輕，令人欲棄百事而從之遊，而惜古文家少此恬適之一種。獨柳子厚山水記，破空而遊，并物我而納諸大適之域，非他家所可及。今乃於尊集數數遘之，故編中雖兼衆長，而僕視此等尤高也。《與歐陽筱岑書》中論及桐城文派，不右劉、姚，至比姚氏於吕居仁，譏評得無少過？劉氏誠非有過絶輩流之詣，姚氏則深造自得，詞旨淵雅，其文爲世所稱誦者，如《莊子章義序》、《禮箋序》、《復張君書》、《復蔣松如書》、《與孔撝約論禘祭書》、《贈撝約假歸序》、《贈錢獻之序》、《朱竹君傳》、《儀鄭堂記》、《南國詩存序》、《錦莊文集序》等篇，皆義精而詞俊，敻絶塵表。其不厭人意者，惜少雄直之氣，驅邁之勢。姚氏固有偏於陰柔之説，又嘗自謝爲才弱矣。其論文亦多詣極之語，國史稱其有古人所未嘗言，鼐獨抉其微而發其藴，惟亟稱海峰，不免阿於私好。要之方氏以後，惜抱固當爲百年正宗，未可與海峰同類而并薄之也。

曾文正公歐陽生文集序

乾隆之末，桐城姚姬傳先生鼐，善爲古文辭，慕效其鄉先輩方望溪侍郎之所爲，而受法於劉

君大槪及其世父編修君範。三子既通儒碩望，姚先生治其術益精。歷城周永年書昌爲之語曰：「天下文章，其在桐城乎！」由是學者多歸嚮桐城，號「桐城派」，猶前世所稱江西詩派者也。姚先生晚而主鍾山書院講席，門下著籍者，上元有管同異之、梅曾亮伯言，桐城有方東樹植之、姚瑩石甫。四人者，稱爲高第弟子，各以所得傳授徒友，往往不絶。在桐城者，有戴鈞衡存莊，事植之久，尤精力過絶人，自以爲守其邑先正之法，禫之後進，義無所讓也。其不列弟子籍，同時服膺，有新城魯仕驥絜非、宜興吴德旋仲倫。絜非之甥爲陳用光碩士，碩士既師其舅，又親受業姚先生之門，鄉人化之，多好文章。碩士之羣從，有陳學受藝叔、陳溥廣敷，而南豐又有吴嘉賓子序，皆承絜非之風，私淑於姚先生。由是江西建昌有桐城之學。仲倫與永福吕璜月滄交友，月滄之鄉人有臨桂朱琦伯韓、龍啓瑞翰臣、馬平王〔錫〕拯定甫，皆步趨吴氏、吕氏，而益求廣其術於梅伯言。由是桐城宗派流衍於廣西矣。

昔者，國藩嘗怪姚先生典試湖南，而吾鄉出其門者，未聞相從以學文爲事。既而得巴陵吴敏樹南屏，稱述其術，篤好而不厭。而武陵楊彝珍性農、善化孫鼎臣芝房、湘陰郭松燾伯琛、漵浦舒燾伯魯，亦以姚氏文家正軌，違此則又何求？最後得湘潭歐陽生。生，吾友歐陽兆熊小岑之子，而受法於巴陵吴君、湘陰郭君，亦師事新城二陳。其漸染者多，其志趣耆好，舉天下之美，無以易乎桐城姚氏者也。

當乾隆中葉，海内魁儒畸士崇尚宏博，繁稱旁證，考覈一字，累數千言不能休，别立幟志，名曰「漢學」。深擯有宋諸子義理之説，以爲不足復存。其爲文尤蕪雜寡要。姚先生獨排衆議，以爲義理、考據、詞章三者不可偏廢。必義理爲質，而後文有所附，考據有所歸，一編之内，惟此尤兢兢。當時孤立無助，傳之五六十年，近世學子，稍稍誦其文，承用其説。道之廢興，亦各有時，其命也歟哉？

自洪、楊倡亂，東南荼毒。鍾山石城，昔時姚先生撰杖都講之所，今爲犬羊窟宅，深固而不可拔。桐城淪爲異域，既克而復失，戴鈞衡全家殉難，身亦嘔血死矣。余來建昌，問新城、南豐，兵燹之餘，百物蕩盡，田荒不治，蓬蒿没人，一二文士，轉徙無所。而廣西用兵九載，羣盜尤洶洶，驟不可爬梳，龍君翰臣又物故。獨吾鄉少安，二三君子尚得優游文學，曲折以求合桐城之轍。而舒燾前卒，歐陽生亦以瘵死。老者牽於人事，或遭亂不得竟其學，少者或中道夭殂。四方多故，求如姚先生之聰明早達，太平壽考，從容以躋於古之作者，卒不可得。然則業之成否，又得謂之非命也耶？

歐陽生名勳，字子和，殁於咸豐五年三月，年二十有幾。其文若詩，清縝喜往復，亦時有亂離之慨。莊周云：「逃空虚者，聞人足音跫然而喜，而況昆弟親戚之謦欬其側者乎？」余之不聞桐城諸老之謦欬也久矣，觀生之爲，則豈直足音而已？故爲之序，以塞小岑之悲，亦以見文章與世變相因，俾後之人得以考覽焉。

論文集要卷二

方靈皋論文

碑記墓誌之有銘，猶史有贊論，義法創自太史公，其指意辭事必取之本文之外。班史以下，有括終始事跡以爲贊論者，則於本文爲複矣。此意惟韓子識之，故其銘辭未有義具於碑誌者。或體製所宜，事有覆舉，則必以補本文之間缺。如此篇兵謀戰功詳於序，而既平後事情，則以銘出之，其大指然也。《書韓退之〈平淮西碑〉後》

子厚雄厲悽清醲郁之文，世多好者。然辭雖工，尚有町畦，非其至也。惟讀《魯論》、辨諸子、記柳州近治山水諸篇，縱心獨往，一無所依藉，乃信可肩隨退之而嶢然於北宋諸家之上，惜乎其不多見耳。《書柳文後》

震川之文，發於親舊及人微而語無忌者，蓋多近古之文。至事關天屬，其尤善者，不事脩飾，而情辭併得，使覽者惻然有隱，其氣韻蓋得之子長，故能取法歐、曾，而少更其形貌耳。孔子於

《艮》五爻辭，釋之曰：「言有序。」《家人》之《象》，系之曰：「言有物。」凡文之愈久而傳，未有越此者也。震川之文於所謂有序者，蓋庶幾矣，而有物者，則寡焉。又其辭號雅潔，仍有近俚而傷於繁者。豈所學專主於爲文，故其文亦至是而止與？此自漢以前之書所以有駁有純，而要非後世文士所能及也。《書〈震川文集〉後》

古之晰於文律者，所載之事必與其人之規模相稱。太史公傳陸賈，其分奴婢裝資，瑣瑣者皆載焉。若（莆）〔蕭〕曹《世家》而條舉其治績，則文字雖增十倍，不可得而備矣，故嘗見義於《留侯世家》曰：「留侯所從容與上言天下事甚衆，非天下所以存亡，故不著。」此明示後世綴文之士以虛實詳略之權度也。宋、元諸史若市肆簿籍，使覽者不能終篇，坐此義不講耳。《與孫以寧書》

散體文惟記難撰結，論、辨有所言之事，誌、傳、表、狀則行誼顯然，惟記無質榦可立，徒具工築興作之程期，殿觀樓臺之位置，雷同鋪叙，使覽者厭倦，甚無謂也。故昌黎作記，多緣情事爲波瀾。永叔、介甫則别求義理以寓襟抱。柳子厚惟記山水，刻雕衆形，能移人之情。至《監察》、《四門助教》、《武功縣丞廳壁》諸記，則皆世俗人語言意思也。《答程夔州書》

退之、永叔、介甫俱以誌銘擅長。但序事之文，義法備於《左》、《史》；退之變《左》、《史》之格調，而陰用其義法；永叔摹《史記》之格調，而曲傳其風神；介甫變退之之壁壘，而陰用其步伐。學者果能探《左》、《史》之精藴，則於三家誌銘，無事規橅，而自與之並矣。《古文約選序例》

劉海峰《論文偶記》

凡作文，纔有個講究的便不是。

文字只求千百世後一人兩人知得，不求竝時之人人人知得。

行文之道，神爲主，氣輔之。曹子桓、蘇子由論文，以氣爲主，是矣。然氣隨神轉，神深則氣灝，神遠則氣逸，神偉則氣高，神變則氣奇，神深則氣静，故神爲氣之主。至專以理爲主，則未盡其妙。蓋人不窮理讀書，則出詞鄙倍空疏。人無經濟，則言雖累牘，不適於用。故義理、書卷、經濟者，行文之實；若行文，自別是一事。譬如大匠操斤，無土木材料，縱有成風盡堊手段，何處施設？然有土木材料，而不善設施者甚多，終不可爲大匠。故文人者，大匠也；神氣音節者，匠人之能事也；義理、書卷、經濟者，匠人之材料也。

作文本以明義理，適世用。而明義理，適世用，必有待於文人之能事；朱子謂「無子厚筆力發不出」。

當日唐、虞記載，必待史臣。孔門賢傑甚衆，而文學獨稱子游、子夏。可見自古文字相傳，另有個能事在。

古人文字最不可攀處，只是文法高妙而已。

神者，文家之寶。

文章最要氣盛；然無神以主之，則氣無所附，蕩乎不知其所歸也。

神者，氣之主；氣者，神之用。

神只是氣之精處。

古人文章可告人者惟法耳。然不得其神而徒守其法，則死法而已。要在自家於讀時微會之。

李翰云：「文章如千軍萬馬。風恬雨霽，寂無人聲。」此語最形容得氣好。

論氣不論勢，不備。

今粗示學者：古人行文至不可阻處，便是他氣盛。非獨一篇爲然，即一句有之；古人下作一語，如山崩峽流，覺攔當他不住，其妙只是個直的。氣最要重。予向謂文須筆輕氣重，善矣，而未至也。要得氣重，須便是字句下得重；此最上乘，非初學拙笨之謂也。

文法至鈍拙處，乃爲極高妙之能事；非真鈍拙也，乃古之至耳。古來能此者，史遷尤爲獨步。

昔人云：「文以氣爲主，氣不可以不貫；鼓氣以勢壯爲美，而氣不可不息。」此語甚好。

文章最要節奏。譬之管弦繁奏中，必有希聲窈渺處。

神氣者，文之最精處也；音節者，文之稍粗處也；字句者，文之最粗處也。然予謂論文而至

於字句，則文之能事盡矣。蓋音節者，神氣之跡也；字句者，音節之矩也。神氣不可見，於音節見之；音節無可準，以字句準之。音節高則神氣必高，音節下則神氣必下，故音節爲神氣之跡。一句之中，或多一字，或少一字；一字之中，或用平聲，或用仄聲；同一平字仄字，或用陰平、陽平、上聲、去聲、入聲，則音節迥異，故字句爲音節之矩。

積字成句，積句成章，積章成篇，合而讀之，音節見矣，歌而詠之，神氣出矣。

近人論文，不知有所謂音節者。至語以字句，則必笑爲末事。此論似高實謬。作文如字句安頓不妙，豈復有文字乎？但所謂字句音節，須從古人文字中實實講貫通始得，非如世俗所云也。

文貴奇，所謂「珍愛者必非常物」。然有奇在字句者，有奇在意思者，有奇在筆者，有奇在丘壑者，有奇在氣者，有奇在神者。字句之奇，不足爲奇；氣奇，則真奇矣；神奇者，古來亦不多見。次第雖如此，然字句亦不可不謂自是文家能事。楊子《太玄》、《法言》，昌黎甚好之，故昌黎文奇。

奇氣最難識。大約忽起忽落，其來無端，其去無跡。

讀古人文，於起滅轉接之間，覺有不可察識處，便是奇氣。

奇，正與平相對。氣雖盛大，一片行去，不可謂奇。奇者，於一氣行走之中，時時提起。

史公《伯夷傳》可謂神奇。

文貴高。窮理則識高，立志則骨高，好古則調高。

文到高處，只是樸淡意多。譬如不事紛華，翛然世味之外，謂之高人。昔人謂子長文字峻，震川謂此言難曉，要當於極真、極樸、極淡處求之。

文貴大。道理博大，氣脉洪大，丘壑遠大。丘壑中，必峰巒高大，波瀾濶大，乃可謂之遠大。古文之大者，莫如史遷。震川論《史》謂爲「大手筆」，曰：「起頭處來得勇猛」；又曰：「連山斷嶺，峰巒參差」；又曰：「如畫長江萬里圖」；又曰：「如大塘上打纖，千船萬船，不相妨礙。」此氣脉洪大，丘壑遠大之謂也。

文貴遠，遠必含蓄。或句上有句，或句下有句，或句中有句，或句外有句，說出者少，不說出者多，乃可謂遠。昔人論畫曰：「遠山無皴，遠水無波，遠樹無枝，遠人無目。」此之謂也。遠則味永。文至味永，則無以加。昔人謂子長文字，微情妙旨，寄之筆墨蹊徑之外。又謂如郭忠恕畫天外數峰，略有筆墨，而無筆墨之跡。故太史公文，並非孟堅所知。

昔人謂：意盡而言止者，天下之至言也。然言止而意不盡者尤佳。意到處言不到，言盡處意不盡，自太史公後，惟韓、歐得其一二。

文貴簡。凡文筆老則簡，意真則簡，辭切則簡，理當則簡，味淡則簡，氣蘊則簡，品貴則簡，神遠而含藏不盡則簡，故簡爲文章盡境。

程子云：「立言貴含蓄意思，勿使無德者眩，知德者厭。」此語最有味。

文貴疏。宋畫密，元畫疏；顔、柳字密，鍾、王字疏；孟堅文密，子長文疏。凡文力大則疏；氣疏則縱，密則拘；神疏則逸，密則勞；疏則生，密則死。

子長挈捏大意，行文不妨脱略。

文貴變。《易》曰：「虎變文炳，豹變文蔚。」又曰：「物相雜，故曰文。」故文者，變之謂也。一集之中篇篇變，一篇之中段段變，一段之中句句變，神變，氣變，境變，音節變，字句變，惟昌黎能之。

文法有平有奇，須是兼備，乃盡文人之能事。上古文字初開，實字多，虚字少。典謨訓誥，何等簡奥，然文法自是未備。至孔子之時，虚字詳備，作者神態畢出。左氏情韻並美，文彩照耀。至先秦戰國，更加疏縱。漢人斂之，稍歸勁質，惟子長集其大成。唐人宗漢，多峭硬。宋人宗秦，得其疏縱，而失其厚懋，氣味亦稍薄矣。文必虚字備而後神態出，何可節損？然枝蔓軟弱，〔少〕古人厚重之氣，自是後人文漸薄處。

司馬遷句法似贅拙，而實古厚可愛。

文貴瘦。須從瘦出，而不宜以瘦名。蓋文至瘦，則筆能屈曲盡意，而言無不達。然以瘦名，則文必狹隘。

公、穀、韓非、王半山之文，極高峻難識。學之有得，便當捨去。

文貴華。華正與樸相表裏，以其華美，故可貴重。所惡於華者，恐其近俗耳。所取於樸者，謂其不著脂粉耳。昔人謂：「不著脂粉而清真刻削者，梅聖俞之詩也；不著脂粉而精彩濃麗，自《左傳》、《莊子》、《史記》而外，其妙不傳。」此知文之言。

天下之勢，日趨於文，而不能自已。上古文字簡直。周尚文，而周公、孔子之文最盛。其後傳爲左氏，爲屈原、宋玉，爲司馬相如，盛極矣。盛極則藥衰，流弊遂爲六朝；六朝之靡弱，屈、宋之盛肇之也。昌黎氏矯之以質，以六經爲文。後人因之，爲清疏爽直，而古人華美之風亦略盡矣。平奇華樸，流激使然。末流皆不可處。

唐人之體，較之漢人，微露圭角，少渾噩之象；然陸離璀璨，猶似夏、商鼎彝。宋人文雖佳，而萬怪惶惑處少矣。荆川云：「唐之韓，猶漢之班、馬；宋之歐、曾、二蘇，猶唐之韓。」此自其同者言之耳。然氣味有厚薄，力量有大小，時代使然，不可强也。但學者宜先求其同，而後别其異，不宜伐其異而不知其同耳。

文貴參差。天之生物，無一無偶，而無一齊者。故雖排比之文，亦以隨勢曲注爲佳。

好文字與俗下文字相反。如行道者，一東一西，愈遠則愈善。一欲巧，一欲拙；一欲利，一欲鈍；一欲柔，一欲硬；一欲肥，一欲瘦；一欲濃，一欲淡；一欲艷，一欲樸；一欲鬆，一欲緊；一欲輕，一欲重；一欲秀令，一欲蒼莽；一欲偶儷，一欲參差。夫拙者，巧之至，非真拙也；鈍

者，利之至，非真鈍也。

文貴去陳言。昌黎論文，以去陳爲第一義。後人見爲昌黎好奇故云爾，不知作古文無不去陳言者。試觀歐、蘇諸公，曾直用前人一言否？

昌黎既云去陳言，又極言去之之難。蓋經史諸子百家之文，雖讀之甚熟，却不許用他一句，另作一番言語，豈不甚難？《樊宗師墓誌》云：「必出於己，不蹈襲前人一言一語，又何其難也。」正與「戛戛乎難哉」互相發明。

李習之親炙昌黎之門，故其論文，以創意造言爲宗。所謂創意者，如《春秋》之意不同於《詩》，《詩》之意不同於《易》，《易》之意不同於《書》是也。所謂造言者，如述笑哂之狀，《論語》曰「莞爾」，《易》曰「啞啞」，《穀梁》曰「粲然」，班固曰「攸爾」，左思曰「囅然」，後人作文，凡言笑者，皆不宜復用其語。習之此言，雖覺太過，然彼親聆師長之訓，故發明之如此，亦可窺見昌黎學文之大旨矣。

《樊誌銘》云：「惟古於詞必己出，降而不能乃剽賊，後皆指前云相襲，自漢迄今用一律。」今人行文，反以用古人陳語，自謂有出處，自矜典雅，不知其爲襲也，剽賊也。

昔人謂「杜詩韓文無一字無來歷」。來歷者，凡用一字二字，必有所本也，非直用其語也。況詩與古文不同，詩可用成語，古文則必不可用。故杜詩多用古人句，而韓于經史諸子之文，只用

一字，或至兩字而止。若直用四字，知爲後人之文矣。

大約文字是日新之物，若陳陳相因，安得不目爲臭腐？原本古人意義，到行文時却須重加鑄造，一樣言語，不可便直用古人，此謂去陳言。未嘗不换字，却不是换字法。

王元美論東坡云：「觀其詩，有學矣，似無才者；觀其文，有才矣，似無學者。」此元美不知文，而以陳言爲學也。東坡詩於前人事詞無所不用，以詩可用陳言也，東坡文於前人事詞一毫不用，以文不可用陳言也。正可於此悟古人行文之法，與詩迥異。而元美見以爲有學無學。夫一人之詩文，何以忽有學忽無學哉？由不知文，故其言如此。

元美所謂「有學」者，正古人之文所唾棄而不屑用，畏避而不敢用者也。東坡之文，如太空浩氣，何處可著一前言以貌爲學問哉？

昔人謂「經對經，子對子」者，皆詩賦偶儷八比之時文耳。若散體古文，則六經皆陳言也。

行文最貴者品藻，無品藻便不成文字。如曰渾，曰灝，曰雄，曰奇，曰頓挫，曰跌宕之類，不可勝數。然有神上事，有氣上事，有體上事，有色上事，有聲上事，有味上事，有識上事，有情上事，有才上事，有格上事，有境上事，須辨之甚明。

文章品藻最貴者，曰雄，曰逸。歐陽子逸而未雄；昌黎雄處多，逸處少；太史公雄過昌黎，而逸處更多於雄處，所以爲至。

理不可以直指也，故即物以明理；情不可以顯言也，故即事以寓情。即物以明理，《莊子》之文也；即事以寓情，《史記》之文也。

凡行文多寡短長，抑揚高下，無一定之律，而有一定之妙，可以意會，而不可以言傳。學者求神氣而得之於音節，求音節而得之於字句，則思過半矣。其要只在讀古人文字時，便設以此身代古人説話，一吞一吐，皆由彼而不由我。爛熟後，我之神氣即古人之神氣，古人之音節都在我喉吻間，合我喉吻者便是與古人神氣音節相似處，久之自然鏗鏘發金石聲。

記得多，便可生悟。譬如奕棋，記得着多，便須有過人之着。

文章到極妙處，便一字不可移易。所謂無一定之律，而有一定之妙。

姚姬傳論文

苟有得乎陰陽剛柔之精，皆可以爲文章之美。陰陽剛柔並行而不容偏廢，有其一端而絶無其一，剛者至於僨强而拂戾，柔者至於頹廢而闇幽，則必無與於文者矣。《海愚詩鈔序》

《易》曰：「吉人之辭寡。」夫内充而後發者，其言理得而情當。理得而情當，千萬言不可厭，猶之其寡矣。氣充而静者，其聲閎而不蕩；志章以檢者，其色耀而不浮。邃以通者，義理也；雜以辨者，典章名物，凡天下之所有也。夫天地之間，莫非文也。故文之至者，通於造化之自然。

然而驟以幾乎合之則愈離。《答魯賓之書》

爲文章者有所法而後能有所變，而後大。《劉海峰先生壽序》

古人文章之體非一類，其瑰瑋奇麗之振發，亦不可謂其盡出於無意也，然要是才力氣勢驅使之所必至，非勉力而爲之也。後人勉學，覺有累積紙上，有如贅疣，故文章之境莫佳於平淡，措語遣意有若自然生成者，此熙甫所以爲文章之正傳也。《與王鋘夫書》

古之論文事者多矣，惟退之與人言必盡其底藴，若與李翊、劉正夫、尉遲等書，本末始終，精粗之義盡，甘苦之情達，隱顯之理備，他人不能若是也。《復吴仲倫書》

望溪不取孟堅之旨，其間别有説焉。蓋以學問論，則《漢書》乃史家之首宗，豈可輕視？若以爲文論，凡《漢書》除所取太史公之作，其傳之佳者盡在昭、宣之世，大抵西漢人舊文，非孟堅所能爲也，其諸志率本劉歆，若班氏自爲之文，只是東漢之體，不免卑近。若司馬相如之文，自是西漢之傑，昌黎極推之。以學論，司馬固遠遜孟堅；以文論，孟堅安得望相如？昌黎詩文中效相如處極多，如《南海廟碑》中叙景瑰麗處，即效相如賦體也。而先生謂韓文無司馬體，則退之爲文，學人必變其貌而取其神，故不覺耳。韓公效相如處頗多，故其稱之不容口也。《與張翰宣尺牘》

方植之論詩文之法據《昭昧詹言》摘録

朱子論文所忌：意凡思緩。〔政〕〔歐〕公《六一居士傳》。軟弱。没緊要。不仔細。辭意一直無餘。浮淺。不穩。絮。説理要精細，却不要絮。巧。東坡時傷巧。昧晦。荆公、子固。不足。〔政〕〔歐〕公。輕。冗。南豐〔歐〕〔改〕后山文一事可思。薄。

朱子云：「學文、學詩須看得一家文字熟，向後看他人亦易知。」姬傳云：「凡學詩文，且當就此一家，用功良久，盡其能，真有所得，然後舍而之他。不然，未有不失於孟浪者。」見道語，經濟語，惟於旁見側出，忽然露出乃妙。或即古人指點，或即事指點，即物指點，愈不倫不類，愈遠妙不測。正面古人，只似帶出，似借指點，或借證明，而措語必精警，從無正衍實説者。思積而滿，乃有異觀，溢出爲奇。

創意艱苦：避凡俗、淺近、熟腐、凡人意中所有。

造言：刻意求與古人遠。常人筆下皆同者，別造一番。

選字：避庸、舊，熟須换生，又不可僻。虚字須老。

隸事：避陳言，不是求僻，乃博觀而選用之故。

文法：以斷爲貴。逆攝。突起。倒挽。不許一筆平挨。入不言，出不辭。離合虚實，參差

伸縮。

章法：有見於起處，有見於中間，有見於末。或一二句頓上起下，或一二句横截，有奇有正。

氣脉：草蛇灰線，多即用之以爲章法，則成粗、俗、莽。夫氣所以行也，脉所以絹章法而隱者也。章法形骸，脉所以束形骸也。語不接而意换。

起法：横空而來。快刀劈下。巨筆重壓。勇猛勇現。

轉接：横。逆。離。忌順接、正接。

束法：倒截。逆挽。不測。

頓挫：往往用之未轉接前，有往必收，無垂不縮。

豫吞：此最是精神旺處，與一直下者不同。《莊》、《孟》多此法。

離合：專主行文言。　横截。　逆提。　倒挽。　補插。　遥接。

伸縮：專主叙事言。

參差：用之行文局陣，叙情事。

交代：題面。　歸宿。　題之情事。

事外曲致：　詭變。　似莊實諷。　似緩實迫。　愈悲愈恢。

截斷：斷愈多，愈便用奇，愈斬峭。　斷而後接，用横、用對面、用逆、用離、用側、用遥接，大

放開，倏收轉。

原本前哲，却句句直書，即目所以能避陳言。

姬傳云：「凡學詩文，必先知古人迷悶難似處，否則，其人必終於此事無望。」

以上論古詩者多，然多可通之於文。植翁自謂，多屬微言。戴存莊亦謂：陶、謝、杜、韓、蘇、黄諸公，不肯爲此顯白煩絮之言。此書直揭數千年微言奧旨，然若古大家所得尤深，所見必尤有精於此者。

梅伯言論文

文章至極之境非可驟喻，以言有用，則論事者爲要耳。宋人文，明健酣適，然時失之冗；戰國策士可謂雄矣，然抑揚太甚，有矜氣，令人生不信心。簡而明，多而不令人厭生者，惟漢人耳。苟得其意而爲宋人之文從字順，論事之道莫善於是矣。《與姚柏山書》

文章之事莫大於因時。立吾言於此，雖其事之至微，物之甚小，而一時朝野之風俗好尚皆可因吾言而見之。使爲文於唐貞元、元和時，讀者不知爲貞元、元和人，不可也；爲文於宋嘉祐、元祐時，讀者不知爲嘉祐、元祐人，不可也。韓子曰：「惟陳言之務去。」豈獨其詞之不可襲哉？夫古今之理勢，固有大同者矣。其爲運會所移，人事所推演而變異日新者，不可窮極也。執古今之

同而概其異，雖於詞無所假者，其文亦已陳矣。《與朱丹木書》

古文與他體異者，以首尾氣不可斷耳。有二首尾焉，則斷矣。退之謂六朝文「雜亂無章」，人以爲過論。夫上衣下裳相成而不複也，故成章。若衣上加衣，裳下有裳，此所謂無章矣。其能成章者，一氣者也。欲得其氣，必求之於古人。周、秦、漢及唐、宋人文，其佳者皆成誦乃可。夫觀書者，用目之一官而已，誦之則入於耳，益一官矣，且出於口，成於聲，而暢於氣。夫氣者，吾身之至精者也。以吾身之至精御古人之至精，是故渾合而無有間也。國朝人文，其佳者固有得於是矣。誦之而成聲，言之而成文，而空疏寡情實者，蓋亦有焉，則聞見少而蓄理不富也。《與孫芝房書》

文有世禄之文，有豪傑之文。模山記水，叙述情事，言應爾雅，如世家貴人，珍器玩好，皆中度程，應故實，此世禄之文也。開張王霸，指陳要最，前無襲於古而言當乎時，論不必稽乎人而事覈其實，如魚鹽版築之夫，經歷險阻，致身遭時，雖居廟堂之上，匹夫匹婦之嚬笑可得而窺也，此豪傑之文也。《送陳作甫序》

曾亮好爲駢體文。異之曰：「人有哀樂者，面也。今以玉冠之，雖美，失其面矣，此駢體之失也。」余曰：「誠有是，然《哀江南賦》、《報楊遵彦書》，其意顧不快邪，而賤之也？」異之曰：「彼其意固有限，使有孟、荀、莊周、司馬遷之意，來如雲興，聚如車屯，則雖百徐庾之詞不足以盡其一意。」余遂稍學爲古文詞。異之不盡謂然也，曰：「子之文病雜，一篇之中數體互見，武其冠、儒其

衣，非全人也。」余自信不如信異之深，得一言，爲數日憂喜。《〈管異之文集〉書後》

凡詩閱一二字可意得其全句者，非佳詩也。文氣貴直，而其體貴屈，不直則無以達其機，不屈則無以達其情。爲文詞者，主乎達而已矣。《〈舒伯魯集〉序》

先生嘗語學者爲文不可有註疏、語録及尺牘氣，蓋尺牘之體有別於文矣。《〈姚姬傳先生尺牘〉序》

論文集要卷三

曾文正公論文上

據張廉卿手鈔本摘録

學者於看、讀、寫、作四者缺一不可。看者，涉獵宜多、宜速；讀者，諷詠宜熟、宜專。看者，日知其所無；讀者，月無忘其所能。看者，如商賈趨利，聞風即往；讀者，如富人積錢，日夜摩挲，但求其久。看者，如攻城拓地；讀者，如守土防隘。二者截然兩事，不可缺，亦不可混。至寫字不多則不熟，不熟則不速。無論何事，均不能敏以圖功。至作文，則所以瀹此心之靈機也，心常用則活，不用則窒。如泉在地，不鑿汲則不得甘醴。如玉在璞，不切磋則不成令器。古今名人，雖韓、歐之文章，韓、范之事業，程、朱之道術，斷無久不作文之理。張子云：「心有所聞，即便札記，不思，則還塞之矣。」《復鄧孝廉寅階書》

凡看書止宜看一種，一種未畢而另换他書，則無恒之弊，終無一成。若同時並看每種，尤難有恒，將來必不能看畢一種，不可不戒。《復易芝生書》

退之論文，先貴「沈浸醲郁，含英咀華」，陸士衡、劉舍人輩皆以骨肉停匀爲上，姬傳先生亦以格律、聲色與神理、氣味四者並稱。閣下之文，有骨無肉，宜於聲色二字稍加講求。《復吴子序書》

嘗以爲四部之書浩如煙海，而其中自爲之書，有源之水，不過數十部耳。經則十三經是已，史則廿四史暨《通鑑》是已，子則五子暨《管》、《晏》、《韓非》、《淮南》、《吕覽》等十餘種是已，集則漢魏六朝百三家之外，唐宋以來廿餘家而已。此外入子集部書皆贋作也，皆剿襲也。入經史部之書，皆類書也。不特《太平御覽》、《事文類聚》等爲類書也，即《三通》亦類書也。《小學》、《近思録》、《衍義》、《衍義補》亦類書也。故嘗謬論《藝文志》、四庫書目者，當以古人自爲之書，有源之水，另行編列别白，而定一尊；其分門别類，雜纂古人成書者，别爲一編。則蕩除廓清，而書之可存者日少矣。《復何廉昉太守書》

吾輩讀書惟「敬」字、「恒」字是徹始徹終工夫。去歲揖别時，曾以「敬」字相勖，今年《致芝生書》亦以有「恒」爲告。蓋鄙人生平欠此二字工夫，至今老而無成，深自悔恨。故凡故人有下問者，輒以己之所悔爲言，勸人及時自勉。「敬」字惟無衆寡，無小大，無敢慢三語最爲切當。僕待人處事向來多失之慢，今老矣，始知前失。望足下及早勉之。至於「有恒」二字，尤不易言。大抵看書與讀書須劃然分爲兩事。看書宜多宜速，不速則不能看畢；讀書宜精宜熟，能熟而不能完，是亦無恒也。《復葛罣山書》

方子白云：十九，滁師來，揭所選《經史百家鈔》示余，得歐、曾制誥，讀盡數語，其宛轉深厚、無限波折，數十言有千百之勢，風骨氣味直與西漢媲美，匡劉之遺也。因論當代如左季高、王壬秋、高碧湄，才氣非不高，而心不深入，未見古人之門逕。其餘某某輩，類多浮囂，不足語於正宗。惟張廉卿能窺古人用意，筆力頗健而精進甚勇，必有可成，當爲兩湖後進一人。汝能猛力加工，庶可相埒。千秋之業，殊非易易，其勉之。

退之以楊子雲化《史記》，子厚以《老》、《莊》、《國語》化六朝，介甫以周秦諸子化退之，子固以三禮化西漢，老蘇以賈長沙、晁家令化《孟子》、《國策》，東坡以《莊子》、《孟子》化《國策》，於此可求脱胎之法，即可求變化之法。若拘步一家之文，即能與之並，不能成一家言。朱子之文傑出，尚不免爲子固所掩，況其他乎？八家惟韓、歐、東坡門徑最大，故變化處多，老蘇惟《權書》能化，子厚惟辨諸子、記山水能化，子固惟目録序能化，以其與生平文格不相似而實能深入古人妙處。柳、王、老泉、子固精與謹細而未能自然神妙者也，永叔自然神化而未能精與謹細者也，東坡未能精與謹細而時自然神妙者也；若既能精與謹細而又自然神妙，惟退之一人。震川自然神妙而未能精與謹細者也，望溪精與謹細而未能自然神妙者也。

長於《易》者其言精深而奥潔，長於《詩》者其言温雅而飄蕩，長於《書》者其言重碩而通達，長於《禮》者其言嚴慎而暇愉，長於《春秋》者其言渾朴而簡峻，長於史者其言恢奇而溥博，長於子者

其言縱厲而峭實。

望溪規模極大而未能妙遠不測，風韻絶少，然文體自正。望溪以前皆不失「質而不俚」四字，自不能不推爲巨手。歸文妙遠不測，然轉有質而近俚者。望溪修辭極雅潔，無一俚語俚字，然其行文不敢用一華麗非常字，此其文體之正，而才不及古人也。北宋惟曾、王不入於俚，永叔、東坡便時不免，然所得於古者既多，即小有出入，正是不妨。柳文穠惡處間或近俚，此當於神氣意趣間辨之。

史公之潔在捭落千端，才甫字句都潔而意不免蕪近，非真潔也。曾子曰：「出辭氣，斯遠鄙倍矣。」柔暗之質，其失也多鄙，鄙之病恒在辭。高明之質，其失也多倍，倍之病恒在氣。太史公擇其言尤疋者，所以遠於鄙也。柳子厚云「不敢以矜氣出之」，所以遠於倍也。

文章不可不放膽做，昔人謂文忌爽，非也。孟子乃文之至爽者，《史記》、《國策》亦然。西漢初，文章之高猶有周秦氣，亦正以其爽耳。武帝以後，則文太做作矣。某公云文忌爽亦有理。從曾、王入手，便嚴整有法度。歐文雖從容，不可言爽，老蘇爽而尚堅，大蘇則爽而肆。明惟震川、近惟望溪，不受八家牢籠。震川爲人疏通知遠，蓋得力於《尚書》，而爲文根源全出《史記》。望溪爲人嚴氣正性，蓋得力於三禮，而爲文根源出於《管》、《荀》，故文章整肅嚴峻。二人皆性情淳古，每出一語，真氣動人，其發於親屬，叙述家常，文字尤質朴懇至，使人生孝弟之心。此真六經之裔

也。姚惜抱文略不道家常，意在避俗求雄。然惜抱性情蕭疏曠遠，至於質朴淳厚，實不及歸、方，即便效之，亦不能工。惜抱文别倡神均一宗，然却受震川牢籠。其高者可追《史記》，得其風趣；其下者修辭疋飭，僅比元人。蓋惜抱名爲闢漢學而未得宋儒之精密，故有序之言雖多，而有物之言則少。

歸文有寥寥短章而逼真《史記》者，乃其最高淡處。

望溪叙事文有言簡而意深者，亦自妙遠不測，其叙記之文亦自蕭然高寄。大抵文之尚風趣，獨施諸叙體爲宜耳。

前人謂古文不可有古人氣，其説非也。前明多誤於此言，故自震川而外，罕有成者。不受八家牢籠，安得有此才分？但如八家範圍中有所表異之處，如惜抱所云「尋求昌黎未竟之緒而引申之」，則塗轍自正，各就其才，而可幾於成。

唐人以五律爲「四十賢人，不可有一字帶屠沽氣」，古文亦然。然而知此者鮮矣，能辨其是否「屠沽」亦不易矣。此所以少作家也。

子居論文，以爲「能審勢故無定形」，「古之作者言無同聲、章無同格是也。此即論變化之法。

劉彦和以隱爲文外之重旨，秀爲文中之獨拔。

讀文當知其法，尤當知其法之所自出，則其用不窮。孫可之云：「詞必高然後爲奇，意必深然

後爲工，必精心營度然後能之。」可之得力在《進學解》，然著意合拍、著意收束，終不能自在。

惜抱云：「文士之效法古人，莫善於退之，盡變古人之形貌，雖有摹擬，不可得而窺其跡也。」吴云：「永叔效韓，却以《史記》面貌出之，故不可尋其跡。若老蘇、子固便不能忘矣。」哀祭之文，惟退之、介甫有奇崛之筆，雖永叔不及也。其尤至者足以上繼《離騷》。

凡作文，從四面寫來，似無倫次，如入漢武帝建章宫、隋煬帝迷樓，而正言止瞥然一見，在空際蕩漾，恍若大海中日影，空中雷聲。此子長《河渠》、《平準》、《封禪書》、《伯夷》、《孟子》、《屈原》、《酷吏》、《游俠列傳》法也。

歐公《惟儼集序》純以轉掉作起落之勢，是極意學退之文字，而未極自然神妙之境。《秘演序》直落直轉、直接直收，具無窮變化，純是潛氣内轉，可與子長諸表參看。

凡文字無論剛柔，須玩其神氣有餘於筆墨之外處。讀古人文須尋一篇義，諸脉絡、反正、賓主、輕重、淺深、前後、疏密、詳略、縱擒、分合、明暗、斷續、承卸、轉接處，又求其所以不得不然。此處看得透，方免晦澀蕪雜之病。

文忌卑弱，然矯卑弱之弊便易有矜氣，矜氣從浮、從僞出來。運以沈思、真氣，則無此失矣。真氣從誠意來，沈思以朴筆出之。故《易》曰「修辭立其誠」。

文字精簡，自然老健；傷繁弱、傷誕、便、矜。

議論之文須層出不窮，千轉萬變，而一氣奔瀉，飛揚生動，轉掉自如。退之文一句中便自句省許多事義，諸碑志字句深老肅括，尤易見。歐、曾、王、老泉亦多有此，而於退之尤爲能事。《韓弘碑》「自是訖公之朝京師」云云，一句中便挈起下面十數行文字，筆力絶人。

太史公文每於提掇關鎖處，有筆所未到氣已吞之勢。

歐文佳處在千形萬態、横恣溢出，作文每忌一覽無餘。　有意作態，亦不是。　蘊蓄深厚、寄託高遠，自然生出許多丘壑來。

韓文高處最在體簡詞足，它人挨次叙去，費許多説話，它只三數筆，四方八面俱到，其中一入一出，筆力嶄然，老健無匹。《送王塤序》入手一段尤勝。　韓文轉捩處如屈生鐵。　退之文雖序實事，必驅遣凌跨，令於空際飛馳。《讀荀子》中段「莽莽蒼蒼火於秦」一語，接得極奇横。　此文一路横恣溢出，及「得荀氏書」二語絶有力。　韓文或突起、或突接、或直下，皆兀岸無匹，而莽蒼之勢寓於其中，絶無辭費處。　讀韓文須玩其高足濶步、邁往不屑之機。　退之多以突語轉捩，絶奇恣。

凡文字用順筆便平，用逆筆便奇，如退之《與孟尚書書》，處處盡取逆勢，所以奇絶。

王介甫格調蓋有取諸《公羊傳》，故峭而曲。

韓退之云：「仁義之人，其言藹如也。」大抵文字雖極剛勁，然須有寬博深懇之意寓於其中，使其神氣有餘於筆墨之外，正如岐黄家論脈，必有胃氣相似，即所謂藹如者也。

文之邁往莫禦，如雲驅飈馳，如馬之行空，一往無前者，氣也。其提振轉折，關鎖飛渡處，以一語發動機牙，便發起下面數行、數十行，一齊俱動，所謂筆所未到氣已呑者，勢也。氣欲前而勢欲逆，必處處取逆勢而氣乃盛，二者交相爲用也。機得而後勢勝，勢勝而後氣盛。

謀篇層見疊出，不使人一覽而盡，而自首至尾義緒一線。造言雕琢復朴。陳言務去。命意言人所未嘗言。運筆、接筆、轉筆，最要須令人不測，須轉換變化不窮，須出入生殺，老健簡明。精悍如純鉤百鍊，寶光湛然，出入剸截，當者立碎。韓文碑誌多本東漢。其所以勝於東漢者，東漢文繁蕪，退之文簡括；東漢文勢平，退之文勢峻。加以造言瓌奇，氣格緊健，遂高出東漢之上。退之學《孟子》，其於理核詞備、雄直奇肆處本得之。至於飄逸之勢、漂緲之神，似猶未有得也。

曾文正公論文下

古文者，韓退之氏厭棄魏晉六朝駢麗之文，而返之於六經兩漢，從而名焉者也。名號雖殊，而其積字而爲句，積句而爲段、而爲篇，則天下之凡名爲文者一也。欲著字之古，宜研究《爾雅》、《說文》小學訓詁之書；欲造句之古，宜倣效《漢書》、《文選》，而後可砭俗而裁僞；欲分段之古，宜熟讀班、馬、韓、歐之作，審其行氣之短長、自然之節奏；欲謀篇之古，則羣經、諸子以至近世名

家莫不各有匠心，各具章法，如人之有肢體、室之有結構、衣之有要領，大抵以力去陳言，戛戛獨造爲始事，以聲調鏗鏘，包蘊不盡爲終事。《復許孝廉振禕書》

自唐以後，善學韓者莫如王介甫氏，而近世知言君子，惟桐城方氏、姚氏所得尤多。因就數家之作而考其風旨，私立禁約，以爲有必不可犯者，而後其法嚴而道始尊。大抵剽竊前言、句摹字擬，是爲戒律之首。稱人之善依於庸德，不宜褒揚溢量，動稱奇行異徵，鄰於小説誕妄者之所爲。貶人之惡又加慎焉。一篇之内端緒不宜繁多，譬如萬山旁薄，必有主峰，龍衮九章，但挈一領；否則，首尾衡决，陳意蕪雜。兹足戒也。識度曾不異人，或乃僅爲僻字澀句以駭庸衆，斵自然之元氣，斯又才士之所同蔽、戒律之所必嚴。明兹數者，持守勿失，然後下筆，造次皆有法度，乃可專精以理吾之氣。熟讀而强探，長吟而反覆，使其氣若翔翥於虚無之表，其辭跌宕俊邁而不可以方物。蓋論其本，則持戒律之説，詞愈簡而道愈進；論其末，則抗吾氣以與古人之氣相翕。有欲求太簡而不得者，兼營乎本末、斟酌乎繁簡。此自昔志士之所爲畢生矻矻，而吾輩所當勉焉者也。《復陳太守寶箴書》

古之文初無所謂法也。《易》、《詩》、《書》、《儀禮》、《春秋》諸經，其體勢聲色，曾無一字相襲，即周秦諸子亦各自成體，持此衡彼，盡然若金玉與花卉之不同類，是烏有所謂法者？後人本不能文，强取古人所造。而自然之文，約有二端：曰理，曰情。二者人人之所固有。就吾所知之理

而筆諸書，而傳諸世；稱吾愛惡悲愉之情，而綴辭以達之，若剖肺肝而陳簡策。斯皆自然之文，性情敦厚者類能爲之，而淺深工拙，則相去十百千萬而未始有極。自羣經而外，百家著述率有偏勝。以理勝者多闡幽造極之語，而其弊或激宕失中；以情勝者多悱惻感人之言，而其弊常豐縟而寡實。《〈湖南文徵〉序》

僕觀作古文者例有傲骨，惟歐陽公較平和，此外皆剛介倔强，與世齟齬。閣下傲骨嶙峋，所以爲文之質恰與古人相合。惟病在貪多，動致冗長。可取國朝二十四家古文讀之，參之侯朝宗、魏叔子，以寫胸中瑰磊不平之氣；參之方望溪、汪鈍翁，以藥平日浮冗之失。兩者並進，所詣自當日深，易以有成也。《與彭雪琴書》

武昌有張廉卿裕釗學爲古文，筆力少弱而志意高遠，好學不倦。若邂逅相見，幸有以獎進之。《與孫芝房書》

足下爲古文，筆力稍患其弱。昔姚惜抱先生論古文之途，有得於陽與剛之美者，有得於陰與柔之美者。二端判分，劃然不謀。余嘗數陽剛者，約得四家，曰莊子，曰揚雄，曰韓愈、柳宗元；陰柔者，約得四家，曰司馬遷，曰劉向，曰歐陽修、曾鞏。柔和淵懿之中，必有堅勁之質、雄直之氣運乎其中，乃有以自立。足下氣體近柔，望熟讀揚、韓各文，而參以兩漢古賦，以救其短，何如？《與張廉卿書》

平生於古文辭鑽研頗久，差有敝帚之獲，而眼之所鵠，手不能應，心所欲爲，日不暇給。自去冬至今曾作文七八篇，罕稱意者。因念文章之事，究以精力盛時易於進功。足下筆力方强，志趣拔俗，宜趁此時併日而學，絶塵而奔，雖未必遽躋作者，而看、讀、寫、作四者兼營併進，自有一番之功效。《復易芝生書》

南屏不願在桐城諸君子竈下討生活，真吾鄉豪傑之士也。而直以姚氏爲吕居仁之比，則貶之已甚。姚氏要爲知言君子，特才力薄弱不足以發之耳。其《古文辭類纂》一書，雖闌入劉海峰氏，稍涉私好，而大體固是有倫。其序跋類淵源於《易・繫辭》，辭賦類仿劉歆《七略》，則不刊之典也。國藩之爲是叙，不過於伯宜處略聞功甫生平之言論風旨，而縱筆及之，非謂時流諸君子者果足以名於世而垂於後。不特不和之，且私獨薄之。南兄識得鄙意，曰：「侍郎之心殊未必然。」所謂搔著癢處，固當相視而笑，莫逆於心也。《復歐陽曉岑書》

斯文精萃，亦係古文中最善之本，尚不如《文選》之盡善。《文選》縱不能全讀，其中詩數本則須全卷熟讀，不可删減一字，餘文亦以多讀爲妙。蓋《京都》、《田獵》、《江海》諸賦，雖難於成誦，而造字形聲訓詁之學即已不待他求。此外各文則並無難成誦者也。《復郭寅階書》

蓋文章之變多矣。高才者好異不已，往往造爲瑰瑋奇麗之辭，倣效漢人賦頌，繁聲僻字，號爲復古，曾無才力氣勢以驅使之，有若附贅懸瘤，施膠漆於深衣之上，但覺其不類耳。叙述朋舊，

狀其事蹟，動稱卓絶，若合古來名德至行備於一身，譬之畫師寫真，衆美畢具，偉則偉矣，而於其所圖之人固不肖也。吾嘗執此以衡近世之文，能免於二者之譏實鮮，蹈之者多矣。皋聞先生編次七十家賦，評量殿最不失銖黍，自爲賦亦恢閎絶麗。至其他文則空明澄澈，不復以博奥自高。平生師友多超特不世之才，而下筆稱述適如其量，若帝天神鬼之監臨，褒譏不敢少溢，何其慎與！《〈茗柯文編〉序》

左氏傳經多述二周典制，而好稱引奇誕，文字爛然，浮於質矣。太史公稱《莊子》之書皆寓言，吾觀子長所爲《史記》寓言亦十之六七。班氏閎識孤懷，不逮子長遠甚，然經世之典，六藝之旨，文字之源流，幽明之情狀，燦然大備。豈與夫斗筲者争得失於一先生之前，姝姝而自説者哉！《聖哲畫像記》

西漢文章如相如、子雲之雄偉，此天地遒勁之氣，得於陽與剛之美者也，此天地之義氣也。劉向、匡衡之淵懿，此天地温厚之氣，得於陰與柔之美者也，此天地之仁氣也。東漢以還，淹雅無慚於古，而風骨少隤矣。韓、柳有作，盡取揚、馬之雄奇萬變而納之於薄物細故之中，豈不詭哉！歐陽氏、曾氏皆法韓公，而體質於匡、劉爲近。文章之變莫可窮詰，要之不出於二途，雖百世可知也。《聖哲畫像記》

揭君《〈遺書〉序》讀過，清勁爲尊兄本色，所短者乃在聲色之間。弟嘗勸人讀《漢書》、《文

選》，以日漸於腴潤。姚惜抱論詩文，每嘗稱從聲音證入。尊兄或可以此二義參證得失。弟夙昔好揚雄、韓愈瓌瑋奇崛之文，而近時所作率傷平直，不稱鄙意，亦緣軍中日接俗務，不克精心營度耳。《復吴子序書》

太史公行文間有氣不能騫舉處，韓公故當勝之。

《曹參世家》叙戰功極多，而不傷繁冗，中有邁往之氣足以舉之也。方望溪謂歸熙甫文於人微而言無忌者，蓋多近古之詞。吾謂子長《五宗世家》等文乃更進於叙述賢哲功臣之作，抑所云瓦注賢於黄金也。

《司馬穰苴列傳》末叙高國之滅、田齊之興，文氣邁往，獨子長有此。《穰侯列傳》首言穰侯涇陽、華陽、高陵之權侈，末言范雎奪四貴之勢，皆簡潔無枝辭。

《魏公子列傳》「公子」二字凡百四十五見，故爾顧盼生姿，跌宕自喜。《刺客聶政傳》之後數行，《荆軻傳》之首尾各十數行，其蕩漾、踈散、吞吐處，正是不可幾及。

《李斯列傳》斯之功只從獄中上書叙出，與蕭何之功從鄂君語中叙出，同一機杼。斯之罪從趙高反覆熟商立胡亥事叙出，與伍被説淮南、蒯通説韓信同一機杼。

《田儋列傳》田氏王者八人，益以韓信，凡九人，叙次分明，一絲不紊，筆力極騫舉也。

《季布欒布列傳》狀季布、季心、欒布諸人俱有瑰瑋絶特之氣，贊中仍自寓不輕於一死之意，

子長跌宕自喜之概，時時一發露也。

《魏其武安侯列傳》前言灌夫亦持武安陰事，後言夫繫遂不得告言武安陰事，至篇末乃出淮南遺金帛事，此亦如畫龍者將畢乃點睛之法。

《李將軍列傳》「初廣之從弟李蔡」至「此乃將軍所以不得侯者也」十餘行中，專叙廣之數奇，已令人讀之短氣。此下接叙從衛青出擊匈奴，從東道，迷失道事，愈覺悲壯淋漓。若將從衛青出塞事叙於前，而以「廣之從弟李蔡」一段議論叙於後，則無此沈雄矣，故知位置之先後、翦裁之繁簡爲文家第一要義也。

《衛青霍去病傳》右衛而左霍，猶《魏其武安傳》右竇而左田也。衛之封侯，意已含諷刺矣，霍則風刺更甚，句中有筋，字中有眼。故知文章須得偏鷙不平之氣乃是佳耳。

《朝鮮列傳》事緒繁多，叙次明晰，柳子厚所稱太史公之潔也。

《大宛列傳》前叙諸國，從張騫口中述出，最爲朗暢。後叙兩次伐宛，亦極雄偉。中間叙烏孫和親及西北外國之俗，筆力尚未騫舉。

奏疏惟西漢之文冠絶古今，西漢前推賈、晁，後推匡、劉。賈、晁以才勝，匡、劉以學勝，此人之共知者也。余尤好劉子政忠厚之忱，若有所甚不得已於中者，足以貫三光，而通神明。是故識精而不炫、氣盛而不矜。料王氏之必篡，思有以早爲之所，而又無誅滅王氏之意，宅心平實、指示

確鑿，皆本「忠愛」二字，彌綸周浹而出。吾輩欲師其文章，先師其心術。根本固則枝葉自茂矣。

奏疏以漢人爲極軌，而氣勢最盛、事理最顯者，尤莫善於《治安策》，故千古奏議推此篇爲絶唱。「可流涕者」少一條，「可長太息者」少一條，《漢書》所載者殆尚非賈子全文。賈生爲此疏時，當在文帝七年，僅三十歲耳。於三代及秦治術無不貫澈，漢家中外政事無不通曉，蓋有天授，非學所能幾也。奏議以明白顯豁、人人易曉爲要，後世讀此文者疑其稱名甚古、用字甚雅，若倉卒不能解者，不知在漢時乃人人共稱之名、人人慣用之字，即人人所得解也。居今日而講求奏章，亦用今日通稱之名、通用之字可矣。

淮南王安收養文士，著《淮南子》，亦猶吕不韋好客，著《吕覽》一書也。其《上書諫誅閩越》一篇，蓋亦八公輩所爲。陳義甚高，摛辭居要，無《淮南子》冗蔓之弊。班史載入《嚴助傳》中，與主父偃、徐樂、嚴安、賈捐之諸篇並列，以見務廣窮兵之害，均爲有國者所當深鑒。後世如蘇子瞻《代張方平諫用兵書》，亦可與此數篇方軌並駕。

賈捐之在當世有文名，故楊興曰：「君房下筆，語言妙天下。」昔亡弟愍烈公温甫好「語言妙天下」五字，尤好讀《罷珠崖對》。大抵西漢之文氣味深厚，音調鏗鏘，迥非後世可及，固由其措辭之高，胎息之古，亦由其義理正大，有不可磨滅之質榦也。如此篇及路温舒《尚德緩刑書》，非獨文辭超前絶後，即説理亦與六經同風已。

古文中五字句極少，如「父戰死於前，子鬬傷於後。女子乘亭鄣，孤兒啼於道」，連用四句，聲調悲壯，可歌可泣。

楊子雲作文無一不摹倣前哲，傳稱其倣《論語》而作《法言》，倣《易》而作《玄》，倣《凡將》、《急就》而作《訓纂》，倣《虞箴》而作《州箴》，倣相如而作賦、倣東方朔而作《解嘲》。姚惜抱氏又謂其《諫不許單于朝》倣《戰・伐韓》，《長楊賦》倣《難蜀父老》，是皆然矣。余獨好其《酒箴》無所依傍，蘇子瞻亦好之，當取爲諸文之冠。

《後漢書・趙熹傳》：「更始笑曰：『繭栗犢豈其負重致遠乎？』」下文「更始大悅，謂熹曰：『卿名家駒，努力勉之。』」按「繭栗犢」、「名家駒」俱不似更始口中語，爲其失之過文也。司馬遷之文，古人稱其能質，正謂此等不妄著浮辭耳。

《三國志》諸葛亮北駐漢中，臨發上疏。古人絶大事業，恒以精心敬慎出之。以區區蜀漢一隅而欲出師關中，北伐曹魏，其志願之宏大、事勢之艱危，亦古今所罕見。而此文不言其艱鉅，但言志氣宜恢宏、刑賞宜平允，君宜以親賢納言爲要，臣宜以討賊進諫爲職而已。故知不朽之文必自襟度遠、思慮精微始也。

駢體文最爲大雅所羞稱，以其不能發揮精義，並恐以蕪累而傷氣也。陸宣公文則無一句不對，無一字不諧平仄，無一聯不調馬蹄，而義理之精，足以比隆濂洛，氣勢之盛，亦堪方駕韓蘇。

退之本爲陸公所取士，子瞻奏議終身效法陸公。而公之剖晰事理精當，則非韓蘇所能及。

昌黎《讀〈荀子〉》與《讀〈鶡冠子〉》、《讀〈儀禮〉》、《讀〈墨子〉》四首矜慎之至，一字不苟，文氣類史公各年表序。

《進學解》倣東方《客難》，揚雄《解嘲》。氣味之淵懿不及，而論道、論文二段精實處過之。韓公於文用力絶勤，故言之切當有味如此。

《諱辨》，此種文爲世所好，然太快利，非韓公上乘文字。

《畫記》，桐城方先生以爲此學周人之文。

《新修滕王〔圖〕〔閣〕記》反復以不得至彼爲恨，此等蹊徑自公闢之，亦無害。後人踵之以千萬，乃遂可厭矣。故知造意之無關於義理者，皆不足陳也。

《與孟尚書書》爲韓公第一等文字，當與《原道》並讀。

《送温處士赴河陽軍序》，此種起法造自韓公。然不善爲之，譬若唐人爲官韻賦，往往起四句峭健壁立。施之於文家，則於立言之體大乖。漢文無起筆峭立者，按之固自有序也。不可不察。

《祭穆員外文》瘦折奥峭，《祭張員外文》以奇崛鳴其悲鬱，鏖戰神鬼、層疊可愕。《潮州祭神文》第二首别出才調，岸然入古。《祭柳子厚文》峻潔直上，語經百鍊。公文如此等乃不可復攀躋矣。

墓銘或先叙世系而後銘功德，或先表其能而後及世系，或有誌無詩，或有詩無誌，皆韓公創

法。後來文家主之，遂援爲金石定例，究之深於文者，乃可與言例，精於例者仍未必知文也。

「昭義節度盧從史有賢佐曰孔君」，此等起法惟韓公筆力警聳矯變，無所不可。若他手爲之，恐債張而長客氣。故不如樸拙按部之猶爲近古也。

《烏氏廟碑銘》最善取勢，左領郎、中郎君、尚書君，三世同廟，不叙左領、中郎事蹟，專叙尚書。大家之文所以遒簡也。低手三世各鋪叙幾句，便無此勁潔。

《應科目時與人書》意態恢詭瑰瑋，蓋本諸《滑稽傳》，干澤文字如是乃爲軒昂，他篇皆不能自振。

《送鄭尚書序》氣體似《漢書・匈奴傳》。

《魏博節度使沂國公先廟碑銘》起最得勢，樸茂典重，近追漢京，遠法《尚書》。序文疏簡，著意在銘詩，而終不稱其先世功德一字，可謂有體。

衢州有徐(堰)〔偃〕王廟，其事本支離漫誕，碑文亦以恢詭出之，命意甚遠，其神在若有若無之間，想亦營度既久而後得之。

韓文誌傳中有兩篇相對偶者，如《曹成王》、《韓弘》兩篇爲偶，《張署》、《張徹》兩篇爲偶，《柳子厚》、《鄭君》兩篇爲偶，推此而全篇可以爲偶者甚多。惜不能一一稱量而配合之耳。

《試大理評事王君墓誌銘》，以蔡伯喈碑文律之，此等文已失古意，然能者遊戲，無所不可，末流效之，乃墮惡趣矣。

《故相權公墓碑》矜慎簡練，一字不苟，金石文宗之正軌也。

《平淮西碑》叙諸將，皆述皇帝詔言，故文氣振拔異常，通首得勢在此。

《南海神廟碑》筆力足以追相如作賦之才，而鋪叙少傷平直，故王氏謂骨力差減也。然古來文士並以賦物爲難，蓋藻繪三才、刻畫萬態而不可剽襲一字，故其難也。後人雖綴前人字句爲文，又不究事物之情狀，淺矣。

太史公《孔子世家贊》數十語，文外有無限遠神遥韻。《處州孔子廟碑》前半贊歎孔子，無復不盡之味，不無遺恨也。

《羅池廟碑》情韻不匱，聲調鏗鏘，乃文章第一妙境。情以生文，文亦足以生情；文以引聲，聲亦足以引文。循環互發，油然不能自已，庶可漸入佳境。

《柳子厚墓誌銘》「今夫平居里巷相慕悦」節爲俗子剽襲爛矣，然光景終自不滅。

昌黎爲太原王公作《神道碑》，又作《墓誌銘》，二文無一字同，觀此知叙事之文狡獪變化，無所不可。神道碑於叙官階逐段叙其政績，此篇首先將官階叙畢，然後申叙居某官爲某事。

《殿中少監馬君墓誌》情韻不匱。凡誌墓之文，懼千百年後谷遷陵改，見者不知誰氏之墓，故刻石以文告之也，語氣須是對不知誰何之人説話。此少乖，似哀誄文序。

凡誌墓之文以告後世不知誰何之人，其先人有可稱則稱之，其身無可稱則不著一語可也。

《虢州司户韓府君墓誌銘》文合法。

《乳母墓誌銘》，銘者，自名也，自述先祖之德善行義，刻之金石，長垂令名，故字從金從石，不必有韻之文，而後爲銘也，觀孔悝銘可見。亦有先叙事蹟後更爲銘詩者，欲使後世歌頌功德，故詩之也。別有銘相警戒者，如《金人銘》、《十七銘》之類，爲數語，便於記誦，亦昭著使垂不朽，既自警，亦警人也。又六朝人遇山水古蹟多爲銘，亦刻石使總著於耳目之義。總之，銘也者，垂後著名之通稱，不分辭之有韻無韻，亦不分文之爲頌爲箴也。

《告鰐魚文》，文氣似《諭巴檄》，彼以雄深，此則矯健。

東坡之文，其長處在徵引史事，切實精當，又善設譬喻。凡難顯之情，他人所不能達者，坡公輒以譬喻明之，如《百步洪》詩首數句設譬八端，此外詩文亦幾無篇不設譬者。《代張方平諫用兵書》以屠殺膳差喻輕視民命，以棰楚奴婢喻上忤天心，皆巧於構想，他人所百思不到者。既讀之，而適爲人人意中所有。古今奏議，惟賈長沙、陸宣公、蘇文忠三人爲超前絶後。余謂長沙明於利害，宣公明於義理，文忠明於人情。陳言之道，縱不能兼明此三者，亦須有一二端明達深透，庶無格格不吐之態。

奏疏總以明顯爲要，時文家有「典、顯、淺」三字訣。奏疏能備此三字，則盡善矣。「典」字最難，必熟於前史之事蹟，並熟於本朝之掌故，乃可言「典」。至「顯、淺」二字則多本於天授，雖有博

學多聞之士，而下筆不能顯豁者多矣。「淺」字與「雅」字相背，白香山詩務令老嫗多解，而細求之，皆雅飭而不失之率。吾嘗謂奏疏能如白詩之淺，則遠近易於傳播，而君上亦易感動。東坡《上皇帝書》雖不甚「淺」，而「典、顯」二字則千古所罕見也。

北宋之「萬言書」以蘇東坡、王介甫兩篇爲最著，南宋之「萬言書」以朱子《戊申封事》及文信國《對策》爲最著。文章則蘇、王較健，義理則朱子較精，所指各務皆切中時政之得失。其戇直殆過於汲黯、魏徵，其氣節之激昂，則方望溪氏以擬明季楊、左者，庶幾近之。所論皆本其平日讀書學道、深造有得之言，此非文士所可襲取也。惟過於冗長，似一筆書成，無修飾潤色之功，故乏勁健之氣、鏗鏘之節。

文章之道以氣象光明俊偉爲最難而可貴，如久雨初晴，登高山而望曠野；如樓俯大江，獨坐明窗净几之下，而可以遠眺；又如英雄俠士裼裘而來，絶無齷齪猥鄙之態：此三者皆光明俊偉之象。文中有此氣象者，大抵得於天授，不盡關夫學術。自孟子、韓子而外，惟賈生及陸敬輿與蘇子瞻得此氣象最多。陽明之文亦有光明俊偉之象，雖辭旨不甚淵雅，而其軒爽洞達，如與曉事人語，表裏燦然，中邊俱徹，固自不可幾及也。

王延壽《桐柏廟碑》，韓退之《南海神廟碑》蹊徑似倣此文，而青勝於藍不啻百倍。

論文集要卷四

歸震川史記圈識凡例

《史記》起頭處來得勇猛者圈，緩些者點，然須見得不得不圈、不得不點處乃得。　黄圈點者，人難曉。　硃圈點者，人易曉。　硃圈點處，總是意句與叙事好處。　黄圈點處，總是氣脉。亦有轉折處用黄圈，而事乃聯下去者。　墨擲是背理處，青擲是不好要緊處，朱擲是好要緊處，黄擲是一篇要緊處。　事跡錯綜處，太史公叙得來，如大塘上打繂，千船萬船不相妨礙。　曉得文章掇頭千緒萬端，文字就可做了。

作文如畫，全要界畫。　起頭交接處謂之起伏掇頭，《本紀》多，《列傳》少。　起頭處斷而不斷。斷而不斷以意言。　《史記》只實。　實裏説去，要緊處多跌蕩，跌蕩處多要緊，亦有跌蕩處不在氣脉上，故不用黄圈點，雖跌蕩又不是放肆。《封禪書》云：「然則怪迂、阿諛、苟合之徒自此興，不可勝數也。」是總又是跌蕩也。　跌蕩如在峽中行，而忽然躍起，此與激處不同。　跌蕩如《封禪

書》「三神山」一段中，云「世主莫不甘心焉」，曰「未能至，望見之焉」，都是跌蕩處。跌蕩處都是「焉」、「矣」字。

《史記》敘事時有推幾句，如閒的説話最妙。

敘事或追前説，或帶後説，此是周到。

硃圈點處敘事敘得真。

《史記》重疊處正不見重疊。

旁支處只點景説。不是旁支者，止用硃圈點。

旁支處只點景説，不是這等死煞説。

《高祖本紀》「項羽兵四十萬」云云，淡而景好。

旁支如江水一直去，又有旁支，不是正論。

《史記》如人説話，本説此事，又帶别樣説。

《項羽本紀》「當此時，趙歇爲王」、「三神山」一段氣開一開，如本説此處飲酒，乃説何處閒遊景致，雖煩而不煩，大率是精神妙處。

漢王敗彭城氣索了，至「漢王間往從之」、「諸敗軍皆會」氣復振，事與氣稱。

項羽殺王離與敗垓下一段，氣亦然。

「漢王間往從之」至「諸敗軍」一段，此敘事中氣也散了又興，事與氣稱。

項王與漢王相臨廣武時，如做戲，一出上、一出下，最妙。

春秋戰國時事不過一二國爭鬬，其事小，項羽、沛公動輒以半個天下相鬬，故太史公有大文字。

《史記·封禪書》：「周人之言方怪者自萇宏」，此謂旁支，他人文字無此。

《項羽本紀》：「當此時，趙歇爲王」，「當是時，楚兵冠諸侯」二處是旁支，又是總幾段，如水之盤旋而去。

「趙歇爲王」一段乃是「渡河擊趙，大破之」句内開出來的，頓挫如水之瀠而遽縱。

《項羽本紀》「外黄未下」句是頓挫，如人透氣一般。透入聲。

「當是時，楚兵冠諸侯」句，此處氣頓一頓又説下去。

「項羽因留，連戰未能下」一句是頓挫，又承上起下，盤旋如水之瀠洄注旁支，處處皆然，敘事亦多

如此。《封禪書》「昔泰山」一段是叙事，總五岳，氣開一開。據方東樹云，「總五岳」一句有誤字。《項羽本紀》「吕臣軍彭城東」三句是鋪張一鋪張程節。《封禪書》數個又作「柏梁銅柱」幾段是程程節節數去。《封禪書》云：「狸首者，諸侯之不來者，」此是訓解相類。自末「作鄜時也」，「作鄜時後」與下數個「其後」字一般，但又説得好，故圈。鄜時，音夫止，地名。秦時有好文字，故本紀到秦處就好起了。古人所謂學問成者，只是幾部要緊書，讀得了就是。

太史公但若熱鬧處就露出精神來了。如今人説平話者然，一拍手又説起，只管任意説去。如説平話者有興頭處就歌唱起來。如水平平流去，忽然遇石激起來。如兩人説話堂上，忽撞出一人來，即挽入其内。《史記》如平地忽見高山。如畫然，聯山斷嶺，峰頭參差。如地，高高下下相因乃去得長。《史記》如作遊山記然，本是説本處景致，乃云前有某山，後有某水等，乃爲大家文字。他人文字一條鞭的。他人之文如臨小畫，非不工緻。子長之文，如畫長江萬里圖。他人文字亦好，但如一個人面目俱完，只無生氣，如我所云云。孟堅《郊祀志》續與《封禪書》兩邊相稱，故人稱班馬。志其宣元以後之事耳，以云相稱，未敢謂允。

《莊》、《左》如金碧山水，《史記》如精金淡墨。《史記》好奇，《漢書》冠冕雄渾，自《晉書》而下，其氣輕，無足觀矣。雄渾未知以何等篇章當之。《史記·五帝三代本紀》零碎，《秦紀》就好起了。蓋秦原有史，故其文字好。《趙世家》文字周詳，亦是趙有史。其他想無全書故也。《大宛傳》就載

張騫事，《騫本傳》寥寥，附衛將軍後，《屈原傳》因賈誼弔屈原故，賈誼在後。《史記》張騫無傳，僅於衛將軍傳以裨將附名耳，亦無詔書。

凡《史記》好處，諸大家無不知之，歐文尤多得。　我喜怒哀樂一樣不好，不敢讀史，必讀得來我與史一，乃敢下筆。

讀書如讀項羽垓下之敗，必潸然出涕，乃爲得之。　爲文須要養氣。

《史記》買蘇板，一照高五本批點，閱高本詳確。　曾書《例意》，不見在笥矣。　今更録之，子寧收執。

《史記例意》，歸震川先生點次《史記》時，筆之以授其子子寧者也。　震川生平所讀《史記》凡數十本，往往不同，各有指意，見於其族孫泓《〈常熟震川集〉跋》。余所見有桐城方氏本，又有別本，多差異。　寶應王予中先生言：「嘗見武陵胡元方本，桐城張疊來本。　元方云：『紅筆不可據，黃筆則原本，黃筆每篇僅一兩圈。』張本紅筆與胡本略相似，黃筆乃大異。」又言：「汪武曹有藏本，爲諸本所從出，武曹得之汪鈍翁，然固未之見也。』」余考震川言，黃筆是文章氣脉處，亦有轉折處用黃圈，而事乃直下者。　又云：『子長大手筆，多於黃圈見之。』」繹此則胡本黃筆每篇僅一兩圈，似亦未可據爲原本。　要之，此書或原本各不同，或後人更易舛漏，皆不可知。　今但即《例意》求之，其大旨要亦可八九得，故爲震川之學者，不可以不讀《例意》也。　陶生允之有志於學古，爲刻是書，余爲發其凡，使覽者考焉。　乾隆三十九年七月，理堂韓夢周跋。

姚姬傳古文辭類纂序目

鼐少聞古文法於伯父薑塢先生及同鄉劉才甫先生，少究其義，未之深學也。其後游宦數十年，益不得暇，獨以幼所聞者，置之胸臆而已。乾隆四十年，以疾請歸。伯父前卒，不得見矣。劉先生年八十，猶善談説，見則必論古文。後又二年，余來揚州，少年或從問古文法。夫文無所謂古今也，惟其當而已。得其當，則六經至於今日，其爲道也一。知其所以當，則於古雖遠，而於今取法，如衣食之不可釋；不知其所以當，而敝棄於時，則存一家之言，以資來者，容有俟焉。於是以所聞習者，編次論説爲《古文辭類纂》。其類十三，曰：論辨類，序跋類，奏議類，書説類，贈序類，詔令類，傳狀類，碑誌類，雜記類，箴銘類，頌贊類，辭賦類，哀祭類。一類內而爲用不同者，别之爲上下編云。

論辨類者，蓋原於古之諸子，各以所學著書（謂）〔詔〕後世。孔孟之道與文，至矣。自老莊以降，道有是非，文有工拙。今悉以子家不録，録自賈生始。蓋退之著論，取於六經、《孟子》。子厚取於韓非、賈生。明允雜以蘇、張之流。子瞻兼及於《莊子》。學之至善者，神合焉；善而不至者，貌存焉。惜乎子厚之才，可以爲其至，而不及至者，年爲之也。

序跋類者，昔前聖作《易》，孔子爲作《繫辭》、《説卦》、《文言》、《序卦》、《雜卦》之傳，以推論本

原，廣大其義。《詩》、《書》皆有《序》，而《儀禮》篇後有《記》，皆儒者所爲。其餘諸子，或自序其意，或弟子作之，《莊子·天下篇》、《荀子》末篇，皆是也。余撰次古文辭，不載史傳，以不可勝録也。惟載太史公、歐陽永叔表志序論數首，序之最工者也。向、歆奏校書各有序，世不盡傳，傳者或僞；今存子政《戰國策序》一篇，著其概。其後目録之序，子固獨優已。

奏議類者，蓋唐、虞、三代聖賢陳説其君之辭，《尚書》具之矣。周衰，列國臣子爲國謀者，誼忠而辭美，皆本謨、誥之遺，學者多誦之。其載《春秋》內、外傳者不録，録自戰國以下。漢以來有表、奏、疏、議、上書、封事之異名，其實一類。惟對策雖亦臣下告君之辭，而其體稍别，故置之下編。兩蘇應制舉時所進時務策，又以附對策之後。

書説類者，昔周公之告召公，有《君奭》之篇。春秋之世，列國士大夫或面相告語，或爲書相遺，其義一也。戰國説士，説其時主，當委質爲臣，則入之奏議；其已去國，或説異國之君，則入此編。

贈序類者，老子曰：「君子贈人以言。」顏淵、子路之相違，則以言相贈處。梁王觴諸侯於范臺，魯君擇言而進，所以致敬愛，陳忠告之誼也。唐初贈人，始以序名，作者亦衆。至於昌黎，乃得古人之意，其文冠絶前後作者。蘇明允之考名序，故蘇氏諱序，或曰引，或曰説。今悉依其體，編之於此。

詔令類者，原於《尚書》之《誓》、《誥》。周之衰也，文誥猶存。昭王制肅强侯，所以悦人心而勝於三軍之衆，猶有賴焉。秦最無道，而辭則偉。漢至文、景，意與辭俱美矣，後世無以逮之。光武以降，

人主雖有善意，而辭意何其衰薄也！檄令皆論下之辭，韓退之《鰐魚文》，檄令類也，故悉附之。

傳狀類者，雖原於史氏，而義不同。劉先生云：「古之爲達官名人傳者，史官職之。文士作傳，凡爲圬者、種樹者流而已。其人既稍顯，即不當爲之傳，爲之行狀上史氏而已。」余謂先生之言是也。雖然，古之國史立傳，不甚拘品位，所紀事猶詳；又實録書人臣卒，必撮序其生平賢否。今實録不紀臣下之事，史官凡仕非賜謚及死事者，不得爲傳。乾隆四十年，定一品官乃賜謚。然則史之傳者，亦無幾矣。余録古傳狀之文，並紀茲義，使後之文士得擇之。昌黎《毛穎傳》，嬉遊之文，其體傳也，故亦附焉。

碑誌類者，其體本於《詩》，歌頌功德，其用施於金石。周之時有石鼓刻文，秦刻石於巡狩所經過，漢人作碑文又加以序。序之體，蓋秦刻琅邪具之矣。茅順甫譏韓文公碑序異史遷，此非知言。金石之文，自與史家異體，如文公作文，豈必以效司馬氏爲工耶？誌者，識也。或立石墓上，或埋之壙中，古人皆曰誌。爲之銘者，所以識之之辭也。然恐人觀之不詳，故又爲序。世或以石立墓上，曰碑曰表；埋，乃曰誌。及分誌、銘二之，獨呼前序曰誌者，皆失其義。蓋自歐陽公不能辨矣。墓誌文，録者尤多，今別爲下編。

雜記類者，亦碑文之屬。碑主於稱頌功德，記則所紀大小事殊，取義各異，故有作序與銘詩全用碑文體者，又有爲紀事而不以刻石者。柳子厚紀事小文，或謂之序，然實記之類也。

箴銘類者，三代以來有其體矣。聖賢所以自戒警之義，其辭尤質而意尤深。若張子作《西銘》，豈獨其意之美耶？其文固未易幾也。

贊頌類者，亦《詩·頌》之流，而不必施之金石者也。

辭賦類者，風雅之變體也。楚人最工爲之，蓋非獨屈子而已。余嘗謂《漁父》及《楚人以弋説襄王》、宋玉《對王問遺行》，皆設辭無事實，皆辭賦類耳。太史公、劉子政不辨，而以事載之，蓋非是。辭賦固當有韻，然古人亦有無韻者，以義在託諷，亦謂之賦耳。漢世校書有《辭賦略》，其所列者甚當。昭明太子《文選》，分體碎雜，其立名多可笑者。後之編集者，或不知其陋而仍之。余今編辭賦，一以漢《略》爲法。古文不取六朝人，惡其靡也，獨辭賦則晉宋人猶有古人韻格存焉，惟齊梁以下，則辭益俳而氣益（悲）〔卑〕，故不録耳。

哀祭類者，《詩》有頌，《風》有《黄鳥》、《二子乘舟》，皆其原也。楚人之辭至工，後世惟退之、介甫而已。

凡文之體類十三，而所以爲文者八：曰神、理、氣、味、格、律、聲、色。神、理、氣、味者，文之精也；格、律、聲、色者，文之粗也。然苟舍其粗，則精者亦胡以寓焉？學者之於古人，必始而遇其粗，中而遇其精，終則御其精者而遺其粗者。文士之效法古人，莫善於退之，盡變古人之形貌，雖有摹擬，不可得而尋其跡也。其他雖工於學古，而跡不能忘，楊子雲、柳子厚，於斯蓋尤甚焉，

以其形貌之過於似古人也。而遽擯之，謂不足與於文章之事，則過矣。然遂謂非學者之一病，則不可也。乾隆四十四年秋七月。

大雲山房文稿通例

雜著文，諸子家之流也，故漢魏以來多自書子，集中皆書字，用王子淵法也。序記文多自書余，宋人稱人曰賢，自稱曰愚，亦入之序記，集中皆書名。碑志文，漢魏本文不入撰人名，集中入撰人皆書名，用韓退之法也。傳文後書「論曰」，用班孟堅法也。

大傳本史書體，故韓退之傳陸贄、陽城，不入本集。後人有入本集者，或自存史稿，或爲史官擬稿而已。集中無大傳，其小傳、外傳，傳中必書名。祖、父及傳中所及之人，雖貴且賢，必書名。祖、父，賢始見，子孫亦然。妻妾有故始見。傳非碑志體也。官與地必書本朝之名，紀實也。爲異姓作家傳非正例，集中同姓家傳，名書諱某，不書姓，不書所籍，子孫之言也。傳中所及之人，書某公、某君、某名，儒者書某先生、某名與祖父交，尊之也。存其名，記事之體也。遠祖家傳所交之人，止書姓名，世不及也。

大傳書名、書字，不書號，史法也。儒者於傳中事別書稱某號先生，亦史法也。外傳、小傳或書號，或書別號、道號，著性情也。古者幼名冠字，故於名下書字，世人加字於名上者，非也。集

中名字并書者字皆在下。號或取地，或取所居，始六朝之稱清溪、大山、小山，禪者亦稱南嶽、青原，至宋，人人稱之，世人止稱號而加於名之下，是稱其人，而後綴其地及所居，亦非也。集中名號并書者，名皆在下，別號如漫郎、醉吟先生，道號如華陽真逸、無垢居士，集中有故則書。傳目，自《漢書》以下皆書名，《史記》或書名，或書字，或書官，或書爵，集中家傳皆書號，書先生，外傳、小傳皆書字或書人所稱，如「曹孝子」是也。

碑志文較史傳例稍寬，集中凡文中所及之人書某官、某姓公，或某姓君，再書名。其滿州、蒙古不紀其氏者，書某官、某名公，或某名君，用元色目人例也。紀其氏者書如漢人。

碑志文自書階官、書職官、書爵、書謚，此古今通例也。古人集多不畫一者，集中止書職官，其階、爵、謚於文中見之。書石，則目具階、職、爵、謚，用當時法也。

集中碑志文目，監司以上書公，以下書君，成一家學者書先生，所尊書府君，友書字，婦人書所生之姓。姓，所以別女子也，其夫之姓文中見之。

集中碑志文目止書某公、某君、某府君，其妻之合葬者，文中見之，以合葬志非古法也。祔葬志書祔，葬從夫之義也。

集中遺事述，書法如碑志。行狀、行略，書法亦如碑志。書事之書法如傳。

墓表有列銘及詩者，變例也，集中皆不列銘及詩。碑記列銘及詩者，正例也，集中皆列銘及

詩。壁記則無之，其壁銘有序者，書并序，以别於壁記也。

碑志文有序、有志、有銘。記作文緣起，序也；記書及葬年月，志也；詠歎之，銘也。集中志文有作文緣起者目書并序，餘不書。其有志無銘者目止書志，志略者目止書銘。碑文皆書碑銘，不書并序，碑以無序爲正例也。

《爾雅》歲名、歲陰二章，曰歲在甲、歲在寅，而以閼逢攝提格名之。太史公《律曆志》書閼逢攝提格，而《年表》書甲子。後儒謂年不書甲子者，謬説也。然《尚書》、《春秋》皆書年數，各史書因之，故記事之文以書年數爲是，集中從之。

碑志文書甲子則不書日數，書日數則不書甲子，正例也。集中有書日數并書甲子者，以之别疑表信，變例也。書越三日戊申，越五日甲寅，具法也。

集中碑志文書始遷祖及曾祖以下，其高祖有功德則書。書母、書前母、繼母、生母，不書曾祖母、祖母。其書者變例也。書妻、書子、書女，不書孫，以孫應書其父之碑志也，有故則書。集中有應書之人而不書者，必有當絶之道焉，此《春秋》之義也，傳文中亦用之。

集中碑志文必書葬月日及地，不書者，乞文時未卜月日及地也。必書曾祖以下及官名，其書某官某名，止從某某者，狀失體，不官不名，或失體，不及其上世也。

集中碑志文，曾祖以下有官者書職官，卒後贈職官亦書，至子孫貴封贈官止書階官，以不治事也。

集中傳文止書某年進士舉人，不書某科，史法也。碑志文書鄉試中式，會試中式，殿試賜進士及第、出身，同出身，詳之也。

集中序文地名據今時書之，官名亦然，其或書古官者，自唐以後人多稱古官，至今沿之，存當時語也。書、上書言事皆與序文同，記文不書古官，紀實也。

集中書、上書目皆書姓、書官，座主、舉主及所受業，稱先生。其目書官，文中書先生者，非所受業也。友書字，其書號者或其字不著，或其字不應古法，如號之取地、取所居也。漢人友稱字，唐人稱行，宋人稱官，於所學稱號。自明以來，及門俱稱號矣，時爲之也。

集中書、上書前必書某人閣下、足下、執事，未必書某月日某謹上，以別於尺牘也。

禪悦文古人入外集，以爲佛家言也，集中辨正經論者，仍不入外集，辨正道家言亦然。

《史記》、《漢書》載四言詩、歌行，《晉》、《唐書》以後載五七言古近體詩，此史法也。文家載詩，則格下，集中載詩者，皆入外集，詞曲不載。

集中文格近者亦入外集。

詩目，唐人或書行，或書名，或書字，或書今官，或書古官，或書所官之地，宋元明人或書號，或書世所妄稱之官，如總制、宫諭是也。集中書號、書古官，不書所官之地，號亦地名，不可與所官之地相沓也。不書妄稱之官，懼雜也。一人再見，不書姓。遷官者改書官，其年數六朝以後皆

書甲子，集中從之。

詞目以曲名爲目，次行低一格注題，不注題者，皆無題也。

求闕齋經史百家雜鈔叙目

論著類著作之無韻者

經如《洪範》、《大學》、《中庸》、《樂記》、《孟子》皆是。後世諸子曰篇，曰訓，曰覽。古文家曰原，曰論，曰辨，曰議，曰説，曰解，皆是。

詞賦類著作之有韻者

經如《詩》之賦頌，《書》之五子之歌，皆是。後世曰賦，曰辭，曰騷，曰七，曰設論，曰符命，曰頌，曰贊，曰箴，曰銘，曰歌，皆是。

序跋類他人之著作序述其意者

經如《易》之《繫辭》、《禮記》之冠義、婚義、射義皆是。後世曰序，曰跋，曰引，曰題，曰讀，曰

傳，曰注，曰箋，曰疏，曰說，曰解，皆是。

詔令類上告下者

經如《甘誓》、《湯誓》、《牧誓》、《大誥》、《康誥》、《酒誥》等皆是。後世曰誥，曰詔，曰諭，曰令，曰教，曰璽書，曰檄，曰策命，皆是。

奏議類下告上者

經如《臯陶謨》、《無逸》、《召誥》及《左傳》季文子、魏絳等諫君之辭皆是。後世曰書，曰疏，曰議，曰奏，曰表，曰劄子，曰封事，曰彈章，曰牋，曰對策，皆是。

書牘類同輩相告者

經如《君奭》及《左傳》鄭子家、叔向、呂相之辭皆是。後世曰書，曰啓，曰牘，曰簡，曰刀筆，曰帖，曰移，皆是。

哀祭類人告於鬼神者

經如《詩》之《黄鳥》、《二子乘舟》，《書》之《武成》、《金縢》祝辭，《左傳》荀偃、趙鞅禱辭皆是。後世曰祭文，曰弔文，曰哀辭，曰誄，曰告祭，曰祝文，曰願文，曰招魂，皆是。

傳誌類所以記人者

經如《堯典》、《舜典》，《史》則本紀、世家、列傳，皆記載之公者也。後世紀人之私者，曰墓表，曰墓誌銘，曰行狀，曰家傳，曰神道碑，曰事略，曰年譜，皆是。

敘記類所以記事者

經如《書》之《武成》、《金縢》、《顧命》，《左傳》記争戰，記會盟及全編皆記事之書。《通鑑》法《左傳》，亦記事之書也。後世古文如《平淮西碑》等是，然不多見。

典志類所以記故典者

經如《周禮》、《儀禮》全書，《禮記》之《王制》、《月令》、《明堂位》，《孟子》之北宫錡章皆是。

《史記》之八書、《漢書》之十志及三通皆典章之書也。後世古文如《趙公救菑記》是，然不多見。

雜記類所以記雜事者

經如《禮記》「投壺」「深衣」「内則」「少儀」，《周禮》之《考工記》皆是。後世古文家修造宫室有記，游覽山水有記，以及記器物，記瑣事，皆是。

姚姬傳氏之纂古文辭，分爲十三類。余稍更易爲十一類：曰論著，詞賦，序跋，詔令，奏議，書牘，哀祭，傳誌，雜記九者，余與姚氏同焉者也。曰贈序，姚氏所有而余無焉者也。曰序記，曰典誌，余所有而姚氏無焉者也。曰頌贊，曰箴銘，姚氏所有，余以附入詞賦之下編。曰碑誌，姚氏所有，余以附入傳誌之下編。論次微有異同，大體不甚相遠，後之君子，以參觀焉。

村塾古文有選《左傳》者，識者或譏之。近世一二知文之士，纂録古文，不復上及六經，以云尊經也。然溯古文所以立名之始，乃由屏棄六朝駢儷之文而返之於三代兩漢，今舍經而降以相求，是猶言孝者敬其父祖而忘其高曾，言忠者曰：「我，家臣耳，焉敢知國？」將可乎哉？余鈔纂此編，每類必以六經冠其端，涓涓之水，以海爲歸，無所於讓也。

姚姬傳氏撰次古文，不載史傳，其説以爲史多不可勝録也。然吾觀其奏議類中，録《漢書》至

三十八首，詔令類中，録《漢書》三十四首，果能屏諸史而不録乎？余今所論次，采輯《史》、《漢》，名之曰《經史百家雜鈔》云。

姚氏纂古文至七百餘首之多，余鈔録又加多焉。兹别選簡本，得四十八首，以備朝夕吟誦。約而易守，得温故知新之益。

右《論文集要》四卷，先外舅無錫薛公所手輯，於遺篋得之，因爲編定目次，校録一通。日間賓客雜沓，俗務坌集，至夜始静，篝燈寫此。凡三日而成，筆不停揮，手腕欲脱，尚不免有訛誤。俟暇當再校也。光緒甲午陽月蕭山陳光淞識。

盋山談藝録

〔清〕顧雲　撰

《盋山談藝録》一卷

清　顧雲　撰

顧雲（一八四五——一九〇六），字子鵬，亦作子朋，號石公，別署江東顧五。因所居有盋山（盋，即鉢字），即以名室。縣學生。師從薛時雨（號桑根）。後遊吉林，因著《遼陽聞見録》。任宜興訓導、常州教授。有《盋山文録》、《詩録》。

此書共一百則。前十三則綜論爲文之大要，以「示厥塗轍」（見《自序》），提出「氣」、「筆」、「骨」、「意度」、「取勢」、「遠致」、「有情」、「自然」等一系列概念、范疇，主張「文之體勢在氣，而意態在筆」，「骨力貴沉，骨勢貴聳」；爲文如大河奔騰却又需波瀾迴旋，是謂「意度」；又如「善畫者必多留不盡處，使人得於筆墨之外」，是謂「遠致」等等，精要中的，頗堪玩索。中七十四則，歷評自《尚書》、《左傳》經唐宋直至清代魏源、曾國藩諸家，標長刊短，於本朝各家持論更較嚴峻。如論姚鼐時，認爲桐城立派之説實不能成立：「愚謂文之有派，猶道之有統，皆季世内不足而外自張者爲之」，純屬虚張聲勢、自我標榜之舉；而周孔之道，漢唐之文，即「無所爲統，亦無所爲派」，却自有其崇高地位。此説雖不無偏激，然擊中時弊。尤斥桐城末流「務詡爲正宗，以彈壓天下之文

章家焉，似亦可以不必」，直言讜論，作擲地聲。末十三則論文戒、文弊，使後學者能「範厥步趨」，勿逾正規。如嚴責八股：「文至近世，一衰於今文（時文），再衰於以今文爲文。」即便在世風日下之晚清，此言亦稱有膽有識。著者云：「獨矯變之筆，横逸之氣，序次造乎神妙，而味之無盡者，今猶未見。」於感嘆中寓其散文之審美追求。

有宣統二年（一九一〇）兩江法政學堂刊本。今即據以録入。

（王宜瑗）

盋山談藝録自序

善將者，不讀兵書，而所謂運用之妙，存乎一心者，輒往往與古合。然則文必待論，曾何與作者之林？且薄視天下甚矣！夫天下惡敢薄視，徒以豪傑不概見，而世之操觚者，迹所爲文，不必皆神明。於是爲陳利病所在，并約舉古人，藉覿乎流别，夫亦何可少哉！顧文之論也難，而臚古人之文論而折衷之也尤難。文一而百人評之，將百不同；文百而前一人評之，後一人評之，亦將不一同。矧居今世論古人，其能一一衡量乎所以得失之由，而弗錙銖爽耶？雖然，譬文於友，一習與之居，一時與之遇，使言其人，與遇者之略而與居者之詳必也。且舉古人之概之正，以待觀古人之深者也。雲於此事，無能爲役，而結習頗甚。會以歲暮多暇，輒有論次，中就所見文章家，標其長，治吾之短；刋所短，成吾之長：長短皆師也，非呵斥前人。比其未見與見而無所可否者，既皆所弗論，而始之示厥塗轍，終之範厥步趨。區區私意，竊欲與今之健者追逐乎古人，蓋非薄視天下也已。比於武事，其臨陣出奇，非可豫定，至於步伐止齊，必講之於素；不然，何以號節制之師哉！都爲一卷，名曰《盋山談藝録》。盋山者，往所讀書處，一時文字之友，劉君恭

甫、馮君夢華、鄧君熙之暨張君楚寶、田君撰異，多講論其中，而桑根師尤時時繩雲，所以爲之文名以識之也。昔者劉摯有言：「一號爲文人，即無足觀。」然則士當有重乎文者矣，毋徒以是爲矣！

盋山談藝録

清 顧雲 撰

文者，詮理紀事而辭以達之。其體在氣，其用在筆。

文貴有生氣。大而山川，小而草木，皆具有生氣盎於其間，否則槁且崩竭矣。築室而空之，不十年必欹，無居人之氣也。夫氣之爲道，主乎彌綸，妙乃通於揞柱。昌黎以水喻，取其相麗；愚以室喻，取其常充。故作者之文，無論大篇短章，舉而諷之，莫不有生氣流行，所以不朽。

文之體勢在氣，而意態在筆。筆妙約有二：一曰操縱，一曰垂縮。能操能縱，則翕張舒卷，變化無端；能垂能縮，則輕重抑揚，往復不盡。未有無筆而可極文之致者，是以昔人目文曰「筆」。

文亦貴乎骨，骨力貴沈，骨勢貴聳。論者多言西漢文鍊氣於骨，思之不得所謂。意以關節開解，直以達之，不事團結，故云。然則氣堅，骨自見矣。

爲文必講意度，意度多於疏處見之，如長江大河，奔騰直下，而波瀾必有迴旋處，此之謂

意度。

文莫妙於取勢。如兵家意有所注，不遽赴也，必先於不經意處，亟意以罷之，多方以誤之，然後卷甲疾趨，直搗所注之區，斯善於取勢者。

行文宜有遠致。如畫山水，充然滿幅，其爲俗工無疑；善畫者必多留不盡處，使人得於筆墨之外，乃臻超詣。

文須有情。《三百篇》、《周禮》皆經也，而嗜《周禮》，不如嗜《三百篇》者之多，非有情無情耶？

文亦不廢聲色，要須自然。有意爲之，聲何如太音，色何如太素？

善爲文者必鍊，鍊之使密，不若鍊之使疏。蓋太密則段落櫛比，必多滯相；少疏則筋節貫通，轉得活局，此謀篇也。至於造句遣字，能於大概相同之句，鍊之使異；相沿極熟之字，鍊之使生，斯不必佶屈其句，奇澀其字，而自然入古矣。

論爲文之法，韓柳以降，奚翅百家！其最平易近人，則廬陵所稱：「多讀，多看，多作。」凡言文也，愚更益涑水一語，曰：「多讀書。」

學貴擇術，文亦貴擇術。文之可學者，難更僕數。大概則《書》、《詩》、《春秋》三傳、《禮·檀弓》、《國語》、《戰國策》、《孟子》、《荀子》、《莊子》、《韓非子》、《吕氏春秋》、《楚詞》、《史記》、《兩漢書》、賈太傅、司馬長卿、劉子政、楊子雲、曹子建暨唐宋諸作者，爲最著而宜學。即近世文家可學

者亦夥。然讀近今之文一二過，而堂奥已見；讀上古之文十數過，而門徑莫尋。學者與圖其易，盍爲其難！

學焉得其性之所近，惟文亦然，正無取削足就屨耳。學者博觀周秦兩漢，下逮於國朝，以辨其源流；仍由國朝上溯乎兩漢周秦，以擇所歸宿。主宰既得，餘皆以爲輔。凡作者面目，一一了然於胸，即以神遇，不以形求，則楮墨間亦自有吾之面目。

或謂《左氏》爲文字之祖，以視《書》，則猶禰也。他弗具論，即《禹貢》一篇，手筆可再見乎？

《三百篇》文而韻者耳。篇殊體異，要皆即於人心。孔子論《詩》，首曰「可以興」，即此意也。

夫文苟能興，豈非天下至文？

《左傳》體勢流逸，色態尤濃至。

《公羊傳》雋而遒上。

《穀梁傳》疏竦。

《檀弓》之妙，雖寥寥數語，亦具有丘壑，真乃天仙化人。

《國語》古茂蒼勁，骨力俱見。

《戰國策》奇特恢詭，兼有俊逸處，運筆尤健。

《孟子》語約意盡，不爲巉刻斬絶之言，其鋒不可犯，詢如老泉所言。

《荀子》如層巖疊巘，又如罫如畦，而有雄直氣。

《莊子》夐絶塵表，有邈然之神，有悠然之韻。

《韓非子》沈鷙而恣，鋒稜不甚露，體猶渾也。

《吕氏春秋》博麗，體開解而骨堅。

《楚辭》思深而旨惻。子長曰：「其志潔，故其稱物芳。」子厚曰：「參之《離騷》，以致其幽。」論並微至。

《史記》博綜載籍，成一家言，殆無體不備，愚嘗以爲集文字之大成焉。略舉其概，如《項王紀》之閎肆雄奇，《封禪書》之雋永，《河渠書》之簡括，《平準書》之深遠，《吴太伯》諸世家之賅貫，表序及各傳序之渾古遒逸，《儒林傳》之謹嚴，《酷吏傳》之團結，《刺客傳》之疏竦，《貨殖傳》之鉅麗勁直，而諸列傳因物賦形，千變萬化，尤不可枚舉。後人得其一體，即可以名家。如韓得《史記》之雄，歐得《史記》之逸，又能易塗轍以出之，遂千古不祧，是在善學者而已。

《漢書》整齊嚴肅，而高文典册悉萃其中，遂爲史家鉅製。其才學洵非後人所及，然亦有時會焉。

范書之成，後於《三國志》，其書乃無甚出入。即以文論，《三國志》簡重，范間參以疏宕：並傑搆也。然則古今升降之説，不盡可據，故歐《五代史》，論者亦謂其得《史記》之遺。

西京諸詔書委曲詳盡，而仍自疏宕入古，真所謂醇意高文。《晉書·禮志》所載武帝《答羣臣請短喪詔》，皆寥寥數語，而仁孝之思，藹然惻然，亦妙手也。

賈太傅勁質内儲，自然典重，皆作於少年，初未聞鰓鰓然執筆學爲如是之文，見此事有天授焉。終童亦然。

讀董相文，如對莊士，讀鼂令文，如對法史。儻所謂文如其人耶？

長卿在漢，神骨俱雋，别自一種，似已開曹子桓、王右軍、陶淵明風氣，雖骨氣代夷，要皆文家逸品。

劉子政肅肅穆穆中，具有愷惻之致，洵乎老成典型。

楊子雲思深語精，而間好用奇字，昌黎《曹成王碑》等作所自祖。其實子雲佳處，不在此；即昌黎佳處，亦不在此。

孔北海磊落有高情。

曹子建有名貴氣。

陶淵明自然超妙，得於天倪，正如其《桃花源記》所云：「後遂無問津者。」

南北朝文，習爲藻繪，亦風會所趨。生唐宋作者於其時，亦不能不循彼體製。獨惜意不勝詞耳。《北史》所載宇文護母《遺護書》暨護《報書》，亦當時文格，而語質情真，骨色並絶。文家無道

及者，何也？愚謂此兩文，真前不見古人，後不見來者之作，而撰人姓氏時並無傳。惜哉！

李太白、王摩詰皆無意於文，而李超而軼，王疏而雋，並矯矯異人。昌黎不名一格，所以獨大。老泉曰：「韓子之文，如長江大河，渾浩流轉，魚黿蛟龍，萬怪惶惑，而抑遏蔽掩，不使自露。人望見其淵然之光，蒼然之色，亦自畏避，不敢迫視。」最善言昌黎。

皇甫持正意態雄傑，特渟畜處少耳。在當日，聲名、年輩與昌黎故等夷。或乃與習之並擠於弟子之列，謂習之學韓得其正，持正學韓得其奇。耳食之可笑如此！

柳州文格近方，似從駢儷入，然廉於出筆，故峭拔而有逸氣，洵一時之雋。

《陸宣公奏議》體勢對待中氣自流走，且悉屏藻繢之習，故愷切詳明，文情轉真至。

李習之豪傑士也，從退之、持正遊，而文能自闢門徑。老泉所謂「其味黯然而長，其光油然而幽，有俯仰揖讓之態」者，良然。

河南先生簡勁而達，以質不文而氣自旋折。歐陽公謂爲「簡而有法」，爲誌墓，即效其體。讀之，猶是公之意度，蓋未易幾也。

廬陵極文人之盛，即於其文見之，蓋古今最有養者。世言其學昌黎，愚謂北宋諸人皆熟於昌黎，皆能變其貌。又《史記》季布、荆卿傳之前路，紆徐委折，神致邈然，似已闢廬陵塗徑，不專於昌黎。而廬陵有柳開、穆修開其先，猶昌黎有獨孤及、梁肅，並後來居上，亦視所自爲耳。同時臨

川、眉山父子類一代作者，皆與之遊，尤千古所未有。曾文正公嘗稱文人例有傲骨，多與世齟齬，獨廬陵和易可親，名位並顯，蓋亦以其養也。而不善學者，往往流於平弱，豈廬陵之咎哉！故其在唐宋之際，不必包孕諸家，要亦非諸家所能掩。

臨川最嚴最峻，轉折處皆骨。或謂非北宋諸人所敢望，持論雖少偏，亦不爲無見。

老泉真健者，自言「喜孟子、韓子」，其勁氣直達，實從《戰國策》來。

南豐得力子政爲多，要其勝處在一「質」字，故其品雖高，好者蓋尠。愚嘗以文之傳不傳，若有物焉爲之；而傳之盛不盛，亦若有物焉爲之。北宋如永叔、子瞻，學者最夥；明允、介甫次之；學南豐者，指不數屈。「古調雖自愛，今人多不彈」，獨文也乎哉！

東坡文筆特超，雅近《莊子》，蓋天才也。淺者不能窺其深，以爲易而喜學之，大抵散漫無紀律，不知人者可學，而天者不可學也。

龍川長駕遠馭近，所謂行神如空者，而末流或不免客氣。

紫陽篤雅中時有雄駿之氣，在南宋故一大宗。間有一氣團結，密處多，疏處少，駸駸乎日趨於今者，此自關運會。

姚牧庵自昌黎入，體氣亦雄厚，洵一代作者。

元復初以文自豪，思以矯變制勝，史言其出入秦漢，庶乎近之。

吴立夫亦元之健於文者。

青田意境寬博，微乏聳削處，然自是開國氣象。或謂其氣昌而奇，見仁見智，各有會心也。

宋潛溪學邃品端，文亦稱之。史言明初大製作多出其手，與青田並爲一代之宗。愚顧喜其《秦士録》等作，倜儻有奇氣。昔望溪嘗問讀歐文者：「愛《杜祁公墓誌銘》乎？愛《張子野墓誌銘》乎？」意亦猶此。

王遵巖當以晦澀爲奇奥之時，反其道以矯之，故其文渾樸演迤，荆川亦折而從焉。蓋文體相沿，久則必弊；依人作計者，不能屹爲砥柱，惟隨波逐流，亦惡能别開境界。遵巖其志士歟？抑智士歟？

震川冲融有遠神，得力於龍門、廬陵，而自成家數。昔人謂弁冕一代，固亦知言。

弇山祖述空同，故文不用唐宋舊法，而其入古處正自樸茂可觀。世亦以僞秦漢屏之。夫既生後世，爲文皆不能不以古人爲法；彼即僞秦漢，而此顧真韓歐耶？此持平之難也。

焦澹園老重，體微未拔，在有明亦錚錚者。

袁中郎亂頭麤服，間有佳致。

吴次尾自謂繼韓、歐陽，雖未遽然，要其高掌遠蹠，故不羼才也。

黄南雷骨勢騫翥，而體格扶疏，於虞山似有相近處。至於修詞，亦不爲其雜也。

侯朝宗英英有駿氣，世以小説家議之，特一二小傳，未可概其餘。

魏叔子特矯健，如李將軍善戰，不必若程不識刁斗森嚴，亦能制勝。

彭躬庵有蕭瑟嵯峨之致，至其文格，與南雷、叔子互有出入，均微有未渾。

汪堯峰體嚴氣蒼，自言「從歐入，不從歐出」，亦信。特生色少耳。

姜西溟瘦削而澀，亦自一體。

王于一如楚軍，以剽悍勝。其與姜西溟於所謂「浩乎沛然」者，似並有所闕。

邵青門長於序事，如《盧忠烈公》等傳，多導源龍門，數百年來僅見也。

望溪，稱者甚夥，獨全謝山以峻潔目之，最爲知言。愚嘗狀其文體，謂如旋螺，筆筆兜轉向裏，此昉自廬陵《張子野墓志銘》等作，震川間爲之，至望溪，似專用此法。雖曰神不外散，不知已近於今文。或竟謂其以今文爲古文，抑過矣。要之，風會所趨，作者往往不自覺。南宋人對策，已有平列兩段，句法略等，若今文兩大比者然。

全謝山熟史學，故其文亦長於序事。其傳明季諸臣，若遺老，實逴絶一時。愚嘗論青門、謝山，下筆有生氣，爲國朝序事最善者。亡友劉恭甫頗韙其言。然青門失或冗，謝山失或僻，亦其瑕纇之宜知者。

劉海峰奔軼處近子瞻，旋折處近永叔；雖旋折少，奔軼處多，其才似亦未易。自望溪爲之

前，姬傳爲之後，耳食者遂盛推之，而集矢亦衆。近如曾文正公頗重桐城，亦謂劉氏誠非有過絶流輩之詣云。

朱梅崖簡重中時有生動之致；然使放筆爲直幹，不爲亦不能也。

袁簡齋頗叢世詬病，要爲豪傑之文，其意欲獨樹一幟，故才氣横厲，時軼繩墨之外，所謂有甲車四千乘，雖以無道行之，必可畏也。恭弱之輩，實未足攖其鋒。

姬傳文有内心。曾文正稱其「詞旨淵雅」，姬傳又嘗自謝「弱於才」，皆信。獨其《古文辭類纂》於國朝僅取方、劉，儼然以一代正宗非桐城莫屬，然乎不然耶？人於生平知己，往往不惜過爲推奉，故亦用情之厚。又其世去望溪差遠，爲之樞紐者，適有海峯。而海峯故受知望溪，已又受知海峯，則方、劉而後，舍其誰？即維其本末，豈無不安於心，非所邺矣！此桐城派所由昉也。愚謂文之有派，猶道之有統，皆季世内不足而外自張者爲之。道莫大於周孔，文莫盛於漢唐，無所爲統，亦無所爲派焉。天有三辰，地有四瀆，人有五官，舉一以概，得乎？而詆桐城派者，輒謂其不能序事，亦非也。望溪書事數則，類嚴重有生色。特欲自尊其文體，不屑於數爲，而繼者亦遂不能爲，豈端使然哉！故姬傳文在國朝，非横趨别騖者所可掩；而其徒務詡爲正宗，以彈壓天下之文章家焉，似亦可以不必。

惲子居極俊，序次亦有條理，所乏獨厚耳；然二者不可得兼。

張皋文自《選》入，卒乃得力於子政、孟堅間，不免以跡求，而氣體要自醲鬱。世與子居所並稱爲陽湖派者也，類乎？否乎？

汪容甫肆力漢魏，而以廉劌出之，雖波瀾未壯，古勁處正自異人。愚嘗謂容甫、皋聞在同時作者之中，實能自立門户，賢於蹈常襲故多矣。又謂其體製不同，皆文家逸品。

管異之欲鍊氣於骨如西漢人，可謂能自振拔。究其所得力，則能於近世之翕者張之，密者疏之，故絶不用望溪以來家法。傳文非手訂之本，陶汰或未盡，然已可開徑獨行矣。

梅伯言以婉約爲宗，雅耐尋味，不必倚天拔地，而一丘一壑，令人流連不置，宜乎名滿中朝也。故文家擅塲，或以骨，或以氣，或以風力，而伯言獨以姿，且其文境亦最熟。許海秋有類叔子處，然凌厲中微乏恢張之致，要亦不凡也。海秋與異之、伯言皆上元籍。管、梅又皆從姬傳遊，世稱姚門高足，而其文體，伯言猶有似處，異之獨否。海秋稍後出，時猶相及，於管、梅又各不同。惜異之早亡，海秋寡合，不然，使稍稍標榜，若三人者，不又一上元派歟？

魏默深筆力嶄然，間似皇甫持正，尤長於用法。如《崇陽知縣師君墓誌銘》，序崇陽因漕致變，師君死事，并一時郡縣因漕致變，悉爲序入，且切陳兵勢，則史裁也。世爭言文，可與論此者蓋寡。

曾文正體骨堅整，氣亦近蒼。或謂文正於文尤留意音節，故嘗言文章以聲調爲本，曰：此其

教子弟爲今文者耳，非文之謂也。

古今文章家所列，特什一於千萬耳；然源流略具，獨矯變之筆，横逸之氣，序次造乎神妙，而味之無盡者，今猶未見。

今文之不古若，雖由於運會，要亦有其所以然。古人工於文者，大抵博極羣書，及時而發，故往往有以自見；所世之精力，先耗於今文，後乃稍稍爲之，不知其先入者亦以爲之主，欲文之工，得乎？雖然，自有今文以來，有今文工而無與於文，未有今文不工而與於文者，何也？譬則今文，其燧歟？燧取火而用殊乎炬；文其炬歟？炬能燭而爇，必以燧。顧是説也，抑何解未有今文之時而文自工者？曰：彼其時無今文耳。使韓歐之世有之，其今文有不工者耶？然而物莫能兩大，文至近世，一衰於今文，再衰於以今文爲文，今之不古若也，宜哉！是所望於有志者。

文亦有自駢儷入者，然國初以駢文名，如陳其年、吴園茨類終身以之。後至袁簡齋，乃駢散兼爲，雖恃其逸足，往往奔放，二者猶各有面目。若洪稚存，則自駢而散矣。其少時本致力駢文，既覺不甚尊，又分其力於散文。往見所爲《黄景仁行狀》，極歎其佳。及得全集讀焉，若彼者蓋鮮，而其駢文究若勝其散文。入主出奴，其不信耶？蓋强襲其形貌，而筋節多未理；强易其徑塗，而步趨多未習。此無異故，氣不能翕張，而筆不能垂縮，識者一見知之矣。至於摛辭，則襞績故習，尤難盡除。如望溪所謂「古文不可入語録中〔語〕、魏晉六朝人藻麗俳語、漢賦中板

重字法、詩歌中雋語、南北史佻巧語」者，自語録中語外，大率不能免。技之精者不兩能，其不又信耶？然知其一方一圜，一横一縱，駢與散若淄澠之别焉，二者非不可兼爲，故曰：有治人無治法。

文雖百變，亦曰序曰議而已。大都從子入者，長於議；從史入者，長於序，而序爲尤難。議主乎識，苟讀書明義理，人人可爲；序非老於文事者莫辨。一人一事，惟妙惟肖，又動合文章體製，率爾操觚能乎？此傳誌之文難於論説，而世率弗知。

文，一也。經生之文，失則稗販；學人之文，失則直白；才士之文，失則駁雜。然亦有其至者，當分别觀之。

文有可讀者、可觀者，字裏行間，無真氣運之，但排比於章句，亦多可觀。否則一展卷間，咏嘆淫泆，自有不能已，故曰：「言者，心之聲。」

文須神明於法，而不爲法拘。近有所謂《金石例》者，大概舉韓柳碑誌，爲後人之法。彼韓柳抑法何人乎？且即以韓柳爲法，一祖禰子系若配，或書或不書，法其書乎？法其不書乎？是謂死法縛生人。

文亦有規模雖具，而文從字順、了無勝人處。即何由傳，且傳亦必不遠。永叔云：「勤一世以盡心於字間者，皆可悲也。」殆謂此類。

交戒規橅。或謂子雲多規橅前人，因舉以詔後學，陋矣！夫善於文者，當如太空之雲，瞬息萬變，安有動執一篇，從而放之，遂極乎能事？

文戒勦襲。摩仿格局曰規橅；至勦襲，則剽竊辭句矣。戴甲之冠，曳乙之履，衣丙之衣，束丁之帶，出而招摇於市，即事主不之索，宜有辨者。此何等事，而兒戲出之乎？

文戒學古人之貌。如昌黎奇奇怪怪，最富於辭，皆以盛氣驅遣之，後人不求其本，徒習爲餖飣，曰：「此吾學韓。」不知其痕跡滿紙矣。

文人相輕，自古已然；然識者必不出此。唐韓柳，宋歐王，立身本末，不必强同，而文章則彼此交推，卒亦並傳於世。諺曰：「船多不礙槳。」豈不信哉！且造詣所至，見者自知，傾軋之私，斷不能胥天下後世耳目而掩蔽之也。

記戒獨學無友。近世如易堂九子，於辟地之時，尚且以文學相鏃礪，亦遂各有所就。彼豈必皆有過人之材力？相觀而善理，宜然也。蓋友之可尚如此！

愚未冠時，嘗謂北宋後無古文。既覺未允，且前人已有言者，而其時先五姊折之曰：「弟何世人乎？何仍肆力於文乎？」默然無以對。嗚呼！吾姊今不作，持論或過，誰其糾之？

縉山書院文話

〔清〕孫萬春　撰

《縉山書院文話》四卷

清　孫萬春　撰

孫萬春，字介眉，直隸清苑（今河北保定附近）人，同治十年（一八七一）中進士，「觀政駕部，出宰關中，涖鄠縣任，未久以憂去職」（李義鈞序）。後「改大令（縣令），主講縉山（在居庸關外）」數年（徐京序）。光緒八年（一八八二）冬赴商州（今陝西東南部）任職，次年秋離任。

本書成於光緒二年（一八七六），是孫氏在書院講授八股文作法之教材。卷四有選自《舉業淵源》之文話二十七條。卷尾《附録》匯輯孫氏解析諸書有新意者四十九條。

全書皆講八股文之作法，舉凡相題、命意、製局、行機、煉詞、用筆以及股法、句法、字法等，皆引大量文例反復分析指示。唯引文不詳明出處，且不無舛錯。

孫氏自謂仿《隨園詩話》體，隨時所想，信筆而記，唯求實用，不求傳世，故既不分類，亦無次序，難免蕪雜、重復之病；然其所講，具體而微、周到詳盡、簡明實用，皆科場經驗之談。八股之道已成歷史陳跡，然此書所言讀書法、作文法及辨析經典義理之類，亦不無參考價值。

有光緒十一年（一八八五）孫氏家塾本，今即據以録入。

（張海鷗）

序

清苑孫介眉明府，以名進士觀政駕部，出宰關中，涖鄠縣任，未久以憂去職，就館穀於會垣。與余以桑梓誼，過從尤數，譚道講藝，頗相得也。偶以其主講書院時所著《文話》示余，余勤斠閱之，常置案上。客有見者，獻其疑曰：「孫君問學娟雅，博稽羣籍，於理學經濟之書，皆貫通而能實踐之。若出其緒餘，著書立説，以開示後學，不難與古之名儒名臣分席聯鑣。何不是之務，而乃講及時文，於時文中又專講近科墨藝簡練揣摩之術，不幾如前人所譏，倒却文章家架子乎？」余曰：「不然。子蓋未詳考其時，洞明孫君用意之所寓，宜其爲是説也。《禮經》教人：『當其可之謂時。』儒者爲文，必蘄其有濟于用。劉彦和爲昭明所愛接，崇尚文藝，故有《雕龍》之作。劉知幾久膺史職，故作《史通》，以明紀述之體。鍾嶸、司空圖皆有《詩品》。宋承唐後，人多肆力於詩，遂好作爲詩話。自《六一》以下，傳於今者尚不減數十百家。其時制誥箋啓，率用駢體。於是王銍、謝伋等又有《四六話》及《譚塵》。自今日觀之，以爲古書秘笈，可藉識文章之流別。而在作者，固以一時風尚，相與講明而切究之，亦各爲當務之急，與今之講帖括無少殊也。方孫君居縉

山，擁皋比，爲諸生師。一時濟濟從其游者，皆帖括之士也。諸生志在科舉，各求速化。若爲之師者，俾舍其所學，而與談性理、論開濟，是猶鬻珍髢於斷髮之鄉，能索賴者鮮矣。既與講制義矣，而必遠溯化、治，高語歸、唐，亦猶奏古樂於文侯之側，其不倦而思卧者，彌罕覯矣。孫君因生徒所共習者，與之口講指畫，并著之筆墨，告以從吾所言，則可以合于有司之程度。不然，則不免于擯斥。諸生既稔徑塗所嚮，能由是而之焉，閉門造車，即出而合轍。斯從游者之望可塞，而求益於師之事畢矣。用知是編之作，固爲生徒之急先務，而孫君亦無歉于『當可』之教而已。豈以伺諸著作之林，而謂能盡胸中藴蓄乎？且孫君自叙固先言之矣，以諸生累于制義，弗能殫志正學，故與之講科舉之業。科舉既得，斯可以屏棄制義，而肆力于經史語録、諸子百家，以求窮理盡性，推之於治國平天下。是其揣摩制義，正將以屏去制義。宋孝宗謂王嘉叟：『科第祇假此入仕耳。』其高才碩學，皆及第後讀書之功。孫君有見於此，故以制義爲嚆矢、爲芻狗、至於筌蹄。既棄，乃進而求之理學經濟。是孫君之教鵠於大者遠者，而孫君所學亦可由是以見一斑。區區《文話》云乎哉！」客既去，因書之簡端，聊當引嘄，並以告他人之覽是編而致疑如客者。

光緒甲申展重陽日河間李義鈞書於關中講舍時年六十有七

叙

介眉孫君，穎異非常。去冬來宰商邑。僕寄居深山，得隸治下，時聆謦欬，言霏屑玉也。今夏於湯生錫五處見其所著《文話》四卷，携歸讀之，竝摘抄以教小兒孫輩。僕少鈍，不能文，父師授讀古文及諸大家文，皆人人膾炙於口者。迨廿六歲，始應童子試。越年食餼，己酉忝列拔萃科。計筮仕來秦，距入學甫七年耳。中猶讀《禮》三年，於舉業揣摩二字，實自慚未入門焉。兹讀此，悔不見之於四十年前也。讀竟歸之，慨附數語。孫君將行，竝志耿耿。

光緒九年癸未秋七月二知叟趙宜煊謹識

序

庚辰，余通籍後，寓京師旅邸，得與孫介眉先生交，朝夕促談，親愈舊識。先生樊輿名宿，性豪爽，善談論，學問淹通，而尤精於制藝。辛未成進士分駕部，改大令，主講縉山。縉山地處關外，士鮮師承。諸生雖好學深思，而文多難入彀，先生憫焉。因於研經論史之餘，日誘以作文之法。舉凡相題、命意、製局、行機、鍊詞、用筆以及股法、句法、字法，條分縷析，指示詳明。而又恐聽受之易忘也、訓示之太隘也、講説之終湮也，於是以宣之口者筆之書，分門別類，隨引大家名墨以證之。特質其名曰《文話》，亦謂共話斯文，使遊吾門者知所從事；即不遊吾門者，亦可擇所從云爾。夫學不患不博，患不精；教不患不勤，患不廣。博極羣書而不得其要，則大而無成。日勤乎口講指畫而無文字以代之，則一邑亦難遍喻，安望及天下後世？今先生之論文也，提綱扼要，務抉其精，而又形諸筆墨，不私所有，以公於世。世之爲文者誠能循是以求之，吾知文之可以榮世，亦可以壽世者，悉於是乎出。則先生之苦心，亦庶幾無負矣。然則《文話》一書，豈徒爲縉山作也哉！是爲序。

光緒六年端陽日益昌徐京撰

小引

余不肖，偕二三同志講學於兹，已數年矣。與諸生日斯證月斯邁，汲汲相期望者，豈惟是制義云乎哉！亦惟是於聖賢道理，身體而力行之，以期無愧乎爲人而後已。豈惟是制義云乎哉！顧吾方與諸生鋭志理學，而諸生固累於制義而未遑專心以從事也。夫理學有益於身心，制義無裨於日用，盡人而知之。而自鄉里選舉之法度，士有儲經濟之學，求所謂上致君、下澤民、勳垂竹帛、績著旂常、以副其抱負者，舍八股，更何以爲進身之階？理學雖與八股相表裏，而究不若時墨之爲功易而見效速也。是不屏去制義，無暇及理學；不得科名，難去制義。而不爲之急講制義，亦斷斷乎難得科名也。事雖不能一蹴幾理，實相因而共貫。故每課發卷，必不憚條分而縷析之。爲日既多，衰病綿劇，心氣漸虧，不能爲諸生口授，遂以筆代之。不敢效劉四罵人，亦不敢效鄧禹笑客，就文論文，芟除枝葉，積之既久，裒然成帙。因仿前人詩話之例，名之曰《文話》。是雖一隅之見，果即吾言而行之，得科名之道雖未盡於斯，然亦可爲嚆矢矣。科名既得，已無累心之端，再温習少年所讀之經而玩其理，取有宋以來名賢語録以會其通，旁及諸子百家以别其趣，攷

證史書以論其人，將由窮理以盡性，由盡性以至命，極之治國平天下，一以賢之者也。較之老學究雨晦風瀟，日抱名大家一編，羞問途於老高，卒之欲棄時文而科名在念，欲兼之旁搜遠紹而力有未逮，一衿終老，孤陋寡聞，果孰得而孰失哉？是則區區作《文話》之本意也夫！

光緒紀元之次年仲夏清苑孫萬春介眉甫識

話端

余作《文話》，取其易曉。每於閲文，偶有觸動，振筆書之。此外，飯後酒餘、小窗清靜之時，忽想一則，亦隨筆記之。並不計文之工拙，間有不順之句、矛盾之句、甚至市里俗言及誤筆錯寫，一概聽之。閲者不以辭害意可也。

作文之法甚多，豈遂盡於此乎？此特就閲文時文中所短，及余所及知者言耳。若其已知，及余所未知，均從簡略。孤陋之譏，在所不免。

《隨園詩話》中，間有談文及言他事者。兹作亦仿其例，俾學者作正書看，可以用功；作閒書看，可以消遣。是亦引人入勝之一法也。

吾少也賤，家無半卷藏書。壯年愛書成癖，始積數千卷，然亦不過九牛一毛耳。此外所閲者，惟恃一瓻之借，覽後即還之。且在晉、在都、在河東、在蜀，既非一地，亦非一時，今偶有徵引，無從再覓原書。故所引各文並各書之句，有是書者照原書鈔録，倘無是書，均約略言之，非能必與原書一字不差也。嘗觀李善註《文選》，其於《賓戲》，則引《史記》曰：「所獲非龍非虎，非熊非

羆。」於《非有先生論》，則引《六韜》曰：「非熊非羆，非虎非狼。」余按：《六韜》、《史記》：「非龍非彲，非虎非彲。」李善所引與《六韜》、《史記》均不同，蓋彷彿記憶而爲之註也。今《文話》所引，亦仿其例，幸勿以失於考據爲譏。

此處地當關外，絶少藏書之家，而路隔重山，又不能攜帶，故所引書名，有記憶不確者，則加「彷佛」二字，不記書名，姑闕之，以俟他時補入。

文話較詩話爲難。詩話採之四方，易於成書。文話雖即夙所聞於師友者，因感觸而發之，而究出於一人之見解，無朋友之互相投贈，無旁人之代爲搜輯。且詩中多有可摘之句，遇佳句，摘出一聯即成一段。文章可摘之句甚少，作法不過數條。故詩話可以盈篇累牘，文話意盡則止，不能强增也。况詩話意在久傳，不妨經意爲之；文話只傳一時，風氣一過，即成廢紙矣。故其中疵類層見疊出，無暇删改，亦不必删改也。

時下作文，首在文法。然《仁在堂》已反復辨論，幾於家置一編，無人不曉矣。故無須再爲置喙。

作文貴言理，然理學之書汗牛充棟，兹雖極詳極精，亦不過拾人牙慧，故特從其略。

書中有教人鈔記話頭，有類獺祭蠹穿，非先輩教人之道。然王伯厚爲宋代名元，學問最稱淵博，而《玉海・辭學指南》中一則曰：「凡四字語可取者編之。」再則曰：「四字作一處，兩字作一

處。」又引謝景思言曰：「四六全在編類古語。」唐李義山有《金鑰》，宋景文有一字至十字對，司馬文正有《金桴》。今作「八股」，雖非古人制誥之類，而爲四六則同。古人作四六必須編類，今作四六安能白戰不許持寸鐵乎？況貧士無力買書，全仗各處搜集，若必待皆見本書，則無用功之日矣。

每課隨其文之疵纇，發出文話數條，爲琢磨之助語，未修飾，亦無倫次。某所宜先，某所宜後，用功者必能辨别，無俟再爲排訂也。

揚子雲草《玄》以艱深文淺陋，昔人譏之。余之《文話》，求爲艱深而不得，只有淺陋，所謂淺人無深語也。若云仿長慶體詩，老嫗皆解，則吾豈敢？然淺陋，實便於初學也。

縉山書院文話卷一

清　孫萬春　撰
孫德濤
孫德鑄　參訂
孫德峻

乾隆元年，方苞奉旨選《四書》文，凡例有云：「唐臣韓愈有言：『文無難易，惟其是耳。』李翺又云：『創意造言，各不相師，而其歸則一。』即愈所謂『是』也。文之清真者，惟其理之是而已，即翺所謂『創意』也。文之古雅者，惟其辭之是而已，即翺所謂『造言』也。而依於理以達其詞者，則存乎氣。氣也者，各稱其資材，而視所學之淺深，以爲充歉者也。欲理之明，必溯源六經，而切究乎宋元諸儒之説。欲辭之當，必貼合題義，而取材於三代兩漢之書。欲氣之昌，必以義理灑濯其心，而沉潛反覆於周秦盛漢唐宋大家之古文。兼是三者，然後能清真古雅，而言皆有物。故凡用意險仄纖巧，而於大義無所開通，敷辭割裂鹵莽，而於本文不相切比，及驅駕氣勢而無真氣者，雖舊號名篇，概置不録。」余按：時文雖千變萬化，此數言盡之矣。不獨作文，衡文之標準亦在是矣。

古人做文，一題到手，必先將題之上下虛神實理揣摩爛熟，心與題爲一，題與心爲一，誠如設身處地，無一筆不肖題神，無一句不順題氣，所以爲佳文也。今童子初學，讀大家文，先不能設身處地，盡數日之功揣摩一題，則題之神理未得，安能知其文之用意所在乎？余故曰：「成童之讀文與弟子之讀書異。讀書惟求記熟，讀文則徒記熟無益也。縱使記至數百篇，而毫無心得，仍與不讀者等耳。」

古人作文，如臣奉使於外也。題，君命也；文，則宣君命也。譬如君命以一事至四方，必委曲詳盡，或曲引，或旁通，或逆入，或順推。其未説之前，早將此事宜從何入手説起，再如何説至正文。或正意不説，而從前後左右以拍之。戰國游説之士所日夜揣摩者，此也。古人一題到手，何莫不然？即如王步青先生《八集》中「擇不處仁」題，題意本在「焉得知」。然「知」字在下文，此處如何能露？作者只順題鋪成一片話，便覺娓娓動聽。蓋其心中先有盤算：先説「仁宜處」一層，再説「今竟不處」又一層，「今不處或者未擇」又一層，「乃竟擇矣」又一層，「擇必精詳、必審慎」又一層，而「乃不處仁，其以仁爲不可處，抑以仁爲不屑處」，是爲後路一層。只將題變成一套白話，説來説去，盡在題中。而下文「知」字不擊自動。又如「山節藻梲」題亦是照下「何如其知」。照下文一樣，而照法則不同，以題異也。此題若使機致未開之童子見之，心中囫圇一塊，真無處下口。蓋由其讀文時，未將先正佳文細心揣摩，心中毫無路數故也。試將此文取而讀之，看其心

中何等雪亮，然亦只將題鋪成一片話，此外更無他巧。如「山節藻棁」，入手先云：「居蔡矣」。居蔡是求媚於蔡，一層；求媚於蔡必求蔡之所喜者，又一層；蔡所喜者，在山在藻，又一層；喜山而我無山，奈何？喜藻而我無藻，奈何？又一層；我雖無山，何妨刻山於節？我雖無藻，何妨畫藻於棁？又一層；下「不意山之爲物」云云，作者口中又斷一層；於是登其堂其靈若來，入其室其神如在，爲題後一層。看其一路癡情癡想，無用再説下文，而下文「何如其知」自在箇中。童子有此心景，一題到手，如入巨室，先走大門，漸二門，漸大庭，漸後宅，漸花園，異草奇花，繞山環水，其境愈佳，其界愈開，其起伏愈不平，真行文之樂事也，何窘之有哉？古人似此者甚多。間有理題典題，不能如此。而要其胸中之亮，則從此入手。即至改爲墨裁，改爲奇格，而心中既有境界，自然句句在題中，而無題外語矣。此童子入手第一關。此時機致開，日後自有進境。若二十歲内機致不開，過二十錮蔽日深，難乎其爲文矣。余所論者，即層次之謂也，而又非小題拆字之裂題爲數截，作一字，再作一字，非天造地設之層次也。

此先正典型，時手不講久矣。然有名下士，則必從此出。試指一二人爲証。海内推許者，莫如薛淮生、張香濤。兩先生之文，幾乎家喻户曉，無人不讀矣。試思壬子順天元墨「中庸之爲德也」三句題，無論謀篇，即造股，亦莫非此法。如小比先説古帝王之學一層；裁成天下又一層；學之效又一層；裁成天下，天下共沐其德又一層。一比中已俱四層意矣，其他可以類推。「江南

道之以政」一章題，元墨佳處，全在得聖人指點神氣。政刑，民便如此；德禮，民便如彼。兩兩比較，使治民者自己細尋其味。題中四「以」字「而」字「且」字，正聖人指點元神。閉目思之，如聞其聲。元文作時，早將此神揣摩爛熟，中間因想出「今將頒兹誥誡，又試布爾科」條。二比下又接「德禮」。二比合聖人當日渾涵語氣，使爲民上者自思而自擇之。細思中間，既欲從聖人意中指點四比，取題之元神，則提比下必先落出「道齊」，「恥」字下好接「今試觀如此則無恥，如彼且不止有恥」云云。故出落云：「是亦惟勵之以恥而已。」「勵」字即「道齊」二字替身。是小比必先從「道齊」著筆明矣。然欲説「治民者必道齊」，一語了之，如何能成一股？則必先説「民之不可不道齊」，如謂「是亦人心之大慮、風俗之隱憂」是也。何以爲人心風俗之憂？「澳涊梗頑」是也。「澳涊梗頑」亦只數句了之，仍不能成一股。必再騰挪一層，以展其局。先説民若不澳涊梗頑，何難教他。惟其不能如是，故不可不道齊。道齊必勵之以恥。今試設一政刑，看民何如；設一德禮，看民何如。層層遞下，恰合當日口氣。所以一點睛而數虚字躍躍紙上也。想題時若不得當日元神，必無中四比。無中四比，必想不出小比一收。想不出小比一收，必想不起小比中間。想不起小比中間，必想不起小比一起。相因用意，無非從神氣中融化而出，實無非從古人所謂題前虚步、題前層次而得也。後比以下節鞭辟上節，以上節鞭辟下節，仍不失指點元神。是從夫子説完此話時再三詠歎，作推原之論，故以「蓋」字起。「横覽春秋」云云，指出當日景

況，是夫子說政刑之所以然；緬懷古昔，是夫子說德禮之所以然。筆外有筆，神外傳神，令人歎觀止矣。

以上二篇均元做，亦均一時名手人人所嘗讀者，故舉之以例其餘。學者取法乎上，僅得乎中。不是之學而安學乎？

余友蘇翼儒太史（維城），余會試同年雲樵之弟也。嘗云：「一字題亦能按鈎渡挽做。」余云：「旨哉斯言。」學者悟得一字題亦能做「鈎渡挽」，則思過半矣。蓋講下不說到本位，或虛步，或旁襯，以鈎清題界。雖見題字，而不犯正位，即「鈎」也。小比在題前說，中間或由淺而深，或由反而正，即「渡」也。後路或寫題之上層，或追題之原神，或落出題眼，或倒補題脈，即「挽」也。翼儒又云：從前做文，都未了了。自詹曉齋先生主其家長談一夜，便覺文境忽開，作通節通章題有把握矣。詹曉齋（諱錦堂），吾鄉名進士也。翼儒談一夜而獲益良多，而余親炙門牆二三年之久，竟未能高出翼儒之上，吁，可愧矣。

慶華廷太史（錫榮），余庚午鄉試房師也。余文呈薦時已爲總裁駁斥，先生又薦之，再駁，再薦，後卒因二三場中式。故余感先生知遇之恩爲最深。先生學問淵博，岸然道貌，其人品端正，有古名臣風，都人士所景仰焉。而於八股功夫亦最深。辛未會試後，呈文稿於先生。先生云：「此文與鄉試筆路全異，化其一往無前之概，而近於和平。此必數月以來，用涵養之功也。」余思之，果

然。蓋余嘗想，會墨雖亦興會淋灕，而不宜過於激烈，故求泯稜角而慕渾淪。足見文章之道，多一分工夫即呈一分色相。學者又安可不終日孜孜，而一刻以千金惜之哉？

時墨與名大家迥異。名大家講題意，時墨要兼扣題面。即如郭作「子聞之」至「執射乎」題，文小講一起云云，下接云：「非聖人之本心也。」只此一句，便見心粗。此句是從做者口中硬下斷語。試思文章乃代聖賢立言，安有聖人話尚未説完，我却從半腰截住。硬斷一句，則下文「吾執御矣」如何能接？且不特礙語氣，試看此句是扣題中何字玩改筆：「今使聖人隨流俗爲轉移（扣題之上半截），而薄技早成絶技（用其原句墊一筆），又何必執兩端以相衡哉（反扣『乎』字）」？此亦泛常語，並無佳處。而令閲者便知題出到「執射乎」並不溢。題分而口氣亦不礙下，便知是此題。此之謂扣題。而時墨雖不能篇篇如此，而順天闈墨似此者居多。閲者目雖看文，心實顧題。苟眉目不清，看不出題出至何處，似一節題，又似一章題者，場中一望而擲之矣。後雖有佳文，亦多掩没。謀舉業者可不留意哉？

大凡作文，總要心細。譬如小講，時墨大都説四氣或五氣。一起作一氣，必先細想此一氣扣住全題否？如已扣住全題，而即將此一氣句句摘出，看切題否？有一句不切題，即删去另做。寧可即此一句將一氣都换，萬不可少有將就。此一氣斟酌妥矣，再做下一氣，或轉或承，氣氣斟酌。小講完矣，却舍題單論文，看一講中氣接否？字妥否？有上下矛盾語否？斟酌完矣，再

自己高聲朗誦一回，看氣熱否？ 調熟否？ 有聱牙句否？ 有啞音否？ 平仄調否？ 念完矣，再作講下。段段如此斟酌，作完文方覺問心無愧。及呈人看時，猶覺疵纇百出。若自己問心不安，其文尚可問乎？ 此窗下作文法也。若場中作一氣斟酌一氣，恐其氣不熱。又必須有破題即有終篇，一鼓鑄成，並不停筆，才無滯機。然一篇作完後，亦必從頭氣氣斟酌，換其不妥之字，而不換其調，不換其轉折，仍不至氣不鼓盪，而機不流利也。

余在山讀書時，忽有二三友人來談。內一人云：「最喜『柴也愚，參也魯』元做。」余問：「此文讀熟否？」曰：「非特讀熟，且終身不能忘一字。」余問：「曾細揣摩否？」彼云：「既讀，豈有不揣摩之理。惟揣摩纔知其佳。」余云：「既知其佳，文內有一小疵，知之乎？」彼問：「何處？」答云：「小講。」彼即將小講朗誦一過，實不知有可疵之處。余笑曰：「收處云『二三子無以天質未優爲病也』云云。夫柴、參僅二子，何得攙入三子？ 若題添下一句，又當如何說？」其人退謝，自認心粗。傍一友人云：「讀前人名作，當思其大意。若吹毛求疵，天下安有佳文？」余曉之曰：「子言誠是。然謂閱文也，非謂讀文也。吾輩用功，凡讀熟之文，要字字不肯放過，方能有益。至其中小疵，亦必灼知，以後自己做文纔能無過。若成文中微瑕滑口讀過，則自己文中更不能知。終身作文，安能免疵累乎？」遂一笑而罷。後其人謂人云：「介眉讀文作文，心細如髮。我輩心粗如椽矣。」

《西廂評語》中論作文之法甚多。余最喜其「那輾」二字。「那」之爲言搓那，「輾」之爲言輾開也。其論「那輾法」有云：「凡作文必有題。題也者，文之所由出也。乃吾亦嘗取題面熟覩之矣，見其中間全無有文。夫題之中間全無有文，而彼天下能文之人，都從何處得文者耶？吾由今以思，而後深信那輾之爲功，是惟不小。何則？夫題有以一字爲之，有以三、五、六、七乃至數十百字爲之。今都不論其字少、其字多而總之。題則有其前，則有其後，則有其中間。抑不但惟是已也，且有其前之前，且有其後之後，且有其前之後而尚非中間，而猶爲中間之前，且有其後之前而既非中間，而已爲中間之後。此真不可以不致察也。誠察題之有前，又察其有前前而於是焉先寫其前前，夫然後寫其前，夫然後寫其幾幾欲至中間，而猶爲中間之前，夫然後始寫其中間。至於其後，亦復如是。」余按：作文展局之法，此數語盡之矣。然所謂前者，非賓之謂也。所謂前之前者，亦非茅鹿門所稱不可作賓中賓。於題目傍意中，又入傍意之謂也，謂題前之虚步也。憶童時作「就有道而正焉」題，入手云：「敏慎之君子，即有道之君子，豈不足爲他人考正之資乎？然而君子不敢自是也」云云。「君子不敢自是」，所以要就正有道，此題之前也，所謂虚步也。「敏慎之君子」云云，勒清題界，在虚步之前，所謂前之前也。小比出比意云：「君子奉有道爲依歸，於是事必敏。而事有是非，或者敏則是而事則非，可奈何」云云，即中間之前也。下又接二比，出比意云：「吾誠不能自知其是非，何不求知之者？有道是也。」此二比，看似中間，仍

在中間之前。下又作二比：「吾必去就之」云云，則爲中間也。後比説二比「正」字，再説二比「正」之後，「吾事益敏，吾言益慎」云云，即後之後也。今春歸省，值華三弟他出，爲之庖代，因以此題命其及門作之。雖有可録者，而窘者亦多。如一卷小比意云：「人皆不能就正有道。」中比「未就之前，將就之際」。後比敷衍題面，全無心思。因撿余童時所作而不得，爲追憶其大意示之。蓋其十五六歲時，讀文心思未開，真機未闢，故錮蔽日深也。不取此等法教之，安能醫其病哉？

昔人云：論人要存三分忠厚，而論理要推之極處。余謂平時讀文，固宜知其微疵，以求自己作文免於疵纇。若場中衡文，固宜心存忠厚，不可過苛也。如以疵論文，何文無疵？宋葉大慶《攷古質疑》中載：「墨客王聖美少謁一達官，值其正談《孟子》，殊不相顧。忽問聖美曰：『嘗讀《孟子》否？』曰：『平生愛之，都不曉其義。』主問：『不曉何義？』曰：『從頭不曉。』主人曰：『試言之。』曰：『既云孟子不見諸侯，因何見梁惠王？』其人愕然，無以對」云云。夫不統觀乎聖賢出處之大節，而就一二語以摘之，所謂「欲加之罪，何患無辭」也。孟子之書必欲從苛，尚可指摘，況時文乎？

恨鰣魚多骨，恨金橘味酸，恨蓴菜性冷，恨海棠無香，恨曾子固不能詩，此彭淵材五恨也。余嘗欲補三恨於後云：恨金某未及批《紅樓夢》（近時王溪蓮已有批本），恨蒲松齡未修《明史》，恨作《西

廂記》者(或云王實甫作，未知確否)未作八股文。或曰：「彼作八股文，安見其必好？」余曰：「事雖未可必，而其傳神之筆，空前絕後。如其文並未說，行步而玩之；若行步者並未言，舉手搖頭而玩之。彷彿舉手者、彷彿搖頭者有此傳神之心，濟之以傳神之筆，以及摹題中數虚字之神，有不栩栩欲活者乎？」或又曰：「《西廂》乃淫詞。君言出，是教人看《西廂》也。」余曰：「余言其文，非言其事也。所謂文者見之謂之文，淫者見之謂之淫也。若以其事近儇薄，則尤展成固嘗以『怎當他臨去秋波那一轉』爲題，作成八股，流傳大内，深結主知矣。此題看去甚輕佻，而能結主知者，非以其文之佳乎？是蓋不可因噎而廢食也。」

余友劉印山孝廉，在鄉間一時稱文壇雄將。數上公車不第，其學益堅，其功更密。庚午榜後順天闈墨出，彼此歎元做甚佳，均選而讀之。一日，印山忽問余曰：「元做後比『阻賢豪之登進，屈孝子爲家臣』二句，思之，與上四句意甚合掌，而讀去不覺合掌，何故？」余細想果然，而實不明其故。印山云：「此無他，上四句是論理，下二句則就做文者斷，一氣蓋足上筆也。」余始爽然，當即服其心細。

吾鄉張肇一太史(清元)，與舍弟同出耿慄齋(恂)先生之門。太史門人中會者頗多，而彼十上公車，至戊辰始登館選。余會試同年李松坪比部(喬年)，其高足弟子也，在都時與余同寓，徹夜長談。余問之曰：「子從肇一，有異聞乎？」松坪云：「我不知何者爲異聞？何者爲常聞？」余云：「人

人心中所無者，而太史能言之，此即異聞也。」松坪云：「人人都心麤，先生特心細耳。」余請將其所以細處，何妨略指一二端。松坪云：「他文或有讀，有不讀。即以人之常讀者論，如『足食足兵，民信之矣』，第二名李德儀作小講，中四句云：『聖世之富强，不域於霸圖之近；衆情之悦服，徐驗諸王道之成。』太史講云：『大凡作四六對句，總要上下聯分兩錙銖相稱。如此文「聖世之富强」，句法何等莊重，而對「衆情之悦服」，句法太輕，對不過矣。乃下接云「徐驗諸王道之成」，此句又莊重，與「富强」句相稱，參差裁對，盈虧相補，上下句分兩輕重悉稱矣。』太史所講，出人意外者，此也。他如謂『開之以耕作』四句，人人都難記，不知有一準層次，一層進入一層。記住層次，何至於忘，則又揣摩家可自思而得者也。」余按：宋王伯厚云：「上句有好語，而下句偏枯，絶不相類。不若兩句俱用常語。」亦此意也。

墨卷不準以題外字對題中字。即如「譬如爲山，未成一簣」題，「成」字，題中字也。王作講下云：「而卒見爲易。」下對云：「而究未及成。」小比「力不能勝」，對云：「志在速成。」中比「策始之功」，對云：「落成之境。」處處以題外字對「成」字，何故？此雖小疵，而閲者終不滿意。場中如三排等題，兩排有題中字，第三排實難對穩，强對又不現成，萬不得已偶一爲之，仍要氣熱，或混得過閲者之眼。若講下，爲一篇最要緊關頭，爭勝全在此處。題中要字，或跌出，或單提，或單落，總使看去如雙手捧出者，纔能動眼。若以題外字來對，竟似隨便帶出者，便同嚼蠟矣。試看

「告諸往而知來者」題，夏作在「告者」云云，而「言者」云云，夫亦視其知而已。「告者」何不可對「知者」，而必留下「知」字單出，何故？蓋此題獨重一「知」字，若與「告」字平舉，分不出輕重，安得謂佳文？故不嫌以「言」字對「告」字，而將「知」字鄭重分明、兢兢業業、雙手捧出，令閱者至此觸目驚心，不必再看下文，已知其得題解矣。此揣摩家獨得之秘，亦即不傳之秘也。若使學者自己揣摩，或未能即見及此。今特爲拈出，因此類推，不難審題矣。郭作小講有句云：「即爲山，何莫不然。」直點題字，非小講語。大凡作墨卷，小講不宜見題字。間有認准題中要字，謂之驪珠，拈之以入，謂之拈題字。亦有非題之要字，而就此字上想出妙意，拈之以入，能使全題在握，亦謂之拈題字。其他有逼題字於收處者，如題中有「敬」字，而「敬」字又是驪珠，小講一氣逼來，直至收處云：「夫亦曰『敬』而已矣。」令閱文者知其重，此一字便覺分外醒眼。然必一氣趕出方可，若氣不旺，讀去凌裂，便索然矣。拈題字者，如「聽訟，吾猶人也」二句，會墨第三薛淮生先生作云「夫欲振使之之權，神使之之用」云云，謂之拈「使」字入。拈者，如兩指拈一珠然。蓋此題精神，全在「使」字。「使」字乃題中最重之字，特拈之而入。閱者一望知其得題之要矣，安得不刮目相待哉？

句法過鍊則傷氣，不鍊又輕率，看去似無力量。官課王卷有句云：「兢業不可不深。」余改云：「兢業深則萬端坐理。」意思同，而句之輕重厚薄判焉矣。學者每造句時，必細心看其輕重。

能厚重矣，而又不失流動，不至笨拙，則庶幾矣。

「無如寡人之用心者」題。此題上文「盡心」二字，是此一節之眼，爲此節題之最重者。小講以「盡心」入甚好。惟郭作出句云：「我有是心，人亦有是心。」對句云：「我盡是心」云云。是竟以「有」字對「盡」字矣。「盡」字是此節最重之字，如何强以題外之字對？且「有是心」與「盡是心」略分深淺，不見兩意，故覺無味。改筆先説人能盡我不能盡，再説人盡我亦能盡，襯出我盡人不能盡。層層有意，且爲「如」字作勢。講下云：「察鄰國之政，方謂鄰國亦用心耳，方謂鄰國亦用心如寡人耳。」若不用第二句一領，上即云「方謂鄰國亦用心如寡人耳」，亦何不可？而「如」字、「寡人」字竟似帶出，不醒眼矣。必先襯一句「方謂鄰國亦用心耳」，再複一句，跌出「如寡人」三字，何等鄭重，何等分明，便覺活跳紙上。況時墨惡單而喜雙。二句氣雙，念去纔是時墨。

「雙」之一字，先輩所傳之墨訣。講氣要雙、句要雙、字亦要雙。氣雙如壬戌第二小比云「帝王運量以苟且試之」，下如接云「有自顧而皇然者矣」，亦何不可？而必加以「瘖痳難欺」四字，何故？不如此，氣不雙也。句雙如壬子元作小比「古帝王執中」云云，亦何不可？而必曰「建中」云云，不如此，句不雙也。字雙如「功名道德」，又如「足食足兵」二句。元作「舍生聚而遽言教訓」云云，「生」與「聚」對，「教」與「訓」對，字法雙。「生聚」與「教訓」對，句法亦雙。從前論文之訣如

此，近來雖稍變而其法不可不知。雙則氣足，單則氣弱；雙則句足，單則句率；雙則字厚，單則字輕。此又讀文時不可不細心揣摩者也。

凡作文要先細心審題。題中之字，孰輕孰重？如「無如寡人之用心者」題，「心」字似重，然「盡心」二字，上文已見。揣梁王之意，重在「無如」二字，而「用心」只輕輕一帶便了。王作講下云：「吾何以察鄰國之政哉？」誠以政也者，與心相表裏者也。扼重「心」字，漏却「無如」，驪珠已失矣。且移民、移粟，是題之遠脈，却是題之正根，不倒補此四字，所用者何心？豈非蒙頭蓋面乎？爲之改云：「吾何以察鄰國之政哉？察其果能如吾之移民否也，察其果能如吾之移粟否也。而今釋然矣。」扼定「如」字，却是此題必應有之。前路必如是落題，纔得機得勢，而「用心」二字，自在箇中。學者宜細玩。

講下爲一篇之入手，誠咽喉之地也。一篇文所重，只在一入手。入手得機得勢，其下自能迎刃而解。嘗見通篇無甚新奇，而只一入手好，掇高第者多矣。又有通篇甚好，而因入手被黜者多矣。余同年李松坪，庚午中十一名。闈墨通篇雖極充暢，然亦人所能。而出色者，惟一講下。又一友，通篇甚佳，而入手以「閔子侍側」一章入，拋却季氏使一邊，一篇文并無綱領，薦而未售。是講下所關甚重也。而諸生反以入手爲無關緊要者，只隨便一領便了，安能入千萬人中拔幟爭勝哉？況吾輩做文，兢兢業業，自覺用心，閱者尚不滿意。若再隨便含糊了事，安能爲鐵中錚錚、

庸中佼佼乎？以後宜切戒之。

余前所云層次之説，在童生猶宜留意。乃今細觀其文，仍復夢夢。不得不再申前説，爲心思窘者作换骨金丹。如「此課吾何快於是」題，其小講、講下諸不合法，已批示本卷中矣。此題作法，宜於前後左右，逼「何」字之勢纔佳。領上既出上三事矣，小比宜先説傍觀，謂「吾必不如是」一層，「乃今竟如是」又一層。二比將「是」字頓足矣。下接云：「今既如是，必謂吾快於是」又一層。「今既快於是，必謂吾所快者止於是矣」又一層。下再一筆轉正點「何」字，真有千鈞之力，何等活跳。後比再從正面生發二層。有此五六層，做六比可，做十二比亦可。層層加以意思，更覺有色。何至令閲者悶悶乎？由此上進，即爲名大家。由此收斂，即爲好墨卷。將來成名手基於此，即中會亦基於此。然實盡人所能，而非强人所難也。可不勉哉？

「哉」字有兩用：一似「乎」字，筆情摇拽，用來便覺生姿。如壬戌第二作「抗懷談平治，平治豈易事哉？」何等吐屬風雅。一用與「豈」字相呼應，其字最死最笨，用之於後比煞收，所謂用重句以托之也。今「譬如爲山」二句題，文郭作小比云：「是豈人力所致哉？」小比中間用「哉」字硬句，近來闈墨向未見。且小比只三四氣，不用「乎」、「也」等字，尚慮隔氣，況用一死「哉」字截斷，文氣安能熱乎？略有揣摩者，必不爲此。此皆作文任意、並無墨式者也。

時下揣摩家，小比禁用虚字，氣氣禿住禿接，收尾亦禿住，不加「者」、「矣」、「也」等字。謂必

如是，氣機方熱，讀去音韻才堅光切響。我輩作文，固不必拘此陋習，然又不可不知。不知，甚必至於任意妄爲，毫無紀律矣。無紀律之師，尚不能取勝，而況文乎？

每科鄉會試，大宛中者多於他處，秋榜一二十人，會榜六七人。京師爲首善之區，文風之盛也，宜矣。然其中必有一定訣竅，非他人所能知者。辛未通籍後，特與大興同年陳樹庭比部(慶萱)日日談文。每遇大宛孝廉，即詢其用功之法。其所揣摩等事，大略與余無異。惟云每用意造句，雖極凝錬，而却淺顯，令閱者一望而知，不假思索。彼此所授秘訣，如此而已。詢之數人皆然，始恍然。每科闈墨無不如是，特他人天生筆亮，非有意爲之。而大宛則以此爲教，筆意沉悶者亦可力改耳。此則文風之盛愈於尋常者也。

先輩論文，謂造句時句句自己出，却句句如在別處見過，方能入式。旨哉斯言！非絶世聰明、揣摩有得者不能道也。今學者爲文，每一句成，細思此等句法，成文中見過否？如未曾見過，出自己爲，要思此句嫩否？笨否？沉悶否？必細加筆削，念去甚熟，恍如別處見過者，才到十分火候。若此句只成自己之文，別處向無如此句法，則非嫩即笨，非澁即冗，難乎其爲佳文矣。夫爲文至句句如成文中語，不求淺而自淺，不求顯而自顯，而大宛所傳之訣，正可異曲同工，一而二，二而一也。

古人作文無平仄一説，而一時興之所到，自合節奏，不講平仄而平仄皆諧。後人因其堅光切

響，悟出平仄一説，雖失前人古傲氣象，而永無乖音啞韻矣。大約四字句，上二字仄，下二字平，若上平則下仄。六字句亦兩平兩仄兩平，對以兩仄兩平兩仄。推之八字句亦然。此一氣完，煞尾一字如係平聲，則下接第二氣，首句煞尾一字亦平。今「鄉人儺」一章題，盧作對句收尾云「燮理陰陽之表」，下接云「一道同風」，「表」字仄聲，「風」字平聲，平仄不調矣。試觀儲在文「夫子爲衛君乎」一章題文：「空山之中，藹然孝弟。」「弟」字仄聲。第二氣接云：「九原可作，至今如見其心。」「作」字亦仄。讀之便有聲調。若「作」字易一平聲，便成啞音矣。凡一氣完另換一氣皆然。若在一氣中，則總二平二仄爲諧聲。如壬子元文「中庸之爲德也」三句，小比云：「古帝王執中固其操，建中懋其學（第一氣），而防情（平）正性（仄），復合天下（仄）之智愚（平）賢否（仄），以大（仄）其裁成（平，第二氣）。故首出（仄）有聖神（平，第三氣），而無黨（仄）無偏（平），四海（宜平）共仰（仄），維皇（平）之極（仄）。」第一氣末一字「學」，仄聲，第二氣首句末一字「性」，亦仄。第二氣末句末一字「成」，平聲，第三氣首句末一字「神」，亦平。第四氣起句末一字「偏」，亦平。若一氣之中，如「無黨無偏，四海共仰，維皇之極」，則又二平二仄相間到底。惟其中四字、六字句，則第一第三第五不論，亦詩家「一三五不論，二四六分明」也。若二四六失調，念去便不諧矣。學者細心揣摩一次，以後作文倘有一字不調，念去便不順。久之，自能合拍，習慣自然，則墨卷皮毛，已得其大半矣。

余友郭月舫農部（家修），庚申會試中第四者也。一生得力，在作虚字。己未鄉試「郁郁乎文哉，吾從周」題，人皆貪用典故，作「文」字，作「從周」，而農部偏作「乎哉」字、「吾」字。通篇白描，不用一典。出闈後，人方以爲太空，而場中特遇賞音，竟領鄉薦。次年公車入都，「大學之道」題，入手二小比，即將「之」字作透。其調套陳際泰「事君數」一節題文，却爲「之」字追魂取魄，已扼一篇之勝。後即層層逼進，卒爲天下第四人。是題中虚字，萬不可忽也。然又必相題而爲，方不死於句下。憶余應童試時，最愛王步青先生《八集》，如「曆之與蛩，蛩巨虚，終日相依，未嘗暫舍。」除熟讀外，無一篇不細心看、細心揣摩之。入學後，專事墨裁，亦幾置而不閲矣。然其中凡作虚字處，無不歷歷在目。庚午入闈次題係「故天之生物」二句。余作時，猶記《八集》中「故聲聞過情」二句。文作「故」字處，必帶定上文。因思今次題固重一「因」字，然「故」字亦不可脱略。中比欲爲「故」字作頂上圓光，又不可不帶舜一筆，故有「不必觀於舜始知天之因物，然觀於舜而益信天之因物」（此是意思，非措詞）。二小中比，點「故」字，甚覺靈活。及房師將此卷呈薦時，鄭小山先生見首藝甚歎賞，閲至次篇云：「此題『故大德必受命』，才能攙入舜。此時如何帶舜説二股？」因而被黜。房師以爲小疵，且刻意作「故」字，是尚知用心者。再呈，再斥。三呈，又執前説，決意另换一卷。房師歸而細閲，以爲若因此被斥，甚爲可惜。而已薦三次不允矣，又不好再瀆。然憐才念切，終不忍棄。因取二三場觀之，亟呈堂云：「此卷二三場甚好，若以次篇小

疵不中，未免太冤。」鄭小山因取二三場讀之，始中定。此余所以勸人習二三場也。余憶在場中，亦知「故大德必受命」，纔能入舜。先儒已言之甚詳。特心中要以作「故」字爭勝，故有此失。若非房師賞識及後場勁，其不落孫山外者幾希。余因勸人作題中虚字，又恐其執拗不通，故備述之。

余爲諸生論文，已不啻舌敝脣焦，而閱其文，仍無進境，何也？蓋所論如指路。然路清矣，走否仍存乎其人。今細思場期臨邇，若仍因循苟且，不知奮力，將來安有望乎？則莫如猛進，每日晚讀文一篇，次早連熟文同背，天天如此。及一月，而初一所讀之文已背至三十遍。背時細心揣摩，至六月可添文百篇，連自己從前熟文，湊百五十篇無難。每日早飯後，略寫百十字，即取遠近各科文及各家文稿，細看之。看文愈多，心境愈闢。算至六月，可看千篇。每月再作六篇，至六月可作二十餘篇。至場期，已有熟文百餘篇可恃，又看過千篇模範在心，或可望中。每晚半天看文畢，讀詩一首，記詩中典故五個，明日再記時，連前五個統記一次。如此用功，初似太苦，久之自安。且用苦功不過半年，而得來科名一生受用。《吕覽》云：「民之於利也，犯流矢，蹈白刃，涉血盩（古抽字）肝以求之。」今之用功者，無流矢白刃之苦，無涉血盩肝之危，而得來可以揚名，可以顯親，較之得利，不更重哉？乃都不肯用力，何細民之不若乎？吾人讀書，只求明理，豈計得失。即以得失論，亦覺所施者微，而所獲者厚，天下第一便宜事也，可當面錯過哉？昔人云：書

是秀才的本錢。有本錢在，雖目下無利，而積之既久，本錢愈多，自能利市三倍。若因目前無所得，而舍書不讀，是將本錢亦没了，其以貧困終其身也宜矣。

教讀者爲他人作嫁衣，勢不由己。然他事皆可稍緩，而每夜必讀生文一篇，每早必默誦生熟文若干篇，必不可缺。不如此，而妄謂場中可中，豈非夢夢乎？

文章拘字數固爲陋習，然荒手失於窘，往往不過四百字。略有工夫，又失於鋪張，往往竟過七百五十字。場中八百字被貼，又不可不知。若工夫到十分火候，出筆即在七百字上下，所差不過一二十字，斯爲有準。

文章過散漫則無力，過鍊則傷氣。咸豐年間，南闈純尚王、尤體，殊失流動。要知王農山、尤展成《騷》《選》子史工夫最深，故自然典雅。學者有意爲之，便傷氣。《龍巒集》中所選雖多，而作一典腋看則可，效顰則不可。惟其對偶類中頗可觀，亦有佳做。

京師時下論作文，文只七百字，要一百二十句，讀去仍流動。若不知爲百二十句者，才到十分火候。我輩作文，固不必拘拘於此，然此等訣又不可不知。

三王祭川，先河而後海。童子初學，必循流而溯源。不可躐等也明矣，然必以先正典型可法可師者教之。若今之鄉塾，非教以童子，升階即以《童蒙金鏡》習之。既久，俗氣入骨。入庠後，縱有高才，亦不可救藥矣。欲挽此風，惟吾徒先之。凡教童子，必先令讀明文。既有規模，則教

以八銘。如欲趨時，再選《鐵網珊瑚》數十篇讀之。平日閒看一部《仁在堂全集》足矣。入學後不期高而自高，擴之即成墨卷。不然，亦不失爲考卷名手。所謂取法乎上，僅得乎中。若取法乎中，斯爲下矣。宋張戒所謂屋下架屋，愈見其小也。王步青云：「每見坊間兔園本子，謂便於初學，一味苟簡，題下不列名氏，文特粗具形模，股皆合掌，語多似是，前後布置及開合字面，不論何題，率多依様葫蘆。村師取其易曉，以課後學，口耳相傳，未有不致心源若廢井者。聞北方鄉塾尤所盛行」云云。余北方人也，竊意未見行此者。誰知乃在北方之北乎？此風一改，有不科第聯綿，取青紫如拾芥者？以余是問，不知肯從余言否也。

茅鹿門《論文之法四則》，首曰「認題」，並云：「今之學者，於題類多鶻突（即俗糊塗字），焉能入解？他如問答題、議論題、序事題，其間千條萬竅，難以備述。其總要專在摹寫虛字眼處，譬如掉百尺之帆，特在篷眼上轉脚；懸千鈞之弩，特在弩機上覰的」云云。摹擬虛字眼之説，實八股之秘訣。得其訣即可掄元。如甲辰「文獻不足故也」二句題，他人貪用書卷，而元文特用白描，專在「也」字、「則」、「之」、「矣」字上盤旋。戊午「吾未見剛者」，元文中比專作「者」字。丁卯「慈者所以使衆也，至心誠求之」，元文小比專作「所以」二字之神。均能高人一著，所以中元。庚申「大學之道」第四小比，特作「之」字。魁卷中尚有中比作「之」字者，如云：「則其道無煩於擬議，則其道端賴於推求。」雖摹取「之」字「之」面，而場中最爲醒眼，人略我詳，所以命中。然此亦必認題真纔

中的。如丙辰「告諸往而知來者」，闈後爭呈文於先師詹曉齋先生。先生亦命余作是題，繳文時特出塲作十數篇示余，并云：「任汝眼界擇佳者來。」余遍閱，執二篇云：「獨愛此二篇。」問：「何以愛之？」曰：「此篇中比用時序有往來，日月有往來，襯出題之往來，意思甚新。此篇中比作『而、者』字，亦似别有會心。」先生笑曰：「汝只閱文，不想題，故以是爲佳耳。要知此題重一『知』字，且此『知』字身分甚高，若視作聞一知二之『知』，仍不得題解。此二篇舍重而作輕，失却驪珠矣。」揭曉後，果未中式。又如甲子「上老老而民興孝」，若單作「而」字，亦不能見長。何也？「而」字下二句亦有，乃公共字也。專作之，與下諸「而」字混矣。必不能切本題。不切，安能中乎？又前曾以「夫子之言性與天道」命題，諸卷皆作下四字，並有專作「與」字者，豈知題解在一「言」字，舍此不作，安能佳乎？此茅鹿門所以貴認題也。

文章一氣用三四句相聯者，必一句一意纔有味。若只隨便一抹，直不如一句。如「貨悖而入」二句，第五耿憬齋先生文小講云：「天下之羣失其財者，必將苦其逆，怨其逆，相與效其逆，以報其逆」云云。「足食足兵」二句，第二李作小比云：「開之以耕作，寬之以賦斂，廣之以積貯，濟之以賑鬻。」均一句一意，一層深入一層。必以之爲苦，始有怨心。必怨，而始欲效之，必效之，始能報之。先開耕作，既耕作矣，而苛斂時行，食仍不足，故必寬賦斂。賦斂寬矣，凶年仍不足，故必廣積貯。積貯存之於倉，於民何益？是又必濟以賑鬻。均一層深一層，非隨便一抹者可比。

必如此始可用四句一排，若無四意，直是贅瘤耳。

「大畏民志」二句題，有一小比云：「屋漏有何神？公庭之視，畏即其神。」（此一句偶忘之，字多不對，而調如是。）通篇惟此二句最警策，遂入魁選。句法顧可不講乎？

又「大畏民志」二句題，「此謂」二字最不好作。闈墨有一後比起云：「而遂令論治者悠然神會也。」爲「此謂」二字追魂取魄，却作頂上圓光之勢。學者試閉目細想：「大畏民志」説完，尚未説「此謂」，知本中間有此一筆，何等警策。兩橛題知從夾縫中會虛神，則庶幾矣。又第三王作後比，有句云：「身習焉而忘所自，目想焉而得其真。」亦有「此謂」、「知本」四字遠神，均奪標老手也。

問此等心境從何而得？余謂得之正希先生「今也純儉，吾從衆」二句。文中將「今也純儉」説完，尚未説「吾從衆」，却於上句之下，下句之上，中縫中頓「吾」字云：「而某也爲之，顧其物而觀其意，平志焉以定義類之所從；略其短而著其長，降心焉以求一節之可就。」爲「吾從衆」作頂上圓光。善學者細玩其味，愈玩愈長，耐人思索。若滑口讀過，真與視而不見、聽而不聞者等也。

庚申「大學之道」題，魁選中有兩扇。作者以學制、學術分柱。或謂：「意亦猶人，何以獨居前列？」余謂：「意同而詞異，所以獨居前列。」通篇無一語不佳。即如「詣闞士賢聖，中材與上智

均爲百代儒宗；功邁皇帝王，聖主得賢臣同啓一朝運會。」此等堅光句法，問通場數千人，有幾人能造得？且又照下「明德、新民」，非同泛設。通篇句法稱是，是青錢萬選之技也。

凡文章所講之法，即吾心自具之理也。未有理明而法不備者。如「無如寡人之用心者」題，有領移民移粟者。此却是用心之根，何以謂之無法？要知若出「察鄰國之政」題，若出「察鄰國之政」二句題，宜如何領上？必領移民移粟矣。今「無如寡人之用心者」亦領此四字，令閲者不知題從何處出起，安得謂之有法？領此四字，是「察鄰國之政」題内文，今硬移置此處，若謂之有法，是此四字可以二題互領矣。凡一句話移置别處亦可用者，必非切題語。況移置上句題，却是切題話，置之於此，尚能切乎？諸卷此等處最多。余以《仁在堂》辨之甚詳，無須再爲置喙。今思倘能明理，即無《仁在堂》亦自能辨；倘不明理，即日守《仁在堂》亦無益。在學者自己領悟耳。

文中用三複筆，最有章法，亦合時式。然必一見題，心中忽得二句警策之文，又於題之神理絲絲入扣，方可複。若毫無意味便討厭。如「子温而厲」三句題云：「蓋夫子盛德之至無可名，而氣象之呈有可見者也。」確得題解，是聖人身分，是記者眼界，故佳。又乙卯「我對曰無違」題云：「對曰無違，我向者有以告孟孫矣。不知孟孫果喻焉否也？」「信近於義」一章題，余同年蘇雲樵明府複筆云：「吾嘗曠觀得失之林，而知慎始之爲要矣。」或肖當時口吻，或扼題之緊要，均能辟

易千人，驚心動目也。不如此，却不可用，用反有害。

戊辰元作最佳，而其聲調規模，實從「言而世爲天下則」曾樹作脱胎。學者合而觀之，看其不套之套，實深於套。套文者能知不套之套，神乎技矣。

一題有一題之妙。作文寧於章法字法有未盡，而不可失題妙。如「夫子言性與天道」題，諸卷有竟説夫子不言者，照《註》「至於性與天道，則夫子罕言之」，理非不可。要知題明明是「言」，安可舍題而作《註》？又有竟説「夫子言」者，則下文「不可得聞」，早被横風吹斷矣。作者見題後，知説「不言」不可，説「言」亦不可。此中參透消息，自能活潑潑地無一死筆矣。《味根録》註中加註云：「非其人，非其時，便不得聞。」便開後來二後比意思。然必照此意發揮，纔曲盡其妙。「非其人」，并非聖人不言，實其人見爲不言耳。如忠恕之道，曾子唯之，同堂均不知。可見聖人未嘗不言，而人自以爲不言耳。「非其時」，如子貢多學而識，聖人未告以「一貫」。直待時可言此，始迎其機而告之曰：「非也。」前此固不能聞也，未至其時。夫子爲曾子言「一貫」時，子貢亦同聞，而特不解耳。可見非聖人不言，特時未至者，見爲不言耳。子貢特於聞文章後，於「性道」上加一「言」字，見得至其時，言文章即言性道；非其時，言性道亦非性道。言在子，而所以言不言在人。從此想意，筆筆靈動，處處説大「子言」，却處處是不可得聞之言，纔是題情。若一著呆相，一有笨筆，其妙全失矣。

「夫子之文章」至「不可得而聞也」題，管世銘作，另有眼界，迥異尋常。近某省鄉墨效之，遂掄元。其看題，將「性道」納入文章中。如云：「由夫子之文章，見夫子之性道可得而聞也。若必待夫子之言性與天道，不可得而聞也。」此於「夫子言性與天道」上加「必待」二字，講較直捷，斬斷一切葛藤矣。吾鄉鹿忠節公《四書說約》云：「除了人，何處是天？除了事，何處是性？使人事之外有天性，則天性爲無用之理矣。此章與『無行不與，予欲無言』同機。聞木樨香者，便可就文章聞天性。」此說亦痛快。

時下作文用四字泛話，惟撿平仄諧者。平仄不諧，均棄而不用。如「奉令承教」四字，古人文中尚有用者，今則以「令教」均仄聲，罕用矣。戊辰會墨「畏大人，畏聖人之言」二句題，文大約均以「帝王師保」等字，分扣「大人聖言」。而說到「君子畏」一邊，便無四字成語分扣上下句。闈墨中一篇獨用「奉令承教」四字。「奉令」扣「畏大人」，「承教」扣「畏聖人之言」，既切合，又現成，令人一看叫絶，真能手也。可見四字現成句，平日總宜多記，不管其平仄調否。場内一遇，對題用之，便分外醒眼。若當下用此四字，而心中無有，易一不甚切題之話，雖通篇甚佳，亦減色矣。相傳金聖歎臨刑時，及門設酒生祭之。聖歎舉杯對衆人曰：「割頭，痛事也。飲酒，快事也。割頭而先飲酒，痛快！痛快！」（此事彷彿見《兩般秋雨盦》中）「痛快」二字如此分扣二事，可謂貼切。可見雖尋常字眼，會用者用來，便分外新鮮。

王芸閣孝廉（錫三）在吾鄉城外獨立一幟，其及門甚多，每科必中四五人，會試亦多中者。余同年張蓮舫水部（沖霄）即出其門也。嘗向余言：芸閣先生不特學問淵博，而且理學湛深。每教人，先敦人品，後論時文。而先生亦以身率物，故無不景仰者。余謂當此士風趨下之時，爲人師者，安可無此人哉！願吾黨之教讀者，均以先生爲法。是亦維持風俗之大端也，豈必挾策登朝，而始行其道哉？

工夫未到，每看成文及傍人所作，似我亦能者。比其自己動筆，則又一句不能。此昏天黑地之時也。功夫略有，看一篇自己不能作，看一句自己亦不能作，越用功越覺作文是難事。久而久之，腹中所積既多，漸覺成文用意本某篇，措詞本某篇。其入手出落提頓均有所本，我却一目了然。工夫至一目了然，即一旦豁然貫通之候也。試再出筆作文，當另有可觀。回思前昏天黑地之時，真前後似兩人也。朱子曰：「讀書有疑者，須看到無疑；無疑者，須看到有疑。有疑者看到無疑，其益猶淺。無疑者看到有疑，其學方進。」此言讀書之方，實亦作文之法也。初學做墨卷，一見題意則有，而詞則無。譬如欲作「學」字題，小比想説不學，而不學只二字可以説完，如何能成一股？勢必至於東翻西閲，翻出相似者硬套之。久之，遂非有依傍不可。如無依傍，將要擱筆。此病坐的愈深，文章做的愈壞。以其心思永遠在題外也。誠於見題後，心中一句話無有，非要説他一股不可，偏從心中去想。一次窘，二次窘，三四次遂不窘，五六次非特不窘，而且有

餘。從此貼筋入骨，慢慢就有進境了。若不將此關打過去，終身非有本頭不可，而文章却無一句可用，安望爭勝乎？

文家有坐實一法。坐的愈實，愈覺有味。如「色難有事」，有事是親有事，靠住親一邊説，自不犯下。如闈墨中坐實者甚多，大事謂有肯堂構者，小事有説扶持起居者，令閲者看去分外結實，安得不中？若下文有著落者，則萬不可坐實。坐實不觸下則背下。

戊午「吾未見剛者」題，誰不知反「未見」，從「見」上想。意做二比，而心中無坐實之一竅，遂滿紙浮烟。惟元做能知坐實，如中比是也。心中要反「未見」，總得説「見」。若泛泛説「倘見剛者」，豈不甚善？則人云亦云矣。元做則坐實「見」字：「見其達而在上，窮而在下」云云。闈墨一出，有心人遂開一心竅。次年會試，坐實「事」字者甚多，皆此文有以開之也。戊午元墨入手云：「夫吾儒立名教之坊」云云。此四句不見題中一字，惟以「果力貞心」扣「剛」字，似非講下式，何以爲佳文？要知此題只一「剛」字，故先説四句，始落到題字，機勢自佳。若「中庸之爲德也」三句題，字甚多，入手若亦作四句無題字者，則蒙頭蓋腦矣。且入手不露題字，題字於何處露之？試看壬子闈墨有此式否？今諸卷不論何題，入手先作四句無題字者，若爲之批出不合，彼心中必不服。以戊午元文如是也。亦細思戊午元文爲何如題耶。

戊午鄉試，元文中比坐實「見」字。己未會試，坐實「事」字者遂多。己未會試坐實「事」字，至

秋闈鄉試，得此法者遂中元。如「郁郁乎文哉」二句，元文小比用三層，將文字坐實，與上兩科真如一脈相傳者。大約闈墨内開一新法門，有心人遂奉爲至寶，如其法用之，果能獲雋。而特難爲不用心者道也。

或謂己未順天解首，乃戊午解元戈泰徵之高足弟子也。元鐙衣鉢賴有傳人，特天不假之以年，爲可惜耳。

文家有一筆化兩意之法，在古人最爲得訣，而看去決不合掌。作文之省事，易於討好，無愈於此。如《八集》中「童子見門人惑」二句題，文出比云：「果如門人之惑，則宫牆之内，當無門人之跡矣。」對比云：「抑且洙泗之間，獨有一孤立之夫子耳。」後比出比云：「異哉，門人之識，其殆遠遜於童子者也。」對比云：「異哉，童子之識，其真遠過於門人者也。」夫曰宫牆之内，無門人之跡，自然惟一孤立夫子。門人之識，遠遜童子，自然童子遠過門人。只有一意，即能作兩股，又不合掌，故爲佳文。今人心思太窘，每想一意，次比即不能對。不得已略换數字，兩比仍是一比，不過字面稍差耳。誠知一筆化兩意之法，想一意即有兩股，大可救窘人之病。然亦有不能如此者，不可拘也。

作文展局，有從題之前後想者，有從文之上下想者。金聖歎批《西廂》，有那輾之法，固從題那輾，而從文那輾，未之及也。知此法者，《左傳》、《國策》、馬之《史記》、班之《漢書》是也。顧此

法用於古文，盡人而知之矣，而不知用於時文爲尤佳。如施維翰「河東凶亦然」題，前路先虛襯「亦」字，「河東亦凶」云云。下接云：「於是二三執政，蒿目以請曰：『河東凶矣。』」凡百有司繪圖而上曰：『河東凶矣。』」此四句已將「河東凶」三字頓足。學者試掩卷細思，若使我作此，下宜接何意？必接云：「仿河内之故事，亦去移民，亦去移粟」云云。看其偏不急搶「亦」字，特從「河東凶」之下，「亦然」之上，那輾二中比云：「河東，我股肱郡。歲有不登，而坐令凋敝，蕭條之景堪傷也。」對比云：「河東自古帝王都，民有菜色而不議撫綏，棄捐之責誰任也？」二比完矣，宜接「亦」字矣。忽又接二句云：「乃貧國不可以多制，愁民蓋難與更張。寡人於是下令國中曰：『有河内之故事在，遵而行之』」云云。此下纔實發揮「亦」字。此法如得其訣，作文自能展局。寬一步却是緊一步，放一步却是擒一步。看去似摶「亦」字不緊，却是「亦」字頂上圓光。有不令人一望而動心者乎？又如《八銘》中，徐葆光作「必聞其政」題。若在尋常，小比必反「必」字，作「不必聞其政」矣。不知呆作反勢，不能展局。看其小比先説「古之政不壅於上聞，不阻於共聞。」將「必聞」二字坐實。而却在賓位毫不犯實。小比既説古時必聞矣，下二比才説今不能聞，以反「必」字。學者試於此掩卷細思，若使我作，下宜如何説？必轉到「必聞」矣。而做者當時以爲此特反「必」字，而非切題之「必」字也。若如此一反而即轉正，看去泛矣。夫所謂切題之「必」字者何？題面雖「必聞其政」，而題之上文却有夫子題意，自是夫子「必聞其政」。兹特反「必聞」，

如何能切？故又緊接二比云：「而吾夫子者，以歷聘之車，猝焉戾止」云云。見得更難「聞政」矣。此比用「剛到此邦」，下比用「未嘗久淹」。一淺一深，亦不合掌。下仍作四句鎖筆，下才轉到「必」字。後比從「政」字刻劃「必」字，自是得機得勢。學者悟得小比之宜反而不反，先那輾二比，中路之反足而不轉，再靠住夫子説。二比均爲後來開無限法門，何至於窘哉？何至於窘哉！

文貴翻新。古人成作如林，善爲文者自能從古人成作之外，獨具手眼，無一語雷同，却能並峙，斯爲好手。如「生財有大道」題，《約編》中嚴作已空前絶後，後有作者似不能出其範圍矣。而《續時藝核》中有一篇，偏能戛戛獨造，不肯一語拾人牙慧，真欲與古人並駕齊驅者也。細思其妙，亦不過能用心而已，能從題之上下文用心而已。前路語語照下，細膩風光。中比云：「驕以失其財，泰以失其財。」後比則「忠以得之，信以得之」。其看題蓋以「是故君子有大道」是全體，連生財之大道亦在其中。生財之大道，却從上文大道中抽出一條耳。如此看題，足可補講章之缺。覺古人前作，有其雄偉，轉無其詳細，安得不拔幟獨立乎？今諸生爲文，一見成作，斷斷逃不出其範圍。縱極力鋪張，不過人云亦云而已，有何出色。推原其故，總由於不用心。能用心者，自有超出尋常之作，非古人之所能拘也。

文章固由學力，而亦要天資。天分高者，同看一文，自己偏開許多心竅，將來作文，自能出

色。即如辛未會墨次藝「人一能之」三句題，他人皆就題論題，而第二偏就哀公著筆領悟。人觀此，心中便多一主見，將來凡作「哀公問政」章内題，無不可如此，且可照此生發，自能推陳出新。如昨出「仁者人也」四句題，見題後，心中已有從哀公身上生發一竅。即從此想去，自能切合，何至窘步哉？昔有一學政，下馬後謁廟講書，命諸廩生講「哀公問政」章。一老學究云：「一日者，哀公問政於夫子。夫哀公，愚柔人也，而以政問」云云。學政曰：「不必再講，知汝得題解矣。」細思「雖愚必明」二句，雖指哀公説，然在後邊。講者一眼直注至此，有此眼光，作文何難得題之要哉？又如後所云「約我以禮」，作者偏顛倒用心，而云「以禮約我」。聰明人觀此，自能心中多開一竅。如昨出「吾之於人也」題，見題後心中既有顛倒之一竅，何妨照此設想，看有意思否？如先説「人之於吾」二比，而却從「人之於吾」中設法，照下「或云人有樂與吾處者」，照下「譬人有畏吾見者」，照下「毁如」。再欲照下，即可再轉一筆。如云「此皆與吾同時生者也」，照下「三代」。凡此層出不窮，皆於「約我以禮」一句文章得來。

又吾言坐實一法，學者果用心，心中又開坐實一竅。如此題何妨按坐實設想，看有意思否？坐實無意思，再顧而之他。如有意思，即可坐實二比。題有「人」字，何妨坐實「人」字？如壬戌會試，「此謂惟仁人爲能愛人、能惡人」。魁卷中有作四比者云：「蓋如此而後，佞人不得戕善人；如此而後，奸人不得禍衆人；如此而後，才人不至附乎僉人；如此而後，匪人亦可勉爲正

人。」題下半只兩箇「人」字，彼却尋出八樣人來，成一篇戛戛獨造、警策發揚文字。而其訣實不出坐實之法。心中有坐實一竅，見題有「人」字，遂不禁向坐實上想去，將「人」字坐實，趁勢頓「此」字。如坐實無意思，再想別法。其平日心中所開之竅既多，見題後從此訣想，從彼訣想，總有與此題最切最合最驚人之意。有了意思，再想詞藻，場中不愁不中。不中驚人文章，尚何所中乎？或曰：「開一心竅，又一心竅，實自己揣摩而得，由内出者也。今子欲人觀《文話》，是由外入也。由外入而亦欲等於由内出，不亦慎乎？」余曰：「不然。凡揣摩而得者，能憑空設想乎？亦必守前人成作而揣摩之。是雖由内出，而其所以由内出者，亦實先由外入也。余即諸生之所未至者，閲卷時偶有觸動，振筆書之，引其入門，非謂入室也。若夫神而明之，則存乎其人矣。」

余昔爲人作記室時，居停某明府恃才縱飲，使酒罵座，後卒以此被議罷官，後主渾源講席。嘗謂余云：「吾從前見人之教弟子者，常歷數考而不能得一青衿，心竊笑之：若以余教之，隨其才之高下，使就我範圍，何至不能入彀乎？乃今身親其事，始知其難。」余詢其所以難之故，曰：「大凡授受之道，無非欲以彼之心，如吾之心而後已。乃才高者自恃聰明，恒以所言爲河漢。及其科歲試，偶爾徼倖取列前茅，遂自覺普天之下，人莫己若。視八股如尋常事，信手一揮，更不經意。遂謂吾所作已成矣，尚何他人言之能入乎？即有論其非者，亦必不服。此後亦遂無斥之者

矣。逆儒吕晚村庭事對聯云：『囊無半卷書，惟有虞廷十六字；目空天下士，只讓尼山一箇人。』若使其人再博一第，恐尼山亦不滿意矣。此聰明略高者之難與圖功也。其鈍者，則又先入之言牢不可破，後有説者，皆不能易。遂至終身俗濫不堪。惟中材尚肯受教，而進境甚難。此所以無速效也。古人云『事非經過不知難』，誠哉斯言也。」明府之言如是。余謂作文亦然。每見一文，或無甚警策，心竊笑之。及身親其事，題之易做者，摇筆即俗調濫套。題之難者，無縫入筆。惟有四平八穩之題，或可做一平穩文章，而文又最難見長。始悟向之笑人者，特在旁觀耳。若當局，又不免爲人竊笑矣。正所謂「事非經過不知難」也。學者悟得一「難」字，即朱子《小學》所引任公之言：「人能咬得菜根，則百事可作，又不獨制藝云然。」（他書有謂係汪革，字信民者，臨川人，宋時作楚州教授。豈《小學》鎸錯，以「汪」爲「任」乎？俟暇時攷《宋史》再讐正）

近來又開包羅史事一門矣。此乃曹寅谷、袁簡齋兩先生最擅長者。余在山時，每看二家文稿，遇有包孕之句，即另本鈔出，並註明所用何事，以備作文採擇。其他名稿中有此等句法，亦另鈔出，暇時再看《通鑑》及《世説新語》、《十七史》、王李《蒙求》（要有註者）等書，每見一事，即將此事鍊成文句，另本存之。《黄氏日鈔·紀要》，於一人名下記其事之緊要一二字，以備不忘。即取《紀要》一部所摘出之事，用硃摽之，以便常常温習。積之既久，所記亦多。作文時無須翻閲，自能上手。《舉業淵源》云：「積事生理，積理生氣，積氣生文。」此言誠不吾欺也。

憶！余嘗擬將廉頗爲藺相如負荆請罪事錬成一聯，而造句總未妥諧。正在推敲，忽閱尤西堂稿中「因不失其親」二句，文有句云：「小嫌末隙，而大節感動，不妨引爲刎頸之交。」文只三句，却將二人事全包在内。一時頗覺心境開闢。及余公車入場，題係「信近於義」一章。前二項均錬成調矣，惟第三項不妥。忽想起尤展成之句，即云：「小嫌疏於中路，大節可共死生。」此雖不及尤之顯豁，而若無尤句以作影子，安能一時措辦乎？不如其顯豁者，以「刎頸」二字近今不宜用也。

作墨卷與作考卷迥乎不同。考卷想出意思即去作，文若説白話。然墨卷則有意思後，還要想輔佐此意而又切題、又現成之話才合。將現成話想多多益善，再去錬詞，自然綿密。若無話頭，寧可將此意廢了，另想别意，萬不可稍事生湊。有一句湊，閱者至此點落矣。《舉業淵源》云：「文章一處有病，通篇皆因之減色。人之見之者，必以爲通體不好，而不知其全篇吃虧只在一處也。若能深思而善改之，不但自己文章生色，即閱者亦應爲我快心」云云，正謂此也。試思閱至有病處擲之矣，以後雖有佳文，豈能見乎？此不可不慎者也。假使作「知仁勇」題，我却先將熟文中及《四書》經書凡説「知仁勇」者默想一次，想起幾箇，或記之於紙，或默識於心，再去作文，有用著處即錬一聯，又省事，亦扣題。即如余庚午闈墨後比用「長材短馭」四字，細思此處若再换四字，萬不切合。「大材小用」又是俗話，不能入文。彼時心中若無此四字，以上所想所作皆

不能用矣，只可另作别圖。此等字眼甚不多，非若中比「牢籠招致」，若换一「搜求羅致」，换一「言甘幣重」之類，均可用也。此作墨卷要著，人人皆宜知之，而不可淡漠視之也。

余所説二字四字話頭，又非僅用之而已，必使上下意串。如壬子元文「庸言庸行」，而「庸言」下必用「謹」字，若换「嚴」字，必不現成。「庸行」必説「嚴」字，「謹」字雖可用，究不甚洽。「智愚賢否」必用「裁成」，若用「準則」便不貫。智愚不齊，所以裁之。裁即以刀裁紙、以剪裁衣之裁。凡有不好裁去之，所以成之也。「父子君臣」必用「準則」，用「裁成」便是笑話。父子有何可裁之處？父有父之「準則」。「準則」者，一定之法也。即俗所云先立一樣子，教人去學也。若智愚用「準則」，則與上「防情正性」不串。由此推之，一篇皆然。且魁墨篇篇皆然。此二段細心揣摩，當有心得。

作文自當以程朱之理爲主。有時文中之句有不能以程朱之理衡者，如癸酉「回也，其心三月不違仁」文第二，文中後比有句云：「其仁之著，誠去僞者，不以三月始也。」此二句在文中絲毫無病矣。而若按程朱之理講之，則欠細。既曰「仁」，便是個有誠無僞的，無僞又有何可去？此非欠細而何？余故曰：「看文吹毛求疵，斷無一篇尋不出一病者。但看其大體，及平日之工夫而已。若必以窗下讀文之目看場中之文，恐無一篇可取者矣。」

窗下讀文要字字咀嚼，不可因其已掇巍科，遂謂如《吕氏春秋》，千金不可易一字。先輩謂文

必句句摘出，單講仍復圓融，才爲無疵。如戊午「吾未見剛者」，元文小講「非成德之難」，合上下句讀之自通，若單將此句摘出，便欠細。天下事尚有難於成德者乎？成德非難，人人皆聖人矣。此先輩某先生所説也，在今日則不甚講矣。如辛未「信近於義」一章，元文「道德之外有功名，威儀之中無性命」，均只可合上下句解，而不可單摘出講也。

作文有最不合書旨之言，能手以活筆出之便佳。如辛未「信近於義」一章題，「信本真心約誓，特未近義耳。」若謂其信時係僞心，則譎詐矣，尚有何近義不近義之可稱哉？文中若用「信本僞信，恭本僞恭」，則認題錯謬，鮮不遭紅勒矣。而第二小比則云：「而況乎僞心出之也。僞諾必成反覆」云云。細看不背書旨者，筆活故也。筆活便成襯矣。學者知如是用筆，又何意之不圓，何理之不熟哉？

昔邵康節先生與程子論數學，程不願學。偶於別處忽按康節之言思之，果皆合。後見康節曰：「子之所學，吾知之矣，乃加一倍法也。」康節然之。是加一倍法之妙，如此其精也。今文中亦有用此法者。「子曰惟仁者能好人，能惡人。」元作小講起云：「且吾儒用力於仁，未有不見己之仁而好之，見己之不仁而惡之者也。」此亦加一倍也。悟得此法，則心又開一竅矣（余按：如今之數學，無不加倍者。如以錢戲算韓信點兵，除百零五。易緯花甲曆法，除六十所謂除去者，均先有所加者也。特不止加一倍，有加至數倍者。程子言少者耳）。

鄉會試場中，每不下萬餘人。閱文者如何能本本閱完？故先看小講。小講佳矣，即往下看。否則棄而不閱矣。然小講，人人精神所聚，每不大錯。而前半之後，被擲者多矣。揣摩家恐其如此，思得一法。如丁酉江西「子曰惟仁者能好人，能惡人」，元作入手先提一段云：「不然，天下皆有好惡矣，子何獨以其能歸仁者哉？蓋好惡者，發乎情，根乎性，宜公不宜私也，宜正不宜偏也，宜肖心而出，不見其不足也，宜慊心而止，不見其有餘也」一段，先將通篇主意提出，入後層層發揮，閱者必欲看其何以發揮，而不能棄置。此無論其文之佳否，而一篇必使閱完。先勝尋常一著矣。倘後有佳文，安能掩没哉？此真引人入勝之秘訣，學者不可不知者也。

作文雖代聖人立言，而究非聖人自言。故於聖人之所貶者，作文宜擡高，不可説壞。如「子貢欲去，告朔之餼羊」一章，葉作中比，管世銘作「小人哉，樊須也」，均不將賢者説壞。後來效者遂多，然必理圓，毫不勉强，才能出人頭地。

作文有炤下立格，却不犯下者。如「足食足兵」二句，元文通體按三平作，中三比點題，起句云：「一在食，一在兵，一在信。」細思確是。下文於斯三者，場中所僅見也。其説「信」字，仍串「兵、食」與「爲君難」二句，元文作兩扇同，均戛戛獨造，故掄元。

南人作文講吐屬，北人則講氣勢。南人吐屬風雅，語語名貴，斷非北人所能及。而北方剛勁，南人亦不能到。此固由於入手時習俗相近，而亦氣運使然，不能勉强也。

縉山書院文話卷二

或問於余曰：「古人作文，首在清真。今子不取名大家之理法清真者教之，而乃諄諄以墨卷爲教，不亦誣乎？」余曰：「諸生爲文，將欲傳世乎？抑欲取科名乎？如欲傳世，則班、馬、《左》、《國》俱在，何不學爲古文，學爲《史記》，而區區以八股是爲乎？即欲以八股傳，而僅於八股中討生活，恐亦萬萬難作佳文。唐翼修曰：『欲知天下之事理，識古今之典故，欲作經世名文，欲爲國家建大功業，則諸子中有不可不閱之書，典制誌中有不可不閱之書，九流雜技中有不可不閱之書。即如制義，小技耳。歸震川、唐荆川、金正希輩皆讀許多書，而後能作此可傳之制義也。』由此觀之，欲作名大家文，而不從名大家所以作是文者入手，安能傳世哉？如欲得科名，則非就吾準繩不可，即場中之所謂式也。且畫虎不成反類犬，學清真不成，勢必逃入空滑。在平時猶爲不可，况鄉試在邇乎？余《文話》因鄉試場前而作，非爲平日用功讀書而作也。教貴因其時，教亦貴因其材。諸生病在空滑。今以近於空滑者教之，是《吕氏春秋》所謂『拯溺而倕之以石』，『救病而飲之以堇』也。果有益於事乎？抑反又害之乎？」

嘗見薄時墨而不觀者，動言名大家。竊意其手筆必高，作文必越過時墨。及取其文觀之，則又無一是處。此眼高手低者也。眼高手低是學者一大病。欲手眼俱高，斷斷乎必自多讀書、多窮理，入手若只讀名大家，毫無裨益，徒自苦耳。

辛未榜前一老孝廉，生平最薄墨卷，非特不讀，亦且不看。都中盛稱其塲中之作，謂有名家風度。余取其文而觀之，其小講一起云：「今夫人之涉世，其有憂患乎？」余笑曰：「不必閲其終篇，即此一起，已決其萬難中矣。」人問其故，余曰：「《約編》中陳兆崙『西子蒙不潔』一章題，文小講一起云：『夫人身世之際，其有憂患乎？』蓋其將題之全神味之爛熟，突口而出，便在箇中。曰『其有』，曰『憂患』，曰『乎』，使人自思自警。『西子雖佳，倘蒙不潔，則如此。惡人雖惡，倘能自新，則如彼。』二『則』字是教人自勉。雖西子之美亦不足恃，雖惡人之不好亦可回頭。以西子自恃，則必有令人掩鼻之時，以惡人自終，則必不能祀上帝。爲西子者自謂無憂患，誰知不潔則如此。爲惡人者苟知有憂患則如彼。『其有憂患乎』五字，正爲二『則』字用力傳神。使西子、惡人自去思思想想，亦合當日立言本旨，所以爲佳。今此公讀此文時，並未揣摩到此。滑口讀過，宜其用來隔靴搔癢也。若使題是『信不近於義』、『言不可復也』，用來雖非佳文，尚順題氣。今尚不知題之神理，是其讀是文時，心思不入，故套是文時，心思亦未能入也。而猶津津自謂『學名家而薄墨卷』也。天下有心思不入而謂之能讀文者乎？天下有心思不入而謂之能作文者乎？是以

決其不中也。」揭曉果然。或曰：「今有讀名家之做而盡得其神味用意，許其可成名手乎？」余曰：「不許也。名家之爲八股，功夫不始於八股。其根柢甚厚，故其出筆也，氣自清而骨自重，筆自淡而味自永。今之學名家者，不從其根柢入手，而專事其皮毛，遂爲墨卷之濫觴。作墨卷者，當日豈有墨卷可讀？亦均學名家，而漸推漸薄，遂流爲墨卷耳。且今日之名家，即昔年之墨卷。而今日之墨卷，斷不能爲他日之名家。既不能爲名家，則不能傳也。審矣！何如得科名後，再作窮理格物工夫，以學爲聖賢乎？」

袁子才云：「人愛西施，必不愛西施之影。」今之學名大家而僅讀八股，是學西施之影耳。「待先生如此，其忠且敬也」題，吴作通篇盡套癸亥第二王莘鋤先生做。余謂此大不可也。學者爲文，安能句句皆從己出。然必其吾做吾文，而忽有一二比或一二氣、一二句自來腕下，做者尚不自知，及做成後，始悟有他人之成套，方能浛合。若有意爲之，便不免刖足就履之患，安能爲佳文哉？

庚申元墨，通篇套壬子元墨，人皆薄而不讀，余獨愛之。其起講冒一本《大學》無論矣。即如出落云：「蓋大人者，以學爲歸。而學爲大人者，以《大學》爲準。是固有其道焉。」即此數句，問通塲有能道者乎？問窗下盡數日之功，有能道者乎？朱子註此節，并未註「道」字，只云：「《大學》者，大人之學也。」雖「或問」中有「既以養之於《小學》之中，而後開之以《大學》之道」，及「故必

指是而言，以爲明德新民之標的也」數句，而究未向「道」字上用意解釋。此則以爲大人有是學，而學大人者，又以大人之學爲學，所謂道也。看「道」字是鄭重分明、雙手捧出來否。做者心思細膩至於如此，即不套人文，亦不失爲元。特心無壬子之元做，腕下忽來壬子之元做也。放翁所謂「文章本天成，妙手偶得之」也。大約套人之文，如借人之衣。然借來會服者，依舊進退從容，周旋中禮，能晉接，能拜跪。傍觀若不知爲借來者，雖借服亦何害？不會服者，借來置之衣架之上。衣鮮矣，卻寸步難行，成一死物，又何益哉？

新城王重三先生(振綱)「言必信」二句題，會元墨卷中聖手也。會試後歸家，又開户三年。時墨之佳者，無一不讀。於是聲名大振，從遊者甚多。後主講蓮池，爲一省之領袖，而列門牆者愈夥矣。余通籍後，以弟子禮進見。先生云：「此科題甚難，作『信近於義』與下二項，並無一串成語以扣之。即勉强有一二語，亦不能通篇如是。是以難耳。」余按：先生之言誠是。然闈墨中頗有因難見巧者，雖無一類語，而有一線以穿之，不類而使之類，亦能動目。蓋墨卷忌生而貴熟。若各排一氣，則生矣。如第二小比，出比用「妄」字穿，對比用「爲」字穿，語雖不類，而有一字穿之，便覺牟尼一串矣，是又一巧法也。不特此也，元做小講以「人已」爲緯，以「負」字爲經以穿之，小比卻以「殷周羲皇」强成一類，後比又取卦名以穿之，均於無類中硬成類者，自開法門，前此不多見也。

所謂以一串成語扣題者，如「足食足兵」二句題，文元做云：「舍生聚而遽言教訓。」「生」字扣「食」，「聚」字扣「兵」，「教訓」扣「信」。又云：「昧仁義而徒侈富强。」「仁義」扣「信」，「富」扣「足食」，「强」扣「足兵」。又云：「身家之保護。」「保」、「身」扣「食」，「護」、「家」扣「兵」。而「生聚」、「富强」、「保身」、「護家」等句，又極其現成，向來相連，非同强合，是以爲佳。又戊辰會墨「畏大人，畏聖人之言」。吾鄉張肇一太史會墨小比云：「事業文章之彪炳。」「事業」扣「大人」，「文章」扣「聖言」。對比云：「帝王師保之功能。」「帝王」扣「大人」，「師保」扣「聖人」。又有以「作之君」、「作之師」分扣者，俱見經營。而「事業文章」等語，自來相連，現成泛話用之此處，便覺分外切題。此類甚多，不能枚舉，聊舉一二以記之，俾讀文時留意也。憶前余在山，彼處書院出「必得其位」四句題。山下一生倩余代作，余小講以「尊養」扣上二項，而「名壽」再無穩洽之字以扣之。其催作甚急，無暇細思，因用「頌禱」二字頌其名，禱其壽，亦現成，惟不甚顯豁，故不覺其切。後余因無事，擬思二字以易之，而實無可易者。因悟既不能切合，則莫如當日不分扣，以渾筆扣之，亦何不可？若不切而强用，反累通篇。故知此事不可以勉强從事，亦不可以枵腹從事也。

或謂分貼題面，最爲下品，何足爲法。余以時墨之所講，無一不陋，而惟扣題面由來已久，特人習而不察耳。《中庸》「寬柔以教」，考亭註云：「『寬柔以教』，謂含容巽順。」「含容」扣「寬」，「巽順」扣「柔」，何等自然。若此者甚多，已爲後世分扣之祖，尚得以陋習目之乎？

「待先生如此，其忠且敬也」題，盧作「忠不由中，忠必出於矯飾」云云。郭作亦有此意。此不知審題之故也。若泛論「忠敬」題，如「君子敬而無失」、「爲人謀而不忠乎」等題，自然要從「忠敬」字内生發。此題是左右追術待先生之厚，處處從述者口中刻劃待先生之忠敬，含得先生反遇寇即走，神理纔與題情題氣相合，又何暇説到「忠敬」工夫上去。凡此皆題外語也，亦實。一題到手，不用心揣摩上下神理，率爾操觚，心思遂出題外，安望其進哉？

前余教諸生平時看文章，有四字成語，如「憂勤惕厲」、「布化宣猷」等類，宜另記之。腹中所記愈多，作文時自能填滿一篇，看去甚厚，永無質白之病。然此僅作泛語耳。若平時見有包羅語，不可混在一處記，宜另外記之，更宜多記。蓋古人廿一史熟於胸中，出筆自言之有物。今人無古人之博學，不得不取古人已錬成之句而用之。即使其嘗讀《史記》，而錬來亦不如古人之老横，故不能如古人成句之驚人。欲使驚人，必須多記。所記既多，路徑亦熟，自己亦能按古人之句法錬矣。如曹寅谷先生稿中「道不同」一句，文有云：「本無臭味之差，忠孝亦分風氣；偶拂指陳之意，齟齬即在文章。又欲借賢書之達，賈狂禍乎清流；思蒙史筆之誅，引名儒而合傳。」又「頌其詩」四句，文中句云：「忠孝有時而得過，而文字之禍滋深」。又《蕺山課藝》「顔淵問爲邦」文中有句云：「明堂初位，祖宗慨息以相傳；揆席載登，神聖馨香而代祝。」又袁子才稿中「深宫置酒，猶是從容弟子之秋；富貴無憂，始知生長天家之樂。」凡此甚多，不能枚舉。諸生撫躬自

問，平日能造此等句乎？既不能造，則多取而熟記之。此句已爲我有，將來作文用其一二句，即能分外動人。或仿其調而包孕他事，亦能見長。辛未中第十八者，平日即用此功。其文中所用之句，余於他文亦嘗見之，特不如其所記之多耳。《春霆集》制藝中好句甚多，及「花樣一新」、「包羅史事」類中可記之句亦復不少，是在學者自己領悟耳。

從前中比喜提空，其端開自名家。後癸丑元做及「我對曰無違」第八蕭作、丙辰夏作，均從此脱胎。日久風氣漸變，有套《約編》中「先進於禮樂」一章題文：「嘗觀一人一家」云云。此套已俗爛不堪，塲中久已不用矣。近來二章題、三排兩排題，均於中比點題，單句題則中比用反筆，兩截題則中比用互筆，均能制勝。惟戊辰「畏大人」二句題，第三中比，吴作特開生面，用「且夫」一提，折入深際，更覺驚人。以後套此中者必多，是誠開風氣之先者也。學者不可不知。

用反筆有二比全反者，如壬戌第二是也。有一反一正者，如「抑而思之」四句題，中比有云：「天下有思而不得者，即有思而必得者。」用互筆者如林作「對曰有政」二句題，一同一異。「此謂惟仁人」二句，會墨一卷亦云：「且夫仁之愛惡也，有同有異。盍徹乎？曰二。」李靜亭中比云：「且夫徹有較便於二者，即有不便於二者。」凡此皆互筆也。

「足食足兵」二句，李作又云：「而力田孝弟，授恒產早恰羣心。」對比云：「而有勇知方，振軍威即堅衆志。」「力田孝弟」從「足食」説到「信上」，「有勇知方」從「足兵」説到「信上」，看其何等自

然，何等現成，而扣題又穩切，此之謂切實墨卷。然其功亦不外多記泛語，臨時選擇用之耳。

文章醒目全在接筆。此一氣完，下氣接筆若不在人之意中，文必生湊，念不去矣。若盡在人意中，文必俗爛，無警策矣。必使所接之筆出人意表，而念去又不生，斯到十分火候。如「足食足兵」二句，第二後比一起云：「雖有滴心，不聞蒙休養之恩，弗生感戴。雖有澆俗，不聞得身家之衛，猶起乖違。」學者試將下文掩之細想，若使我作下，宜作如何接？想來想去，亦想出幾箇接法，再看彼所接何如？看出人意表否？再細想彼何以想到此，我何以竟不及此，則進矣（原作下接云：「向特謂信無由激耳。乃食以資事蓄，不以急催科」云云）。

古文如司馬公《史記》、盲左内傳及《國策》、《孟子》，均以反筆爲得力處。反面愈説得透，正面愈拍得醒，此古人不傳之訣。昔人謂讀《史記》等書者，倘見不及此，失前人之妙矣。不知時墨得力處亦正在此。如「貨悖而入」二句，第五提頓云：「甚哉，其入之悖也，欲其入不欲其出也。拙哉，其入之悖也，計其入尚未計其出也。」若使俗手爲此，下必點「亦」字矣。以作「亦」字，神理已透也。而此文下又接云：「夫使貨之入者必不出，入之悖者必不悖。出而入何妨悖，亦何必不悖。」俗手至此，必謂反足矣，下再無可反矣。誰知彼下又接云：「則財聚民散者，猶可憂而未可憂；財散民聚者，猶可羨而未可羨也。然而極則必反者，盈虧之理。有常奮則思爭者，報復之情不爽。」上文反足，「然而」一轉便有千鈞之力，爲「亦」字作頂上圓光，何等躍躍。此皆從古人文中

得來，學者悟得此法，便能作提頓矣。

文章首重相題。能相題才能謀篇，如「貨悖而入」二句，第三匡作小比出比云：「廉不能入也，入以貪；儉不能入也，入以侈；寬不能入也，入以刻」。先將「入」字用三層作透。後比云：「於是以貪入者，則亦以貪出也。欲爲廉，無及也」云云，亦用三排作「亦出」二字，仍小比字眼，一翻即醒。蓋此題上下皆「悖」字，上下字同也。題上下字既同，文作上半截、下半截，字眼亦不異，一顛倒之，而「亦」字真詮出矣，不特肖題之貌，亦肖題之神。細想此題，必須有此一篇才無憾。而妙手果見及此，如天造地設，場中真不可無一、不能有二者也。非絶世聰明，而能夢見乎？推原其故，則又由相題而得。今學者不論何題，見題後不想題，專想文，宜乎其心思格格不入也。

今學者作文，每謂題窘，殊不知世間如何小題窄題，萬不能無字者。但有一字，即有一字之意。有一字之意，則題小而我心不小，題窄而我心不窄。又況場中一字題甚少，必須數字。則每字有每字之意。我果箇箇字推敲，想來之意即做兩三篇亦有餘，又何窘乎？特患題中虚字及不要緊之字，學者滑口讀過，并不用心，故見其窘耳。假如題只五字，我先想第一字，若只做第一字有何意，再想第二字。五字想完，已有五意。再合想此題神理，從神理中再想出意思，真滔滔不窮，只嫌限於尺幅不能盡發揮，安有窘一説哉？昔人有將「子曰上之圈」命題爲文者，此僅一「圈」耳，尚能想出意思，况有字乎？余童時亦戲作《圈書》詩，起句云：「滿紙圖無極，神遊太極

先。」亦於無意中想意耳。

作「信近於義」一章題，場中大約皆云「不必精義入神，求近而已」。自謂做「近」字，而不知此特跌「近」字，非做「近」字也。「近」字有「近」字之精神實理，安能略略一逗，遂能盡之？余場中意謂將來闈墨出，内必有一二篇實作「近」字者，特想不到果何以實作耳。今閲第八文内云云（作第一扇「近」字偶忘之，猶記其第二扇），作「近」字云：「恭出人爲，禮原天則。近禮則以人合天」云云。天人本不近，以人合天，直與天爲一，何近如之？爲「近」字剥皮見髓，題理題面無一不到，恰是「近」字真諦。非特場中罕見及此者，即向來作此題詮「近」字，無如此精細者。回視「不必精義入神」云云，淺矣。學者於此等處留心，見題自能字字嚼出汁漿，入微出顯，無人而不自得矣，何窘之有哉？

壬戌第二小比云：「帝王運量，以苟且試之。」上半句正，下半句反，此一句中有反正者也。今學者由正入反，每用「然而」等轉折字，且萬不能於一句中反之。觀此亦可悟簡鍊之法。余特名之曰「玉連環」句法。凡二環相連，必一環平，一環側，正於此句法同。

人之言理者每云：「有欲心，私固未净。而有去欲之心，則仍未能純。必無欲心，並無去欲之心，斯爲欲净理純之候。」説固如此，而以此意用之文中，萬難一二語説顯。看「不義而富且貴」二句題，文有云：「迎之而憧然，拒之而終非脱然也。」又云：「欣之見爲有，厭之而終非見爲無

也。」只二句，將向來盈篇累牘、刺刺不休者俱能曲曲達之，且令見者一目了然，無須思索。此等處最宜學。

題有虛字難顯説者，能手一顛倒之便醒。如「約我以禮」題，「以」字本難作。闈墨有一篇云：「非增我所本無，而以禮約我，實還我所固有，而約我以禮也。」一倒襯而題解劃然。此固由心細如髮，想入毫芒，然實由平日閲文，心中開此一竅，故見題即從此設想也。學者閲文，遇此等妙句，必細想彼何以能見及此，以後便能心中有此境界。尋常讀文看文時，遇驚人之調，宜刮目視之，永矢弗諼，愈記愈多。塲中往往因一調驚人，因而命中。如「隱居以求其志」二句題，文有一小比起云：「空山有何經濟？經濟即在於空山。」又一小比起云：「富貴之名不必震，而刻勵無得稍寬。」壬戌「吾斯之未能信子説」題，有二人套此二調中式。雖通篇都好，不僅在此，而此實警策也。試官不知，遂入選。即知其套，而非本題，何害焉？

嘗觀一人一家爲離字訣，今已太爛矣。然善用者，偏能襲故彌新。「畏大人」二句題，有一魁墨中比云：「嘗觀」云云，下接云：「無他，宗子之名分重也，況大人爲天之宗子也。」對比云：「況聖人爲天之功臣也。」一筆折到「天」字，覺通股之精神俱振，愈能出色。此由俗爛套中而矯矯生新者也，宜乎其中魁也。

泛話填文，文家下品。然風氣使然，不如此不能見長也。有通篇盡用泛話填滿者，如戊辰

「畏大人」，闈墨一篇小比云：「斧扆修儀，瞻雲就日，觚編講學，再晦風瀟。」看至中比，〔己〕〔已〕將人人腹中泛話用完矣。試爲掩卷一思，除彼用者外，再無一句話矣。及看其後比，偏又有許多話填之，滿而又滿。是其人腹中成語，必能作三四篇而有餘。故用以作一篇，自能舒卷自如，毫無斧鑿痕。若非其平日多記，安能如是充滿乎？學者試取而觀之，則知墨卷家之所從事矣。

前吾論平仄詳矣，如三句一氣者，二句末字皆平，第三句末字仄。下聯反是，花樣一新。「中君子費而不惠」五句，文中有云：「其大臣泥官禮之文，其謀臣上榷算之書，其媚臣獻羨餘之計。」「文書」二字皆平，「計」字始换仄。余以三排如此念去甚不響，故余辛未會試特變之，仍以二平二仄相間到底。若三句一串者，總以末字二平一仄、二仄一平爲是。如薛淮生先生會墨「聽訟，吾猶人也」二句，後比云：「側聞我國家厚澤深仁，方欲援辟以止辟之文，爲一世廣開乎湯網」。「仁、文」皆平，「網」仄，讀去才諧，不然成啞音矣。

前余謂以泛話扣題面，有實扣，亦有虚扣。如庚午三藝「禹、稷、顔子，易地則皆然」題，尋三人典故，非不可扣題。惟禹、稷係二人，必將兩事搿成一句，未免牽强，念去反多生湊之病。則用虚扣之法。如余篇中「淑世中天，天德王道」及「窮通出處，達焉何加？窮焉何損？操之彌約，恢之彌宏，功名道德，明道立德，格致治平，内聖外王」等泛句，不一而足。要均能二字扣「禹、稷」，二字扣「顔子」，而四字又向來相連，念去甚熟。故雖虚扣，而不傷雅。若不平日多記，必不

能有許多供吾驅策也。

窗下夜郎自大，亦復誰與抗衡。及到場中，相題者、命意者、造句者、布局者，在在不乏人。何以爭勝？爭勝全在字裏行間。故通篇命意皆同，會説者即中魁，不會説者不能薦，相去天淵矣。且每科會試，他省固不能知，而直隸可中之卷，足有五六十本。從五六十本中抽二十四本，從何辨其優劣？大約命意謀篇大同小異，全在字句圓熟，詞條豐蔚，纔見十分火候。被黜者其火候總欠，非真屈也。學者於造句，顧可不講乎？

小比下或中比下用「且夫」一提。其法見「君使臣以禮」馬學易元做：「且夫君公至貴也，臣下至賤也，天澤至嚴也，而堂廉又至遠也。臣以爲必出於禮者，何哉？」「遠之則有望」二句題遂套之，如云：「且夫遠者情形最涣也，近者指視最嚴也。有望不厭，則又性情之事，而非操切圖功者所能勉至也。」「爲君難」二句，闈墨中一篇有云：「且夫玉食袗衣至貴也，垂裳正笏殊榮也。君出治，臣奉行，未必不可從容理也，而人言以爲難與不易者，何哉？」其後每科套此中者甚多。如「大畏民志」二句，第二十五白作以及甲子、乙丑、壬戌均有，遂使揣摩家奉爲至寶矣。至辛未套者更多，中者亦復不少。如第二小比下云：「且夫久要易忘也，卑躬易屈也，而一朝失足，千古貽譏，抑亦士林之恥也。」第二十三中比下云：「且夫樞機之發，榮辱之主也；晉接之地，得失之林也。而吾但求」云云。第二十六云：「且夫襲義以市信者，矯也；緣禮以飾恭者，僞也；託親以

苟因者，濫也。」九十三云：「且夫成敗難知也，榮辱自取也，賢否易淆也。」似此者不能盡述。學者看文時，凡遇提頓，即單提出抄一小本，閒時翻閱。所集既多，路徑自熟，臨文自有不期然而然之致。若不留心，是心中並未開此竅，及閱人文，亦遂茫然罔覺，安能長進乎？

文章至時墨，品至下矣。而法律至時墨，則又甚精。古人爲文，全重六八比。其點題不過出題字而已。今則專重講下及出落，於是每〔料〕〔科〕出落佳者甚多。主司既以此命中，學者即以此爲功。如壬戌「吾斯之未能信」，點題云：「切而指之曰信。」一小段字字跌出，令人動目。每科出落，無不慘淡經營。學者平日看文，遇有講下出落之經意者，單將其講下出落提出，抄一小本，連前所説提頓同，時時翻閱。久而久之，自能入彀，下場時成竹在胸，奔赴腕下，不難中也。

讀文與讀書微異，看文與讀文又異。讀則求記熟，記熟後再細心揣摩。看則只此一二遍，要先想題，後看其篇中四字泛句特記之，有包孕語抄出，講下好鈔出，出落好鈔出，提頓好鈔出。再看其用意，如文章用反筆，常事也。而特有反中反者。何以名反中反？名之備不忘也，不爲之立一名，則心中此竅未開，作文時終不能奔赴腕下。即如辛未會試「信近於義」一章題，尋常云：「信不近義，恭不近禮」云云，反矣。而偏有一卷云：「不信固不好，不恭固不好」云云。「然徒信亦不好，徒恭亦不好」，爲「近」字、「不失」字作反逼之勢。放的愈鬆，逼得愈緊，司馬公《史記》中得意筆也，余特名之曰「反中反」。又有高下用意者，如元做一股「不必信恭」，因一股不能「信

恭」，因然此。「亦來宗敏」四句，題中意人人所有者，彼何以能中元？用意同而造句異也。又有由外而內、由內而外用意，即如「信近於義」一章題，說「平居還要實心，何況約誓；屋漏還要敬謹，何況晉接」云云，此由內說至外也。又「匹夫尚知矢信，何況儒者；野人亦知退讓，何況學士」云云，此由外說到內也。又有說前後者，如壬戌「吾斯之未能信」題云「知從前之詣力，必有研之愈精者」，說從前也。對比云「知後此之功能，必有進而愈上者」，說以後也。此二意墨卷用者尤多。又有「一惜一幸」，「一爲慨一爲望」，「一慨一慰」，凡此不能盡述，要必看文時見一意一動心，久之心中所積愈多，見題便不窘。場中之意足彀三四篇用者，纔能作一篇。蓋有意矣，還要撫衷自問，有此意之筆路否？意佳而詞不好，萬不能中。不如詞佳而意平常，尚能中。若心中積意思不多，只彀一篇用，如何能選擇以就吾筆路乎？若見題後，意既多而詞亦足用，振筆直書，一揮而就，誠青錢萬選之技，如養由基射箭，一發一中，百發百中矣。

如「一惜一幸」，「一精心一果力」，此等意思太濫，場中用來如洽合，却不可立柱，只本此意作文而已。立柱便討厭，以其陳陳相因也。

窗下作文，却不可看成文。成文有原題者，一看便入其範圍中，再不能此外生發一意，遂成千手雷同之作，最難制勝。吾腹中文意既多，文句亦多，見題一揮而就，作完時却細心打磨。打磨時或有一句不妥，或有四字不安，再取成文閱之。或取其四字，取其一句，再看其作法何如？

與吾同否？看題何如？借成文以爲吾筆削之資可耳。今學者一題到手，先去翻閱數篇，東塗西抹，毫不用心，永無長進，終身在門外，又遑冀場中制勝乎？不可不切戒。

庚午「季康子問仲由」兩章題，元文小講有句云：「君子有心維魯，不爭其遇，祇論其才」云云，心思直湊「單微」，爲「於何有」三字追魂取魄，下此魁墨，再無如此心思之入題者也。余闈中，心内頗有其境，而腕下無其文，火候故也。學者悟得此二句何以爲入題，可以與之論文矣。

大凡作後比，少則六氣，多則七八氣，却要一氣一意，看去纔深厚。而每氣之意，又與一股之總意成牟尼一串纔佳。如壬子會元「柴也愚，參也魯」，後比先説「其質不可厚非」，作一柱意（即所謂總意）。再説不愚不魯之不好，一意也。再説愚魯之所以好，又一意也。俗手至此，幾欲用泛語支吾矣。看其下接云：「是固由兩間醇厚之氣」云云，爲愚魯何以能好作推原之筆，用意却出人意表。收處又想出愚魯之效驗，是題之後路，即所謂餘波也。一股共五氣，却有五意以流行其間。今學者中間只順題一説，并無意思，安能動目？又如「吾斯之未能信」，後比已説許多矣，忽又云：「由開言而推之，知從前之詣力」云云，另換一新意，覺分外出色。誠於爲文時後比做六氣，每一氣必想一意。久之心花漸開，自無窘步矣。

余生平常看《仁在堂》，而不喜讀《仁在堂》，以其錮蔽性靈也。所讀之文只有「美玉於斯」、「是尚友也」、「此之謂大丈夫」二三篇而已。其文中所談之法，皆吾心中自具之法，不看亦可知，

看則不過証心中之所得而已，非必增見識也。若學者文法不清，則亦須常看之。鄙意心思未開者不可多讀，恐其性靈盡爲法拘，寸步難行也。至其明文，明將金正希先生「今也純儉，吾從衆」文亦加筆削，余尤不服，以其將渾淪中至情至性、一鼓而成之氣一筆抹煞。潤生若在，余必與力爭之。且一時有一時之式，前人風氣不以法論，自是前人渾樸處。如前人衣冠古傲，即其死時亦以此斂。如必將前人所葬均從墓中挖出，另换今之衣冠，人人知其不可矣。如以明文爲時所讀，不能不改，則《周禮》非人人所讀乎？有一事合時乎？則亦宜盡改而讀之矣。

余幼從詹曉齋先生開筆作文，後先生以心病不能改文，始從馮魯亭先生。先生與考生者談墨卷，余嘗竊聽之。入泮後，未嘗從師，亦未從人看課。往往前輩不傳之秘訣，余每一語道破。而從師口授者，反不如余所得之多。何也？口授由外入者也，浮也。揣摩由内出者也，真也。外入者容有或忘之時，内出則全副精神均注在此，有一得即爲心得，無或忘也。故曰學者總以揣摩爲上。

余歷遊七八省，所遇文人學士不知凡幾，從未聞作文有前三後四中八句之説。有之，自今日始。他人固不能管，而在書院肄業者，倘有門弟子，却萬萬不可以此爲訓，蓋誣人子弟，厥罪匪輕，損德敗行，莫大於此。吾人縱不爲身後計，獨不爲生前計乎？若損德誣人，安望生發？孟子曰：「始作俑者，其無後乎？」吾於是亦以爲然。

此非余多事也。弟子靈明漸啓，全在二十歲以内，若以此拘之，心中毫無靈動，及至遊泮後，錮蔽已深，人欲漸甚，永不能入，遂使終身爲門外漢矣。即使不如是，作文倘二十歲以内心思不開，以後亦永無開期。況心思本可開，而故意使之閉乎？其造孽深矣。我以之傳人，人又去傳人，甚至父以之傳子，兄以之傳弟，輾轉相誣，伊於胡底？誣一人已爲罪過，若誣及數世，其罪可勝言乎？故余不惜痛切言之，而使領童者自去改悔也。且余主講斯席，必期諸生中會，方覺有光。若人人如此損德，總命中有科名，天必削之，余又安有望乎？向來勸人求名，必先勸人爲善。勸人爲善，必先勸人去惡。皆此意也。

學者讀生文，偶精神不到，目雖視，口雖誦，而心不在矣。無論其多，即二三遍已悮數刻工夫。當此一刻千金之際，豈容躭悮許久？余用功時思得一捷法，每欲讀之文，先從破題讀至講下，爲字甚少，不過兩遍，至多三遍，可以背過矣。再從小比讀至中比，背過後，連前背一次。再讀後比，背過後，再連前後統背一次。即掩卷不觀，面壁閉眼自背。以半生不熟之文，若不將全副精神注於此，萬不能背過。因之或三遍、五遍、十遍、二十遍，愈背愈熟，萬無口在是心不在是之弊。較之目睹背熟者，真覺事半而功倍，何樂而不爲。讀完睡倒，再默誦，以睡著爲度。早起背熟文，先背此篇一二次，再背他文。明日又有新讀，此篇居第二，後日居第三，至居第三十時，退去不讀，兩天讀一次，至居第六十時，四天讀一次，至連前熟文及今所讀統共湊足三百篇，或二

百五十篇，則又三天背一次。每天背五六十篇，亦不添生文矣。夏天將所讀題目書於扇頭，或順牆根，或到郊外默誦，却萬萬不可一日間斷。若斷一日，精神便不團聚矣。荒一日工夫，十日不能收回，可不畏哉。此早晚之功也，午間仍看文讀詩。

生文讀至口熟，特細心揣摩一便。先將此題看講書一次，再將題之上下文細細玩一次，再玩此題應如何做，倘使我作，我却如何用意布局。玩畢再玩此文通篇大局，小講先如何用意，講下爲何字逼勢，小比何意，出題何筆，中後何意，此意却從何處想出，彼亦肉心，我亦肉心，何以彼想及此，我想不到，必推其何以能想及此之故。玩完矣再玩，小講一起，第二氣何以接，氣氣玩之，直至篇終。再回頭玩其筆下何以脆，念去何以不孶牙，聲調何以堅光，氣何以舒而不促，緊而不散，直玩至篇終。再回頭玩其此句何以老當，若使我作，有此句法否，我試爲添一虚字看何如，我試爲減一虚字看何如。知其句法矣，統算我於此一篇文有心得否，心得即新得也。心中有一得即開一竅。日後再背此文，凡心得必鄭重留意，不可輕意放過。篇篇如此，所得既多，心竅亦百孔玲瓏，無微不入，思之思之，鬼神通之，古人誠不我欺也。玩時却字字求甚解，如「鄭重」二字，何以謂之「鄭」，何以謂之「重」，不知，用筆以記之，將來或問人、或查書，均可字字全知真解，作文何至有疵累乎？如此用功，到場中仍不中會，以余是問。

觀公者思索文字，多在三上：謂馬上、厠上、枕上也。余以功到純熟亦有三上，何爲三上？

曰：上口、上心、上手。讀之爛熟，背時如流水然，即使心中想别事，而口中猶能朗朗，其文已上口矣。上口，口與文合，心仍與文離。必揣摩爛熟，文中之用意用筆，即如我自作者，無論二三百篇，閉目一思，歷歷在眼，其文已上心矣。然於作文，仍無益也。必天天醖釀腹中，作文時其詞藻筆調，奔赴腕下，供吾選擇，切者用之，泛者麾之，從精中而擇其又精者，有一意即有一意之話以隨之，則其文已上手矣。文至上手，墨卷之能事畢矣。

一題有一題之能事。學者見題後，必先想此題如何見長方能制勝。若兩章題，總以融洽見長。如「君子喻於義」二章題，是兩章題中最易融洽者。今諸生均雙排到底，無一總筆。是陳陳相因，不能自立者也。

兩章何以貴總拿？不總拿便非題妙。如「君子喻於義」兩章題，學者當題到手，要想此題上下章均開過科，成文林立。取成文兩篇，一篇摘一股，略加裁對，便是絶好兩股。一篇摘一句，便是絶好兩句。此人人所能者。場中萬數人，我偏作人人所均能者，縱使詞句光昌，不過爲弟兄文章而已，安能出人頭地哉？如此一想，自不能不舍此另作。於兩章交關中想意，作前後總、中分爲上格。不能，則前分後總。再不能，則講下入手總攝，以後分排，亦可動目。今從講下即分排起，是通篇並無用心之處，又何貴乎作文？且題既出兩章，自有兩章佳作，安能各章顧各章乎？此題尚不能融洽，又安望其他？

尋常題貴乎切題，兩章則又貴乎離題。將題細想，想後即擲開，不使黏於心中。我却高居題巔，總兩章大意而觀之，就中生出議論。以我御題，纔有籠罩一切氣象。拘拘於題中，心境便隘。人謂單題好作，連章難作。余謂不然。單題必入，口氣從聖人心中想意，何難如之。連章則用我自己口氣。我有何見解即可直説，任我意而爲，何易如之。如庚午「季康子問仲由」二章題，魁墨中一篇云：「不可無此一疑，不可無此一辱。」何等寬裕有餘，何嘗將心刻在題内？學者悟得此法，斯可與論兩章題。

字句總要細心作。某卷中有「一往而深」，余將「而」字易一「情」字，去一虚字，添一實字，其老嫩遂判然矣。

前輩論場屋訣云：「大家風骨名家調，墨卷規模考卷機。」大家風骨今漸不講，名家調則用者甚多。如壬戌「吾斯之未能信」二句，第二王莘鋤小比用《約編》中「顔淵問爲邦」小比調。庚申「大學之道」第四郭月舫小比用「事君數」一節小比調。若己未「色難有事」第二十幾唐作，則又直寫明文《傳薪》中「父母惟其疾之憂」後兩比，非特用其調已也。至於墨卷規模，則隨時變遷爲場屋之式，學者所當每科均細觀之也。考卷機無他長，墨卷作熟，機旺神流而已。此二語自是揣摩家换骨金丹，不可不知，而亦不可偏廢也。

文章要鍊成一家言，大約總不外清、奇、濃、淡四字。能清爲第一，所謂「乾坤清氣得來難」

也。然清又非不著一字之謂，謂其下筆生動，并無笨相，用意靈警，絶少滯機。其一股纏綿涵泳之氣，流行於字裏行間，看去似無警策，自能娓娓動聽。如「柴也愚」二句，「下學而上達」二句，「不啻若自其口出」一句，數科元文均能得一清字。清者，真之謂也。此非十二分火候者不能。下此則莫如奇，或一篇獨具隻眼，或二比分外生新，或意正而格奇，或格正而意奇，或格意俱奇。元人所略者我偏詳，人所短者我偏備。人人一見都覺出乎擬議言思之外，絶不作人云亦云語。元儒吳萊謂作文如用兵，兵有正有奇。正者法度也，奇者不爲法度所縛是也。濃者一篇經籍之光，如丁未「君子賢其賢」二句，己未「郁郁乎文哉」二句，甲子「上老老而民興孝」等題，非濃不可。不濃則與題不稱矣。至甲辰「文獻不足故也」二句題，亦宜濃作。而元文偏淡，淡而有味，故勝於濃。後比雖套管世銘「竊比於我老彭」文，而却爲「故、也、之、矣」字傳神，故能制勝。學者學淡一派，必如此文方可。不然，則失之空滑，直考卷矣，安得謂墨裁？

昔人謂文章必作到家，軟則軟到極處，如西子王嬙，看去似見風即倒者。而一股媚態，令人一見消魂，真如宋玉牆東美人，增一分則太長，減一分則又太短。燕瘦環肥，各極其美，愈軟愈令人可愛，昔人所謂佳人文章也。豪則豪到極處，如燕趙壯士擊筑，如矍鑠上張飛，一股慷慨勇猛之氣，令人見而生畏，可望而不可即，昔人所謂强盗文章也。若介乎二者之間，軟則無避月羞花、嬌柔嫵媚之態，豪則無一往無前之概，直庸人而已。天下有庸人而能成事者乎？

昔有三子讀書，值本街演劇，先生放學，其父呼三子至前問曰：「我有一語，能答者即去看戲。」問何語，曰：「看戲好？讀書好？」其長子答曰：「看戲好。」其父怒曰：「真下流也，一心專在看戲，不在讀書。」又問次子，次子曰：「讀書好。」其父曰：「汝言雖是，然見汝兄被嗔，故作此矯情語耳。」又問第三子，三子曰：「看戲即是讀書，讀書即是看戲。」其父大喜。後其三子果大發。余嘗竊其意曰：「作文即是説話，説話即是作文。」題，聖人説話也；文章，我替聖人説話也。一題到手，試先口説一徧。説的好聽，其文必佳。見題説不出一篇意思起折來，是話尚不能説，安能爲佳文乎？憶童時初學讀《明文》，先師詹曉齋先生每講一篇，余歸而讀之。讀之爛熟，晚間執一炷香，順後院牆根細玩之。先將題之上下説成白話，看是如何口吻。再將文説成一篇白話，看其從題之何處想出。久之，此文竟似我自作者矣。及作文，亦按此法。猶記出「如其善而莫之違也」八字題，友人問此課如何作，余爲之説一篇大意云：講下既領上文矣，再説人君樂莫予違。其志驕盈，本無可取，然吾猶必觀其言何如也（此便是小比意）。如其出言可法，言國的事既於國有益，言民的事亦與民無害，縱不知道爲君的難，不能因此興邦，而還有萬一之善，可以補救於將來。此雖非其君必然之事，或者於上而百官、下而百姓，天天翹首望治之餘，而忽然有此去逆效順之一候，亦未可知（此便是中比意）。這個時候而善，是衆人心中不及料的事，何忍違他？這個時候違了他，是絶他爲善的萌芽，又何敢違他？夫人君自下了「莫予違」的令，大小臣工不敢違

的人已多，况其明明説的善話乎？惟有踴躍鼓舞、心悦誠服而已（此便是後比意）。又「唯上知與下愚不移」八字題，有問余如何布局者。余爲之説一篇大略云：領上入手後，先説天下知的覺：我的知是天生的，就是學些歹事，亦不能移於愚。天下愚的説：我的愚是天生的，就令好好兒的爲學，亦不能移於知（此便是小比意）。於是知的恃其不移，而不往前進了。於是愚的謂其不移，而更退了（此又是二小比）。誰知道不移的正不是這等人（此出落叫起「唯」字來）。吾於許多知者中揀出一個人來。一個人是誰？叫做「上知」。吾又於許多愚者中揀出一個人來。一個人是誰？叫作「下愚」。蓋天下之不移者，唯此兩人而已。然而天下有幾人哉（此便是中比兼出題）？天下既不多上知，凡近乎上知而非上知者，均可危。天下既不多下愚，凡近乎下愚而非下愚者，尚可挽。知的宜知戒矣，愚的宜知勉矣。使天不生此兩種人，人幾説性亦無定。唯有這兩人以立之準，使知天下上知外只有下愚，更無再有與上知同的人；下愚外只有上知，更無再有與下愚同的人。不與這兩個人同，均在可移之數（此便是後比）。此類甚多，不能盡述。每講《四書》，余亦能即白文説之，使書理中邊俱徹。詹曉齋先生嘗云：「十幾歲人知如是用心，若移是心而玩程朱道理，何患將來不成大儒。」惜余中道改習墨卷，竟負先生當年期許之言，自今思之，能無愧哉！

人謂作文無與於作官。余謂不然。見題後果能獨有眼界，識踞題巔，恥人云亦云，將來作事亦必能一見此事即衷之以理，力任仔肩，無游移，無二三，一往直前，雖一敗塗地而不悔。若見題

毫無主見，下筆只有敷衍，將來見事亦必隨波逐流，無卓識，安有卓行？直庸人而已。幾見庸庸碌碌而能辦國家大事哉？故人之品行如何？識力如何？人每決之於既事之後，余嘗於其人作文時卜之。

時下謂考卷是説文章，墨卷是作文章。謂句句作成聲調，不是直説也。余以盡説固淡而無味，盡作亦未免有斧鑿痕。必振筆直書，作時仍如考卷之説，看時却句句是墨卷之作。處處如説，機自熟，氣自熱；句句如作，氣自凝，魄自厚。二者合而爲一，纔見火候。然窗下用功，則又由作入手。處處鍊，句句鍊，久而久之，心中不必故意去鍊，只順筆一説，而却無一處不鍊，斯爲墨裁上乘。考卷如唱戲道引子，墨卷則按拍合腔，入絃入調，大段高唱矣。

廣東有一顯宦，少年爲前明某官，甲申後遂入我朝，一時宦迹所到，頗著循名，死後其數子均翰林，爲乃父作行實。首叙在明時服官政績，後叙在本朝之循良，惟中間由明而入清，頗難著筆，説成二臣，是貶其父也，不説，豈有前後凌裂之理？因懸榜於門，有能爲作中段者，酬千金。榜懸一二年，無人問鼎。忽有一宿儒，年近七旬，揭其榜而入，即爲之補中間一段云：「當闖賊入京，明懷帝龍馭上賓，公適予告在家，聞之痛不欲生，只以闖賊未滅，意在復仇，故暫緩一死。後聞大清兵入關，將賊殺敗，乃慨然曰：『夫殺我君者，我仇也；殺我仇者，我主也。』遂起而事之」云云。一時聞者無不歎服。余謂此人若作文，必善於渡下。如此難題目尚能渡得如許自然，若

遇尋常題，不知又如何天花亂墜矣。所謂渡者，非盡截搭題之謂也。如「足食足兵」二句，第二講下云：「子問政。」後又云：「而特不能保患貧之民無違心也，而特不能保積弱之民無二志也。」此二句與「子問政」如何能接？而特於「子問政」下，加「夫政以爲民」五字，遂使上下牟尼一串。不善讀文者，將此五字滑口讀過，而不知作者精神全在此五字上。有此五字，使講下全體皆振，躍躍欲活。無此五字，上下氣再無相連之法。又如戊辰「畏大人」二句，元文小比前半，先説「天本可畏」，後半比説「大人即天」。而前後如何能説成一串？看其用「眷顧隆而元后立」七字，特由「天」渡到「大人」身上，真善於用渡者也。此與「足食足兵」二句第二作異曲同工，而較彼凝鍊者，地不同也。彼在講下宜流動不宜凝鍊之地，此在小比宜凝鍊不宜質白之地。所謂易地則皆然。學者一股想出二意，而不能上下相連，則思一筆以渡之，文章便無凌裂之病。特不開此心竅，故臨時見不及此耳。

揚子雲作《連珠》，陸士衡作《演連珠》，均取其歷歷如貫珠。墨卷家以二字鍊者，亦謂之連珠體。然用來太俗爛矣。如「奢望」之餘轉成「絶望」，「追思」之下不少「餘思」。丙辰有云：「師訓之餘，曲通經訓。」場中用者太多，漸漸討厭。有心人恐其討厭，而又不能不用。不用則不合時式。因思出一襲故愈新之法，如「奢望」、「絶望」均於第二字同，而戊辰元作偏鍊第一字，如「維辟」、「維皇」等字甚多，使閲者見其簇簇生新，似於聯珠體之外又備一格者，爲前此所不輕見。此

真揣摩時趨，無微不入。即一句一字無不求合時趨，而又恐人人皆用，便覺討厭，又易一式，仍不失爲聯珠。如此用心，安得不出人頭地乎？所謂場中貴異不貴同者，於此已見一斑。今學者讀文，每滑口讀過，不知作者苦心。故其所作之文，亦無心思，安能入千萬人中拔幟爭勝哉？（或謂今之二字相連，不得謂之連珠。余按：白香山《題天竺寺》詩云：「一山門作兩山門，兩寺元從一寺分。東澗水流西澗水，南山雲起北山雲。前臺花發後臺見，上界鐘清下界聞。遥想吾師行道處，天香桂子落紛紛。」東坡題其後云：「空詠連珠吟疊璧。」是此體名「連珠」，唐宋時已然。特不知起於何時耳。俟暇時考之。）

歐陽公曰：「勤讀書而多爲文，自工。世患作文少，又懶讀，每一篇出即求過人，如此鮮有至者。疵病不必待人指摘，多作自能見。」

李漢老曰：「爲文之法，有筆力，有筆路。筆力到二十歲便定，後來長進，只就上面添得些子。筆路則常拈弄時轉開拓，不拈弄便荒廢。」

《文心雕龍》曰：「風骨乏采則鷙集翰林，采乏風骨則雉竄文囿。若藻耀而高翔，固文章鳴鳳也。」余謂作八股欲風骨端凝，必童時多讀古文而揣摩之，開筆時多讀大家以作根柢。二十歲後心思已清，取時墨而多讀之，自然有采澤矣。有風骨以爲裏，有采澤以爲表，則表裏均到。風骨儲之於先，采澤辦之於後，則先後咸宜，縱不成名，亦必壽世。

平齋洪氏曰：「古今萃於胸中，造化運於筆下。」多讀多作，兩盡爲勝。

東坡曰：「(薄)〔博〕觀而約取，厚積而薄發。」學者宜玩此語。

學者爲文讀文，宜獨出己見，不可以選本所批爲定評。如己未「郁郁乎文哉」二句，元做講下云：「周監於二代，周蓋即二代而擇所從也。」選家批云：「此其所以中元。」余謂非至論也。余己未場中即如此作，大同小異，何以薦而不售？且意落卷中似此者，不一而足。若以此掄元，人人皆元矣。大約場外之選文，不知場中勤苦。有出己意之外者，遂以爲警策。若使選者亦入簾，必不作是語矣。學者若以此爲佳作，而不更求其他，其不誣盡終身者幾希。是以不可不慎也。

兩人同讀一文，同看一文，此則所得在此，彼則所得在彼。二人所讀文同，而所見不同。或於其摹寫虛神處得一竅，或於其講實理處開一心。及互証，又彼此説來，均有理。所得不同，而要皆爲心得也，均爲可造才也。若毫無所得，則亦不足與論文矣。

余少時讀「天崇安而后能慮」題，中比下四句云：「凡人之識生於氣，故氣息即可以審機。吾心之智藏於神，故神凝乃可以觀物。」便覺此四句甚好，若用於時文，亦必動眼，而不知其名爲提頓也。後讀墨卷，見似此者甚多。可見人心皆同。余以爲時文中可用，人人皆以爲可用也。讀「君子無終食之閒違仁」，羅作内有「歷時雖短，而歷心已長」句，余以爲此二句入深出顯，後來可用也。而時墨迄無似此者。前猶不知其故，後始悟此二句非墨卷凝鍊式。若前後凝鍊，獨有此二句，則前後不相稱。若通篇盡作此式，則又非墨體。是以無此等刻入句法也。

《約編》中如「孝哉閔子騫」一章，「顔淵問爲邦」一句，「不患無位」一章，「天下有道則見」二句，「西子蒙不潔」一章，「生財有大道」等文，均家喻户曉，無人不知。而能於此數篇用心，獲益便多。如「孝哉閔子騫」，作「哉」字；「事父母能竭其力」，作「竭」字。揣摩有一得，日後作文便開一心竅。如題内有「哉」字，即可做「孝哉閔子騫」所作用心（謂如此用心，非謂套其詞也）。心思自能不窘。若心中無此一竅，見題即將心用碎，亦無好文。蓋不知從何處設想，如何能想入。

用功者每於臨場時擬場中之題，余謂此可不必也。無論題若牛毛，萬難擬著，即使擬著，而身分未到，亦無佳文。即使身分已到，而窗下之作，到場中亦往往不中。何也？場中精神團聚，一腔熱血，半生精力全注在此，其文氣熱筆足。窗下精神散漫，求所謂熱如火、豔如花者，萬難也。即使擬作而熱而豔，至場中必中，將來人亦以宿搆舉人目之，不甚鄭重也。與其中後嘖有煩言，尚不如不中，反覺得痛快。

「鄭重」二字，文家常用，而不知的解。五經内亦不憶有此二字。余按：《前漢·王莽傳》「皇天所以鄭重降符命之意」，顔師古註：「鄭，頻煩也。」又陳壽《三國志》「國家哀汝，故鄭重賜汝好物」，亦此意也。昔余用功時，爲此二字翻閲書史甚多，不得其出處，心中終不安。此二字人人皆解，萬不至用錯。而必求其甚解者，用功者當如是也。必字字尋真出處，確知講義，用之文中纔能細膩熨貼，亦覺切合。若心中糢糊，偶一錯誤，則失之毫釐，謬之千里。一篇佳文因一字而擲

者多矣，此又不可不亟講者也。

「鄙夫可與事君也與哉」，精神全在下三字。《味根録》云：「『也與哉』一喝，正爲同朝共事者喚醒，此即下三字真詮。本此用意，自能傳神阿堵。夫子見當時有與鄙夫共事者，或明知爲鄙夫而因循同列，或未知爲鄙夫而抉擇不精。夫子有見於此曰：人皆謂我自我，鄙夫自鄙夫。謂鄙夫不妨共事矣。是亦未即鄙夫而深思之。」（至此句看題在言下否）

「鄙夫可與事君也與哉」，作文時必先説時人以鄙夫爲可與共事一層，方得聖人當頭一喝，神理不特能順，題氣即「也與哉」三字，亦躍躍欲活。今諸卷竟説成「鄙夫不可與事君」，將「也與哉」三字置之九霄雲外，非不用心，實由平日讀文不知細心揣摩，心中未開此一竅，故見題後欲用心，而無從入也。大凡有虚神題，多利於反撲。如辛未「人一能之」至「果能此道矣」，元做後比盡力爲「果能」傳神，而特不粘正面如「自以爲能者」云云。又云：「能此者之品詣，乃祇空寄諸形容。」通股用意在「特患人之不能耳」。下如接云「果能矣」，則「果」字自在言下，所以爲佳。「天下之善士」二句題亦然。「非天下之善士不與我友，特患我不能爲天下之善士耳。我若爲天下之善士，斯友天下之善士。」「斯」字自在言下。學者見題後，先心中自説白話，看如何説便能使虚字自在言下，即本自己所説者用意，題氣便合。

「也與哉」字，均出的無力，亦由平時不揣摩出落之故。試思薛淮生「道之以政」一章題，出落

云：「夫非猶是無恥之民哉，不第求其免矣。夫豈僅爲有恥之民哉，亦且見其格矣。」出「且」字何等活現。又其會墨「聽訟吾猶人也」二句題，「無論未必異人，即迥不猶人」，出「猶」字何等活現。若令俗手爲之，必直點「吾猶人」。細想若直點「吾猶人」，而不先逼其神氣，味同嚼蠟矣。又「足食足兵」二句，第二出落云：「蓋兵食既足而始言信，信已晚矣。兵食未足而驟言信，信又虚矣。足食足兵，民信之矣。」看其心中先想「之矣」二字神理，神理想足，脱口而出，遂躍躍紙上。細思其小比作「足食足兵」，帶定「信」字。小比下出「兵、食、信」，是將題中實字全出完。中比下若不出「之矣」二字，豈不與小比下犯重？出「之矣」二字，若呆呆一出，不如不出好看。故必先想意思逼「之矣」二字之神，神氣逼足，自能如土委地。學者要想其當日心中從何設想，纔能攝取「之矣」二字之神。想出訣竅，自有進境，將來入場，每於出題處，要細想題之全神在何處？得其全神，自然出衆。若隨便一出，則人人皆能場内作。人人皆能文章，試撫躬自問能中否乎？《八集》中「管氏而知禮，孰不知禮」題，先鋪叙列國不知禮者數人，後路意云：若以管氏爲知禮，此數人孰不知禮？虚字實做，更見經營。《明文》中「微管仲」題，先説管仲功業之偉，乃今竟謂「可微管仲耶？」」試接云：「若微管仲」，看其「微」字自在言下否？余會墨亦以此法出題，如「吾故爲決其理曰：信近於義，言可復也」云云。學者細心想之，看「可」字、「遠」字自在言下否？自在言下而脱口一出，雖仍寫原題，覺個個字活跳。若在股中，則不見題字而神味已到，令閲者觀之，覺題

之全神自在言下。如辛未元文次三篇是也。今「鄙夫可與事君也與哉」，諸卷收處有云：「尚得許其可哉」，言下如何能接本題九字？且細讀之，並無餘味。有虚神題而文無餘味，安得爲佳文？憶余初滿篇時，作「所謂大臣者」五字題，入手云：「子以由求爲問，子之所謂大臣者如是。」此句全題已出，而不犯題之正位。下接云：「自吾思之，亦未嘗不以大臣相期也。雖然果如子言，天下孰不可爲大臣哉？」小比意思云：「吾驟聞之而訝然驚矣。驚夫臣自有其大，今以由求爲大，是誠不知其所謂也。」下如接本題五字，看水到渠成否？故詹曉齋先生獨愛之，謂「文雖無深意，而心思清楚，頗知趕題中虚字，故佳」。

先輩謂初入泮不可先讀墨卷，恐其不清也。所謂不清者，即此之謂。貪作題面而却蒙頭蓋腦，心中路數毫無，遂終身在門外。若剛入泮時，一邊讀墨卷，一邊取名大家揣摩之。久之胸中雪亮，雖讀墨卷，何害之有？今諸卷均坐此病，不急醫之，恐入膏肓，不可救藥。蓋此事關乎性靈，非文法可比。文法不清，一説便知。性靈不開，非自己用心不可。倘言者諄諄而聽者藐藐，縱舌敝脣焦，迄無絲毫裨益。若自己用心，再加從傍常常指示之，其進自不能已也。

在都時一友謂余曰：「某孝廉落第後，因路遠留京，以待下科。其家本素豐，每日風花雪月，歌管樓臺，並未見其一刻用功。及入闈，竟中前茅，並入詞館。人皆訝之。後其僕向人曰：『主人在家有熟讀文四百篇，在京時每天明即起，默誦文二十篇始出門。晚間歸來，又誦二十篇。十

日一週，並無間斷。即有要事或疾病，亦無息時。故其案頭無一卷書，終日遊蕩，而仍能掇巍科也。』」人皆謂每日只早晚誦文四十篇，即得科名。得之甚易。余謂每日只用片刻工夫，易誠易矣，而其胸中有熟讀四百篇，則非四五年苦功不可入第。見其今日之易，又烏知其昔日之難哉？

《花樣一新》言：「墨卷家有錬丹法，一有題目，即有文章。無論何題，總有一篇詁適的文字，真妙訣也」云云。又曰：「不知始於何時，或曰是從前明程文中得來。然此訣非攻苦三年，不能辦也。」言雖如是，而不言三年何以下手？何以用功？何以錬丹？令學者知其當然，而不知其所以然，誠憾事也。閒嘗竊取前輩之意以補之，所謂錬丹者，不錬他事，專錬多讀。讀多意既多，詞亦富。然又非任意讀之也。誠能取時墨而各分類讀之，如事君、孝友、仁義、交友、言行，以及禮樂、祭祀、山水、天地、日月，凡尋常常見者，每類選話頭富麗者，或十篇，或七八篇、五六篇。大約泛常者多選，如事君、孝親、交友，每類多讀一二篇，禮樂、祭祀等類無妨少讀。久之，胸中類數既多，無論何題，而胸中之成語足彀作兩三篇用，見題後自能意一到而筆自隨，筆快者氣自熱，氣熱者病自除。事本相因，無美不備，誠金丹也。況三年之久，每年總可熟讀百篇。三年積三百篇，其爲類亦多矣。讀之爛熟，終身不能忘一字，無論荒數十年，搖筆即有佳什，則墨卷之丹已九轉錬成矣。墨卷錬成，取青紫自如拾芥。若命中無科名，天必不假以三年之功，使之金丹成就。能中固是命，能用功亦是命也。命中無科名，縱有能用功之際遇，而其人亦苟且因循，悠悠忽忽，

一混數年，四十五十而無聞焉。斯亦不足畏也矣。

《花樣一新》又云：「作墨卷全以火候爲主，天資不足恃也。」余謂天下事無不可恃天資而爲之，即考卷亦然，獨墨卷不能。天資高者，穎悟略捷，事半功倍。天資鈍者，亦可以學問化其氣質。如其人甚笨，按《舉業淵源》中所分之類，無類不讀，既多且熟，作文時句是成文之句法，氣是成文之氣，聲調意思是成文之聲調、成文之意思，一篇文中無自己一點東西，自己雖鈍，而天下聰明人所作之文，皆爲吾用，何笨之有？天資高者亦走此一條道，不過到略早些。若恃其聰明而不用功，萬不能成墨卷也。曾文昭曰：「文才出於天分，可省學問之半。古未有不學而能成文者也。」誠哉是言也！余本中人以下之資，而少年氣盛，每不自量，視天下真無難事。故凡一切醫卜星相、琴棋書畫，他人執一卷而數日不解者，余一目了然，更無疑滯。自謂八股不過如是。及入場，每横使才華，不守範圍，誰知屢作屢蹶。後仍下帷閉户，與天下之鈍者同走一途，纔略有進境。是可爲無才或小有才而自恃其才者戒。

横竪用意，文家要著。必一股横説，一股竪説，纔不合掌。譬如説政事題，由近及遠是横説，由古及今是竪説。理學題，由内及外是横説，由暫及久是竪説。諸如此類，不能枚舉。大約無題無横竪，特心中未開此竅者，自己無横竪耳。雲南附郭之大觀樓，有孫髯所製一聯云：「五百里滇池奔來眼底，披襟岸幘，喜茫茫空闊無邊。看東驤神駿，西翥靈儀，北走蜿蜒，南翔縞素。高人

韻士，何妨選勝登臨。趁蟹嶼螺洲，梳裹就風鬟霧鬢；更蘋天葦地，點綴些翠羽丹霞。莫辜負四圍香稻、萬頃晴沙、九夏芙蓉、三春楊柳。」此上聯也，由近及遠，是橫說。下聯云：「數千年往事注到心頭，把酒凌虛，歎滾滾英雄誰在。想漢習樓船，唐標鐵柱，宋揮玉斧，元跨革囊。偉烈豐功，費盡移山氣力。儘珠簾畫棟，捲不及暮雨朝雲；便斷碣殘碑，都付與蒼煙落照。祇贏得幾杵疏鐘、半江漁火、兩行鴻雁、一片滄桑。」此聯由古及今，是豎說。對聯橫豎説者甚多，惟此較分明易曉。學者悟得此法，作文永無合掌之病。且一股有一股之意，意各不同，話亦易想也。若合掌者，每想一句甚好，而上股已用之，不好再用。往往涉於敷衍。若知橫豎，則上比所用之話，此比一句不能用。路數較寬，易於措手也。（此長聯也，同年劉星珊明府云：「尚有短聯云『千秋人物三杯酒，萬里雲山一水樓』，足可包括長聯。」）

八股文鍊成聲調，念去甚堅光切響。然只用於八股，用之他處便不相宜。相傳比干廟長聯云：「君德難回，當此衆叛親離，若但如微子去、箕子奴，無以激億萬人忠貞之氣；臣心不死，即茲魂飛血濺，猶將以周日興、殷日喪，上訴諸六七王陟降之靈。」昔人謂詞旨慷慨，置於八股中是極好兩小比，而在對聯中似不合體裁矣。

余原籍本餘姚，國初始遷居保定。始遷者，文簡公月峰先生之嫡支也。故余家祠中以文簡公爲大宗始祖。公繼母楊太夫人勗諸子一聯云：「愛惜精神，留此身擔當宇宙；蹉跎日月，將何

日報答君親。」余不肖，不能恪遵祖訓，以紹箕裘，致家聲幾墜。然不敢不勉，故常懸此聯於座右，與及門共懔之。公之文未見全集，惟《百二名家》及《傳薪》中若干篇耳。其「君子之仕也，行其義也」文，通篇機致尤與目下風氣相宜，最利場屋。如入手用「何則」，與小講氣連。余辛未會墨即遵此式以入手，小比一起用「若此者」云云，與入手氣連。下比用「亦豈徒」云云，與上比氣連。中比一起「正以臣之事君」云云，與小比氣連。下接二比用「思」字，與中比氣連。後比一起用「由是」，次比用「即或」，束處用「必如是，不然」。均處處唧接，打成一片，令閱者萬不能中道而棄。真文家之鍊氣法也。近來闈墨中似此者甚多，筆下無真氣者亦可勉爲矣。宜俞長城云：「文至月峰，乃古今升降之關，講局講度，於此始備。」

時墨固貴凝鍊，然一味凝鍊，既傷氣，亦少流動之致。善作墨裁者，往往於股中凝鍊，而講下及出落則疏疏落落，以舒其氣。所謂疏疏落落者，非不著意之謂也，乃不求四六對仗、不諧聲調耳。而其心中之慘淡經營，較對仗者更苦，特看去似不著意耳。近來墨家有出落亦凝鍊者，如「必也臨事而懼」二句題，闈墨中第十一名王作出落云：「蓋事不容忽也，深以懼則慎於臨；謀非可苟也，要其成則先以好」云云。此類頗多，余終覺其少流動之致。

不特出落也，即股中想出出色句，而上句若用經心凝鍊之作以形之，則出色者亦減色矣。必須用軟句以襯之，令閱者看至此若不滿意，及看其下文，不覺拍案叫絶。如二人同立，以媸形妍，

妍者更好。若使妍者與類於妍者同立，兩人均不覺得甚好。作文亦同此義也。余最愛戊辰「畏大人」二句題第三吳作，一篇中必有二股驚人者。如中比：「夫君子豈必見大人而始肅其志，豈必聞聖言而始悚其神哉？」下即照此意發揮。二股最爲一篇警策。一股中必有數句驚人者，而此數句之佳，全在以尋常句托之，遂覺分外出色。如小講「德與位兼隆，而監觀有赫；道與文并著，而誥誡如聞。」此四句若在中間，雖佳而不顯。看其中間先用尋常句，如云：「敬本無形，對君相之尊，嚴於屋漏；敬本無間，誦詩書之訓，懔若神明。」有此四句，而下接「德與位」云云，遂堅光切響，有色有聲。後比有句云：「謂尚爵與尚德異，元后奚以擅聰明？謂在野與在朝殊，君威奚以懔咫尺？」此四句看似隨筆一揮，毫無力量者，而下接云：「一二日單心宥密，亦惟率百官以亮天工耳」云云，便覺得精神一振，乃悟上四句之不出力者，正爲此二句出力耳。若不用一聯率句，托不出此二句精神來。下二氣「君子」云云亦然。此即急脉緩受、緩脉急受之法。作文誠能一篇中必想出二比驚策者，一比中必想出數句警策者，乃必售之技。較之一篇凝鍊者，尚覺有准。蓋一篇凝鍊，既恐傷氣，而佳句亦不醒眼。以通篇如是，遂不能耳目一新也。揣摩家安可不學顧愷之嘗蔗，使閱者漸入佳境哉？

凡作文，一題到手，必先想此題若使我衡文，以何者爲上？譬如「良恭儉讓」題，必以迴補「温」字處加圈。「明也悠也」題，必以分説天倒補「高」字，合説天地留下「久」字處加圈。我看文

以此二處爲佳，我作文必求往佳處作，自然合式矣。不特此也，凡偏全全偏，一切講法題，專看法之自然，能句句合法，則佳矣。不能如此，雖天花亂墜，都是閑話。以其非此題之文也。至於如何補法，如何截法，如何留法，《仁在堂》言之詳矣，兹不多贅。大約法即理也。如出「明也」二字題，小比必作「明」字。今出「明也悠也」四字題，小比亦單作「明」字，不與「明也」二字題無別乎？此題文與彼題無別，而猶以爲佳文者，有是理乎？無理即無法。吾故曰：明理者法必無不備。學者不必單學法，只用窮理之功，自然會作合法之文，且能作佳文。若理不明，知法何益哉？

縉山書院文話卷三

國初諸老無論矣，即袁子才、尤展成、曹寅谷諸人，均胸有書卷，就其學問所溢，發爲文章，不區區以八股名家，而八股獨傳。望溪一生精力純事古文，故古文爲本朝之冠，亦並無心於時文之傳也。管世銘雖陶洗於江西五家，其用力較諸人獨久，而其他著作亦頗有可觀。今人自一入學門，即以八股爲業，問之他事，茫然不知，甚至有至死不舍者。宜乎八股之道，駕古人之上矣，而至今卒少傳家，何哉？蓋八股本枝葉，書卷爲根本。根盛而葉自昌，理之固然。若專從枝葉用力，而舍其根本，吾未見其能傳也。

對偶之文，惟八股及駢體文中宜之，而斷斷不宜入古文也。去歲有友人囑余作某貞女詩，並寄貞女傳來，云作者亦一時巨擘。余以《方望溪全集》中古文律衡之，有不合者十餘條。此外望溪集中所未及者，余又爲指出數條。内有云：「生爲某家人，死爲某家鬼。」余云此一聯有二病焉：此兩句固是當時實事，然宜變其詞而入文，不宜直寫俗語。俗語尚不能入時文，況古文乎？此一病也。作傳有二體：一駢體，如《有正味齋》、《西堂雜俎》各集中所存各傳是也；一古文，即

《史記》列傳體也。駢體無一句不偶，而古文則萬不宜偶。「生爲某家人，死爲某家鬼」，無論其爲俗話，即使雅，亦偶句也。偶句入古文不合體裁矣。友人於他條均無所可否，而於此條頗不以余言爲然。因隨手取《史記》翻之，適值《孫叔敖傳》，即就此傳質之云：「秋冬則勸民山採，春夏以水。」此二句若在時文，必云：「秋冬命民採於山，春夏命民取於水。」何等整齊。而太史公不用者，嫌其偶也。又「近者視而效之，遠者四面望而法之」。若將「四面」二字删去，何等整齊。而太史公不爾者，嫌其偶也。《史記》中此類甚多，不能枚舉。不特《史記》，唐宋八家文無不然也。友人始無言而退。其他條不合古文體者，均與作時文無涉。當時批出後，已令及門遍觀矣。今但録此條於文話中，俾學者知對偶可用，而又不能各文皆用也。

唐人重對偶，無論何人，大約皆然。陸宣公爲一代名臣，亦一代大儒，其奏議尚皆用對偶。蓋彼時時尚有不得不然者。韓昌黎始起而變之。昔人謂韓文起八代之衰，有以夫。

今人文中四字六字錯綜成聯，即謂之「四六」。而唐宋人「四六」中不皆四字六字鍊也。有三四句爲之者，有五六句爲之者，有一聯似今之二比者，均謂之「四六」。是雖凝鍊而氣太長，不宜入八股中。惟作兩扇、三扇、四扇文宜仿之，始覺有寬袍大袖氣象。若作兩扇等文亦用短四六，竟似兩後比矣，豈復成二扇式乎？人皆作六股，我只作得兩後比，安能見長？先輩謂作六比易，作兩扇難。非以用意難，正以與後比有别爲難耳。前屢出二排三排題，諸生竟作成二股三股

矣。是皆未取二扇三扇成文而揣摩之也。

六八股文固貴鍊、貴熱，不宜隔氣，前已屢言之矣。而兩扇三扇又不宜盡凝鍊，必有長聯長氣以疏蕩之。若盡凝鍊，則似股非扇矣。又必有反有正，有陪襯有層次，看去才厚。又必意思層出不窮，一扇中已具一篇規模才合。他人一篇中只此意，我却於一扇中全用之，下扇又具一篇意。以兩篇力量作一篇文，有不挽强命中者乎？戊辰「畏大人，畏聖人之言」二句題，闈墨不見兩扇作者，余只見秦太史（鍾簡）硃卷按二扇作。一扇之中意思甚多，令人看去不忍釋手，真二扇中之出色者也。惜余只匆匆一觀，未暇鈔録。

散行文從「必也臨事而懼」二句魁墨楊作後，不復見矣。先輩謂兩扇難於六八股，散行難於兩扇，何也？兩扇雖層疊疏蕩，仍與作墨卷一副筆墨。散行則另換一副筆墨矣。若用時墨調作散行，徒成笑柄耳。必其平日熟於《左》、《國》、《史記》、《漢書》及八家等書，又常作古文，出筆才合。若平日只讀時墨，却萬不可作。余鄉會二場《春秋》文均以散行出之。彼時力避時墨調，而終不能麾之盡去，胎息不古也。然《春秋》文夾叙夾議，任自己尋常筆路，尚可勉爲之。若《四書》文，則非有古香古色不可。欲作此者，平日於古文多讀《國策》，於時文多讀湯海秋初二三集，庶幾近之。且讀此二種，不特利於散體，且增長氣概，作六八股亦必另有可觀，無一切闒冗之病。

凡作文必先審題，前編已言之矣。從題中審題，固須平日工夫及先生傳授，而從上文或遠上文審出題解者，則又在自己聰明、平日看書心細也。丙辰會試後，題出，大家紛擬。先師詹曉齋先生爲講三題「莫如爲仁」，云：「此題『仁』字必跟定『天爵』，蓋從『天爵』句一氣貫至此句，中間并無隔斷。『莫如爲仁』，仍是莫如尊天爵也。」榜發後閱元墨果然，方知名手所見皆同也。

先師又出「子路率爾對曰」至「舍瑟而作」題，講題云：「對先生無不『作』者。子路亦率爾而『作』也，記者何以不言其『作』？氣象欠安詳之度，不以『作』見也，故略而不書。求、赤亦皆『作』而對也，無點之從容，故不之記。記之反不見點之『作』之氣象也」云云。上下鎔成一片，以「作」字爲線索，故覺若綱在綱，有條而不紊。

吾友王鑑堂農部，癸亥會試題「此謂唯仁人爲能愛人、能惡人」，其承題云：「夫仁人，一个臣也。」只此一句，已密圈矣。場中如此看者，亦只一人，有不挽强命中乎？今學者作文，近脈尚不管，況遠脈乎？

時下作文，安能句句己出？韓文公所謂「惟古於詞必己出，降而不能爲剽賊」也。然必平日蕴釀於胸中，作文時化出纔合式。若臨文各處去翻，刓肉補瘡，此人一味只顧搜尋同類之文，又安能細心去想？即想，亦不入也，其終身不能長進也宜矣。然腹中熟讀，又必變化而出，不宜直録其原句，斯爲善於脱胎者。吾鄉牛芸堦太史作「獨孤臣孽子」至「故達」題，有句云：「奇暖者冰

霜，特不歷其寒，無以知其暖。至甘者藥石，特不嘗其苦，無以得其甘。」此數句從己亥廣西蒙賜「仁愛之能勿勞乎」二句題，墨中「是知不言教而言勞，奇暖者冰霜，瞽叟何必非慈父？不言諫而言誨，至甘者藥石，鬻拳（一作「權」，見左）何必非良臣」數句脱胎而出，然較蒙作更精更鍊，却又是從題中想出，非貪句法新穎者可比，真所謂青勝於藍矣。故凡套者，套其神爲上，變其句次之，直套原句者又次之。若見題後東翻西覓，久之遂至無書不能成文，是尚不知作文爲何物，不在此例。

凡作文，題中有口氣虚字，此數字最難出。辛亥順天鄉試「已矣乎，吾未見能見其過而内自訟者也」，前數篇出「已矣乎」三字，無有力者，亦無一跳躍者。因選讀本多不恰心，取全墨讀之，亦無滿意者，故此科文一篇未讀。今科會試「君子坦蕩蕩」，榜前命諸生擬作，無一卷出「蕩蕩」有力者。俟闈墨出，自當有合式之作。他如「德不孤必有鄰」，「鄰」字最難出，最怕「鄰」字未作透，突然出來，致閲者悶悶欲睡。凡此之類，不一而足。在學者讀文時，别有會心可也。

題中有看去甚不要緊，而却不宜脱略者。去秋鄉試「三月不違仁」，「三月」二字是也。憶童時作「一日克己復禮爲仁」題，先師詹曉齋先生謂：「一日」二字萬不可脱略。因將凡此之類者，列出十餘題。玆雖不能全記，大約可以類推。學者留心，見題後自有把握也。

憶童時作「德不孤必有鄰」題，一篇已就，惟出「鄰」字不妥。思之半日，始得一出落云：

營也。

「《易》之懿文德者曰：『富以其鄰』，蓋徵合志之象也。《詩》之詠不孤者曰：『洽比其鄰』，蓋驗感應之孚也」云云。馮魯亭師獨爲此數句擊節，謂童生作文，出落每多了草，而此偏慘澹經營也。

有志之士與苟且之士，其居心自命迥然不同。余天資學力均不及人，而平日立志決不卑污，場中作文爲獵取科名計，只求其佳，不論套文不套文也。若窗下則每句必己出，決不肯東翻西閱。故家中所存《文海》，其文數萬篇，無題不備，而生平從不寓目。後恐其誤及子孫，已贈人矣。入學後與同人會文，閱卷爲吾郡耿慄齋先生。先生取余名次不高，而每發卷時，謂將來必中會者，二十人中，余一人而已。人問其故，先生曰：「其作文既不肯抄襲，而造句每戛戛生新，可造之士也。」後余文略有進境，而先生已不及見。至今思知己之言，每爲愴然。

大抵天資由天授，人不得而主者也。立志由人爲，不特可以自主，而且可以常主。故觀人者，於作文可定之。苟立志不肯抄襲，漫漫自有進境。且此事不卑污，他事易於此者可知矣。學者苟信余言，不特學問所關，亦人品所係，可不慎哉。

人但知八股始於宋王安石，盛於前明，而不知皆由孟子開端。「欲常常而見之，故源源而來」，已開後世對耦之祖。「先生以利説秦楚之王」二節，已開二比開合用意法。「君子有三樂」二句，已開後三複筆法。他若起承轉合、前呼後應等類，不能枚舉。學者果能變化從心，即《孟子》

一書已盡八股之道，況三傳及八大家乎？

文章隨時會爲轉移，自是確切不移之論。《尚書》往往不用虛字承接，自能成其片段。如「克明峻德」一節，何等簡老，何等自然。《論語》去古未遠，已不能去「之乎者也」等虛字而成文，況其在後者乎？天、崇當明運會之末，文雖簡潔，而氣機薄弱，不若國初之厚。然國初終遜其巧。今之八股，求爲國初諸公之文而已不能，非其才其學不及古人也，風氣使然也。乃老學究日抱天崇一編而摹之，猶自以爲高老，即使皓首青衿，亦不肯易其操。嗚呼！生非天、崇之時，而欲作天、崇之言，豈非夢夢？況天、崇乃亡國之餘音乎！

黄岡劉子壯字克猷，以制藝名家，爲順治己丑科進士第一人。劉故前明鄉舉士，同邑杜于皇讀其文而奇之，攜示雲間陳臥子，陳大驚曰：「此盛世開國之元音也，何遽得此？」慨然知明祚不永矣。夫文代聖賢立言，何關國運，而國運隨之。此以知天、崇之不宜學也。雖欽定《四書》文中亦所不廢。然彼時去明未遠，本朝文不多，故望溪先生作尋源之舉，選而存之。若在今日，自有淵源，望溪復生，亦必不取。學者觀於此，可不力戒澆風而崇敦厚，共維持國運於不敝哉？

或曰：「如子之言，則天、崇可廢乎？」曰：「何可廢也。童子入庠後，取數十篇讀之，使窺古人用意之所在。迨機致既開，無之不可，則有今日之文在，讀之，自能華實並茂。若有嗜痂之癖，

謂非此不足供吾揣摩，則一隅自限，坐井觀天矣，安知井之外尚若大天乎？」

有人問作文之法於東坡，坡曰：「譬如城市間，種種物有之。欲致而爲我用者，有一物焉：曰『錢』。得錢則物皆爲我用。作文先有意，則經史皆爲我用，而文成矣。」余謂此言實切中諸生之病。諸生之不能爲佳文者，非不知墨裁耳。特見題後即去作文，既不先想題，又不就題中想出意思，故愈作愈滑耳。取東坡言而三復之，當必有進。

時墨必講平仄，已舌敝脣焦，爲諸生瀆言之矣。而均漠不用心，一似此無關得失者。而不知得失即在此。試觀今科會試「君子坦蕩蕩」，文中用「影衾」者頗多。彼豈不知「影衾」之不如「衾影」現成乎？特以平仄所限，不得不然耳。大抵中會諸公，其平日見解大略相同。乃得意諸人視爲甚重者，而吾黨特輕之。其見解與青雲之士相反，而欲直上青雲也，可乎？不可乎？當亦自揣而得之矣。

今春會試「君子坦蕩蕩」題，場後曾命諸生擬作，而出「蕩蕩」二字無一有力者。前篇已詳言之，並爲録童時作「德不孤必有鄰」題，用《易經》、《詩經》出「鄰」字之法。昨觀闈墨第二出題云：「《易》曰：『履道坦坦，幽人貞吉。』獨幽人也乎哉？君子象之矣。《書》曰：『無黨無偏，王道蕩蕩。』獨王道也乎哉？君子之心象之矣。」與余言若合符節，足見吾之教人者，均場中秘訣，得之，何難中魁？其奈諸人之不用心何？起宣聖於昌平，亦難强不用心者而使之長進。况余哉！

古人八股專講用意説理，而今則兼講聲調。蓋以意思理路皆被前人説盡，見之者多。場中每一題出，其意都大同小異，不得不於萬手雷同中，求一與衆稍異之聲調耳。然聲調正難猝辨，必其平日取前人已錬成之調，融會貫通之，方能用之於一時。然前人已錬成之句，亦非其自出也。不知幾經於經史古文中淘洗，而始有此佳句耳。使其於風簷寸晷中倉忙辨此，亦必不能。夫以古人之才之學，尚不能於風簷寸晷中求佳調，況今人乎？余在兵部時，於友人處偶談及之。一友云：「如子之言，則古文名作如《滕王閣序》等篇，均措手於一時者，其調均堅光切響，又何處取已錬成之調乎？」余笑曰：「安得謂無之？即如王子安『落霞孤鶩』二句，與庾子山『落花楊柳』二句相似。『層巒聳翠』四句，亦似王簡栖《頭陀寺碑》『層軒延袤，上出雲霓；飛閣迤邐，下臨無地』云云。其他杜牧《阿房宫賦》『六王畢，四海一』等句法，出陸修《長城賦》『千城絶，長城列』云云。『明星熒熒，開粧鏡也』等句法，出楊敬之《華山賦》『見若咫尺，田千畝矣』。東坡《赤壁賦》云『自其變者而觀之，則天地曾不能一瞬；自其不變者而觀之，則物與我皆無盡也』，又直套《莊子》『自其異者而眂之，肝膽楚越也；自其同者而眂之，萬物皆一也』。此外有直用成句者，如『杯盤狼藉』、『歸而謀諸婦』出《滑稽傳》。『正襟危坐』出《日者傳》。『舉網得魚』出《龜筴傳》。似此者不能枚舉。」其人語塞。其實余所見者，不過萬分之一耳。而古人之博覽，有非我輩所能窺其崖岸者。要之，文章依榜前人不免，第青勝於藍，是爲可貴耳。八股之訣，如是而已。學者知留

心詞藻，則於此道思過半矣。

讀書惟在牢記。陳晉之一日只讀一百二十字，後遂無書不讀。所謂日計不足，歲計有餘。今人誰不讀書，日誦數千言，初若可喜，而旋讀旋忘，終歲未嘗得百二十字，況一日乎？余讀文，凡已經讀過者即不忍割愛，每日必帶誦之。集之百篇，日不能讀遍，則分二日温之。至百五十篇，分三日温之。至三百篇，分六日温之。再多亦以六日爲斷，再無可分矣。温愈久則愈熟，誦愈快，一日百篇可竟讀。生文則以五日爲期，三日念熟，二日揣摩之（所謂三日，亦只每日半天，其半天仍温熟文）。二日之心思志念，全注於七百字中，自無義不搜矣。倘有未悟，繼之以夜。必使句句心得而後已。大約余之讀文，揣摩之功勝於讀之功，蓋以長進全在揣摩有真得也。徒口誦而心不維，雖熟讀萬篇何益。此又與童子讀他書小異者耳。

宋張蘭泉名建，論詩云：「作詩不論長篇短韻，須要詞理具足，不欠不餘。如荷上灑水，散爲露珠，大者如豆，小者如粟，細者如塵。一一看之，無不圓成，始爲盡善。」余謂時文亦然。令人看一篇機局圓熟，即反而細看一股，至於摘一句以觀，即一字以酌，處處圓熟，增減一字不得。一篇如是，篇篇如是，即時文家所謂鍊就金丹也。然此境正未易到。欲求篇中無病，固因多讀時文中來。欲求詞句穩諧，無不安之理，則又從《四書》講章中淘洗而出。徒多誦時文，尚未能此。此語似迂，用功者按此試之，久而自知。

高復古嘗謂學者胸中無千百家書，乃欲爲詩，如賈人無資，終不能致奇貨也。余謂時墨與此亦不少異。胸無數百篇揣摩爛熟之文，安能爲佳文？且並有甚於賈者：賈無資不能致奇貨，常貨或能致之。胸無文，佳文不能作，即尋常泛墨卷亦不能作。見其百孔千瘡，難寓目而已。

作文宜先審題。今春省城李中堂甄別舉監生貢題，係「湯之盤銘曰」二節，歸來亦以此題課士，諸卷殊少合作。有一卷略可，因爲之批云：凡作文必先想題，作題之準法得矣，説來説去均是佳文。如此題上下節均成文林立，若上自上而下自下，覓每節之極佳文二篇，每篇取一股裁對之便成矣。此人人所能者，場中何慮千萬本。以此取中，豈勝中乎？不得已取是此題之文而録之。何謂「是此題」？此兩節題也，必取兩節題文，凡前説上半、後説下半者，概從點落，此定式也。然所謂兩節題文者，上下融洽是也。若他題尚可以融洽見長，此題自新爲新民之本，人人皆知以此意融洽，場中又豈少哉？揣摩家至此，知空空融洽又難爭勝，則不得不於尋常所想之外，自出機軸。因想出實融洽之一法，用湯武實事以聯絡之。而實事總在《詩》、《書》經，掇拾不難。法雖截作，而説上半處用典，與下半粘合，説下半亦然，場中似此者必少。缺者爲貴，有不中式者乎？由此推之，見題宜有把握矣。友人冉硯農謂吾鄉張肇一太史固爲時文巨擘，然其平日用功，實有時人所不能及者。問於何見之，曰：於其講文見之。試舉膾炙人口者論，「足食足兵」二

句題，文第二李作小講一起云：「且聖王之治天下也，厚民生，振民氣，而遂因以得民心」云云。淺學者以爲是從題面正起矣。先生講云：「此就題後想出，是現成的。聖王已足食足兵之效如此，聖王治成之政如此，如今亦宜如此。下此豈有異術哉？纔轉入正位。」余謂此揣摩極熟之論。大抵前輩用功，總求甚解。一句不解，不惜破十日八日之功，以細心體貼之。一字不解，不惜各處考據以詳明之。如此日積月累，所悟既多，所得亦多，出手即是佳文。今人無此功，只囫圇吞棗。每於一字也，知其然而不知其所以然，甚至於「之乎者也」數虛字，心知其解而口不能解。此由於心不細之過也。若先生用功，可以法矣。

作文宜認題。如「吾未見剛者」，「剛」字稍說成血氣之勇，便將題認錯。「上老老而民興孝」，必跟註「亦可以見人心之所同」說，纔有「矩」字在。庚午「季康子問仲由」兩章，必處處扼重「季氏」，斯能提綱絜領。辛未會試「信近於義」一章，必跟註「慎始慮終」方合。蓋註中惟此四字可扣全題也。不特作文，凡議論、作詩皆然。惟看題真，說來纔有理。宋張戒《歲寒堂詩話》云：「『蕭蕭馬鳴，悠悠旆旌』，以『蕭蕭』、『悠悠』字，而出師整暇之情狀，宛在目前。此語非創始之爲難，中的之爲工也。荆軻云：『風蕭蕭兮易水寒，壯士一去兮不復還。』自常人觀之，語既不多，又無新巧。然而此二語遂能寫出天地愁慘之狀，極壯士赴死如歸之情。此亦所謂中的也。」作文若悟得「中的」二字，則佳構不難矣。

《禮記》「子夏哭子喪明，曾子責之」云云。子夏曰：「吾過矣，吾過矣。」蓋因其哭親未喪明，哭子喪明，是重子而薄親，此其所以爲過也。王仲(珪)〔任〕《論衡》則云：「耳目失明，謂之有罪。心腹有病，亦可謂有過乎？」又云：「且喪明之病，孰與被厲之病？喪明有三罪，被厲有十過乎？顏回早夭，子路葅醢，極禍也。以喪明言之，顏子、子路有百罪也。由此言之，曾子之言誤矣」云云。蓋誤以因有過，天罰之，故使之喪明。豈當日曾子責之本意乎？此之謂認題未真，故言愈多，而文離愈甚。今之作文，與此不異。所謂失之毫釐，差之千里也。

蘇東坡喜笑怒罵，皆成文章。在各人心境如何耳。昔吾鄉城外有牧羊兒爲雷擊，衆論紛紛。一友質之於余，余曰：「雷爲人之誤觸，非天故意罰人。王充《論衡》已極辨之。明初劉伯温作《雷說》，亦謂天之罰人者，妄也。人皆疑信參半。自洋人能取雷如格物入門中，電學所言是也。始恍然雷之擊人，果人之誤觸矣。」友曰：「雖然，民可使由之，不可使知之。謂天有罰人，尚敢爲惡。若說破，則更肆行無忌矣。」余云：「子之所云，乃文章之一股耳。試將此意反一股以對之。」友曰：「不能。」余爲之對曰：「然又不可不使民知也。若告以必由天罰，往往行善者反被雷擊，行惡者反有時而漏網。是使民謂善不宜行，而反入於惡矣。」此即文中一意化兩之法也。吾人尋常説話作事，均有文章，特人不肯用心耳。

吾人窗下用功既不言命，而一切因果乃釋家言，更不宜信。惟行善必有善報，則確切不移。

《易》云：「積善之家，必有餘慶。」聖人固言報應矣。數十年來流覽説部，見積善而獲售者更僕難數。聊舉記憶所及一二端有關八股者，以例其餘。學者觀之，亦可以自勉矣。明季曹公鼐初中乙榜，例應就教。公謂教官無可自效，願得親民事，即典史亦可。銓曹選爲典史。公既選，盡心供職，親捕盜，無所避。一日擒一劇盜。盜有所掠人家女子，美姿容，豔麗特異。公收得之。值夜，女侍側。公心動，默念「吾何當壞女節」，援筆書桌上曰：「曹鼐不可。」夜分又心動，又書曰：「曹鼐不可。」無何，天且明，遂訪其父母，以女還之。後入覲，疏請就試銓部，以典史未入流允之。比入場作制藝，空中忽飄下一方紙，上有「曹鼐不可」四字，蓋前完女事徹於上蒼也。是年及第，卒爲相。死土木之難。此《拙齋筆記》中所載也。又佟符者，山東兖州府生員，庚寅歲赴省鄉試。行至中途，遇婦人携兒子哭甚哀。問故，婦人曰：「吾子也，因歲歉，負債多端。夫命以此償債，母子分離在俄傾，故哀爾。」佟問償債若干，婦云：「長錢六七千。」佟撿囊中資斧盡與之，曰：「此吾上省考費也，今且贍爾，以完骨肉。」婦拜謝，携兒回。夫驚問故，婦告以途遇好人贈金，此兒不須賣矣。夫泣問如此好人是何姓名，婦自悔倉卒昏亂，忘問姓氏，祇記得是上省應考相公。夫曰：「若然，尚好尋覓。聞鄉試相公中秋畢場，都當還家。我與若俟彼時，途中守候之，當可識認也。」届期，夫婦同往。遥見佟符跨蹇驢得得而來。夫婦趨伏道側，邀歸茅舍，執禮甚恭。夜闌引入寢室，啟門直入。中堂潔供神像，紗帽紅袍，員領角帶，白鬚垂腮。佟審視良久，驚問何神，夫

曰：「吾祖也，仕前朝，爲顯官。傳迄於今，僅存愚父子兩口，若非恩公盛德，賣去兒子，則奉祀絶矣。公德逾覆載，何以圖報！」佟聞言，色動神飛，瞿瞿然驚，又孜孜以喜，曰：「果若所言，則令祖報我爲不薄矣。我何福以當之耶！」蓋佟符者，兖州寒儒，硯田餬口。大比之歲，藉親友佽助，不滿十金。中途遇賣子者，一念不忍，盡以贈之。赤身踉蹌抵省，東食西宿，悉假同儕。拮据進場，漏下二鼓，方假寐，忽夢有紗帽紅袍者呼告之曰：「今科闈題，須宋魯分股方可掄元。」醒而題紙下，首題「孔子於鄉黨」五字。佟如夢中言，用宋魯分股，文思滔滔若有神助。三場既竣，躊躇滿志，自揣必售。歸途遇賣子者，邀之留宿。抵寢所見神像，則即夢中告以題義者也。故不覺大驚，而繼以大喜也。逾月發榜，果中山東解元。君子曰：「佟子之獲報也，宜哉。然何其速也？」或曰：「贈人未滿十金，而報之以元，毋乃已過乎？」君子曰：「豈其然哉，豈其然哉！夫濟人之急，忘己之困，豈爭多寡？不計其報而報隨之，豈論遲速？嗚呼！如佟子者，可以風矣。」以上皆《隻麈譚》中語也。余按：其文載在袖珍本《文備》中。孔子其先宋人，後遷於魯，固是一篇大意，而造句堅光，包掃一切，即使不遇默中指示，亦不失爲掄魁老手。特其工夫已到，又行陰德，所以掄元。若不用功，專恃行善，萬無可中之理。且惟其不望報，故報之速。若專爲得科名而行善，則是有意爲之，便不靈矣。總之大丈夫宜求其心之所安，縱使因之得禍，亦所不計，又何暇於計福乎？

古人之文置之今時，今人固不能作。而亦有今人不肯爲者。蓋在古時甚佳，而今人習見之，遂覺討厭。如《約編》中「先進於禮樂」一章題，中比「嘗觀一鄉一邑」云云，今競用之，不免厭矣。曹子建「明月照高樓」，謝康樂「池塘生春草」，古人傳世之句也，且皆云後人萬不能及。余謂子建詩若不觀下「流光正徘徊」，而但以起句置今人集中，亦泛常句耳，何不可及之有哉？

宋張戒云：「論詩文當以文體爲先，警策爲後。」此說在今日又爲當務之急也。如辛未會試「信近於義」一章題，用功者一見題，雖知三扇爲正格，而欲掄元，必作七股。今科鄉試「有德者必有言」一章題，一見知爲兩扇格。且山東前亦開科，元文係兩扇，則兩扇格爲正矣。用功者則知此科掄元，必六比或八股，決不取兩扇也。何以知之？「信近於義」四句題，辛亥江南亦曾開科，兩扇作者極多。今取其兩扇略減之，再加一扇即是一篇墨裁。「有德者必有言」，上下截均有成文。取成文而增減之，便是兩扇。如此則太易矣，不見經營。故閱文者避之，而不以冠冕羣英也。雖然，在閱文者則可，在作文者必反視自己筆路，相近六股，則作六股；相近三扇兩扇，則作三扇兩扇。若謂中元在七比六比，而削足就履，反生澀難中矣。

人謂薛淮生先生鄉會墨，前八行同一調，文境未免犯複。余曰：自套自文，終勝於套人者。況人人皆有自己筆調，窗下不嫌常常用之。窗下雖常見似厭，而場中只一見。但能切題，雖通篇同調，何害之有？古人一篇文中，往往有犯複者。如屈平《離騷》經前云：「世溷濁而不分，好蔽

美而嫉妒。」後云：「時溷濁而嫉賢，好蔽美而稱惡。」前云：「朝發軔於蒼梧，夕吾至乎懸圃。」後云：「朝發軔於天津，夕吾至乎西極。」前云：「爾何懷乎故宇？」後云：「又何懷乎故都？」李白：「思歸若汾水，無日不悠悠。」又云：「懷君若汶水，浩浩寄南征。」陳子昂《感遇》詩三十六首中重調更多，如云「便便夸毗子」，又云「嗤嗤夸毗子」；前云「孤鱗將奈何」，又云「孤鳳豈如何」。袁子才《馬嵬坡詩》：「江山情重美人輕。」《題柳如是畫像》云：「紅粉情多青史輕。」他如此類，不堪枚舉。而東坡詩中更多。皆用自己常用之調，而仍不害其爲佳詩文也。

余之教人學墨裁，教人得科名耳。或曰：「汝不教人學名大家，爲傳世計，而乃區區於科名乎？」余曰：「學名大家而不從名大家根底入手，勢必欲傳世而不能，欲求科名而不得。學墨卷學成，雖不能傳世，而科名則必得。得科名後，何書不可讀乎？袁子才云：『立名最小是文章。』以文章立名已小矣，而又區區於文章中之八股，不更小乎？是不學墨裁，終亦不能傳世。尚不若習墨裁而早中者之有暇博覽旁搜，或考據成家，或詩賦擅長，或古文名世，均較之八股爲可以傳、可以久也。東坡云：『往時陳述古好論禪，自以爲至矣，而鄙僕所言爲淺陋。僕語述古：公之所談，譬之於食龍肉也，而僕所學，豬肉也。豬之與龍則有間矣。然公終日説龍肉，不知僕之食豬肉，實美而真飽也。不知君所得者果何也？』東坡之言如此。余謂今之學天、崇者，即陳述

古之食龍肉也。而僕之所云，食豬肉也。龍與豬雖殊，而有所得無所得，判然矣。」

明武宗好微服私行。值試年，士子雲集京師。前門外某日者頗著名，有數士子往卜焉。日者指其中一人曰：「君命今年解首也。」其人甚樂，歸寓後，友人因釀酒預賀。飲至夜分，將入場矣，其人大醉。比醒，天已晚，場中封門矣。因思若不遇日者，不知其爲解首，必不盡歡飲。是悮場由日者之一言也，因尋日者理論焉。日者云：「君若入場，我保必中元。今未入場，與我何咎？」其人曰：「汝若不以元相許，我必不痛飲。不飲醉，則入場矣。是我之不得入場者，由子之一言也。」日者不服，彼此口角爭鬭。武宗適在旁，因問日者曰：「汝能保其入場必元乎？」日者曰：「入場而不元，取我頭去。」武宗探懷中取小圖章紙條付之云：「執此入場去。」意蓋歸即降旨，故令此人不中，以窮日者之術也。比入宮，適有新進美女，遂忘此事。士子執此到場前叫門，門者見有皇上圖記，即開門放入。試官鬨動，共議此必上之友也，將何以處之？或曰：「是必掄元，否則恐見罪也。」因露其卷而閱之，文亦清順，遂定解首。進呈時，考官謂取上之友冠冕羣英，必合上意。武宗始憶往事，未及降旨而已無及矣，因歎日者之術之神也。此事彷彿，見《客窗閒話》中，真否未知。後人遂以是必有命，將安坐任命矣。不知縱有其事，數百年來只此一人，用功中者更僕難數。今不爲其易者，而妄冀夫千百年偶一遇之奇緣，安有濟乎？如成聖成賢，人人可勉而能者，且血食千秋，所得亦厚矣。而人偏不爲之，反求諸恍惚之神仙。要

知世間安有遇神仙者？歷年已久，耳聞者有之，目見者誰乎？漢淮南王因謀反事洩自殺，確有實據，而記載者遂謂八公山鷄犬皆成仙。即此一事觀之，世所謂神仙者，亦半屬虚僞，而謂可以人力求乎？余恐學者窺《客窗閒話》，遂謂科名有命，而坐以待之，無須用功矣。卒之誤盡終身，與世之求神仙者等。又有謂中會早書之天榜，非由人力者。無論天上無紙墨筆硯，不能書榜，即使果有之，亦必察人之用功，可以爲孝廉，爲進士，而始書之。俗所謂上天不負苦心人也。豈目不識丁而可中會之乎？故備述於此，以爲及門勉。

陽明爲一代大儒，吾無間然矣。然其「良知」之學，援朱入陸，終非至論。孟子雖有「良知」之説，不過言本然之知耳。至陽明始暢其言曰：「無善無惡者心之體，有善有惡者心之動。知善知惡是良知，爲善去惡是格物。」不善學者竊其緒餘，互相授受，開壇講學，後遂有復社。有復社遂有東林，而一時社事紛然雜起，若幾社、應社、聞社、澄社、徵書社、南社、則社、大社、席社、雲簪社、羽朋社、匡社、讀書社等，名目不能枚舉。先猶砥礪名節，後漸標榜聲氣，各立門户，薰蕕並器，雅鄭同聲，人心愈漓，風俗愈薄，而國運隨之矣。是知學問稍有不純，其流弊至於此極，可不畏哉！前余閲諸卷，有以「良知」立胎者，已細評本卷中矣。在作文者，未必有意師餘姚，而事不可不防其漸。《涇川叢書》中如《水西會條》、《赤山會約》十餘種，均明末社中問答語，揚「良知」之餘波，昧程朱之正論。學者觀其文則可，遵其理則誣矣。

陸氏之學，在當時均從禪入手。《黄氏日抄》中已詳言之矣。《賓退録》中載陽明嘗與其徒同遊一寺，見一室封閉甚密，欲開視，寺僧不可，曰此中有入定僧五十年矣。陽明疑其有姦而托詞以拒也，怒而開之，見龕中坐一僧，儼然如生。從者皆曰：「其形何酷似先生也！」王笑曰：「此豈吾之前身乎？」舉首見壁間有一詩云：「五十年來王守仁，開門還是閉門人。精靈剥後還歸復，始信禪門不壞身。」王悵然久之，爲建一塔，瘞之而去。由是觀之，則陽明亦禪根也。其遵陸也，有由來矣。朱子少年雖涉獵二氏之學，然窮則思返，豈終誤入迷途乎？前閲諸卷，有引入禪機者，曾痛斥之。蓋吾儒萬萬不可入異端，況八股代聖人立言，而可夾雜他術乎？梁芷苓先生《楹聯叢話》中載：陸稼書先生從祀文廟，初議時，或以先生家中曾延僧諷經爲疑。其後人出先生手書廳事一聯云：「讀儒書不奉佛教，遵母命權作道場。」議遂定。若非有此一聯，則先生幾幾乎斥諸宫墻之外矣，可不畏哉！吾人有志希聖希賢，必當以是爲戒。

程魚門太史主敷文書院講席，嘗遊雲山閣。故宋吕公著所建，壁間有小字數行，甚娟秀，似鈎勒在上者，云：「頃從斗瑶宫拈得課題，煩江南北諸名士撰成之。中額者從余仙去。如不欲仙，注名桂籍，俾聯蜚瀛院。」題爲《步虚詞》，擬漢《鐃歌》、《五嶽真形圖賦》、《九閡八柱論》、《昊天通史序》、《雲漢源流考》、《東王公傳贊》。程異而録歸，訖無能作全題者。《花朧録》中謂蔣心餘太史有擬作。余往尋太史文集而不可得，終不知果作否也，姑録於此，以俟博學者。大約非仙籍

中人，亦難有佳搆，不待撰成而始仙也（余按：《五嶽真形圖》見《遵生八箋》中）。

杜君撰與宋徵輿友善，家雲南，狎一妓曰惜奴，彼此好合，遂屬意於杜，杜亦不復娶焉。惜奴精制義，常謂君撰曰：「科舉文風會所趨，多尚才藻，而理法仍由經史古文脱胎，但就時文矩矱耳。凡爲文，惟敘事、議論兩體。時文議論爲多，剪裁承接之法，當求之韓柳。而宋人長於議事，亦利舉業。然子命薄，當别謀生業。」因出其擬作一篇，杜擕以示宋徵輿。宋大驚，因以己作令就其筆削。惜奴閲良久，慨然曰：「此生才思豪縱，筆力排奡，可教之成名。妾前囑謀生計，今無煩他求也。」因改竄而潤色之，並作書以貽宋。内有句云：「以君秀異名才，不難俯取青紫。如不嫌女匠操斤，必當匡翼功名，贊成偉器。『苟富貴，毋相忘』也。」宋閲書驚呼絶倒，自後爲文，悉就商確。有「郊社之禮」二句題文，惜奴評駁之，謂：「三代無專祀地祇，郊天合祭地也。《書》『肆類於上帝』、『六宗』、『山川』皆祭告，而不及地祇，則舉天而并祀地。《詩》『昊天有成命』，《序》謂『郊祀天地之詩』。按《春秋》，一歲二郊，報天而地在其中。又《禮》云『王爲羣（牲）〔姓〕立社』，《無逸篇》大社惟松，故天子有大社之禮，與后稷之神並稱，不得列郊天大典禮。《周官》南北郊，劉歆等襲説《中庸》，立言正合周制，不當以后土省文之義自相牴牾。宰我問社，即王者右社稷、左宗廟之制。《禹貢》『厥貢惟土』，爲社是也，非郊天合祭之禮。作文宜於祀上帝推勘郊社，方合聖人渾舉微意。」宋自此精深宏博，遂舉於鄉。宋家本富，感其琢磨之功，贈三千金。惜奴直受

之，爲杜置田宅，并爲擬文十餘篇，密授宋入京會試。闈中七題皆符所擬，遂聯捷成進士。復厚贈焉。後得君撰書言，惜奴已於某日置酒叙别，飄然逝矣（節録《花牋録》十分之六七，其一切情語豔語概從點落）。

某生一生與顔子有緣，入學題「賢哉回也」，鄉試「夫子循循然善誘人」。至會試入闈，題無顔子，自謂絶望矣。後榜出報捷，不解其故。及謁房師，則姓顔，復聖之裔也。事亦奇矣（此事恍見《閱微草堂筆記》中，或漁洋《池北偶談》中）。余一生與禹有緣，入學則「見而知之若湯」題，雖無「禹」字，而上文緊接「若禹臯陶」。鄉試三題「禹、稷、顔子易地則皆然」。會試雖與禹無涉，而朝考係「大禹勤求賢士疏」，似與古人所云彷彿矣。隨園謂「『緣』之一字，可補聖言之缺」，不爲無見也。

余昔好積古銅器，而於古錢尤留意焉。《錢志新編》及《西清古鑑》等書固常常翻閱之。庚午入都補歲考，帶補考羅，考羅次題「問歷代錢法源流策」，他人皆窘甚，而余獨滔滔不絶。可見學者開卷有益，不可不多見也。

南唐二徐，大儒也。鉉爲吏尚，鍇爲舍人。後主岐王六歲，戲佛像前，有大琉璃缾爲猫所觸，劃然墜地，因驚得疾，薨。詔鍇爲王作墓志，兩日矣，鉉謂曰：「受命作文，當早爲之。」鍇曰：「文意雖不引猫兒事，此故實兄頗憶否？」鉉因取筆書之，得二十事。鍇曰：「未也，適已憶七十餘

事。」鉉曰：「楚金大能記。」明日又云：「夜來復得數事。」兄撫掌而已。何古人胸中典故如是之多？惜其未抄出，後人不知果何典也。向與友人談及，因各搜索枯腸，猶典甚少，所湊不過十餘事而已。因悟古人作文所以能厚者，腹中淵博也。今之作八股者，果典多而不明用，使助其氣味，出筆自與人不同。如說「勇」字題，却將《四書》、《五經》中凡說「勇」者全融會心中，文内雖不用一典，全用白描，而其文與空疏者迥異。袁子才論作詩亦用此法，故以漁洋到處必有詩，詩中必用典爲有意爲之，不見性靈也。

或問於余曰：「我平日經書甚熟，而臨文一字不到，何也？」余曰：「不能會其通也。古人云：『讀書萬卷，臨文了無所得，其趣不親也。如賓客滿堂，緩急不相助者，彼以貌合，非以天屬也。』杜詩『讀書破萬卷，下筆如有神』。子能悟得『破』字訣，則此道三折肱矣。」曰：「然則何以爲功？」余曰：「即如讀《詩經》，先讀之爛熟，然後取朱註而逐字逐句細玩之，字字得其真解，不獨能解《詩》，且有益於作文。如『關關雎鳩』章，註引匡衡言云：『情欲之感，無介乎容儀；宴私之意，不形乎動靜。』此二句文家固常常用之。註中此類甚多，均可爲作文之助。昔紀文達公嘗語人云：『《四書》、《五經》中句法，無一句無耦者。』人不之信，因舉一句云：『「唯女子與小人爲難養也」，此句以何句爲對？』文達公應聲曰：『「有寡婦見鰥夫而欲嫁之」（此事似見梁茝芩先生《歸田瑣記》，或《浪跡叢談》中）。藉非《詩經》熟，何能敏捷如此？然朱註閱完，猶不免一隅之見。再取《折中》

而觀之。《折中》固多考證，而造句工整，更有益於時文。《折中》看熟，再看小序（小序在旁訓中）及《韓詩外傳》，將各家異同，均旁參互證，以得其指歸。再取《註疏》觀之（《註疏》要看阮刻者，較汲古閣多校勘），詩中之義無遺矣。此外考據家尚有辨駁者，如袁潔齋《毛詩講義》等書，則在暇時翻閱閑書以記之，不必作正工夫看也。如此用功，《詩經》熟矣，推之《五經》皆然，有不上手者乎？」或曰：「依子之言，何時習墨卷？」余曰：「余所云者，平日也。若臨場，則無暇及此矣。童子入學後，爲日正長，何不可遍讀乎？鄉試落第，亦可爲之，藉消其胸中抑鬱之氣，不較勝於遊嬉乎？」

用功之道，其要訣無過於多作、多讀、多看三者，廢其一，不可作文讀文，前已言其梗概矣。至於看文，則莫妙於朱子所言看書法：看上句只玩索此句，若不知有下句者。看前段只玩索此段，若不知有後段者。照此逐篇看去，胸中自長見識。余在山中時，每日飲酒喫飯時無暇誦讀，則旁置一文稿以玩之。昔人以《漢書》下酒，我何不可以時文下酒乎？夜間睡倒，枕前安放一燈，亦可取生文玩之。總以玩一篇心中必有所得，不能虛玩也。若一目了然，過而不留，則與不看等，非特看文無進境，即看他書，亦徒勞目耳，與蹉跎歲月者相去幾希哉（各家文稿均有生平得力處，多集而置座傍，以備不時翻閱）。

孔子曰：「夫三年之喪，固優者之所屈，劣者之所勉。」余謂獨三年之喪乎哉？時墨之式亦然矣。才高者必俯而就，矜才恃氣無當也。質鈍者必勉而企，半途而廢無成也。《四書典腋》造

語有極佳者，如「椎牛展祀，何如此日雞豚；列鼎竭誠，尚憶當年藜藿。」甲子「上老老而民興孝」題，用之遂中元。用則人人能用，用來如此切合，而使文情悱惻者少也。此由於平日熟記於心中，臨時自能脱口而出。每見窗下作文者，只於作時翻開同類用之，能免挖肉補瘡之誚乎？故學者在平日能記話，不在臨文時善翻書也。若臨文翻閲亦同於平日記熟者，則固人人能翻，人人皆能作佳文矣。此外可記之話尚多，如「子職無虧，即帝陛之風雷可試；親恩罔極，即天王之明聖難酬」（此聯不在《典腋》中，則在《五經囊括》中）等語，均精金百鍊，學者取辦於一時，斷難如是之堅光切響也。是宜另本抄出，時時温習之。遇有兩字四字，凡心中所無者，亦都抄録。陶侃竹頭木屑皆非棄物，亦顧其用之者何如耳。

《漢書·匡衡傳》諸儒語曰：「無説詩，匡鼎來。匡説詩，解人頤。」時文亦有令人解頤者，及門吴子文作「無欲速」題，小比起句云：「君相責我以事功，未嘗限我以時日。」又王春熙塄（鶴齡）癸酉鄉墨「回也其心三月不違仁」題，後比有句云：「蓋三月而總此不違，非無違而僅在三月也。」對比云：「蓋三月而驗其不違之心，非以三月而定其不違之候也。」均能令人首肯。袁簡齋先生云：「選詩如選色，總覺動心難。」作文而使人一見動心，則庶幾矣。

今之勸人惜字紙者，動舉王沂公事以證之。謂沂公之父敬重字紙，夢宣聖以曾子授之，并云：「使光大其門楣。」後生子故名曰「曾」，即沂公也，由狀元起家。余謂此事可以勸俗人，而不

可勸儒者。儒者不言報應輪迴，以此勸之，適以滋其疑。古人云：「智慧文章皆從字得，惜字無非報字；忠貞孝友俱自書來，讀書能勿珍書？」此據理而言，可作座右箴。昔毛奇齡有妾，明慧多才，承給箋管鉛黄及印記標籤，善承意旨。毛著述宏博，架羅卷帙浩繁，時翻閲獺祭，惟妾伺之。一日舟中戲語妾曰：「人不讀書，故甚逸樂。今在道途間，無羣書拱對，心境自佳。然汝平日從事於書卷，得毋厭倦勞苦，自必致恨笥中物也。」妾曰：「君性好無常。若妾者，固難常邀盼睞。所以能歷久侍顔色者，以有架上微役耳。方且德書卷之不暇，奚敢怨恨。若今科第中人，皆習程朱傳註，致名通顯，没世不敢泯其澤。即君繼入宏詞科，其始固由科名進，而何排擊朱子之不遺餘力也。」毛聞之默然。今人之得科名，豐衣足食，仰事俯蓄，無非由字而得。乃不知愛惜之，何其見之出此妾下哉。

古人文章原有定價，造詣既成，海内公論，位置與入場絲毫不爽，故無人不服也。相傳漢陽熊伯龍號鍾陵，與黄岡劉子壯號稚川，俱以制義名家。劉矜才豪邁，熊理路純到，各不相下。居鄉未嘗通辭問。熊之將赴公車也，妻止之曰：「稚川老必奪狀頭，君奈何爲其次？」熊不聽。後登順治己丑進士，劉果第一，熊即次之，卒如其妻之言。妻某亦雅能文。熊稿中「因民之所利」及「驅飛廉」題，相傳即其所作。熊才思敏異，日往復唐、歸之作，謂士人涉獵强記，如匠氏日操圬鏝，昧於運斤，訖無以任營室也。若今之墨卷，固有一時之長短，不能必操第一第二之權矣。而

其文亦只傳誦一時，風氣既過，即束置高閣，安能與熊、劉同壽世哉？

作文宜獨具隻眼，自出議論，尚論古人，不蹈前人窠臼，不拾今人牙慧，才能戛戛獨造，簇簇生新。如「蕩蕩乎民無能名焉」題，既云「無能名」，宜無佐證矣。而袁子才作此題，偏有許多憑據。如云：「試觀伯益有贊，而文武聖神必以『乃』字疑之。」此題引「乃聖乃神」二句，似乎有以名之矣。而從「乃」字上生意，便覺雖可名而仍無能名。《書經》誰不讀？能如此用《書》者幾人乎？

劉印山孝廉（璽珍），華三弟壬戌同年友也，領鄉薦時年尚少，造詣未深，而文氣特熱。後屢上公車不第，其工愈密，其文愈精。數年來蓮池書院月課皆列前茅，前歲甄別第一。李少荃師相特賞愛之。余進見時，猶稱許不離口。此亦可見相國之宏奬人材矣。余出，急索其文觀之，題係「周公思兼三王至夜以繼日」，其小比作「仰」字，意甚深厚。余曰：「此文佳矣。然用意太深，宜月課而不宜場屋。月課甄別，文雖千餘篇，閱者數人，不限以時日，故有暇細爲尋繹。一看而不得者，再三閱之，所以能不屈佳文也。若場中倦眼一觀，誰復能細爲尋繹？故必深入顯出，爲第一妙訣。」當時印山頗以爲然。奈文隨境老，欲學中舉時之顯豁呈露，而終不可得。余謂其熟文太多，用功太密。八股小道而日日不倦者二十餘年，其意境之深，實不自覺。因又勸其坐荒一二年，見題後凡想入非非之處，使其漸漸不存，再作文當必淺顯。然不可行所無事也。取極熟者抽

出一二十篇，嘗誦之使不荒蕪，而亦不晦澀，命中何難？所謂無過不及也。

大場功令森嚴，固不准夾帶。不知雖帶亦無益也。何也？文有風氣，古人遠者無論矣。三五十年前之作，置之今日場中，亦不能保其必中。而自己窗稿如果可中，場中何難再作？如其造詣尚淺，窗下之作亦必不佳，即使延名手作文，而文有一時之長短，即有遇合不遇合之機。百里奚愚於虞而智於秦，乃人間常事也。而謂名手遂能篇篇必中乎？

今人往往於造詣淺而中者謂之徼倖，余以爲非也。場中閱文者，無論如何荒蕪，萬不能妍媸不判，以劣爲佳也。或曰：「果如子言，則造詣淺者何以亦有中者乎？」曰：「其平日造詣雖淺，場中一時興到，忽作一篇詰適文字，次三又順，故入選。謂之徼倖作佳文則有之，謂之劣文而倖中，則無是理也。試取遇合之文觀之，必有片長足録處。特一時同落第者心中不服，雖好亦不之覺耳。」

窗下作文，人各有所長。有他長者，未能保其必中。而惟筆下氣熱者，決不能久處囊中。所謂得春夏氣也。余嘗令及門自思春夏氣爲何如氣，則可以悟作文之妙矣。若一出筆即帶秋冬氣，決非得科名之筆。必須多讀多作，化其肅瑟，纔可命中。然已不如天生筆熱者之自然。而謂時作時輟，而能化其氣質之偏乎？

所謂春夏氣者，生發之氣也。過嫩固近於穉氣，而過老亦非利器。物至秋冬而始老，老氣所

以謂之横秋也。必其處處不老不嫩，如初寫《黄庭》到恰好處，能使人人見之點頭，纔是百發百中之技。嘗見遇合之文，乍觀之令人吃驚，及至將其文讀熟，又似無甚好處者，此無他，一股熱氣鼓盪於字裏行間，故看去甚好也。久讀，略其氣而思其文，故覺不如初見時之佳。然場中只走馬一觀，誰爲細讀之而細思之乎？此其所以挽强命中也。

春夏氣惟少年工夫到者有之，老年人無有也。然腹中熟文多，工夫不間斷，亦有一股旺氣。所以老筆有紛披之致也。若工夫不密者，場中作了一句再想一句，無振筆疾書之樂，安得有氣乎？

或問余場中必中之訣，余舉一字以告之曰：「熱。」問余場中必不中之故，余亦舉一字以告之曰：「冷。」熱而有疵，容有不中者。斷斷無冷而平妥能中者。童子開筆後，觀其字裏行間之氣，其終身榮枯可定八九。其氣又實與生俱來。其人舉動精神，言語興會，其文氣亦必旺。若精神疲憊，言語無力，舉動看似老成，作文時氣必不能甚旺。此又余於閲歷而知者也。

今科順天闈墨出，有執第一第二求余講者。余曰：「北闈元文向講文度。此科元作，文度固安詳矣，然其佳處尚不在此。『有德者必有言』一章，尹註云：『有德者必有言，徒能言者未必有德也。仁者志必勇，徒能勇者未必有仁也』云云，與覆述大字白文無異，考亭所以存之者，以其二『徒』字説理精確耳。然『徒能言』、『徒能勇』説理固好，而於『不必』，神理終欠細。徒能言勇是必

不有德仁矣，豈『不必』口氣乎？　故蔡虚齋特辨之，謂其不如内註『或』字，斟酌切當也。　元文處處從『或』字設想。　如中比乃『或衷道義，悉本躬修。　或逞才華，祇爭口説』云云，確是『不必』神理。『不必』者，非一定没有德仁，特不敢謂其必有德仁耳。　後比『或近浮夸，無裨身世』，亦本此意。　此其所以高人一著也。　至於局度雍春，猶其餘事。」

方望溪先生云：「江西五家每遇一題，必思其所以然之理」云云。　此天、崇時作文之訣，近來漸漸不講矣。　惟今科第二，後比特守五家典型，直説題之所以然。　然説「有德者必有言」一章之所以然，仍恐人云亦云，泛而不切。　故從必不必上想出當日所以立言之故來。　夫子何以説個「必有」？　蓋恐有德仁者自覺德仁深含於内，無由表見，因而灰心。　故云「必有」，俾有德有仁者知德仁終須發著於外，不至掩没。　不彰美之，正所以勵之也。　夫子何以説個「不必有」？　若云「必無」德仁，恐徒有言勇者自謂去德仁太遠，縱極力改悔，亦不能到德仁地步，因而以言勇自安，愈失愈遠，遂至詐僞成風。　故言「不必有」，俾知與德仁相去在毫髮間，一内返即是，無煩另覓別途。　正所以進言勇也。　此即後二比意也，即夫子説「必有」、「不必有」之所以然也。　意雖甚佳，然讀江西五家者，容或有時想到而措詞甚難，蓋層折頗多，未易説明。　此篇能將其意曲曲達之，頗有艾南英稿中風度。　若在窗下讀文，自可知其用意之所在。　闈中走馬一觀，竟未屈抑，是不獨作者手高，閲者眼高可知矣。　數十年來學大家者，遇合頗難。　有兹文出，足爲名手吐氣矣。

《朱子家訓》從前均謂晦庵作，後諸説部中皆謂朱柏廬先生作，猶之《四時讀書樂》之爲翁森作也。今都下做格題籤，皆寫柏廬矣。然余觀朱子全集、雜著，未實載《家訓》，豈其後人不知而誤收之歟？抑謂柏廬者誤歟？場中作文如遇類此者，只可不用爲是。憶余幼時，見山東闈墨詩題「兵氣銷爲日月光」。詩中多有用「升、恒」者。「恒」字作平聲用。後余場中用之，被黜。房批云：「『恒』字本平聲，而《詩經》『如月之恒』，『恒』字讀仄聲。此以平聲用，失黏矣。」次科余按仄聲用，雖未明批失黏，而此句傍用藍勒批云詩不妥，亦被黜。吾人自安義命，固不敢心中不平。然亦自己太拘，初次用時，心中既知有仄一讀，即不宜用。既用而黜，次科偏又用之，豈非向隅乎？故場中遇有稍涉疑似者，即宜棄之，另想他典，不必猶豫，不必問人。即使平時用考據之功，學問淵博，真有憑據，而僻典亦宜慎之。如張説《西嶽碑》云：「西嶽太華山，當少陰用事，萬物生華，故曰華山。」若然，華山華字宜作平聲讀矣。今試帖中若按平用，鮮不以爲失黏者。失黏被黜，縱執書與之辨證，已覺多事，況《康熙字典》中亦以爲仄聲，引《禹貢》「至於太華」爲證，並未平仄兩收乎！似此者只有不用，覺得心中安然。若騁其淵博，必至害事。學作詩及二三場經策文者，又不可不知也。

余前言用四字句分扣題面，甚有又貼切又現成者。如今秋「有德者必有言」一章題，用「修辭立誠」扣上半者多矣。有一篇獨用「詞達理舉」四字。「詞達」扣「有言」，「理舉」扣「有德」。此四字

常見於文章評語中，有心人遂記之。用的恰合，便分外動目。即此可悟四字成語不可不多記也。「修辭立誠」四字分扣「德、言」，頗現成矣。第十九名恐其不顯豁，而用題字黏合之，更覺親切有味。如云「德以誠爲體，立誠即所以修辭；仁與心相依，動心而奚由養氣」云云。此法最利初學，能熟玩之，何題不可如此用？蓋其心中欲從「有德」渡到「有言」，特想出「修辭」與「立誠」相連來。欲從「誠」字闢合「有德」，特想出「德以誠爲體」來。層層遞接，遂成牟尼一串，開後來無限法門。

今科「有德者必有言」一章題，落卷有小講後即闢分兩大扇，不用講下者。若謂之不合，則必以昔年山東此題元文藉口。要知昔年風氣非今時可比，外省風氣非順天可比。近來所重，全在入手及出落，而謂可減乎？即使不重講下，講下可以無有，亦必以小講作入手。小講或提或括題字，使題要緊者層層跌出，下便可直接兩比矣。如小講全不似講下，亦必兩扇一起，隨提隨點才可。若外此二法而減卻講下，成何文哉！

六比八比文有用二小比入手者，如庚申「大學之道」第四是也。此以二小比入手，非無入手也。若板板六比而無入手，有是文式乎？

二場《五經》文，有御案者，遵御案以立言，否則以考據爲上。考據不拘體裁，宜徵引淵博。折衷至當然，必平日用考據之功，斯能臨時措辦。余生也賤，家無藏書，惟事一瓻之借，閱畢即

還。至今書名大都忘却矣。兹就記憶所及，而考據之最稱善本者，如程大昌《攷古編》，《容齋隨筆》，王伯厚各種（如《困學紀聞》及《玉海》中十餘種），王觀國《學林新編》，李冶《敬齋古今黈》，葉大昌《攷古質疑》，張淏《雲谷雜記》。各書内均有辨證《五經》者，可條條記之，以爲場中之助。此外釋經者尚有數十家，如朱彝尊《經義考》，毛晃《禹貢指南》，袁燮《詩經經筵講義》，顧寧人《日知録》等類，不能枚舉。一一搜求，置之座右，時時翻閱而辨證之，自能增其識見，臨文滔滔不窮也。至於《家語》、《韓詩外傳》、《詩書序》、《十三經註疏》，則又人人常閲者，無須再爲置喙也。《潭記叢書》及《秘書廿八種》、《黄氏日鈔》，亦宜暇時作閒書看看。書愈多，引證愈繁，辨别愈精。場中無論出何經題，亦不至窘步矣。

不能考據，則莫（如）〔知〕《五經》各合體裁。《易》則翻卦最易，覓《易藝舉隅》及《花樣一新》各一部，平常習之，一月即會矣。《書經》用誥體，詞必古奥。然又不宜以艱深文淺陋。要句句現成，句句典雅，自有古香古色。《詩經》則如後世頌體（即王伯厚《辭學指南》中所載者）。然此體最難，必《文選》爛熟，才能填滿。《春秋》斷事用論體，能仿《三傳》更佳。總要熟於當時之勢，明於體例，自己有斷制方能動目。《三傳》中盲《左》最難摹仿，惟《公》、《穀》斷制多而叙事少，可以學也。《禮記》則不拘體例，宜相題爲之。如《月令》題（如「萍始生」、「王瓜生」、「鴻雁來賓」等題），直可按賦作。而賦則又古賦爲佳，時賦次之。其他或作論體，或作箴銘體，總期與題相稱也。

經文固宜典雅。十分僻典亦宜禁用。余經文中用揚子《太玄經》中語（如「磵而礥而」等句），及《易緯》中語（如「磬聲和，則公卿大夫列士誠信」等句），友人頗以爲當時膽大，竟用僻典。而實則腹中書卷太少，經文又不可不滿。既從枯腸中搜出一典，而又棄之，恐後不能繼，不得不用之也。憶余闈中尚用《參同契》中語，脱稿後恐其害事，費半日功始另想一典以易之。枵腹從事之難如此，敢將稍僻者均易之乎？此窗下所以不可不多記也。他如「巖陁巘錡」等句，出《文選》及《家語》、《韓詩外傳》中，多用亦不妨事。《十子叢書》中惟孔叢子、莊、列、荀可用。《吕氏春秋》中多引孔子言，亦有可採用者。《漢魏叢書》中惟《説苑》、《論衡》、《山海經》數種尚可。若《十洲記》等類，則不可入經文矣，以其皆誕妄不經語也。

《春秋》於前明洪武年間，四《傳》併行。至永樂間，始專主胡氏。識者以爲聖人復起，不能易也。後王陽明、高新鄭、張忠烈諸公俱云：聖人不爲艱深隱晦之辭。專專舍《傳》問《經》，畢竟草草，未見康侯二十載苦心也。嗣遂廢胡主《左》。我朝國初仍遵胡《傳》，後漸廢之。今則又專遵《左》矣。近來如遇有御案者，總以遵御案爲是。其他或遵《左》遵胡均可，《公》、《穀》則用之作襯筆，不以之立意。杜之評《左》亦甚好，可以參看而酌用之。

乙丑會墨出，有謂元文「忠可移君」四字費解者。余謂此特文人凝鍊之小疵，非大過。蓋作者意在句句修潔，遂有習而不察之失。若「移」字下加一「於」字，念去雖順而欠老鍊矣。若以此爲訾，則

古人之「不出而圖君」，「苟出而圖君」諸句法均可議矣。「君」而曰「圖」，較「移」不更難解哉。

作文難，批文更難。批尋常窗課，偶有不合，不過一二人知之。若批發刻之文，千人共見，尤宜考據詳明。不可以管窺蠡測輒薄前人。吾鄉紀文達公校《四庫全書》，於元人李治《敬齋古今黈序》云：「其論《小雅》『每懷靡及』一條，《禮記》鄭注『温藉』一條，皆參雜韻語成章，不免涉文人狡獪之習」云云。余按：《史記·循吏傳》後太史公曰：「孫叔敖出一言郢市復，子産病死鄭民號哭，公儀子見好布而家婦逐」一段，亦入韻矣，豈文達公未之見乎？公學問最稱淵博，而爲是語者，特恐後人習之，有壞文體耳。不然《孟子》中亦間有韻語，文達何至遂忘之。然後世必有議之者。或傳王重三先生爲及門改「孝者所以事君也」文，小講一起云：「且自古教孝有經，而教忠無經」云云。咸謂《孝經》與《忠經》今世並傳，何遂云無？疑先生所見不廣矣。後余歸，有爲余誦之者，意在博一笑也。余曰：「《忠經》乃馬融著。文章代聖賢立言，聖人之世安有馬融乎？先生之言未錯，傳者所見不博耳。」衆皆疑信參半。後余翻出許多書證之，浮言始息。凡此之類，閒談則可。若評文，則斷斷不宜考證不確而鹵莽從事也。

時下作文，於經書成語必拆開另鍊之。謂整用之人人皆能，不見經營也。然亦有用史中成語見長者。如癸丑「聽訟吾猶人也」二句，元文入手云：「法令者，治之具，而非制治清濁之源也。」則固整寫太史公《酷吏傳》中語矣。蓋用來恰如其分，故分外醒眼，所以掄元。或云《考卷約

選》中「道之以政」一章題，文中亦用之。余按：太史公於此一段内曾引「道之以政」一章，及「聽訟吾猶人也」二句，有心人讀之，見太史公引此兩章，而於作此兩章題，遂引太史公語，有不切合者乎？若於題不相關，及相關不中肯竅，又不如不用之爲是矣。

前有一人質文於余，後比盡套癸丑「聽訟吾猶人也」元文後比。余不許可。其人曰：「汝以爲後比不好乎？汝尚未知後比乃套元文也。」余笑曰：「我之所以不推許者，正以此耳。」其人愕曰：「元文不可套乎？」余曰：「非也。此科元文，家喻户曉，人人常套，已成濫觴矣。且其所以佳者，以題内有『乎』字，故後比一起亦用『乎』字，正所以肖題之貌也。今題内並無『乎』字，何用『乎』字調？若自己作，偶有佳句，一起用『乎哉』字均可。如壬戌第二小比是也。若覓調，則切題之調甚多，何必取此乎？蓋君當日讀是文時，並未見及其後比，所以用『乎』字調者，以題有『乎』字耳。若早見及此，今日必不套矣。」其人語塞。或謂癸丑元文後比亦有所本，乃從李少荃爵相會墨脱胎而出。余嘗覓爵相文而不可得，不知其果是否耶？

文中二字四字句要現成。如「足食足兵」二句，闈墨均云「兵食」，何也？「食兵」不現成也。第二破云：「食與兵交足。」必加「與」字才不生。若單用，皆云「兵食」，無云「食兵」者。寧稍有顛倒，不使生湊。顛倒小疵，生湊成大病矣。學者可以類推，凡二字四字不現成者，總以中間加「與」字爲是。

縉山書院文話卷四

前謂兩節兩章題宜總做後比。然所謂總者，必有意思、有筆仗、有議論才佳，亦不宜板板向題面敷衍。庚午「季康子問仲由」兩章題，有一人自詡後比能總做。余榜前曾取其文觀之，笑曰：「總則總矣，仍不見長。」人問何故？余曰：「後比雖總做，看去却似兩個小講。一起如小講之起，一承一轉一收，均小講式。人皆做二比，此只做二小講，安能中乎？」後聞果未出房。固知此事不可强爲也。

兩節題有宜於後路總者。即有不宜總者，如丙子會試「康誥曰克明德」二節題，宜分疏到底，總做即犯下。皆自明也。榜前有一後比總做者，余曰：「此文佳則佳矣，惜後比費力不討好耳。」其人瞋目曰：「君言差矣。此題既不宜總小講，亦宜分開做二講矣，何以皆總之？小講既可總，又何處不可總乎？」余彼時實無言以折之，然不可爲訓也。

殿廷之文謹記：勿點句勾股。誤犯之，亦以不合論。蓋殿廷乃進呈者，豈有天亶之聰而尚須做者點句讀乎？且滿篇勾點亦覺不恭，是以禁之也。時下有每股到底者，亦是一法。破承整

兩行，小講整三行，入手整一行，前中每比各二行，出落一行，後比各三行，順下一行，連題共二十四行，以滿兩開之數。不准有空格，亦不准半行而止。是雖不勾股而段落分明，與勾股無異，亦討好之一法也。然必自然，不可勉强。勉强不如照常做（此言大題，題占二行，文二十二行。若小題，題寫一行，文須二十三行，才能滿兩開之數）。

「信近於義」一章題，場中頗有後比一分排、一交互者。我道分合用意，固是兩排三排題之常事，而惟此題則甚不相宜。何也？他題只一二層，前中將題之正義發揮完，後比一比分排、一比交互，作題之餘波。此題共三項，而每項又三層。前中正義不能説完，賴後比發之，尚何暇交互乎？且交互亦甚難。「信恭」因交則遺下二層。「可復遠恥辱」等句交則遺上二層。「義禮」因交則遺上下二層。三層全交互，則話太多，一比説不完矣。然亦有獲雋者，同年張蓮舫水部（沖霄）後比即然。然其魄力甚大，筆又挺拔，故能面面俱到。他人則未必如是之圓融也。

「因不失其親亦可宗也」題，童時曾讀《明文傳薪》中及《續時藝核》中各一篇。辛未入場作「信近於義」一章題，自覺抉「可」字不透。後見陳際泰作「因不失其親」二句，文小講有句云：「人以爲友之爲友，情欲其可親，而道欲其可宗。兼之爲難。吾以爲得其一。而其一者，固即此而在也」云云，始恍然於古人之看「可」字，别有會心，斷非今人所及也。其設想蓋以爲親而能宗，似不能兼有，而不知不必二事兼求之。但能「因不失其親」，亦可宗也。如此命意，不獨「可」字透，

「亦」字亦透。其中比反煞「可」字固佳，而其作「可」字之心，終不如小講之絲絲入扣也。《嶺雲編》中載康熙某科「信近於義」一章題，有作「遠恥辱」云：於此而以恥辱加之，彼自恥辱也（此其大意，原句則忘之）。詮「遠」字亦别有會心。

時文不准用後世語，以聖人説此話時並無此事也。如「割席」二字，乃華歆、管寧事，而《續時藝核》中用之。潤生先生最講文法，此事亦未之摘出，何况其他。辛未會試有「子曰信近於義」一章題，第二中間用三比點題。第一比點「信近於義」有句云：「念良朋之約，雞黍留賓。」此二句若按交友泛話用，則宜用於第三比「因不失其親」内。若用范式、張劭事（劭字不知是此字否？此處無書可查）扣「信」字，則此事係後世事，在作者腹笥便便，隨便溢出而不之覺，而讀者則不可以爲法也。然此亦不自今日始也。「臣罪當誅兮，天王明聖」，乃韓文公《拘幽操》中語，程朱皆不以爲然。而前明楊以任「爲人臣止於敬」文中用之。其所由來也漸矣。

古人評文都有學問，非若今日但以氣充詞沛、機旺神流等泛句了之也。如吴堂作「王者之迹熄」一章題，文後望溪先生評云：「風雅頌體製各異。《黍離》降爲《國風》而《雅》亡，朱子本先儒之説則然。其實風雅中所載東遷以後之詩多矣。所謂『王迹熄而詩亡』者，謂如晉享叔孫豹歌《文王》、《鹿鳴》，趙武奏《肆夏》，魯三家歌《雍》，而王更不能討。齊有《南山》、《載驅》之詩，陳有《株林》之詩，而九伐不能行也。亂臣賊子公行無忌，其端兆實開於此。故孔子懼而作《春秋》，觀

反魯正樂，而魯之樂官一旦皆翻然勃然，身投於河海，而不能一日安於其位，則知《春秋》之作，與禹周同功。而孟子所謂『詩亡然後《春秋》作』，其實理始顯著矣。」此一段議論，實於作文有裨益，故録之。

思如泉湧，「隨物賦形，而行於所當行，止於所不可不止」，東坡自道其文云然。其實乃文入妙來之境。作時墨者，能臻「行乎所當行，止乎所不可不止」地步，其文成矣。讀時墨者，玩出斯文所行所止之妙，其文熟矣。

東坡云：「都是幾個字，只要人會安排。」細思時墨，何獨不然？如説政事題，無非宣猷布化、憂盛危明、憂勤惕厲數句泛話，安排妥當，便是佳文。其所以能妥當者，不外「力餘於文」四字。如見一題後，胸中之意按此題作三四篇而有餘，則意自不窘矣。腕下之調作三四篇而不犯複，則詞由我選矣。筆下之泛話（如宣猷布化等類）作三四篇而不絶，則句由我用矣。意何以有餘？多看故也。調何以有餘？多讀故也。話何以有餘？多集故也。墨家擅此三長，有不挽强命中者乎？特恐學者言之甚易，而行之甚難也。

昔人謂，有一士子天資最鈍，後取文一篇糊於桌上讀之，俟其磨滅盡浄，再糊一篇。如此三年之久，遂中解元。前明五家中惟艾南英天分有限，有時爲文風味清古，猶勝於黄、陳，蓋其讀書多而用功深也。觀此，世之以天分自棄者可以返矣。

望溪先生評明文云：「凡文之辨難轉换，有一字不清徹，雖有好意，亦令人覽之欲卧矣。」可知前明亦講詞藻，特不如今日之諧耳。前人作文專尚味厚，每造一句，令人數日尋繹不盡。今日則尚顯露，令人一覽無餘才是上乘。若留餘藴，便謂之晦。然前人所以講味厚者，意在傳世。如陳大士、金子駿諸公是也。今之尚顯露者，意在得科名也。其志之所向不同，而其趨自異。使前人亦專爲得科名計，亦必不如是之費盡平生之力矣。

昔人評陳際泰「學不厭智也」題文云：「轉筆處每微覺艱澁，應是方在脱换時也。凡爲文最恐此關難過。」方望溪云：「所指乃學者尤宜用心處。蓋不至陳言務去，亦不得有此艱澁也。求免於此，而務爲淺易膚平，則終身無以自拔於俗徑矣。」此數語尤能切中今人之病。文不極熟者每多艱澁，求免其艱澁，又多膚淺，滿紙俗態。能知艱澁之非宜，而又不流於淺俗，則近之矣。

作文六八比中不用重調，以其讀去犯複也。余會試文第三篇小比、中比，收處均用四字句。讀者常覺其複，有問於余者曰：「此等處時下墨家所忌，若首藝如是，不害事乎？」余曰：「此余一時興之所至，不暇檢點也。雖然窗下常讀之，知其調複，場中走馬一觀，固不之覺也。若《墨選讀本》中乙卯『我對曰無違』題，成林作中比云：『則違焉者之覆轍，或反借無違以相安。』後比云：『或反貽後儒遵循之誤。』固其用意最佳處，無妨於複，亦不嫌其複也。」

文章全在前八行，而前八行又全在小講。余庚午出場，友人李靜亭廣文（書林）閲余「季康子問仲由」兩章題場作小講中四句「强公室不止益私門，直決之而無難勝任也。輔私門正恐弱公室，婉謝之而絶少抗顔也」，謂扣上下章如此自然，必中之作也。辛未二場與李星如（聯珠）同號。余於入場第一天無事，將頭場所作「信近於義」一章題文鈔出，衆人傳觀。星如看至小講中四句「慎以持己，坊表立而交際維嚴。慎以接人，尤悔無而性情胥洽」，謂以一句扣全題，而念去自然，毫不喫力，滿紙皆見工夫，必中之作也。揭曉後，星如中會元，而余亦附驥尾。後於引見時遇星如於大内，星如指余向人曰：「此即余所謂一句扣全題者也。」二人皆看余小講，皆爲必中，而皆如其言。則小講之所關豈不重哉！今諸卷直以小講爲無甚緊要者，則所見左矣。

作文能令人一見即不忘，其文必熟，所謂如在别處見過者也。余庚午出場，李靜亭只閲一過，便朗朗上口，逢人輙誦。辛未出場，劉印山亦只將余文閲一遍，亦能向人誦之。此即熟極而流之候，用力固多，而外面毫不費力。故未見在人人意外，既見又在人人意中。若使今日爲之，文境較往日雖略有進，而讀去如流之概少矣。何也？腹中熟文偶一誦之，漸忘漸删，不似從前之日日在心也。看文多只長見識，或記一二聲調。若使通篇氣熱，非多讀且熟不可。古人論文之訣多矣，而惟「熱如火」三字實中會之左券。但此三字知之非難，爲之實難。能爲之，其工夫可

觀矣。

辛未余將刻硃卷呈文於先房師杜蓉珊先生(來錫)。先生云：「余在軍機，略無暇日，不能筆削。爾等自去筆削可也。」余歸，正與友人參酌。或謂余小講一起「今夫人持躬涉世，亦矢之以慎而已」，未免太率，宜改之。同年李松坪比部云：「此二句正是入彀之文，非老手不能辦也。況看去似率，思之却能扣全題。若必板板作三排起，而三排又句句用力，此最不利場屋之文也。適足以誤學者，何如仍之乎？」余頗服其言，故從之。

「有子曰信近於義」一章題，余場中一見題即想出三比總作之格。蓋欲三比以肖題貌，總作以見經營也。因思通篇既擬定總作，而小講若盡用平分，於一篇之格不稱矣。是必亦總作一聯才好。想來想去，無一總法。後於朱註中言行交際上想，才有頭緒。然亦强令其總也。總作中聯，下必趕緊分開作三句方顯豁。若一味總到底，雖扣題穩洽，亦看去模糊，以其與題貌不肖也。

人於作事，往往有取巧者，而不知作文亦有取巧之法，在各人見解何如耳。余辛未場中三比總作，衆皆以爲頗見力量，而不知余彼時不以爲難也。蓋他題有出三排者，總作必須照顧三項。若平分三比，每比只管一項。此題三排，而每排仍三項。若使平分三比，必説「信」一層，「近義」一層，「復言」一層纔完得，一比意不能只顧一項也。余雖總作，而第一扇「信」、「恭」、「因」，第

二扇「近義」、「近禮」、「不失其親」，第三扇「復言」、「遠恥辱」、「亦可宗」，每扇亦只説三層，與分作等耳。特三比柱意確是一層進一層，成牟尼一串，非生湊可比，爲差强耳。如第一扇扣「義」、「禮」、「可親」，則云「謹之於先幾」。二扇扣「信近義」、「恭近禮」、「因不失其親」，則云「辨之於當境」。三扇扣「言可復」三項，則云「無悔於將來」。蓋必「謹之於先幾」，始能「辨之於當境」。必「辨之於當境」，始「無悔於將來」。而「先幾」確是「義禮」，「其親、當境」確是「近」字、「不失」字，「將來」確是「可、遠」等字，非同題外設想也。當作時，余一眼認准必跟「慎始慮終」。而「慎始」只扣「義禮」，因「慮終」只扣「言可復」等項。中（問）〔間〕「近義近禮，不失其親」尚無著落，故又想出「辨之於當境」一層來。是前後二比意只就「慎始慮終」生發。而余自想者，特中比意耳。

近來場中又重磨勘，中定之卷因小疵點落者多矣。友人王秀黻（文鎧）於三場中寫「范蔚宗所言」云云，而漏一「宗」字即寫「所」字，隨手將「宗」字添於「所」字下，而未將「所」字塗去。場中業已中定，後又細細磨勘，見「范蔚所宗所言」不成句，且割裂人名，因之被黜。後余問其何以不即將「所」字塗去，云：「向來有錯字，均俟完卷後才塗改。早改恐漏添註塗改字樣。誰知完卷後塗改一切錯字，竟未將此字看出。」此固由於命不應中，然亦冤矣。

此未出榜時磨勘也。榜後磨勘，近來更嚴。余謂自己居於無過之地，雖吹毛求疵，何懼之

有？自己居於有過，何怪人之指摘哉？謂二場經文易於得過，則莫如讀經，經書熟，自能無過。謂三場策問易於得過，則莫如讀史，史書熟，自能無過。若經書不熟，則是無根底之學；史書不熟，則是無考鏡之資。縱釋褐登朝，必有勸讀《霍光傳》者，何如備之於早場中，既免愆尤，爲官亦不至孤陋矣。

或謂以「天」字作主，場中不取矣。此言亦未必確然。每科均有以「天」字作主者，人人效之，亦太濫矣。閲卷者縱無成心，亦難保其必中。凡事少見則奇，多見則俗，俗則厭，厭則揣摩家必不爲也。

作文首在謀篇。近來闈墨王莘鋤最擅長。如鄉墨後比用「然則」接氣最熱，機最圓。會墨「大畏民志」二句題，小比收云：「夫孰使之迫厲也者？」次比云：「夫孰使之悚惶也者？」中比即接云：「則嘗觀」云云。中比收云：「能如此之洗心革面也乎？」次比云：「能如此之滌瑕蕩穢也乎？」二比將「此」字頓足矣。後比起云：「而蕩滌者竟如此也，則必宮廷之聲教早訖於南朔東西可知也。」趁勢跌醒「知」字，機神一片，所謂「官欲止而神欲行」也。謀篇至此，歎無以復加矣。學者即此二篇熟讀之，得其鱗爪即可掄魁，不必全體皆肖也。

題有單説不顯者，取題外相對之字以托之即醒。如「仁者安仁，知者利仁」二句題，甲子河南第二十六名周作中比云「安仁與依仁異」，「依則」云云，「安則」云云。又云：「且也安與危對，惟

不爲人心之所危，乃能即道心之所安。安從勉來，惟不忘初心之所勉，乃能愜本心之所安。」次比云：「利仁與好仁異。」又云：「且也利與害相因，知力祛其賊心之害，斯養心之利可獲矣。利與義相反，能不汩於疚心之利，斯悦心之義彌旨矣。」癸酉「回也，其心三月不違仁」，亦有用「不違與無違異」者。此類亦宜記之心中，以備一法。場中窘時，偶一用之，但能將理説圓，亦可命中。若用來牽强，及拋荒題義，則不如不用矣。文家巧處似此者頗多，平常多記一法，心中多開一竅，場中多一輔佐。所謂多足之蟲，至死不僵，以輔之者衆也。

書中之理都被前人道盡。學者偶一得，遂謂獨得之奇，而不知所見者少也。憶余童時初學作文，馬馨圃（德浴）先生以「三年無改於父之道」命題。領題時立命先自講白文。余按朱註講之。先生曰：「未觀尹註乎？」余曰：「已觀之矣。然白文既曰『道』，自是不可改的。不改其道，則不合道者可知矣，又何必看尹註乎？」先生笑曰：「汝雖看『道』字未真，然能如此用心，尚可漸進於明白。」彼時余自謂獨具隻眼矣。後閲鹿忠節公《四書説約》，已早言之矣。又余前行至湖北某縣所屬之上津縣，一農夫云：「吾種地交糧，無欠國課。朝廷亦無德於余」云云。余折之云：「子言差矣。試思朝廷若不爲我輩設官經理屈直，汝雖有田地，能獨食乎？雖有妻女，能安居乎？早被强者搶去矣。所以汝得安居者，以有朝廷之官，强者不敢搶耳。近來叛逆之民，皆汝等此言啓之。若將余言曉諭之，人人皆戴朝廷之德，而何有匪類乎？」彼時亦自謂獨得勸民之道矣。後見

元劉靜修《上宰相書》有云：「凡吾人之所以得安居而暇食，以遂其生聚之樂者，是誰之力歟？皆君上之賜也。」是此言又被人先道矣。

前輩論作三節兩節或三章兩章大題，要一入手即將末節或末章末句鈎起，以清題界，令閲者一望而知題出到何處。學者聞此言，講下竟先提下節或下章才落題首，看去竟似題倒置者。用法而不知法之所以然，故有此失。余謂所以先勒題末者，恐人看不出題界，竟似一節題耳。今若直提下節，看去仍一節題文，即使落清全題，亦似此節在前者，是恐無題界而竟亂題次矣。法宜先用提，籠起全題，再勒題界，再落題首，才無疵纇。蓋傳此法者只云入手先提下節，致誤淺學。若加一句云「入手一籠全題，即清題界」，庶聞者知所用法矣。

不特連節連章題，即一節或數句題，有上文者一領上即勒題界，落到題首才有法。近見有隨便一落，竟不落題首者，無怪乎其通篇不得機得勢也。

余每遇句調之新者，即命一名以便記憶。如「玉連環」等法是也。然必肖其文且確切不移才可。若《花様集錦》中「三炮升堂」等名目，則太穿鑿矣。

蓮池書院前出「可以興、可以觀、可以羣」題，余總作三比。或云「若出四句亦可總作」，非的法也。論題者以三扇平還、彼此穿插爲正格。而曾文正公專意取「鈎、渡、挽」截作者，一時截作甚少，不能足額，始以他格補之。友人李少垣（祥麟）已作兩篇矣，後以精力疲倦，嫌他格費力，隨手

截作一篇。已被閲卷者點落，曾文正搜遺卷，見是截作，親拔第一。亦奇遇也。此題明明截去上下句，截作亦正。不知當日大家何以多忘之也。

陳鈞堂同年文稿刻出，不脛而走，四方已家置一編矣。墨卷之結實老到，近今無與比倫，而無格不備，尤爲難得。即如「用之則行」二句題，文不過七百餘字，而作一百五六十句。都中以七百五十字作百二十句爲難，玆則又不止其數，不更難乎？余謂句多不難，難在讀去令人不覺耳。若使他手爲之，句法短鍊未免傷氣。鍊而不傷氣，固由於工夫純熟，而亦實天生筆（熱）〔熟〕，而又加以工夫，故能辟易千人耳。墨裁至此，歎觀止矣。

余看成文，每以不知其人何官何里及品行如何爲恨。近見《墨選空羣》，仿俞長城《百二名家制義》之例，每人繫以小傳，加之評語。不特其人之爵里詳，而其生平已具大概。令讀者一目了然，毫髮無遺憾。至其搜括藏稿，决不登已選之作，尤稱近來善本，墨選中所僅見也，足可爲將來法。

前輩講墨裁，謂句法不宜過九字。余謂亦看何處耳。若小講與前中，正在凝鍊之地，用九字長句則氣不熱矣。若後比一收，正宜用長句以托之，才覺鄭重，兜得住上文一切。然亦九字爲度，再長則冗矣。

後比用四六對收，文家偶一爲之，必其筆路至此，適得一聯才合。所謂行乎所不得不行，止

乎所不得不止也。若有意爲之便板。時下謂後比一收若用「者也」、「已矣」等字，讀去不響，不如用「也哉」，或單用「哉」字。余謂亦視其一比之意何如耳。若庚午元文，正以用「已矣」爲佳。

平日窗下用功，設「備忘録」一本，見有文調好或有包孕語，凡我所不能作而一看動目者，則録之，詩中之典亦然，以便常常翻閲。久之所積既多，作文時不無小助。然必平時均熟記於心中，臨用時自來方好，間有一二字遺忘，再閲之。若平時不記熟，臨用才翻之，絲毫無益，而且有挖肉補瘡之痕，是備忘反害事矣，不可不知。

余於本朝人詩，七絶最喜漁洋，五七古最喜吴梅村、吴穀人。而三家之時藝無聞焉。路潤生先生文法言到極處，而詩無聞焉（謂古近體，非試帖）。可見藝必專而始精，兼顧難精也。

古人云：「識時務者爲俊傑。」不獨處世，作文亦然。咸豐年間，南闈尚王、尤體及專經，《龍巒集》所收者是也。北闈亦間有之。目下此風已過，不能擅長矣。乙亥「有德必有言」一章題，友人有專《春秋》者。此題本有四「者」字。實作「者」字，舉出《春秋》之人來，理非不可，且其文甚切，雖專經而不拋荒《正義》。出闈後示余，余曰：「文甚佳，惜晚矣。若在二十年前，可期必中。」後果落第。及門問故，余云：「不必觀每科之文，亦不必見考官而問之。以理而論，知其不合於時。蓋從前所以尚專經者，以人人經書生，而彼經書獨熟也。」

國家以經術取士。彼能融貫經書，不是之取而何取哉？既取之，則此風開矣。於是有集是

類之文而刻之者，如《龍龕》、《虎龕集》是也。此外又有集經分類諸書，如《五經囊括》，及小瑯環山館中各經《蒙求》、《紺珠》等編是也。向之專經，必經書爛熟，自有諸類書出。但讀過《五經》而不爛熟者，亦可專經矣。若以此取之，數科之後，未讀經書者亦能專經矣，專經之文可勝取哉？凡事極則必變，理之固然也。

從前猶有錯綜《易》卦及鑲嵌卦名者。吾鄉孫韻武（思壽）觀察，鄉會試皆用《易經》獲雋，然亦適遇其題耳。鄉試「已矣乎，吾未見能見其過」一節，中有「訟」字，即以《訟卦》作主。小講以「假年學易可以無大過」入手，尤爲警策。會試「聽訟吾猶人也」二句，又遇「訟」字，仍以《訟卦》爲主，而嵌入六十四卦。巧不可幾。戊午「吾未見剛者」題，有效顰者，亦中前茅。今則不見矣。余在山中時，書院出某題，題中有「水」字。余曾以《坎卦》作主，頗自覺新穎，而未得高取。以後再不敢爲此費力不討好之事矣。

袁子才最不喜漁洋，故有詩云：「不相誹謗不相師。」又謂「到處必有詩，詩中必用典」爲純事造作。而其實漁洋七絶聲調之高，實非隨園所及。明七子學唐純講聲調，亦未能過之也。是作詩固宜見性真，而聲調之高，唐人最重，安可厚非哉？顧人知詩之聲調宜高，而不知時藝亦然。明文中「父母惟其疾之憂」，後比「罔極之深恩未報，而又徒留不肖之肢體，貽父母以半生莫殫之憂。」一比只一氣，聲調之高，後來莫能及。又「空山之中，藹然孝弟。九原可作，至今如見其心」

二比，每比只二氣，聲調亦高。「空山之中，藹然孝弟」爲一氣，下「九原可作」又一氣。「九原」句秃接，比上氣高兩頭，故讀去調高。後來惟曹寅谷「先生適楚」一篇爲能抗手。余作文，每一氣完，下氣往往用「五百年」之類秃接。或問其故，余云：「九原可作」比上氣高兩頭，「五百年」、「八百國」、「十六字」等句法，比上氣高三頭，故喜用之。學者悟得聲調之所以高，便無闒冗之病。華三舍弟壬戌同年王莘鋤先生，場作無一氣不秃接，無接不高。真不愧響遏行雲之目，令人讀時不禁爲之昂頭。學時墨者最宜潛玩，於兹有得，墨裁不患其不佳矣。

文之調高，一讀即曉。若詩，則非知音律不解其高也。「渭城朝雨浥輕塵」一首，謂之《陽關三疊》，相傳唐詩中謂調最高者。當時歌此詩，笛爲之裂。夫聲調至能裂笛，其高可知矣。今讀之，烏見其高？且入調非只此二十八字，其中尚加閒字二十餘個（如「渭城朝雨」四字下加「剌里離賴」四字）。有和之字，有不和之字。和謂之疊。世傳上下句互易爲三疊者，均未見原曲，只就此四句言耳。若使見當日原曲，以笛譜之，則其高立見矣。

三家村老學究教人作文，動曰：「以意爲主，而詞其餘事。吾讀天、崇某篇以意勝，隆、萬某篇以意勝。今之講詞華者，均逐末者也，萬不可以爲法。」於此有折之者，必不服也。而不知此言宜於平時，而不宜於臨場。試觀近來如「回也，其心三月不違仁」，後比大約均以「精心果力」立意。「有德者必有言」一章，後比均以「修己觀人」立意。一場中幾於人人皆然矣，而何以不人人

皆中乎？即此而觀，遒鍊不可不講也明矣。或曰：「場中不宜以詞華取士。」余曰：「惟用功者，其詞乃能綿密穩恰。不用功者，不能也。場中見斯文，知是用功者而不之中，豈反中不用功者乎？」至於童子平常作文，固宜先以意爲主。余謂意亦逐末者也，莫如先以理爲主。先爲講朱子《集註》，使知程朱之所用意。再令其取先儒語録、《朱子大全》而縱觀之，俾聖賢之理所以異而同、同而異者，常往復於胸中，作文時自不患其無意。然此亦只論作文耳。若論爲學，尤宜躬行實踐爲主，不但只明其理已也。《酉陽雜俎》中言：某官向一高僧求秘傳，僧告以「諸惡莫作，衆善奉行」二語。某曰：「此三尺童子皆知者。」僧曰：「三尺童子皆知得，百歲老翁行不得。」正謂此耳。

吾鄉耿慄齋先生每爲及門講書，旁引曲証，舉前儒名理發揮無遺。而每講一句，必爲誦此句題成文數篇，以見作此題之大意。其胸中所記文不下數萬篇，而於《四書》、《五經》融會貫通，頭頭是道。故其及門掇巍科、登高第者，指不勝屈。咸豐庚申、辛酉間，余在抱陽山上，先生適來，盤桓數日。詢讀文之法，則云：「初亦不能多記。後静坐三年，屏棄塵務，再取書看之，如鏡之照物，過轍留形。故見前人名稿，盡一日之功可閱百篇，閱畢一句不忘。積之既久，自亦不知其數也。」余雖服其博，而不欲效其人。蓋其打坐，本意學禪，非吾儒所欲知也。今學者若舍禪而專事静坐，亦可醫健忘之病。劉念臺先生云：「静坐是闉中喫緊一事，其次則讀書。」朱子云：「每日

取半日静坐，半日讀書。如是行之一二年，不患不長進。」是静坐兼之讀書，讀書全賴静坐，相輔而行，既不至如耿悚齋之佞佛，而可收其多記之效矣。臨場照此可多記成文，平時讀取他書，亦不至過而輙忘。程子主敬之説，實不外此。果能時時行之，而格物窮理，自能會通。以之爲學，可至聖賢之域。以之作文，實不出清真雅正四字。且氣定者神凝，凡看文看書一目了然，其理自無扞格矣。非特此也，從前所讀過書已不復記憶，而静中偏能想起，是主敬之功，較讀文之功事半功倍，而遏欲不待言矣。薛文清公曰：「心如鏡，敬如磨鏡。鏡纔磨則塵垢去，而光彩發。心纔敬則人欲清，而天理明。」由斯言觀之，主敬之功可忽乎哉？相傳甲辰「文獻不足故也」二句，解元因上科落第歸家，不理家務，不酬世事，面壁三年，竟中第一。此雖由其功夫已到，偶爾屈抑，故一沉静即發。若無其平日之功，即面壁無益。然面壁實能獲益，況静坐而兼讀文，自能日進無疆乎？此用功之第一捷法也，不可不亟效之。由勉而安，甚有趣味。

座師毛旭初尚書，風裁嚴峻，學問淵深，久爲海内所欽仰，《胡文忠公全集·薦剡》中亦極口稱道之。辛未余初進見時，叩及引見禮節，先生不憚詳言之，並囑起跪不可荒張，恐失儀注。余問：「倘有失儀之處，上見罪否？」先生云：「草茅新進，上無不寬恩。然揣諸臣子敬君之心，豈可因上之不怪而遂疎忽乎？」甚矣！先生之言之忠也。一生悃愊，於此可見一斑。余至今服膺斯語，而未敢旦夕忘也。因推廣先生之意，以示及門曰：「時下作文，忌説敗興語。人謂世風日

下，避諱偏多。余謂非也。揣諸夫子事君以禮之心，自不忍作國家衰頽之想。心不忍想，口自不言。非謂只口中避忌已也。此特爲作文言耳。若人臣諫君，又當别論。古人有直陳利害，以期悔悟君心者。是其雖説頽敗，而心中實不欲如此。與不忍言者用心等耳。如孟子在齊，托疾不朝。身無疾而謬云有疾，豈非欺君？而不遑恤者，意在感悟耳。倘君因此改悔，重道崇儒，而國治矣。」

袁子才尺牘，遇難説之理，以他事比喻之，不煩言而已解。較之直指此事委曲詳盡者，句省而意達。人皆服其筆妙，而不知宋人實重此法，不特用於他文，即時藝中亦往往用之。如王安石「知者動，仁者静」文内有句云：「孔子曰『仁者静，知者動』，何也？譬今有二賈也：一則既富矣，一則知富之術而未富也。既富者雖焚舟折車，無事於賈可也。知富之術而未富者，則不得無事。此仁知之所以異其動静也。」陳傅良「未見其止也」文内有句云：「譬之適千里者，甫及其門，未獲解鞍，盤泊以就息肩之所，而事已奪之。聖人於此，焉得不深恨耶」云云。此類甚多，看去似淺，而非理學極精者不能道。較之「嘗觀一人一家」等語，真天淵之别也。半山《臨川集》中尚有「以予觀於夫子」二句題，文亦别有見解。戊辰闈墨中，未見有用其意者也。

古人作文，都期躬行實踐，非止托諸空言也。文文山作「事君能致其身」、「箕子爲之奴」等題文，激昂慷慨，他日之行均能副之。讀其制藝，已得其節概正，不獨讀《正氣歌》而始知也。至有

明之世，文法視宋而愈精，而作僞亦愈甚，言與行始分而二矣。項水心作「臨大節而不可奪也」，亦殊有凜然正氣，而其後卒不然。蓋古人無所拘束，一見題後，直言胸臆，直道性情，故能於制藝中畢露其生平。後世成文既多，學者均舍書而讀文，説來説去無非前人已説，安得見抱負乎？況文法日密一日，學者處處循規蹈矩，縱有性情，爲法所繩，不能展布，只得斂其才氣以就範圍，而其人之品概，遂不能於文見之矣。昔人云「詩話作而詩亡」，吾亦云「文法密而文亡」。猶之漢初法令疏闊，網漏吞舟之魚，而天下晏然。厥後張湯、趙禹輩出，更定律令，文法益密，而天下亦不得安矣。

「道統」二字，古無是説，自韓文公始有之，然亦不過曰傳之而已。而後世理學家又爲分「正統」、「閏統」，竟欲與帝王分席鼎峙。夫欲明聖道，曰「正學」、曰「曲學」、曰「異學」足矣，何必强立名號，視爲固然而不自覺其僭越也。昔封夫子以王爵，識者猶以爲非夫子之所安。況使凡爲學者，均分帝王之名號乎？吾嘗疑之，故作《道統辨》，已入文集中矣。今諸卷動曰「道統」，一似此二字出之夫子者。古無「道統」之名，今既用之，今之「正」、「閏」，後將沿而用之矣。不可不防其漸也。

「道德内自有功名，功名中自有富貴。富貴中却無功名，功名中却無道德」，數語忘出何書，而實有至理。

昔人謂南省中之教童子也，將開筆時，不令其作制藝，先令作論，無法以拘之，無字數以限之，任其心之所得、筆之所之而發揮之。久之，心襟開闊，見題無滯機，再教以八股之法。此由博反約之道也。余在兵部，與三江友人晤談，偶忘其説而未之問，不知南省果若是否？要之亦教童子之一法也。

策論每言功利，辭賦純事浮華。王介甫出，乃裁六經題以爲制義，至今獨重於科目者，爲其明義理，切倫常，非孔、曾、思、孟之言不敢道耳。後來兼尚詞藻，已非當日立制義之意。近數科乃竟將後世事明用之，不似從前包孕矣，去古人立制義之本意不愈遠乎？要知太史公所以獨絶千古者，以胸有萬卷、筆無點塵也。若用事而令人知是某事，看去似博而反淺，難免詅癡符之誚矣。

文家之妙，有其意正、其詞反者。如明時，秦王維焯請關中田爲牧地，廷臣請勿與，武宗怒，令内官促草制。及見梁儲草制始駭曰：「若是可虞，其勿與。」王陽明諫迎佛亦然。他人均言迎佛之非，愈觸帝怒。文成公偏言迎佛之是，而却能止其迎。均所謂以順爲諫也。學者取其文觀之，則知用意用筆之妙，有出人意計外者，長許多見解，豈徒於作八股有益哉。

人謂時下元文必講文度，壬戌「吾斯之未能信子説」題，第一則專以度勝者也。余謂順天爲首善之區，而解元爲羣英之冠。故兼以度取。然其説不自今日始也。《涇川叢書》中萬三峰作《楊維斗傳》，一則曰：「維斗初爲峩峩冠珮之文。」再則曰：「維斗遺余書曰：『弟用龘糲之作爲

主者，以氣象相收』」云云。則此風在勝朝已然矣。又云：「已而解元三伐髓，其文軌於先型，沖然而粹，而六上春官，終明之世不第。」由是觀之，中舉後厭薄墨裁、忽思變計者可以爲鑒矣。

往見陽明集中，言舉業無妨於道，至詳且盡。竊意古人舉業與道學合而爲一，今則分而爲二。後觀李侗《謁羅豫章書》云：「侗之愚鄙，欲操袚篲以供掃除，幾年於茲矣。徒以習舉子業，不得復役於門下。」則知舉業自舉業，道學自道學，自宋已然矣。然前明精八股者，多深於理學，往往名賢並出一時，遂成千秋佳話。如成化中會元章楓山，狀元則羅一峰。嘉靖中狀元羅念菴，會元則唐荆川。四人後均以理學名世。而文毅、文恭及文莊，世號「三羅」，猶嘖嘖人口。云學者即前賢而取法之，既可上接程朱，亦可紹元鐙衣鉢。何至講理學而有誤科名，務科名而無暇理學哉？特自幼父兄以此爲教，童子以此爲學斯可耳。若半途而欲兼顧，則有鞭長莫及之勢。爲人父兄者，可不知所從事哉！

蘇雲樵明府（維垣），余辛未會試同年友也，又與余同邑。其在鄉閭著名有年矣。硃卷刻成，余讀之，見其每篇六比，每比正説，統三藝觀之，無一反面。心甚訝之。後見面詢其故，曰：「正面意尚未説完，何暇反面。」余謂有雲樵層出不窮之意則可，若意稍窘，而六比作正面，安能討好？況次題有「果能此道矣」。「果能」字、「矣」字，必從反面作才得其神。三題「斯友天下之善士」，「斯」字亦然。雲樵力量甚大，故能於正面摹取。若無火候而效之，味同嚼蠟矣。

東坡《題吳道子畫》云：「當其下手風雨快，筆所未到氣已吞。」少陵題畫馬云：「一洗萬古凡馬空。」余謂此數句即論文之秘訣。人悟得筆未到氣先吞之妙，則文之能事盡矣。悟得「一洗萬古凡馬空」之妙，則浮烟漲墨、一切俗響，一掃而空矣。

袁子才《續詩品》云：「知一重非，進一重境。亦有生金，一鑄而定。」我道前二句是窗下作文工夫，後二句是場中作文三昧。

余同年張春華孝廉（兆桐）嘗云：「窗下作文不可有解元之見，自命中元必狂妄無知，夜郎同誚矣。場中作文又不可不以解元自命，每作一句，自覺可以掄元，才有興會，愈唱愈高。若作一句，覺其不佳，未免中餒，越作越無味矣。」

古人之文均精金百鍊者，昔人每樂用之。如「吾人不出而圖君」等類，後漸覺討厭。故學墨者均於墨卷中討生活，不知物以罕見爲貴。此時用古文中調，又覺簇簇生新矣。昨見癸酉全省闈墨中，有用《楚辭》中調者，似覺醒目。余從前二場《詩經》題，曾套《阿房宫賦》中數「也」字一段，亦被閱者批好。然必古文甚熟，吾作吾文而其調適至才恰合，故套便不切。

宋時諺語云：「《文選》爛，秀才半。」言《文選》爛熟，秀才已有一半了。今則全個秀才《文選》爛熟者幾人乎？前明以士之枵腹者爲《韻府羣玉》秀才，謂其胸中所記，不過如《韻府羣玉》之多也。今有斯人，敢以枵腹目之乎？某説部中載：明太祖愛閲《韻府羣玉》，其臣謂爲「兔園册子」

不可看。今觀是書，除其註釋太略（如「河魚之痛」）及强不知以爲知（如「急就章」等註）之外，雖於王者治道無關，然有益於吟詩。以爲「兔園册子」，每乃太過。蓋古人胸中淹博，故以此爲不足耳。《隨園詩話》中謂：某先生教一庶常云：「已讀過之書不可不温。此外《唐宋詩醇》及《文選》均讀之爛熟，詞林中便錚錚矣。」可見從前均以讀書爲務。自風氣日趨日下，始束羣書於高閣，而專意於時文。所謂「六經根柢史波瀾」者，已不多見矣，安得爲父兄及爲師者教之於幼，使士咸務實學而崇經術哉？

從前作文出題，不拘股中段中，總以如土委地、自然流出爲妙。三排題作七比，間有從中間點題者。自戊辰「畏大人畏聖人之言」元文及魁墨均從中比出題，辛未「信近於義」一章作七比者皆然矣。甲戌「君子坦蕩蕩」一句，元文亦出題於中股，乙亥「有德者」一章從中比出題者更多。此事幾幾乎竟成風氣矣。

凡作三排兩排題，其所用泛字扣題處，必須一類。如辛未「信近於義」一章題，有以「衣冠」扣「禮」，「車笠」扣「因」，看去便分外連屬。又有以「鼎銘金石」等類字眼分扣者。今科「有德者必有言」一章，第三十七後比有句云：「媲典謨而音如金玉，塞天地而氣貫日星。」亦以類對也。如云：「垂彝訓而言同誓誥，塞天地而氣貫日星。」何不可對？而「誓誥」究與「日星」不類，對去便不工。此亦墨家之所宜知者也。

吾前言昔人論文必以句雙氣雙字雙爲訣。近來漸不甚講。今科三十七名小比如云：「伊古忠臣孝子，豈屑爭於口舌之間。然深造自得，存之爲性命之原，發之即文章之富。」讀去亦甚順。而必曰「深造自得，存之爲性命之原；有感而宣，發之即文章之富」者，欲其意雖串而句法雙也。雙則氣足，雙則勢厚。若少「有感而宣」四字，便氣促。然小比必意側而句平，才有流行之致。若板板四六，機便滯矣。

相傳顧元熙之中第二也（「君子喻於義」二句題），原擬本第一。吾鄉紀文達公亦主試，細玩其文，移置第二，而以孔傳綸掄元。旁人問故，文達公曰：「此文非不佳，但精華畢露。其人真氣已竭，恐不久終人世。以之掄元，惡其不祥耳。」人都不信。後顧果死。此事不見文達筆記及全集中，余亦未考顧何時死，果與文達公同時否。但父老相傳已非一日。余謂縱未必有其事，而不能無其理。李長吉命奚奴負錦囊，得詩輒入之。其母謂「嘔盡心血」。後果早亡。詩既如此，文何獨不然？况顧之文不遺餘力，處處精心爲之，在《蘭修館稿》中應爲壓卷。是其生平全力注於八股，而八股中又專注於斯文。其精神之盡也宜矣。或曰：「江淹才盡，何以不死？」余曰：「才盡也，非精神盡也。世之無才者多矣，均得生，何江郎而遂死乎？」（壬午入秦，因關中山長李稚和觀察係當日史官，持書往謁之。觀察云：「紀文達卒於嘉慶甲子。至己巳會試，文達之殁已五年矣。顧耕石先生雖不甚壽，亦不知殁於何年，然戊寅大考列一等第二。開坊距己巳已十年，是亦非甚夭也。其由會元改第二，則英煦齋協揆《恩福堂筆記》中曾言之，可

見傳言之未確。而顧文實覺精華太露，非遠到之象。姑存其理，無不可也。」又云：「孔文精刻遠不及顧。《經藝》余曾見之，果極華贍。而顧亦博學有詞藻者，何二三場竟遜？英所記本言名次亦有定數，人不能强也。」附録《恩福堂筆記》云：「余三主禮闈。己巳科公定江蘇會元，已三日矣，青陽王文僖公忽執浙江省卷欲易之。同事皆不欲易。文僖公曰：『江蘇卷三篇，誠足以冠多士，唯《試律》及《經藝》、《策對》皆不若浙江卷。以之易江蘇卷，諸公不必復疑。』顧元熙遂爲第二人，孔傳綸居榜首矣」云云。余按：英名和，官協辦大學士。王名懿修，字春甫，禮部尚書，文僖，其謚也。）

《説玫》中載：諸生朱炎之舟遇一人甚異。朱曰：「爾爲神耶？鬼耶？」其人曰：「我宜興儲同人也，爲文昌録命曹官。頃與王耘渠較閲闈卷，勞甚，偶散步耳。」朱因跪問科名，且乞靈。其人啞然曰：「此未可倖求，即有名亦難遽告汝。」朱曰：「今科得二巨眼評騭，所取文必大可觀。」其人曰：「是大不然。譬如世間能文，主試官拔士亦豈盡當？凡人得失榮枯皆由機緣輳泊，並不盡由命定。若人力强求，則更愚矣。惟一事可勉：同學宜究心註疏，勿習大全講章語。」是又見魚治荃之一術也。余謂科名固不必强求，然不可不盡其在我者。試觀榜上之文，究屬佳者多。可知有工夫而不得，容或有之，萬無得而無工夫者也。至於習注疏之言，至今未驗。余疑並「機緣輳泊，不盡由命」之説，均朱炎之假托也。

古無作文之書，蓋以獵取科名，均不屑爲也。然有論文之訣，如董思白、茅鹿門諸説。時墨中如《四書文備》、《花樣一新》等部，皆有論説。但或三四條或五六條，只言截法，或但言神理。均附著於所選文前，及散見於各文評語中，並未有著成書者。惟浦江樓季美（渢）作《舉業淵源》一

書，專爲謀舉業者而設。其中先言養心，次言立行，是八股入手工夫，亦理學入手工夫也。法非不善，惟所言皆見於諸儒語録中。講理學者固常常見之，不必再觀此也。不講理學者又謂其爲故其書不能盛行於海内也。然其彙輯作文説亦多可採。兹節選其精者録之，爲學文者之一助。

《易》曰：「方以類聚，物以羣分。」蓋言萬物之各有其類也。即今詩賦家亦各有類書。誠以理分其類，則取材易而收功捷也。然吾謂文章宜分類，不特詩賦制義亦然。習舉業者，必須分出門類，然後可以專意加功。其類維何？一曰道理，二曰題體，三曰文品。道理所以擴其見識，題體所以分其位置，文品所以辨其家數。然三者之類，雖皆不可不備，而需用有緩急之分，用功有乘除之異。何謂需用有緩急？蓋人當少年，見識未充，須先窮道理。及見識已充，又恐不知位置，故須辨題體。及位置得宜，又恐不能成家，故須辨文品。何謂用功有乘除？蓋始備理體，固以道理分類。然窮理之餘，必須預分題體，庶可爲後來開筆行文之地。繼備題體，固以題體分類。然審題之後，必須預辨文品，庶可爲後來揣摩摹倣之基。總之，知題體而不知道理，雖明於位置，而苦於無所發揮。知道理而不知題體，雖見識已充，而苦於一籌莫展。知道理、題體，而不知文，雖理法粗穩，而文品未成，終不足以爲榮世壽世之品。

唐翼修曰：「士人讀文宜分其義類，揀必需之題各讀數篇。若將閒雜之題多讀，不能割愛，

其必需之題反多遺缺，此其弊最大。何也？譬如吳綾蜀綺，非不甚佳，然有以備服飾之需即足矣。設愛博而多購之，十倍其數，則財力有限，必需之物反致缺少，害可言乎？故余將題分類，欲學者於必需之題各讀數藝，則學充識廣，有所取資。重疊之文自可以不多讀也。

道理無分於古今，先輩何分於先後？古人而不通，則亦後之而已矣。今人而盡善，則亦先之而已矣。制義一道，雖推明文，然先輩中有純粹之先輩，有必發之先輩，又有倖進之先輩。有刮垢磨光、志在必傳之先輩，又有功成名就、苟安一時之先輩。苟以爲先輩而遂以爲盡善無弊，則彼之佳處未得，而彼之疵處先來矣。是故讀先輩者，大疵則舍之，大醇則取之，大醇小疵必改之，而後讀之。

古之所謂妙手空空者，非以不用詞語爲空也，正謂其見理真切，隨手寫來毫無浮詞牽掛耳。文之奇妙在虛字，不在實字，在語妙，不在語句。

「作文貴先有成局」，此論本領，非論局陣也。如局陣有成局，便如印板一般，令人一望而厭矣。故先輩作文，並是相題立意，移步换形。是以文成而法立。

曾聞名人有云：「凡作文必須究其所從來，而推之以至於所終極。」此言誠可爲初學津梁，然非所語於上達之神妙也。金聖歎云：「善用筆者，心之所不得至，筆已至焉。筆之所不得至，心已至焉。筆已至，心遂不必至焉，心已至，筆遂不必至焉。」斯言至矣，盡矣。學者熟讀此集，當

自得之。

文章書札皆貴因乎自然。自然則千變萬化而不可勝窮。

行文有四法：一曰篇法，二曰股法，三曰句法，四曰字法。四者俱不可忽，要之以篇法爲主。辭從意出，意從局出，局從題出。凡作文者，未相題，莫立局，未立局，莫用意，未用意，莫使辭。儒家所謂設身處地，即釋家所謂現身説法也。作文者果能現身説法，則聖賢奸佞口吻，無不栩栩欲活矣。

文有妙想，非筆不足以達之。文有妙筆，非調不足以諧之。惟善於養氣者爲能兩臻其妙。

吳因之曰：文章貴議論，不貴鋪排，貴抉其所以然，不貴贅其所當然。當然者傳其形，所以然者傳其神，鋪排者銖積寸累而無功，議論者提綱挈領而了了。

殺虎必挫其腰，殺蛇必刺其頂，凡制其要害而已。作文者誠能中題要害，自然字字警心，句句奪目。

王緱山曰：文章有一字訣乎？曰「緊」。「緊」非縮丈爲尺、蹙尺爲寸之謂，謂文之接縫鬬筍處不散漫也。

沈虹臺曰：文章硬澀，只是不熟。不熟，由於不多做。做多，則其間利病不必待人指摘，自能見之。東坡云「新詩如彈丸」，蓋言圓熟也。

夫作文者，字欲其響，句欲其潔，筆欲其健，韻欲其悠，氣欲其壯，意欲其精，理欲其細，神欲其閒。

米老之相石也，要秀，要皺，要瘦，要透。余謂作文亦須如此。蓋文不秀，必失之笨，不皺，必失之平，不瘦，必失之癡，不透，必失之浮也。

學者行文，毋論聞見多寡，當落筆時必須盡置度外，獨將本題真正神理細細摹倣，細細搜求，自然有一種出色處。

作文能依題神以立局，便有官止神行之妙。

文章處處有結束，則神力完固；處處有轉折，則變化不窮。

長篇多結束，則文長而局愈緊。短篇多轉折，則文短而氣轉長。

奇闢之文，須從純穩之思破露而出。純穩之文，須從奇闢之意涵泳而成。

董元宰曰：「文章要知取捨。衆人密者吾獨疎之，衆人巧者吾獨拙之，衆人華者吾獨樸之。」又曰：「取人所未用之辭，捨人所已用之辭。取人所未談之理，捨人所已談之理。取人所未布之格，捨人所已布之格。取其新，捨其舊，不費辭却不用陳辭，不越理却不用皮膚理，不異格却不用卑瑣格。得此，思過半矣。」

張洪陽曰：「行文知其忌，則文自工。忌俗，忌粗，忌庸，忌泛，忌弱，忌冗，忌生，忌空，忌疎，

忌促，忌險，忌滯，忌板，忌晦，忌混，忌淡，忌顛倒，忌斬絶，忌雕琢，忌詭，忌啞，忌贅，忌澀，忌杜撰，忌套，忌合掌，忌疊床架屋。」

袁了凡曰：「股中立柱，第一忌沉腐。如『窮達常變』之類，一見令人可憎。第二貴如題。講聖人題，用不得『明健』作柱。講三代以後題，用不得『王猷帝載』作柱。餘如細題，用不得俗柱。倣此推之。」

陸稼書曰：用字用句必有根據，非「六經」、「語」、「孟」及經周、程、張、朱論定之語不可輕用。然用「六經」字句，亦須避其古奧者。用周、程、張、朱字句，又須避其通俗者。又有語出「六經」，今人所習用而當戒者，如貽、厥、媚、茲、念、典、物、恒、居、諸之類。將古人成語恣意割裂爲歇後、爲射覆，不成文理，亦大雅所不取。

文話附録

作文有偏鋒奇格，能自完其説，亦多入彀。理雖不甚圓，而説來甚圓，令閲者但覺其佳，而不覺其理之礙才好。孟子言性善，而荀子偏言性惡。今執學者而語之曰「性惡」，鮮不咋舌而走矣。試翻《荀子·性惡篇》觀之，説來亦似有理，令人不覺其偏，由其筆妙也。序言其有感而言，故爲憤激之談，或其然歟？使其文不能完其説，便令閲者生厭矣。此韓文公所以荀、孟並舉也。管

世銘稿中無一篇不獨具隻眼。場中能仿其看題命意，有不高人一著者乎？兹即成文中之偏鋒用意者聊記數條，其有未見成文而雜見他書，將來可作偏鋒用者，一併附録。若所言之理與《集註》同，而詞甚顯豁，可以發明朱註者，亦存之，以備作文之一助。

「學而時習之」，邢氏疏引皇氏，以爲「凡學者有三時」：一「身中時」，一「年中時」，一「日中時」。「身中時」者，如《學記》云：「發然後禁，則扞格而不勝。過然後學，則勤苦而難成。」故《内則》云：「十年出就外傅，居宿於外，學書計十有三年，學樂誦詩舞勺，十五成童舞象是也。」「年中時」者，如《王制》云：「春秋教以禮樂，冬夏教以詩書。」鄭氏曰：「春夏陽也，詩樂者聲聲亦陽也。秋冬者陰，書禮者事事亦陰也。互言之者，皆以其術相成。」又《文王世子》云「春誦，夏絃」，「秋學禮」，「冬讀書」。鄭氏曰：「陽用事則學之以聲，陰用事則學之以事。因時順氣，（初）〔於〕功易也。」「日中時」者，如《學記》云：「故君子之於學也，藏焉，修焉，息焉，遊焉。是日日所習也。」

「人不知」，何氏註引邢疏謂：「人有鈍根不能知解，君子恕之而不愠怒。」其意蓋由學而朋來，朋來而教誨，意一串也。

蘇子由《論語拾遺》曰：「巧言令色，世之所説也。剛毅木訥，世之所惡也。」又曰：「故此曰『鮮矣仁』，彼曰『近仁』。」此以「巧言」章與「剛毅木訥」章對看，亦豁。余又見成文一篇，以「鮮矣」

屬上句讀，「仁」字單作一句讀，如云巧言令色少了，此人便可謂之仁。正意不錯，特反其說耳。

「父在觀其志」章，李翊《戒菴漫筆》曰：「父在觀父之志，父没觀父之行先意。承志繼志，述事之教，非孔子觀人也。若曰父在子不得自專，而志則可知，是啓人以陰蓄叛父之志也。此是朱近齋之説，考亭聞之，亦當心肯。」

「有恥且格」，何屺瞻曰：《後漢・杜林傳》〔注〕：「格，來也。……人皆有恥慙之心，且皆來服。」此蓋本《書經》「格汝舜」、「格汝衆（庶）」之「格」字解。

「三月不知肉味」，邵博《聞見録》以「三月」作「音」，是屬上句讀也。

「至於犬馬」，以犬馬屬人子，犬以守禦，馬以代勞，皆養人者。子之養親而不敬，與犬馬養人何别。此包咸語也。何屺瞻曰：「至於犬馬，只從能養極言。若從事親説下，便背理傷道，亦覺其不安。」

「色難」章，何氏曰：「曰弟子，曰先生，則以幼事長之常道也。罔極之恩，可以是爲報乎？」

「何爲則民服」章，王伯厚（應麟）《困學記聞》曰：「孫季和謂舉直而加之枉之上，則民服。枉固服於直也。舉枉而加之直之上，則民不服。直固非枉之所能服也。若諸家解，何用加二『諸』字？」按閻百詩謂：「如此則尤與子夏『舜有天下，選於衆，舉皋陶』節語意相合。」

「祭神如神在」，何屺瞻曰：「朱註引程子曰：『祭神，祭外神也。』『外神』二字乃對先祖言之。

夫子之分所得祭者，亦不過室中之五祀而已。」

「三歸」，何氏註：「包曰：三歸，娶三姓女。婦人謂嫁曰歸。」邢氏疏曰：「禮：大夫雖有妾媵，嫡妻唯娶一姓。」

「事君數」章，陸氏《釋文》引梁武帝：「數，色具反。數己之功勞也。」此蓋以人臣挾功而要其君，朋友恃勞而干其友。無厭之求，至不可忍，而辱與疏隨之。

「無所取材」，蘇氏《拾遺》曰：「子路亦豈誠欲入海者耶？亦喜孔子之知其勇耳。」按：時墨不説壞聖門弟子。夫子雖有貶詞，而作文則無貶詞。《拾遺》之解，作時文頗合，故録之。

「十室之邑」節，邢疏云：「衛瓘注云：『焉，於虔反，爲下句首。』」按王若虚《辨惑序》云：「此蓋篤實教人，欲其知所勉耳。而衛瓘以『焉』字屬下句，意謂聖人不敢以不學待天下也。此過於厚也。」此説自正，而衛説亦可備一義。

「自牖執其手」，顧寧人《金石文字記》曰：「《論語註》：『禮：病者居北牖下。』金仁山曰：『牖當爲墉。室中北墉而南牖。』（按金説《味根録》引之）《上柱國任君碑》云：『未掛東都之冠，先覆北墉之首。』」

「仁者雖告之」章，朱註「而憂爲仁之陷害」。何屺瞻曰：「『陷』字原本作『蹈』，極善。」按此條無與於作文，惟《味根録》但引王觀濤之言而未及此，故録之。

「自行束脩以上」，張鳳翼《譚輅》曰：「『束脩』二字，人知爲弟子餽師之禮，不知《鄧后紀》云：『故能束脩，不觸羅網。』註：『以約束脩整飾之。』又鄭均『束脩、安貧、恭儉、節整』，馮衍『圭潔其行，束脩其心』，又劉般『束脩至行』。可見『自行束脩以上』，言能飾躬者皆可教也。又杜詩《薦伏湛疏》有云：『自行束脩，訖無毀玷。』而註又云：『十五以上，吾自束脩以來，爲臣子忠孝，交不諂瀆』。」

「子行三軍，則誰與」，《味根録》於朱註「自負其勇」下添何註，將子路擡高。作文宜從之，俾不説壞賢者。

「夫子爲衛君乎」，羅泌《路史》曰：「公子郢之德，實媲夷、齊。孔子居衛，蓋有疑輒不可爲君，而郢之賢可立而不立者。故冉子求折衷於子貢，而子貢舉夷、齊爲問。夫子以爲求仁得仁，蓋以明其志之得也。知夷、齊以遜國爲仁，則夫子不爲衛君，而郢賢可知矣。」父子之爭，十惡之罪首也。孰有求賜高弟不能知此，而反聖人疑耶？公羊高以輒之拒命爲正，謂：「不以父命辭王父命。」嗟乎，父子之間，純乎天理者也。豈無是非曲直所哉？

「子釣而不綱，弋不射宿」，一道人説此兩句是聖人心存教化。聖人本無心於取物，其「釣而不綱」者，示其貪則取之也。「弋不射宿」者，示其動則取之也。其意在戒世之貪得與妄動者。不然聖人豈徒爲釣與弋也？余以聖人道理無所不包，以之講書，則不能盡聖人之言。以之作文，

則極好後二比。蓋前路將正意發揮完，恰好以此作餘波也。

「三以天下讓」，邢疏引鄭註云：「太王疾，泰伯因適吳越採藥，太王歿而不反。季歷爲喪主，一讓也。季歷赴之，不來奔喪，二讓也。免喪之後，遂斷髮文身，三讓也。」蘇子瞻曰：「泰伯斷髮文身，示不可用。使民無得而稱之，有讓國之實，而無其名。故亂不作。彼宋宣、魯隱，皆存其實而取其名者也。是以宋、魯皆被其禍。」按：東坡此説，子由嘗駁其非是。

「興於詩」章，韓文公《筆解》：「三者皆起於《詩》而已。先儒略之，遂惑於二矣。」

「師摯之始」章，《隋書・經籍志》曰：「王澤竭而詩亡，魯太師摯次而録之。」朱竹垞曰：「如《隋書》所説，是太師摯録詩以《關雎》爲始也。《論語》『師摯之始，《關雎》之亂』是也。」

「必有寢衣」，何氏註：「孔曰今之被也。」余按管世銘《藴山堂文集》内有此題，别有眼界。余一時忘其説，而又無管稿可查。故誌於此，學者自閲之可也。

「孝哉閔子騫」，蔡虚齋(清)曰：「吳氏謂夫子之於弟子，未嘗稱字。此或集語者之誤。近遂有以『孝哉閔子騫』五字屬人言者，義亦通。」《約編》中儲作中有句云：「『孝哉閔子騫』，吾之聞是言也久矣。」則從近解。

「孔子對曰」，邢疏：「季康子，魯執政大夫，故言『氏』，稱『對』。」趙氏《論語註參》曰：「按《論語》無與臣言而稱『對』者，惟季康子屢稱『對』。邢疏言或可從。」

「點，爾何如」節，余爲及門出此題，曾爲之解題云：「夫子問『如或知爾，則何以哉？』問酬知之具也。三子皆言所以酬知，夫子不與。點所答似非所問，夫子何以與之？蓋三子皆憑空預先設想，點獨就現在者言之。現遇暮春，則浴乎沂，風乎舞雩。現遇童子冠者，則與之偕。若逢老者，則必安之。若逢朋友，則必信之。正素位而行之志也。三子酬知，必俟諸異日。儻終身無知者，此志難酬矣。點則無時不可行其志，正時中之聖也。特口能言而行未必皆然，此其所以爲狂士也。」後觀鄭曉古言曰：「所遇在此，即所樂在此、所志在此也。若使點是時有國有邑，其志又必欲一國一邑之人各得其所矣。夫子所以與之者，只因三子是妄想，點是眼前事耳。若時非春而待暮春，未見童冠而待童冠，與妄想何異？」與鄙論若合符節，故僭誌之。

「浴乎沂」，韓文公《筆解》：「『浴』當必『沿』字之誤。周三月，夏之正月，無浴之理。」

「惟求則非邦也與？惟赤則非邦也與？」何氏註：「非曰明皆諸侯之事，與子路同，徒笑子路不讓。」趙竹坡《論語註參》云：「此二句不作點問，最爲有理。不然，夫子已告之以安見非邦，不當復問赤之非邦也。」

「魯衛之政兄弟也」，何氏註：「包曰周公、康叔兄弟。康叔睦於周公，其國之政亦如兄弟。」此「政」指盛時言，與朱註相反。

「吾黨有直躬者」，《吕氏春秋》曰：「楚有直躬者，其父竊羊而謁之上。上執而將誅之。直躬

者請代之。將誅矣，告吏曰：『父竊羊而謁之，不亦信乎？父誅而代之，不亦孝乎？信且孝而誅之，國將有不誅者乎？』荆王聞之，乃不誅也。孔子聞之曰：『異哉，直躬之爲信也。一父而載取名焉。故直躬之信，不若無信。』」

「俱不得其死然」，李豫亨《推篷寤語》曰：「『俱不得其死』爲句。不當如『由也不得其死然』例，而以『然』字屬上句。蓋由也未然，而羿、奡則已然也。」

「陳成子弑簡公」章，東坡曰：「哀公患三桓之偪，常欲以越伐魯而去之。以越伐魯，豈若從孔子伐齊，既克田氏，則魯公室自張，三桓將不治而自服。此孔子之志也。」

「是知其不可而爲之者與」，何屺瞻曰：「『是』字言獨是他如此。若作原來是他，便大懸絶。晨門祇見得難便住手。『與』字有未知聖人更用何法以旋乾轉坤之意，蓋疑詞，非刺也。」

「衛靈公問陳」章，蘇氏《論語拾遺》曰：「孔子以禮樂遊於諸侯。世知其篤學而已，不知其他。黎彌謂齊景公：『孔子知禮而無勇，若使萊人以兵劫魯侯，必得志焉。』衛靈之所以待孔子者，殆亦至矣。然其所以知之者，猶黎彌也。久而厭之，將傲之以所不知，故問陳焉。孔子知其決不用也，故明日而行。使誠用之，雖及軍旅之事可也。」

「樂則韶舞」，余見近科以「樂」字作一句讀，貫下二句。「則」字作「法」字講，言如欲用樂，法韶舞，放鄭聲。「則」字正與「放」字相對。

「而謀動干戈於邦內」，註疏「邦內」作「封內」，亦有理。顓臾爲魯附庸，不得云「邦內」，而可云「封內」。上「邦域之中」亦然。

「則庶人不議」，王伯厚《困學紀聞》云：「古者士傳言諫，其言責與公卿大夫等。及世之衰，公卿大夫不言而士言之。於是有欲毀鄉校者，有謂處士橫議者。不知三代之盛，士亦有言責也。夫子曰：『天下有道，則庶人不議。』而不及士，其旨微矣。」

「宰我問三年之喪」章，邢疏引繆協云：「爾時禮壞樂崩，三年不行。宰我大懼。其往以爲聖人無微旨以戒將來，故假時人之謂，啓憤於夫子，意在屈己以明道也。」按：此不說壞宰我，於作時文甚相宜。

「放言」，何氏註：「包曰：『放，置也，不復言世務。』」王伯厚曰：「介之推曰：『言，身之文也。身將隱，言用文之。』」《中庸》曰：「其默足以容。」古註有味。

「子夏之門人」章，何氏包註曰：「友交當如子夏，泛交當如子張。」

以上所記，均於作文有益，且於聖人道理不甚背謬者。若王充《論衡》刺孔刺孟諸說，則固無理取鬧矣。如謂「使乎使乎」爲「非之也，非其代人謙也」。此類甚多，甚爲無理。王充漢人，其說如此，則戰國橫議時，其譏刺聖賢可知矣，宜秦火焚之也。

或謂古人作文各有筆路，到底不變。如《論語》中無「此」字，《大學》中無「斯」字。蓋其出筆

即用「斯」字，不用「此」字，亦由《大學》出筆即用「此」字，不用斯字也（此言似見王驥《續聊齋》中）。由此觀之，前人謂《論語》出一人之手者，信矣。

《平園記》客言：「《論語》凡稱『或』者，其言皆無可取。故略其姓氏。」余細思之，其言亦有理。今之説部如《隨園詩話》及紀文達公筆記，凡事之可貶者，皆以「某」字代之，不言其姓名，存忠厚也。其亦有見於《論語》之微旨歟？

往見《國朝先正事略》，余每擬仿之作《孔庭事略》。凡先賢先儒之從事孔庭者，搜輯國史，即其本傳彙訂之。無傳者，考其生平，參酌曾受一《擬傳》以補之。並將道統一脉相傳之故，亦特爲揭出，俾學者知所法守。至於聖門事之可疑，經前人論定者，更宜詳加參考，庶古人免不白之冤。特此地當居庸關外，無書可查。只有期諸旋里之後。兹將聖門事之可疑，經昔賢論定、余尚憶在某書者，聊誌一二端於《文話》之後。其不復記其書名，雖知其事，亦不復贅焉。孫子香《花牋録攷正》中一則云：張世經教授曰：「世傳孔氏三世出妻，蓋本《檀弓》『孔氏不喪出母，自子思始』之説。」予竊疑之，以爲孔子大聖，子思大賢，即伯魚早夭，亦不失爲賢人。豈刑于之化，不能施於閫内乎？閒嘗反覆取《檀弓》之文讀之，忽得其解。其曰：「昔者子之先君子喪出母乎？」夫曰「出母」者，蓋所生之母也。吕相絶秦曰：「康公，我之所自出。」（此句記得《左傳》似無「所」字，俟查）則「出」之爲言「生」也明矣。其曰：「爲伋也妻者，則爲白也母。不爲伋也妻者，則不爲白也母。」夫

所云「不爲伋也妻者」，蓋妾是也。意者白爲子思之妾所出，而子思不令其終喪。故曰：「孔氏之不喪出母，自子思始也。」由是言之，子思且無「出妻」之事，而况於伯魚、况於孔子乎？讀者不察，遂訛傳爲孔氏世世「出妻」，使大聖賢負不白之冤。即謂漢人皆謬，未有無故而毁聖賢者。此非記《檀弓》者之過，讀《禮》者之過也。以上皆《花牋録》中語。余往見都門有作書專論此事者，已刻板行世矣。此條議論，他書中亦彷彿常見之。詞雖不同，而意則無異。兹特録此，以見其概云。

宋張淏《雲谷雜記》云：《史記》「宰予字子我」，「爲臨菑大夫，與田常作亂，以夷其族。孔子恥之。」司馬貞《索隱》曰：「按左氏無宰我與田常作亂之文。然有闞止，字子我，而因爭寵遂爲陳恒所殺。恐字與宰我相涉，因誤云然。」《東坡志林》曰：「李斯上書諫二世，其略曰：田常爲簡公臣，布惠施德，下得百姓，上得羣臣。陰取齊國，殺宰予於庭。是宰予不從田常，爲常所殺也。弟子傳乃云宰予與田常作亂（原註：李斯事荀卿，去孔子不遠，宜知其實。弟子傳妄也），使吾先師之門乃有叛臣焉。而天下通祀者容叛臣於其間，豈非千載不蠲之惑也。近令兒子邁考閲舊書，究其所因，則宰我不叛，其驗甚明。太史公因陋承疑，使宰我有冤千載，而吾先師蒙其詬。自兹一洗，亦古今之快也。」蘇子由《古史》曰：「田恒之亂，本與闞止爭政。闞止亦子我也。田恒既殺闞止，弑簡公，則尚誰族宰我者？事蓋必不然矣。」子由又曰：「李斯言田恒陰取齊國，殺宰予於庭，因弑簡

公。」又劉向《别録》：「田成子與宰我爭，宰我夜伏卒，將以攻田成子。令於卒中曰：『不見旌節毋起。』鴟夷子皮聞之，告田成子。成子因爲旌節，以起宰我之卒，以攻之。遂殘宰我。」信如此説，則宰我乃田恒之仇，爲齊攻田恒者，非與恒作亂矣。要之，闞止亦曰「子我」，故戰國諸子誤以爲「予」，皆不足信也。攷諸家所言：《索隱》則以其字同闞止，遂至於誤。東坡則援李斯之言，以宰予不從田常，故爲常所殺。子由固以爲闞止，而未免以李斯、劉向之言爲惑。然劉向所謂「鴟夷子皮」者，范蠡也。田常之亂在周敬王三十九年，是時范蠡方在越與勾踐謀伐吴。後八年吴滅，蠡始浮江湖，變名易姓，適齊，爲鴟夷子皮。《國語》及《蠡傳》可攷其妄，已不待言。李斯之言正由一時承襲之誤爾。《索隱》、《古史》謂爲闞止，然無確然之證，終不能祛人之疑而破人惑也。予按《左傳》哀公十四年，齊簡公之在魯也，闞止有寵焉。及即位，使爲政。成子憚之（原註：成子，陳恒字也。陳敬仲如齊，以陳爲田氏，故曰田恒。漢文帝諱恒，故《史記》以恒爲常）。諸御鞅言於公曰：陳、闞不可並也，其擇焉。弗聽。夏五月壬申，成子兄弟如公。子我屬徒攻闈與大門，不勝，乃出。陳氏追之，殺諸郭關。庚辰，陳恒執公于舒州，公曰：「吾早從鞅之言，不及此。」《説苑・正諫篇》：「齊簡公有臣曰諸御鞅，諫簡公曰：『田常與宰予，此二人甚相憎也。臣恐其相攻，雖叛而危之不可。願君去一人。』簡公曰：『非細人之所敢議也。』居無幾何，田常果攻宰予於庭，弑簡公於朝。簡公喟然而太息曰：『余不用鞅之言，以至此患也。』」《説苑》所云，與左氏正

同。獨以闞止爲宰予者，則後人誤以闞止之子我爲宰氏之子我最分明。夫一名字之混，遂至賢逆之無辨。「曾參殺人」，真可畏哉！太史公作傳，實以《家語·弟子解》一篇爲之。殊不知此書不全出於孔氏弟子之手，多爲好事者以意增損。孔安國嘗病之矣。宰予之事正所當攷者。畧不致審，信筆紀録，遂使聖門高弟重罹誣謗，謂之良史，可乎？東坡之辨固足以雪其恥矣，而尚以宰予爲常所殺。是宰予猶死於非命也。以今所攷，常之所殺，乃闞子我也。則宰予之枉可一洗無餘藴矣。以上皆張淏語也。余按：古今來説部中論此事者甚多，如楊龜山諸公皆有論説。兹辨尚詳，故特録之。

洪景盧曰：「《孟子》載三子論聖人『賢於堯舜』等語，疑是夫子没後所談。不然，師在而各出意見以議之，無復質正，恐非也。」此言從虚中會悟，而不必實指確據，亦讀書得間者也。特其全段議論，余不復記憶，惟記此言云。

聖門顔淵死，鯉也死。據《論語》則鯉死顔先。邢疏按《孔子世家》，定公十四年，由大司寇攝行相事。以哀公十六年卒，年七十三。顔回少孔子三十歲，三十二而卒。則顔回卒時，孔子年六十一。伯魚年五十，先孔子卒。則鯉卒時，孔子蓋年七十。若伯魚卒於顔回之先，則是卒於孔子六十一歲之前。卒年五十，豈孔子十一歲而能生伯魚乎？王肅《家語註》云：「此書久遠，年歲錯誤，未可詳也」云云，尚可存疑。或以爲《論語》假托之詞，則其論更謬妄。聖人無論如何譬喻，

萬無伯魚未死而托爲已死之理。然古今訖無定評，此事竟成千秋疑案。故備述於此，以俟博雅君子一考正焉。

《史記》謂孔子之父叔梁紇（名紇，字叔梁）求婚於顔氏。顔氏有三女，其小曰徵在，以妻之。與紇野合，遂生孔子。「野合」二字，後人疑之。曾受一作《尊聞録》，謂《史記》擇之不精，其小疵不具論。至謂母以野合，諱其父基，此則得罪之大者。余按《天禄識餘》云：「女子七七四十九陰絶，男子八八六十四陽絶。過此爲婚，是爲野合。」始恍然於司馬遷之所謂野合者，以叔梁紇過六十娶顔氏少女故也，豈桑間濮上之謂哉？蓋古人不以成法均謂之「野」。《宋史》岳武穆不按古人陣法而戰，謂之「野戰」，足可証也。男子三十而娶，女子二十而嫁，此古人定制也。今不按古制，故曰「野」。蓋在漢時，不知「野合」有二説，故用之。後世不知何時，始以私奔爲野合。遂謂司馬遷誣聖人，而不知實誣司馬遷也。此則不容不亟辨者也。

羅泌《路史》曰：「微子去之，初不明其何之。而説者乃以爲抱祭器以歸周。吁，有是哉！按《周本紀》，抱器者爲太師疵、少師强，而非箕子、微子也。所謂『去之』者，特不在其朝。而其所謂遯於荒者，直亦盤庚之出，遯荒野以自免於刑戮而已矣。何至挾祭器降周哉？」按：此亦足破後人之疑矣。（以上皆確知出某書者，其有但記其事，不記書名者别存《二然齋隨筆》中，有關於詩者，存《試帖叢談》及《詩話》中，兹不俱録。）

古文方三種

〔清〕何家琪 撰

《古文方》三種

清　何家琪　撰

何家琪，字吟秋，封丘（今屬河南）人。光緒元年（一八七五）舉人。官汝寧府教授。光緒三十二年（一九〇六）前去世。著有《天根文鈔》、《天根詩鈔》等。

《古文方》、《古文三十四品》在何氏生前幾經删補。何氏去世后，門人許鼎臣於光緒三十二年（一九〇六）據所抄本編定，合《論文約指》爲一帙。何氏爲文取徑歸有光、方苞，深知古文義法。《古文方》論古文之法而「首以義」，謂「義以勸戒爲主。義無大小，須是前無所因、后足爲則方爲至，剽賊乃大病」。書中列出百二十餘條目就古文神、韻、氣、味及章法、筆法、句法、字法等方面提出具體要求和門徑，大體重在錯綜變化之中求「有序」。《古文三十四品》用比喻方式解釋古文三十四種風格，而以「化」爲「文之極境」。《古文約指》簡括論述古文體例、義法、章法、筆法等，可謂對《古文方》的綜合概括，其中提出「非指之精微，格之遠大，更濟以雄駿高古之氣、盤鬱沉厚之力、瑰瑋奇麗之詞、疏淡之味、雋永之韻，極之變化神妙之致，而不能成大觀」，主張陽剛、陰柔相濟，則又見出對桐城文論的拓展。

此書有北京國家圖書館藏民國四年（一九一五）龍嶍山館校刊本，今即據以録入。

（聶安福）

予師封丘何先生著《古文方》、《古文三十四品》一卷，予前後凡三鈔。其初師在洛，予間以古文請，師示之；其繼示予以所歷删補者。最後師在汝南，予自孟津往視師，師復示予，而增注者幾再倍，且爲予言引證皆未及更檢，文氣亦或有不聯屬。予方擬歸後别録請正，而師遽長逝矣。其後予復自同學吴芋僧處得先生補《古文方》數則，蓋予歸後師寄芋僧并囑轉寄予者，因復按次入之，附以《論文約恉》爲一帙。學徒輾轉傳寫，頗訛脱，因謀付剞劂，於原文則仍舊，不敢一字增損，以俟當世君子論定。吾黨其或有讀而嗜好，得所從入，以不絶此一綫薪火者乎。其《講學約規》蓋亦得之汝南，《志聖社規》則先生少時與武進楊津生入籍歷城諸生共立者，并附於後，亦以見先生之學之不徒文，而文之外有學，當預定所嚮向，吾黨蓋尤不可不知也。光緒丙午六月望後七日，門人許鼎臣謹識於汝州之跂恒齋。

古文方

清　何家琪　撰

方猶法也，孔子曰：「仁之方。」醫家且著方書，古文豈無方乎？余嘗學治古文，博考往籍，參輯舊論，藉作標準，以師承示學子焉。封丘何家琪。

義 文以載道，《春秋》制義法，《左氏傳》因之，司馬子長本之作《史記》。桐城方望溪論文援《易》「言有物有序」主義法，《易》曰：「修辭立其誠。」《書》曰：「辭尚體要。」《史記》於蕭何非萬世之功不著，於留侯非天下所以存亡不著，於汲黯非關社稷之計者不著，皆義也。韓子所謂是、所謂實、所謂扶樹道教亦然。余著《古文方》首以義，義以勸戒爲主，義無大小，須前無所因、後足爲則方爲至，剽賊乃大病。權貴人文無褒語，尤見立言不苟。

神 文神品爲最上。劉才甫論文以神爲主，氣輔之。叙事當如寫生，宋濳虚曰「精氣神」。

氣 人無氣則死，文如之。韓退之以水喻氣，姚惜抱論氣之美有二：曰陽剛，曰陰柔。氣須盛，須奇，須雄，須逸，須沉鬱，須盤折，不可粗率，亦不可有注疏、語録及四六、尺牘氣。

味 姚惜抱曰：「神理、氣味，文之精也。格律、聲色，文之粗也。」須厚，須永，須古淡。

韻 須遠。

意 通體不可有兩意，不則歧。他意或作襯，或作餘波。

骨 通體或一字，或一句。《尚書·堯典》「欽」字是骨，「績」字是脈絡，「天民」是大眼目。

識 須高，須遠大，須卓特。

局格 局格即章法，文之所以成體也，雖極變化，中有一定而不可易。首高古，次新異，不可襲故常。順事起訖，直起直接，獨往獨來，無首無尾，忽起忽落，最奇。然有正有變，最重起結。段落層次亦宜分明，間有追叙、覆叙者，須相題位置，然搆架不可有迹象。

主腦 猶人之首也，所以冠百體。

眼目 猶人之睛也，無睛則倀倀何之矣。然點有順有逆，有明有暗，而逆暗爲上。如《史記》序十表，於其父所次論稱「太史公讀」，於高祖功臣則稱「予讀」以別之。自序曰：「請悉論先人所次舊聞，不敢闕。」揭其義，則踵春秋以及秦滅漢興文、景以前，凡所論述皆其父所次舊聞具

見矣。

胎息 無胎息則不厚，須古穆深遠。

筆力 無筆力則不遒。

筋節 無筋節則不緊。

氣脈 《史記》氣脈最洪大，如特起一峯爲下發脈，文中或起數峯。

血脈 如人身，無血脈則死肉矣，要以貫通爲主。

精神 無精神則槁。

綫索 綫索者，所以聯絡全文也，無此則頭緒紛如矣。

機括 如射然，須與弦相會。

關鍵 即樞紐也。置於文中，以綰前後。《管子》、《韓非子》、司馬子長、韓退之類有此，然綰合無迹，其巧如神施鬼設。《史記·韓長孺列傳》「安國爲人多大略」三語括盡生平，韓文《楊燕奇碑》，中間總叙，結上起下，其法本《管子》。

【波瀾】無波瀾則無起伏。層層扼定，層層作波，筆勢乃騰。

【書法】史筆也，寓褒貶於一二字中，或陽褒陰貶，或陽貶陰褒。據事直書，善惡自見，不著議論，尤善學《春秋》者。又地名、官號、制誥、史傳、誌狀必從時，如記序雜文則可假借，韓於潮陽曰「揭陽」、刑部侍郎曰「少秋官」可徵。高福堂曰：「揭陽，韓文再見：一爲《黃陵廟碑》，一爲《女挐壙銘》。少秋官，惟《女挐壙銘》一見。此實誌體，所引與上『制誥誌狀』句未免少牴牾。」鼎臣按：此二文雖誌體，然韓語悉叙述，當如記序雜文例。

【證據】無證據則不確。《左》、《國》徵事最核。

【比儗】比儗之奇，如《公羊》淵、路、麟竝書。

【櫽括】叙次繁雜，須以一二字、一二語括之，情事不列而自明，如《左》叙齊襄公「使閒公」三字是。

【張本】立案也，埋案也，伏後文，《左》、《史》多有之。

【對照】即相映也，須活，須暗，反尤奇，《左》、《史》多有之。《史記·管晏列傳》，晏子不叙列其事，與管同；總論其爲人即於叙次其「顯名諸侯」見之，與管異。而鮑叔與越石父及御者錯綜相映，「三歸」、「反坫」正與「食不重肉，衣不重帛」反對，變化中亦有義法也。平原君所重策士

也，終以著書談道之士，與虞卿著書相映。《匈奴列傳》「於是周遂作甫刑」，忽插入語，與漢武窮兵入穀贖罪相射。《禮書》、《樂書》、《封禪書》尤反對相發。《尚書·文侯之命》與《費誓》亦反對。凡文一篇中亦有前後遥對之法。

層次 凡山皆有峯，峯皆有層次，陰陽遠近，峯愈多而愈清，善繪事者且能之，然要不可太顯，太顯則索然矣。

紀律 兵法所以貴節制之師也，野戰未有不敗者。

聲勢 如《左》，戰罷矣，又曰「復戰」，大敗後又叙聲勢，令人驚心動魄。又如兵家聲援聲東擊西之類。

光燄 可助聲勢，《左》、《史》多有之。

色澤 點染處亦不可少，非徒炳炳烺烺也，若奇情異采自可觀。

起 凡文最重發端。起立案，源頭立論，高唱而入，或序冠於首，則通篇皆得綱領。《尚書》有焉，《左》亦多此法。《史記·禮書》：「洋洋美德乎！宰制萬物，役使羣動，豈人力也哉！」《封禪書》起句稱：「自古受命帝王，曷嘗不封禪？」《大宛傳》陡然而入，曰：「大宛之跡，見自張

不能騫。」與《西南夷傳》異，又伐大宛在騫死後，而此篇前幅乃通西北諸國事，非此二語總提不能相攝。《西南夷傳》：「西南夷君長以什數，夜郎最大。」又五「最大」下接「皆氏類也，此皆西南蠻夷也」。韓文特起，如《處州孔子廟碑》「自天子至郡邑守長通得祀，惟社稷與孔子爲然」、《南海神廟碑》「海於天地間，爲物最鉅」之類，又《送殷員外使回鶻序》「唐受命爲天子」、《平淮西碑》「天以唐克肖其德，聖子神孫，繼繼承承，於千萬年」，皆極摹《周官》。他如《送竇從事》、《贈崔復州》等序亦多雄直。張説《宋公遺愛碑》「惟唐御天下九十有八載」亦然。柳子厚《封建論》：「天地果無初乎？吾不得而知之也。生人果有初乎？吾不得而知之也。」杜牧《守論》：「厥今天下何如哉？」歐陽《新五代史・伶官傳》：「嗚呼！盛衰之理，雖曰天命，豈非人事哉！」蘇子瞻《始皇論》曰：「昔者生民之初。」又《策別》曰：「夫天下未嘗無財也。」朱子《中庸章句序》：「《中庸》何爲而作也？」《李忠定公奏議序》：「嗚呼，天之愛人可謂甚矣！」最超逸。又《史記・趙世家》：「公子成曰：臣聞中國者，蓋聰明徇智之所居也，萬物財用之所聚也，賢聖之所教也，仁義之所施也，《詩》、《書》、《禮》、《樂》之所用也，異敏技能之所試也，遠方之所觀赴也，蠻夷之所義行也。」陳同父《上孝宗皇帝書》：「臣竊維中國天地之元氣也，天命之所鍾也，人心之所會也，衣冠禮樂之所萃也，百代帝王之所以相承也。」疊用「也」字調同。又同父《問答》之六曰：「君臣，天地之大義也。」亦渾大。《易・繫辭傳》：「夫《易》何爲

者也？夫《易》，開物成務，冒天下之道，如斯而已者也。」又：「古者包犧氏之王天下也。」又：「乾、坤，其《易》之門邪？」又：「《易》之興也，其於中古乎？作《易》者，其有憂患乎？」又：「夫乾，天下之至健也，德行恒易以知險。夫坤，天下之至順也，德行恒簡以知阻。」提筆皆高超。《詩・齊風》「雞既鳴矣」，突然而起，突然而翻，亦奇筆。又《左》「於是閏三月，非禮也」，特超忽起，一句斷住，最簡老，又一氣直下數行。韓文皆有之。既雙承，筆須變幻。

中 起、結爲頭、尾。中，腹也，貴特起，陡接，突轉，如山之奇峯，又如江之大波，忽然涌出，令人震駴。《書・泰誓》開首提出天民，從源頭立論，中篇至中始提起，非僅避複疊，亦文勢應爾也。《左》叙齊襄公之見弑，中忽接「見大豕」，「狐突遇太子」，竟作實事，叙若人，忽接「遂不見」三字，乃現神鬼。前幻故平，後幻愈幻也。韓哀詞中突入「詹今死矣」，又追論其生時事，筆力矯絶。蘇記「而大聲發於水上」亦然。

結 起如河源，結如百川之海也，與起相應，以成章法。明應暗應，正應反應，凡文最重起結。然有大有小，或全翻而結一句轉，或全揚而結一句抑，或全抑而結一句揚，或中離而結仍應起，或通體空中著議，或泛引而結一句合題，皆神妙。《書・大禹謨》「文命」起，「文德」結，中以「功」字相承爲關鍵，脈絡最明顯。《禹貢》起「禹敷土」，言治水之本意，中「祗台德先，不距朕

行」爲治水有成之本，結「告厥成功」，見治水不敢專制之意，何等章法。《史記·管蔡世家》後段收拾前「武王同母兄弟十人」亦有關鍵。結段古多用「嗟乎」、「嗟夫」、「烏虖」、「吁」、「噫」、「嘻」、「雖然」、「不然」等字，蘇明允或用「今夫」、「夫」字，或「今天下」仍接「夫」字，最不平。末總結通篇，氣格尤雄厚，一句轉結，亦冷逸有韻，可玩味。明允又用喻結，與通體不相蒙，或撇開另發議論突轉，最奇。結尤貴有高識遠想，別開一境，不回顧前文。韓《藍田丞廳壁記》屹然而止，通篇意義皆結聚於此，其法本《史記·樂書》、《平準書》。

始末 史於千百事不書，而所書一二事必具有首尾，竝所旁見側出者而悉著之，故千百世後，其事之表裏可按，如見其人。古文之法，首尾一綫，對策最難，惟董子義理融貫，大氣包舉，依問條對而無其迹，其第三策則有界畫，遂爲唐宋後之式矣。

正傳 正傳，猶人之有面。雖正傳，卻叙以閒文最妙，或從背面拓出，或從旁面襯出亦可。

總叙 先總叙，後分叙，或立數柱，次叙之。《史記·陳丞相世家》以「我多陰謀」爲通篇總結。《衛霍列傳》篇終特標左右兩將軍及諸裨將名。《太史公自序》序既終，乃曰「余述歷黄帝以來至太初而訖，百三十篇」十六字。

追叙 叙事之法往往先總叙大綱，即追叙前事一兩段，然後復接正傳詳叙之，而總叙中卻埋伏追

叙之綫，詳叙中又頂鍼追叙之脈，使其前後似斷實連，似連實斷，然後方有峯巒，有章法，如《左》「彭衙之戰」法是也。今之追叙者不過以事之不可類叙者補置於後，是死套耳。《左》叙法或用「初」字，或用「先」字，或用「先是」下接其後，《史記·吴王濞列傳》逆叙處亦然。

另叙　餘波也。長篇另叙則易淆易平，或舉其凡計綴於篇終。文之法以義起，義變則法從之，是謂文成而法立也。歐陽《石》、《唐》二表，皆别係一論。蓋叙事之文雜以議論者，或數語引起，或數語唱嘆，必與所叙之事相牽連。若特發一論，詞義繁重，則臃腫而不中繩墨，故别叙於後。又墓誌之有議論，必於叙事纓帶而出之。王介甫《許君》及《王深甫》二誌，全用議論，以絶無事迹可紀，家庭庸行又不足列也，然終屬變體，後人不可倣效。望溪之論如此，海峯則謂以議論行叙事，荆公此等文最可愛。

旁叙　不説破正傳，從旁人口説出，或從旁人眼中寫出，又見者不曾説，説者不曾見之類。《左》往往有之。

夾叙　《史記·魏其武安列傳》魏其、灌夫生平事蹟並正叙於前，故武安事蹟皆可夾叙，或中間議論，或中設比擬。

先叙　先叙大事，其小故則總束於後。《史記·孝文紀》，韓、歐墓誌多用此法。

帶叙　閒文瑣事須帶叙。

倒插叙　固須迷離，要不可晦。

覆叙　須有故，不可犯複。

類及　《左》多此法。雖事隔千百年，可逆叙牽連書之而貫以數筆，文最簡勁，若另舉則必至於重膇而不能運掉矣。《史記・張丞相列傳》叙御史大夫、丞相諸人，或合傳，或列叙聲蹟，或無發明者總記姓名，而主客判然。別有見者不列，亦見其法。

句法　長宜奧衍，不可冗；短宜古峭，不可苟。倒句不可晦，排句不可長，散行中忽偶語最奇。《國語》多複語，愈複愈妙，然須善變，不變之變乃奇變也。文中忽插一二句與上下相射，尤突兀。倒句如《史記・西南夷傳》「南夷之端，見枸醬番禺，大夏杖卭竹」之類。複句作關鍵綫索，亦見作意，如《酷吏傳》「上以爲能」、「天子以爲能」是。結句多用「矣」字以傳慨歎之神，《平準書》可見。要之，以矜鍊爲主。

字法　須奇，須古，須警，須鍊，須新異，或虚字實用，或實字虚用。周秦古書多有之，《史記・留侯世家》「履我」亦實字虚用也。

【稱】所載之事必與其人之規模相稱，不可詳其末迹而隱其志事。《史記》傳陸賈，分奴婢裝資，瑣瑣事皆載。蕭、曹則條舉其治績。凡所載賦頌書疏甚略，司馬相如事無可稱，故獨編其文以爲傳，而各標著文之由，兼發明其旨以爲脈絡，匪惟懼氣體壅散，亦稱其人也。雜引古事，各有精義。高福堂曰：「二句文義與上不聯屬。」

【微】《春秋》微而顯，以褒爲貶，以貶爲褒。定、哀多微詞，如最惡人轉載其直言美行，而惡見於言外。或言在此而意在彼。《詩・叔于田》、《猗嗟》等章，《史記》、《新五代史》亦得此法，往往詭其詞以見意，微其文以志痛，反以雜亂無章，令人莫測。《左》：「衛孔達帥師伐晉，君子以爲古。古者，越國而謀」，言「合古之道而失今事霸主之禮」也。晉惠公見獲而歸由穆姬，而前乃書曰「穆姬怨之」，後追叙筮嫁不吉。「公號慶鄭」，及秦獲晉侯，郤接以「輅秦伯，將止之」。皆不測。《史記・封禪書》發端曰：「自古帝王，何嘗不封禪？」篇中著孔子論述六藝不及封禪，傳所稱七十二君，結以「其效可覩」。《天官書》曰：「自生民以來，曷嘗不曆日月星辰？」《六國年表序》謂「戰國之權變亦有可頗采者，何必上古」，引傳「法後王」，又謂學者以不道秦事爲耳食。《高祖功臣侯年表序》謂：「古未必盡同，帝王殊禮異務，豈可緄乎？當世得失，何必舊聞。」《平準書》謂「事變多故而亦反是」，「事勢之流，相激使然，曷足怪焉」。《儒林傳序》：

儒術至漢興，首曰「於是喟然歎興於學」，繼曰「天下之學士靡然向風」，終曰「自此以來，則公卿大夫士吏多文學之士」，驟觀若近贊美。《貨殖傳》曰：「無巖穴奇士之行而長貧賤，好語仁義，亦足羞。」皆此類。又《太史公自序》、《儒林傳序》傷武帝不能依古庠序以興教化，而儒術變爲文詞之學。史序多微文，不能指斥。如酷吏，天下所共惡，序乃曰：「非武健嚴酷，惡能勝其任而愉快。」又：「民奸宄弄法，善人不能化，惟一切嚴削爲能齊之。」皆辭若褒而義存譏刺也。它若《老子列傳》以老子爲隱君子，所以破衆説之荒怪，且見老萊子與儋别爲二人也。管子治齊、蕭何定律不詳，獨詳商君法，著王迹所由滅熄也。於《叔孫通傳》痛漢用秦儀法，不敢指言其非，故於後論隱約其詞，若褒若諷，首著其面諛，末載所定漢諸儀，皆原廟之立、果獻之興，憑臆無稽，而希世之污則第假魯兩生以發之。於《淮南衡山》著二王逆節，厲王反迹具於獄詞，安之獄詞略，而伍被自詣吏告謀反，蹤跡甚明，即此可證淮南之誣。《魏世家贊》：「余以爲不然。天方令秦平海内，其業未成，雖得阿衡之佐，何益乎？」以蕭何與閎散爭烈，以韓信比周、召太公，且曰：「天下大定，乃謀畔逆。」微恉可見。《曹相國世家贊》言「離秦之酷後，參與民休息無爲，天下稱美」，見其時宜，非治道當一於清静也。《游俠傳序》「二者皆譏，而學士多稱于世。至如以術取宰相卿大夫」，謂弘、湯輩，又諸侯之門必有稱誦其仁義者。蓋譏人不知弘、湯之醜而稱羡之。《史記》世家首泰伯，列傳首伯夷，以讓風世也。又《萬石君

傳》似褒實譏，奮、慶與塞侯、周文同傳，隱譏其佞巧也。《漢書·古今人表》次古人所以表今人。鼎臣按：《魏世家贊》至「何益乎」二十九字與上下文義不聯屬。

反 文有正有反，正不如反，反言而正意愈透。或先反言後正接，或先正言後反接，中反振，後反掉。如《史記》之孟子、荀卿，魯仲連、鄒陽，老子、韓非，皆合相反以爲傳。《循吏傳》舉五人皆古之吏，傷漢事也，其所叙與漢酷吏事蹟皆反對，先列以爲標準，故序曰：「奉職循理，亦足爲治，何必威嚴哉！」然酷吏恣睢，實由武帝侈心不能自克而倚以集事，故曰：「身修者未嘗亂也。」《漢書·古今人表》但次古人亦此法。《李斯傳贊》曰：「不然，斯之功且與周、召列矣。」則用反筆也。連用不然、非然，從反面翻《管子·九變》、《戰國策》爲齊説趙，韓文《原毁》本之。

逆 文有順有逆，順不如逆。或先逆入後順接，或先順入後逆接。《史記·虞舜本紀》叙世次，先逆入，次順。

詳略 《左》叙戰，先叙方略權謀，正叙一二句。叙楚人滅六蓼，有詳略，而忽諸「哀哉」兩字句，頓挫跌宕，作章法。《史記·留侯世家》曰：「留侯所與上言天下事甚衆，非天下所以存亡，故不著。」凡其具於成書則弗采，而虚言其大略。蓋事愈詳而義愈陋，必詳者略，實者虚，而其人之

蘊蓄可得之意言之外。《管晏列傳》事迹見於其書及它載籍，故獨論其軼事。《孫子吳起傳》亦然，且武、起之書世多有，臏獨無傳，故曰：「世傳其兵法。」蘇秦主約從，故于説秦語略。

謹嚴《春秋》之義，常事不書，不可勝書者括以數語，且傳體事多則病重膇。《晉語》齊姜語重耳數百言，《左》以三語括之。如《左》紀韓之戰，方及卜徒父之占而承以三敗及韓，乍觀之，詞氣似不相蒙，然使戰韓之前具列兩國之將佐、三敗之時地，則重膇滯壅不能自舉矣。如《史記·項羽本紀》高祖、留侯相語數百言，而《高祖紀》以「項伯欲活張良」三語括之，于《留侯世家》亦略，懼與立六國後議「八不可」辭氣相類。《絳侯世家》亦然。《樂毅傳》，趙破齊具《報燕惠王書》中，故不過詳。《廉頗傳》奢、牧將略及括之敗具詳始末，下之破秦、齊、燕不復叙列，若牧將事已見前而覆舉者，爲前後關鍵，著趙之所以速亡。《刺客傳》，田光死，不載太子往哭，懼與樊於期事複。《孫子吳起傳》，楚之戰功，起實專之，吳則申胥、華登之謀居多，故曰：「孫子與有力焉。」古人不苟於言如此。武、起論兵具有書，闔閭破楚入郢，北威齊、晉，武與有力。楚悼王南平百越，北并陳、蔡，卻三晉，西伐秦，以相起故，則其戰功不必言，故以虚語總括，而所載皆别事也。孫臏在齊，田忌客耳，其再破魏兵皆田忌將，故詳著其兵謀。此虚實之義也。《李斯傳》，趙高謀亂入《李斯傳》，著高之罪，斯成之；秦之亡，斯主之也。《張丞相傳》，漢初文臣，御史大夫與丞相並重，張蒼、申屠嘉兼兩職，故合爲一傳。餘爲御史大夫者四人，具有

聲績，故列叙之；爲丞相者六人，皆無所發明，故總記姓名，以爲娖娖備員者戒。《陸賈傳》，與尉佗語入《南越傳》，傷國體，且枝贅。再使語不詳，懼複也。又《蕭相國世家》，舉收秦律令圖書、追韓信、鎮撫關中，而功在萬世可知。末記與曹參素不相能，而舉以自代，則公忠體國可知。雖定律受遺，皆不著於篇，可識立言體要。何之自免皆他人發之，不自覺，亦見其公忠也。《曹相國世家》條次戰功，不及方略，治齊相漢，虚言清静，不填實一事，所以能簡。又如《漢書》於霍光前事武帝，宿衛二十餘年，蔽以「出入禁闥，小心謹慎」；後事昭、宣，獨操國事十有三年，蔽以「百姓充實，四夷賓服」。故所載不繁，而光之性質心術、治法纖微畢著。韓《順宗實録》亦削去常事，獨著有關治亂者。《董公行狀》，文之最詳者，亦止載三事。

潔 太史公文，柳子厚曰潔，非僅謂詞無蕪累也，蓋明體要，所載之事不雜，其氣體爲最潔耳。且意太多，詞太詳，則詞贅意反晦。《書·堯典》「如岱禮」、「如初」，《孟子》「河東凶，亦然」，詞何其簡！若巡狩之四時四方，鼓樂田獵憂喜，説秦楚義利不同者，又必宜詳者也。文固尚峻潔，然亦有故爲複沓者，以肖口語也，《左》、《史》皆然。

主賓 如山有主峯，千巖萬壑皆不能掩。意有主則不雜，事有主則不碎，詞有主則不陵。主詳賓

略，正也；詳賓略主，變也。但主正峯，賓傍筆耳。或主賓倒折；或極寫賓而主作帶説；或只一筆收，主自不奪；或主中賓，賓中主，主中主，賓中賓，要觀之了然。或起勢横絶，賓主並提；或徑向正位來，轉向賓位承接，尤不測。作賓即所以定主也，或主雜於賓中，使人迷離，又顛倒而反用之，雜主於衆賓中，及歸宿乃分明。文只在反正虚實，反後正前，著一段虚文；虚後實前，著一段反文。將入主仍入客，如《左》「齊人伐我北鄙」，「恃先王之命」後入桓公法是。蘇子瞻文或雜引古事，不分賓主，主意隨文勢帶出，若閒筆不正講。子由文主意不道破，紆徐百折而出之，皆神妙。

異同 互觀《尚書》、《春秋三傳》、《國語》、《史記》，可知其法。古人文不苟同，方自成家。韓不學《史記》，歐公雖學《史記》而變其貌。即一集中格調，一事或數見，亦不可犯複。

虚實 虚點實疏，須相間，此虚則彼實，此實則彼虚，或以虚爲實，或以實爲虚，如兵家減竈增竈之類。

抑揚 先抑後揚，先揚後抑，明抑暗揚，明揚暗抑，子長文妙盡此二字。尤貴以揚爲抑，以抑爲揚，《左》、《史》皆然，唐宋大家亦多迴環作態。

喻 先秦文多喻，《莊》、《騷》皆然。喻愈多，義愈顯，或中或後，或一二句，或數行，無定格。若前

設兩喻，而後以一喻結，韓《爲人求薦書》有之，亦本先秦。誌銘有以一喻括其其人始終者。宋玉《風賦》借風所經形君民之苦樂，最微妙。

刻劃 如見如聞，《左》、《史》皆然。宋人少精神，弇州過妝點。

唱歎 如空山鼓琴，如聞秋蟲，如聽夜雨，往復流連而不能自已。靈均、子長、永叔，先秦以來數家而已。

銘贊 指意詞事，必取之本文之外，或引本文而前後詳略不同，亦有複述本文詞意者，須嗟歎出之方有味。

綱 先提綱，後詳目，如《左》叙韓之戰，通篇以「怨」字爲綱領，首叙穆姬怨之，秦伯之言曰「吾怨其君而矜其民」爲應，尤渾然無迹。其叙秦納重耳，以介之推「貪天之功以爲己力」綰合通篇，以前後晉事論之，則爲明點正意。

提 文無提挈則平。有提亦須有結，首尾相爲約束，方不涣散。《史記・吴世家》先提清「壽夢有子四人」，《齊世家》曰「桓公有十餘子」，皆是總提以攝首尾。明提，暗提，再三提。中提用「今夫」、「且夫」、「夫」字，或連用「夫」字，如《易》二《左》三之類，或以提爲轉，或以提爲頓。

【接】突接，直接，急接，正接，反接，虚接，側接，遥接，再三接。字面若不相蒙，而意實貫，暗接尤妙。總以出没斷續變幻見奇。

【應】照應以在空際爲佳。有呼必有應，明應，暗應，正應，反應，遥應，虚應，再三應，《左》、《史》多有之。《史記·袁盎鼂錯傳》，盎忌疾，錯刻深，而鄧公持議平，故得善終，爲章法。其子修黄老言，亦與錯學申、韓相映。又蘇明允《詩論》首先提清兩層，先應後一層，再應前一層，使其文有反覆之勢。又如《明論》、《孫武》、《項籍論》，結似應似不應，又一法也。要以無迹出於自然爲妙，結或以不應爲應，尤不測。

【撇】主意故撇開，忽置此而專歎彼，如《左》述宋穆公而歎宣公是。

【側】本平忽側，側入，側接，側轉，側結，正側相間。

【單】先並舉，後單承；先合叙，後單抽；先總提，後單結。

【暗】明結此，暗結彼；明美此，暗刺彼。亦有宜先提明者，大意大勢，正如霧中山，偏全正側，胚胎自具。

【晦】《春秋》志而晦，顯晦相間。

【伏】如兵法。山亦有起伏，先伏後應。《史記·聶政傳》采《戰國策》原文，而篇首與母姊如齊，則太史公所增特筆。又《晉世家》先著申生同母女弟爲秦穆公夫人，伏後救晉君案。

【疊】如樓閣，須一級高一級，不可如牀。

【串】不串則不成片段。

【束】束有大有小，中束以綰上下，小事總束於後。《左》於事極雜中用總束，或於首，或於中，或於尾。漢文博引於前，而歷歷收束於後。賈生疏則先總提而後條舉，宋多本之，若介甫有一綱而分數目，目遞作綱之法。

【墊】墊意，墊筆。

【補】補意，補筆。或在中，或在後。《史記·虞舜本紀》篇首不書冀州人，而書於「耕歷山，漁雷澤」之上，補點法，亦類叙法。

【襯】有襯筆，則本文倍生色。如叙一人一事，借他人他事以相形。凡襯，無形處著筆，爲畫工所不到。

【突】突起，突止，突轉，突落，突應，突接。或先突入不説破，後申明始露正意。或露首不露尾，如

神龍。《左》「秦伯猶用孟明」，起突，亦簡奥。

咽　將吞仍吐謂之咽，子長有之。歐陽文之妙只是説而不説，説而又説。

冷　旁筆閒筆，要在無意間。

逸　品逸，神逸，氣逸，子長、永叔皆然。

閒　事極忙，文極閒，忙中故閒。如《左》叙戰，大敗中偏叙不敗。歸熙甫能於閒事作閒語，而風韻卻自淡遠，是得自《史記》者。

翻　與反稍異，反實而翻虚。虚字連翻，如韓文《答崔立之書》「誠使」、「設使」、「且使」是。

轉　明轉，急轉，突轉，硬轉，暗轉。或以提爲轉，或以頓爲轉，或段段轉，或句句轉。轉有大有小，言盡意竭之時别行一路，如《史記·荆軻傳》方叙荆軻刺秦王，至始皇環柱而走，忽用「而秦法」三字轉，最有神力。機軸轉折，介甫最佳妙。

掉　小轉也，回顧也，結反掉，如大海廻瀾。

插　中插一二筆，或竪或横，須老硬。

頓 明頓，反頓，急頓，硬頓，或以提爲頓。

開闔 有大有小，有陰陽。

斷續 文不可逐段作，要在未完忽起，遥接中離，如山勢，有遠有近，有前有後，忽斷忽續，續乃不測。如《左》叙韓之戰，忽就筮詞突接三敗及韓，何等簡嚴。

起伏 亦如山勢。

出入 如兵法，神施鬼設，不可端倪，往往空中布景設喻，使絶處逢生也。

縱擒 亦本兵法，縱愈寬，擒愈緊。然扼得定，乃放得開，主意在擒，而興會波瀾在縱，磬控縱送，須窮盡筆勢之妙，無不如志。

横擔 不可板滯，須前後相間。

消納 不消納則臃腫散漫，唐、宋人傳志叙事往往用虚括之筆。

緩急 緩急相受，先後各有所宜，淺深同法。

錯綜 不錯綜則滯，不錯綜則複，句法、字法皆然。

疏密 叙事運筆引證，疏密皆須相間，疏勝於密。

濃淡 亦須相間，淡勝於濃。

映帶 映帶則有情，亦見文法之密。

參差 不參差則板，如書兩事，一數十句，一只一二句。亦有宜整齊者，或整散相間，或亦整亦暇。

分合 有前後，有大小，須相配。

質 班孟堅稱太史公質而不俚。質與俚，毫釐千里。

峻 柳子厚稱馬遷「峻」，歸熙甫以「峻」字不易知，非高不峻，亦非潔不峻。

奇 奇則不平，或奇正相間，或寓正於奇，或以奇爲正。太史公好奇，人奇，事奇，文亦奇。子雲奇字。韓文亦尚奇崛，皇甫持正、孫可之宗之，若樊宗師、劉蜕則過矣。

雄 惟韓能之。

辣 酒以辣爲上。

【鍊】鍊氣，鍊格，鍊意，鍊詞。句法、字法須短須新，有一字足千古者。然氣格之鍊不在篇幅字句之短長。

【縮】書法貴縮筆。

【麤】有貴麤枝大葉者。

【細】有貴細鍼密縷者。

【直】振筆直書，提筆直入，直起直落，直放直收。

【曲】如山徑，如河流，愈曲愈轉，愈轉愈曲，所謂「山重水複疑無路」也，忽開一境，别有天地最奇。

【拗】微曲也。

【屈】氣貴直而體貴屈，梅伯言言之。

【奥】奥則無平筆，無淺語。

【折】折則無直筆，無率語。或以提爲折，或以頓爲折。

幻 文境幻，令人迷離。

離 文不離則無異境，忽離忽合，最不測。

宕 不宕則無筆趣。 跌宕，古多用「焉」、「矣」字。

渾 不渾則不括，所謂元氣也，惟韓得之。

脱 不脱則不超。

婉 婉則動聽。《春秋》婉而成章，子長、永叔皆得此旨。

變 變則無迹，格調字句最忌摹擬，如韓《鄆州谿堂詩序》本題後議論，卻轉作題前叙事，特妙。

妙 不言之言，使之含蓄不盡故妙。 凡文情深旨必妙。 又如畫工，神妙自然，所謂天成偶得者也。宋濳虚論文主自然，姚姬傳以陽剛、陰柔分文二端，又以通乎神明，人力不及施爲文之至美，敻乎無以尚矣！

古文三十四品

大如天。

厚如地。

重如石。

老如古松。

質如布帛菽粟。

實如果核。

樸如堅木。

深如海。

陡 如霹靂，如絶壁。

高 如喬嶽。

遠 如名山。

峻 如峯。

曲 如荒徑。

潔 如玉。

空 如鏡。

清 如泉。

疏 如秋鴈，如曉星。

密 如天衣。

雋 如美味。

淡如雲。

搖曳如風中絮。

秀如月下華。

咽如秋蟬。

幽如處女。

枯如禪。

奇如神龍。

猛如虎。

怪如鬼物。

雄健排奡如力士俠客。

飄忽如飛仙。

雅 如才人。

逸 如隱士。

醇 如儒者。

化 如大造之鑄萬物，文之極境也。

論文約恉

古文二例：曰明道，附論事，本經，學之體也。曰叙事。附記言，本史，學之用也。道在究天人之際，通古今之變，事非天下所以存亡不書，如此方爲天下後世不可少之文。二綱：曰義。言有物也。曰法。言有序也。義二目：曰獨見。前無所因，後足爲則。曰言不過物。訐與譽，皆誣也。法六目：曰謹嚴。非苟簡。曰噴薄。非馳騁。曰吞吐。非含混。曰矜鍊。非艱澀。曰自然。非率易。曰變化。非詭異。一要訣：曰微。《春秋》多微詞，《左》、《史》亦然。二大忌：曰剽。太摹擬亦同病。曰褋。意必一，事亦不可繁。或小事，或大事，叙一事本末須詳。三局法：曰起。貴從源頭説下，脈乃遠。或直起直落，或突起突落。曰接。貴斗峯。或横插景物，或以提爲轉，或突轉。曰結。貴含蓄有逸韻。或另提作結，或單句截然而止，或反掉。

十四筆法：曰峻，曰咽，曰逆，曰突，曰雄，曰奇，曰提，曰頓，曰潔，曰簡，曰逸，曰澹，曰冷，曰宕折。

文固貴義法，然非恉之精微，格之遠大，更濟以雄駿高古之氣、盤鬱沉厚之力、瑰瑋奇麗之詞、疏淡之味、雋永之韻，極之變化神妙之致，而不能成大觀。且文以紀事，事不過始繼終，文不

過頭腹尾，通篇有渾冒，有分貼，有探源，有結穴，每段有提掇，有過峽，有整齊，有錯綜，而卒歸渾浩無迹，一氣貫注，可以成誦。總之，義貴精，旨貴微，體貴潔，法貴變，格貴渾大，氣貴雄直，詞貴簡奥而奇崛，趣貴幽冷，神貴遠，筆貴疏宕而遒折，如此方爲至文。高福堂曰：「『總之』以下，文義多與上複。」

作文三法：辭意精深，叙事奇變，脈絡相灌輸。

讀古文二法：曰急讀以充其氣，緩讀以傳其神。

古人作文皆善用其短，雖師古而能别於前人，所謂自樹立，不因循也。

又論文二則

自姚氏以陽剛、陰柔論文，於是有兩派。其實，陽剛不參以陰柔則氣必剽而詞必激，陰柔不參以陽剛則氣必弱而詞必平。近時講桐城派者主歸熙甫而少矯侯、魏，往往毗於陰柔，雖廉卿、摯甫及佩南皆不免。試觀望溪之高古、惜抱之清醇、伯言之盤折，何嘗有此病。

近時文之所以不如古者，不過意求顯而詞求詳。蓋過顯則淺薄，過詳則冗雜，是故善爲文者貴微而簡。

附論作論之病

魏叔子曰：「作論有三不必，二不可。前人所已言，衆人所易知，摘拾小事無關係處，此三不必作也。巧文深刻以攻前賢之短而不中要害，取新出奇以翻昔人之案而不切情實，此二不可作也。作論須先去此五病，然後乃議文章耳。」余謂後二病必至黑白混淆、忠(好)〔奸〕倒置、外誤治道、内壞心術，其誣前賢悖公論猶後已。然作論非如此無以見異，少年有才者尤易犯此病。今國家變科舉法，以策論取士，文體固善於詩賦八股，而其病亦不可不知也。封丘何家琪。

講學約規

爲學第一義：曰志聖。二要：曰明體，曰達用。一大本：曰倫常。二樞機：曰言，曰行。一大綱：曰正。七目：曰義利，曰名實，曰利害，曰是非，曰公私，曰名義，曰心迹。二大關：曰男女，曰生死。四大節：曰出處，曰進退，曰辭受，曰取與。五戒：曰不作無益之事，曰不讀無用之書，曰不受無名之惠，曰不近名位太盛之人，曰不爲無關係之文。

志聖社規

一起居必須整齊嚴肅。所坐以長幼爲次，不可淩亂。説話挨次問答，不可僭越。

原稿《古文方》校刻本同異字

小序「古文豈無方乎」原稿無「古」字。

「神」注「以神爲主」原稿無「以」字。

「局格」注「局格即章法」原稿無「局格」字。

「眼目」注「於其父所次論稱太史公讀」原稿「論」下有「著」字。

「起」注「唐受命爲天子」原稿「命」上有「天」字。〇又補：「起」注下有「《左》以『鄭穆公卒』起，中追述其生前事，結以卒，正應。又楚殺越椒，起曰『必滅若敖氏』，中曰『遂滅若敖氏』，結應克黄復所，若敖氏竟不滅，是反應」五十三字。鼎臣按：當次「亦奇筆又」字下、「於是閏三月」字上，再補入一「又」字。

「中」注「非僅避複疊」原稿無「疊」字。

「結」注「何等章法」下原稿有「《左》叙衛懿公之亡、戴公之立，極衰颯，末忽結以齊侯歸乘馬云云，又極熱鬧，可謂奇變」三十三字。

「韓藍田丞」原稿韓上有「若」字。

「始末」注「旁見側出」原稿「旁」字上有「爲」字。

「另叙」注「望溪之論如此」原稿「望」字上有「此」字。

「旁叙」注「從旁人口説出」原稿「口」字下有「中」字。

「類及」注「則必至於重膇」原稿「至」字下無「於」字。

「稱」注「雜引古事」上原稿有「即」字。

「微」注「伍被自詣吏告謀反」原稿「告」字下有「與」字。

「詳略」注「正叙一二句」原稿「叙」字下有「只」字。〇又補：「詳略」注有「詳易繁，簡易略。惟詳而精要靈動，簡而檃括含蓄，則無二病。然寧略勿繁」二十八字。鼎臣按：當次「《左》叙戰」上。

「主賓」注「紆徐百折而出之」原稿「出」字上有「後」字。

「接」注「虚接」下、「側接」上原稿有「倒接」字。〇又補：「接」注有「《書・金縢》『武王既喪』、『秋大熟』，兩接皆陡」十四字。鼎臣按：當次「再三接」下、「字面若不相蒙」上。

「晦」注原稿又補有「言近指遠，辭淺意深，發語已殫，含意未盡。如《書》：『帝堯殂落，百姓如喪考妣。』《左》：『三軍之士皆如挾纊。』『犀革裹之。』比及宋，手足皆見。』士會爲政，晉國之盗奔秦。晉敗於鄢，『舟中之指可掬』。又『邢遷如歸，衛忘其亡』之類。《史》高祖亡蕭何，如失左右手；漢興敗績，睢水爲之不流；翟公之門可設雀羅；又董生乘馬，三年不知牝牡。又王劭

《齊志》述高季武破敵於韓陵云，夜半方歸，槊血滿袖」百四十二字。鼎臣按：當次「顯晦相間」下。

「轉」注「言盡意竭」原稿「言」字上有「若」字。

《論文約恉》「言不過物」注「訐與譽皆誣也」原稿作「標榜攻訐皆誣也」。

「三局法曰結」注「有逸韻」下原稿作「或另提作結以示變，或單句截然而止，或倒挽應起，有正有反」。

又原稿後補《古文方》數則

叙事義法以《左》、《史》爲宗。《左》詳簡斷續，變化無方；《史》衡從分合，布勒有法。

叙瑣事質而不俚，非熟於《六經》、管、荀諸子者不能。

韓文不學《史記》，歐公專摹《史記》，老泉則取法《史記》、韓文，少變其形貌。

其人志行大，不可叙其一事常行，叙則反小矣，雖吏治亦然，故寧虚括，或議論而感慨成文。

機軸轉折又妙在不多説，王多有之。

李習之論文，造言與創意竝重。柳諸記或仿《山海經》、《水經注》，或仿《三禮》、《内外傳》，故古。

西漢人樸直，韓文亦然，韓尤雄奇。

震川諸記，於唐、宋人兩無依傍。文無大小，能立異同即豪傑之士也。

震川文字有直接《史記》處，韓、歐所不能掩。震川《見村樓記》先若不知方氏，事後乃入，奇妙。

《管子》、《荀子》、《孔叢子》，雖排比而益古，惟退之可與抗行。自宋以後，有對語則酷似時文，以取師法至漢唐而止也。

右皆不注所附，意必備而未入之稿，今竝記於此。

刻本《古文方》校原稿所無字

「對照」注「與越石父及御者」下、「三歸」上原稿無「錯綜相映」四字。

「起」注「亦奇筆」下原稿無「《左》於是閏三月」至「特超忽」十二字。

「中」注「文勢應爾也」下原稿無「《左》叙齊襄公」以下至「愈幻也」四十六字。

「追叙」注原稿無「叙事之法」至「死套耳」一百二字。

「《左》叙法」原稿作「《左》多此法」。

「微」注「令人莫測」下原稿無「《左》衛孔達」至「皆不測」一段語。

「序乃曰」下原稿無「非武健嚴酷，惡能勝其任而愉快」二句。

「學士多稱於世」下原稿無「至如以術取卿相」至「而稱羡之」二條。

「主賓」注「詞有主則不陵」下原稿無「主詳賓略」至「賓旁筆耳」一段。

「作賓即所以定主也」下原稿無「或主雜於賓中」至「及歸宿乃分明」一段。

「斷續」注原稿無「文不可逐段作」至「中離」十四字。

予自汝南鈔先師封丘何先生《古文方》此本後，未幾，師没。歲丙午，擬付刻，就正於先師榮成孫先生。先生謂其中訛脱當正，囑緩之。未幾，孫先生亦没，世事且滄桑，意先師原稿不可復識矣。歲乙卯，乃促學子許其芳至汴付刻。工將竟，因緣晤先師兩子，爲代整頓遺書，忽無意中得之，校出與今刻本同異或義勝今刻本若干條，謹復坿刻於後。其原稿所無，今刻本有者若干條，蓋皆予歸自汝南，師寄吳芧僧并囑予按次補入者，以此知此原稿蓋亦師所未定之本，惜乎無從起兩先生而質之耳。他日吾黨讀而嗜好之者，尚其鑒諸。時十月朔後四日，士衡許鼎臣又跋於孟津之龍鬌山館。

香草談文

〔清〕于鬯　撰

《香草談文》一卷

清　于鬯　撰

于鬯（一八五四—一九一〇），字醴尊，號香草，江蘇南匯（今上海市）人。曾中秀才，光緒拔貢，任直隸州州判，以母年高絶意仕進。薦經濟特科，亦不赴。嗜讀校古書。母死，哀毁致病，綿延數年而亡。近人秦翰才鈎輯其生平，成《于香草年譜》（稿本，存上海圖書館）。著作有二十多種（稿本存南京，抄本存上海圖書館），已刊行者有《香草校書》、《香草續校書》、《香草文抄》等。

于鬯早歲即潛心注疏，其所長在發明古籍中誤讀、誤解之處，一經拈出，即令人絶倒。《香草談文》列六十條，所重在先秦經典。舉例最多者爲《春秋三傳》。《三傳》之中，又以《左傳》爲最，旁及諸子（如《管子》、《韓非子》）、《詩經》、《孝經》等，乃清人治學重經之餘緒。文中於古書妙處及後人誤讀之處，多所發明，擊中要害，頗能見出其小學功底。對古書中「對」、「承」、「省」諸法，又能不囿於音訓句讀，而以文章氣脈爲準的，顧及前後，探求要旨，剔出後人錯訛之所在，發人所未發，言人所未言。惟其如此，又時有矯枉過正之處。且因厚古薄今，將文法之

妙，盡屬古人，不敢非古人之非，反而極力爲其尋找根據，則不免泥古之弊。談文而不及唐宋古文，亦是一憾。

此文抄本存上海圖書館，今即據以録入。

（羅立剛）

香草談文

清　于鬯　撰

隨意隨寫，頗無次序，或出入同例而異處，若董理之，亦可成一二篇幅文，然不復董理，亦有應檢核而遂不檢核，僕之著書大抵如是。南匯于鬯。

《詩·鴟鴞》篇云：「予手拮據，予所將荼；予所蓄租，予口卒瘏。」案：「租」當讀爲「苴」，「卒」當讀爲「顇」，此以四句，首尾二句作對，中二句作對，對文之變法也。

《詩·采芑》篇：「朱芾斯皇，有瑲蔥珩。」此因叶韻而參差爲對，若正對之，當云：「有皇朱芾，有瑲蔥珩。」或曰：「不如作『朱芾斯皇，蔥珩斯瑲』，則韻亦不失。」然古人決不屑作此雌黄。

文有省承法。如《易》「坤」卦文言云：「地道也，妻道也，臣道也。地道無成而代有終也。」以「地」、「妻」、「臣」並言，而單承「地」，不承「妻」、「臣」，是省承法也。

《孝經·三才章》云：「夫孝，天之經也，地之義也，民之行也。」三句似平列，而其實「民之行」一句爲主，故下文云：「天地之經而民是則之。」可見與天地不平列也。又上文言「天之經，地之義」，而承之曰：「天地之經。」單承「經」字，亦文之一法。

《管子·明法》篇云："夫國有四亡：令求不出謂之滅，出而道留謂之擁，下情求不上通謂之塞，下情上而道止謂之侵。故夫滅、侵、塞、擁之所生，從法之不立也。"案：四項若順承之，則當曰"滅、擁、塞、侵"，今曰"滅、侵、塞、擁"，是錯亂承法也。《明法》解作"滅、塞、侵、擁"，仍錯亂。

有省言一邊者，如《孟子·盡心》篇云："逃墨必歸於楊，逃楊必歸於儒。歸，斯受之而已矣。"其先言逃墨，後言逃楊，特舉一邊耳。脱云："逃楊必歸於墨，逃墨必歸於儒，歸，斯受之而已矣。"亦無不可。必因是分楊、墨高下，拙矣。

《左》"昭十二年傳"云："晉侯以齊侯宴，中行穆子相。投壺，穆子曰：『寡君中此，爲諸侯師。』中之。齊侯曰：『寡人中此，與君代興。』亦中之。"下文云："公孫傁趨進曰：『日旰君勤，可以出矣。』"「以齊侯出」，必在此時，蓋正恐再投或不中，而辭亦或爲晉人所挫，故急"以齊侯出"者，所謂卸帆順風時也。其伯瑕與穆子語，必在宴畢之後。故曰"子失辭"。又曰"齊君弱吾君，歸弗來矣"，皆是私語，豈當發於齊侯面前？而《傳》卻插入此一段於公孫傁趨進之前，此文之變法也。然讀者會其意，固自能領之。

《左》"昭二十九年傳"云："後土爲社；稷，田正也。"此分解"社"、"稷"二字，不曰："後土爲社，田正爲稷。"亦不曰："社，後土也；稷，田正也。"而云："後土爲社；稷，田正也。"化平列爲參差之法。

《左》「昭十四年傳」云：「而在下位辱。」案：此倒文也，即云：「而辱在下位。」

《左》「哀二十七年傳」云：「子思曰：『大國在敝邑之宇下。』」案：大國，齊也；敝邑，鄭也。當云：「敝邑在大國之宇下。」乃云：「大國在敝邑之宇下。」此類語倒，卻似可疑。

《管子・五行》篇云：「一者本也，二者器也，三者充也，治者四也，教者五也，守者六也，立者七也，前者八也，終者九也。十者，然後……」具此排文，而「一者」、「二者」、「三者」以下乃不曰「四者」，而「四」、「五」、「六」、「七」、「八」、「九」字皆出在下，至「十者」仍復原法。文之異莫異於此矣。至於排文而異其字者，如《白心》篇云：「故口爲聲也，耳爲聽也，目有視也，手有指也，足有履也，事物有所比也。」用兩「爲」字四「有」字。「爲」即「有」也。又云：「善不善，取信而止矣，若左若右，正中而已矣。」一「止矣」，一「已矣」。「止矣」即「已矣」也，此類則多矣。

記載多撮大意。袁枚解《論語・問孝》等章善矣。《戰國・燕策》云：「齊、魏爭燕。齊謂燕王曰：『吾得趙矣。』魏亦謂燕王曰：『吾得趙矣。』」是兩國之言同，而下文：「蘇子謂燕相曰：『臣聞辭卑而幣重者，失天下者也；辭倨而幣薄者，得天下者也。今魏之辭倨而幣薄。』」然則魏辭倨必齊辭卑矣，兩國之辭當時必不同，而載者皆曰「吾得趙」，撮大意也。

《周書・命訓》篇云：「夫司德司義而賜之福禄，福禄在人，能無懲乎？若懲而悔過，則度至於極；夫或司不義而降之以禍，在人能無懲乎？若懲而悔過，則度至於極。」福禄與禍相反而皆

言「懲」。《荀子・非相》篇云：「術正而心順之，則形相雖惡而心術善，無害爲君子也；形相雖善而心術惡，無害爲小人也。」君子小人相反而皆言「無害」。古人用字有此例，今人則必易字爲説矣。

俞蔭甫太史《古書疑義舉例》有「文没於前而見於後例」。偶讀《左傳》「昭二十二年」云：「王子還夜取王以如莊宫。」下文云：「殺執荒以説，則知夜取王者實執荒也，非王子還親取之。」此没前見後之例也。

又「桓十六年傳」云：「夷姜縊。」此「縊」殊無端，及讀下句云：「宣姜與公子朔構急子。」乃知夷姜云所以「縊」，亦必宣姜、公子朔讒構之也。此亦略上見也之例。杜預《集解》謂「失寵而自縊死」，當未確。但失寵何至於縊？

《左》「昭十七年傳」云：「侈故之以。」鬯案：此錯倒字法，猶云「以侈之故。」

《吕氏春秋・紀》「十二月」中輒言：「行之是令。」高誘《解》云：「『行之是令』，行是之令也。」又《應言覽》云：「有之勢是。」高云：「有之勢是，有是之勢。」並錯倒字法。

《左》「昭二十七年傳」：「鱄設諸曰：『王可弑也，母老子弱，是無若我何？』」杜《解》云：「猶言『我無若是何』，欲以老弱托光。」孔《正義》云：「古人言有顛倒，故杜以爲『是無若我何』，猶言『我無若是何』。恐己死之後，不能成立，欲以老弱托光也。彭仲博云：『當言：是無我若何，我

母無我當如何。我字當在若上。』」

《公羊》「昭二十五年傳」兩言「執事以羞」。若云「以羞執事」，倒文也。執事指齊侯，猶稱魯侯爲從者。何《解詁》非。

《左》「襄八年傳」云：「雖楚救我，將安用之？親我無成，鄙我是欲，不可從也。不如待晉。」案：此皆指楚言，故曰「不如待晉」。似「將安用之」句掇在「鄙我是欲」下，則義尤曉。亦近倒文之例。

《國語・魯語》云：「若棄魯而苟固諸侯。」案：既言「若」，又言「苟」，此惟古法有之，在今人必病其複，或謂「苟」字當在上文「夫諸侯勉於君者」句「夫」字下。未定其必然也。古人語辭不病其複。如云「故」猶云「是以」、「而」。《易・離卦》「彖傳」云：「柔（離）〔麗〕乎中正，故亨，是以『畜牝牛，吉』也。」

《孟子・萬章》篇云：「不識舜不知象之將殺己與？」案：「不識」即「不知」，「不知」即「不識」，異其文，避犯複也。

《韓非子・説難》篇云：「非吾知之，有以説之之難也；又非吾辯之，能明吾意之難也；又非吾敢横失，而能盡之難也。」此文若在後人爲之，必曰：「非吾知之，無以説之之難也；又非吾辯之，不能明吾意之難也；又非吾不敢横失，而能書之難也。」必反言之，以見其難。古人欲正言之

而意亦曉。

《韓非子·飾邪》篇云：「初時者，魏數年東鄉攻盡陶、衛，數年西鄉以失其國。此非豐隆、五行、太一、王相、攝提、六神、五括、天河、殷搶、歲星非數年在西也，又非天缺、弧逆、刑星、熒惑、奎臺非數年在東也。」案：此兩疊「非」字，以「豐隆」云云，「天缺」云云字多，故似不覺其複，亦古文之法。在後人必當酌去兩「非」字。

《史記·曹相國世家》云：「來者皆欲有言，至者參輒飲以醇酒。」「至者」即是「來者」。古人文法不避複疊如是。

《史記·黥布傳》云：「往年殺彭越，前年殺韓信。」裴駰《集解》云：「『往年』、『前年』同耳，使文相避也。」案：似此文相避，漢文有之，若出後人，幾爲復犯之誚哉。

《史記·遊俠傳》云：「漢興，有朱家、田仲、王公、劇孟、郭解之徒。」「王公」即下文「王孟」，因與「劇孟」連稱，避「孟」稱「公」，此後人文法卻又不在避例而古人避之。

又《樊噲傳》云：「復常從，從攻城陽。」案：下「從」字當省，而古文有不省復舉法。

凡偶語，一喻一正，喻語在前，正語在後，恒例也。亦有上句正意，下句轉用喻意者。如《戰國·東周策》云：「故衆庶成彊，增積成山。」以「成山」喻「成彊」也。《趙策》云：「士爲知己者死，女爲悦己者容。」以女喻士也。然此當併古語在，造此語者之意或别有在。《秦策》云：「白刃在

前，斧質在後。」因「在前」及「在後」，「在後」非意所在。

《左》「僖二十四年傳」云：「身將隱，焉用文之？是求顯也。」此古文省疊字法。《史記》疊「文之」二字，則古法漸密矣。

《左》「僖二十二年傳」云：「大司馬固諫曰：『天之棄商久矣，君將興之，弗可赦也已。』」杜《解》云：「言君興天所棄，必不可，不如赦楚，勿與戰。」以「弗可」二字上屬，殊失語氣。顧炎武《補正》云：「猶《書》言『不可逭』(引)《傳》氏曰：『亨達天，天必不宥。』」此以「弗可赦也已」五字連讀，蓋得之古文有省語法。如「二十八年傳」云：「子犯曰：『子玉無禮哉，君取一，臣取二，不可失矣。』」杜《解》云：「言可伐。」然則謂「楚不可失」而没去「楚」字，與此言「天弗可赦」没去「天」字同，皆省語法也。「文十三年傳」云：「士會曰：『若背其言，臣死，妻子爲戮，無益於君，不可悔也。』」此似不可，上亦省「君」字。「襄二十六年傳」云：「師曠曰：『公室懼卑。臣不心競而力爭，不務德而爭善，私欲已侈，能無卑乎？』」此「能無」上省「公室」字。又案：司馬固語明出「天」字，此師曠語亦明出「公室」字，則「弗可赦也已」遠承「天」字，「能無卑乎」遠承「公室」，義亦自明。要當讀至「興之」作重頓，讀至「已侈」亦作重頓，斯得耳。

《左》「昭十九年傳」云：「私族於謀。」梁履繩《左通補釋》引陸氏附注云：「蓋言『私謀於族』，倒文耳。如云『室於怒，市於色』，又云『魯故之以』」，此條王述聞亦校及，又引「十一年傳」：「唯

蔡於感」，言「惟憾於蔡」。

《左》「昭二十七年傳」云：「夫鄢將師嬌子之命以滅三族，國之良也。」案：「國之良」指「三族」，則當疊「三族」二字，不疊者，省文也。《荀子·大略》篇云：「歲不寒何以知松柏，事不難無以知君子，無日不在。」案：「無日不在」是指君子，則當疊「君子」二字，不疊者，文省也。然此類在古書不勝舉，聊書之。

《春秋》「僖十八年經」：「刑人、狄人伐衛。」案：「狄」不稱人，此獨稱「狄人」者，因稱「刑人」，故「狄」亦人之，此文法也。若曰：「刑人、狄伐衛。」去「人」字，則不辭矣。杜《解》云：「『狄』稱人者，史異辭傳無義例。」是固然矣，而不明所以異辭之故。此在《穀梁傳》中時得之，而於此卻云：「善累而後進之。」斯不然也。其於「莊二十八年」：「齊人伐衛，衛人及齊人戰」，《傳》云：「『其人衛』，何也？以其人齊，不可不人衛也。」蓋亦文法使然。然則此人狄者，亦人刑不得不人狄耳。又「僖二年『虞師晉師滅下陽』傳」云：「虞無師，其曰『師』，何也？以其先晉，不可以不言師也。」是亦文法不得不師虞。「狄」因上「刑人」而稱「狄人」，與「虞」因下「晉師」而稱「虞師」，亦同例矣。

《詩·綿》篇：「乃疆乃理。」鄭《箋》云：「乃疆理其經界。」案：《箋》語實當云「乃經理其疆界」，因《詩》言「乃疆乃理」，不言「乃理乃疆」，故互倒「疆」、「經」二字以順之。然如此則「經」、

「界」二字直如增設矣。竊謂《詩經》意本欲言「乃理乃疆」，因「理」字韻，故倒之以叶耳。注有摹（放）〔倣〕本文文法者。《公羊》「昭三十一年傳」，何休《解詁》云：「不知孝公者，邾婁外孫邪，將妾子邪？」又如《爾雅·釋訓》，郭《注》云：「梧桐茂，賢才衆；地極化，臣竭忠。」「鳳凰應德鳴相和，百姓懷附興頌歌。」「賦役不均，小國困竭；賢人憂難，遠益急切。」以本文前後悉用韻，故注文前後亦悉用韻。然當爲注家別例，偶一而矣。又案：《公羊傳》云：「邾婁〔女〕有爲魯夫人者，則未知其爲魯公子與，邾婁公子與？」何氏雖摹（放）〔倣〕而云「不知」，不云「未知」；云「邪」不云「與」。蓋如酈道元《水經注》，《經》、《注》同述水道而用字有別，雖使溷亂之後，後人猶能辨之，此良法也。下文何《詁》又文變云：「不知欲弑孝公者，納篡邪，將利其國也？」下句云「也」不云「邪」。

《孟子·告子》篇：「公都子曰：『冬日則飲湯，夏日則飲水，然則飲食亦在外也？』」止言「飲」而承之以「飲食」。又云：「徐行後長者謂之弟，疾行先長者謂之不弟。夫徐行者，豈人所不能哉？所不爲也。堯舜之道，孝弟而已矣。」止言「弟」而承之以「孝弟」。

古人語辭有故爲重累者。如《戰國策·秦策》云：「於是乃廢太后。」既言「於是」，復言「乃」。《楚策》云：「夫以賢舜事聖堯三年而後乃相知也。」既言「而後」復言「乃」。《莊子·逍遥遊》篇云：「而後乃今將南圖。」既言「而後」復言「乃今」。《荀子·王霸》篇云：「譬之是由好色而恬無

耳目。」謝鏞校云：「『由』與『猶』同。」是既言「譬之」復言「是」、「猶」，皆故爲重累如此。

《荀子·云賦》云：「圓者中規，方者中矩。」此二語若出後世文家，必多譏誚云：圓則有之，豈能成方？即有方圓，又豈能中規矩邪？

《荀子·富國》篇云：「使天下生民之屬，皆知己之所願欲之舉在是於也，皆知己之所畏恐之舉在是於也。」楊倞注：「『是於』猶言『於是』。《説苑》亦作『是於』。」案：「於是」倒作「是於」亦奇，或疑於「舉」字頓，「於」字讀「乎」，然卻不若倒轉之説。

《詩·鳬鷖》篇前三章末句皆言「福禄」，而弟四章弟四句及末句兩言「福禄」，故第五章末句即不復言「福禄」矣，其疏密相讓，頗見章法，讀者宜玩。

文家有叙事夾入議論法，詩家亦有之。如《氓》篇叙述棄婦始終歷歷，而弟三章特著議論曰：「桑之未落，其葉沃若；於嗟鳩兮，無食桑葚；於嗟女兮，無與士耽。士之耽兮，猶可説也；女之耽兮，不可説也。」此作者之言也。朱子以此詩爲淫婦自道，則此章之義不可通矣。

《詩·抑》篇云：「無易由言，無曰苟矣。莫捫朕舌，言不可逝矣。」案：「莫捫朕舌」義承「無曰」而言，《箋》説甚明。「無曰苟矣。莫捫朕舌」與下文「無曰不顯，莫予云覯」同一句例，惟此二句在四句之中間。蓋「無易由言」與「言不可逝矣」兩句各單讀，中間兩句連文，詩法之變也。《楚茨》篇云：「以爲酒食，以饗以祀，以妥以侑，以介景福。」亦上下兩句各單讀，中間兩句連文，答非

所問，今人忌之，而古人亦有之。如小戴《檀弓記》云：「魯人有周豐也者，哀公使人問焉。曰：『有虞氏未施信於民，而民信之；夏後氏未施敬於民，而民敬之。何施而得斯於民也？』對曰：『墟墓之間，未施哀於民，而民哀社稷宗廟之中，未施敬於民，而敬公。』」所問者「信」與「敬」，而豐所答者「哀」與「敬」，以「哀」代「信」，無乃唐突，豈不答非所問乎？

《詩》多兩句一頓，亦有三句作一頓者。《採芑》篇：「薄言採芑，於彼新田，於此菑畝」之類是也。《信南山》：「疆埸翼翼，黍稷彧彧，曾孫之穡。」亦三句作一頓。鄭《箋》云：「斂稅曰穡。成王以黍稷之稅爲酒食。」則誤以兩句一頓，故以「曾孫之穡」與下句「以爲酒食」義爲義，迂矣。朱《傳》云：「言其田整飭而穀茂盛者，皆曾孫之穡也。」卻得之。

《易・繫傳》：「何以守位曰仁，何以聚人曰財。」案：「守位」密承上文「曰位」而言，則「聚人」亦密承「曰仁」而言。然則「曰仁」之「仁」即「聚人」之「人」。此上下異文同義，與《論語・學而》篇上言「其爲人」下言「仁之本」一也。

古人用字借喻之文，讀者或昧之。如《論語・爲政》篇云：「子曰：道之以政，齊之以刑，民免而無恥；道之以德，齊之以禮，有恥且格。」此以醫喻也。治國者之於民，猶醫者之治病，政、刑、禮、樂，猶醫者之藥品也，「道之」、「齊之」則醫者之立方也，猶引也。今醫方猶必有引，《周禮・瘍醫》職云：「劀殺之齊。」「齊」之言，劑也。《論語》標用「道」字，明隱借醫喻。

古人語必以四字爲成文，故遇三字之名，則加「之」字以足之。如《五子歌》曰《五子之歌》，《康王誥》曰《康王之誥》，《禹貢》「滄浪之水」，《月令》「孟春之月」，此類不勝概舉。《詩》篇皆四字句者，亦以爲必四字成文故也。

《左》「僖二年傳」云：「晉荀息請以屈産之乘與垂棘之璧，假道於虞。」案：屈，地名，與「垂棘」對，則止當云「屈之乘」，與「垂棘之璧」（特）〔對〕，故加一「産」字入内，足成四字，又使與「垂棘」各成兩字偶對，又一法也。

《管子・五行》篇云：「通乎九制、六府、三充，而爲明天子。」案：此總結上文之辭。上文不勝結，乃摘取「天道以九制」、「五官於六府」、「三者充也」三處文而結之，亦法之異者矣。「然」即「是」也，「然故」即「是故」也，「惟是故」習稱「然故惟」，見於《管子》書《任法》篇，云：「故諶杵習士，聞識博學之人，不可亂也。」又云：「然故諶杵習士，聞識博學之士，能以智亂法惑上。」又云：「然故令往而民從之。」又云：「然故下之事上也，如響之應聲也。」

或曰：《論語》開首出三「不亦」，末結用三「無以」，首尾用三排法，是一部全書。大章法也，其然豈其然乎？

《戰國・齊策》云：「猿獮猴錯木據水，則不若魚鱉；歷險乘危，則騏驥不如狐狸。」此以「騏驥」對「猿獮猴」，「歷險乘危」對「錯木據水」，而「猿獮猴」特著在上。

《戰國·趙策》云："夫膠漆至韌也，而不能合遠；鴻毛至輕也，而不能自舉。夫飄於清風，則横行四海。"案：下二句單承"鴻毛"言，此與《易》"地道"、"妻道"、"臣道"，單承"地道"爲一類，而有明承、暗承之别。

《吕氏春秋·有度論》云："貴富顯嚴名利六者，悖意者也；容動色理氣意六者，繆心者也；惡欲喜怒哀樂六者，累德者也；智能去就取舍六者，塞道者也。此四六者不蕩乎胸中則正。"案：四六二十四，不曰"二十四"，竟曰"四六"，亦承法之希見者也。

《戰國·齊策》載："魯連書云：『吾聞之，智者不倍時而棄利，勇士不怯死而滅名，忠臣不先身而後君。今公行一朝之忿，不顧燕王之無臣，非忠也；殺身亡聊城，而威不信於齊，非勇也；功廢名滅，後世無稱，非智也。』"此以"忠"、"勇"、"智"承"智"、"勇"、"忠"，是倒承文法。

《戰國·齊策》云："今世之爲國者不然矣，兵弱而好敵强，國疲而好衆怨，事敗而好鞠之，兵弱而憎下人，原有"也"字，涉下"地"字衍。地狹而好敵大，事敗而好長詐，行此六者而求伯，則遠矣。"或疑"兵弱"字、"事敗"字並不應兩見，當有誤。非也，此故意複疊以暢文勢。又或複或不複，若三項皆複，則呆拙矣。

《吕氏春秋·貴卒論》云："荆王死，貴人皆來。尸在堂上，貴人相與射吴起。吴起號呼曰：『吾示子吾用兵也。』拔尸而走，伏尸插矢。"高誘《解》云："吴起拔人所射之矢以插王尸。"案：是

「拔矢而走」。「伏尸插矢」形容吳起一時忽生急智，以誣貴人射己爲射王，可陷貴人以重罪。然則「吾示子吾用兵也」，直未伸示用兵之説，蓋不及伸示矣，此不完語，入神妙。

《左》「襄四年傳」：「魏絳曰：夏訓有之曰：有窮後羿。」案：「有窮後羿」祇是題目，下文即當伸言者：「有夏之方衰也，後羿自遷於窮石」云云，乃忽插入「公曰：『後羿何如』」一句，亦殊入妙。㒺謂此法實出於《尚書·臯陶謨》：「臯陶曰：『都，亦行有九德，亦言其人有德，乃言曰『載采采』。」亦是題目，下文即當伸言「九德」之目，乃忽插入「禹曰：『何？』」一語，豈非與《左傳》同此筆法？古經有此神妙之筆，讀者多忽略。

《公羊》「文十三年傳」云：「世室，猶世室也。」古人解釋輒有此例，如《穀梁傳》云：「孫之爲言，猶孫也；實之爲言，猶實也。」其法開自《周易》。

《詩·宛丘》篇首章云：「子之湯兮，宛丘之上兮，洵有情兮，而無望兮。」案：一「湯」字統注下二章，言無冬無夏，擊鼓擊缶，值羽值，所謂湯也。《毛傳》云：「湯，蕩也。」巫之爲道，理之所無，情之所有，故曰：「洵有情兮。」止可情知，不可目見，故曰：「而無望兮。」解家皆未得此意。此首章生發議論，然後下二章敘述之法。《詩》有先敘述而後著議論者，《葛屨》篇「惟是褊心，是以爲刺」是也；先議論後敘述者，《宛丘》篇之首章是也；前後敘述而中間入議論者，《氓》篇之三章是也。見前。

引書省略之例。如《列子·黄帝》篇云：「鯢旋之潘爲淵，止水之潘爲淵，流水之潘爲淵，濫水之潘爲淵，沃水之潘爲淵，氿水之潘爲淵，雍水之潘爲淵，汧水之潘爲淵，肥水之潘爲淵，是爲九淵焉。」莊子嫌其文繁冗，故《應帝王》篇引之則云：「鯢桓之審爲淵，止水之審爲淵，流水之審爲淵。淵有九名，此處三焉。」是省略述古之法也。